世界传世藏书

世界禁书文库

马松源◎主编

线装书局

目　录

世界禁书文库

玩 笑

【捷克】米兰·昆德拉 ⊙ 著

张之键 ⊙ 译

綫装書局

卢 德 维 克

哦，到了，多年以后我又重返故里。站在广场上，我没有感到任何激动；我只是感到，这块平地看上去像一个巨大的阅兵场，高耸在众多屋顶上的市政厅尖顶，就像是一个戴着古代头盔的士兵；这个摩拉维亚城市以前是抵御马扎尔人和土耳其入侵者的堡垒，往昔的战争在它的外表上刻下了一系列永远残存的丑陋的痕迹。

多年来已没有什么东西是可以吸引我的了；我对自己说，对这个地方我没有留下任何感情，这似乎十分自然：我离开这儿已有十五年，我的朋友或熟人几乎都已离去，我母亲埋在一群陌生人中间，一个我从未光顾过的坟墓里。可是我一直都在欺骗自己：我以为这是冷漠，事实上却是嫌恶；我没有看出这种心理，因为同在别处一样，在这儿我既有愉快的经历，也有不高兴的经历，但仅此而已；正是这次旅行使我意识到：把我带到这儿来的使命在布拉格也可以轻易完成，如果在这里，在我的家乡，我才突然觉得不可遏制地看清了这一点，那是因为整个念头是如此游戏人生、卑鄙无耻，以至于我是出自对往事伤感的依恋而回到这里的任何怀疑都受到了嘲弄。

我最后嘲笑地看了一眼不雅观的广场，转身背朝着它，动身去我在那儿订了一个房间过夜的旅馆。看门人从木牌上取下一把钥匙递给我，说："二楼。"房间实在不怎么样：靠墙有一张床，中间是一张小桌和椅子，床边是一个外观富丽、带有镜子的桃花心木衣柜，门旁有一个破旧的小脸盆。我把皮包放在桌上，打开窗户：窗户面朝着一个庭院和比邻楼房光秃肮脏的背面。我关上窗子，拉下窗帘，走到脸盆前，那儿有两个龙头——一个蓝色，一个红色；我拧开它们，冷水从两个龙头里流出来。我瞧了一眼桌子，还不算太差；最少可以放一个水瓶，两只杯子；问题是只能坐一个人；只有一把椅子。我把桌子推到床边，试着坐下来。可是床太低，桌子很高；此外，床在我的重量下陷得那样低，以至于我顿时就意识到，它不但作为一个座位不能令人称心，而且作为一张床也不能起到它的作用。我用拳头撑住床，然后躺下去。谨慎地抬着腿，以免弄脏毯子。床凹得很厉害，我简直觉得我是躺在吊床里。真不能想象什么能和我共享这张床。

我在椅子上坐下来，注视着半透明的窗帘，开始想心事。这当儿，从过道里传来脚步声和说话声：两个人，一男一女，正在谈话。我能听懂他们的每一句话：一个叫彼得的男孩从家里逃走了，他的婶娘克拉娜是一个傻瓜，惯坏了这孩子。接着一把钥匙在锁眼里转动，门开了，谈话声仍在隔壁房间继续；我听见那女人在叹气，那个男人决定给克拉娜一个最后的忠告。

等我站起来时，主意已定；我在脸盆里洗了手，用毛巾擦干，随后离开了旅馆，虽然我并不清楚到哪儿去。我所知道的是，如果我不想损坏这次旅行的成功，除了得到一个本地熟人周密的帮助，我别无选择，尽管我很讨厌这个想法。我头脑里掠过从青年时代起所有的熟面孔，把他们一一都否决了，只要由于所提供的帮助的机密性质需要我越过这道鸿沟，说明我为何多年在外——一种我不想做的事。但是，接着我想起了一个人，一个新来的人，这个人我曾帮他找过工作，要是我果真了解他，他会非常高兴以德报德的。他是一个奇特的人物，既审慎地严奉道德，又古怪地浮躁不安，反复无常，就我所知，几年前他的妻子跟他离了婚，因为他从来不同她和儿子在一起生活。我有点紧张：如果他再婚了，这将使事情变得很复杂。我尽可能快地朝医院的方向走去。

当地医院是一个由楼房和分隔部组成的综合建筑群，散布在一大片绿化地区；我走进大门旁边的传达室，让门卫为我接通病毒室，他把电话往工作台边沿一推，说："02。"我拨了02，结果得知科斯特卡医生刚刚离开，到外面去了。我在大门附近一张板凳上坐下来，以便不会冷落他，一边瞧着穿着蓝白条纹的医院长袍在各处闲荡的人们。然后我看见了他：他沉思着走来，又高又瘦，没有任何吸引力。是的，正是科斯特卡，没错。我站起身，照直迎向前去，仿佛有意要碰撞他；起初，他恼怒地看了我一眼，但是接着他就认出了我，随即张开了臂膀。我觉得他的惊喜超过了他的愕然，他那毫不做作的欢迎很给人鼓舞。

我解释说我刚来不到一小时，为了一些不重要的事要在这儿耽搁两三天；他立刻对我说，我首先想到来看他，他是多么惊讶和感激。突然，我感到自己很专注，并且出于算计而又不是真正的兴趣提出我的问题是很不对头的。他告诉我他仍是单身一人。我提出我们说很多话。他表示同意，但抱歉地说他只有一个多钟头的时间，然后他得回医院当班，夜里又离开城镇。"你是说你不住在这里?"我失望地问。他让我不必担心，他住在城里，他在一个新村有一个单身房间，但是，"独身生活是没有益处的"。原来科斯特卡有一个未婚妻，住在十五哩外的另一个城镇，他是一个教师，有一套两个房间的寓所。"那么，你最后将跟她搬在一处?"我问。他说他未必能在那儿找到一个好工作，像我曾帮他找过的一样有趣,而他的未婚妻要在这儿找到一个工作也很麻烦。我开始咒骂官僚主义的失职,不能将夫妇安排住在一起。"冷静点,卢德维克。"他带着温和的宽容说,"像这样也并不太坏。来回旅行当然得付出代价,可是我却保持了我的独处不受影响——还有我的自由。""你的自由对你干嘛就那么重要?"我问他。"那么你的自由对你干嘛就那么重要。"他反问道。"我喜欢和女人交往。"我回答。"我需要自由不是为了女人。"他说,"我是为了我自己。喏,到我的住处去,直到我离开,行吗?"这真是再好不过了。

离开医院区不久,我们来到一处建筑物前,楼房鳞次栉比地矗立在一块很不成样儿的场地上,在城市和远处的原野之间形成一道可怜兮兮的屏障。我们走进一道门,爬上狭窄的楼梯,到了三楼,在那儿我看见了科斯特卡的名牌。当我们从门道走进主房间时,我愉快地看到角落里有一张宽大舒适的床,还有一张桌子,一把安乐椅众多的书籍,一架唱机和一台收音机。

我赞扬了这布置,并问起浴室。"一点也不奢华。"科斯特卡说,对我的兴趣感到高兴。他引我回到门道,打开一扇门。这是一间小而舒适的浴室,浴缸、淋俗和脸盆很齐全。"看到你这个好地方,使我有了一个想法,"我说,"你明天下午和晚上做什么?""很不巧,明天我要工作到很迟。"他抱歉地回答,"我要到七点钟左右才回来。你晚上有空吗?""也许有,"我回答,"不过你能把这个住处借给我一个下午吗?"

我的要求使他感到诧异,但他立刻回答说,"我很高兴让你享用它。"接着,他审慎地试图避免猜测我的用意,加了一句,"如果你今晚需要一个地方休息,尽管留在这儿好了。我要到早晨才回来。不,甚至那时也不会回来。我会直接去医院。""不,没有必要。我在旅馆有一个房间。问题是,旅馆房间不是很舒服,而明天下午我需要一个舒适的环境。当然,不全是为了我自己。""当然。"科斯特卡说,垂下眼睛。"我也这样想。"我顿了一下,然后补充说,"我很乐意能够帮你忙。"又顿了一下,"提供它的确是一桩好事。"

然后我们在桌边坐下,聊了一阵。不久,科斯特卡说他该回医院去了,他很快教给我主要的家务事项:浴缸的龙头需要格外拧紧,与平时采用的程序相反,热水只有从标着 C 符号的龙头才能得到,收音机的插座藏在床下,食橱里有一瓶新开的伏特加。他给了我两把串在一起的钥匙,告诉我哪一把开楼房的大门,哪一把开他的寓所。在屡屡换床的一生中,我已养成一种对钥匙的绝对崇拜,于是我窃喜地把科斯特卡的钥匙揣进我的口袋。

在我们往外走时,科斯特卡表示希望他的寓所会有助于"一些真正美好的事"。"是的。"我说,"它会帮助我做一桩美好的毁灭工作。""那么你认为毁灭会是美好的。"科斯

特卡说。我偷偷笑了，在他的反应中，认出了我十五余年前初次遇见的那个科斯特卡。虽然我喜欢他，但我也发现他有点可笑，随后我回答说："我知道在上帝永恒的建筑工地上，你是一个温和的工作者，不喜欢听到有关破坏工作的事，但是，我能有什么办法呢？我恰恰不是一个上帝的泥瓦匠。喏，如果上帝的泥瓦匠修筑了真正的墙，我怀疑我们能不能够毁坏它们。但是我所看到的却不是墙，而是幕布，是布景。而布景是肯定能毁坏的。"

这番话把我们带回到我们分手的地方。然而，这一次，我们的争论却带有一种明显抽象的性质：我们都十分清楚它的具体的基本点，觉得用不着重申它们。我们只需关注我们改变得是多么少，我们彼此保留的不同是多么相似。但是为了明确阐明他的立场，他回答说："就算你说得对，但是告诉我，一个像你这样的怀疑主义者怎么能如此肯定，你知道怎样区分一个布景和一堵墙？你难道没有怀疑过你所讥讽的幻觉是幻觉吗？如果你错了怎么办？如果你如此起劲要毁坏的是真正的价值又怎么办？"他接着又说："一个贬低的价值和一个没有标记的幻觉有着类似的可怜的外表。它们是同一的。没有比把其中一个当作是另一个更容易的了。"

我陪着科斯特卡穿过城镇回到医院去，在口袋里玩弄着钥匙，想到同一个随时随地，甚至此时此刻在穿过一个新村凸凹不平的路面时，愿意跟我开诚相见的老朋友一起回去是多么愉快。由于科斯特卡知道明天我们还可以在一起待一晚上，他把奥妙的哲理探讨转到更现实的事情上：他想弄清楚我是否会一直等到他明日七点回来，并问我是否真的没有别的事需要他帮忙。他用手摸着脸说："只是要去一次理发店。"因为感到胡子拉碴的不痛快，"把这事交给我。"科斯特卡说："我要让你得到第一流的修面。"

我接受了科斯特卡的好意，让他把我带到一个小理发店，里面有三把大转椅耸立在三面镜子前。两把椅子占着人，头朝后仰着，脸上满是肥皂；两个穿白罩衣的女人俯身在他们上面。科斯特卡走到一个女人身边，小声了几句，那女人在一块布上擦擦剃刀，对店后面叫了几声，又出来一个穿白罩衣的姑娘。新来的姑娘接过被丢开手的男人，那个与科斯特卡说话的女人朝我点点头，让我坐到空着的椅子上。科斯特卡跟我握握手，他一走我就在椅子上坐下，把头朝后靠在头枕上。由于多年的经历教会我不要瞧自己的脸，我躲开直对着我的镜子，抬起眼睛，让视线游离在污清斑驳的白色天花板上。

我凝视着天花板，感到那姑娘的手指把白布单塞进我的衬衫领里。然后她走回去，我只能听见剃刀在皮革上上下滑动的声音。我沉浸在一种惬意的懒洋洋中。感觉到她那润滑的手指在我脸上涂抹肥皂，我冥想着被一个陌生的女人如此轻柔地抚摸着，而她对我却毫无意义,我对她也没有任何作用,这是多么奇特和可笑。接着,我想象我是一个完全任凭那女人用剃刀摆布的毫无防备的受害者。由于我的身躯已在空间溶解,我能感到的只是她的手指在我脸上抚摸,我想象那双温柔的手捧着我的头,就像它没有联结着我的身躯,就像它独立存在,而在旁边桌上候着的尖利剃刀只是为了使这种独立臻于完善。

然后这抚摸停止了,当我听到姑娘走回去,真的拿起剃刀时,我对自己说,我一定得看看她长得像什么样子,这位我头颅的保管员,我温柔的暗杀者。我把视线从天花板移到镜子,顿时感到一股寒气穿透脊梁:我正在玩的游戏已经突然地、可怕地变成了现实;那女人正在镜子里俯头看我——我感到我认识她。

她用一只手按住我的耳垂,小心地用另一只手刮掉我脸上的肥皂;当我瞧着她工作时,一分钟前使我如此诧异的影像开始慢慢溶化和消失。她俯在脸盆上,两只手指沿剃刀滑动抹去肥皂沫,重新直起身子,轻轻转动了一下椅子;我们的眼光顿时又相遇了,我重新感到我认识她。的确,这张脸有点不同了,是一张老女人的脸:灰暗,憔悴,微微凹陷;但我已经十五年没有看见她了!在此期间,时光已在她真实的脸上添加了一个面具,但幸运的是,这面具的两个孔使她真正的眼睛,真实的眼睛露了出来,这正是我所认识的眼睛。

然后这残像重又变得紊乱了:一个新来的顾客走进来,坐在我后面傍着轮子;他开始同这位姑娘说起话来,谈到这个美好的夏天,他们正在城外修建的游泳池;当她应答时,我相信我认不出声音;它听起来没有味道,神不守舍,漠不关心,几乎是粗声粗气;这是一个陌生人的声音。

在她给我洗脸,用双手紧搓我的脸时,我开始再一次相信我认识她,十五年后她在这里,重又抚摸我,长久地轻柔地抚摸我。她跟那位饶舌的顾客大吵发出陌生的声音,可是我拒不相信它;我愿意相信她的手,从她的手认出它;我想要从她触摸的温柔程度来确定我是否认识她,她是否认出了我。

她拿起一条毛巾,把我的脸擦干。那位饶舌的顾客正在为自己的一句戏谑而大声发笑,我注意到我的姑娘没有响应。也就是说,她可能没有听见他说的话。这使我激动:我觉得这是她认出了我,并受到震动的证明。我决定从椅子里一出来,就跟她说点什么。她从我脖上拉掉罩布。我站起身,在上衣口袋里掏出一张五克朗的钞票。我期待着我们的眼光相遇,以便我能叫出她的名字,但是她把头转开去,很迅捷地,与己无关地接过钱,以致我忽然觉得自己像是一个被幻觉弄坏的疯子,找不到勇气对她说点什么。

我感到万分丧气,离开了理发店。我所知道的是我什么都不知道,我没能认出一张曾经亲切可爱的脸,这是一个非常冷漠的征象。

我慌忙回到旅馆,给科斯特卡打电话。他还在医院里。

"你让她给我修面的那姑娘——她的名字叫露西·塞贝特卡吗?"

"她现在用的是其他名字,不过这正是她。你在哪儿认识她的?"科斯特卡问。

"哦,好多年了。"我回答,以至于也没有想到吃饭,我又离开了旅馆,开始在全城漫游。

海 伦 娜

　　今晚我想早点睡,也许我睡不着,但我想快些睡,巴威尔今天下午去了布拉迪斯拉发,明天一早我要飞到布尔诺,余下的路途乘公共汽车,小兹德娜有两天将要独自一人过,她不会在乎的,无论如何她不会在乎我们的陪伴,至少不在意我的陪伴,她崇拜巴威尔,巴威尔是她生活中的第一个男人,他知道怎样操纵她,他知道怎样控制所有女人,过去知道怎样控制我,现在仍然如此,这星期他又像以前一样,抚摸着我的脸,答应我从布拉迪斯拉发回来途中,在摩拉维亚停留,他说我们应该好好谈一下了,他准是意识到我们不能继续如下去,我希望他是想回复原状,但是他为什么一定要等到现在,既然我已经遇到了卢德维克?噢,这一切是多么痛苦,但是不,我绝不向悲哀屈服,但愿悲哀永远不要玷污我的名字,正如伏契克所说,他的话是我的座右铭,及至于当他们折磨他,甚至在绞刑架的阴影下,伏契克也从不丧失信心,我才不在乎他现在是学流行,也许我只是一个白痴,但是他们就有时髦的怀疑态度也是白痴,我干嘛不可以用我的愚蠢同他们的愚蠢交换,我不想让我的生活分裂为二,我愿意它始终一贯,这就是我对卢德维克如此坦率的原因,当我跟他在一起时,我没有必要改变我的理想和趣味,他十分正常,坦率,快活,对一切都很明确,这正是我所喜欢的,这正是我一直所喜欢的。

　　我并不为我的现状感到羞耻,我只可能是我的老样子,直到十八岁时,我所知道的全部生活只是一个有规则的布尔乔亚家族的秩序井然的寓所,还有功课,功课,功课,我几乎脱离了真正的世界,当我一九四九年来到布拉格时,那简直一个奇迹,我是那样快活,我永远不会忘记它,这就是我绝不能把巴威尔从我心头失掉的原因,即使我已不再爱他,即使他伤害过我,不,我不能,巴威尔就是我的青春,布拉格,大学,集体宿舍,伏契克歌舞团的大部分人,现在已没有人知道它对我们的意义了,正是在那儿我遇到了巴威尔,他唱男高音,我唱女低音,我们举办了上百场音乐会和表演,我们唱苏联歌曲,唱我们自己的社会主义建设歌曲,当然还有民歌,我们喜欢那些最优秀的民歌,我是那样地爱上了摩拉维亚民歌,它们成了我生存的动力。

　　至于我怎么爱上了巴威尔,我现在绝不能告诉任何人,它就像一篇童话故事,解放一

周年纪念日,在旧城广场举行了一次大示威,我们团也在那里,我们一伙到处走,几万人中的一小群,检阅台上坐着杂色重要的政治家门,捷克的和外国的,传来了各种各样的讲话和欢呼,然后陶里亚蒂本人走到麦克风前,用意大利语说了几句话,整个广场像刚才一样报以欢呼、鼓掌和喊口号,我听见巴威尔在人声喧哗中独自高嚷着什么,好像有点与别人不一样,当我盯着他的嘴唇时,我意识到他是在唱歌,更确切点说,是在尖叫着一首歌,他试图让我们听见他,加入他,他在唱一首意大利革命歌曲,这是我们的保留节目,在当时十分流行:Avanti popolo, a la riscossa, bandiera rossa, bandiera rosa……

　　这正是十足的巴威尔,他从不满足于独自的感受,他一定要撩起人们的情绪,这是多么奇妙,我想,在一个布拉格的广场上,以一首意大利革命歌曲,向意大利工人运动的领袖致敬,我非常希望陶里亚蒂像我一样被感动,于是我尽量大声地加入了巴威尔的歌声,其他人也加入了我们,越来越多的人加入我们,到最后所有歌舞团都唱起来,但是欢呼声太大,我们不过是一小群,与至少五万人的他们相比,我们只有五十人,这个差异太悬殊了,我们进行了一场殊死的战斗,因为我们心想,整首歌曲的第一节我们不会成功,我们的歌声不被人听不到,可是接着一个奇迹发生了,渐渐地,更多的声音开始唱了起来,人们开始意识到发生了什么,歌声慢慢升起在广场的人声鼎沸之上,像一只蝴蝶从一个嗡嗡作响的巨大的蛹里钻出来。最后,这蝴蝶,这歌声,或至少这最后几小节,飞向了检阅台,我们热切地注视着那位意大利人发白的脸,当我们感到我们看到他挥了挥手,表示听到了这歌声时,我们高兴极了,我敢断定,尽管我离得太远不能辨清,我肯定我看见了他眼里的泪花。

　　在极度的热情和兴奋当中,我不知道这是怎么发生的,我突然抓住了巴威尔的手,他也紧紧握住了我的手,当这一切平息下去,另一个讲话人走到麦克风前时,我担心他会松开手,但是他没有这样做,我们到示威结束始终都拉着手,甚至后来也没有松开,人群散去了,我们一连几小时在春意盎然的布拉格街头漫步。

　　七年以后,当小兹德娜五岁时,我无法忘记,巴威尔告诉我说,我们不是为了爱情而结婚,我们是由于党的纪律而结婚的,我知道这是他在一次气头上说的话,我知道这是一句谎话,巴威尔是为了爱情才和我结婚的,他直到最近才改变,但说这样的话仍然是多么可怕,他不就是那种人吗?总是告诉每一个人,现在爱情不同了,爱是战斗中的支持而不是对世界的逃避,不管怎样我们就是如此,我们甚至没有时间吃饭,带上两个干卷饼去共青团办公室后,我们也许整天不再见面,我常常要等巴威尔到半夜,这时他才从那些没完没了的、六小时、八小时的会议中回到家里,在我空闲时,我抄下他在各种会议和政治培训班的发言，他对它们非常重视，只有我知道政治表现的成功对他是多么重要，在消除公众生活与私生活的区别方面，他从不厌倦地反复说新人与旧人不同，而现在，多年以后，他却抱怨道那时同志们总是干涉他的私生活是多么落后。

我们恋爱了将近两年，我变得有点不能忍受了，不足为奇，没有一个女人能永远满足于热恋，巴威尔十分满足，他喜欢这种不必承诺的便利，每个男人都有自私的德行，女人应该为了自己和她作为女人的天职站起来。不幸的是，巴威尔较之我们团的其他人，尤其是跟我亲近的几个姑娘在这个问题上更少一致，她们同别人谈过一次，结果是她们在委员会面前指责了巴威尔，我不明白她们对他说了些什么，我们从来没有谈论过这事，但是她们准是对他有点粗暴，在那些日子里，道德是相当严格的，人们的确做得离谱，但是，在道德上做得过分也许比我们现在这样道德败坏要好得多。巴威尔很长时间埋怨我，我觉得我把一切都毁掉了，我很绝望，我打算自杀，但他后来又回心转意了，噢，我的膝盖抖得多厉害，他要我原谅他，并给了我一个上面刻有克里姆林宫的项链垂饰，这是他最宝贵的财物，我从未把它解下来过，何况它不只是一个巴威尔的纪念品，我快乐得流出了眼泪，两星期后我们结了婚，全团的人都来参加婚礼，又唱又跳，几乎闹了一天一夜，我告诉巴威尔，如果我们互相背叛了，那就等于背叛了婚礼上的每个人，背叛了旧城广场示威中的每个人，包括陶里亚蒂，当我回顾我们终于背叛了的一切时，我不由得觉得好笑。

让我们想想，我明天穿什么好，那件粉红色的毛线衫，那件塑料雨衣，它们最能显出我的身材，我没有过去那样苗条了，但我还有某种东西来弥补这些缺陷，某种年轻姑娘们所没有的东西，一个完全成熟的生命的魅力，把金德雷吸引到我身边的正是这一点。这个可怜的孩子，当我告诉他，我将乘飞机而他得独自走时，我仍能看见他脸上的失望神情，他为每分钟都能和我在一起，并显耀他那十九岁的男子气概而感到幸福，仅仅为了给我留下印象，他会打破所有速度记录，噢，他长得并不怎么好看，但是他的技术不错，是一个杰出的驾驶员，电台里的人都喜欢带他去干不重要的工作，为什么不呢，知道周围有人喜欢我总是很惬意的，这几年我在台里特别不受欢迎，人们称我是一个持强硬路线者，一个狂热分子，一个教条主义者，一个党的警犬，我不知道还有什么，但是他们绝不会使我因热爱党，把我的余暇全都献给党而感到脸红。我还能为了什么而活着？巴威尔有别的女人，我甚至都不愿再调查他们，小兹德娜崇拜他，十年来我的工作完全是例行公事，特辑，采访，计划完成的纲要，模范谷仓和模范挤奶女工，在家里的处境是无望的，只有当从未损害过我，我也从未损害过党，甚至在几乎所有人都企图背弃它的日子里，在一九五六年人人都在议论斯大林的罪行时，当时人们变得放肆起来，开始否定一切，说我们的报纸

谎话连篇，国营商店毫无益处，文化衰退，农庄绝不应该集体化，苏联没有自由，最糟的是，甚至共产党员也到处这样讲，在他们自己的会议上，巴威尔也这样讲，而且他们全都为他鼓掌，巴威尔总是在受到表扬，当他还是一个孩子时就开始了，他是一个独子，他母亲把他的照片放在她的床头，她的神童，小时了了可大了却未佳，他不抽烟，不喝酒，但他没有赞扬就不能活，这是他的酒精和尼古丁，在这个拨动人们心弦的新机会中，他是何等激动，他如此动感情地讲到那些可怕的司法凶手，以至于人们光是哭泣，我可以断定他是多么欣赏他的义愤，我恨他。

幸亏党严厉谴责了这些兴风作浪者，当他们安静下来时，巴威尔也安静下来了，他并不想在马克思主义上面以大学舒适的讲师职位去冒险，但某种东西却留了下来，一种冷漠、怀疑和令人担忧的病菌，一种隐蔽繁殖的病菌，我不知道怎样反击它，我只是比任何时候都更加紧密地依靠党，党几乎像一个有生命的东西，我可以告诉它所有最隐秘的思想，既然在这个问题上我对巴威尔或别的什么人已无话可说，其他人也不喜欢我，当我们不得不处理那件讨厌的事情时，这一切全都显露了出来，我在台里的一个同事，一个有妇之夫，同技术科的一个姑娘有暧昧关系，这个姑娘单身，不负责任，玩世不恭，他的妻子在绝望中转向我们的党委求助，我们花了几个钟头调查这案子，我们会晤了那个妻子，那个姑娘，单位里各方面的证人，我们试图让事情获得妥善圆满的解决，并且做到公平合理，那个男的受到了党内处分，姑娘受到了警告，两人都向党委保证不再互相见面。不幸的是，他们言行不一，他们同意断绝关系只是为了让我们安静下来，实际上却窥视地继续见面，可是事实总会暴露，我们很快就察觉了这事，于是我采取强硬的态度，我提议应把那个男人开除出党，因为他故意欺骗和损害党，说到底，如果他对党说谎，他算什么共产党员，我恨撒谎，但是我的提议未获通过，那个男人由于另一个惩戒而未受处罚，至少那姑娘只能不离开台里。

为此他们把怨恨发泄在我身上，他们使我显得像一个怪物，一个野兽，这是一个十足的诽谤运动，他们开始探听我的私生活，而这正是我唯一致命的弱点，没有一个女人能过没有感情的生活，如果她能够，那她就不会是一个女人，那么干嘛要否定它呢？由于在家里没有爱，我就在别处寻求它，不是我发觉了什么，而是他们在一次会议上公开斥责我，说我是个伪君子，试图使他人因婚姻失败而当众受辱，试图驱逐、开除、毁灭他人，而我自己却一有机会就对丈夫不忠，这就是他们在会上说的，在背后他们甚至更加恶毒，他们说我既想当婊子，又想立牌坊，仿佛他们看不到我对别人如此苛刻的唯一理由是，我知道一个不幸的婚姻意味着什么，使得我这样做的不是恨，而是爱，对爱的爱，对他们家庭的爱，对他们孩子的爱,我想要援助他们,我也有一个孩子,一个家庭,我为他们担忧!

　　虽然也许他们是对的,也许我确是一个怀有恶意的老巫婆,人们应该自由地想做什么就做什么,没有人有权把鼻子伸到他们的私生活中去,也许我们所设想的这个世界并不是那么完美,我的确是一个卑鄙的政委,爱管闲事,但是我做事就是这样,我只能按照我的感情行事,现在这已经太迟了,我一贯相信人是不可分割的一个整体,只有小布尔乔亚才把自己虚伪地分成公众的我和私下的我,这就是我的信条,我从来都是据此行事,哪一次也绝不会例外。

　　至于说我怀有恶意,我非常愿意承认我不能忍受那些年轻姑娘,那些小淫妇,她们对自己和青春如此自信,对年纪大的女人如此缺乏同情,她们有一天也会三十岁,三十五岁,四十岁,我不想听什么她爱他的话,她懂得什么爱情,她会和任何男人在头一夜就睡觉,毫无禁忌,没有任何羞耻感。啊!当他们把我比做这样的姑娘时,我感到屈辱,因为我,一个已婚女人,虽然有过几次风流韵事,但区别在于我始终在寻求爱情,如果我看错了人,如果我没有找到它,我总是厌恶地转身走开,去别处瞧瞧,尽管那样会简单得多,忘掉我少女般的爱情之梦,忘掉它们并越过这道界限进入那畸形自由的领域,在那儿,羞耻、禁忌和道德都消失了,那无耻、畸形的自由,在那儿一切都是允许的,唯一最强烈的力量是男人心中野兽般的性冲动。

　　但是我知道,如果我越过这道界限,我将不再是我自己,我会成为另一个人,我不知道会是谁,我对这可怕的转变感到恐惧,因此我一直在寻求爱情,不顾一切地寻求爱情,一个我恰好能接受的爱情,带着我全部的旧梦和理想,因为我不愿意我的生活分裂为二,我想要它始终保持统一,这就是为什么那天我们见面时,你使我惊喜万分的原因,卢德维克,亲爱的,亲爱的卢德维克……

　　我第一次走进他的办公室时的确非常有意思,他甚至没有给我留下太深的印象,我立即着手工作,说明为了那篇报道,我需要从他那里了解什么,以及我怎样描述那个结果。但是,当他开始对我说话时,我突然感到混乱,张口结舌,说不出话,他注意到我很不自在,便立即换了更平常的话题,问我是否已经结婚,我有没有孩子,我在哪儿度假,说我看上去多么年轻,多么漂亮,他真好,他想使我不要尴尬,我想到我见过的所有好吹牛的人,他们从不让你插话,与卢德维克不能相比,巴威尔总是一味谈他自己,但是这的确有趣,我和他在一起待了整整一个小时,竟不比来时更加了解他的基本准则,一回到家我立即在纸上记下一些东西,可是这完全不对,也许我很高兴,这给了我一个借口给他打电话,问他是否肯赏光读读我写的东西。我们在一个咖啡馆会面,我的报道只有微不足道

的四页长,他读了一遍,对我殷勤地笑笑,说它写得好极了,他从开头就分明表现出他对我作为一个女人比作为一个记者更感兴趣,我不能肯定是感到了恭维还是侮辱。可他确实对我很好,我们互相理解,他不是所谓的书呆子类型,他们实在让我恶心,他有着丰富的生活经历,他甚至在矿井工作过,这正是我真正喜欢的那种人,我告诉了他,但最使我激动的是,他是摩拉维亚人,他甚至在一个辛巴隆乐队演奏过,我不能相信我的耳朵,这就像再次听到了我生命中的主旋律,看到我的青春从阴影中复返,我的整个心都向着他。

他问我整天做些什么,当我告诉他时,他说,这绝不是你这样的人过的生活,该改变一下了,他说我应该重新开始,把更多的时间献给生活的欢乐。我告诉他这对我太对了,欢乐一直是我的一部分信条,没有比今天的怨恨和厌倦更让我憎恶的了,他说信条并不意味着是一个行为,那些从屋顶上高呼欢乐的人往往是最悲伤的人,啊,多么真实,我真想叫起来,接着他直截了当地告诉我,一点也不兜圈子,明天四点钟他将在电台前面接我,我们一块开车去乡间。可我是一个已婚女人,我反对说,我不能就和一个陌生男人跑到树林里去,卢德维克开玩笑地回答说,他不是一个男人,他是一个学者,但当他这样说时他显得是多么痛苦! 看到这样,我浑身感到发热,多么快活,他想要我,在我提醒他我已结婚后他越发想要我,因为这使我更难到手,男人们最渴望他们认为难到手的东西,我吮下他脸上的全部悲伤,认识到他爱上了我。

第二天我们听到伏尔塔瓦河在一边呢喃,看见森林在另一边陡然升起,这一切是多么浪漫,我喜欢生活浪漫,我敢说我的举动就像一个傻丫头,同一位有个十二岁孩子的母亲也许不相称,可是我不能自己,我又笑又跳,把他拉在我身边,当我们停下来时,我的心狂跳,我们面对面站着,卢德维克微微俯下身,给了我一个轻轻的吻,我挣脱开他,但接着又抓住他的手,重新开始奔跑,我的心脏时时有点不适,经过一番最轻微的努力,它开始狂跳起来,我必须要跑上一段阶梯,于是我放慢了一点,以便缓过气来,蓦然我听见自己在哼着我最酷爱的歌曲的头两节,啊,我们的花园里,阳光多明媚……感觉到他听出来了,我开始放声唱起来,毫无羞赧,我感到岁月、忧郁、悲伤、上千个灰色鳞片从我身上脱落下来,后来我们发现一个小客店,吃了一些面包和香肠。一切都很平常普通,粗暴的服务员,脏污的桌布,可这是一个多么美妙的冒险,我对卢德维克说,你明白我要去摩拉维亚三天,搞一个"国王们的骑马"的特别节目吗? 他问我在摩拉维亚什么地方,我告诉了他,他说那是他的家乡,又一个巧合,这使我十分激动,我要腾出一些时间跟你一起去,他说。

我有点怕,我想到了巴威尔,想到了他在我心里燃起的希望火花,我并不对我的婚姻抱玩世不恭的态度，我打算尽力挽救它，只要是为了小兹德娜，不，这不是事实，主要还是为了我自己，为了过去，为了青春的回忆，但是我没有力量拒绝卢德维克，我恰恰没有力量，现在木已成舟，兹德娜已经睡了，我感到害怕，此时此刻，卢德维克正在摩拉维亚，明天当我乘坐的公共汽车到站时，他将在那儿等候我。

卢 德 维 克

是的，我信步漫游。我在横跨摩拉瓦河的桥上停了一会儿，凝视着下游。多么丑陋的河，它的堤岸多么令人压抑：一条有五幢呆头呆脑平房的街道，每一幢都像一个畸形的孤儿独自坐落在那里；显然它们原是为了组成一个宏大整体的胚胎，但是它后来却没有任何下落了；两幢房子装饰着陶瓷天使和水泥小浮雕；肯定，它们雕刻粗陋，破碎不堪：天使失去了翅膀，浮雕许多地方已经剥落得露出砖头，弄不清它们的意思。在孤儿似的房子那边，街道渐渐消失在一排铁塔和高压线中，然后是散布着几只鹅的草地，最后是田野，一望无垠的田野，田野伸展到不知道的地方，田野掩饰了摩拉瓦河粘滞的褐土。

每座城市都有一个呈现它们自身形象的倾向，这个看法突然使我想起俄斯特拉发，一个到处是废弃的房子，肮脏的街道显得空荡荡的矿城，那宽大、低廉的寄宿舍。我觉得自己掉进了一个陷阱，就像一个机枪流弹的靶子立在桥上。我不忍继续瞧那条有五幢孤寂房屋的愁眉苦脸的街道，因为我不忍想到俄斯特拉发，于是我转过身，开始往上游走去。

我沿着堤岸上一条小路走去。小路的一侧是一排粗大的白杨，右边丛生的杂草向水面倾斜，河的对岸，坐落着一些仓库、工场、几个小工厂的院子；小路的左侧，在树的那一边，有一堆散乱的垃圾堆，不远处，旷野被更多的铁塔和高压线遮断。走在这条小路上，我感到自己在通过一座宽阔水域上的小桥。如果我把这个景致当作一片水域，这是因为，首先，它使我战栗，其次，我时常处在坍塌的小路边缘。我很清楚这景致梦魇般的幻觉效应不过是遇见露西之后不愿回忆的往事的隐喻；我似乎把压抑的回忆投射到周围看见的一切中去了：田野、院落和仓库的孤寂，河流的阴沉，以及与风景相协调的弥漫的寒气。然而我知道我无法逃避那些回忆；它们围绕着我。

那些给我带来最初的大灾难的事件，也许可以用一种超然的、甚至轻松的语调来描述：这全都要追溯到我对愚蠢的玩笑那种不幸的嗜好，以及玛格塔对理解任何玩笑的那种不幸的无能。玛格塔是那种把所有的事情都看得很认真的女人；她天生的主要才能就是容易轻信；这时候，我并未把轻信用作愚蠢的委婉语；一点也不：她比较活泼，而且很年轻,因此她那信任一切的天真与其说是缺点,不如说是可爱,实际上伴随着这种天真的是一种自然本性的不可否认的可爱。大学里的每个人都喜欢她,我们大家或多或少都认真地对她下过功夫,这并没有使我们放弃文雅地、全然无害地跟她开玩笑。

可是,就玛格塔的反应而言,那类玩笑都开得不是很成功,没有说出一点时代精神。那是一九四八年二月以后的头一年。一种新的生活开始了,一种真正崭新和不同的生活,它的许多特征——它们铭刻在我记忆里——是严肃而庄重的。奇怪的是那些特征的严肃性却构成了一种笑的形状,而不是皱眉蹙额的形状。是的,那些日子告诉世界,它们是最灿烂的岁月,任何不会欢乐的人都会突然被怀疑是在悲叹工人阶级的胜利,或者是在向个人主义的内心悲伤屈服。

我不但没有内心悲伤的负担,而且有幸具有相当多的玩笑感。尽管这样,我却不能说我具有欢乐的时代特征:我的玩笑感太轻浮。不,流行的欢乐没有嘲讽和恶作剧;正如我说过的,它是一种高度严肃的种类,所谓胜利阶级的历史乐观主义,一种庄严和禁欲的欢乐——简单说,一个大写的欢乐。

我记得那时我们全都被组织成"学习小组",在一起常开展批评与自我批评,最后对每一个成员做出正式评语。像那个时代所有的共产党员一样,我有很多职务,而且,由于我还是一个优等生,我颇可以指望得到一个积极的评语。如果对于我对祖国的忠诚,我的努力工作,以及我的马克思主义知识的群众鉴定通常是如下这句话,"有个人主义的表现",我是没有理由惊慌不安的;甚至在最积极的评语中也惯常包含一些批评意见,责备某个人"缺乏对革命理论的兴趣",另一个人"缺乏对人际关系的热情",第三个人"缺乏谨慎和警惕性",第四个人"缺乏对妇女的尊重"。但是,这样的评语一旦不是唯一考虑的因素,那些"个人主义的表现",那些"缺乏妇女的尊重"就可能播下毁灭我们的种子。我们每一个人在他的党员档案中都装着最致命的种子;是的,我们每一个人。

有时我针对个人主义的指责为自己辩护。我要求我的同事们向我证明,我为什么是一个个人主义者。由于缺少具体的证据,他们经常说,"因为你的举止像一个个人主义者。""我的举止怎么啦?""你有一种奇怪的笑。""那我怎么办? 这是我表达欢乐的办法。""不,你的笑像是你在思考自己。"

当同志们在我的举止和笑容上打上知识分子的标记时,我真的信任了他们。我不能想象大家会借、革命本身、时代精神会错,而我个人会是对的。我开始监视我的笑,很快我就感到在我原来的人和应该成为及试图成为的人之间出现了一点小裂缝。

然而,哪一个是真正的我呢? 让我十分坦率地说:我是一个多面的人。

17

这些面孔不断增多。大约在夏日前一个月,我开始接近玛格塔,像所有二十岁的青年,我试图戴上一副面具,故作老成,以便给她留下深刻印象:我做出一副超然和冷淡的神气;我假装有一层特别的外壳,看不见,穿不透。我以为我会靠玩笑确立起我的超然,但尽管我一直擅长它,我对待玛格塔的举止却似乎总是不自然的,做作的,令人生厌的。

哪一个是真正的我? 我只能重复说,我是一个多面的人。

在会上我认真、热烈,有所约束;在朋友们当中——一个挑逗的多嘴的人;和玛格塔在一起时——玩世不恭,妙语横生;独自一人时——对自己不能确定,像一个中学生那样激动。

最后哪副面孔才是真正的面孔呢?

不。它们都是真的:我并不是一个伪君子,有着一副真面孔和几副假面孔。我有几副面孔,因为我年轻,不知道我是谁,或想要成为谁。

爱情的心理和生理机制是这样的复杂,以致在某种意义上,一个年轻人必须在生活中集中全部精力去理解它们,并且常常忽略他那情欲的对象:他所爱的女人。由于我已说到我对玛格塔中学生般的迷恋,我应该指出,我所感觉到的激动与其说是由于我在恋爱,不如说是由于我那尴尬的缺乏自信;它沉重地压迫我,对我的思想和感觉施加的影响比玛格塔本人还要大得多。

为了减轻我窘迫的负担,我夸耀我的知识,一有机会就跟她意见不合,取笑她的所有看法。这样做并不容易,因为尽管她有头脑,她仍是天真单纯,信任一切的。她生性就不能看到事物的背后,她只看到事物本身;她对植物学很有悟性,但往往不能理解一个同学开的玩笑;她将自己沉浸在时代的狂热中,但当面对一个根据结果证明方法正确的原则的政治行动时,她却总是好像听到一个玩笑那样困惑不解。于是,同志们决定她需要以革命运动的战略战术的具体知识增强她的热情,并在暑假送她去参加一个两星期的党员培训班。

培训班显然打乱了我的计划:我原计划同玛格塔一起在布拉格单独度过这两个星期,以便使我们的关系进入一个更加具体的状态,而且由于这是我唯一的两个星期,因此当玛格塔不仅不分担我的情绪,没有显出一点懊恼,甚至还告诉我她盼望着它时,我的反应既痛苦又妒忌。

从培训班她寄给我一封信,这正是十足的玛格塔,对周围的一切都充满诚挚的热情。全都是那样新奇:早晨的健美体操、谈话、讨论,甚至他们唱的歌;她赞扬充溢着那儿的"健康气氛",还很有耐心地加了几句,大意是西方的革命不久就会到来,等等。

我的确很赞同她的话;我甚至相信西欧即将发生一场革命;只有一样事我不能接受:面对我的情欲她那幸福快活的情绪。于是我买了一张明信片,写道:乐观主义是人民的鸦片!健康气氛有股愚昧的臭气!托洛斯基万岁!卢德维克。

玛格塔对我那挑衅性的明信片的回答是一封简短而欲套的便笺,并对我暑假寄给她的其余信件不予答复。我正同我的学生队一起在山里又干草,玛格塔的沉默对我来说是很难忍受的。我几乎每天都给她写信,信中全是恳切悲哀的迷恋之词:在这个暑假的最后两个星期,我们能不能至少看到彼此间的一点什么,我恳求她;我愿意放弃回家去看我那可怜的孤单单的母亲;只要和玛格塔在一起,我情意去任何地方。这不仅仅是因为我爱她;更重要的是因为她是视野里唯一的女人,我发现没有姑娘的男孩的日子是无法忍受的。但是玛格塔没有给我回信。

我不知道发生了什么事。八月间回到布拉格,我设法在她家里截住她。我们像往常一样,沿着伏尔塔瓦河散步,穿过帝国草坪,玛格塔不但声称我们什么也没有改变,而且行为照旧。问题是,这一切僵硬、坚决的相同给人的压抑胜过了我的极度恐惧。当我问第二天能不能见到她时,她叫我打电话,约定一个时间。

我果真打了电话;一个不熟悉的女人声音告诉我,玛格塔已经离开了布拉格。

我闷闷不乐,就仿佛一个没有女人的二十岁人,一个很少懂得性爱短暂而笨拙的交锋,总是一心想着它的盯当腼腆的年轻人那样。那几天简直是难以忍受的漫长和无聊;我不能看书,不能工作,一天看三场电影,一场接着一场,只是为了消磨时间,为了压抑住我体内深处发出的夜猫子的枭鸣。虽然由于我处心积虑的企图,玛格塔总以为我是一个沉湎女色的登徒子,但我却不能鼓起勇气同在街上走路的姑娘们说话,她们美丽的大腿使得我内心作痛。

因此,当九月份终天到来时我真高兴,又要开始上课以及应付学生会的工作了,在学生会我有一间自己的办公室,各种各样的事可以使我忙个不停。然而,在我回来的那天,我接到一个电话,召我去区党委办公室。当时的一切我还记得非常详细。那是一个晴朗的日子,当我走出学生会楼时,我感到整个夏天一直折磨着我的痛苦都渐渐消散了。我怀着一种惬意的好奇感到身。我摁了铃,校党委主席把我让进屋。他是一个高高瘦瘦的年轻人,有着一头金发和一双冰冷的蓝眼睛。我向他致以当时标准的党员问候:"劳动光荣。"但他没有回答,而是说:"马上往回走。他们在等你。"在最后一个房间,我又看到了三个党委成员。他们让我坐下来。

他们的第一个问题是问我认不认识玛格塔。他们问我是否一直在跟她通信。我说

是的。他们问我是否记得我写的东西。我说不记得了。但那张带有挑衅性文字的明信片立刻浮现在我的眼前,我开始有点明白是怎么回事了。你不能回忆起什么吗?他们问。是的,我说。好吧,那么,玛格塔给你写了些什么?我耸耸肩,表示她写的是我不可能当众谈论的私事。她没有写有关培训班的事吗?他们问。写了,我说。她说了些什么?她说她喜欢那个地方,我回答。还有呢?说谈话挺有益,我回答,还有小组的风气。她谈起过健康的气氛很盛行吗?是的,我说,我想她的确说过这样的话。她提到她正在发现乐观主义的力量吗?是的,我说。你对乐观主义怎么看?他们问。乐观主义?我问。呃,没什么特别的看法。你觉得自己是一个乐观主义者吗?他们继续问。当然,我不安地说。我喜欢快乐的时光,快乐的笑,我说,试图缓和这种讯问的语气。一个虚无主义者也喜欢快乐的笑,其中一个人说。他嘲笑受苦的人民。一个玩世不恭的人也喜欢快乐的笑,他继续说。你认为没有乐观主义能建设社会主义吗?另一个人问。不能,我说。那么你是在反对我们的社会主义建设,第三个人说。你这是什么意思?我抗议道。因为你认为乐观主义是人民的鸦片,他们说,开始发起进攻。人民的鸦片?我采取守势问。不要企图回避这个问题。这就是你所写的话。马克思称宗教是人民的鸦片,而你却认为我们的乐观主义是鸦片!这就是你写给玛格塔的话。我不知道,我们的工人,我们的突击手,如果得知激励他们去超额完成任务的乐观主义是一剂鸦片,他们会说什么。另一个人加了一句,对一个托洛斯基分子来说,建设社会主义的乐观主义只不过是一剂鸦片。而你就是一个托洛斯基分子。天哪,你怎么会这样想?我抗议道。你写了还是没有写?我也许写了一些玩笑话,可那是在两个月前,我记不得了。我们很乐意让你重新记起,他们说,于是大声给我读我的明信片:乐观主义是人民的鸦片!健康气氛有股愚昧的臭气!托洛斯基万岁!卢德维克。这些话在小小的党委办公室听起来是那样可怕,吓得我呆若木鸡。我意识到它们有一种我无力抗拒的毁灭性力量。可是,同志们,这只是开玩笑,我说,知道他们不可能相信我。你们觉得可笑吗?一个同志问其他两个。他俩摇摇头。你们得了解玛格塔,我说。当然了解,他们回答。那么你们看不见吗?玛格塔对什么事都很认真。我们经常对她开一点玩笑,试图吓唬吓唬她。挺有趣,一个同志应道。你的其他信件并未显出你对玛格塔不认真。你是说你们已看了我给玛格塔的所有信件?因此,你取笑玛格塔的理由,另一个人说,是她对所有都很认真。那告诉我们,她对什么很认真?像党,乐观主义,纪律这类事,对吗?这些都是使你好笑的事?要知道,同志们,我说,我甚至记不起写过这几句话,我准是匆匆忙忙就写下来了,这只是几个句子,一个玩笑,我都没有再想一下。如果我怀有什么恶意,我不会把它寄到一个党员培训班!你怎

么写的这无关紧要,你写得很快还是很慢,在你的膝盖上还是在书桌上,你只能写出你的内心话。没有别的。要是你把事情想一遍,你也许不会写它。事实上,你写出了你的真实感受。事实上,我们知道你是什么人了。我们知道你有两副面孔——一副面对着党,一副面对着这个世界的其余部分。我感到我已没话可说,反复申述那些个老理由:这全是在开玩笑,这些话没有任何意义,我当时的情绪应受谴责,等等。我彻底失败了。他们说我在一张公开的明信片上写了我不得不说的话,正是为了给那儿的每个人看的,我的话具有一种不能以当时的情绪来解释过去的真实意义。接着他们问我读了多少托洛斯基的书。一本也没有,我说。他们问我是谁借给我这些书的。谁也没有,我说。他们问我会见过哪些托洛斯分子。一个也没有,我说。他们告诉我,他们要解除我在学生会的职务,马上生效,并要我把办公室的钥匙交给他们。我从口袋里掏出钥匙递给他们。然后他们说,我的问题将由自然科学部党组织按照党员标准给予处理。他们站起来,也不看我。我说了"劳动光荣",然后走开了。

后来,我想起我在学生会办公室有许多东西。我的办公桌抽屉里有私人文件,还有袜子,在食橱里还有一块啃了一半的朗姆蛋糕,是从我母亲在档案材料旁边的炉子里烘出来的。虽然我刚把钥匙交了党委,可楼下的看门人认识我,给了我房间钥匙,它和别的钥匙都挂在一块木板上。我记得一切,直到最末的细节:这钥匙用结实的细绳系在一块小木板上,上面用白色漆着我的办公室号码;我开了门,在办公桌前坐下;我打开抽屉,把我的东西取出来;我慢慢吞吞,心不在焉;在这段短暂的较安静的时间里,我极力想面对我所发生的事,对此我应该怎么办。

不一会儿,门开了,进来三个党委办公室的同志。这次他一点也不冷淡和克制;这次他们的嗓门大而激动,尤其是其中最矮的那个负责党员干部的行政人员。我怎么到的这儿? 他厉声对我说。我有什么权利在这儿? 我想要他让保卫人员把我拉走吗? 我在办公桌抽屉里乱翻什么? 我告诉他我是来拿朗姆蛋糕和袜子的。他说,我完全没有权利在这儿,即使这地方到处都是我的袜子。然后他走到办公桌前,仔细查看里面的一份份文件,一本本笔记本。由于它们的确是属于我个人的东西,他终于允许我把它们放在一只手提箱里,而他在一旁看着。我把它们同肮脏、褶皱的袜子一起塞进去,然后用垫在食橱里接碎屑的油腻纸把朗姆蛋糕包起来,设法塞进手提箱。他注视着我的每一个动作,当我离开时,他的临别之言是:别再在这儿露面。

刚从区党委同志们的咒语中解放出来,从他们审讯的不可战胜的逻辑中解放出来,我就感到我是无辜的,我的话里丝毫没有如此可怕的东西,最好是去找同玛格塔很熟的

人,我可以信赖的人,会告诉我整桩事全属荒唐的人谈。我探访了一个同学,一个共产党员,当我把这桩事从头至尾告诉了他时,他说区党委素以固执己见、一本正经而出名,他了解玛格塔,很明白这一切是怎么回事。不管怎样,我去访晤的这个叫泽曼尼克,他即将担任自然科学部的党小组主席,并且十分了解我和玛格塔。

我根本不知道泽曼尼克已被选为党小组主席,这似乎是运气:实际上,我不仅很熟悉他,而且我相信,仅仅由于我的摩拉维亚背景,他也会持同情态度的。泽曼尼克喜欢唱摩拉维亚民歌,那时唱民歌是很时髦的,当然不是像小学生那样唱,而是扯开喉咙唱,一只手臂还伸向上方,说得更准确些,身着那些平民的装束,他们的父母刚离开舞场就把他们生在辛巴隆琴下的那些平民的服装。

作为自然科学部唯一一个真正的摩拉维亚人,我获得了某种特权:在每一个特殊的场合,开会,庆祝活动,"五·一"节,我都被邀请拿起我的单簧管,加入到由我同学中两三个业余爱好者临时凑成的摩拉维亚乐队。两年来,我们三个总是行进在"五·一"节游行队伍里,而泽曼尼克,这个长得帅,喜欢成为人们注意中心的人,穿上借来的民间服装,加入我们中间,载歌载舞,手臂在空中挥动。尽管他生长在布拉格,从来没有踏进过摩拉维亚,可他却喜欢扮演乡村青年,我不由得很喜欢他。我非常高兴,我生长的那个地区自古以来一直是民间艺术的乐园,它的音乐如今是那样受到欢迎,那样被人赞美。

另一个有利条件是泽曼尼克了解玛格塔。我们三人经常参加同一个学生集会。有一次,我编造了一个生活在捷克山区里的矮人部落的故事,从一篇据称专门研究这一题目的学术论文中引用了一些话来予以证明。玛格塔因从未听说过这些部落而感到大为惊奇。这并不值得奇怪,我说。资产阶级学术故意隐瞒了这些矮人的存在,因为他们被资本家当作奴隶任意买卖。

但是,应该有人把这件事公之于世! 玛格塔叫道。为什么人们不写它? 它将成为反对资本主义的强有力的事实!

没有人写它的原因也许是,我忧郁地说,这桩事十分微妙。你知道,那些矮人有非同寻常的性爱能力,这就是为什么他们的需求量很大,为什么我们的共和国要输出他们以换取硬通货,特别是把他们输往法国,在那里他们被人老珠黄的资本家太太们雇来当佣人,尽管他们明明是被用作完全不同的目的。

剩余的人忍俊不禁,这不完全是由于我诙谐的虚构,更是由于玛格塔聚精会神的表情,她赞成正在谈论的这个问题的热情;他们咬住嘴唇,以便不扫玛格塔学到新东西的兴致,他们中一些人还加入进来,进一步证实我对矮人的讲述。

我记得，当玛格塔问起那些矮人像什么模样时，泽曼尼克带着一副坦率的神情告诉她，塞丘雷教授，这位玛格塔和在场的人有幸经常看到在讲台上的人，就属于矮人血统，也许他的父母双方都是矮人，但有一方是矮人则是确切无疑的。泽曼尼克宣称是从塞丘雷的助教那里得知这一情况的，这位助教曾经与教授和教授夫人在同一个旅馆度过了一个夏天，他可以证明这一事实，教授夫妇加在一起还没有十尺长。一天早晨，他不知道他们还在睡觉就走进了他们的房间，他惊奇地发现他们不是肩并肩地躺着，而是头对脚地躺着：塞丘雷教授蜷在床的下半端，教授夫人蜷在床的上半端。

是的，为了证实这一点我说，这太清楚不过了，塞丘雷教授和他夫人都有矮人血统。头对脚睡觉是那个地区所有矮人的遗传习俗，古代时候，他们把自己的棚屋修在长方形的地址上，而不是修在圆形或正方形的地址上，因为不仅丈夫和妻子，而且整个家族都成一长串地睡在一起，头靠脚地一个挨一个。

回忆我们当时的捏造，即使在这个阴暗的日子我也感到了一线希望。泽曼尼克，这位将对我的案子有决定权的人，是了解玛格塔和我的幽默感的，他会明白，那张明信片不过是针对一个我们大家都很喜欢而又好戏谑的姑娘的一次愚蠢的逗弄。因此一有机会我就详细地对他讲了我的不幸遭遇。他很认真地听着，一直皱着眉头，然后说他将看看能做什么。

在这期间，我一直处于神思恍惚的状态中，像往常一样听课，等待着。我被召到好几个党的委员会面前，他们的工作便是确定我是否属于一个托洛斯基集团；我试图证明，我对托洛斯基的主张的确一无所知；我迎着那些讯问者的目光；我在寻找信任，有几次我发现了它，我愿把这种目光长久地保留在我心中，滋养它，耐心地设法从这种目光里燃起希望的火花。

玛格塔继续回避我。我知道还是因为那张明信片的缘故，我太骄傲，太敏感，不愿向她打听任何事。后来有一天，她自己在大学的一条走廊里叫住我，说："我想跟你谈一谈。"

于是，在几个月的破裂之后，我们又一次在一起散步。那时已至秋天，我俩都穿上了长长的军用胶布夹雨衣——是的，很长，抵达膝盖下面，这是那个最粗放的年代的时装。天下着蒙蒙细雨，河堤上的树木兆秃而又黯淡。玛格塔告诉了我整件事的始末。还在培训班时，她就被负责的同志叫去，问她是否一直都在收到信。她说是的。谁的，他们问。她说她母亲写给地的。还有别的人吗？噢，偶尔还有一个朋友，她说。你能告诉我们他的名字吗？他们问。她把我的名字告诉了他们。杨同志在信中写了些什么？他耸了耸他

肩,不想引述我的明信片。你给他回过信吗?他们问。我回过,她说。你写的什么?他们问。噢,没写些什么,不过是些关于培训班之类的事。你喜欢培训班吗?他们问她。噢,是的。我喜欢它,她回答。你在信中和他这样说了吗?是的,我说了。她回答。那么他的反应是什么?他们继续追问。他的反应?顿了顿她问。啊,他有点古怪,你们得了解他。我们当然了解他,他们说,我们想了解他写了些什么。你能把他的明信片给我们看看吗?

"你不会生我的气,是吗?"玛格塔说,"我不得不给他们看那张明信片。"

"你不必道歉。"我说,"在跟你谈话之前,他们已经完全知道了。否则他们就不会找你。"

"我不是在道歉。"她抗议道,"我并不因为把明信片交给他们而感到羞愧。这完全不是我的意思。你是一个党员,党有权了解你到底是谁,你想的什么。"我写的东西使她感到震惊,她告诉我。毕竟,谁不知道托洛斯基是我们所主张的一切、我们为之奋斗的一切的首要敌人?

我还能说什么呢?我要她告诉我接下来所发生的事。

后来,他们读了那张明信片,惊骇万分。他们问她对明信片有何看法。她说它是可耻的。他们问她为什么不主动把它交给他们。她耸了耸肩膀。他们问她是否知道提高警惕的意思是什么。她垂下头。他们问她是否知道党有多少敌人。她说是的,她知道,不过她绝不会相信杨同志……他们问她对我了解多少。他们问她我是个什么样的人。她说我有点古怪,我确实是个坚定的共产党员,但有时我会说出一些一个共产党员不应该说的话。他们要她举个例子。她说她回忆不起任何具体的事,但对我来说,没有什么东西是神圣的。他们说从我的明信片可以明显地看出这一点。她告诉他们,我们经常争论许多事情,我在会上说的是一套,与她在一起时说的是另一套。在会上,我热情洋溢,与她在一起时,我嘲谑所有一切,使一切都显得荒唐可笑。他们问她,她是否认为像这样的人可以配得上党员的称号。她耸耸肩。他们问她,当党的成员四处宣称乐观主义是人民的鸦片时,党是否还能鼓励社会主义建设。她说不能,像这样绝不能建成社会主义。他们告诉她,她可以走了,但有关这一切不要告诉我任何话:他们想看看我还会写别的什么。她对他们说,她不希望再见到我。他们说她这样做是不对的,她应该继续给我写信,这样他们就可以了解到我更多的情况。

"那么你把我的信也给他们看了?"我问玛格塔,一想到我在信中那些热烈的倾泻,脸上不由得变得通红。

"我还能怎么办呢?"玛格塔说,"只是在发生了这件事后,我不可能再继续与你通信。我不能只是为了使你堕入圈套而写信。所以我又给你寄了一张明信片就停止了。我不想见你的原因是他们不允许我告诉你任何事,我害怕你会问我,而我将不得不当着你的面撒谎。我不喜欢说谎话。"

我问玛格塔,那么今天是什么鼓励她来见我的呢。

她告诉我是泽曼尼克同志。他在大学的走廊里碰到她,把她带进一个小房间,那里是自然科学部党组织的办公室。他告诉她,他已听说我曾给她写了一张明信片,上面有一些反党言论。他问她这些言论是什么。她告诉了他。他问她对这些言论有何想法。她说她谴责它们。他告诉她,这样做是正确的,并问她是否还在跟我见面。她感到窘迫,极力回避这个问题。他告诉她,部里从培训班收到一份高度赞扬她的报告,党组织是信赖她的。她说听到这话她很高兴。他告诉她他并不想干涉她的私事,但在他看来,判断一个人是看他所交的朋友,但我并不是她最理想的朋友。

以后几周,她告诉我,他的话一直在她头脑中打转。既然我们几个月前就已不再见面了,泽曼尼克的劝告基本上是多余的。然而,正是这个劝告促使她思考:仅仅因为一个人犯错误就鼓励他的朋友与之断交,这是否太残忍,从道德上讲是否允许;她这方面首先与我断交,这是否不公平。她去看望了管理培训班的那位同志,问他是不是仍不允许同我谈那桩明信片事件,结果得知没有理由再保密了,因此她叫住我,希望能谈一谈。

接着她向我吐露了一直困扰着她、折磨着她的心事:是的,她决定不再见我的这一行为是很不好的;不管一个人的错误有多大,他都不是完全不可救药的。她回想起苏联电影《名誉法庭》,一位苏联医学研究者把他的发现先于本其他国家自由支配,这种行为近似于叛叛国。电影的结尾尤其使她感到:尽管这位科学家最后受到了同事们的名誉法庭的谴责,但他的妻子并没有离弃他;她极力鼓起他的勇气去弥补他的严重错误。

"那么,你已决定不离开我了。"我说。

"是的。"玛格塔拉住我的手说。

"但是,请告诉我,玛格塔,你真的认为我犯了严重罪行吗?"

"是的,我是这样认为。"玛格塔说。

"那你认为我有权留在党内吗? 有还是没有?"

"没有,卢德维克,我认为你没有权留在党内。"

我看出来了,如果我进入玛格塔当作是现实的这场游戏中,我就会得到几个月来徒劳以求的一切:正如蒸气赋予了汽船动力一样,要拯救我的激情也赋予了她动力。她愿

意把她的一切都献给我,肉体和灵魂。唯一的条件是她那福音的精神得到满足。为此,她所挽救的对象将必须承认他骨子里的罪。可我不愿意这样做。我渴望已久的肉体此时唾手可得,但是我不能以这样的代价来得到它;我不能承认一桩莫须有的罪;我不能维护一个无法忍受的惩罚;我不能容忍听见一个本应亲近我的人认定这样的罪,这样的判决。

我没有向玛格塔让步,于是我失去了她。不过,我真的认为我是完全无罪的吗?当然,我不断地使自己确信,整桩事全是荒唐可笑的,但尽管如此,我还是开始用我的审问者的眼光来看明信片上的那三句话;我开始感觉到他们的恐惧和惊慌,在我幽默的表层后面的的确确隐藏着某种严重的东西,我从来就没有真正与党合为一体,从来就不是一个真正的无产阶级革命者,我"投靠到革命者一边",仅仅是出于一个简单的决定。

回顾我当时的处境,我不禁想起基督教凭借它的巨大力量使教徒相信他具有与生俱来、万劫不复的罪过的相似之处。因为我永远低着头站在革命及其政党面前,我也就逐渐安于了这种看法,即我的话尽管的确是为了开个玩笑,但仍然是一种犯罪,痛苦的自我批评的狂澜在我头脑里翻腾起来。我对自己说,那些想法出现在我脑子里绝不是偶然的,同志们早就批评我有"个人主义的表现"和"知识分子的倾向";我对自己说,我始终对我所受的教育,我在大学里的地位,以及我作为知识界一员的未来而感到沾沾自喜,我的父亲,战争中死于集中营的一个工人,是绝不会理解我的玩世不恭的;我指责自己居然让他的工人精神在我身上丧失殆尽;我尽可能从各个方面来责备自己,最后终于承认有必要受到某种惩处;我只反对一件事,而且只有一件事:把我开除出党,以及随后地把我称为敌人。作为我从小便拥护并且至今仍坚持一切的敌人而活着,那真是难以忍受的凄苦。

这样的自我批评我对自己背诵了一百遍,对各种委员会至少背诵了十遍,最后又对自然科学部的全体会议背诵了一遍,在全体会议上,泽曼尼克致了开场白,以委员会的名义建议把我驱逐出党。我当众作了自我谴责后,会议进行了讨论,结果全反对我:没有人为我讲情,在场的每个人,是的,每一个人都举起手来赞成不仅把我开除出党,而且把我开除出大学。

当晚,我便乘火车回到摩拉维亚。在家乡我寻求不到一点安慰,很久我都鼓不起勇气把这消息透给我母亲,她对我的学习一直非常自豪。我回来后的第二天,雅罗斯拉夫,一位同我一起在辛巴隆乐队演奏过的校友,顺便造访我家,发现我在家时他非常高兴:原来他过两天就要完婚,于是马上邀请我做他的男傧相。由于我不能拒绝一个老朋友的请求,这样我就发现自己在用一个婚礼来庆祝我的毁灭。

何况,雅罗斯拉夫是一个十足的摩拉维亚爱国者,本地传统的专家,怀着对民俗的热爱,他把婚礼变成了一个传统仪式和风俗的展览:辛巴隆乐队,"族长"及其华美的讲演,引新娘跨过门槛的仪式,歌曲,化妆服,以及填满这一天的许多细枝末节,这一切更多的是根据人种史的教材而不是活的记忆想象出来的。有件事给了我很深印象:我的朋友雅罗斯拉夫,一个兴旺的乐队的新头儿,虽然恪守着这一切旧风俗,但却对教会敬而远之,尽管一个传统的婚礼没有牧师和上帝的祝福是无法设想的;他让族长作了全部仪式的讲演,但却祛除了讲演中一切圣经的主旨,尽管正是圣经的象喻使他们结合在一起。悲哀使我无法加入醉醺醺的婚礼聚会中,并使我对掺进这些民间仪式的清水中的氯仿佛很敏感,因而当雅罗斯拉夫要我抓起单簧管,加入其他演奏者中时,我拒绝了。我顿时看见我自己在最后两次"五·一"游行中演奏着,而出生在布拉格却穿着摩拉维亚服装的泽曼尼克就在我身旁唱呀,跳呀,挥动着手臂,我拿不起这只乐器。突然间,所有这些带有民间风味的尖声尖叫都使我感到厌恶,感到恶心……

由于失去了继续求学的权利,我也就失去了缓服兵役的权利,这个秋天我必将会收到通知书的。为了消磨时光,我签约参加了两个长期劳务队:一个是在哥特瓦尔德夫附近修路;另一个是将近夏末时在一家水果加工厂帮忙干些季节性的活计;然而,秋天终于到了,于是一个早晨我来到了俄斯特拉发一个丑陋、陌生的边区兵营所报到。

我和分队里其他年轻的新兵站在一个院子里,大家都不认识;在最初互不知名的阴郁气氛中,人们一下注意到的往往是粗野和任性;我们当时的情形正是这样;我们之间唯一的人类联结便是我们不可预测的未来,猜测是五花八门的——有些人声称我们将发给黑色徽章,有些人拒绝相信,还有一些人甚至不懂这是什么意思。我非常明白这一切,对这种展望感到十分惊恐。

接着一个中士走来,把我们带到一所营房。我们涌进过道,沿着过道进入一个大房间,房间里挂满了巨幅标语、照片、粗劣的图画。一幅题着"我们正在建设社会主义"的条幅是用大红纸剪贴而成的,覆盖了正对我们那堵墙的大部,使站在那下面一把椅子旁的一个干瘪的小老头益显矮小。中士指着我们中的一个小伙子,叫他去坐在椅子里。那个老头把一块白布单系在小伙子的脖子上,把手伸进靠着椅腿的一个公事皮包里,取出一把电动推子,然后把它插入小伙子的头发。

这把理发椅开始了一条欲将我们变成士兵的流水作业线:剃掉头发以后,我们被驱入隔壁房间,在那里脱得精光,把我们的衣服裹在一个纸袋里,用绳子拴牢,从一个窗口

传进去；然后，裸着身子、光着头皮的我们穿过过道到另一个房间，在那里领了长睡衣；穿着长睡衣，我们继续走到隔壁，在那里领了军靴；穿着军靴和睡衣，我们排队穿过院子来到另一所营房，在那里领到衬衣，衬裤，绑腿，皮带和军服；末了我们来到最后一所营房，在那里一个军士大声念我们的名字，将我们分成班，分给我们的房间和床铺。

当天我们再次列队去吃晚饭，然后上床睡觉，早晨我们被叫醒，带出营房去矿井，到了矿井口，由班分为作业组，分发了工具，这些工具我们中间几乎没有一个人知道该怎样使用；然后罐笼把我们送到井下。当我们带着浑身酸痛的身子回到地面上时，静候着的军士叫我们集合起来，把我们押回营房；中饭后我们出去操练，然后接受政治教育，强制唱歌，打扫个人卫生。我们唯一的清净地方便是一间有二十个床铺的房间。日子就这样慢慢地过去了。

在最初那些日子里，这种失去个性的半阴暗在我看来仿佛是一团漆黑；我们所执行的那些夫人格的命令代替了一切人的感情；当然，这种漆黑不是绝对的；它不仅源于环境本身，而且还源于调整我们的视觉所遇到的困难；随着时间的流逝，我们的视觉改善了，即使在半阴暗中我们也开始看见了人身上的个性。然而，我必须承认，我是最后才做这种必要的调整的人之一。

因为我整个身心都拒绝接受这样的命运。佩带黑色徽章的士兵们，与我命运相同的士兵们，经受的只是最马马虎虎的操练，不发任何武器；他们的主要工作便是在矿井干活。虽然他们的劳动有报酬，但我觉得那是一种可怜的安慰物；毕竟，他们完全是由这样一些分子所组成：年轻的社会主义共和国不愿把武器交给他们掌握，把他们把她当作她的敌人。这意味着他们受到的是更加粗暴的待遇，而且随时还得提心吊胆会延长他们强制性的两年服役期。然而，最使我恐惧的是，一生被打上烙印，被我的同志们永远地、最后地判为我视作死敌的那伙人。最初的那些日子，我像一个顽固的隐士生活在这群佩带黑色徽章的士兵中，拒绝同我的敌人交朋友，拒绝使自己适应他们。那时要获准请假是很难的，但即使当士兵们成群结队涌出去，在酒吧间寻找姑娘们时，我也宁愿孤独；我常常躺在铺上，企图读点什么或学点什么，从这种独行其事中吸取点营养；我坚信我只需要完成一件事：为我"不是一个敌人"的权利，为我离开这里的权利而斗争。

我几次走访连队的政委，试图使他相信，我来到这里纯属误会，我是由于理智主义和游戏人生，而不是作为社会主义的敌人被开除出党的。我再次重述了那桩荒唐可笑的明信片事件，但不幸的是，这件事看上去似乎不再是好笑的了；事实上，由于给了我黑色徽章，它听起来反而越发可疑，仿佛在掩盖某件更为重要的事。我必须公正地指出，政委耐心地听完了我的话，并对我要求得到公正的愿望出乎意料地流露出一点理解。他的确到某个上极那里打听了我的案子，但他最后把我叫去时，却带着毫不掩饰地厌恶说："你为什么要骗我？他们把你的一切都告诉了我。一个有名的托洛斯基分子！"

我逐渐意识到没有任何力量能改变我本人在决定人的命运的最高法庭里留下的形象了，这个值得怀疑的形象比现实的我还要真实得多；我是它的影子，而不是相反；我没有权利指责它不像我，因为我对这种不相像负有罪责；这种不相像是我的十字架，压在我自己的身上。

可我还是不肯屈服。我的确想承担我的不相像，成为他们已判定我不是的那种人。

我用了估计两周时间才多少习惯了矿井里的艰苦劳动，习惯了风钻，它的震动即使在我睡着时也能感觉到在我身上颤抖。我发疯似的拼命干活。我想打破所有的纪录，很快我就如愿以偿了。

问题在于没有人把它当作是我政治上服罪的一种表示。由于我们全都按计件取酬，别的许多人，无论政治态度如何，也都很卖力地干活，以便能从这个荒废的年月里至少捞到一点划算的东西。

虽然人人都把我们看成是这个政权不共戴天的敌人，我们仍被要求坚持社会主义集体的公共生活中的所有形式：我们这些敌人，害人虫，也要参加时事讨论，每天听鼓励士气的政治讲话，把社会主义政治家们的照片和宣传光辉未来的标语贴在布告栏上。刚开始，我坚持自愿做这一切，可是同样没有人把它看作为我政治上成熟的一个标志：其他人为了晚上请假需要引起连长注意时也是很自愿的。他们都不把这种政治活动看成是政治；它只是当局要求他们做的一个过场。

不久我就意识到这种抵抗是行不通的，只有我一个人才注意到我的"不相像"，别人是不看不见的。

在可以随意摆布我们的军士中间有一位身材矮小，黑不溜秋的下士，他是斯洛伐克人，举止温和，毫无虐待狂，这使他有别于其他军士。大家都很对他感兴趣，尽管有人恶意地声称他的好心肠比什么都傻。当然，军士们与我们不同，他们有武器，还时常去打靶。一次，那位黑不溜秋的下士在射击中得了第一名凯旋归来，我们几个人兴致勃勃地向他祝贺，但下士只是红了红脸。

那天过后不久，我碰巧与他单独在一起，为了找话说，我便问他是怎样成为一名好射手的。他抬起头来疑惑地盯了我一眼，说："这是我自己想出来的诀窍。我把靶心楣设为帝国主义者，于是我便变得很疯狂，总是弹弹命中。"我正准备问他的帝国主义者像什么

样子,他用严肃、深沉的口吻补充说:"我不知道你们大家祝贺我什么。如果发生战争,你们正是我要射击的对象。"

听到这个可爱的小战士嘴里说出这番话来,我明白了,把我与党和同志们连接在一起的纽带已经残酷地断掉了。我已经离开了本来属于我的生洛道路。

是的。所有组带都被切断了。

一切都中断了:学业,为革命工作,友谊,爱情以及对爱情的追求——整个富有意义的一生都中断了。留给我的只有时间。我史无前例地与时间密切起来。它与我过去理解的那个时间不同:一种变形为工作、爱情和努力的时间,一种非常谨慎地隐藏在我的行动后面因而我不假思索就接受了的时间。现在的它则是赤裸裸的时间,是自在和自为的时间,是处于最基本、最原始状态的时间,它逼迫我称它的真实名字,好让我片刻也不忘记它,使它不断地处在我面前,感觉到它的重量。

每当奏起音乐,我们听到一首旋律,便忘记了它仅仅是时间的一个面孔,每当管弦乐队在乐谱里的一个休止符中保持静默时,我们便听到了时间,纯粹的时间。噢,我正活在一个休止符中,但其长度不是由通常的符号所规定的;我正活在一个无尽的休止符中。我们不可能学其他部队的样,把皮尺一点一点地剪去,来表示两年的限制一天天在减少:佩带黑色徽章的士兵可能要无限期地呆下去。而连四十岁的安布罗茨在这里已经是第四个年头了。

在那时服兵役,家里还有一个妻子或未婚妻,那的确是一个悲惨的命运:这意味着要从远处不断防范着她那不设防的存在;这意味着要经常生活在恐惧之中,掌握在她难得的一次探望中指挥官会取消答应过的假,让她在兵营门口空守。带着像他们徽章一样黑的幽默感,士兵们经常讲一些军官们埋伏着等待那些沮丧的女人,以便捞点油水的故事,而这些油水按理是属于那些禁闭在兵营的士兵们的。

然而,这些家中有女人等待的男人毕竟还有一条线延伸过乐谱里的那个休止符。不管它是多么细,无论它细得多么令人痛苦,一碰即断,它总还是一条线。我却没有这样的线:我已同玛格塔断绝了一切关系,我收到的唯一来信是母亲写来的……哎,那算不算一条线呢?

不,那不是一条线。如果家仅是父母的家,那它就不是一条线;它只是过去。父母的信是来自我们正在摒弃的一个海岸的音讯;他们所能做的只是使我们意识到,我们已经远离启程的港口有多远了,我们被裹在亲人们无私的挚爱之中。是的,他们的信在说,港口还在,带着它那全部令人慰藉、质朴的美还在那里;可是回去的路,返回的路却失去了。

　　我逐渐习惯了这个想法:我的生活已失去了它的持续性,它已从我的手中被夺走了,我别无选择,只有放弃我一直实在地、无法逃避地生活于其间的外在现实,去体验它的内在现实。于是我的眼睛也逐渐适应了这种失去个性的半阴暗,开始注意起我周围的人们——迟于他们之间的相互注意,但幸运的是,还没有迟到与他们完全疏远。

　　第一个从半阴暗中出现的人是昂扎,他讲一口布尔诺街头难懂的俚语,因殴打一个警察而给他戴上了黑色徽章。按照他的说法,他是那位警察的老同学,因私人不和痛打了那人,但是法庭不像他这样看待这件事,于是在监狱里关了半年后他便直接来到了我们这里。他是个非常优秀的机械工,但对再次干机械工的活或干别的什么活,都显得完全无所谓;他没有任何依恋,也不关心未来,这给了他一种无忧忧虑,不可一世的自由感。

　　我们中间唯一另一个具有内心自由感的人是彼得里奇,他是我们营房二十个人中最古怪的一个。在充军者通常九月份的聚集之后两个月,彼得里奇才来到我们中间。最初他是分到一个步兵营,但他由于严格的宗教理由,顽固地拒绝带武器,接着当局又截获了他写给杜鲁门和斯大林的信件,信中以社会主义大家庭的名义慷慨激昂地呼吁遣散所有军队。当局对他非常费解,甚至让他参加操练,尽管他是那里唯一不带武器的士兵,他经受了泥泞中的行军,并且非常正确地做持枪立正姿势;他也参加政治学习,猛烈抨击帝国主义战争贩子。但是,当他自作主格写了一幅要求全面裁军的标语,并把它张贴在营房里时,他因兵变的罪名受到军事法庭的审判。法官们被他那和平主义的长扁大论搞得仓皇失措,下命令让一组精神病医生对他进行检查,拖延了很长时间后,取消了他们的指控,把他调到我们这里。彼得里奇十分高兴:他是唯一一个故意挣来黑色徽章的人,并且以佩带它为荣。这就是他之所以感到自由的原因——虽然他不像昂扎那样死皮赖脸,而是以静修和勤劳来表示他的独立。

　　其余的人都因恐惧和绝望而苦恼不堪:瓦尔加,一个来自南斯洛伐克的三十岁的匈牙利人,对民族偏见毫不在乎,战争中参加过好几个部队,在前线双方的战俘营都进出过;红发皮特兰,他的兄弟逃出了边境,逃离时射死了一个哨兵;斯塔纳,来自布拉格工人阶级居住区杰士卡夫的一个二十岁的浪荡子,他的胡闹引起了当地议会的怒斥,他不仅在喝得烂醉的状态下参加"五·一"游行,而且还故意当着欢呼的市民在路边撒尿;巴威尔·佩克尼,一个学法律的学生,在共产党二月政变的时候,曾与一伙同学一道示威反对共产党人,他立即就发现我和那些在政变后把他踢出大学的人属于同一阵营,一想到我们俩意以同样的结局收场,他便流露出一种恶意的满足了。

　　我可以讲出许多与我命运相同的其他士兵的事,但我只准备说一下我最喜欢的一个

人:昂扎。我还记得我俩最初的一次谈话:那是发生在井下巷道的一个断层,我们碰巧肩靠肩坐在一块,嘴里嚼着面包口粮。突然昂扎在我膝上拍了一下,说:"嗨,喂!你是聋子还是哑巴?为何不讲讲你是怎么落难的?"由于我当时的解又聋又哑,我不得不费力地解释我是怎样来到矿上的。我为什么实际上不属于这里。"嗨,你这个该死的杂种!你是说我们就应该在这里?"我试图把我的看法表达得更清楚,可是昂扎吞下最后一口面包,打断我说:"你知道,要是你的个子也和你的愚蠢一样高,太阳会在你脑袋上烧 一个洞。"这点不带恶意的粗俗的挖苦话使我很难为情,我竟放任自己对失去的特权忧心忡忡,不能自拔——而我自己却一直坚决反对特权和自我放任。

随着时间的流逝,昂扎和我成了忠实的朋友。一天晚上,他说我是个笨蛋,竟在营房里度过自己的休假,随后便拖着我与这帮人出去。我永远也不会忘记这事。我们这伙人还真不少,总共有八个,包括斯塔纳、瓦尔加,还有一个从前学应用美术的学生塞勒克。至于去哪里我们没有太多要求:城中心是禁止进入的,即使在允许我们去的区域也限制我们到某些场所。可是那天晚上我们碰上了好运:附近一个娱乐厅正在举行舞会,到那里去我们是不受约束的。我们只付了一点入场费便一拥而进。大厅里有许多桌椅,但人去不多:只有十个姑娘,约三十个男人,有一半是本地炮兵营的士兵;他们一看见我们,马上就警觉起来;我们感觉得到他们的目光投向我们,点着我们的人头。我们在一张空长桌边坐下,要了一瓶伏特加,可是那位难看的女服务员用不容商量的语气宣布,这里不供应任何含酒精的饮料,昂扎只好给每个人要了果汁水;然后他从我们每个人那里把钱收集起来,一会儿,便拿着三瓶朗姆酒转来,我们立即在桌子下面把它对到果汁里。我们的动作不得不极其小心,因为我们知道那些炮兵们正在盯着我们,一旦发现我们违章喝酒精饮料,他们便会毫不犹豫地告发我们。据说,那些武装部队的人对我们特别敌视:一方面,他们把我们看作了可疑分子,随时可能割断他们可怜无辜的家庭成员的喉咙;另一方面,他们因我们赚的钱比他们多五倍而妒忌我们。

这一切使我们的状况很不寻常:我们所知道的只有沉闷和疲劳;我们每隔一周就要把头剃光,以便去掉头脑中一切自尊的思想;我们被剥夺了尘世的权利,对生活再没有什么可希冀的了;但是我们有钱。噢,钱不太多,可对于一个每月只有两晚上自由的士兵来说,这却是一笔财富:在那几个小时中,他可以表现得像一个富豪,尽情地弥补所有那些无止境的日子里长期的失意。

台上,一个蹩脚的乐队在为舞池里几对舞伴交替伴奏着波尔卡和华尔兹,我们一边冷淡地盯着姑娘们,一边呷着饮料,饮料里的酒精成分很快就把我们抬举到舞厅里所有人之上。我们的情绪很好。我能感觉到一种令人陶醉的欢乐攫住了我。一种自从我最后一次与雅罗斯拉夫和辛巴隆乐队的小伙子们一起演奏后就再也没有体验过的友谊感。这时,昂扎想出了一个从那些炮兵手中把尽可能多的姑娘带走的主意。这个主意简单得令人拍手叫绝,我们马上便把它付诸行动。塞勒克,这位性格外向的丑角,在这方面最有劲头,令我们满意地充分扮演了他的角色:与一位浓妆艳抹的黑发姑娘跳过舞后,他把她带到我们的桌前,倒了两杯我们的混合饮料,然后说:"好极了,让我们干杯吧!"姑娘点了点头,他们碰了杯。这时,一位穿着佩有两道杠的炮兵服的矮子走到姑娘身边,用最野蛮的口气对塞勒克说:"她空吗?""嗬,当然,乖小子,"塞勒克说,"她完全是你的。"当姑娘与那位害相思病的下士伴随着空洞的波尔卡节奏翩翩起舞时,昂扎离身去打电话要出租汽车。出租汽车一到,塞勒克就走过去站在出口处;姑娘跳完舞后对下士说,她要上卫生间,几秒钟后我们便听见了出租汽车开走的声音。

下一个得分的是 B 连的安布罗兹。十分钟后,安布罗兹,那个姑娘以及瓦尔加爬进了出租汽车。提速开到镇上另一头的一个酒吧间去与塞勒克会面。不一会儿,我们这群人中又有两个拐走了一位姑娘,于是只剩下了斯塔纳、昂扎和我。现在那些炮兵越来越不祥地注视着我们:我们人数的减少与三位姑娘从他们兽穴里的失踪之间的联系终于使他们有所觉察。我们极力显出一副清白无辜的样子,但很明显,一场战斗即将来临。"再来一辆出租汽车和一次光荣的撤退,怎么样?"我说,眼睛渴慕地盯着一位金发姑娘,这天晚上我曾想办法同她跳过一次舞,但却鼓不起勇气建议她与我一道离开;后来我一直希望另找一个机会,可是那些炮兵是那样热性地保卫着她,以至于我再也没有靠近她。"我们只是这样干。"昂扎说,起身去打电话。可是,当他穿过舞场时,炮兵们全都从座位上站起来,迅速地过去围住了他。这场殴斗似乎已迫在眉睫,斯塔纳和我没别的选择,只得从座位上站起来,向我们受到威胁的同伴走去。有一阵子,这群炮兵只是站在那里,保持着不祥的沉默。突然,一个醉醺醺的炮兵开始发表长篇的激烈演说,说他父亲在资本主义制度下是如何一直失业,站在一旁瞧着这些佩带黑色徽章的资产阶级臭小子们使他感到恶心,要不是他的同志们拦住他,他或许就会在那个杂种下颏上狠狠来一拳。在这位炮兵的长篇演说一停顿下来,昂扎就彬彬有礼地询问,炮兵同志们想要他做什么。我们要你立刻离开这里,他们说。昂扎回答说,这正是我们想做的事,请他们允许他叫一辆出租汽车。到这光景,那个炮兵眼看就要暴跳如雷了。这些败类,他尖声尖气地嚷道,这些该死的混蛋!我们没日没夜地在这里干活,什么报酬都没有,而这些资本家,这些外国代理人,这些卑鄙的杂种却乘着出租汽车兜风!哼,这次就算了,我告诉你们:要不我真想

就用这双手把他们扼死!

马上所有的人都加入了进来,老百姓和士兵,而舞厅的工作人员则竭力想避免一场事件。突然,我瞥见了我的金发姑娘。她一直单独留在她的座位上,现在正朝厕所走去。我尽可能不让人注意地离开人群,跟着她进了前厅,衣帽间和厕所都在那里。我觉得自己就像一个被投进深水区的初学游泳者;管它害臊不害臊,我都得运动起来;我在口袋里四处搜寻,掏出几张揉皱了的一百克朗的钞票,对她说:"我们一道走怎么样? 你会玩得更快活的。"她眼光朝下看着钱,耸了耸肩膀。我告诉她我在外面等候;她点点头,消失在女厕所里,不一会儿就穿着她的外套出来了;她冲我嫣然一笑,说她立刻就看出来我与其他人不同;这话使我感到很愉快,于是我挽起她的胳膊;我们走到街对面,在拐弯处等候昂扎和斯塔纳出现在大厅门口。金发姑娘问我是否还是一个学生,当我回答是学生时,她告诉我,前两天在工厂衣帽间里,她的一些钱被人偷了,由于这些钱是属于工厂的,所以她非常害怕他们会把她送上法庭:我可否借给她一百克朗? 我把手伸进口袋,给了她两张皱巴巴的钞票。

过了一会儿,昂扎和斯塔纳戴着帽子,穿着外套出来了。可是,我刚对他们吹了口哨,三个炮兵就紧跟在他们身后从大厅里冲出来。我只能听见们询问的语调,可我无须听见他们的话也能猜到他们的意思:他们追寻的正是我的金发姑娘。一会儿,一个炮兵朝昂扎扑去,这场殴斗开始了。斯塔纳只对付一个,昂扎要对付两个。他们正要把昂扎击倒在地,这时我冲过去痛打其中的一个。炮兵们刚才还以为他们在人数上占优势,可一旦双方人数相等,他们立即就失去了威风;当其中一个人在斯塔纳的拳头下彻底败北时,我们便趁着他们的混乱,匆匆地撤退了。

金发姑娘在拐角处顺从地等待我们。昂扎和斯塔纳一看见她,就高兴得发狂。他们说我是最了不起的人,并企图紧紧拥抱我,在我的记忆中,我还是第一次真正尝到了幸福的滋味。昂扎从外套里掏出一瓶朗姆酒,在头上挥舞着。一切都很完美,只是我们没有地方可去:我们从一个地方被赶出来,其余的地方又禁止进入;狂怒的对手已经切断了我们的出租汽车供应,随时都可能发动一场新的战斗,威胁到我们的生命。于是我们马上沿一条两边是房子的小胡同奔去;走了没多远,房子没有了,一边现出一堵墙,另一边现出一道栅栏;靠着栅栏,停着一辆干草运货车,还有一个像拖拉机似的机械,上面有一个马口铁座位。"你的宝座。"我说,接着昂扎让金发姑娘坐在座位上,座位离地面有几英尺高。那瓶酒在我们手中传来传去;我们四个都对着瓶子喝酒;金发姑娘很快就变得话多起来,对昂扎说:"嘿,我敢说你不愿借给我一百克朗。"于是昂扎塞给她一张一百克朗的

钞票,接着也解开外套,拉起裙子,脱下内裤。她抓住我的手,把我拉向她身边,可是我害怕极了,从她身边挣脱开,把斯塔纳推上前去补缺。斯塔纳丝毫未表现出任何疑虑不安,径自移到她的大腿之间。他们在一起持续了不到二十秒钟。我本来想下一个该轮到昂扎,但这次姑娘更加坚定了,紧紧地拉住我不放,她的抚摸激起了我的情欲,当我终于准备满足她时,她在我耳边柔声低语:"我只是为了你才来的,傻瓜。"然后开始叹息起来,顿时我真诚地感到她是一个可爱的姑娘,爱上了我,也值得我爱。她不断地在叹息,于是我放纵地和她干起来,但这时昂扎突然说出几句猥亵话,我再次意识到我一点也不爱她,于是我没有达到高潮就从她身上脱出来了,她几乎是惊恐地抬眼望着我,说:"嗨,出了什么事?"可这时昂扎已经占领了我的位置,叹息声重又开始了。

那天夜里直到早晨近两点钟我们才回到营房,四点半钟我们就起床去上星期日的义务加班,这样做能使指挥官得到 一份奖金,使我们得到两周一次的星期六休假。我们头昏眼花,醉意未消,像还魂尸一样在阴暗的水平巷道里摆动,但我仍沉酒在对那个愉快度过的夜晚的回味之中。

我们两周后的休假根本没有实现。昂扎的休假由于出了某桩事被取消了,我也因另一个排的两三位不速之客而脱不开身。我们立即把目光瞄准了一个有把握的东西——一个女人,她那异乎寻常的身高为她赢得了"烛台"的绰号。她长得丑,可我们有什么办法? 供我们使用的女人极其有限,而且还要受到时间的压力。我们需要充分利用每一次休假,这意味着男人们全都宁愿要易接近的女人而不要有魅力的女人。通过相互来往,这些士兵逐渐集中了一伙可怜巴巴、多少容易接近的女人,供大家通用。

我不在乎"烛台"是那伙女人中的一个;斯塔纳和昂扎不停地开玩笑,说什么她简直高得令人难以置信,说什么等那个时刻到来时,我们将不得不找一块砖头站在上面,但我实际上喜欢这个玩笑:它加剧了我对女人的狂烈的要求;任何女人;愈不具有个性,愈没有人格,就愈好;无论什么样的女人。

可是,尽管我喝了许多酒,但当我的眼光一落在她身上,我那炽热的欲望马上就平息了。一切都好像令人作呕和乏味,因为不管是昂扎,斯塔纳还是其他我所喜欢的人都没去那里,第二天早晨我醒来时,隔夜的宿醉还是那么厉害,以至于我对包括上一次休假发生的事也产生了怀疑。

我也许是受到了某种道义上的困扰? 废话:那仅仅是十足的反感。但是,几小时前我还因对女人的炽热欲望而变得憔悴,那个欲望的剧烈程度与我不知道那女人是谁密切相关,我的反感又来自何处呢? 我也许比别人更加敏感? 我是不是讨厌淫妇? 废话:我

不过是十分沮丧罢了。

我感到沮丧是因为突然意识到,我所经历的这一切并没有什么不寻常之处,我选择干这种事不是由于吃饱了撑的,不是由于任性胡闹,也不是出于想知道一切经历一切的入迷欲望,它只成了我生存的准则而已。它恰恰限定了我的机运的界限,它实际上描出了我此后爱情生活的地平线。它没有显示我的自由,而是显示了我的屈服,我的限制,我的判决。我感到恐惧。恐惧那个黯淡的地平线,那个命运。我感觉到我的心灵在收紧,在退却,接着抖缩起来,因为心灵意识到它已被完全包围住,无路可逃了。

因我们性爱的地平线的黯淡而产生沮丧情绪几乎是我们每个人都经历过的。彼得里奇为了抵抗这种沮丧,靠退到内心深处去与他的神秘的上帝谈心,这种以宗教的转向内心来弥补性爱的不足,实在是一种自我的刺激的恪守仪式的养生之道。其余的人则表现出更大程度的自我欺骗,用最伤感的浪漫主义来补充他们玩世不恭的情场冒险:许多人家里都有自己的恋人,并把他们的回忆磨得晶莹透亮;许多人把他们的信心寄托在无限忠诚和忠实期待上;还有许多人暗暗地试图使自己相信,他们在酒吧间喝得烂醉时结识的姑娘为他们燃起了高尚的激情。斯塔纳入伍前跟布拉格的一位姑娘谈过恋爱,她来看望过他两次,他以前从没有认真地对待过这件事,可现在他突然深深地爱上了她,而且急匆匆地要跟她结婚。他声称他已对两天的婚假做好了通盘打算,可我却能看穿他那玩世不恭的外表。指挥官准许他的假是在三月初,他动身去布拉格恰好是一个周末。这一切我记得清清楚楚,因为斯塔纳婚礼的那天结果也成了我一生中很重要的一天。

那天我也获得了一次准假,由于对上次休假浪费在"烛台"身上仍然感到懊恼,我避开了其他伙伴,独自动身了。我爬上一辆老式的窄轨电车,一辆连接俄斯特拉发远郊的慢车,让它把我带走。我在一个随意选择的站上下来,又随意换乘了一辆另一条线路的电车;宽广的郊区,奇妙地混杂着工厂和田野,自然美和垃圾堆,树林和熔渣堆,公寓和农舍,既吸引着我又困扰着我;我再次下了电车,但这次却漫步了很久,怀着某种类似恋爱的感情去欣赏这块独特的景致,尽力想弄清是什么使它形成了这个样子,试图解释是什么使它繁杂多样的各个部分显得协调和有秩序的。当我走过一幢覆盖着常春藤的田园小屋时,我想到它之所以属于这里的原因就是,它与周围那些破旧的房屋大相径庭,也与构成它背景的那些庞大的井架、烟囱、高炉的轮廓迥然不同;我走过那些矮墩墩的临时棚舍,看见不远处有一幢房子,一幢肮脏、灰色的旧房子,但却有花园、铁栏和高大的垂柳,在这样的环境中的确显得有点怪异,我对自己说,这将是它之所以属于这里的原因。我被所有这些不相协调的景致搞得心烦意乱,这不仅因为在我看来它们表现了周围地区的共有特性,而且还因为它们为我提供了一个我在这里充军的形象;当然,把我个人的历史投影在一个完整城市的客观背景上也使我得到了某种解脱:我明白了我同那株垂柳,那幢覆盖着常春藤的小屋,那些通向乌有之处,通向虚无的小街,那些排列着的每幢房屋似乎都来自不同地方的街道一样不属于这里;我同那些脏乱的临时住房区一样不属于这个一度质朴怡人的地区,我意识到我不得不待在这里,待在这个不相协调、令人困窘的城市,这个不加选择容纳一切的城市,其真正的原因在于我无所归属,绝不同流合污。

最后我沿着一条长街走去——这里本来是一个天然的村庄,现在已成了城市的近郊——停在一幢大平房前面,平房的一角竖着一个招牌,上面写着"电影院"。我就像偶然过路的人惯常做的那样,吊儿郎当地推究着这招牌为什么只写了"电影院"三个字而没有任何名字。我四处搜寻这幢房屋的外部,但是没有发现别的招牌。我只发现一条约五英尺宽的巷子,把电影院与比邻的建筑物分开,我循着这条小巷来到一个院子,看见电影院的背后还加了一个一层楼的边房,沿墙的橱窗里贴着电影广告。我走上前去,仍然没有发现一个名字的表示。我环顾周围,看见比邻后院的铁丝栅栏后面有一个小姑娘,便向她打听电影院的名字,可是她诧异地看了我一眼,然后说她不知道,我终于只好听任它的无名:在俄斯特拉发这个流放地,甚至连电影院都没有名字。

我信步回到橱窗前,首次注意到由一张海报和两张剧照预告的当天的电影,那不是别的正是苏联影片《名誉法庭》,影片的女主角玛格塔曾经提到过,当时她争先恐后要在我生活中扮演仁慈的天使;影片中更为严酷的方面同志们曾经提到过,当时学院党组织正要起诉我。这部影片给我带来过太多的悲哀,我一直希望永远不要再听到它的名字,但是不能,甚至在俄斯特拉发这个地方,我也未能逃脱它那指着的手指……但至少这次我可以别过脸去不理它。于是,我真的朝着小巷走去,准备回到街上。

正是在那时,我首次看见了露西。

她正朝着我的方向,朝着院子的方向走来。为什么我当时没有直接从她身旁走过去呢?是因为我只是在漫无目的地闲荡,还是因为院子里不寻常的夕辉使我流连忘返?或者是她身上具有的某种东西?而她的外貌十分寻常呀!的确,后来打动我、使我迷恋的正是她身上所具有的那种寻常的特性。可为什么我第一次见到她,马上就被她吸引住,并且停下来了呢?难道在俄斯特拉发的街上我还没看够寻常的姑娘吗?她的寻常有什么不寻常之处呢?我不知道。我仅知道我当时站在那里望着她,望着她缓缓地走,不慌不忙地朝玻璃橱窗走去,停在《名誉法庭》剧照的前面,然后转身走向入口处,经开着的门进入门厅。对了,一定是那缓慢的步态把我迷住了;她身上有一种缓慢显露出顺从:没有

任何地方值得匆匆奔去，没有任何事情值得为它烦恼。是的，也许真的是那种忧郁的缓慢使我跟在她后面，她走到售票处，拿出一些零钱，买了一张票，向礼堂里看了看，然后转身出来回到院子里。

我不能把眼光从她身上移开。她背对着我站在那里，眼光越过院子朝一排花园别墅望去，每一幢都围着栅栏，一直延伸上一座小山，直到一个石矿的轮廓把它们截断；我还记得它的每一个细部，记得把它与那个后院隔开的铁丝栅栏，那个小姑娘就坐在那边凝望着天空，记得她坐着的阶梯侧面是一堵矮墙，墙上有两个空花盆和一个灰洗衣盆，记得烟色的夕阳怎样徐徐斜向石矿。

快到六点的时候，也就是说电影要十分钟后才开映。露西转过身来，慢慢地穿过院子，走到街上。我跟在后面，将我身后遭到蹂躏的俄斯特拉发田园画面换成了一个更有都市味的景致。五十步开外是一个怡人的小广场，保持得十分干净，在一幢带有一个伪哥特式钟楼的红砖建筑物前面有一个小公园和几条长凳。我跟着她；她在一条长凳上坐下；她的缓慢一刻也没有离开过她；她看上去几乎是在缓缓地坐着；她没有瞻前顾后，没有任她的目光漫游；她坐着的姿势就像我们通常坐着等候做一次手术，等候某件完全吸引住我们、驱使我们进入内心、远离周围一切的事情一样。一定是这种内心的关注使我得以停留在她附近，上下打量她，而没有被她所注意。

关于一见钟情早已是老生常谈了，我完全知道人们在回顾爱情时，总想使它本身成为一个传说，把它的开端变成神话，所以我宁愿克制自己，不把这称作是有爱情；但是我毫不怀疑当时有一种洞察力在起作用：我立刻就感觉了，悟到了抓住了露西生存的本质，说得更确切点，她将成为我生活中不可缺少的部分；露西把她展现在我面前，就像神祇呈现在他人面前一样。

我看见马虎的电烫把她的头发弄成一团乱蓬蓬的卷发；我看见一件褐色外套，破旧不堪而且也不太长；我看见一张脸蛋，既不引人注目的迷人，又迷人地不引人注目；我看见一种天生的宁静、质朴和端庄；我感到我是多么需要它们；我看到我们是多么相似：我只要走上前去，跟她交谈，她就会露出笑容，仿佛一个失散很久的兄弟突然出现在她前面。

她抬起头望了望钟楼。她站起来，开始回电影院。我很想走到她面前，但与其说是缺乏勇气，不如说是缺乏话语；我的心是溢满的，但我的头脑却是一个空白；因此我只是跟在她后面进了那个小门厅。突然，一伙人冲进来，径直奔向售票处。我抢在他们前面买了一张电影票，而这个电影却是我极为讨厌的。

此时她已经进去了;在几乎空荡荡的礼堂里,寥寥可数的几张电影票失去了一切意义,我们想坐哪儿就坐哪儿;我走进露西那一排,在她旁边坐下。这时,刺耳的喇叭声在大厅里吼叫起来,灯光黯淡下去,广告开始出现在银幕上。

露西必定已意识到这个佩带黑色徽章的士兵并不是偶然地坐在她旁边;她肯定一直都知道我,感觉到我的存在,因为我把注意力全部集中在她身上,一点也不注意银幕上正在发生的事。

电影结束了,灯光亮了,寥寥无几的观众站起身来,伸着懒腰。露西也站了起来;她从膝上拿起那件折叠的褐色外套,把一只手臂伸进袖子里。我立即戴上帽子,掩饰住我的光脑袋,然后一声不响地帮她穿上另一只袖子,她抬起头,缄默地瞅了我一眼,微微点了点头,可是我说不上来这是一个感谢的表示还是一个纯粹本能的动作。然后她慢慢从那排座位往外移。我立即披上我的绿大衣,跟在她后面。当我第一次跟她搭话时,我们还未走出礼堂。

坐在她身旁并想着她的这两个小时,肯定已把我置于她的波长上;从一开始我就能像非常了解她一样跟她谈话;只有这一次我是自然地开始谈起来,没有一句玩笑或讽刺话,我很惊奇,经过了所有这些藏在面具后面的经历之后,这样的谈话是多么不费力。

我问她住在哪里,是干什么的,是否经常看电影。我告诉她我在矿上工作,那是个苦活,我很少有假期。她说她在一个工厂干活,住在集体宿舍,必须在十一点钟之间回去,她经常看电影,因为她不喜欢去跳舞。我告诉她只要她有空,我什么时候都乐意和她一道去看电影。她说她宁可一个人去。我问她是不是因为生活太压抑了。她说是的。我告诉她我也过得不怎么快活。

没有什么能比共同的忧郁更容易、更迅速地使人们贴近的了;一个人人能之的同情的气氛可以使所有疑惧和戒备都化为乌有,不论是高雅的人还是粗俗的人,有学问的人还是一字不识的人都易于领会这种气氛,它是使人们贴近的最简单的方式,但它却很少发生。它要求个人丢开由文化导致的"心理抑制",由修养带来的姿态和面部表情,显露出他的真实自我。我这个总是藏在这样或那样的假面具后面处处谨慎行事的人,怎么竟完成了这个伟绩,我不清楚;我不知道,可是它就像一个意想不到的礼物,一个奇迹般的解放。

我们互相告诉对方关于自己的最平常的事情;我们的表白简短扼要。当走到露西的宿舍时,我们在外面一盏街灯下站了一会儿,露西浸浴在灯光里,我发现自己不是在抚摸她的脸颊或头发,而是在抚摸那件破旧的令人动心的褐色外套。

我现在还记得那盏晃动的街灯,那些在回宿舍途中笑语喧哗从我们身旁走的姑娘们;我记得我抬起头来望着露西住的那幢房子,望着光秃秃的灰墙和毫无掩饰的窗户;我记得我瞧着露西的脸,这张脸是平静的,几乎是没有表情的,很像一个站在黑板前面,谦卑地背诵她所知道的东西,既不追求高分也不追求表扬的女学生的脸。

我们提前规定,我将寄给她一张明信片,让她知道我下次的休假在什么时候,何时可以见到她。我们道了晚安,然后我走开了。走了几步回过头来,看见她站在门口,没有推开门,只是站在那里,望着我。既然我已经走开了,她就可以抛掉她的矜持,任她的眼睛久久凝视着我。然后她抬起手臂——就像一个从来没有挥过手的人,不知道怎样挥手,只清楚当一个人离开时另一个人要挥手一样——尽力地笨拙地做着手势。我停下来朝她挥手,我们站在那里互相凝望。接着我又往前走,又停下来,又往前走,走走停停,直到最后我转过街角,互相从对方的视野中消失。

从那个晚上起,我的内心便迥然不同了;我又被占据了;我心灵的场所是干净和整洁的;有个人居住在那里。挂在墙上数月不响的钟突然开始嘀嗒嘀嗒地响起来。这是一个具有重大意义的事件:时间,在此之前就像一条不知从何处来往何处去的溪流缓缓流淌着,没有路标,没有拍号,但现在又开始呈现出人的面孔,把自己标出来,把自己画出来。我现在是为了休假而活着,每一天都是攀往露西那里的梯子上的一级。

我一生中还从来未把这样的思念,这样的全神贯注奉献给一个女人。我从来没有对别的女人产生过这样的激动之情。

感激?为了什么?首先是为了把我从我们大家所面对可悲而局限的性爱地平线解放出来。是的,斯塔纳这位新郎已经找到了一条出路:他在布拉格的家里有一个心爱的妻子。但是斯塔纳不值得羡慕。他靠结婚来使他的命运运动起来,然而一旦他登上返回俄斯特拉发的火车,他就失去了对命运的一切控制。

靠了与露西的结识,我也使我的命运转了起来,但是我绝不会让它从我的视野中消失。虽然我们不常见面,可我们的会面至少是有规律的,我知道她能够等待几周,然后就像我们前一天才见过面似的来迎接我。

然而,露西不只是在我们黯淡的性爱冒险之后把我从意气消沉中拯救了出来。尽管这时我知道我已失去了斗志,对我的黑色徽章将永远无能为力,尽管我知道与我还要在一起生活两年多的人们疏远是愚蠢的,在肆吹嘘我为自己所抉择的生活道路的正确是愚蠢的,我还是仅仅从理智上接受了这个变化,因而不能彻底消除我对"失落的命运"的痛切之感,露西对我这种痛切之感,产生了一种神奇的治疗效果。我所需要的只是感觉到她在我身边,感觉到她的生活方式的温暖,这是一种在世界主义和国际主义的争端之外,在警惕性和阶级斗争之外,在构成无产阶级专政的要素之外的生活——一种超出了政治的全部规定,超出了政治的战略战术的生活。

这些我关心的事曾经导致了我的毁灭,可我却不能放弃它们。对于委员会把我叫去,问我是什么原因使我成为一个共产党员的,我会有各种各样的回答,但是究竟是什么原因把我吸引到这场革命运动中的,我却感到费解,你大概会说,是因为感觉到站在历史车轮旁边的缘故。我们的确决定着人们和事件的命运,尤其是在大学里,在早期的那些年头,教职员工中的党员很少,学生团体中的党员几乎是单独地管理大学,对学院的教员编制,教学改革和课程安排做出决定。我们当年所体验到的洋洋得意如今人人已知是权力陶醉,但是我愿意说得更委婉些:我们让历史迷住了我们;我们为跳在历史背上,感觉到它在我们底下的念头所陶醉,如果说,其结果多半成了对权力的丑恶贪欲,可是一个理想主义的幻觉仍然保留了下来,这个幻觉就是:我们是开创了一个新时代的人,在这个时代里,人们不会再站在历史之外,不会再在它的脚踵下畏畏缩缩,而是指引和创造历史。

我那时坚信,远离历史车轮的地方是没有任何生活的,只有植物,厌倦,流放,西伯利亚。而忽然我发现了一个崭新的、意想不到的生活机运:我看见面前展出现一片久已湮没无闻的草地,日常生活的草地,在这片草地里,我看到一位贫穷、可怜的姑娘,但却完全值得我爱的姑娘——露西。

对于历史的巨翅露西知道些什么? 她何时听到过它们的声音? 她对历史一概不知,她生活在历史的底下;历史对她毫无吸引力,与她格格不入;她一点也不知道我们时代的重大问题,她生活中的问题是亘古不变的。突然之间,我得到了解脱;露西来把我带往她的灰色乐园,不久前似乎还是不可想象的这一步,使我得以退出历史的这一步,突然间成了宽慰和欣喜的根由。露西羞怯蒂挽住我的胳膊,于是我让她引着我。

露西是我的灰色向导。若用更具体的话讲呢?

她年方十九,但看上去却要大得多,就像那些历经艰难,从童年一下子上升到成年的女人一样。她说她是西波希米亚人,读完中学后便当了一名学徒。她不是谈她的家,要不是我逼迫她,她是什么都不会讲的。她在家里一直不幸福。"我的父母从来不喜欢我。"她说,为了证明她的话,她告诉我她的母亲从来不喜欢我。她说,为了证明她的话,她告诉我她的母亲怎样再嫁,她的继父怎样酗酒,并且待她很残酷,他们有一次怎样指责她把一些钱藏起来,不让他们知道,以及他们怎样经常殴打她。当她和他们的不和终于变得不能承受时,她便鼓起勇气离开了。她在俄斯特拉发已经生活了整整一年。哦,她

有朋友,但更喜欢独往独来;她的朋友们出去跳舞,把小伙子们带回宿舍,露西对此很反感;她很严肃,她宁愿去看电影。

是的,她认为自己是"严肃"的,把严肃与看电影等同起来。她最喜欢看的电影是当时极为盛行的战争片,也许是因为这些片子令人激动,但更可能是因为这些片子中极度的苦难使她内心充满怜悯和同情,她觉得这样的感情可以抬高和表示她如此看重的自己身上的"严肃"部分。

但是,如果说我只是被露西异乎寻常的单纯给吸引住了,那是不确切的。她的单纯,她在教育上的空白,并没有妨碍她理解我,不过她的理解与经历、知识以及争论和奉劝的能力毫无关系;她的理解主要表现在她倾听我时善于接受的方式。

我记得夏日的一天,我的休假碰巧开始在露西下班之前。我带了一本书,坐在一个花园的墙上阅读;我一直都在挤出时间来跟上我的读书;很少有时间,与我在布拉格的朋友们的通信又不多;多亏我来这里时在包里装了三本小诗集,这些书我读了一遍又一遍,它们给了我安慰。它们是弗朗季谢克·哈拉斯的诗歌。

这三本书在我的生活中扮演了一个奇异的角色,之所以奇异是因为我并不是一个酷爱诗歌的人,可它们却是我唯一真正喜欢的诗集。我发现它们刚好是我开除出党之后,那个时代哈拉斯的名字又重新出现在公众的眼里:当时那个主要理论家认为应当指责这位新近去世的诗人的病态,消沉,欺诈,存在主义——换句话说,那年头带有政治诅咒意味的一切。

在遇到不幸时,我们往往把自己的悲伤与别人的悲伤联系起来,借以寻求安慰,虽然听起来也许可笑,可我还得承认,我当时之所以要找出哈拉斯的诗歌,是因为我想同另一个被逐出教会的人开诚布公说话;我想弄清楚自己的心理是否与一个公认的背教者有任何相似之处;我想检验一下,当我处于类似的状况时,那位权威理论家声称有害、有腐蚀作用的悲伤对我来说是否具有某种欢乐。在动身去俄斯特拉发之前,我从一个爱好文学的老同学那里借来了这三本书,后来多次向他恳求,他才同意不把它们要回去。就这样,这些书陪伴着我开始了充军。

当露西发现我手拿一本书坐在约定的地方时,她问我在读什么。我把翻开的那两页给她看。"诗歌!"她惊奇地说。"我读诗歌你觉得奇怪吗"她耸了耸肩,说:"不,为什么要觉得奇怪呢?"但是我想她当时确实是这样看,因为她多半把诗歌和儿童读物看作是另一回事。我们在俄斯特拉发奇特的煤烟弥漫的夏天漫步。这是一个黑色的夏天,只见煤车沿着高架索道隆隆行驶,而不见朵朵白云在空中掠过。我注意到露西的心思还在那本书上,于是,当我们发现一片小树林并坐下来时,我翻开书,问道:"你感兴趣吗?"她点点头。

在此之前我从来没有向任何人朗诵过诗;在那以后我也再没有这样做过。我有一个内在的保险丝装置,它阻止我过分地展现自己,暴露我的情感,而朗诵诗使我觉得我仿佛在谈论自己的感情,同时又单腿立着一样;除非绝对孤单,否则每当我想到沉浸在韵律和节奏中时,那里面总有一种令我窘迫的东西。

但是,露西却具有一种非凡的能力,绕过我的保险丝,卸掉我的踌躇的负担。在她面前,我敢显露一切:真挚,激动,悲怆。于是我吟诵道:

> 你的身躯是一穗细长的玉米
>
> 籽粒从上面落下来却不会生根
>
> 你的身躯像一穗修长的玉米
>
> 你的身躯是一束丝绸
>
> 每一卷里都写有渴望
>
> 你的身躯像一束丝绸
>
> 　你的身躯是一片燃尽的天空
>
> 　穹窿下编织着它的死亡之梦
>
> 　你的身躯像一片燃尽的天空
>
> 　你的身躯是多么宁静
>
> 　我的眼睑下颤动着它的眼泪
>
> 　你的身躯是多么寂静

我用胳膊搂住露西的肩头,我的手指能感觉到它们,我真愿相信我正在吟诵的这首诗说的就是这个身躯的痛苦:缄默,顺从,被判了死刑。我又给她读了一些诗,包括那首至今还在我心中唤起她形象的诗,那首诗是这样结尾的:

> 我不相信你的蠢话我相信沉默
>
> 胜过美胜过一切
>
> 那里有理解的欢乐

突然,我的手指感觉到露西的肩膀在抖动;她哭了。

是什么使她哭了起来?是词语的意思?是诗歌调子里流露出来的不可形容的悲哀还是我嗓音的音色?也许是诗歌那种奥妙的庄严使她感到欢欣,而欢欣又使她感动得流泪?或者只是诗句突破了她内心的一个秘密障碍,解除了长期积郁在那里的一个重负?

我不知道。露西就像一个小孩缠着我的脖子;她的头紧贴在我穿着绿色军装的胸部上,她哭呀,哭呀,哭呀!

最近几年各种类型的女人多少次指责我自高自大。这全是胡说,我一点也不自负;但说句老实话,自从成年后我还从来未能与一个女人建立起真正的关系,正如她们所说,还从来没有爱上过一个女人。一想到这点我就感到痛苦。我不能确定,我是否知道我失败的原因,或者是由于天生的缺乏某种感情,或者是由于我自身的生活经历;我并不想夸大其词,但事实就是如此:那个会议厅里一百个人举起手来,发出毁灭我生活的命令的印象,多次回到我心头。这一百个人不知道事情总有一天会开始变化;他们指望我终生当一个被遗弃者。与其说是出于对受苦的渴望,不如说是出于恶意的顽固,我对那个场面做过许多不同的虚构:例如,假若不是做出开除我党籍而是绞死我的判决,那情景会是什么样呢?不论我怎样推想那个场面,我还是只能看见他们又举起手来,特别是如果泽曼尼克在开场白里娓娓动听地证明了我应被绞死的话。打那以后,只要我一结识新的人,无论是有可能成为朋友或情人的男人或女人,我都要在心中把他们投回到那个时候,那个地方,然后自问他们是否也会举手;没有任何人通过了这个考验;每个人都像我的朋友们和同事们那样举起了手。你必须承认:与那些愿意流放你或处死你的人是很难在一起生活的,跟他们变得亲密是不容易的,要爱他们更是困难。

也许我太残酷了一点,竟让我所相识的那些人受到如此无情的考查,而他们很可能会与我和平相处,从来不会走进那种举手表决的会议厅。也许有人会说我这样做只是为了一个原因:从精神优越的高处俯视他人。可是,指责我骄傲是很不公平的;如果说我从未举手赞成过任何人的毁灭,那么我也完全明白,我在这种事上的优越是有前提的:在这场游戏中我很早就被剥夺了举手的权利。我一直企图使自己相信,假若我处在他们的地位,我绝不会像他们那样做。可是我的诚实足以嘲笑我自己。为什么我就应该是唯一一个不举手的人,一个正直的人呢?不,没有任何迹象可以保证我会表现得更好。那么这件事又怎会一直影响着我与所有人的关系呢?意识到自己的卑劣并没有使我对别人的卑劣安之若素。对我来说,没有什么比人在对方身上看到共同的卑劣而产生的兄弟般感情更叫人讨厌的了。我一点也不想加入兄弟关系印记的行列。

　　那么我怎么又能爱露西呢？幸运的是，我刚才发表的看法是后来才产生的，因此我当时还是能够以张开的双臂和信任的心怀接受露西，把她作为一个礼物，一个天国的礼物接受。对我来说，那是一段浪漫的时光，也许是我一生中最幸福的时光。我虽然精疲力尽，虚弱不堪，被折磨得半死不活，可我却感到一种内心的平静感与日俱增。真有趣：如果那些现在指责我傲慢，怀疑我把人人都看作傻瓜的女人——如果那些女人知道露西的事情，她们将会把她称作一个傻瓜，会完全不理解我怎么会爱她。而我当时却是那样爱她，根本不能想象同她分离；的确，我们从来没有谈论过结婚，但至少我对有一天会娶她是非常认真的。如果说我确实想到过这个婚姻不相称，那么这个不相称却更吸引我而不是使我停步不前。

　　为了那几个月的幸福生活，我也要感谢我的指挥官；那些军士尽可能地欺侮我们，在我们的军服衣缝里搜寻脏物，如果发现我们的床铺上有点皱痕，就拆掉我们的床；可这位指挥官却是一个好人。他已开始出现老相，是从一个步兵团调到我们这里的——据传降了一级。换句话说，或许是他也曾经历磨难，所以他才偏袒我们。倒不是说他不要求秩序，纪律，以及偶尔自愿在星期天的加班，而是说他从不叫我们干劳累不堪的重活，并且在批准我们两周一次的星期六休假时，很少给我们添麻烦；如果我记得不错，那个夏天我每月基本上能见到露西三次。

　　没有和她在一起时，我就给她写信，写了无数封信和明信片。如今回忆起来，我实在想不出我在信里写了些什么。但这无关紧要；紧要的是，我给露西写了许多信，但她从来没有给我写过一封。

　　我简直没有办法使她给我写信。也许我的信使她畏惧；也许她觉得没有什么可写的，或是怕犯拼写错误；也许她为自己笨拙的书写感到不好意思，我仅从她在身份证上的签名才知道她的书写的。我无法使她明白我实际上赞赏她的笨拙，她的无知。我并不是抽象地看重她的简单；我把我视为一个纯洁的标志，一块能使我在她身上留下更深刻、更持久印记的白板。

　　最初，露西只是对我的信羞怯地表示感谢，但不久她就找到了报答我的方式：她不是写信，而是送给我鲜花。事情是这样开始的：我们正在一块树林荫翳的地方溜达，露西突然弯下身，摘了一朵鲜花，把它递给我。我很感动；这一点也没有使我尴尬。但是下一次我们见面时，她却拿着一大束花站在那里等我，我开始感到有点难为情。

　　我已经二十二岁了，凡是可能引起对我的男子气或成熟产生怀疑的一切，我都极力地小心加回避。我觉得手拿鲜花在街上散步很不自在；一想到买花我就感到畏缩，更不

必说接受它们了。我窘迫地向露西指出，是男人送花给女人，却不是女人送花给男人。可是当我看见她眼泪盈眶时，我急忙补充说这些花是多私漂亮，然后接受了鲜花。

打那以后，她便一发不可收拾了。每次我们见面，总有鲜花在迎候我，最后我屈服了，自发的送花以及这一行动对送花人的意义使我解除了武装。也许是她的不善言谈和不善表达使她把花看成是一种谈话方式——不是花通常那种严格的象征意义，而是更古老，更通俗，更本能的语言先导；也许，由于总是不说，她本能的向往那个不能说话，未有语言能力之前的进化阶段，那时人们用最少的手势来进行交流，比如，指着树，大笑，互相触摸……

不论我是否领会了露西送花的本质，反正我被她的行为深深感动了，要报答她的愿望油然而生。露西的全部服装就只有三件，由于她总是按照同样的顺序变换这三件衣服，我们的约会也随之按照严格的四三拍子进行。我喜欢这三件衣服的磨损、破旧和不太典雅；我也喜欢她那件褐色短外套，毕竟在抚摸她的脸之前我就先抚摸过它。可我还是决意要给露西买一件衣服，一件漂亮的衣服，许许多多的衣服。于是有一天我提议我们到百货商店去。

最初，她以为这个提议只是为了好玩，为了观看人们在楼梯上涌上涌下。可是到了二楼，我却在一长排挤得满满的衣服架前面停了下来，露西看见我兴致勃勃地盯着那些衣服，便靠上前去，开始评论起来。"那件衣服真好看。"她说，指着一件图案复杂的红花衣服。好看的衣服寥寥无几，可还是有一些稍微比较中看的；我拉出一件，对售货员喊道："这位年轻女士可不可以试一试这件衣服？"要不是因为那个售货员，露西很可能会表示反对，但在一位陌生人面前，她却不敢，她还未意识到是怎么回事，就发现自己已经在更衣室里了。

我等了一会儿，然后把帘子微微拉开，想看看她穿上新衣服是什么样子；尽管她试穿的那件衣服并不怎么吸引人，我还是大吃一惊：它那多少有点现代化的款式已经使她完全变了样。"我看一看好吗？"我听见那位售货员在我身后问，接着他对露西和那件衣服大加赞美。随后他转过身来，盯着我的徽章，问我是不是一个政治犯。我点点头。他朝我眨了眨眼睛，带着微笑说："我可以给你们看几件好一点的货色。你们愿意看吗？"说完他马上拿出一批时髦的夏装和一件绚丽的晚礼服。露西一件一件地试穿；它们穿在她身上都很漂亮，每一件都使她看上去不同；她穿着那件晚礼服时我简直都认不出来了。

一个关系发展中的转折点并不总是戏剧性事件的结果；它们往往起源于一些最初看上去不值一提的小事。在我对露西的爱情发展中，衣服正是这样的一件小事。在去服装店的那天之前,露西对我来说一直意味着很多东西:一个孩子,一泓慰藉和温情的泉源,一帖止痛膏,一条摆脱自我的逃路——事实上是一切,只除了是一个女人。我们的爱情就这个词的肉体意义来讲还没有超出过接吻阶段,而且她接吻的方式就像她身上的一切那样童真。

总之,在此之前,我虽然钟情于露西,但对她却没有任何肉欲;我已经逐渐习惯了缺乏情欲,以至于我几乎没有意识到它,我与露西的关系似乎是如此理想,我根本不可能想到还缺少点什么。一切都是那样协调地配在一起:露西和她那修道院的灰色服装,我和我那修道院的清白想法。然而,当她一穿上别的衣服,这个平衡就打破了。忽然,我眼前的露西与我想象中的露西失去了一切联系,我意识到她可能远远超过了我心目中那个楚楚可怜的乡下姑娘。我突然看见了一位迷人的女人,身材优美匀称,漂亮的裙子诱人地衬托出一双美丽的大腿。她那暗灰色的防护罩一下子就消失在鲜艳雅致、做工考究的衣服里。我对她身体的展示感到大为诧异。

露西与另外三个姑娘同住一间屋子。那幢宿舍每周只有两天允许来访,并且只有三个小时,从五点到八点;来访者需要签署他们到达的时间,交出他们的身份证,以及签署他离去的时间。更糟的是,露西的每个同室都有自己的男朋友,每个人都需要利用房间来约会,这就意味着她们相互间会不断发生口角,在背后指指戳戳,把某一个人侵占其他人的每一分钟都你细记录下来。这一切如此令人不舒服,以致我从来没有想过去那里看望露西。但是,我碰巧得知那三个姑娘一个月后都要去一个义务农业大队。我告诉露西,我想利用这个机会,到她的房间同她约会。她听了非但不高兴,反而愁眉苦脸地告诉我,她宁愿在室外与我见面。我告诉她,我渴望能在一个没人打扰,完全属于我俩的地方同她待上一会儿;我告诉她,我想看看她是怎样生活的。她无法再拒绝了,至今我还没有忘记,当她终于同意时我是多么激动啊!

那时我来俄斯特拉发已经快一年了,最初是那样难以忍受的后役已经变得习以为常;当然,它仍然是令人恶心,使人筋疲力尽,可我找到了忍受它的方法,交几个朋友,甚至也会很愉快;对我来说,那个夏天是迷人的;然而,事物往往是这样,福兮祸所伏;那个绿叶成荫的夏天却孕育着秋天的一连串不幸事件。

这一切是从斯塔纳那里开始的。他在三月份结婚的几个月里,逐渐听到了一些关于他老婆在酒吧间鬼混的绯闻;他感到非常难过,一封又一封地给她写信;她的回信使他平静了一阵,可是不久他的母亲来看望他;那个星期六他整天都和她待在一起,后来他脸色苍白,嘴唇紧闭的回到营房;刚开始,他羞愧得对任何人都没吐露一字,可是第二天他就

对昂扎讲了,接着又告诉了别人,很快我们就都知道了;当斯塔纳发现我们全都知道了这事,他便越发谈个没完没了,像是着了魔:他老婆一直都在外面到处乱搞,他要去她那里扭下她的脖子。他想从指挥官那里得到两天的假期,但指挥官根本不愿意:他从矿上和营房听到的只是对斯塔纳的埋怨,埋怨他心不在焉,脾气暴躁。于是,斯塔纳只好请求得到二十四小时的假。指挥官起了怜悯之心,同意了他的请求。打那以后我们就再也没有见到他。后来的事我都是小道消息:

他一到达布拉格,就抓住了他的老婆,她厚颜无耻地承认了一切;他开始打她;她便回手抵抗;于是他掐她的脖子,把一个瓶子猛掷在她头上;她倒在地板上,一动不动地躺在那里。他顿时意识到他干了什么,惊恐万状地逃掉了;不知怎么他竟在山里找到一座静寂的夏日别墅,于是躲藏在里面,战战兢兢地等着因谋杀罪而被抓起来,然后绞死。两个月后他们找到了他,以开小差而不是谋杀罪把他交付审判,原来他的老婆在他跑掉以后不久就恢复了知觉,这次历险除了头上起个肿块外就没有什么可以宣示的了。在他服刑期间,她同他离了婚,如今她成了布拉格一个著名演员的妻子。我时常去看这位演员的演出,为的是使我想起斯塔纳和他那不幸的下场:刑期结束以后,他继续留在那个矿上;一次偶然事故使他失去了一条腿,截肢造成了他的死亡。

听说那个女人是各种生活放荡不羁的圈子的骨干,她不仅使斯塔纳倒了霉,而且还使我们大家都倒了霉。至少我们是这样看的。当然,我们无法绝对确信围绕着斯塔纳失踪的流言与部长委员会事后不久视察我们的营房之间是否有一种因果联系。不管怎样,我们的指挥官被免了职,代替他的是一个年轻军官。从他到达那天起,一切都不同了。

正如我说的,他约莫二十五岁。不幸的是,他看上去年轻得多,事实就像一个小男孩,因此要使我们对他肃然起敬,对他来说就益发重要。我们经常私下议论他在镜子前面排练他的讲话,把它们背诵下来。他是个冷冰冰的人,不喜欢喊叫,总是以非常沉着的态度,清楚地表明他把我们所有人都视为罪犯。"我知道,如果看见我被绞死,你们全都会很高兴。"这位娃娃指挥官第一次召集我们时就对我们说,"但是,倘若这里真有人要被绞死,那就应该是你们,而不是我。"

初次的冲突很快就发生了。我记得最深的是画家塞勒克卷进去的事件,也许是因为我们觉得这次事件太令人高兴吧!在服役的头一年,塞勒克画了大量壁画,这些画在前任指挥官统治下得到了它们应有的权益。如前所说,塞勒克特别喜爱胡斯派战士和他们的首领简·杰士卡,可是为了使朋友们高兴,他总要增添一个裸体女人像,在指挥官面前把她说成是自由或祖国的象征。新来的指挥官很想利用塞勒克为他服务,把他召去,要他为那间上政治教育课的教室画点什么。他趁便要塞勒克忘掉所有那些杰士卡们，"把注意力更多地放在当前，表现红军以及它与我们工人阶级的聪明，表现红军在一九四八年二月社会主义胜利中的作用。""是，长官！"塞勒克说，然后着手工作。他伏在地板上画了几个下午，然后沿房间那头的墙钉上许多张大纸。当我们第一次看见他完成的作品时，大家全站在那里目瞪口呆了。画的中央立着一位英姿焕发、穿着暖和的苏联士兵，肩上背着一支冲锋枪，一顶粗毛皮帽子往下拉到耳朵上，周围围着八九个裸体女人。身旁站着的两个女人正卖弄风情地抬头盯着他；他的手臂一边搂着一个，正在喜气洋洋地大笑。其他女人搔首弄姿地望着他，朝他伸出右臂，或是仅仅站在那里，炫耀她们漂亮的身材。

塞勒克占据了画前面的位置，给我们证解他的画：看这儿，在我们中士右边的是艾娜，她是我的第一个女人。那时我只有十六岁，而她是一位军官的妻子，因此她在中士身旁应该感到非常自在。我是按照她当时的模样画的；你们可以相信从那以后她已经人老珠黄了。可那时她还很性感，特别是这里大腿周围。由于她的臀部更具有魅力，我在这里又画了一个她的形象。我也许把她庄严的臀部画得夸张了一点，但这正是我们所喜欢的，对吗？不管怎样，那时我还很年轻，傻头傻脑，不知道她干嘛老是要我给她屁股上来点"爱的轻拍"。一天，她感到厌倦了，便说，那不是我的意思。来呀，把小妇人的裙子往上拉，于是我不得不把她的裙子拉下去，把她的内裤拉下来，可我依旧像以前那样拍打她，她真的生气了，开始叫起来，打我呀，你这流鼻涕的小家伙，你！狠狠地打我呀！瞧，我当时真是个大傻瓜。不管怎样，这一位，这一位是娜佳，我与她结识的时候已经很有经验了，她有一对小乳房，两条长腿，非常漂亮的容貌，她与我同一年级，是我们人体写生班的模特儿，我对她熟悉透了；我们都很了解她，我们所有二十个人；她常常站在教室中间，而我们便用她的身体来研究人体，但是我们没有人用手指碰过她：她母亲总是在那里等着，课一结束就把她急急忙忙带走，因此她可以展示自己而不承担任何后果。而这一位，这一位从一开始就是一个淫妇，请靠近一点，瞧瞧她肚皮上的那个小痕迹，据说那是烟头烧的，是一个与她有暧昧关系的善妒女人干的，因为，是的，先生们，她两种方式都喜欢，顺便提一句，她有一个箱子，可以容纳你想塞进去的任何东西，这是一架真正的手风琴。啊，她可以装下我们所有的人，更不用说我们的老婆、儿女和家庭全体成员。

塞勒克显然正讲得来劲，但却被政治教员打断了，于是我们不得不回到座位上，政治教员在老指挥官时期就对塞勒克的壁画习以为常，因此他甚至没有看一眼塞勒克的最新创作，便开始声音洪亮地读一本讲解社会主义军队与资本主义军队之间区别的小册子。

正当塞勒克那番解说在我们头脑里逐渐淡化，我们开始沉溺于各自的幻想中时，娃娃指挥官走了进来，我们顿时站起来。他是来检查政治教员的讲课的，可是他还没来得及示意我们坐下，就被墙上画的东西惊呆了。他没让政治教员继续讲下去，而是冲着塞勒克咆哮起来，这是什么意思？塞勒克走出队伍，站立在画前，开始慷慨激昂地演说：这幅画象征地表现了红军在我们国家最近进行的这场斗争中重要性。这里是我们的红军，红军的身旁是工人阶级和革命的二月。看，这些象征着自由、胜利和平等，这里表现的是资产阶级正在退出历史舞台。

塞勒克刚一讲完，指挥官就宣布这幅画是对红军的侮辱，并命令立刻把它去掉。他告诉塞勒克，他务必承担一切后果。为什么？我低声问。指挥官听见了，于是问我是不是有反对意见。我说，我喜欢这幅壁画。指挥官说，他并不感到诧异；对手淫者来说这幅画当然很完美。我提醒他，不是别人而正是米瑟贝克把"自由"雕刻成一个裸体，阿莱斯的名画《伊泽拉河》也是画成三个裸体，从古至今画家们都是用裸体来形容各种事物。

娃娃指挥官狐疑地看了我一眼，然后重申那幅壁画必须取下来。也许是我们设法使他失去了警惕，因为塞勒克没有受到惩罚，至少这次没有。但是指挥官却对塞勒克和我着实产生了反感，不久他就先使塞勒克，然后使我受到惩戒性的看管。

事情是这样发生的：一天，我们连正在一个偏僻的营区用镐和铁锹干活。由于在一个游戏人生，毫不戒备的下士看管下，我们多数时间都在倚着铁锹谈天说地，没有注意到娃娃指挥官正在远处监视我们。当他用命令的口气叫道："士兵扬，立即到这里来！"我们才意识到他的存在。我表现出精力十足的样子抓起铁锹，走了过去，在他面前立正。"这就是你对工作的态度吗？"他问。我已不大记得我当时是怎样回答的了，可我知道我不会太无礼，因为我根本不想让我在军营里的生活变得更艰难，或者毫无必要地去冒犯一个能完全控制我的人。可是，听到我那清白无辜，甚至怯生生的回答后，他的目光更严厉了。他走上前，抓住我的胳膊，用极为熟练的柔道绝技给我来了一个大背胯，然后在我身边蹲下来，把我压在地上。"还想试试吗？"他大声问，好让大家都能听到。我告诉他不想试了。他命令我站起来立正，然后对已集合好的连队宣布："我要关士兵扬两天禁闭。不是因为他不服从。这个你们大家都看见了，我已用我的手处理了。不，我要关他两天禁闭是因为他磨洋工。下次你们其他人也可能遭到同样下场。"说完他转过身，大大方方地大步走掉了。

当时我对这个人简直是恨透了。但是，仇恨往往把事物照得太亮，使它们不能予人安慰。当时我在他身上看见的只是一个报复心强，刁钻狡诈的混蛋；现在我把他看成是一个在扮演一个角色的年轻人。年轻人禁不住要扮演：他们正在以不成熟挤进一个成熟的世界，不得不扮演成熟。因此，任何对他们有吸引力的人，看上去很流行的人，符合他们目的的人，他们就以这样的人为榜样，为典范——极力扮演得像他一样。

拿这位娃娃指挥官来说，他还不成熟，也缺乏经验，但他却突然发现自己成了一群他不可能理解的士兵的头儿。如果他能够对付这个局面，那仅仅是因为他读到和听到的大量东西为他提供了一个现成的面具：廉价的令人害怕的残酷英雄，具有铁石心肠的硬汉子，能够击倒一帮家伙，靠机智而不是靠言语生存的男人，对自己拳头的信任使他从整体上信任自己是男人。他愈是意识到自己孩子气的外表，就愈是不要命地扮演铁人的角色，他的表演也就愈不自然。

当然，这并不是我第一次遇到青少年的角色扮演。在审讯明信片事件的时候，我刚满二十岁，我的审讯者们比我大不了多少。他们也基本上是用他们认为最合适的面具，冷酷无情的、禁欲的革命者的面具，来遮盖他们真实面目的孩子。玛格塔怎么样？她不正是在效仿某部 B 级电影里的女拯救者吗？泽曼尼克不正是突然被一种伤心的道德所攫住了吗？那不也是一个面具吗？而我自己呢？我不也是在几个面具之间跑来跑去，直到被绊倒，失去了平衡吗？

青春是一个可怕的东西：它是由穿着高筒靴和化妆服的孩子在上面踩踏的一个舞台，他们在舞台上做作地说着他们记熟的话，说着他们狂热地相信又似懂非懂的话。历史也是一个可怕的东西：它经常为青春提供一个游乐场——年轻的尼禄，年轻的拿破仑，一大群狂热的孩子，他们假装的激情和幼稚的姿态会突然真的变成一个灾难的现实。

当我想到这一切时，我的一连串评价都出了问题，我对青春产生了一种很深的仇恨，同时又夹杂着对历史罪人的一种自相矛盾的宽容，我突然之间把他们的罪恶仅仅看成是期待着长大的躁动不安。

在我回忆所有那些期待着长大的孩子时，我不禁想起了亚历克夏。他也有一个大角色要扮演，一个他的理智和经验都无法胜任的角色。同那位指挥官一样，他也显得比他的岁数年轻，虽然他缺乏那位指挥官的魅力：他身材瘦小，近视眼从厚厚的镜片后面望外窥视，满脸黑头粉刺。他曾在步兵军官预备学校服役，但是突然被调到我们这里。结果是这么回事，那些臭名昭著的公开审讯即将开始，每天，在全国各地的党支部，法庭和警察分局，人们在举手赞成剥夺被告的所有信心，荣誉和自由。亚历克夏是一位新近被捕的共产党高级官员的儿子。

一天他突然就冒了出来，分到斯塔纳的空床铺。他对我们表现出冷淡的态度，一如

当初我对我的新伙伴表现得那样，当得知他是一名党员时，其余的人当他的面说话就开始注意了。

他一发现我曾经是一名党员，就跟我详谈起来；他告诉我，无论发生什么，他都决心经受住生活摆在他面前的最严峻考验，绝不背叛党。然后他给我念了一首他写的诗，这首诗是他听到要调到我们团来时写的。其中几行这样写道：同志们，随你们高兴干什么，把我在泥浆里拖，还朝我啐唾沫。但是同志们，虽然粘着泥浆和唾液，我还是将坚定不移地站在你们的行列。

我理解他的意思，因为一年前我也有过同感。但是随着时光消逝，我已不再为此烦恼透顶；露西，我的向导，把我引回到日常生活的世界，使我离开了亚历克夏及其同类备受折磨的那个领域。

当那位娃娃指挥官正忙于建立他的新统治之际，我主要关心的却是得到一次休假；露西的同屋已经离开到乡下干活去了，而我已有一个月没有获准出营房；指挥官已经详细记下了我的面孔和名字，在部队里这是一个士兵碰上的最倒霉的事。他不放过任何机会来表明我生活中的每一小时都得随他的喜欢而定。至于我的休假，景况是不妙的；从一开始他就宣布，只有那些经常自愿在星期天加班的人才能获准休假，于是我们大家都在星期天加班；但这样的生活太凄凉了，整月都在矿上干活，片刻都不能离开，即使谁得到了星期六的休假，早晨两点光景蹒跚着回来，第二天他又必须拖着疲倦不堪的身子去干活，好久以后都看上去像一个梦游者。

我与大家一起开始在星期天加班，尽管这样做并不能保证得到一次休假：星期天加班挣下其他类似的规则而被抵销。但是，权力不仅以恶意的形式而且还以仁慈的形式来显示它的专横意志。娃娃指挥官对我表示了几周的恶意之后，他的自负必定是得到了满足。他可以向我显示仁慈了，于是在最后的时刻，露西的同屋要回来的前两天，我终于得到了休假。

坐在桌旁的那位老女人记下我到达的时间，并告诉我上四楼，当我来到长长的过道尽头，举手敲门时，我激动得浑身抖动。门开了，可是露西躲在门后，映入我眼帘的是房间本身；乍一看，它一点也不像一间集体寝室；我好像步入了某座圣殿：桌上摆设着一束亲烁的金色大丽花，窗户两侧是两棵很大的橡胶植物，这里的一切都用绿色的小树枝结成花彩，好像期待着耶稣基督骑在一匹驴子上进来。

我把露西搂在怀里亲吻她。她穿我们去商店那天我给她买的黑色睡衣和高跟鞋。身穿黑色衣服站在为节日装饰的青枝绿叶之中，她看上去就像一个女祭司。

我们关上背后的门，直到这时我才辨出房间的真实模样，看到四张铁床，四个有缺口的床头柜，一张桌子，以及青枝绿叶下的三把椅子。但是，任何东西都不能减弱我在露西开门那一瞬间所产生的喜悦；不仅是因为在一个月里我第一次有了属于自己的几小时，而且还因为在一年中我第一次在一个小房间里；房间的舒适感真叫人迷醉。

每当我与露西一起去散步，空旷的户外总是使我受到营房和我在那里的命运的束缚；永世长存的空气流就像一根无形锁链把我绑在营房的大门和大门上我们为人民服务的题词上；我觉得简直都没有任何一个我可以停止"为人民服务"的地方；整整一年我没有踏进过一个私人的小房间。

而忽然之间我就处在了一个崭新的境地：我有三个小时的绝对自由；我可以无所畏惧地脱掉帽子和皮带，脱掉衬衣、裤子、靴子，脱掉一切，如果我同意，甚至还可以在它们上面跳上跳下；我高兴做什么就可以做什么，根本不用担心被人监视；除此之外，这房间还挺舒适暖和，温暖和自由就像滚烫的酒涌上我的脑际；我用手搂着露西，吻她，把她带到床边。床上的小树枝使我深为感动；我只能把它们解释成婚姻的象征，我既吃惊又感动地想到，露西以她的天真复活了一种古老而受到敬仰的民间习俗，她希望用一切应有的仪式向她的纯真告别。

好一会儿我才意识到，尽管露西在回报我的吻和拥抱，但她却在踌躇。她的嘴唇虽然渴慕地吻着我，却又一直紧闭着；她的整个身子虽然紧紧靠着我，但当我把手滑到她裙子下面抚摸她那温暖的大腿时，她又转身离开了。我开始明白了，我那忘乎所以、不顾一切地欲望并没有得到响应，我记得那个时刻我的眼里涌出了无望的泪水。

我们相挨着坐下，开始谈起话来。几分钟后我又试图搂抱她，可是她开始抵抗；于是我和她扭斗起来，但很快就意识到我们的扭斗完全不是爱情的扭斗，它会把我们爱的关系变成某种丑陋的东西，露西正在进行一场真正的战斗，一场猛烈的、几乎是拼命地战斗。我只有选择退却。

我试图用话来说服她，于是滔滔不绝地说起来；我记得当时我告诉她，我爱她，爱情意味着互相给予，毫无保留；当然，我并没有说出什么有独到见解的话；但是，即使我的论证谈不上高明，它也是无可辩驳的：露西也没有打算反驳，而是保持着沉默，要不就说："请不要，不，"或者"现在不，今天不……"并且试图改变话题。

我换了一个方式：你该不会告诉我，你属于那类引诱男人只是为了取笑他一番的女人吧，你不会那样无情和残酷吧……我又一次去搂抱她，我们再一次进行了一次短暂而令人沮丧的搏斗，于是我再一次感到了搏斗的丑恶。

53

突然,我明白了她为什么要如此抵抗的原因,我的上帝,我刚才干嘛没想到这点?她不过是一个害怕爱的孩子,一个害怕未知事物的受惊的处女。我决定掩饰我的过分仓促——它准是把她给吓坏了——变得更温柔一点、钟情一点,使爱的行为不过成为一种我俩彼此都熟悉的温柔、钟情的抚摸的发展而已。我不再强求,并且开始爱抚。我吻她,紧紧搂住她,尽可能不引她注意地使她成斜卧姿势。我终于成功了。我抚摸她的胸部;我告诉她,我要对她的整个身子温柔体贴,因为她就等于她的身子,我要对整个的她温柔体贴;我甚至设法把她的裙子往上拉了一点,在她膝盖上方五寸,然后八九寸的地方吻起来;我没能再前进一步;当我打算把头移到她的大腿之间时,她惊恐地挣脱我,从床上跳下来。她的脸上有一种我从未见过的痉挛表情。

露西,露西,是不是光线使你这样害羞?你宁愿在黑暗中吗?她就像抓住救生衣一样抓住我的问话。是的,她因为光线而感到害臊。我走到窗户跟前,打算拉上窗帘,可是露西叫起来:"不,不要这样!不要拉上窗帘!""为什么?"我问。"因为我害怕。"她说。"你害怕什么,光线还是黑暗?"她没有回答,反而啜泣起来。

她的抵抗一点也引不起我的怜悯;在我看来,她的行为是愚蠢的,既过分又不公平;这使我痛苦,我费解。我问她作如此的搏斗是不是因为她是处女,是不是因为她怕痛。对我的每一个问题她都顺从地点头,希望某个提问会给她一条出路。我告诉她,她是一个处女,这真是太好了,她将从一个爱她的人那里了解到爱的全部含义。"你渴望成为我的,这不就得了吗?"是的,她渴望,她说。我再次搂她,而她再次反抗。我尽了最大努力才没让自己发脾气。"你干嘛老是抵抗我?""下一次,"她说,"我愿意,我想要,但下次吧,在另外的时间,不要在今天。""为什么不要在今天?""不要在今天。"她回答。"可是为什么?""请不要在今天。"她回答。"那么在什么时候呢?你很清楚这是我们单独在一起的最后一次机会。明天你的同屋就要回来了。还有什么地方我们能单独在一起呢?""你会找到一个地方的。"她说。"好吧,"我说,"我会找一个地方。但你要答应和我一道去。那地方可能没有这个房间舒适。""没事儿。"她说,"没关系。只要你喜欢就行。""那么好吧,可是答应我,到了那里你要成为我的妻子,答应我,你不会进行反抗。""好吧!"她说。"答应了?""是的。"

我明白我目前只能从露西那里得到这个允诺。它虽然不能令人满足,但总比什么都没得到强。我抑制住怒火,把剩下的时间用来谈话。离开的时间到了,我抖掉军服上的芦笋蕨类植物,拍了拍露西的脸,告诉她我将什么都不想只想着我们下次的约会。

不久以后,一个阳雨绵绵的秋日,我们从矿井返回营房,步履艰难地走过一条满是水洼的路。我们身上溅着泥,浑身湿透,渴望能休息一下:我们中大多数人整整一个月没有休息过一个星期天了。可是刚一吃完饭,那位娃娃指挥官就把我们叫出去,向我们宣布,在下午检查我们的营房时,他发现了一些违反规章的事。然后他把我们交给军士们,命令他们额外训练我们两小时,作为对我们的惩罚。

由于我们没有武器,操练和格斗练习就特别显得毫无意义;它们仅有的一个目的就是尽可能地贬低我们的时间的价值。记得在这位娃娃指挥官的统治时期,有一次我们用了整整一个下午把沉重的木板从营区的一头拖到另一头;第二天下午我们又把它们拖回原处;就这样来来回回地拖了十来天。然而,在矿井干了一天后,我们在营区内干的一切活儿都是类似于拖木板的活儿。这一次,唯一的区别在于我们来回拖来拖去的不是木板而是我们自己的身躯;我们使身躯向后转,向右转,我们把它们摔在地上,又把它们抬起来,我们带着它们到处跑,拖着它们穿过泥泞。三小时后,娃娃指挥官露面了,示意军士们把我们带去进行体育锻炼。

掩藏在营房后面有一小块可以用来踢足球、战斗演习或赛跑的田野。军士们决定让我们进行一场接力赛。我们连由九个班组成,每班十个人,所以我们组成了每队十人的九个队。即使把我们累得趴下,军士们也用不着感到内疚,但因为他们的年龄大都在十八至二十岁之间,所以禁不住一有机会就要表现一下,他们决定与我们对抗,并且组成了自己的队。

他们解释了半天才使我们明白了他们的打算。即头十个人从田野的一边全速跑到另一边,每一个人都会发现那里有人在等着他,接着这批人又快速跑回到头十个人起跑的地方,这时候又有另外十个人在等着他们,等等。然后他们不辞辛苦地点出我们,把我们分派到田野的两头。

在矿井里干完活,又进行了操练,我们已累得要命,一想到还得赛跑就气不打一处来。于是我有了一个简单的主意:干嘛不来一次决一胜负呢? 我把计划告诉了一两个朋友,它立刻就传了开去。随着这计划一个传一个,十分疲倦的士兵堆里不时发出一阵窃笑。

最后我们各就各位,准备赛跑,这种赛跑在我们看来自始至终都是荒唐的:虽然我们将穿着军服和笨重的靴子赛跑,我们还是必须在起跑线上跪下;虽然我们以很不正规的方式传递接力棒,我们还是有真正的接力棒来交接和一把真正的手枪来给我们发出起跑信号。在第十队列中的那位下士以危险的高速射了出去,而我们却慢慢地合起身,移动着缓缓的步子出发;跑了二十码后,我们拼命忍住才没有大笑起来:下士已经快跑到田野

的另一头,而我们却一起落在后面,尽做出上气不接下气的样子。不久,田野两头的士兵开始对着我们喊叫起来:"加油!加油!加油!"半途上我们遇到了军士队的第二棒,他正朝着起跑线飞奔。当我们终于到达田野的另一头,递出接力棒时,第三名军士已经接过接力棒冲了出去,正准备领先我们一圈。

今天我回顾那次比赛,把它看作是黑色徽章的最大一次反抗。伙伴们八仙过海,各显神通:昂扎简直是一瘸一拐地前进,我们拼命为他加油,他终于比别人先到达两步而获得了英雄般的胜利,大家对他报以热烈的掌声;吉卜赛人马特洛斯在地上摔了八九次;塞勒克每跑一步都把膝盖抬起来碰到下巴;没有任何人拆我们的台:彼得里奇,这位恪守教规的和平宣言起草者没有使我们失望,他以别人同样的速度小步朝前跑,但仍保持着尊严;不喜欢我的巴威尔·佩克尼也没有辜负我们;年长的安布罗兹直挺挺地跑,双手背在后面;红发皮特兰一边跑,一边发出尖利的叫声;瓦尔加,这位匈牙利人一直高喊着"乌啦"! ——没有任何人破坏这个精彩的小游戏,它使我们全都放声大笑。

这时,我们望见娃娃指挥官从营房朝田野走来。一位下士也看见了他,跑过去向他汇报。首长听他讲完后便走到田野边亲自观看比赛。军士们开始变得不安起来,对我们叫道:"赶快!赶快!赶快!"可是我们的喝彩声完全把他们的声音淹没了。军士们不知道该不该停止比赛;他们跑来跑去地交换意见,拿眼睛望着指挥官,可是指挥官根本不向他们的方向看一眼;他正在看着比赛,眼里透出冷冰冰的目光。

终于轮到了我们的最后一棒。碰巧亚历克夏也在里面,我很想看看他会怎样表现。果然如此,他想破坏我们的兴致。他全力朝前跑在前二十米就领先了五米。但接着某种奇特的事发生了:他的步子慢了下来,他不再遥遥领先。一刹那间我意识到,不管亚历克夏多么不想扫大家的兴,他已经无能为力了;他病得很厉害,一点体力都没有了,两天以后他们就将不、得不让他离开矿井里的重活。在我看来,正是这个意识使他的跑成为整个笑剧中最精彩的部分。瞧,他跑来了,尽管他竭尽全力,但与落在他后面五步远,以同样速度懒懒跑着的伙伴们并没有什么区别。军士们和指挥官肯定相信,亚历克夏的轻快起跑与昂扎的佯瘸,马特洛斯的摔跤,以及我们的欢呼一样,都是这场喜剧的一部分。亚历史夏的拳头完全像他身后的那些赛跑者一样紧握着;他们完全像亚历克夏一样在使劲和喘气。所不同的是,亚历克夏感到真正的疼痛,克服疼痛的努力使真正的汗水从他脸上不停流下来,跑到田野的一半,亚历克夏的步子更加慢了,几个扮小丑的赛跑者逐渐赶上了他;离终点线三十米处,他干脆停止跑了,蹒跚着走到终点,一只手使劲按在腹股沟左侧。

指挥官命令我们集合。他问我们为什么跑得那样慢。"我们累了,首长同志。"他叫凡是累了的人举手。我们举起了手。我朝亚历克夏望去;他是唯一没有把手举起来的人。指挥官未注意到,于是说:"我明白了,你们所有人。""不,首长同志。""谁没有累?""我不累。"亚历克夏说。"你不累?"指挥官盯着他问,"我可以问这是为什么吗?""因为我是一名共产党员。"亚历克夏回答。队列中起了一阵嘀咕和讪笑。"最后到达终点的那一位是你吗?"指挥官问。"是我。"亚历克夏说,"可是你不累。"指挥官说。"不累。"亚历克夏回答。"如果你不累,那么你是在故意破坏这场比赛。对于有预谋的反抗要关你两周禁闭。其余的人因为累了,所以可以谅解。但是,由于你们在矿井里的产量太低,你们必须在假日拼命干。出于对你们健康的关心。我要取消你们所有人下两个月的休假。"

在去禁闭室之前,亚历克夏同我谈了一次话。他责备我表现得不像一名共产党员,并用严厉的目光盯着我问,我究竟是拥护还是反对社会主义。我回答说的拥护社会主义,但是在这里,在兵营,两者没有什么本质区别,因为这里的界线是另外划分的,唯一有效的界线是看你属于那些失去了对自己命运支配的人还是属于那些剥夺了他们的这种权利,可以随意处置它的人。但是,亚历克夏不同意我的观点;他坚持认为社会主义与反动派之间的界线哪里都适用,我们营队的全部目的就是保护优秀的共产党员,而反对社会主义的敌人。我问他,娃娃指挥官把亚历克夏送到禁闭室关两周,对待所有人就像成心要使他们都成为社会主义的宿敌,以此来捍卫社会主义而反对它的敌人,他认为如何。亚历克夏承认,他也不喜欢指挥官。可是当我说,如果我们这里有一条划分社会主义和反动派的界线,那么他就应该在指挥官那一边时,他野蛮地回答说,他正是属于那一边。"我父亲因间谍活动而被捕。你明白这意味着什么?党怎么能信任我?不信任我正是党的职责。"

几天后我又与昂扎变了一次话。话题却完全不同:我对我们两个月不放一次假牢骚满腹。"别发愁,卢德维克老兄,"他说,"我们出去的次数会更多的。"

对接力赛的成心破坏增强了我们的团结感,导致了一阵突发的活跃。昂扎组织了一个很小的委员会来寻求各种不请假外出的可能性。在四十八小时内,一切便都准备停当:设立了一笔行贿基金;收买了我们营房里的那两名军士;栅栏最关键地方的几股铁丝已被悄悄剪断,那地方在医务室附近,离村庄的头几幢小屋只有十五步;最近的那幢小屋属于一位我们在矿井认识的矿工;伙伴们没费多少周折就说服了他离家时不锁上大门;士兵只需悄悄地到达营房栅栏,从下面爬过去,全速跑过那十五步路就到了那幢小屋的大门口;一旦进入屋子,他便十分安全了:他只要穿过房子,出去就到了大街。

尽管这条路比较稳当,可我们还是不得不小心谨慎地不滥用它。要是太多的人同时溜出军营,他们的不在立刻就会被注意到。因此,昂扎的特别委员会不得不控制每天不请假外出的人数,并安排了一个长期的日程表。

但是还没轮到我,整个行动计划就不幸失败了。一夜,指挥官亲自来检查我们的住处,发现少了三个人。他找来负责的军士,以非常自信的口气问他,我们给了他多少钱。这问题使下士很窘迫,他以为指挥官已经知道了内情,便丝毫没有打算隐瞒此事。当指挥官让他与昂扎对质时,他进一步确认给他的钱的人就是昂扎。

这位娃娃指挥官按其所愿处置了我们。首先,他让那名军士,昂扎和三名不请假外出的士兵受到了军事审判来得及向我最好的朋友话别;这一切发生在第二天早晨,而我们当时正在矿井;几年后我才听说他们全都被审判有罪,昂。然后,在下一次集合时,他宣布他要把对休假的禁令再拖延两个月,并把我们全都置于一个特殊纪律的统治下。他还要求修建了两个瞭望塔——建在兵营的两头——一组探照灯,要来两条受过专门训练的德国牧羊犬守护兵营。

指挥官的进攻是那样突然和有效,因此我们全都确信一定是有人告发了昂扎和他的计划。不是因为我们营是告密者的温床,而是因为我们知道这种可能性始终都存在:为了改善我们的命运,按时获得赦免,得到表现好的证明,为某种未来打好基础,告密是我们力所能及的最有效的办法。尽管我们自己抵制这种最令人憎恨的行为,可我们仍然禁不住要怀疑别人会这样做。

这一次,怀疑就像野火一样蔓延开来,很快就变成了集体判罪,并且无条件地栽到了亚历克夏身上。事情发生时他正在关禁闭,但他还得下矿井干活,白天大部分时间都和我们在一起,因此人人都断定他有足够的机会获知昂扎计划的一些情况。

可怜而瘦小的亚历克夏真正经受了磨难:领班开始分配给他最重的话;他的工具突然开始不翼而飞,他不得不用自己的工资去买新的工具;他成了不断的侮辱和讥讽的对象,不得不忍受各种各样的闹剧;他回到营房的那天,有人在他床铺上方的木壁上用黑色的机油写四个大字:谨防密探。

昂扎和另外四个犯有过失的人被押送走后几天,我偶然在傍晚时分走进营房。除了亚历克夏,那里没有任何人,他正在重新理铺。我问他出了什么事。他告诉我,伙伴们每天都要把他的床铺搞乱好几次。我告诉他,他们都深信是他告发了昂扎。他含着眼泪抵抗,说他对这件事一无所知,也绝不会告发任何人。"你怎么能说你绝不会告发任何人呢?"我说,"你认为你自己是指挥官的同盟。你向他传递消息正是最符合逻辑的。""我不

是指挥官的同盟!"他声嘶力竭地说。"指挥官是一个破坏分子!"接着他向我倾诉了他坐在禁闭室里认真思索后得出的结论:黑色徽章是党为那些不能发给武器,但认为可以再教育好的人而设置的;可是阶级敌人绝不会睡大觉;他们竭尽全力阻止再教育的过程进行;由于他们把惩戒营的士兵看成是反革命的后备军,因此让这些士兵保持对共产主义的刻骨仇恨就与他们利害攸关。那位娃娃指挥官如此对待这些士兵,不断向他们挑衅——这显然是敌人的阴谋之一。你们根本不知道敌人可能会隐藏在什么地方。指挥官肯定是敌人的代理人。但是亚历克夏知道自己的职责,他已经起草了一份有关指挥官活动的详细报告。我大吃一惊。"什么?你干了什么?你把它寄到什么地方去了吗?"他告诉我,他已把他的控告直接寄给了党。

我们走出室外。他问我怕不怕被人看见我跟他在一起。我告诉他,提这样的问题真是个傻瓜,如果他认为他的信会到达目的地,那他就是一个更大的白痴。他回答说,他是一个共产党员,随时都要做一个共产党员应该做的事。他再次提醒我,我是一个共产党员,应该表现得像个党员一样。"作为共产党员,我们都要对这里正在发生的一切负责。"我差点当着他的面笑起来。没有自由,责任是不可想象的,我告诉他。他说,他感到像一个共产党员那样行动还是很自由的,他必须证明而且将会证明他是一名共产党员。他说话时他的下颏都在颤抖。今天,多年以后,我还记得一清二楚,不过现在我才意识到,亚历克夏当时还不到二十岁,还是一个孩子,一个少年,命运之于他只是一个大而无当的东西,就像一个巨人的衣服穿在一个小孩的身上。

我同亚历克夏谈话后不久,塞勒克问我干什么要同那个告密者说话。我告诉他,亚历克夏也许是一个傻瓜,但他肯定不是一个告密者,然后我把亚历克夏对指挥官的怨恨告诉了他。塞勒克未受感动。"我不知道他是不是个傻瓜",他说,"可我绝对肯定他是个告密者。在我看来,凡是能够公开宣布与自己父亲脱离关系的人都是一个告密者。"我一时没有明白过来;他对我还没有听说此事感到很惊异;还是政治教员本人把那张登有亚历克夏声明的报纸给他们看的,那是几个月前的报纸,声明说:他已与他父亲脱离了关系,因此他父亲背叛和玷污了他生命中最神圣的东西。

那天晚上,探照灯在新建的瞭望塔上第一次照亮了兵营,一名卫兵由一条德国牧羊犬陪伴着巡查带刺铁丝网。忽然,我感到孤独极了:我渴望见到露西,知道我还得等待整整两个月。我坐下来给她写了一封长信;信上说我将有很长时间看不到她;我们不准出兵营,我很难过。她上次拒绝给予我那样渴求的东西,对这件事的回忆本来会支持着我度过这段艰难的日子的。

我把信发出去后的第二天，与往常一样：从矿井回来后，我们被迫做向后转、向前走和迅速卧倒，也像从前一样，我做这些动作时，几乎不去注意领队的下士，在我周围前进、卧倒的朋友们，也不去注意我们三面的营房，甚至另一面沿带刺铁丝网栅栏延伸的那条道路。时而有人会路过栅栏；时而有人会停下来。对我来说，这一切都是一个没白生气的背景，一种着色的麻织品，因此我是绝不会抬头望一眼的，要不是这时有人向着那个方向轻轻地叫起来："嘿，姑娘，你在那儿盯什么？"

随后我看见了她。是露西。她站在栅栏旁边，穿着她那件旧褐色外套，和我送给她的那双时髦的黑色高跟鞋，一动不动地站在栅栏旁边，朝我们这个方向瞭望。伙伴们开始评论起她身上那种不寻常的顺从神态，可是他们的话逐渐流露出那些被迫过着禁欲生活的男人的绝望。下士发觉大家的注意力不集中，立即就明白了原因，可是他无权命令这个姑娘离开栅栏：栅栏外的领域是一个比较自由的领域，在他的权限之外。他的无能为力使他十分恼火。他命令士兵们闭上他们的嘴，然后逐渐增大了他的音量，加快了操练的步子。

她开始来回踱步，时而会离开我的视野；但她总是又回到她刚才站立的地方。甚至在操练结束时，我也不能够走到她面前；我们还要听政治学习；直到强忍着听完一小时关于和平的军营和帝国主义战争贩子的套话，我才可以溜出去，看看露西是否还在栅栏旁边；她还在，于是我朝她奔过去。

她叫我不要生她的气，她爱我，要是她使我不高兴了，她很难过。我告诉她，我不知道什么时候才能再见到她。她说不要紧，她会到这里来看我的。我问她，当兵的冲她这样喊叫，她在乎吗？她说不，她不介意，因为她爱我。她从栅栏那边塞给我一束玫瑰花，我们隔着带刺铁丝网的一个缺口吻起来。

露西几乎每天都要来到栅栏边；我在矿井里上早班，因此下午就在兵营里度过。每天我都收到一小束鲜花，跟她说上几句话的话都一样，因为我们相互之间实际上没有什么可说的；我们既不谈新闻又不谈思想；我们只希望再向对方保证一句不断，几乎每天我都要给她写信；那段时期是我们最热恋的时期。探望塔上雪亮的探照灯，夜幕降临时吠叫的警犬，统治我们大家的那位神气十足的小男孩——这一切很少占据我的思想；我全部心思都放在露西的探望上。

在由嗜杀成性的狗包围着的兵营里，在因风钻而震动的矿井里，我实际上感到非常幸福；我感到幸福和骄傲，因为从露西那里我拥有了不论是我的同伴们还是我们的军官们都得不到的宝贵东西；有人爱我，并且是公开而坦率地表露出对我的爱情。即使露西不是他们心中理想的女人，即使她表达爱情的方式在他们看来相当别扭，可这仍然是一个女人的爱，并且引起了赞叹，怀旧和嫉妒的感情。

我们与人世生活和女人隔离得愈久，女人在我们谈话中占的话题就愈多。每一个单项，每一个细节，都是意味隽永的：我们回忆胎记，描出乳房和屁股的轮廓；我们争论哪一个不在场的躯体曲线最美；我们惟妙惟肖地表演性交过程中吐出的话和呻吟声；然后我们又重新来一遍，每一遍都要更加加点水分。当轮到我时，他们显得越发好奇，这是很自然的，因为他们每天都见到我的女友，能够想象出她的模样，把她的实际外表和我的描述联系起来。我不能使朋友们失望；我只能告诉他们；我不得不详述我从未见过的露西的裸体，我从未经历过的我们的爱情之夜。随着我的讲述，一幅她恬静之情焰的精确而又细致的画面展现在我眼前。

我和她第一次性交是什么样子？

在她宿舍的房间里。她在我面前脱掉衣服。既顺从，虔诚，又显然很不好意思：她是一个乡下姑娘，而我已是第一个看见她裸体的男人。她虔诚与羞怯使我发狂。当我走向她时，她往后退缩，并且双手捂住她的下身……

她干嘛老是穿着那双黑色的高跟鞋？

我告诉他们，我买那双鞋是为了让她光着身子时穿；她虽然很害羞，但我要她做什么她都照办；我直到最后一刻才脱衣服，而她总是穿着那双高跟鞋在我面前过来过去，然后走到食橱边，取出酒来，依然光着身子替我斟满酒杯……

因此，当露西来到栅栏前时，盯着她看的人就不止我一个了；有十来个伙伴也加入了进来，他们非常了解她做爱时的样子，他们会对她穿的那双黑色高跟鞋说出各种猜测的话，并在头脑中想象她在她那间小屋里光着身子散步的情景。

我的每一个朋友都可以回忆一两个女人，并与其余的人共同分享，但唯有我可以提供一个与话语相配的肖像；唯有我的女人是真实的，活生生的，实实在在的。友爱的团结感曾使我十分详细地描述了露西的裸体和性爱动作，现在又令人痛苦地加剧了我对她的欲望。每次她出现在大门口时，他们都要说些猥亵的话，但这一点也没有使我感到不安；他们绝不可能把这些话表演出来；再者，实际上正是他们把她给予了我：他们使我对她的想象变得清楚起来，帮助我描绘想象的画面，增添各种令人陶醉的诱惑笔触；我们都满怀激情地想望着她。每当我朝站在栅栏前的她走去时，我都能感觉到自己在抖动；我由于欲火中烧而说不出话来；我不明白自己怎么花费了半年时间才发现她身上的女人气质；只要能与她单独过一夜，我愿意奉献一切。

并不是说我对她的态度已变得凶狠、粗暴,或者更少柔情。我甚至可以这样说,这是我生平中唯一一次体验到对一个女人的全部要求;它涵盖了我的整个生命:肉体与灵魂,欲望与感受,悲哀与放纵的活力,对安慰和对粗俗的渴望,对永久占有和对片刻狂欢的渴望。我完全投入了进去,聚精会神,今天我把那些日子看作是一个失乐园。

我决心不顾一切安排一次与露西的约会;我有她的诺言,她"不会进行反抗;",并愿意在我选择的任何地方见我,在我们通过栅栏进行的匆匆交谈中,她还多次重申了她的诺言,我需要做的只是得到断然行动。

不久我就想出了一个计划。昂扎的偷跑路线还一直没有被指挥官发现。栅栏仍然有一处难以觉察的缺口,与住在营房对面那位矿工的协定只需要恢复就行了。当然,兵营看守得很严,要想白天溜出去是绝对不现实的。而在夜里,虽说要对付探照灯和警犬,但这些布置与其说是怀疑我们要偷跑,不如说是为了做做样子,使指挥官得到满足,因为企图偷跑意味着有可能受到军事审判;这样做太冒风险了。因此我觉得我有了一个机会。

我需要做的只是在离兵营不太远的地方,给露西和我自己找到一个合适的藏身处。住在这一带的大多数男人都和我们在同一个矿井里干活,因此不久我就找到一个人,愿意按我定的价钱把他的住处借给我。从兵营可以望见他住的那所房子;我通过栅栏把那所房子指给露西看,并告诉她我的计划;她毫不激动,只是恳求我不必为她去冒任何风险;如果她终于同意去完成这个冒险,那只是因为她不知道怎样拒绝我。

约好的日子终于来到了。这一天开始就很奇特。我们刚收工回来,那位娃娃指挥官就像往常一样把我们集合起来听他训话。通常他总是讲战争即将爆发,以及一切反动派就要面临的倒霉日子,试图以此恐吓我们。可是,这一次他增添了一些新观点:阶级敌人已经钻进了共产党的心脏,但我们要特地奉劝所有的叛徒和特务,那些藏在面具后面的敌人将受到比那些公开暴露他们思想的敌人还要严厉一百倍的惩罚,因为藏在面具后面的敌人简直就是十足的癞皮狗。"在我们中间就有一个这样的癞皮狗。"他命令亚历克夏走出队列,从口袋里掏出一张纸,把它伸到亚历克夏的脸上。"你见过这封信吗?""我见过。"亚历克夏说。"你是一个癞皮狗,一个告密者,一个间谍。可是,当一条狗尖叫时,声音却没有传出去。"然后他把那封信撕成碎片。

"我还有一封你的信。"他接着说,递给亚历克夏一个拆开的信封。"大声把它念出来。"亚历克夏从信封里抽出一张纸,扫了一下,但一声也没吭。"大声把它念出来!"指挥官重复他的命令。亚历克夏还是沉默不语。"你打算念还是不念?"指挥官问,看到亚历克夏仍然沉默不语,他怒冲冲地喊道:"卧倒!"亚历克夏扑倒在泥泞里。娃娃指挥官严厉监督了他一会儿,我们都肯定他马上就要喊出一连串的"起立!卧倒!起立!卧倒"!那么亚历克夏就将不得不站起来,扑倒,又站起来,又扑倒。但是指挥官没有这样做,他让亚历克夏留在那里,自己转过身来,开始从队列前面慢慢走过,一边走一边细细检查大家的装备。当他走到队列的末尾时,他又转过身来轻轻地往回走,来到亚历克夏仍旧趴着的地方。"现在念吧!"他说,于是亚历克夏从地上抬起沾满污泥的下巴,伸出右手,就趴在那里,大声念起来:"特此通知你,你已于一九五一年九月十五日被开除捷克斯洛伐克共产党党籍。代表区委会签字人……"然后指挥官命令亚历克夏重新回到队列中,把我们交给一名下士去操练。

操练和政治教育完毕后,在六点半左右,露西已站在栅栏边。我朝她走去时,她微微点了点头表示一切都很顺利,然后便离开了。接着是吃饭,唱歌,打扫卫生,最后是熄灯;我在床上一直等到下士睡着,然后穿上靴子,悄悄溜了出去,身上只穿着白色内衣裤和长睡衣;我穿过过道来到院子,穿着这身夜间服装实在感到有点冷。栅栏的那个缺口正好在医务室后面。这个位置真是太棒了:如果有人拦住我,我可以说我感到不舒服,正准备去叫醒军医,可是没有人拦我;我顺着医务室的边缘走,在房子的阴暗处蹲下;探照灯懒懒的照在一个地点,我还得通过的那段距离处在黑暗中;现在我唯一的问题是要避开那条整夜巡逻的狗;一片寂静;我在那里大约一直站了十分钟,终于听见了一声狗叫;吠声是来自后面,来息兵营的另一头;我一跃而起,冲向栅栏,冲向铁丝没有完全触到地面的那个地点;我趴下身,从下面爬过去,跑过最后五步路,到达那位矿工房子的木栅栏。一切正像我们所设计的那样:大门开着,小院那头一扇窗户的窗帘背后亮着一盏灯。我轻轻敲了敲窗子,几秒钟后一个高大的男人打开门,大声请我进去。

门直接通向房间。我在门口迟疑了刻,被看到的景象搞迷糊了:围着一张桌子坐着另外五个男人,桌上有一瓶打开的酒;他们一看见我的打扮就大笑起来;他们说他们打赌,我穿着这身长睡衣必定冻坏了,然后给我倒了一杯酒;我尝了尝:是威士忌,很浓;他们叫我一口喝完;我照办了,接着一阵咳嗽;他们又大笑起来,给我拉来一把椅子。他们问我是怎样设法"越过边境"的,对我不正规的装束又开了一阵笑话,称我是"飞跑的内衣裤"。他们都是三十多岁的矿工,很可能经常在这里聚会;他们一直在喝酒,但还没有醉,他们愉快的兴致很快就使我从最初的惊异中平静下来。我让他们又给我倒了一杯这种异常浓烈和刺激的饮料。这时,房子的主人闪进隔壁房间,拿出一套黑色服装。"你看它合身吗?"他问。他差不多比我高一个头,臀部比我宽得多,可是我说:"还可以。"我把裤

63

子套在长内裤上,但我只有抓住裤腰才不会使它滑下来。"谁有皮带?"我的捐助人问。谁都没有。"一根绳子怎么样?"我说。他们果真找来一根绳子,它多少起了点作用。当我穿上夹克衫时,这些人断言我只要一顶圆顶礼帽和一根手杖,就会像查利·卓别林了。为了逗他们发笑,我把脚后跟并拢,足尖向外。裤腿在我的鞋背上微微拂动;他们很喜欢这个样子,并叫我不要担心:我的愿望将成为任何女人的命令。接着他们给我倒了第三杯酒为我饯行,主人向我保证,我可以在当晚任何时候敲他的窗子,重新换回衣服。

我踏进灯光暗淡的街道,用了十多分钟才到达露西正在等候的那所房子。我不得不绕过整个兵营,径直从那些灯火明亮的大门前走过;结果我的担心完全是没有必要的:这身老百姓的打扮真起作用,卫兵看也没看我一眼,我平平安安地到达了目的地。我打开外面的门,凭记忆往前走:向左上楼,爬一节楼梯,正对着的门。我敲了敲。一把钥匙在锁眼里转去,露西打开了门。

我把她搂在怀里;她问我是否喝了酒;我说喝了,然后跟她讲了我溜出来的经过。她说她一直都在发抖,她非常担心我会出什么事我告诉她,我多么盼望见到她,可是我能感觉到她颤抖得很厉害。"怎么啦。"我问她,"没什么。"她回答。"那么你干嘛颤抖"?"我很害怕。"她说,轻轻挣脱我的怀抱。

我环顾四周。房间很小,布置得挺朴素:一张桌子,一把椅子,一张床;床的上方有一幅宗教画,靠对面的墙有一个食橱,顶上存着几罐水果。一盏没有灯罩的灯吊在天花板上,灯光刺得我的眼睛很难爱,把我那可悲而又可笑的身影十分清晰地投出来;它使我痛苦地意识到我那庞大的夹克衫和松弛的裤子,下面朝外窥视的黑色军用靴,以及最为痛苦的是,我那在白炽灯下就像苍白的月亮在发亮的光头。

"请原谅我这副模样,露西。"我说,然后又向她解释了一遍我这身打扮的重要。她一再说这没关系;酒力的发作使我失去了自制,我宣称,不,我不能像这副样子站在她面前,于是脱下夹克衫和裤子;可是我里面穿着的睡衣和部分发的难看的长内裤,比我刚才抛掉的那套衣服还要可笑得多。我走过去熄掉灯,但是黑暗没能来解救我:街灯光直接照在房间里。由于我觉得这自可笑的衣着比光着身子还要更令人难堪,于是我干脆把剩下的衣服脱光。我把她抱在怀里,恳求她脱掉衣服,搬开我们之间的一切障碍。我用手抚摸她的全身,一再重复我的恳求,但是露西要我等一会儿,她不能,不要马上,不要那么快。

我拉住她的手,于是我们在床边坐下。我把头搁在她的腰股之间,很久,没有动一下。我的裸体在街灯暗淡的黄光下微微发亮。当我意识到结果一切恰与我所幻想的相反时——不是一个裸体姑娘为一个衣着整齐的男人斟酒,而是一个裸体男人躺在一个衣着整齐的女人腰股之间——我突然看清了我的裸体太不合适。我看见自己就像裸着身子的基督从十字架上被取下来,放在悲伤的玛利亚怀中,我感到恐惧,因为我到露西这里来不是为了寻求怜悯和安慰,而是为了某种完全不同的目的,于是我再次采取强迫手段,吻她的脸和衣服,偷偷地把我能解开的地方解开。

我没能达到目的;露西又一次挣脱开;我失去了推动力和急于求成的信心,也使尽了言语和爱抚。我只是伸长四肢躺在床上,裸着身子,一动不动,而露西则坐在我身旁,用粗糙的手指抚摸我的脸。我渐渐被痛苦和愤怒所压倒:我在内心提醒露西为了与她约会我冒的所有那些风险,以及我可能会遭到的所有那些惩罚。但这并不是真正使我烦恼的;我愤怒的真正根源深深地隐藏在我的自己的痛苦中:一个失败青年所感到的悲苦,无止境的挫折所引起的痛苦,未实现的愿望所带来的永恒的耻辱。我想起了对玛格塔徒劳的求爱,在拖拉机上与那位金发姑娘令人厌恶的交锋,对露西徒劳的求爱,我真想大叫:为什么我必须始终是一个成人——作为一个成人被审判,被开除,被打上一个托洛斯基分子的烙印,被送到这个矿上——而在爱情中却要因我的不成熟而被迫含苦忍辱呢?我恨露西,知道她爱我就越发恨她,因为这使她的反抗显得更加荒唐,更加不可思议,更加令人愤慨。于是闷闷不乐地沉默了半小时后,我又发起了新的进攻。

我压在她身上,用尽全身力气想拉起她的裙子,扯掉她的乳罩,抓住她的乳房,可是露西发疯地进行搏斗,终于挣脱开来,跳下床,退到食橱边。

"你为什么要反抗我?"我冲她大叫。她咕哝着什么不要发火和原谅她之类的话。但是做不出任何解释,也说不出任何符合逻辑的话。"你为什么要反抗我?难道你不明白我爱你吗?你一定是疯了!""那么赶我出去好了。"她说,仍然紧紧地靠着食橱。"我就是要这样做,我正是要这样做!你一直在拿我当傻瓜!"我要给她下最后通牒,我叫喊道。她要么把她给我,要么我永远不想再见到她。

我再次走到她面前,把她揽在怀里。这次她没有试图阻止我,可是她显得软弱无力,仿佛整个生命都离开了她。"你的童贞就那么重要吗?你在为谁保全它?"没有回答。"说呀!""你并不爱我。"她说。"我不爱你?""不,你不爱,我原以为你爱我,可实际上你不爱我……"她突然哭了起来。

我跑下来,吻她的脚,恳求她。但是她哭个不停,不断地说我不爱她。

突然,一阵狂怒攫住了我。我感到有一种超自然的力量在挡住我的道,不断地从我手中夺走我想要追求的一切,我渴望得到的一切,应该属于我的一切;我感到正是同样的

世界传世藏书 世界禁书文库 玩 笑

65

力量抢走了我的党,我的同志,我的大学学业——我的一切,而且总是毫无道理,毫无理由。我意识到这个超自然的力量此刻正附在露西身上与我作对,我恨她成了它的工具。我给了她一耳光,因为我打得不是露西,而是那个邪恶的力量。我喊道,我恨她,永远都不想再见到她,永远,只要我活着。

我把她的褐色外套向她扔去,吼叫着要她出去。

她穿上外套,离开了。

我躺在床上,内心一片空虚。我想把她叫回来,因为我刚把她赶走就想念她了;因为我知道与一个穿着衣服,执拗不驯的露西在一起,也要比完全没有露西好一千倍;因为没有露西就意味着生活在绝对的孤寂之中。

尽管我明白这一切,可是我没有把她叫回来。

我光着身子在那张借来的床上躺了很长时间:我不能想象怀着这样的心情回到那所房子,与矿工们开玩笑,回答他们和蔼可亲的猥亵的问题。

最后我站起身,穿上衣服,离开了。那盏街灯还亮着。我再次绕过整个兵营,在那所房子的窗子上敲了敲,等了约略三分钟,在那位打着呵欠的矿工面前脱掉衣服,当他问我过得怎样时,我含含糊糊地咕哝了几句,然后再次穿上睡衣和长内裤,动身回营房。我处在完全绝望,完全无所谓的心境中,一点也不去留意巡逻犬或探照灯可能会在那里。我从铁丝网下爬过去,心不在焉地朝住处的方向走去。正当我到达医务室的墙边时,我听见一声喝令:"站住!"我停下来。一把手电筒射着我的眼睛。一条狗开始惊叫起来。

"你在那里干什么?"

"呕吐,中士同志。"我答道,用一只手扶着墙。

"哦,继续吐吧,伙计,把它吐得干干净净。"中士说,然后带着狗又开始了他的巡逻。

我没有再遇到什么麻烦便上了床,但是我睡不着,当听到指挥官发出"起床了"的叫声时,我感到很高兴,可怕的一夜终于结束了。我急忙穿上靴子,跑出去浇了一些清凉的冷水在身上。回到房间后,看见一群还没穿好衣服的士兵团团围在亚历克夏的床边,极力抑制住笑声。我顿时猜到发生了什么事:亚历克夏还在酣睡。这使我想起弗朗特·彼得拉塞克,他为了报复指挥官,假装酣睡不醒,接连三个长官都没有把他摇醒;直到他们把他连人带床一起抬到院子,冲他打开消防水管,他才懒洋洋地揉了揉眼睛。然而,亚历克夏是不可能反抗的;唯一可能的解释是他太虚弱了。我正想到这里,一个下士提着一大桶水从走廊里进来;他周围拥着另一群人,很明显是他们在怂恿他:这是一个愚蠢的恶作剧,典型的指挥官的心理,具有所有时代和年有政权的特征。

看到这些士兵与他们的指挥官之间这种可悲的和解,看到对亚历克夏的共同仇恨一下子就消解了他们之间的宿怨,我感到非常恼火。他们显然把指挥官以那种方式讲到亚历克夏时的那番话看作是进一步证实了他们自己的怀疑,于是突然觉得非常赞同指挥官残忍的手段。我勃然大怒,对于所有这群人,对于他们愿意相信任何控告,对于他们渴望用暴力来安慰被摧毁的自尊,感到一阵盲目的狂怒,我抢在下士和那帮人的前面,挤到亚历克夏的床头,大声说:"起来,亚历克夏!起来,你这个笨蛋!"

可是有人抓住我的胳膊,用力一拧,使我跪了下来。我回头一看,原来是巴威尔·佩克尼。"谁要你来插手,你这个共产党员杂种!"他厉声骂我。我猛地挣脱他,对着他的脸就是一拳。要不是别的人使我们平静下来,当场就会发生一场战斗:他们担心在提着桶的下士走到亚历克夏床头之前我们就会把他闹醒。接着,下士走上前,吼道:"起来晒太阳!"然后把一桶水全部倒在亚历克夏身上。

真奇怪,亚历克夏仍然未动。下士一时不知所措。然后他高声喊道:"起立,士兵!立正!"但是这位士兵没有动静。下士弯下身去摇他,费了很大劲才把他翻转过来。亚历克夏的脸下陷,苍白,一动不动。

"快,叫军医!"下士叫道。但是谁也没动:我们全都盯着穿着湿透的睡衣的亚历克夏。"军医!"下士又指着一个士兵叫。这位士兵跑了出去。

军医来了,他拿起亚历克夏的手腕,说:"我明白了。"然后拉开他身上的毯子,从两只湿淋淋的裤腿里伸出两条同样湿淋淋的脚。亚历克夏全身平伸地躺在我们面前。医生左顾右盼,从他床铺旁边的桌上拿起两个塑料瓶,朝里面看看,说:"足够两个人。"说完从旁边的床上拉来一条被单盖住亚历克夏。

这一切延宕了我们的作息时间,我们赶紧吃完早饭,四十五分钟后我们就已经出发去矿井。在矿下干完了一天的活,照常是操练,政治教育,吃饭,唱歌,打扫卫生,上术,整个期间我一直都在想,斯塔纳离开了,我的挚友昂扎离开了,现在亚历克夏也离开了。他勇敢地、盲目地演完了他的疯人角色,他突然不能继续演下去了,当他们把他在泥浆里拖,还向他啐唾沫时,他缺乏力量继续保持坚定不移和坚守在他们的行列里,这不是他的过错。他从来就不是我的朋友——他那致命的信仰与我格格不入——可是他的命运使我感到我与他的关系比任何人都更密切。我觉得他的死隐藏着一个责备:他想告诉我,一旦党把一个人赶出它的队伍,这个人就没有理由再活下去。我忽然为我从前没有喜欢过他而感到内疚,因为他现在已经死了,无可救药地死了,我从来没有为他做点什么,而我是这里唯一能为他做点什么的人。

然而,我不仅是无法挽回地失去了亚历克夏和拯救一个同伴的机会。今天回忆这件遥远的往事,我明白了正是在那时,我失去与我的政治犯伙伴们有过的那种团结和友谊的温暖感,从而失去了恢复我对人们信任的任何可能性。我开始怀疑那种仅仅建立在环境的压力和自我保护的欲望上的团结的价值。我开始意识到黑色徽章的集体能够欺侮一个人,正如那个讲堂里的集体一样,正如任何集体一样。

我觉得我始终被一片沙漠覆盖住,我觉得就像是沙漠中的沙漠,我想朝着露西叫喊。突然,我不能明白我为什么要如此迫不及待地想得到她的身子;她没有身子;她是一块永冻土地上的一根透明的温暖柱子,一根温暖的柱子,而我却让她走掉了,把她撵走了。

第二天操练时,我老是盯着栅栏望,期待她到来;可是只有一位老太婆在栅栏边停下来,把我们指给她那个拖鼻涕的小孙子看。当晚我给露西写了一封痛心的长信,恳求她回来。我说我必须见到她,我不想从她身上得到什么,我只想她到哪儿来让我看看,知道她和我在一起,知道她在哪儿就行了……

仿佛在嘲弄我似的,天气突然之间变得暖和起来,蔚蓝的天空,阳光明媚的十月。树叶色彩绚烂;大自然用欣喜若狂的典礼来庆贺秋天的离去。我感到受了嘲弄,因为我的信没有回音,停在栅栏边上的人全是些陌生人。大约两周后,我的一封信被退回来了。有人用难擦掉的铅笔把地址划掉,写上:迁走。转寄地址不详。

我恐惧万分。自从最后一次与露西会面后,我在心里一千次地反复思忖我对她说的一切,以及她对我说的一切;我一百次地咒骂自己,又一百次地为自己争辩;我一百次地使自己确信我已把她永远赶走了,又一百次地使自己相信她会理解我,原谅我。但是,信封上的通知仿佛就像是定论。

这种焦虑使我无法忍受,第二天我就着手进行另一个随便的计划。尽管我说"轻率",其实并不比我上一次的逃跑更加危险。"轻率"这个形容词主要表现在计划失败后的思考中。我知道昂扎在夏天与一个保加利亚女人恣意行乐时就曾多次成功地应付过去了。于是我把我的计划建立在他的计划上。我同大家一道来到矿坑附近,捡起我的衣服和安全灯,用煤灰涂脏脸,悄悄地溜走了。我径直跑到露西的宿舍,询问坐在桌边的那位女人。我所了解到的只是,大约两周前,露西把她所有的财产装在一个提箱里,带着它离开了此地;没有人知道她去了哪里,她未告诉任何人。我简直发疯了:她是不是出了什么事? 那个女人望着我,轻描淡写地说:"你能指望什么呢? 她们没有正式工作,来来去去,什么都不会对别人讲。"我去她工作过的地方,向人事处打听她的情况,但我一点消息也没得到。我在俄斯特拉发四处徘徊,直到快收工时才及时赶回去,混入走出矿井的人

群中。但是,我准是漏掉了昂扎的技巧中某种基本的东西:整个事情招致了适得其反的结果。两周后我被拖上军事法庭,因擅离职守被判了十个月的囚禁。

是的,我失去露西的那一时刻标志着一段长时期的绝望和空虚的开始,此刻,在故乡这个泥泞的郊区滞留使我回忆起那个时刻。是的,一切都是从那时开始的。当我在监狱时时我母亲去世了;我甚至不能去参加她的葬礼。十个月的刑期服满后,我又戴上黑色徽章,回到俄斯特拉发,服完最后一年的兵役。然后我签署了在矿上再干三年的合同,因为据说谁不愿这样做就必须在部队上继续待一年。因此,我作为一个老百姓又在煤矿度过了三年。

我并不愿意回顾这一切或者谈起这些往事;事实上,听到人们像我一样从他们发动和信赖的运动中被驱逐出来,并夸耀他们的命运时,我就感到令人作呕。的确,有一个时期我也以一个被驱逐者的命运为荣,但这是虚假的自豪。我不得不时常提醒自己,我获得黑色徽章并不是因为战场上很勇敢,也不是因为说出了自己的思想来与别人的思想交战。不,我的倒霉并不是由真正有意思的事造成的;我更多是我的经历的客体,而不是主体,因此我根本没有什么可以夸耀的。

露西呢? 噢,是的:我有十五年没有见过她了,甚至在很久以后我才获悉她的消息。我退役后听说她在西波希米亚某个地方。我没有去找她。

雅罗斯拉夫

我看见一条道路蜿蜒穿过田野，看见农民大车的窄窄轮子在路上留下的辙迹，看见路两边的田埂，多草的田埂如此翠绿，我情不自禁地抚摸它们平滑的斜面。

我周围全是小块的田地；望不见一个集体农庄。这怎么会呢？我穿过的这些土地属于另一个时代吗？它们是什么样的土地？

我继续往前走。田埂上的一丛野玫瑰呈现在我眼前，开满小小的玫瑰花。我停下来，欣喜若狂。我在花树下的草地上坐了一会儿，然后躺下来，我能感觉到我的脊背接触到多草的地面。我用脊背去触摸它。我仰卧着支撑它，恳求它不要担心太重，把它全部的重量都放在我身上。

接着我听见得得的马蹄声。远处扬起一小团尘埃。随着尘埃愈来愈近，它也就渐渐消散，现出一群骑手，一群穿着白色军服的年轻人。可是他们疾驰得愈近，那些服装的杂乱就显得越清楚。一些人的外套由闪闪发光的纽扣扣住，一些人的外套却敞开着，还有一些人只穿着衬衫。有的人戴着帽子，有的人却光着头。不，这不是一支军队。他们是逃兵，这些人——叛徒、逃犯！我们的骑兵！我站起来，望着他们临近。第一骑手拔刀出鞘，朝空中刺去。骑兵们停了下来。

拔刀在手的那个人俯身在马脖子上，盯着我。

"是的，是我。"我说。

"国王！"那人惊诧地说，"现在我认出你来了。"

我点了点头，很高兴被人认出。他们已这样骑了几个世纪，可是还认识我。

"你的处境怎样，我的国王？"那人问

"我很害怕，我的朋友们。"

"他们在追你吗？"

"比这还要糟。某桩恶心的事正在发生。我不认识我周围的人。我走进我的房子，发现寝室不是原来的，妻子不是原来的———一切都变了。我想我是搞错了，于是冲了出来，可是没有错，确实是我的房子！外面是我的，里面是一个陌生人的。我转向哪里都能看见它的痕迹。某桩卑鄙的事正在发生，我的朋友们，我真是怕极了。"

"我相信，你还没有忘记怎样骑马吧！"那人说。这时我才注意到他的战马旁边立着一匹装有马鞍但没有骑手的马。那人指着那匹马。我把脚放进马镫，跨了上去。马暴跳起来，可是我稳稳地坐在马鞍上，欣喜地用膝盖紧紧夹住马的两侧。那人从口袋里掏出一个红色的面罩，把它递给我，说："蒙住你的脸，他们就不会认出你！"我把它套在脸上，忽然间就像成了瞎子。"你的马会给你引路。"我听见那人的声音说。

整个队伍小跑出发。我能感觉到骑手们在我两边缓缓行进，感觉到我们的小腿互相触碰，听见他们的马喷着鼻息。我们就这样行进了一个小时，随后停了下来。还是那个声音对我说："我们已经到了，我的国王！"

"到了？"我问，"到了哪里？"

"你没听见大河的淙淙声吗？我们到了多瑙河畔。在这里你是安全的，我的国王。"

"是的，我感到我安全了，我想脱下面罩。"

"你不能，我的国王。现在还不能。你不需要你的眼睛。因它们只会欺骗你。"

"可是我希望看看多瑙河。它是我的河，我希望看见它！"

"你不需要你的眼睛，我的国王。因为我会把一切讲给你听。这样做更好。我们的周围是平原，一望无垠。牧场。到处是灌木丛，一根木桩，那是一口井的辘轳。但我们却靠近水边，这里的草生长在沙里。因为这里的河床是多沙的。现在请下马吧，我的国王。"

我们下了马，坐在地上。

"那些人正在生火。"我听见那人的声音说，"太阳就要消失在远处的地平线上，寒气将袭击这块土地。"

"我很想看到乌娜斯塔。"我忽然说。

"你会看到她的。"

"她在哪儿？"

"离这儿不远。你的马会把你带到她那里去。"

我跳起来，要求让我立刻到她那里去。可那人的手抓住我的肩膀，强迫我坐在地上。"坐在这里，我的国王。你首先得休息，吃个饱。眼下我将对你讲讲她。"

"她在哪儿，请告诉我。"

"从这里骑一小时就到了一幢木头房子，房子盖着木瓦，围着一道木栅栏。"

"是的，是的。"我点头。我的心儿舒服得要命。"都是木头。正是它原来的样子。绝

71

对连一根钉子都没有。"

"是的。"那声音继续说,"栅栏是用粗糙劈成的木尖桩做的。人们仍能从尖桩里看出树枝。"

"所有木制的东西就像猫或狗一样。"我说,"它们比别的东西更有生命。我喜欢木头的世界。它是我唯一的家。"

"栅栏那边种有向日葵、金盏花、大丽花。还有一棵老苹果树。就在此刻,乌娜斯塔正伫立在门槛上。"

"她穿着什么服装?"

"穿着亚麻布裙子,有点脏,因为她才从牛棚回来。她手中提着一个木桶,赤着脚。可她非常漂亮,因为她很漂亮。"

"她很穷。"我说,"一个穷人的女儿。"

"可仍然是一个王后。由于是王后,她必须藏起来。也许你还是不到她那里去好,以免她被暴露。只有戴上面罩你才可以去她那里。你的马会带路的。"

这人的话讲得真好,它使我陷入一阵甜蜜的倦怠之中。我躺在草地上,聆听着他的声音,当他的声音沉默下去后,传来了潺潺的水声和噼啪的火声。太美了,我简直不想睁开眼睛。可是我没有办法。我知道时间已到,我的眼睛必须睁开。

三张床垫把我与上漆的木头隔开。我不喜欢上漆的木头——或者这张床的弯曲的金属腿,就床腿而言。我的上方是一个有着三条白色条纹的粉红色玻璃灯罩,从天花板上吊下来。我也不喜欢这个球形玻璃灯罩。或者面对我的那个碗橱,其他他无用的玻璃。房间里唯一的木制品是角落里那架黑色簧风琴。这是整个房间里我唯一喜好的东西。它曾经是我父亲的。父亲一年前去世了。

我从床上站起来。我觉得还没休息好。现在是星期五下午,离星期天的"国王们的骑马"还有两天。一切都得由我决定。在我们这个地区,凡是与民俗有关的事都是我的事。我两周来没有睡过一个做梦的觉,一半就是由于所有这些差使、杂务和小争吵。

这时乌娜斯塔走了进来。我常常对自己说,她应该长胖一点。据说胖女人性情温和。乌娜斯塔长得很瘦,脸上已经布满细细的皱纹。她问我是否记住了从学校回家的路上到洗衣店去一趟。我忘记了。"我就清楚嘛。"她说,又问我是否打算在家里待一次,我不得不告诉她不行,因为我在城里有个会议,是地区会议。"你答应过帮弗拉吉米尔做家庭作业。"我耸了耸肩膀。"有哪些人参加会议?"我开始报名字,但是乌娜斯塔打断我,"汉兹尼克太太?"我点点头。乌娜斯塔显得心烦意乱。我知道我要倒霉了。汉兹尼克太太名声不好。大家都知道她乱搞两性关系。乌娜斯塔并不怀疑我与她有瓜葛，但只要提到她的名字，乌娜斯塔就要发怒。凡是有汉兹尼克太太参加的会议，乌娜斯塔都会嗤之以鼻。要与她谈论这件事是不可能的。我宁愿马上溜出去。

会议自始至终都是专门在为"国王们的骑马"做准备。整桩事被搞得乱七八糟。区议会开始消减我们的预算。就在几年前，区议会还为民间活动提供大量的补贴。现在我们却不得不支援区议会。要是青年团无法再吸引团员，干嘛不让它接管"国王们的骑马"？这会提高它的威信。用从"骑马"中获得的赢利去资助其他他不大流行的民间活动的日子已彻底结束了。这一次，青年团可以得到这些赢利，并且随心所欲地使用它们。我们请求警察在"骑马"进行期间禁止车辆通行。我们刚受到他们的拒绝：仅仅为了"骑马"而使交通中断是不可能的。可是，汽车鬼怪般地出现在马的左右，这算哪门子"骑马"？真叫人头疼！

直到八点钟我才离开会议。然后在广场上我突然看见了卢德维克！她正朝相反的方向走来。我立马停住。他在这儿干什么？我引起了他的注意。他盯了我一眼，接着转过头去，假装没看见我。两个同窗好友。在学校的同一条凳子坐了八年！而他竟然装作没看见我！

卢德维克是出现在我生活中的第一个裂缝。至今我已习惯了它。我的生活就像一所毫不坚实的房子。不久前在布拉格，我去了一家小剧院，它属于那类在六十年代初开始涌现出来，因拥有那些刚从大学毕业才华横溢的新演员而很快超霸一时的剧院。他们演出的剧情节很少，不过歌曲伶俐，爵士乐挺棒。可是突然之间，乐师们戴上有羽毛的帽子，像我们穿民间服装时戴的那种帽子，嘲弄地学着一个辛巴隆乐队。他们尖叫着，号啕着，模仿我们的舞步和我们把手举在空中的样子……他们的表演虽然只持续了几分钟，但却使观众们捧腹大笑。我简直不能相信我的眼睛。五年以前，还没有人敢这样丑化我们，也没有人会发出笑声。如今我们却成了笑柄。我们怎么会一下子就成了笑料？

还有弗拉吉米尔，这几个星期我一直在为他烦恼。区议会向青年团推荐他作今年的国王。儿子被选作国王对父亲来说从来都是莫大的荣誉，今年他们打算给我这样的荣耀，以报答我为民间文化所做的一切。可是弗拉吉米尔却千方百计想摆脱这个任务。他找了各种各样的借口。起初他说他星期天要去观看摩托车比赛。后来他又声称他害怕马。最后他说了实话，承认如果整件事是安排好的，他就不想当国王。他不想被人操纵。

我感到悲伤。他似乎想要把他生活中的一切可能使他想起我的生活的东西全排除掉。他过去总是回避参加我和我们乐队共同发起的儿童歌舞队。甚至在那时他就很善

73

于找借口。他声称他没有音乐才能。可他的吉他却弹得相当漂亮,而且喜欢与朋友们聚在一起唱最新的美国流行歌曲。

当然,他只有十五岁。而且他爱我。他是一个敏感的孩子。几天前我们谈过一次心。也许他理解了我。

我记得很清楚,当时我坐在转椅里,弗拉吉米尔在我对面的沙发上。我的手肘搁在那架簧风琴的盖子上。那是我最喜爱的乐器。从小我就听到它的声音。父亲每天都要弹奏它。主要弹的是民歌,伴着简单的和声,就像远处的泉水叮咚声。要是弗拉吉米尔也能这样想多好。但愿他会竭力去理解。

在十七世纪至十八世纪,捷克国家几乎已不复存在。事实上它在十九世纪才获得新生,是欧洲古老国家中的一个孩子。的确,它有着自己伟大的过去,可是两个世纪的鸿沟把它与自己的过去隔断了,在这两个世纪中,捷克语言倒退到乡村,成了文盲们独占的财富。但即使在那段时期,捷克仍然继续创造着自己的文化。这是一个朴实的文化,丝毫没有引起欧洲的注意。这是一个民歌、童话、古代风俗和仪式,谚语和格言的文化。一座横跨两百年鸿沟的狭窄的小桥。

唯一的桥,唯一的连接。一个未折断的传统的唯一脆弱的茎。这就是为什么在十九世纪初从事复兴捷克文学和音乐的人们把它作为他们的出发点。这就是为什么最初的捷克诗人和音乐家们花费了大量时光去收集民间故事和歌曲。这也就是为什么他们最早的尝试常常不外乎是对民间诗歌和民间歌曲的改写。

但愿你会极力去理解,弗拉吉米尔。你父亲对民俗的热爱并不仅仅是一种嗜好。也许包括有一点嗜好,但比嗜好更为强烈。他从民间艺术中听到的是使捷克文化免于干涸的那种活力。

我对它的热爱可以追溯到战争年代,那时他们企图使我们相信我们没有权利存在,我们只不过是讲捷克语的德国人。我们需要向自己证明我们过去存在,而且至今依旧存在。我们对我们的源泉做了一次朝圣。

那时我在一个业余爵士乐队演奏低音提琴,一天,摩拉维亚协会的一些成员突然来访问我们。他们说,支持他们新恢复的辛巴隆乐队是我们的爱国责任。

在这种情况下谁还能拒绝呢?我跟他们去了,去演奏小提琴。

我们把古老的歌曲从死一般的沉眠中唤醒。那些十九世纪的爱国者把民歌收集在歌本里正是时候。文明迅速地把民俗推到了背景。到本世纪初,我们需要民俗协会来使民歌从歌本里复活。首先在城里,然后在乡村。而且主要在我们这一地区。他们极力使像"国王们的骑马"这样的民间仪式复活,对民间歌舞团给予支持。有一段时间,他们好像在打一场赢不了的仗。民俗学家们不可能像文明埋葬传统那样迅速地使传统复兴。

战争给予了我们新动力。在占领期间的最后一年,我们组织了一次"国王们的骑马"。我们城里有一个军营,德国军官在街上冲撞本地居民。"骑兵"变成了一次示威游行。一群年轻人骑在马上,穿着色彩鲜艳的服装,挥舞着马刀。一个不可征服的捷克游牧民族。捷克历史的缩影。所有的捷克人都是这样看的,他们的眼睛被照亮了。我那时十五岁,他们选我做国王。我戴着面罩骑在两个侍从中间。我多么骄傲!我的父亲多么自豪!他知道他们选我做国王是为了向他表示敬意。他是一个乡村教师,一个爱国者。人人都敬佩他。

我相信任何事物都有意义,弗拉吉米尔。我相信人们的命运都是互相联系的,由智慧的灰浆把他们凝在一起。我把你被选为国王看作是一个表示。我像二十年前一样自豪。更加自豪。因为他们希望通过选你做国王来给予我荣誉。为什么要拒绝接受它?我非常重视这个荣誉。我要把我的王国传给你。我要你从我手中接受它。

也许他确实理解了我。他答应接受当国王的提议。

但愿他会极力去理解这一切是多么有趣。我不能想象还有比这更有趣、更令人激动的事。

举例说吧,布拉格的音乐研究家们早就声称,欧洲的民歌起源于巴洛克时期,那时在贵族的管弦乐队里演唱的乡村音乐家们把他们的音乐文化介绍到了人民的生活中。他们由此得出结论,民歌不是自成一体的艺术形式。它只是艺术音乐的派生物。

在波希米亚也许是这种情形,可是我们在南摩拉维亚唱的那些歌却不可能用艺术音乐解释得过去。例如,看看它们的调性。巴洛克音乐是用大调和小调写的,我们的歌曲却是用那些城堡管弦乐队从未梦想到的那种调式唱的!

以吕底亚调式为例,它那升高四度的音阶,总是在我心中唤起古代的田园牧歌,使我想起潘神,听到他的箫声。

巴洛克音乐和古典音乐为了建立次序对大七度的力量表现出狂热的敬意。它导向主音的唯一道路是严肃的、易感的七。它害怕从下面的大二度爬上主音的小七度。而小七度——如爱奥利亚,多里亚或混合利底亚调式——四者都是由两个非连接四音音列构成的希腊调式。正是我在我们的民歌中所最欣赏的。因为它是忧郁和深沉的。它靠此方式拒绝轻飘地推进到结束一切,结束歌曲和生活的主音:

但是在调式里也有一些非常古怪的歌曲,它们不受标准的教会命名法约束。这些歌

曲简直使我着迷：

摩拉维亚歌曲表现出一种难以相信的宽广调域。它们的基本原理有时使人困惑。它们以小调开始，以大调结束，在中间转几次调。当我必须给这些歌曲配和声时，我常常觉得很难把握住它们的进行。

摩拉维亚歌曲在节奏上和在调性上一样模糊不清。尤其当它们是为了节奏自由的唱歌，而不是为了舞蹈的伴唱时更是这样。贝拉·巴尔托克把它们称作是说话体裁的歌。它们的节奏绝不能被我们的乐谱体系记录下来。换句话说，从我们乐谱的优越地位来看，所有的民间歌手把他们的歌都唱得很差，毫无节奏。

怎样解释这一点呢？利奥斯·雅那切克坚持认为，使我们不可能公平对待节奏上的所有很小的复杂性在于歌手们各种转瞬即逝的情绪。他说，时间，地点，唱歌活动的气氛都需要考虑在内，民歌手在演出时对任何花的颜色、天气、总的环境都有所反应。

这个解释是不是太有点富有诗意了呢？我在大学的第一学年时，一位讲师给我们讲过他进行的一次实验。他曾要求几个民间艺术家分别演奏同一首节奏难定的歌曲。他把这些结果在高度精确的电子仪器上做了测量，发现他们的演奏百分之百地相合。

因此，歌曲节奏的复杂性不在于歌手的粗心，拙劣或性情。它依照的是自身的神秘法则。比如，在一种摩拉维亚舞蹈歌曲中，小节的后半总要比前半的历时长一点。那么，这怎么能记谱呢？艺术音乐使用的韵律体系是以对称为基础。一个全音符分为两个二分音符，一个二分音符分为两个四分音符。每个小节分成两个三个或四个相等的节拍。可是，一小节里有两个长度不等的节拍该怎么处理呢？我们今天最大的问题就是要把一首摩拉维亚歌曲的真正节奏写在纸上。

至少有一件事是清楚的。我们的歌曲不是起源于巴洛克音乐。波希米亚歌曲也许是这样。波希米亚总是欣赏更高水平的文明，城市和乡村、城堡和土地之间的联系更密切一些。摩拉维亚也有它的城堡，但是乡村的原始使它们之间隔绝得多。摩拉维亚乡村音乐家在城堡管弦乐队里演奏是肯定不可能的。这种情况使我们能够保留最远古时期的民歌。它们起源于一个悠久、缓慢的历史的各个阶段。

所以，当你面对着我们整个民间音乐文化时，就好像《一千零一夜》中的舞蹈者当着你的面在脱掉一层又一层的面纱。

瞧，第一层面纱脱了下来。它的质地粗糙，装饰着琐屑的花样。这些是近五十年，六十年，七十年的歌曲。它们是从西方，从波希米亚铜管乐队传到我们这里的。老师们教我们的孩子唱这些歌。尽管它们有一点适应我们的节奏形式，但基本上还是普通的、大调的、西欧的民间音乐。

第二层面纱脱下来了。它的色彩鲜艳得多。这是起源于匈牙利的歌曲。它们伴随着马扎尔语的侵入一道传来。在整个十九世纪,吉卜赛人把它们传遍了四方。人人都熟悉它们。恰尔达什舞曲以及有着特殊的切分音节奏的征兵歌曲。

在这层面纱下还有一层。瞧,在十世世纪至十八世纪期间的本地斯拉夫人的歌曲。

但是,第四层面纱还要美丽。它的歌曲甚至更加古老,可以追溯到十四世纪,瓦拉几亚人从东方和东南方穿过喀尔巴阡山来到斯洛伐克牧场的时候。那些牧羊人和强盗唱的歌完全没有和弦与和声。它们在观念上纯粹是旋律的,这些旋律充分利用了古代调式的音阶,并靠演奏它们的管乐器和横笛而变得更加优美。

一旦这层面纱脱落下来,就没有别的面纱了。可舞蹈者不戴任何面纱还是继续跳着。这是最完好的歌曲。它们始于非基督教的时期,以最古老的众所周知的音乐体系,四音音列的体系为基础。割草歌,丰收歌,与古老村落的仪式有密切关系的歌曲。

巴尔扎克指出,在最古老的这个层次,斯洛伐克,南摩拉维亚,匈牙利和克罗地亚的歌曲都非常相似,以至于几乎不可能把它们分辨开来。请想象一下地理区域。你看见了什么? 九世纪第一个伟大的斯拉夫人领土,大摩拉维亚公国。它的边界在一千年前就被消除了,但是在最古老的民间音乐方面,它们却没有受到任何影响。

民歌或民间仪式是历史底下的一条隧道,这条隧道保存了许多被战争、革命和残酷的文明在地面上早已毁掉的东西,使我们能够望见遥远的过去。我看见了罗斯底拉夫和斯维亚托坡尔克,最初的摩拉维亚公爵。我看见了古代的斯拉夫世界。

但是,为什么要把我们局限在斯拉夫人的世界呢? 记得有一次,我们为了弄懂一首谜一般的民歌歌词用尽心思。这首歌词曲用一种含糊不清的方式把蛇麻草与一辆马车和一只山羊结合在一起。有人骑在山羊身上,有人坐在马车里。然后赞颂了蛇麻草将少女变成新娘的力量。最先把它唱给我们听的那些人也不知道它的含义。古老传统的坚韧保留了现在已完全不可理解的词的结合。最后的结果只有一种可能的诠释:古希腊的酒神节。一个萨提尔骑在公山羊身上,一个神祇手执缠着蛇麻草的神杖。

古典作品中的神话! 我不能相信。但那时我修了一门音乐思想史的课程。我们最古老民歌的结构实际上与古希腊音乐的结构相似。同样是吕底亚的,弗里吉亚的和多里亚的那种四音音列。同样是从高音符而不是从低音符来推定音阶的倾向。因此,我们最古老的歌曲与古希腊歌曲属于一同一个音乐思想的时代。它们为我们保留了古代的神话。

今天吃晚饭时,我好像老看见卢德维克的眼睛在回避我,于是我在任何时候都感到弗拉吉米尔对我们是多么重要。突然我担心我一直都忽视了他。我从来就没有真正成功地把他拉进我的世界。晚饭后,乌娜斯塔留在厨房里,我同弗拉吉米尔走进起居室。我试图跟他谈谈民歌。可是,没有什么起色。我觉得自己就像一位小学教师。我不知道我是否使他厌烦了。当然,他坐在那里看上去似乎是在听我讲。他如经是个听话的孩子。但是我怎么能知道他头脑里究竟在想什么呢?

我长篇大论地折磨了他很长时间,这时乌娜斯塔把头伸进房间,说该睡觉了。我能怎么办呢?她是家里的灵魂和心脏、日历和钟表。

我们不要争论了。去睡觉吧,我的孩子。晚安。

我把弗拉吉米尔和那架簧风琴留在了房间里,他睡在有金属腿的那张床上。我睡在隔壁卧室我们的婚床上,睡在乌娜斯塔的旁边,但我现在还不想上床睡觉。我会辗转反侧,担心会不会弄醒乌娜斯塔。不,我不想睡,我想去呼吸一下新鲜空气。这是一个暖和的夜晚,我们居住的这幢旧平房的花园充满了旧式的田园风味。那棵梨树下有一条木凳。

那个该死的卢德维克。他干嘛一定要在今天出现?我担心这是一个坏征兆。我的好朋友!孩提时代我们就常坐在这里,就在这棵梨树下。从一开始我就喜欢他,那时我们在同一所学校读书。他比我们所有的人都要聪明得多,但却从来不炫耀自己。他一点儿也不在乎学校和老师,凡是违反规则的事他都乐意干。

我们两人为什么成了挚友呢?很可能是命运的缘故。我们俩都是半孤儿。我母亲死于分娩,卢德维克的父亲,一个砌砖工人,被抓进了集中营。那时卢德维克才十三岁。他再也没看见到他的父亲。

卢德维克是长子,可是他的弟弟死了,只剩下他和他母亲。他们勉强才能使供求持平。学费很高,有一个时期他似乎不得不退学了。

但是,在最后一刻他得救了。

卢德维克的父亲有一个姐姐,战前嫁给了一个富裕的本地建筑商。那以后她几乎与她的砌砖工弟弟断绝了来往。但当弟弟被抓走后,她的爱国心占了上风,于是主动提出资助卢德维克。她自己的女儿不是很聪明,卢德维克的才能使她感到嫉妒。她和她的丈夫不仅在物质方面帮助卢德维克,而且还邀请他每天到他们家去,并把他介绍给当地社交界的精英。卢德维克不得不做出很感谢他们的样子,因为他的学业得依靠他们的资助。他受不了他们。他们的姓是库茨基,从那时候起,我们就把这个姓用来指那些自命不凡的人。

库茨基太太瞧不起卢德维克的母亲。她一直认为她兄弟取了一个有失他身份的女人。她兄弟的被捕也一点没有改变她的看法。她施舍的大炮是对准卢德维克的,而且只对准卢德维克。她把他看作是自己的血肉,希望把他改造成她的儿子。她认为她弟媳的存在是个不幸的错误。她从来不邀请弟媳到她家来。这期间,卢德维克愤怒地袖手旁观。他已经大到可以反抗了。可是他母亲总是眼泪汪汪地恳求他明智一点。

这就是他如此喜欢到我们家来的一个原因。我们俩就像一对双胞胎。父亲喜欢他甚至胜过喜欢我。看见卢德维克在他的书房里耽读一本又一本书,他感到很有兴趣。当我开始在爵士乐队中演奏时,卢德维克也想参加进来。他在自由市场买了一只便宜的单簧管,很快就在这方面崭露头角。我们一起演奏爵士乐,一起参加辛巴隆乐队。

战争快结束时,库茨基家的女儿结婚了。卢德维克的姑妈决定要大办喜事。她决定在新娘新郎身后要有五对男女傧相。她不但把卢德维克包括在内,而且还让本地药剂师十一岁的女儿作他的搭档。他受到很大刺激。在那家市侩的婚礼化装舞会上扮演丑角真是无耻!他希望人们把他看作是一个成年人,而一想到胳膊被一个小女孩挽着他就觉得屈辱。他对自己被作为库茨基家的慈善事例来炫耀而感到恼火,对被迫要在仪式期间吻人人的口涎弄湿的十字架而感到愤怒。那天晚上,他中途离开婚礼,来到我们在当地酒店的密室。我们一直在那里玩乐、饮酒,看见他来了就开始取笑他。他火冒三丈,宣称他对布尔乔亚怀有深仇大恨。接着他咒骂教会仪式,声言他蔑视教会,决定要抛弃它。

我们并没有把他的话当真,但是战争结束后几天,他实现了他的威胁。当然,他这样做使库茨基家非常生气。他毫不在乎。能够同他们断绝一切关系,他感到太高兴了。他成了一位共产党的热情支持者,参加共产党人主办的讲演,购买他们出版的书籍。我们这地区笃信天主教,我们的学校尤其如此。然而我们都愿意原谅卢德维克的共产党怪癖。我们给了他这种特权。

一九四七年我们毕业了。那年秋天我们考进了大学——卢德维克在布拉格,我在布尔诺。直到一年后我才又见到他。

那是一九四八年,一切都颠倒了。卢德维克回家过暑假时,我们不知道该怎样迎接他。在我们看来,二月共产党政变意味着一个恐怖统治。卢德维克带来了他的单簧管,但没有摸它一下。我们辩论了一个深夜。

我们之间的不和就是从那时开始的吗?我不这样认为。事实上,那天晚上他几乎把我说赢了。他避开政治争论,只谈我们的乐队。他说我们必须从一个更广泛的继承发展

关系来看我们的工作。仅仅使一个失去的过去复活有什么意思呢？如果我们朝后看，我们就会像圣经中的罗得之妻那样完蛋。

那么，你认为我们该做什么呢？我们喊道。

当然要保护民间艺术的遗产，他回答说。但这样做是不够的。时代已经变了。新的地平线正在展现。我们需要消除我们的音乐文化中那些没有生命的流行曲调，那些布尔乔亚曾强使人们接受的陈词滥调。我们需要用一个新颖的、真正的人民艺术来代替它们。

真奇怪，卢德维克提倡的只不过是最守旧的摩拉维亚爱国者那种古老的理想社会，他们也不停地谈论城市文化的邪恶与堕落。他们也从查尔斯顿的乐曲中听到了撒旦的歌声。但那又怎么样呢？这只是使我们觉得他的话可以理解罢了。

无论如何，他的下一个观点听起来更新颖。它涉及爵士音乐。爵士乐起源于黑人民间音乐，征服了整个西方世界。不管它事实上已经逐渐成为一种商品。我们可以把它作为民间音乐具有神奇力量的确证。民间音乐可以造成整整一个时代的音乐风格。

我们怀着既钦佩又反感的复杂心情听他高谈阔论。他的自信激怒了我们。他显出一副当时所有共产党人都有的那种神情，仿佛他与未来签订了一个密约，因此获得了代表未来活动的权利。我们发现他如此令人讨厌的另一个原因是，他突然之间与我们过去认识的那个卢德维克判若两人。过去他一直是我们中间的一个男孩，一个真正的乡巴佬。瞧他现在这副样子，恬不知耻地滥用过分的修辞和夸张的词汇。当然，我们也很气愤他随意地就把我们乐队的命运与共产党的命运连在一起。我们中没有一个人是共产党员。然而，他的话里毕竟有某种吸引人的东西。他思考的方式与我们内心最深处的梦想是相合的。它一瞬间就把我们提到了历史的伟大领域。

我暗地给他取了一个绰号：匹得·皮帕。他只要一吹长笛，我们便成群结队地跟在他后面。他的论点稍不完全，我们就马上帮助他。我还记得我自己的贡献。我当时正在考察从巴洛克时代起欧洲音乐的演变。在印象派之后音乐开始对自身产生了厌倦。一方面它在奏鸣曲和交响乐中失去了大量的活力，另一方面它失去了动人的曲调。这就是为什么爵士乐对它产生了奇迹般影响的原因。它贪婪地从百年来的爵士乐基础音中吸取新的活力。爵士乐不仅占领了欧洲的夜生活，而且还抓住了斯特拉文斯基，奥涅格，米约，他们的作曲全都接受了爵士乐节奏的影响。但是，与此同时，或者更确切地说，比这还早十年左右，我们自己大陆的民间音乐就在欧洲古典音乐的血管里注入了大量的富有活力的血液。而没有任何地方像中欧那样使民间音乐保持着生气。想一想雅那切克和巴尔托克吧！因此，民间音乐与爵士音乐的比较可以直接从欧洲音乐的演变中得出。它们都对二十世纪严肃音乐的形成做出了同等的贡献。但当涉及大众音乐时，情况就不同了。传统的欧洲民间音乐几乎没有留下任何痕迹。爵士音乐取代了一切。这就是问题的主要原因。

是的，说得对，我们说。我们民间音乐的基础音和爵士音乐的基础音里存在着同样的力量。爵士音乐有它自己旋律的特性，这一特性仍然带有早期黑人歌曲的基础六声音阶的痕迹。而我们的民间音乐也有它们自己的特性，总的来说，它们的旋律更富有变化。爵士音乐有它自己的节奏，它在节奏方面惊人的复杂还得归功于几千年来的非洲古文化。但我们的音乐在节奏上也是最早时期的。最后，爵士音乐以即兴创作为基础，而我们那些不识音符的乡村小提琴演奏者的杰出的合奏也是依靠即兴创作。

我们的民间音乐与爵士音乐之间只有一个区别。爵士音乐发展和变化很快。它的风格处在不断地变换中。它从早期新奥尔良的对位法出发，经过一段严峻的道路，发展到摇摆乐，波普，到至更远。新奥尔良的音乐绝不会想到今天的爵士音乐里会采用和声。而我们的民间音乐却恰恰相悖，她是往昔的一个昏昏睡去的睡美人。我们必须唤醒她。她需要与今天的生活相结合，随着它一道发展。要使自身继续存在下去，要保持它的旋律和节奏的特性，民间音乐必须形成它自身固有的风格发展阶段。这不是件容易的事，这是一个巨大的任务。这个任务只有在社会主义制度下才能完成。

这和社会主义有什么关系？我们反对道。

他向我们解释，传统的乡村过着一种集体生活。公共的仪式划分出乡村的时令。民间艺术除了这些仪式就不知道任何活力。浪漫主义者想象一位割草姑娘忽然产生了灵感。唱出一首又一首的歌，就像一股泉水从岩隙里涌出来一样。但是，民歌在起源上不同于有学问的诗。诗人写诗是为了表达自己，表达那些使他们显得独特、不同的东西。民歌却把人们引到一起。它们的产生很像钟乳石，一点一点地形成新的花纹和新的变化。它们一代一代地流传下去，每个歌手都给它们增加一点新的东西。每一首歌都有许多创作者，他们全都谦虚地消失在他们的创作后面。没有一首民歌仅仅为了自己而存在。它总有一个作用。有在婚礼上唱的歌，在收割时唱的歌，在忏悔节唱的歌，有为圣诞节，为翻草，为跳舞，为葬礼的歌。甚至情歌也存在于某些经常性的节日活动的组织中。傍晚的走动，在少女窗下的小夜曲，求婚——这些都是一种集体仪式的组成部分，在这种集体仪式中，民歌具有它确定的地位。

资本主义摧毁了这种集体的生活方式。民间艺术失去了它的立足点，它的自我感，

它的作用。在人与人之间被隔绝开,人人都为自己而活着的社会条件下,企图复兴民间艺术是毫无意义的。但是,社会主义把人们从孤独的枷锁中解放了出来。他们的私生活和公共生活将合并起来。他们将再次被许多公共的仪式结合在一起,创造出他们自己的集体风俗。前者将来自过去,收割,狂欢节,跳舞,劳动。后者将来自现在。五·一节,集会,解放周年纪念日,各种会议。民间艺术将到处受到欢迎。它将得到发展,变化,更新。我们终于明白了吗?

不久,这种难以相信的事就开始实现了。没有任何人像共产党政府那样为我们的民间艺术做了那么多的事。它为新的乐队的创立拨了大量的款。小提琴和辛巴隆琴声每天从无线电扬声器里传出来。摩拉维亚和斯洛伐克的民歌充斥了大学,"五·一"庆典,青年庆祝活动和各个剧院。爵士音乐从我们国家的表面消失了。尽管这样,它还成了西方资本主义及其颓废的象征。年轻人不再跳吉特巴舞,而是互相抓住肩,围着圈跳舞。共产党全力以赴地创造一种新的生活方式,把它的努力基于斯大林对新艺术的著名定义上:用民族形式表达社会主义内容。而音乐,舞蹈,诗歌的民族形式只能来自民间艺术。

我们的乐队驾着这个政策的强劲波浪,很快就驰名全国。它增加了歌手和舞蹈家,成为一个主要的文化企业,在数以百计的舞台上表演,每年还到国外访问演出。我们不仅仅唱那些强盗割断情人喉咙的传统的短叙事诗,而且还创作我们自己的新作品:歌颂斯大林的赞歌,关于个体农场的崩溃和集体农业的胜利的群众歌曲。我们的节目不单向后看,它充满了活力。它是当代历史的组成部分。它伴随着历史。

共产党给了我们热情的支持。我们政治上的保留很快就消融了。我自己在一九四九年初加入了共产党。我在乐队里的朋友们不久也跟着入了党。

那些日子卢德维克和我还是很亲密的。最初的阴影是何时降落在我们中间的呢?

好像我不知道似的。那是在我的婚礼上。

那时我一直在布尔诺读书——在音乐学院学小提琴,并在大学里学音乐理论。在第三学年我开始遇到了烦心事。爸爸的身体渐渐垮了。他中了风。病虽然治好了,但从此以后他就不得不十分小心谨慎。我不断地担心他的独自生活。要是他发生了什么事,他甚至不能给我发封电报。每个星期六我都提心吊胆地回到家里,每个星期一早晨我又带着新的忧虑返回布尔诺。最后我再也无法承受这些忧虑了。它们在星期一折磨我,在星期二越发折磨我,于是在星期三我把所有的衣物都放进包里,付了房租费,告诉女房东不要期待我回来了。

我从车站走回家的情形至今还记忆犹新。从城里到我们的村庄得穿过一片田野。

时至秋天，正是薄暮时分，吹着风，一些孩子正在用长线放风筝。爸爸曾经给我扎过一个风筝。他经常和我一道拿着风筝来到这片田野，把它抛到空中，然后奔跑起来，直到风把它吹上天。我从来就不怎么喜欢风筝，可是爸爸非常喜欢。那天，这件往事打动了我，使我加快了步子。一个念头兜上心头，原来爸爸是为了母亲才把风筝送上天空的。

从孩提时代起，我就一直想象母亲是在天堂里。噢，我信仰上帝、永生或类似的东西已经很多年了。我现在不是在谈信仰，我是在谈幻想。我不明白为什么我必须放弃幻想。没有幻想我会感到像孤儿似的。乌娜斯塔说我是个理想家。她说我看不到事物的本来面目。喔，她错了。我当然看得见事物的本来面目，但是除了有形的东西，我还能看见无形的东西。幻想在生活中有它们的地位。幻想能使住宅成为温暖的家。

母亲去世后很久我才对她有所了解，所以我从来没有机会哀悼她。我一直喜欢想象她在天堂里既年轻又漂亮。别的孩子的母亲都没有我的母亲年轻。

我喜欢幻想圣彼得坐在一条长凳上，从一扇小窗户俯视人间。我母亲经常去那里拜访他。彼得很高兴为她做任何事。因为她很漂亮。他让她也朝外看。于是母亲看见了我们，爸爸和我。

母亲的脸上从不悲伤。恰恰相反，当她在彼得的小房间里从窗户俯视我们时，她总是在微笑。那些居住在永恒里的人是不知道悲伤的。他们知道人间的生命只是瞬息即逝，很快就会团圆。但当我去到布尔诺，留下爸爸孤单一人时，母亲的脸上开始露出悲哀和责备的神情。而我希望与她和睦相处。

所以我匆匆忙忙赶回家。风筝飞得老高，好像是从天上挂下来似的。我很高兴。我一点也不后悔我丢下的那些东西。并不是我不爱我的小提琴和音乐研究，而是我没有真正的野心。对我来说，无论什么，哪怕是最有前途的事业，也比不上回家的快乐更有意义。

当我告诉爸爸我不打算回布尔诺去了时，他感到很恐怖。他不希望我为了他而毁掉我的前程。于是我设法使他相信我是因为成绩不好而被开除的。这使他更加心烦意乱。但是我没有为此事烦恼。我回家不是为了无所事事，游手好闲。我继续在我们的乐队担任第一小提琴手，并找到一个在本音乐学校任小提琴教师的工作。我可以干我所喜好的事。

与乌娜斯塔待在一起就是一件我喜欢的事。乌娜斯塔住在邻近的村子里，那个村子就像我自己的村子一样，今天已合并为城镇。她跟着我们的乐队跳舞。我是在布尔诺读书时认识她的，既然我现在回来了，我就希望每天都能见到她。但我是后来才爱上她的——完全没有想到,在一次排练中,她摔倒了,跌断了腿。我把她抱在怀中,往救护车走去。我能感觉到她的身子,多么纤细、虚弱。突然我吃惊地意识到,我几乎身高六尺两寸,重两百多磅,我可以当一个伐木者,而她却又轻又弱。

这是一个顿悟的时刻。在乌娜斯塔受伤的身躯上,我突然看见了另一个更熟悉的身影。以前我怎么竟未注意到这一点呢?乌娜斯塔是所有民歌里的那种"穷人的女儿"!一个除了好名声便一无所有的穷姑娘,一个人人都要羞辱的穷姑娘,一个衣着褴褛的穷姑娘,一个孤苦伶仃的可怜的小姑娘。

当然,事实上根本不是这么回事。她有双亲,他们一点也不贫穷。但正是因这个缘故——他们一度是富裕的农民——新时代正把他们逼到绝境。乌娜斯塔经常眼泪汪汪地来参加排练。他们家被迫把几乎所有的产业都交给当局。她的亲被定为富贵人家。他的拖拉机和农具都被征用。他还受到追捕的威胁。我为她感到难过,把自己看作是她的保护人。我愿意保护这个穷人的女儿。

从那以后,我就以民歌传统的观点来看她,我觉得我仿佛正在重新体验一个经历过一千多次的爱情。我好像正在按照一个古乐谱演奏这个爱情。好像这些歌曲正在歌唱我。我沉湎于时间的共鸣的河流中,幻想着将来的婚礼。

婚礼前两天,卢德维克蓦地冒了出来。看见他我很高兴,立刻告诉了他这个消息,并对他说,作为我的挚友,他一定要做我的证人。他满口答应了,而且遵守了诺言。

乐队里的那些朋友们为我举行了一次地道的摩拉维亚婚礼。大清早他们就来向我们祝贺,演奏,唱歌,身穿民间服装。一位五十岁的辛巴隆琴手担任仪式的主持人"族长"。爸爸首先用烈性白兰地、面包和背溜肉招待他们。然后族长示意大家安静,用洪亮的声音朗诵起来:

> 正直的贵宾们,少女们,少男们,
> 女士们,先生们!
> 我召集你们大家于此所,
> 因为居于此所的这位年轻人不揣冒昧
> 邀请我们偕他同赴乌娜斯塔·内特,
> 哈尔的父亲那里,
> 这位年轻人已将彼淑女选为
> 他的新娘……

族长是整个仪式的主心骨。始终都是这样。近千年来都是这样。新郎从来就不是婚礼的主体。他是婚礼的客体。不是他在成亲,是别人在使他成亲。别人在利用结婚控制他,而他就像在一片巨浪上随波逐流。婚礼不是他行动和讲话的场所。替他行动和讲话的是族长。不,甚至也不是族长。是世代相传的古老传统,将他沿着它那温柔的溪流带走。

由族长带领,我们出发去附近的村子。我们越过田野时,朋友们一路演奏。一群乌娜斯塔的人也穿着民间服装,在她家屋前等着我们。族长朗诵道:

> 我们是疲倦的旅行者
> 拜求你们
> 俯允我们入此篷屋,
> 因为我们亟须食物和饮料。

一位上了年纪的男人从人群中走出来。"汝等若相配,理当欢迎。"于是他邀请我们进去。我们默默地拥进屋。正如族长所说,我们只是疲倦的旅行者,不会立即透露我们的真实意图。但接着那位老人,新娘家的代言人,向我们挑战,说:"汝等若有心事,就请道来。"

于是族长开始讲起来。最初他拐弯抹角地用譬喻讲,那位老人也以同样的方式作答。待了许久族长才透出我们来此的目的。

于是那位老人向他提出下面的问题:

请告诉我,亲爱的朋友,为什么这位诚实的新郎欲娶这位诚实的姑娘为妻? 是为了花朵还是为了果实?

族长回道:

众所周知,花儿开时美丽又雅致,惹得人心头阵阵欣喜,可是花儿一凋谢果实即成熟。因此我们娶这位新娘不是为了花儿,而是为了果实,报偿正是从那里来。

对答一直持续到新娘的代言人完毕道:"那么,让我们把新娘叫来,听听她是否同意。"然后他走进隔壁房间,领着一位穿民间服装的女人转来。她又高又瘦,骨骼粗大,脸上蒙着一张头巾。"此即汝新娘。"

但族长摇了摇头,我们都吵吵嚷嚷地抗议起来。老人企图说服我们接受她,可最后

还是不得不把那位蒙着头巾的女人带回去。直到这时他才把乌娜斯塔带出来。她穿着黑色靴子，红围裙，五颜六色的开口短上衣，头上戴着花环。她看上去美丽极了。老人把她的手放在我的手中。

然后他转向新娘的母亲，用悲哀的声调对她叫道："啊呀，母亲！"

听到这句话，我的新娘把手从我手中抽出来，扑倒在母亲的怀抱里，低着头。老人继续说：

亲爱的母亲，原谅我对汝做过的一切错事！

最亲爱的母亲，我恳求汝，原谅我对汝做过的一切错事！

最最亲爱的母亲，凭着基督的五个创伤，我恳求汝，原谅我对汝做过的一切错事！

我们不过是在模仿一首古老的民歌歌词。这首歌词非常美丽，令人心动，而且每一点都很真实。接着音乐再度响起，我们动身前往城里。正式的仪式在市政厅举行，即使在那里音乐也没有停止。然后是盛宴。宴会后是跳舞。

最后，入夜时分，女傧相把迷迭香花环从乌娜斯塔头上取下来，一本正经地递给我。她们将她松散的头发编成一根辫子，盘在她头上，然后把一顶女帽迅速放在上面。这个仪式象征着从处女变成妇人。当然，乌娜斯塔在这之前早就失去了贞洁。严格说来，她已不配花环的象征。可是我并不把这事看得很重要。从更高更有约束力的层次来看，直到女傧相把她的花环放在我手中的那一瞬间，她才失去了童贞。

哦，天啊，为什么对那个迷迭香花环的回忆比我们的第一次搂抱或乌娜斯塔真正的处女血还要更使我感动？我不知道为什么，可事实确是如此。女人唱起了花环漂过水面，波浪把它编织成红缎带的歌曲。歌声使我想要哭泣。我痴迷了，我只看见花在漂流，小溪把它们带到了小河，从小河到支流，从支流到多瑙河，从多瑙河到大海。我看见花环漂走了，一去不复返。逝者不返。这就是我深切感受到的。生活中的各种基本状况不容复返。任何够格的人都必须直面逝者不返这一事实。尽量咀嚼它。不许自欺欺人。不要装作对它视而不见。现代人自欺欺人。他极力回避从生到死的途路上所有的路碑。传统人更诚实。他高唱着走进人生每一种基本状况的核心。当乌娜斯塔的血玷污了我放在她身下的那条毛巾时，我一点也没有想到我正在对待逝者不返这一事实。现在已没有时间想了。妇女们正在唱临别之歌。留一下，留一下，我多情的情郎，请允许我去向我亲爱的母亲告别。留一下，留一下，收起汝马鞭，请允许我去向我亲爱的父亲告别。留一下，留一下，勒住汝马匹，因为我还有一个亲爱的妹妹，我不愿离开她。别了，我的女友们，因为他们正把我从你们身边带走，他们也不会让我再回来。

黑夜降临,队伍陪伴着我们回家。

我打开大门。乌娜斯塔在门槛上停住,再次转身面对着房前的一群朋友们。顿时,一个人唱起了最后一首歌:

> 她站在门槛上,
>
> 含苞欲放的纯洁处女,
>
> 最纯洁的一朵玫瑰
>
> 接着她跨过门槛,
>
> 她所有的美都失去了,
>
> 不可挽回地失去了她的美。

然后门在我们背后关上了,只剩下我们俩。乌娜斯塔二十岁,我大一点。可是我不由得想到,她已经跨过门槛,从这一神奇的时刻起,她的美就会像藤上的花儿一样凋谢。从她身上我看见了凋谢的未来。我看见这已经开始。她不只是一朵花,我暗想,她的体内要结果。我感到了这一切不可抗拒的秩序。我接受了这一切,并与之合为一体。我想起弗拉吉米尔,当然那时我还不可能认识他,也不可能开始描绘他。可我确实想到了他,并进而想到了他的孩子。接着我和乌娜斯塔爬过高高堆着被子的床,就好像整个人类用它那无穷无尽的智慧把我们搂进了它温柔的怀抱。

在婚礼上卢德维克究竟把我怎么啦? 实际上也没有什么。他沉默寡言,非常冷淡。下午跳舞开始时,乐队的小伙子们试图把单簧管递给他,想让他演奏。他拒绝了。隔了一会儿他干脆走掉了。感到幸运的是,那时我已精疲力竭,没有对此事怎么注意。可是,第二天我意识到他的中途离去给婚礼留下了一个污点。我血液中变淡的酒精很不恰当地夸大了这件事。乌娜斯塔把此事看得更严重。她从来就不喜欢卢德维克。

当我告诉她,卢德维克将做我的证人时,她看上去并不怎么感到高兴。次日早晨,她便性急地提醒我他的行为。她说他整天走来走去,就像我们给他造成了许多不便。她还从来没见过这样自负的人。

当天,卢德维克来看我们。他给乌娜斯塔带来一些礼物,并向我们表示道歉。我们愿原谅他昨日的行为吗? 他告诉了我们的遭遇。他已经被开始出党和大学。不知道他以后还会遇到什么。

我简直不能相信我的耳朵,也不知道说什么才好。可是卢德维克不需要任何人的怜悯,马上就改变了话题。乐队过两周要出国演出。我们真是些土包子,迫不及待地想早点起程。卢德维克理解我们的心情,开始向我打听这件事的详细情况。可是我立即记起卢德维克从小就渴望出国,而如今他出去的机会已微乎其微。在那个时期以及后来的许多年,凡是档案里有政治污点的人是不允许出国的。我看出我们的生活已变得多么悬殊,现在该轮到我改变话题了。如果我谈论这次出国演出,就会使我俩命运之间突然出现的鸿沟清晰地显露出来。我想让这条鸿沟掩隐在黑暗中,于是我字斟句酌,生怕某个词会使它显露出一点来。可是,我找不到一个可以使它不显露出来的词。凡是我提起到的与我们的生活有一点关联的话,似乎都在提醒我们,我们已经分道扬镳。我们有不同的机运,不同的未来。我们正在朝不同的方向驶离。我原想,要是只谈琐事,也许可以掩饰我们彼此的疏远。可这反而使事情变得更糟。我的逗趣显然很勉强,结果谈话很快就陷入了停顿。

不一会儿卢德维克便跟我们再见了。他已自愿去某个劳务队,而我将随同乐队去见世面。几年以后我才又再次见到他。他在部队时我给他写了几封信。每次寄出一封信,我们最后一次谈话给我带来的不快都会留在我心头。我不能正视卢德维克的倒霉这个事实。我为我在生活中取得的成功而感到羞愧。我发现从我自鸣得意的高处向卢德维克施舍鼓励和同情的话是令人无法容忍的。因此我假装我们之间没有任何变化。我又告诉他我们正在做些什么,乐队的新人新事,我们最新的辛巴隆琴手,我们最近的冒险。我试图让这些话听上去仿佛我的世界仍然是我们共同的世界。

后来有一天,我父亲收到了卢德维克母亲去世的讣闻。我们谁都不曾知道她在生病。卢德维克从我的地平线消失后,她也随他消失了。手里拿着这份讣闻,我意识到我对那些即使稍稍偏离我的生活道路的人变得是多么冷漠。我的生活是成功的。我感到有罪,即使我实际上并没有什么过错。接着我注意到了有件使我震惊的事。这份讣闻是由库茨基夫妇署名的。上面根本没有提到卢德维克。

葬礼的日子到了。从大清早起,一想到又要见到卢德维克我就感到忐忑不安。可是卢德维克根本没有来。只有几个人跟在棺材后面向墓穴走去。我向库茨基夫妇打听卢德维克在哪里。他们耸了耸肩,说他们不清楚。送葬队伍停在一座大墓前,墓上有一个沉重的大理石和一个白色的天使雕像。

这位富裕的建筑商家里的财产已被没收,现在他们靠微薄的收入维持生活。他们留下来的唯有这个庞大的家族墓穴。我无法理解的是,为什么卢德维克母亲的棺材要放在他们家族的墓穴里。

后来我才听说卢德维克当时正在监狱里。他的母亲是城里唯一知道这件事的人。她死后,库茨基夫妇接收了这个败家子弟媳的尸体,宣布它是属于他们的。他们终于报复了忘恩负义的侄儿,抢走了他的母亲,用一块沉重的大理石将她盖住,由一个有着卷曲头发和手拿一根花枝的白色天使守护着,我永远也不会忘记那个天使,翱翔在一位朋友被毁掉的生活上方,他父母其他的一切都被从他手中夺走了。那是一个毁灭的天使。

乌娜斯塔反对一切无节制的方式。她认为,夜里坐在外面院子里,仅仅因为你喜欢,这就是一种无节制。蓦然,我听见窗玻璃上一声重敲。在窗户那一边赫然现出了一个穿着睡衣的女人的严厉身影。我生性顺从。我绝不会对那些比我赢弱的人说个"不"字。因为我身高六尺两寸,能够举起比我体重更重的东西,我还没有发现可以和我对抗的人哩。

于是我回到房间,躺在乌娜斯塔身旁。为了打破沉默,我便提起白天曾见到卢德维克。"是这样吗?"她用漠不关心的口气说。对此我毫无办法。她受不了他。她始终无法忍受他。并不是因为她有什么可抱怨的。自从我们的婚礼以后,她只见过他一次。是在一九五六年,那时我已经再不能掩饰我们之间的鸿沟了。即使对我自己也无法掩饰了。

卢德维克服过兵役,蹲过监,又在矿井干了几年。为了恢复学业,他正在布拉格做准备,那次回来是为了与警察局处理几项法律手续。一想到要见到他,我再次感到紧张不安。可是我所发现的完全不是像预料的那种颓丧不满。一点也不。可是他与我认识的那个卢德维克也不同了。他身上既有一种粗鲁无礼的特性,又有一种内在的平静。没有什么需要怜悯的。好像我们轻而易举地就可以跨越我如此害怕的那条鸿沟。为了恢复旧日的友情,我邀请他来观看我们乐队的排练。我仍然把乐队也看成是他的。尽管辛巴隆琴,第二小提琴,单簧管已由另外的乐手接过去,老伙伴中仅剩下我一个,可这又有什么关系呢?

卢德维克坐在辛巴隆琴手旁边,从那里观看排练。我们首先演奏了我们最喜爱的歌曲,那些我们在学校里常常演奏的歌曲。接着我们演奏了我们在偏僻山村发掘的几首新歌。最后我们演奏了一组我们认为最重要的歌曲。它们不是真正的民歌,而我们自己创作的带民歌味的歌。我们歌唱为了使大量的私人农田变成一片广大的集体农田用犁耕掉小块土地的旧边界,歌唱过去的穷人如今成了自己国家的主人,歌唱拖拉机手在自己的拖拉机站总能得到尽力地帮助。这些音乐与真正的民歌音乐很难区别,但歌词却比报纸还要更切合时事。我们最喜爱的一首歌是有关尤利乌斯·伏契克的,这位共产党英雄在占领期间曾备受纳粹的折磨。

卢德维克坐在那里，瞧着辛巴隆琴的木槌在弦上急速地跳来跳去。偶尔他给自己斟上一小杯酒。我从我的小提琴琴码上望着他。他却陷入了沉思，始终没有看我一眼。

妻子们开始蹑手蹑脚地走进房间，这是排练即将结束的一个表示。我邀请卢德维克去我家。乌娜斯塔给我们做了些吃的，然后就去睡觉，留下我们单独在一起。卢德维克天南海北地谈起来。但我能看出他这如此健谈的真正原因是为了回避我想谈论的事。可是我怎么能不跟我最好的朋友谈谈我们最大的共同领域呢？于是我打断他漫无边际的闲聊。你觉得我们歌怎么样？他毫不犹像是回答说他喜欢它们。但我不打算让他说一两句客气话就放过他。我要盯住他。他认为我们自己创作的那些新歌怎么样？

卢德维克不愿引入争论，但我步步紧逼，直到他最终说出他的看法。他认为我们发现的那些传统歌曲的确很美，否则他是不会喜欢我们的节目的。我们在迎合时兴的趣味。这不足为奇。我们为各种各样的观众演出，想要使他们全都满意。所以我们抹去了我们的歌曲中所有使它们显得独特的东西。我们去掉了它们无与伦比的节奏，代之以习用的节奏型。我们之所以从最近的过去中选择我们的歌曲，是因为它们被人更容易听懂，更容易理解。

我不赞同他的看法。我们只是刚刚开始。我们想要民间音乐尽可能地受到欢迎。这就是为什么我们必须对大众的趣味让步。最重要的是我们创作出了我们自己的当代民乐，与我们现在的生活有关的新民歌。

他又争执起来。那些新歌使他感到刺耳。它们是可怜的仿制品！赝品！

这句话至今回想起来还使我感到刺痛。究竟是谁曾警告我们，如果我们老是朝后看，我们就会像圣经中的罗得之妻那样完蛋？究竟是谁曾幻想民间音乐将孕育出时代的新风格？究竟是谁激励我们给予民间音乐必要的推动，使它跟上历史的步伐？

那全是一个空想的境界，卢德维克说。

空想的境界？可是歌曲就在那里！它们是存在的！

他当面嘲笑我。你可以唱那些歌，你和你的乐队，可是请告诉我，还有哪一个人在唱那些歌。请告诉我还有哪一个集体农庄庄员唱你们的那些集体农庄歌。他面带笑容地说。这些歌是那样不自然，那样做作。这种宣传就像一个缝制得很拙劣的衣领那样刺目。一首关于伏契克的伪摩拉维亚的伪民歌！你们居然能变得多么可笑！布拉格的一名共产党新闻记者！他与摩拉维亚的农民有什么共同之处？

我表示反对，说伏契克属于我们大家，我们有权用我们自己的方式歌唱他。

用你们自己的方式？你们并没有用我们唱歌的方式在唱！你们是按照宣传机关叫

你们唱的方式在唱！瞧一瞧那些歌词。为什么要首先歌唱伏契克呢？难道只有他在干地下工作吗？难道只有他受到折磨了吗？

但他是家喻户晓的人物！

当然他是！宣传机构需要完美无瑕的烈士长廊里有一个主要的烈士坐头把交椅。

你干嘛要这样冷嘲热讽？每个时代都有它的象征。

是的,但是谁成为象征？这是很有趣的地方。许多同样勇敢的人如今完全被遗忘了。这当中也有著名的人。政治家,作家,科学家,艺术家。他们中没有任何人成为象征。你不会看到他们的照片挂在学校和办公室。许多人还立下了很大的功劳。事实上,正是那些功劳阻碍了他们。功劳不能修改,不能缩小,也不能重新赋予新的形式。这就是阻碍他们进入宣传机关的名人祠的原因。

但是《绞刑架下的报告》怎么说呢？只有伏契克才能写出它！而那些缄口不言的英雄又怎么讲？那些英雄不需要把他们最后的时刻变成一个壮观。一次公开的讲演。伏契克,尽管那时根本没有名气,却认定把他在监狱里的所思所感和所经历的事告诉世人,给人类留下一些具有概括性的名言是非常重要的。于是他在碎纸片上把这些话全都潦草地写出来,让那些把纸片偷带出狱,并妥善保存它们的人去冒生命危险。想一想他对那些思想和印象肯定会有的想法吧！想一想他对自己肯定会有的想法吧！

现在他说得太出格了。难道伏契克是个自负的夸夸其谈者吗？

然而没有什么能阻止卢德维克。不,他回答道,那不是驱使伏契克写作的主要原因。主要原因是他的软弱。因为私下表现得勇敢,没有目击者,没有承认,只是面对着自己——这样做需要超乎寻常的尊严和力量。而伏契克却需要一个观众。他在单人牢房幽闭中给自己创造了一个虚拟的观众。他需要被人瞧见！让掌声来支持他。如果不是真的,那就是虚构。他需要把他的单人牢房变成一个舞台,要使他的命运变得可以忍受,就得表演它,描绘它,而不是仅仅经历它！

我原以为会看到卢德维克消沉,甚至痛苦。但我没料到这般的刻毒或恶意讽刺。伏契克烈士把他怎么啦？一个人必须忠实于他的原则。我明白卢德维克受到了不公正的惩罚,但那样做反而更糟！那样的话,改变原则后面的动因就太清楚不过了。一个人仅仅因为受到了侮辱就可以抛弃他信奉的一切吗？

我当着他的面说出了这些话。但接着某种出乎意料的事了生了。他一点也没做出反应。仿佛他那愤激的情绪突然消失了。他怪异地看了我一眼,然后用非常平静的口吻要我不必生气。很可能是他错了。但是他的声音显得那样古怪,冷静,以致我完全能看

出他说的不是真心话。我不想让我们的谈话以这种虚假的语气来结束。尽管我很恼火，可我还是不愿放弃原计划。我仍然想与卢德维克达成默契，恢复我们的旧情。尽管我们发生了正面冲突，我还是希望一旦我们的争吵平息下来，我们将会设法回到我们曾经一起度过的那些美好时光的共同基础上。可是，我想使谈话继续下去的所有努力都归徒然了。卢德维克为他像往常一样夸大其词，信口胡说而不断地向我道歉。他要求我忘掉他说过的一切。

忘掉他说过的一切？为什么要忘掉一次严肃地讨论？为什么不要牢记着它？直到第二天我才懂得了卢德维克这一要求的真正含义。卢德维克在我家过了一宿，并和我们一道吃早餐。早餐后我们又谈了半小时。他告诉我，为了获准读完大学最后两年的学业，他费了许多波折。开除党籍给他终生留下了印记。无论到哪里他都得不到信任。只是多亏几位二月政变前的老朋友，他才有了重返学校的机会。他谈起与他处境相似的几个朋友，他们被人跟踪，一言一行都被记录下来。他们圈子里的人受到审讯，一条势心或恶意的证据都可能使他们的生活多受几年摧残。接着他突然把话题转到一些琐事上，在告别的时候，他对我说，见到我他很高兴，并再次要求我忘掉他昨天说的话。

这个请求和谈到他朋友们的遭遇之间的关系太清楚不过了。我不能摆脱这个想法。卢德维克停止跟我谈话是因为他害怕！害怕我们的谈话会让人知道！害怕我会告发他！害怕我！太可怕了。又一次完全没有想到。我们之间的鸿沟比我想象的还要深得多。深到足以阻止我们把我们的谈话谈完。

乌娜斯塔睡着了。时而发出一点鼾声，可怜的人儿。他们都睡着了。而我躺在这里，一个高大笨重的人，在沉思着，我是多么无力。与卢德维克的谈话使我真正深切地感到了这一点。迄今为止，我一直自欺欺人地相信情势掌握在我手中。卢德维克和我都从没有做过伤害对方的事。只要我什么时候愿意，怀着一点善意就可以重新和好。

结果证明，什么也没有掌握在我手中。不论是我们的争吵还是我们的和解。于是我开始希望这一点能掌握在时间手中，光阴荏苒，自从我们上次见面后又过了九年。卢德维克获得了学位，并在他喜爱的领域找到一份极好的工作。我从远处注视着他的进展。怀着友爱之情。我绝不可能把卢德维克看作一个敌人或陌生人。他是我的朋友。不过他倒了霉。就像神话故事中王子手中的新娘被咒语变成一条蛇或一只癞蛤蟆一样。在神话故事中，王子总是凭借忠诚和耐心转危为安。

然而时间还没有把我的朋友从咒语中唤醒。这些年来我不止一次听说他回过故乡。可他从不来看我。而今天我遇见他时，他却转过身去假装没看见。这个该死的卢德维克。

一切都是从我们上次谈话后开始的。我感到一片荒原在我周围逐渐生长,苦恼在其中蔓延。更多的沉闷,更少的欢乐,更少的成功。乐队过去每年都要到国外演出一次,可那以后邀请开始减少了,现在几乎没有地方邀请我们。我们不断地工作,比以往任何时候都更加努力,可是我们却被沉默所包围。我正站在一个寂静无聊的大厅里。我觉得是卢德维克命令我孤单。因为判你孤独的不是你的敌人,而是你的朋友。

从那时起我开始到一条田间小路上去躲避。我愈来愈经常地到那里去,到田野边缘的一丛孤单的野玫瑰那里去。在那里我遇见了最后一个忠诚的人。一个逃兵和他的同伴。一个云游四方的行吟诗人。在地平线的那边有一幢小木房。小屋里住着乌娜斯塔,那个穷人的女儿。

这个逃兵称我是他的国王,并答应只要我需要就给我袒护。他说,我只需到玫瑰丛去,他就一定会在那里。

在幻想的世界中找到安宁是非常简单的。可我总是试图生活在两个世界中,不愿为了一个世界而放弃另一个世界。我没有权利放弃现实世界,即使我正在失去现实世界里的一切。如果我最终能设法办成一件事,也许这就够了。这最后一件事是:

使我的生活成为一个清楚明确的讯息,把它传给一个能够理解它,承传它的人。在完成这件事之前,我不会加入那位驰向多瑙河的逃兵中去。

我心中的那个人,经过这一切挫折之后我唯一的希望,就躺在墙那边酣睡。后天他将骑上他的骏马。他的脸将被缎带遮住。他将被称国王。到我这里来吧,我的宝贝。我就要睡着了。他将叫我的名字。我即将入睡。我将梦见你骑在你的骏马上。

卢 德 维 克

　　我睡了一个又甜美的觉,直到八点过后才醒来。记不得做了什么梦,是好梦还是噩梦,头倒不痛,可也不想从床上爬起来;于是我就躺在那里。睡眠在我自己和我星期五晚间的邂逅之间竖起了一道墙,一道使我感到安全的防风墙。这与其说是露西从我意识中退出去了,不如说是她又回到了她以前的抽象状态。

　　抽象状态?是的。当露西如此神秘和冷酷地从俄斯特拉发消失时,我没有任何切实可行的办法去追寻她。随着时光的流逝,我逐渐完全失去了追寻她的愿望。他对自己说,无论我是多么爱她,无论她是多么独一无二,她终究与我们相识和相爱的那个境遇千丝万缕地联系在一起。我认为,将所爱的人从初次相遇的环境,从他或她生活的环境中完全分割开来,处心积虑地去掉所爱之人的一切,只留下他或她本身,也就是说,去掉一对恋人共同经历的、赋予他们爱情以形式的恋爱故事,这是一个逻辑上的错误。

　　说到底,我在一个女人身上所爱的不是她的本身,而是她给我提供的东西,她对我所具有的意义。我爱她是把她作为我爱情故事中的一个人物。如果没有艾尔西诺的城堡,没有奥菲利娅,没有要经历的具体情境,没有一系列相关的人或事,哈姆莱特会是什么样了?除了一个无声的、空洞的、虚幻的实体外还会剩下什么?同样,倘若没有俄斯特拉发的景致,没有那些通过栅栏献上的玫瑰,没有那些褴褛的衣服,没有我自己那些无穷无尽的绝望日子,露西便将不再是我曾经爱过的那个露西。

　　是的,我就是这样看待我和露西的爱情,就是这样使它概念化的,随着岁月消逝,我渐渐变得几乎害怕再次碰见她:我知道我们终究会在一个地方见面,可那时露西已不再是露西,我将缺乏能力去重修旧好。当然,这并不意味着我已不再爱她了,我已把她忘掉了,或者她的形象已经变暗淡了;正好相反,以一种平解的怀旧形式,她仍然是我生命中的一个很重要的部分;我期望她就像一个期望某种不可挽回地失去了的东西。

　　由于她已经成为不可挽回的过去的组成部分,她在头脑中渐渐失去了所有物质性、肉体性,变成了一种传说或神话,写在羊皮纸上,放进我生命基座上的一个金属匣子里。

　　也许这就是为什么——真不能相信——我不能肯定理发店的那人女人是否就是露西,

为什么第二天早晨,我觉得这次邂逅不是真实的,它发生在传说、预言或谜语的层次上。如果说星期五晚间露西的真实出现使我大为惊异,顿时把我驱送到一个曾由她统治的遥远的时光,那么,星期六早晨我所能做的只是窥视我平静的内心,并自问:我为什么会遇见她?难道露西的故事免不了还要有一个新的连载吗?我们邂逅意味着什么?它想告诉我什么?

抛开事件和人,爱情故事还有什么内容?尽管我是个怀疑主义者,我还是一直怀有几个迷信——例如,我奇怪地坚信,我生活中发生的一切都有一种超过它自身的意义,都意味着某种东西,生活通过它每天发生的事在向我们讲述它自己,在逐渐揭示一个秘密,它采取一个寓意必须译解的画谜的形式,我们生活中的故事构成了我们生命的神话,在这部神话书中存在着一个揭示真理和神秘的线索。这完全是虚幻吗?也许是,很可能是,但是我似乎无法摆脱不断地去译解我生活的这种需要。

我躺在吱嘎作响的旅馆床上,心里想着露西——到现在为止,头脑只有一个念头,一个问题。床开始吱吱嘎嘎地响起来,这吱嘎声一进入我的意识,我的思路就转向了海伦娜。这张吱嘎作响的床就像责任的号令:我长叹一声,把脚伸下床,坐起来,伸伸懒腰,迅速地按摩了一下头皮,望望窗外的天空,然后站起来,星期五与露西的相遇,在眼下尽管显得没有实际意义,然而还是使我对海伦娜的兴趣大减。就在几天前这个兴趣还是如此强烈,可现在剩下的只是对兴趣的意识,对一个失去的兴趣的义务感,我的内心向我保证这个失去的兴趣会完全恢复它的强烈程度。

我走到脸盘跟前,脱掉睡衣裤的上半部,把水龙头开到最大;我用手捧着水,迅速把水浇到脖子上、肩膀上和身上;我用毛巾摩擦全身;我想让血液在血管里循环流动。突然我感到不安起来,对海伦娜的到来无动于衷使我不安,担心我的漠然会破坏一个非常难得的机会。我决定吃一顿丰盛的早餐,用一杯伏特加把饭咽下去。

我下楼去咖啡厅,可是我发现的只是许多凄凉无告的椅子,椅腿朝上,搁在光光的桌上,一个系着脏围裙的老妇人在桌奇中间无精打采地踱来踱去。

我走到旅馆接待处,向深陷在柜台后面的椅子里昏昏欲睡的守门人打听,我能不能在旅馆时用早餐。他一动不动,告诉我星期六咖啡厅不开门。我走出旅馆。这是一个美好的天气,云彩在空中呼啸而过,微风使街上的尘埃打旋。我匆匆朝广场走去,经过一群站在肉店前面的各种年龄的女人:她们提着购物袋和网兜,耐心地、死气沉沉地在排队。有几个漫步或慌忙走过的人引起了我的注意,因为他们像举着小火炬一样拿着顶上饰有红色的蛋卷冰淇淋,高高兴兴地舔着。不一会儿我走进了广场。在我面前立着一幢杂乱的平房建筑,一个自助餐馆。

我走进去,这是一个大房间,地上铺着砖,桌腿都很高,人们就站在桌前吃三明治,喝咖啡或啤酒。

我不想在那里吃早餐。从一大早起,我就决心要吃一顿丰美的早餐,要有蛋、熏肉和一杯酒,以便恢复我失去的元气。我记起离这里不远的另一个广场有一家旅馆,广场上还有一个小公园,一个巴洛克式的鼠疫受难者纪念碑。那家饭馆也并不特别吸引人,但我所需要的就只是一张桌子,一把椅子,一个侍者,就一个,不管上点什么现成的饭菜都行。

我从纪念碑前走过,基座上是一个圣徒,圣徒上是一朵云,云上是一个天使,在那个天使的云上还有一个天使,最后一个天使。我久久地凝望着这个圣徒、云彩和天使的生动的金字塔,用石头装点成的天堂,尔后又望着真正的天堂——一片淡淡的蓝色无望地远离这块尘埃弥漫的大地。

我穿过有着整洁的草坪和长凳的公园,试着想推开饭馆的门。门上了锁。我开始意识到,我那个梦想的早餐依然是一个梦,一个令人惊恐的念头,因为怀着一种稚气的固执,我认定一顿丰盛的早餐是这一整天取得成功的关键。我意识到这个外省城镇并不会为那些希望坐下来吃早饭的古怪人做任何特殊的安排,他们的饭馆要很迟才开门营业。因此我不再继续找地方吃饭,而是转过身往回走,穿过公园。

我再次走过那些拿着顶上饰有红色的小蛋卷冰淇淋的人,我再次觉得它们就像火炬,但这一次我想青天明白在它们的形状里是不是有些更深的含义,因为那些火炬并不是火炬,而是火炬的拙劣模仿,他们如此庄严地显示出来的那点极度的高兴,根本不是愉快,而是愉快的拙劣模仿,这种模仿似乎能抓住这个满是灰尘、死气沉沉的小地方里所有火炬和愉快的不可避免的模仿的实质。接着我突然想到,只要我不断遇见这些贪吃的持火炬者,我就在朝着一个糕点店的方向走,在那里我就能找到桌椅,也许还能弄到一些浓咖啡和一点吃的东西。

结果我来到了一个冷饮店而不是一个糕点店。人们排着长队在等可可或牛奶面包,在同样高的桌上吃喝,后面虽有几条正规的桌椅,但都被占据了。于是我加入了队列,轻轻移动几分钟后终于买到了一杯可可、两个面包,并找到一张桌子,尽管这张桌子堆满了五六个空杯子,但总算有一处没有溅上液体。

我闷气地三下两下把早餐吞下去:不到三分钟我已回到了街上;此刻是九点钟;我还有两小时的时间;海伦娜乘坐从布拉格起飞的早班客机,然后从布尔诺乘公共汽车,应在

十一点钟左右到达。我看出这两小时等于是白白浪费掉了。

当然，我可以到我孩提时代常去的地方走一走，带着感伤的沉思从我出生的那幢房子，我母亲生前一直居住的那幢房子前面经过。我常常想起母亲，但是在这里，在这个镇上，她的遗体被骗去葬在外人的大理石下面，我所有的回忆似乎都被玷污了；这些回忆会与我当时产生过的无能和痛苦的感觉混杂在一起，我不想勾起这些感受。

因此我百无聊赖，在广场的一条长凳上坐了一会儿，然后站起来，走到商店橱窗前，扫了一眼书店里的图书书名，在报摊买了一份《红色权利报》，回到凳子上，浏览枯燥乏味的大标题，阅读外事专栏里两三条还算有趣的报道，然后再次从长凳上站起来，折起报纸，还是崭新的就把它扔掉了；接着慢步走向教堂，在它前面停下，抬头注视它的两个高塔，登上宽大的台阶，进入走廊，然后胆怯地进入教堂内，这样当新来者没有在胸前画十字时就不会有人感到震惊了。

随着越来越多的人走进教堂，我开始觉得自己就像一个不知道怎样处置自己，怎样低头或怎样紧握十指的闯入者，于是我走了进去，看了看钟，还剩下很多时间。我试图使自己的思想集中在海伦娜身上，把多余的时间消磨掉；可是思想不愿出来，不肯移动；我最多只能回忆起她的外貌形象。说到底这是一个人人皆知的现象：一个男人在等一个女人时，他发现要想她是非常难的，除了在她的肖像下踱来踱去外什么也做不了。

于是我踱起步来。在教堂对面，我注意到十辆空婴儿车排成一排摆在旧市政厅外面。我正在想那些婴儿车停在那里干什么时，一位气喘吁吁的年轻小伙子又把一辆车推到已经放在那里的那些车跟前，跟在他身后的那位妇女看上去很紧张，从车里包起一个白色缎带的包，他们一起慌忙走进大厅。想到还有一个半小时要消磨。我便跟在他们后面走了进去。

宽宽的楼梯两旁站着瞧热闹的人，我上了楼，看见更多的人，大多数都在二楼的走廊里。他们聚在一起要看的事显然将发生在二楼，很可能就在走廊尽头那人开着的门上挤满了人的房间。我也急忙挤了进去，发现自己进入了一个不太大的会堂，七八排椅子上几乎都坐满了人，他们好像是在等待一场演出开始。房间前面的台上有一张覆盖着红布的长桌，桌上摆放的花瓶里有一大束花；很艺术地折叠起来的国旗装饰着台子后面的那堵墙；紧靠台前有八张椅子成半圆形面对台子；在会堂的另一头，在后面，有一架小簧风琴，一个戴眼镜的秃头老人俯身坐在打开的键盘前。

会堂里还有几把空椅子；我在一把椅子上坐下。过了好久什么也没有发生，可那些人一点不厌烦，仍然倾斜着身子，带着热心的期待交头接耳。这期间那些留在走廊上的

人也渐渐挤了进来,占据剩下的几个麻位,沿墙排成一溜儿。

活动终于开始进行:台子后面的一道门打开,走出一位身穿褐色服装、戴着眼镜的女人。她的眼光从长长的瘦鼻子上投进会堂,抬起右手。周围的人安静下来。接着她转身朝着她刚离开的房间,显然是为了给那里的某个人示意,但转眼间她又面向我们,靠着墙,漾出一种固定的、礼仪的微笑。一切都似乎配合得很好,就在她露出微笑的同时,簧风琴开始在我背后呼哧呼哧地响起来。

几秒钟后,一位亚麻色头发的红脸孔少妇出现在台子后面的门上,她精心梳理的头发式样和化妆与她眼里的惊恐神情和怀中的白色襁褓形成了鲜明对照。戴眼镜的女人往墙上贴得更紧,好让抱着婴儿的女人通过,并以微笑示意她继续往前走。那女人紧紧抱着婴儿,缓缓地前进,对自己缺乏信心;接着,又一位怀抱婴儿的女人出场了,她身后是一支女人的小分队。我盯着领头的那个女人:起初她凝望着天花板,然后她的眼光落下来,与观众里某个人的目光相遇;那目光激怒了她,于是她移开眼睛,微笑起来,可是那微笑很快就消逝了,只留下一个僵硬的嘴形。这一切发生在几秒钟内;可是由于她直端端地朝前走,到了半圆形的椅子跟前时也没有转过来,戴眼镜的女人只得离开墙,赶紧走到她跟前,在她肩膀上轻轻拍了一下,提醒她应该往哪儿走。这位母亲很快改正了路线,领着别的母亲绕椅子前面走了一圈。她们一共有八个人。她们的行走终于结束了,每个人站在一把椅子前,背对着观众。穿褐色服装的女人指着地板;那些女人渐渐懂了这个意思,抱着她们的包裹在椅子上坐下来。

不满意的阴影从穿褐色衣服的女人脸上消失了,她又微笑起来,朝半开着的门走去,进了后面的房间。在那里站了几秒钟后,她轻盈地走回来靠着墙。一个大约二十岁的男人出现在门口。他身穿黑色西服,白色衬衣,塞满一根花领带的衣领,紧紧卡住他的脖子。他目视着地板。走路时有些不稳。他的后面跟着七个不同年龄的男人,全都穿着黑色西服和白色衬衣。他们走到那群抱着婴儿的女人被安置的椅子后面,然后停下来。但接着他们中有几个人开始拘谨地环顾四周。穿褐色衣服的女人跑向他们,听完一个低声的请求后,点点头表示同意,于是这些男人局促地交换了位置。穿褐色衣服的女人恢复了微笑,回到门口。这次她不必点头或示意了。另一群列队入内的人完全知道该做什么,他们很自然,很讲纪律,举止几乎像专业演员一样优美:这群人全是十岁的孩子,一个男人一个女孩地交叉排列着。男孩们穿着深蓝色裤子、白衬衫,折起来的红领巾的一角搭在背上,另外两个上角围着脖子打了个结;女孩们穿着深蓝色短裙、白衬衣,脖子上同样系着红领巾;每个孩子都拿着一小束玫瑰花。他们信心十足地行走,没有在椅子那里分成两队,而是沿着台子分散开。随后他们停下来,脸向左转,站在那里正对着母亲们和观众。

又停了一会儿,最后一个单独的人出现在门口,径直朝台上覆盖着红布的长桌走去。他是个中年男人,头上没一根头发。他挺直着背,庄重地走着;他身穿一件黑色西服,夹着一个鲜红色的公事包。走到桌子中间,他停下来,转向观众,一边朝大家微微鞠躬,露出一张病态的发胖的脸,挂在脖子上的一根红、白、蓝三色的宽绶带,绶带末端缀着一个大金质勋章,悬在他的腹部前面,当他俯身向前时便左右摆动。

突然站在台前的一个男孩开始大声演说起来。他说春天已经到了,所有的妈妈和爸爸都充满欢乐,整个大地欢欣鼓舞。他继续用这个语调讲着,直到一个女孩打断他,并按着同样的方式演讲,话语不太清楚,但全是"妈妈""爸爸"和"春天"之类的字眼,她也采用了"玫瑰"这个词。接着她被另一个男孩打断,那个男孩又被另一个女孩打断,他们没有任何在吵架的迹象;实际上,他们讲的都是大抵相同的话。比如,一个男孩声称,儿童是和平。他后面的那个女孩说,儿童是花朵。接着这些孩子同时齐步上前,伸出拿着花束的那只手。由于有八个孩子,八个成半圆形坐着的女人,所以每个女人都得到了一束花。然后孩子们回到台前的位置,不再出声。

现在轮到台上那个站在孩子们前方的男人了,他打开红色公事包,开始读起来。他也讲到春天,讲到花朵,讲到妈妈和爸爸,但他还讲到爱情,讲到爱情处境怎样结果,突然他的词汇来了个一百八十度的转变,出现了像职责,责任,国家,公民之类的字眼,妈妈和爸爸变成了母亲和父亲,接着他列举了国家对他们的一切恩情,提醒他们,作为报答,把他们的孩子培养成国家的模范公民是他们应尽的职责。他指着搁在桌子一端一个厚厚的皮面本子,号召所有在场的父母在父母登记簿上签名,以此进一步表示他们愿意这样做的决心。

这时,穿褐色服装的女人走到最靠近登记簿的那个母亲身边,拍拍她的肩膀。那个母亲抬起头来,女人接过她的婴儿。然后母亲站起身,走到桌子跟前。脖子上挂着绶带的男人翻开登记簿,递给那个母亲一支笔。那母亲签了字。回到自己的座位上,穿褐色服装的女人把婴儿交还她。接着她的丈夫走到桌旁签了字;然后穿褐色服装的女人接过下一个母亲的孩子,打发她去桌旁;接着她的丈夫签了字,然后是下一个母亲,下一个丈夫,就这样继续下去直到他们全都签了字。随后簧风琴的曲调再次在会堂里飘荡,周围观众都围到母亲们和父亲们身边,跟他们握手。我也走上前去,这时,那个脖子挂着绶带的人突然叫着我的名字,问我是否认出了他。

99

当然我没有认出他来,尽管他讲话时我一直都在瞧着。为了避免以便否定回答他那含糊得令人不悦的问题,我问他一向好吗?还可以,他说,忽然我完全认出了他:科瓦里克,我的一个老同学;他的相貌已被那张多肉的脸弄得模糊不清,好一阵我才重新想起他原来的面貌。不管怎样,科瓦里克一直是个不太起眼的学生:既不假正经,也不流气;不是特别亲近人,但也绝不是不合群;学习成绩不过一般——总之,不太起眼。由于他原来搭在前额上的头发已经脱落,我也就有了一个没有立刻认出他的好借口。

他问我在这里干什么,那些母亲中间是否有我的亲戚。我回答说没有,我来这里是由于闲着无聊和好奇。他心满意足地微笑起来,开始向我说明,市议会为了使世俗仪式充满庄严,做了大量工作,接着他带着谦虚的骄傲补充说,作为负责民政事务的官员,他可能得到了一些荣誉,甚至已受到了区一级的嘉奖。我问他,我刚才参加的是不是一个洗礼仪式。他告诉我,那不是一个洗礼仪式,那是一个欢迎新公民诞生的仪式。显然他很乐意有机会详细阐述这个题目。他说,有两个大的对立阵营:天主教会及其有上千年历史的传统仪式,我们的民政机关面临着取代这个上千年古老仪式的必要性的自己的新的仪式。他说:直到我们的世俗仪式比得上教会仪式的庄严,人们才会停止去教堂为孩子洗礼或结婚。

我告诉他这显然不是件容易的事,他表示同意,并说他很高兴像他那样的民政官员终于从我们的艺术家们那里得到了一点帮助,艺术家们现在应该认清它们的职责,给我们的人民以真正的社会主义的葬礼、婚礼和洗礼仪式。就拿那些少先队员刚才朗诵的诗歌来说吧,他说:它们实在太美了。我点了点头,问道,难道没有一个更有效的办法使人们不再进行宗教仪式,也就是说,给予他们拒绝一切仪式的选择自由。

他说,人们绝不会放弃他们的婚礼和葬礼。不管怎样,从我们的观点来看,如果不利用这些仪式使人民更了解我们的意识形态和我们的政府,那将是一大缺憾。

我问我的老同学,他怎样对付那些不愿参加他这个仪式的人,是否有这样的人。他告诉我,当然有这样的人,既然不是每个人都有意识,愿意接受新的思维方式。但是,如果他们不参加,他们将不断接到邀请,他们中大多数人早晚会在两周后来的。我问他,出席仪式是不是自愿性的。是自愿性的,他带着微笑回答,但是市议会把出席仪式作为评价人们的公民感和对政府的态度的一个检验标准,最后人们认识到这一点,于是就来了。

假若这样的话,我说,市议会对待它的信徒比教会还要严检。科瓦里克笑着说,正是这么回事。然后他约请我去他的办公室。我对他说,很遗憾,我时间比较紧,因为我得去接一个乘公公共汽车来的人。他问我见没见到"那帮哥们儿"。我告诉他,很遗憾,我没有见到,不过我很高兴至少有幸见到了他,因为我如果有了孩子需要施洗,我将知道该去什么地方。他大笑起来,友好地在我肩上给了一拳。我们握手告别,然后我走出去又到了广场,不知道该怎样打发余下的一刻钟。

一刻钟并不算太长。我穿过广场,经过理发店,透过窗户朝里窥视,然后伫立在公共汽车站前面,想着海伦娜:她那掩在一层厚厚的脂粉下面的脸庞,显然是染过的红头发;有些发胖的身材,尽管保留了使一个女人成为女人所必须具备的基本比例。我想起那些使她既让人反感又叫人迷恋的富于刺激性的特点:她的声音,响亮得令人不快;她那粗鲁笨拙的姿势,暴露出想继续引人注意的可悲的用心……

我一生中只见过海伦娜三次,因此很难使她的形象固定在我的脑子里。每当我试图追忆她的形象时,她的一两个特征就特别显著地突出来,以至于她总是变成她本人的一幅漫画。但不论我的想象是多么不精确,它还是——正是靠它的变形——抓住了海伦娜的一个基本特征,某种隐藏在她外表下面的东西。

我无法去掉海伦娜肌肉松弛的形象,它不仅显露出她的母性和她的年龄特征,而且更显露出她真实欲望特征:性爱的牺牲品。它果真是出于她的本质,抑或仅是我自己对她的态度的一种征候?谁说得上来?公共汽车就要到了,我希望见到一个与我的幻想制造出来的解释完全吻合的海伦娜。我闪进一幢楼房的门洞,希望观察她一会儿,看看她是如何无助地四处张望,然后突然怀疑起她这趟旅行是不是白来了。

当大公共汽车急速驶进广场时,海伦娜第一个下了车。她穿着一件蓝灰色的意大利塑料雨衣,这种当时在外汇商店走俏的雨衣使穿上它的人显得年轻,精神。这雨衣,也使海伦娜生色不少。她环顾了一下广场,朝前走了几步,检查被汽车挡住的地方,接着,根本没有站在那里无望地等待,而是马上转过身,朝我住的那家旅馆的方向走去,她要订一个房间过夜。

我再一次意识到,我的想象只不过给我提供了一个她的被歪曲了的形象。幸运的是,她本人总是比我所想象的更迷人,当我从后面看着她穿着高跟鞋神气十足地朝旅馆走去时,我进一步证实了这个看法。我起身跟随在她后面。

我走进门厅时,她正靠在接待台,向漫不经心的办事员办理登记。"泽曼尼克",她告诉他。"海伦娜·泽曼尼克"。我站在她身后,听她详述她的情况,办事员一登记完,她就问:"有个叫扬的同志住在这儿吗?"没有,没有这个人,他嘀咕道。我走到她身边,把手从后面放在她肩上。

在我和海伦娜之间发生的一切都是按照一个明确的、深思熟虑的计划进行的。的

101

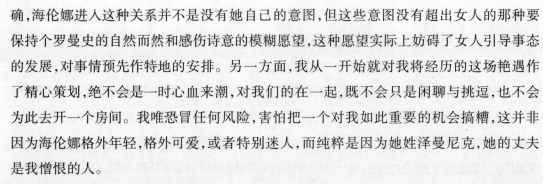

确,海伦娜进入这种关系并不是没有她自己的意图,但这些意图没有超出女人的那种要保持个罗曼史的自然而然和感伤诗意的模糊愿望,这种愿望实际上妨碍了女人引导事态的发展,对事情预先作特地的安排。另一方面,我从一开始就对我将经历的这场艳遇作了精心策划,绝不会是一时心血来潮,对我们的在一起,既不会只是闲聊与挑逗,也不会为此去开一个房间。我唯恐冒任何风险,害怕把一个对我如此重要的机会搞糟,这并非因为海伦娜格外年轻,格外可爱,或者特别迷人,而纯粹是因为她姓泽曼尼克,她的丈夫是我憎恨的人。

那天在研究院,当他们通知我一个叫泽曼尼克的女人为电台播放我们的研究要来采访我时,我马上联想了到我过去的那位朋友,想知道他们共同的姓是否仅仅是一个巧合,然而我很快就打消了这个念头,但如果我不高兴他们把她派到我这里来,那完全是因为别的原因。

我不喜欢新闻记者。他们大多是浅薄,轻浮,满口术语的人。海伦娜在电台工作而不是在报社工作只能更加激起我的反感。在我看来,报纸还有一个令人慰藉的特点:它们不制造噪音。它们叫人生厌,但它们却很安静;它们可以被摺在一边,扔进废纸篓里。无线电广播叫人生厌,但却没有那种令人慰藉的特点;在咖啡店,饭馆,火车上,甚至私人住宅里,它都时时烦扰着我们,甚至于居民们已变得假若没有不断的听觉消遣就不能生存下去了。

而且海伦娜谈话的方式也激怒了我。我能看出,在进入研究院之间,她已把她的报道想好了,只需要从我这里得到几件事实和数据,几个例子,来证明她的陈腐论点。我尽量使事情变得对她很棘手;我故意用复杂混乱的句子谈话,极力扰乱她事先想好的看法。在一个问题上,她险些听懂了我的话,于是我便拉起近乎,转移她的目标;我告诉她,她的红发显得那么引人注目,并问她觉得在电台的工作怎么样,她喜欢读些什么书。我一边继续把话谈完,一边思量,姓名的一致未必就是一个巧合。在这位夸夸其谈,高谈阔论,盛气凌人的女人与我印象中那位盛气凌人,高谈阔论,夸夸其谈的男人之间似乎有一种亲属间的相似之处。于是我以谈话中已有的那种轻浮的、近乎调情的语气问起她的丈夫。这个话题恰到好处;仅仅问了几个问题,我就毫不情疑地验明了他。可以说,我当时并没有像后来那样想到要继续了解她。完全没有。她一进房间我就产生的反感只能因这个发现而加剧。我的第一个反应就是找一个借口中断这次采访,把她交给研究院的另一个成员;我头脑里甚至浮现出微笑着把她赶出门外的快意情景,但遗憾的是,这是不可能的。

接着,就在我感到再也不能忍受之际,海伦娜被我非常亲昵的问题和话语激得兴奋起来,以几个习惯常用的女性姿势,使我放弃了戒备,我的仇恨突然呈现出一种新的模样:在她那电台记者的滑稽面罩后面,我看见了一个女人,一个能够尽女人职责的具体的女人。正是泽曼尼克应得的那种女人,我略带鄙夷地在心里对自己说,非常适合的惩罚;但接着我就改变了看法:我这样快就对她产生的极度轻蔑过于主观,过于勉强;实际上,她曾经一定很漂亮,没有任何理由断定巴威尔·泽曼尼克已经不再喜欢把她作为一个女人使用。我继续用开玩笑的口吻谈话,一点也没有流露出我内心的想法。某种东西在告诉我,要尽量找出我的采访者的女生的一面,使我们自然地朝着一个新的方向发展。

假若一个女人居间调停,情爱所具有的某些特性就可以被置于仇恨之上——诸如好奇心,接近某人的欲望,跨过亲密门槛的强烈渴求之类的特性。我处在几乎狂喜的状态中,想象着泽曼尼克,海伦娜以及他们的世界,尽情地放纵我的仇恨,对海伦娜外表的仇恨,对她红头发的仇眼,对她蓝眼睛的仇恨,对她短而硬的眼睫毛的仇恨,对她圆脸庞的仇恨,对她性感的、张开的鼻孔的仇恨,对她两颗门牙之间的缺隙的仇恨,对她成熟多肉的躯体的仇恨。我像男人们审视他们所爱的女人那样审视她;我带着近乎要把她的一切铭刻在记忆中的意图审视她。为了掩饰我对她突然产生的兴趣背后的深仇积怨,我使我的语调显得愈发轻松愉快,这使她相应地变得更加女人气。我不断想着,她的嘴,她的乳房,她的眼睛,她的头发,都属于泽曼尼克,我在内心拨弄它们,抓住它们。据量它们——它们是否能被我的拳头捏碎,或被墙壁碰碎——然后再仔细检查它们,先用泽曼尼克的眼光,然后用我自己的眼光。

也许我的确有过一个短暂而毫不实际的柏拉图式的梦想,把她从我们戏谑的真空地带驱赶到卧室的交战区域。但那仅仅是在头脑中一闪而过,不留下任何痕迹的一种幻想。海伦娜宣布,她感谢我给她提供的情况,不愿再占用我更多的时间。我们道了再见,我很高兴看见她离去。那种奇怪的得意感消失了,随之而来的是由衷的反感,一想到刚才竟用如此亲密的关心和热诚对待她,我就感到很不舒服。

要不是海伦娜几天后打电话来,问她是不是可以来见我,那次会面本来会毫无结果的。也许她真的需要我审阅一下她写的东西,但当时我便确定无疑地认为那是一个借口,她的语气更多的是表现出我们谈话的亲密、轻松的方面而不是它的业务方面。我自己很快就采用了这种语气,并一直保持下去。我们在一家咖啡店见了面,我为了挑衅而完全回避这次采访的话题,一有机会就贬低她的职业兴趣;我瞧着她失去了镇静,为了占上风这正是我所需要的。我邀请她同我一道去乡村。她表示反对,提醒我她是一个已婚

妇女。没有什么能比这句话给我带来更大的愉悦了。我回味着她令人愉快的拒绝,拿它取乐,用它开玩笑,不断地提及它。最后她唯一能使我放弃这个话题的办法就是接受我的邀请。打那时起,一切便都完全按照计划进行。我所制订的这个计划背后埋藏着十五年的仇恨,不知道为什么,我相信这个计划会顺利实现。

是的,事情正在按照计划进展。我提起海伦娜放在接待台的小旅行箱,然后我们一起上楼去她的房间。这个房间与我的房间一样实在叫人生气,就连海伦娜具有把事物描述得比原样还好的特殊才能,也不得不承认这房间毫无吸引力。我告诉她别烦恼,我们会设法对付的。她投给我一个意味深长的目光,然后说,她想梳洗一番,我说,好吧,我在门厅等你。

当她下楼时,我又一次被她优美的姿态打动了。我告诉她,我们去人民之家吃午饭,那儿的饭菜很差,但却是本地最好的。她说,既然我是本地人,她将完全听我支配,不做任何反抗。我们取道清晨我曾徒劳地寻求一顿像样的早餐所走过的路线,海伦娜不断地强调,能了解我的家乡她是多么幸福。但尽管她实现上是第一次来这里,她却根本没有环顾一下周围,或者问起这幢建筑物或那幢建筑物是什么,也没有表现出一点她正在参观一个陌生城市的样子。我不知道她缺乏兴趣是由于造成对外界正常好奇心衰退的那种神经萎缩,还是由于她把所有注意力都集中在我身上,无暇顾及外界;我倾向于赞成第二种假设。

我们又经过了鼠疫纪念碑:圣徒托着云,云上是天使,天使托着第二朵云,第二朵云上是第二个天使;天空比刚才更蓝了;海伦娜脱下雨衣,把它搭在手臂上,谈论说天气真暖和;与温暖增强了灰尘弥漫的空间感;矗立在广场上的纪念碑就像一片脱落的天空找不到归路;我心想,我们也落进了这个有着公园和饭馆,空寂得古怪的广场,无可挽回地掉下来了,我们也从某种东西上脱落了,当我们的每一个行为都像尘世本身一样卑下之时,我们却在浪费时间企图在思想和言语上攀往高处。

是的,我深刻认识到被我自己的卑微所打动;它让我深感吃惊;但更叫我吃惊的是它并没有使我觉得恐惧,我怀着一种愉快的感受接受了它,不,应该说是欢乐的,轻松的感觉;走在我身边的这位女人正在让她自己投入一个结局未定的下午冒险,她的动机并不比我的动机高尚,这一确定无疑的事实增强了我的愉快感。

人民之家开门,由于才十一点三刻,饭馆里还空空无人。桌子已摆好,每张桌子面前有一个摆着一副刀叉的汤碗,调羹放在拭嘴纸上。我们坐下来,拿起餐具和拭嘴纸,放在我们的盘子边,然后等待着。几分钟后,一位服务员出现在厨房门口,他用疲倦的目光打量了一下餐厅，然后转身刚要回到厨房。

"服务员!"我叫道。

他转过身，朝我们桌子的方向走了几步。"你们是不是想要点什么?"他问，仍离着十五或二十尺远。"我们想要点吃的。"我说。"十二点才开饭。"他回答，又转身想回到厨房。"服务员!"我又叫道。他回过身。"请问，"我不得不大声喊叫，因为他离得很远，"你们有伏特加吗?""伏特加? 没有。""呃，那么你们有什么?""裸麦酒，"他远远地叫道，"还有朗姆酒。""就这些吗?"我喊道，"那给我们拿两杯裸麦酒。"

"我甚至还没有问过你喝不喝裸麦酒。"我对海伦娜说。

海伦娜笑了:"我不习惯裸麦酒。"

"没关系。"我说，"你会习惯的。你现在在摩拉维亚，裸麦酒是这里的人最喜爱的饮料。"

"唷，那太不寻常了!"海伦娜高兴地说，"没有什么比你们的普通酒吧更让我喜欢的了，就是长途驾驶员和建筑工人去那里吃便饭和喝酒的那种酒吧。"

"那么你喜欢在啤酒里加点朗姆酒罗。"

"嗯，并不是很喜欢。"她说

"可你喜欢与这些人在一起。"

"噢，是的。"她说，"我不能忍受那些时髦的饭馆，很多服务员围着你转，给你端上一道又一道的菜……"

"不错。没有比简陋的饭馆更妙的了，那里的服务员看都不愿看你一眼，烟雾和恶臭使你不能呼吸。而裸麦酒——没有任何像它这样的饮料。我当学生时从来不喝其他饮料。从来买不起其他饮料。"

"我也喜欢简单的饭菜，像土豆油煎饼，洋葱油炸肥香肠，我早已成为一个根深蒂固的怀疑一切的人，所以每当有人开始举例他的好恶，我都无法把他的话当真，或者更准确地说，我只把它作为这个人自我形象的一个表露来接受。我一点也不相信海伦娜在污秽的、通风差的下等酒吧间比在干净的、通风好的饮馆里呼吸得更适意，也不相信她更喜欢劣酒和便宜、油腻的食物而不是名菜佳肴。如果说她的话真有什么价值，那是因为这些话显露了她对一种特殊姿态的偏爱，一种早已过时，不合时宜的姿态，一种可以追溯到那革命激情年头的姿态，那时任何"普通的""卑贱的""简章的""粗俗的"东西都受到赞美，而任何"精美的"或"高雅的"东西，任何与彬彬有礼联系在一起的东西都遭到贬低。海伦娜的姿态把我带回到我的青年时代;海伦娜的样子使我回想起泽曼尼克。我一大早的顾

虑很快就烟消云散了,我开始全神贯注起来。

服务员用盘子给我们端来两杯裸麦酒,放在我们面前的桌上,并留下一张纸,上面写着当天的菜谱,字迹模糊不清,几乎难以辨认。

我举起酒杯,说:"向裸麦酒致敬——纯味的、普通的裸麦酒!"

她大笑起来,跟我碰杯,说:"我一直都向往那种朴实直爽的人。不装腔作势。真挚坦率。"

我俩都饮了一大口。"这种人很少见。"我说。

"但他们的确存在。"海伦娜说,"你就是一个。"

"我不这样认为。"我说

"可你是的。"

我再一次对人把现实变成愿望或理想的不可思议的能力感到惊愕,不过我很快就认可了海伦娜对我性格的曲解。

"谁知道?也许是吧!"我说,"直爽朴实。但它意味着什么呢?它意味着你是什么人就是什么人,你要什么东西就要什么东西,毫不羞愧地去追求它。人们都是规矩的奴隶。如果有人告诉他们应该做这种人或那种人,他们就努力去做到,以至于到死的那天,他们都不知道自己过去是谁,现在是谁。这使得他们成为无足轻重的人。首先,一个人必须要有保持自我的勇气。所以让我坦率地告诉你吧:我被你迷住了,海伦娜,我需要你,不管你结婚还是没有结婚。我不能用别的方式表达我的感情,也不能把埋在心里不说出来。"

说出这番话是件很尴尬的事,但我还是要说出来。征服一个女人的心要遵循其自身不可更改的法则,用合乎情理的道理来使她相信的一切企图都是注定要失败的。聪明的做法是确立她的基本的自我形象,并设法,在她的自我形象与她所期望的行为之间建立起和谐的关系。譬如,海伦娜向往"朴实""直爽""坦率"——这些理想根源于从前一个时期发展而来的清教徒主义,并在她头脑中与对一个"纯洁""清白"、有高度原则、高度道德的男人的概念混在一起。但是,由于海伦娜的原则世界不是基于仔细的思考,而是基于一个逻辑的联想,所以运用的一点粗野的蛊惑,将"真挚坦率的男人"的概念与毫无拘谨、毫无道德及通奸的行为结合在一起,从而防止那个所期望的行为与她内心的理想发生创伤性的冲突,那是最简单不过的事了。一个男人可以向一个女人要求任何东西,但他必须尽可能使她的行为与她内心深处的自我欺骗和谐一致,除非他希望自己显得像个畜生。

这时候，人们一直在陆续进入饭馆，不一会儿大多数桌子都被占据了。那个服务员现在又出现了，挨桌记下人们所点的菜。我把菜单递给海伦娜。她说我比她更了解摩拉维亚菜，于是把菜单又递给了我。

当然根据没有必要了解摩拉维亚菜，因为这张菜单上的种类与所有饭馆的菜单上的种类完全一样，只有几样标准的菜可供选择，全都不引诱人，因此很难从中挑选出喜欢吃的菜。我还在发愁地注视着那张脏污的菜单，这时服务员走过来，挺不耐烦地问我点什么菜。

"稍等一下。"我说。

"一刻钟以前你就想点菜，现在还没有打定主意。"等我抬起头时，他已经走了。还算幸运，他很快就转来了，我们大胆地要了牛肉卷，再来了两杯裸麦酒，这次还要了苏打饮料。

海伦娜精神饱满地咀嚼着，一边评论说，和我坐在一个陌生的地方，一个她在歌舞团唱这个地区的歌时就经常向往的地方，这简直是不可思议。她知道与我在一起她感到如此幸福这是不对的。她说，但她没有办法，她毫无意志，就是这么回事。我告诉她，没有比对自己的感情感到羞耻更应受指责的了。

我们出来的时候，鼠疫受难者纪念碑再次对着我们。它看上去很可笑。"瞧，海伦娜，"我指着纪念碑说，"瞧那些圣徒，向往着天堂爬。天堂关心他们什么！天堂才不知道他们存在哩，这些有翅膀的乡巴佬！"

"真的，"海伦娜说。新鲜空气加强了酒的作用。"他们干什么一定要保留它们，那些神圣的雕塑？他们干嘛不建造一些赞美生活的东西而不是所有那些神秘主义？"她还有足够的自我控制补充说，"还是我仅仅在说空话？是不是？喂，是不是？"

"不，你没有，海伦娜。你完全正确。生活是美好的，我们怎样赞美它都不为过。"

"对，"海伦娜说，"不论人们说什么，生活都是不可思议的；如果你想要知道是谁让我恼火，就是那些煞风景的悲观主义者；我有许多可抱怨的，可你从我这听不到一点嘀咕；为什么，我问你，为什么，既然生活能提供给我像今天这样的一天；啊，这一切是多么不可思议：这座陌生的新城镇，以及与你一道在这儿……"

让她杂乱地说下去，每当她停顿时我就插一句鼓励的话。不一会儿我们就来到了科斯特卡所住的那幢楼房前面。

"我们在哪儿？"海伦娜说。

"在这个城里找不到一个像样的公共场所，"我说，"但我知道一个私人的小场所。我

们上去吧!”

"你要把我带到哪儿去?"海伦娜跟在我后面抗议道。

"这是一个名副其实的摩拉维亚小旅馆,见过这样的小旅馆吗?"

"没有。"海伦娜说。

我打开科斯特卡的房间门,然后我们走了进去。

看见所谓的"小旅馆"实际上只是一套借来的寓所,海伦娜一点也没有感到吃惊,也没有要求任何解释。实际上,在跨过门槛的那一瞬间,她就似乎决心从调情的游戏转入到一个有明确意义的行动,并且相信这不是一场游戏而是生活本身。她在科斯特卡的房子中间站住,半转身朝着我,我从她的眼神可以知道,她在等待我走到她身边,吻她,把她搂在怀里。此刻,她是我梦想中的那个海伦娜,毫不防备,任我摆布。

我走到她跟前;她抬起脸朝向我;可是我没有吻她,而是微笑着把手指放在她穿着蓝色雨衣的肩上。她明白了这意思,解开雨衣的钮扣。我把雨衣带到客厅,将它挂起来。不,既然一切都准备停当,我不打算仓促行动,以免领略不到我所想象的各种不同的效果。我开始谈些无关紧要的话;我请她坐下;我指给她看各种各样的家具摆设;我打开科斯特卡给我看过的那个放有伏特加的橱柜,装出感到很惊异的样子;我旋开瓶盖,把两个小玻璃杯放在咖啡桌上,然后斟满酒。

"我会喝醉的。"她说。

"我们都会喝醉的。"我说。

她没有笑;她仍然很严肃;她呷了一口酒,说:"你知道,卢德维克,如果你认为我只是那种感到厌倦,到外面放纵一次的已婚妇女,我会非常不愉快的。我绝不是一个不懂世故的人。我知道你有过很多女人,是她们教会了我不要认真对待她们。但是我会很不愉快的……"

"我也会不愉快。"我说,"如果你只是那种感到厌倦,到外面放纵一次,以便摆脱丈夫的已婚妇女。如果你就是这样的女人,我们在这里的约会对我来说将是没有意义的。"

"真的吗?"海伦娜说。

"真的,海伦娜。你说得对,我有过很多女人,她们教会了我把一个女人换成另一个女人这算不了什么,可遇见你却是完全不同的事。"

"你不是随便说说而已吧?"

"不,我说的是心里话。我第一次见到你,就立刻知道你正是我这些年来一直在等待的那个人。"

"要是你没有这样感觉就不会这样说,对吗?"

"当然不会。我不善于在女人面前隐藏我的真实感觉。那是一件她们从来就没有教会我的事。不,我不是在撒谎,海伦娜,无论这件事看上去多么难以置信:我第一眼见到你,就知道你是我一直在等待的那个人。甚至在认识你之间我就在等待。只知道我一定会得到你。这是命运。"

"天哪。"海伦娜闭上眼睛说。她的脸上突然起了一些红晕,或许是由于酒的缘故,或许是由于激动;她愈来愈成为我梦想中的那个海伦娜:毫不防备,任我摆布。

"要是你知道该多好,卢德维克。我也正是这样感觉的从一开始我就知道这绝不是一时的幻想。这也正是我十分害怕的。我是一个已婚女人,我知道我对你的感受是真实的,你是我的真实,我对此没有办法。"

"你也是我的真实,海伦娜。"我说。

她独自坐在长沙发上,把她那对视而不见的大眼睛对准我,而我则坐在椅子上贪婪地打量她。我把手放在她的膝盖上,慢慢地把她的裙子往上拉到长袜顶端,吊袜带现了出来,在那双肥胖的大腿上它们显得多么可悲可怜。海伦娜对我的抚摸没有做出反应;她坐在那儿一动不动。

"但愿你知道……"

"知道什么?"

"知道我。我怎样生活。我一直是在怎样生活。"

"那么你一直是在怎样生活的呢?"

她苦笑了一下。

突然,我担心她会像所有不忠的妻子那样举出陈腐的理由,就在她的婚姻即将成为我的牺牲品时,通过诋毁她的婚姻而使我失去它的价值。"看在上帝的面上,别给你讲你的婚姻是怎样不幸,你的丈夫是怎样不理解你。"

"那不是我想说的。"海伦娜说,我的诘难使她慌张起来,"尽管……"

"尽管这正是你一直在想的。所有女人与一个男人单独在一起时总是沿着这些思路想问题的。但是,所有的谎言正是从这里开始,你想坚持真实,海伦娜,是不是?你肯定爱过你的丈夫;你不会是那种没有爱情就献出自己身体的女人。"

"的确。"海伦娜轻声地说。

"你的丈夫到底是怎样一个人?"

她耸了耸肩,微笑着说:"就是一个丈夫而已。"

"你们相互认识有多久了？"

"做夫妻有十三年了，在结婚前几年认识的。"

"那时你肯定是个学生。"

"是的，读大学一年级。"

她想把裙子拉下来，可我抓住她的手阻止她。"他呢？"我继续问，"你在哪儿认识他的？"

"一个民间歌舞团。"

"一个民间歌舞团？那么你丈夫唱歌？"

"是的，我们都唱。"

"你们在一个民间歌舞团认识的……对初恋来说是一个美好的背景。"

"是的。"

"整个那段时间都是美好的。"

"你也对那段时期记得很清楚吗？"

"那是我一生中最美好的时期。你丈夫是你的初恋吗？"

"我不愿在这个时候想到我丈夫。"她说。

"我想了解你，海伦娜。我想知道你的一切。我对你了解得愈多，你就会愈属于我。在他之前你有没有别人？"

"有的。"她点点头说。

想到海伦娜曾有过别的男人，我感到一种失望。这似乎削弱了她对巴威尔·泽曼尼克的感情。"那是不是很认真的？"我问。

她摇摇头："无聊得好奇。"

"那么你丈夫是第一个真正的恋人罗？"

她点了点头，"那可是很久以前的事了。"

"他那时像什么样子？"我平静地问。

"你干嘛想要知道？"

"我想要你的整个心灵，整个过去都属于我。"我抚弄着她的头发。

如果一个女人不愿对情人谈起她的丈夫，那很少是出于圆滑或真正的礼节，而仅仅是因为担心她所说的话会伤害情人。一旦情人消除了这种担心，她会感激他，并感到一种新的自由，但更重要的是，她就会有话可谈了。因为话题并不是无穷无尽的，对妻子来说，丈夫是最让人满意的话题，只有谈起这个话题她们才感到自信，只有在这个话题上她们才是专家,而人们对有机会显耀自己的专长总是很高兴的。因此,当我向海伦娜保证谈论她的丈夫不会使我烦恼时,她马上就滔滔不绝地谈起巴威尔·泽曼尼克,变得完全推动了自制力,毫不费力地就把他们之间最隐秘的事讲了出来,她讲了很久,讲得很详细,她是怎样爱上他,当他成了歌舞团的政委时,她是怎样崇拜他,她和所有认识的女孩是怎样爱慕他! 他们的爱情是怎样与那个时代的精神和谐地结合在一起,她也说了几句捍卫那个时代精神的话,哦,并不是因为她想把话题转到政治,而是因为她感到自己牵涉在内。她如此摆卫她的青年时期,与那个时代认同,看上去几乎就像是一个挑战;就仿佛她在说,占有我吧,但有一个条件:让我保持我的本来面目,把我的信念作为我的一部分来接受。在一个肉体而不是精神才是真正的问题的情形下,大谈什么信念的确反常得可以,它表明这个女人由于她的信念而遭受了某种程度的精神创伤:她不是担心人们怀疑她没有任何信念,就是对这些信念暗暗抱有怀疑,希望把恢复她的确信押在她眼中某件无可置疑的重要事上:性爱。但我并不觉得海伦娜的挑战有什么不好;它使我更接近了我的激情的关键。

"你看见这个了吗?"她问,指着用一根短链系在她手表上的一个小银垂饰。我俯上前去看了看,海伦娜解释说,这个雕刻品是代表克里姆林宫的。"它是巴威尔送给我的礼物。"接着她把整个故事告诉了我。许多年以前,一个害相思病的俄国姑娘把它送给了一个叫萨沙的俄国小伙子,他在大战中去参加战斗,战争快结束时他来到布拉格,保卫这城市免遭毁灭,但它却给他带来了毁灭。红军在巴威尔和他父母居住的那幢大房子的顶楼设立了一个小医院,那个负了致命伤的萨沙中尉在那里度过了他生命中的最后日子。巴威尔成了他的朋友,连续几天都守在他的身边。在他临死之前,萨沙把那个克里姆林宫装饰品送给了巴威尔,他在整个战争期间一直用一根细绳把它挂在脖子上。巴威尔把它看作是他最珍贵的纪念品。有一次,当时他们还没结婚,海伦娜和巴威尔吵了架,正在考虑结束他们的关系,但后来巴威尔来了,把那个小玩意作为和好的赠品送给她,打那时候起,海伦娜从来没有把它取下来过,她把它看作是一个讯息,一个要一直带到终点线的接力棒。

她在我对面坐着,她的脸仍在发红(由于酒,也许还由于此刻的激动),但她的面目已经暂时消失在另一个人的形象后:海伦娜讲的这个经过三次托付的装饰品的故事突然使巴威尔·泽曼尼克重新浮现在我的眼前。

我根本不相信那个红军战士萨沙的存在;即使他存在过,他的真实生命也会在巴威尔·泽曼尼克冠冕堂皇的姿态后面消失得无影无踪,泽曼尼克靠这个姿态把萨沙变成了

他的个人传奇中的一个角色,一个神圣的人物,一个感伤的工具,一个多愁善感的理由,一个宗教的人工制品,而他的妻子将终其一生狂热地、不顾一切地去崇拜这个制品。我感觉到巴威尔·泽曼尼克的精神就在这个房间里,和我们在一起;一刹那间,我仿佛又身处十五年前的那个场面中:自然科学部的大礼堂;泽曼尼克坐在礼堂前面台上的一张长桌旁,一边坐着一位穿着难看的毛衣,留着辫子的圆脸胖姑娘,另一边坐着一位代表区委会的年轻小伙子。台子后面挂着一个大黑板,左边是镶有镜框的尤利乌斯·伏契克的画像。我坐在桌子对面的阶梯座位上,同一个人,十五年以后正用当时的眼睛看着泽曼尼克,注视着他宣布现在开始讨论"杨同志的问题",然后说,"我将给你们念两名共产党员的信。"于是他停了停,拿起了一本小册子,用手指梳理一下他那长长的波浪形头发,开始用一种迷人的、几乎是温柔的声调朗读起来。

"死亡,你真是姗姗来迟。可我曾经希望把我们的会面推迟到许多年之后。继续过一个自由人的生活,快乐地活,快乐地爱,快乐地唱和快乐地在这个世上漫游……"我听出这是伏契克的《绞刑架下的报告》。"我爱生活,为了它的美好,我参加了战斗。我爱你们,善良的人们,当你们回报我的爱时,我感到欣慰,当你们不理解我时,我感到痛苦……"这篇秘密地写于监狱,战后印行了上百万册,无线电大肆广播,学校作为必读物学习的文字,是那个时代的经典著作。泽曼尼克大声朗读了其中最有名的,人人都熟记的段落。"但愿悲哀永远不要玷污我的名字。这就是我给你们的遗言,父亲,母亲和姐妹们,是给你的,我的古斯达,是给你们的,同志们。是给每一个我所爱的人……"墙上伏契克的画像是马克斯·萨宾斯基的作品,他是新艺术派的大师,擅长画讽谕、丰满的女人,蝴蝶,以及一切可爱的东西;战后,据说同志们拜访了萨宾斯基,请求他照着一张照片画一幅伏契克的画像,于是萨宾斯基以非常优美的线条和无与伦比的趣味画了一幅他的侧面像,以至于使他看上去几乎像处女一般——热情而纯洁——而且十分楚楚动人,凡是认识他的人都更喜欢萨宾斯基这幅杰出的画像而不喜欢他们记忆中那张真实的脸。这期间,泽曼尼克继续念着,礼堂里的人全都静默无声,聚精会神。桌旁那位胖姑娘的目光一刻也没有离开他。接着他的声音突然变得坚定有力,差不多带有威胁了;他已经念到有关叛徒米瑞克的段落:"想想吧,他以前绝不是一个懦夫,在西班牙前线的枪林弹雨中他没有逃跑,在法国集中营的严酷考验中他也没有屈服。现在他却在盖世太保的鞭笞下吓得脸色发白,为了免受皮肉之苦而出卖同志。如果打几下就动摇了勇气,那么他的勇气是多么薄弱。他的信念也是同样薄弱……当他一开始考虑到自己时,他就失去了一切。为了挽救自己的生命,他牺牲了同志们的生命。他胆怯,并且由于胆怯而背叛了他们……"挂在墙上的伏契克的脸如同挂在我们国家许多公共场所的那张脸一样,它的表情,那种恋爱中的年轻姑娘的容光焕发的表情,是那样楚楚动人,不禁使我为自己的罪过,也为自己的外貌感到自卑。泽曼尼克继续念:"他们能够夺走我们的生命,不是吗,古斯达?但他们不能夺走我们的荣誉和爱情。善良的人们,你们能够想象,假如我们在所有这些苦难之后再次相逢,在一个自由的生活中,一个因自由和创造变得美好的生活中再次相逢,我们会过上怎样的生活?当我们最终拥有了我们曾渴望的、我们曾为之奋斗而现在我要为之献身的一切,我们将过上怎样的生活?"读完最后这几句悲怆的句子,泽曼尼克停顿了一会儿。

接着他说:"这是一名共产党员在绞刑架的阴影下写的一封信。现在我们要给你们再读一封信。"他大声读出我的明信片那三行可笑而又可怕的简短句子。当他再次停顿下来时,礼堂里一片肃静,我知道我的命运已经注定。沉默呀,沉默。富有灵感、善于吸引观众的泽曼尼克,此时故意让沉默持续下去。终于,他要我自己陈述这件事。我知道我已无法辩护:如果到现在为止我所有的理由都没有任何效果,那么今天当泽曼尼克拿我的明信片与伏契克的痛苦的绝对标准相比后,它们怎么可能会有什么效果呢。当然,我没有别的选择,只有站起来申诉。我再一次解释这封信只是说着玩的,并谴责它的非常不妥的拙劣,谈了我的个人主义和理智主义,我与人民的脱离,甚至揭露了我的自满情绪,怀疑主义和玩世不恭。我能说的唯一对我有利的话是,尽管如此,我依然忠于党,绝不是党的敌人。接下来开始讨论。同志们指责我自相矛盾;他们问我,一个承认是玩世不恭的人怎么可能忠于党;一位女同学提醒我曾说过一些淫秽的话,质问我一个共产党员是不是应该这样讲话;其他人对小资产阶级思想作了一些抽象的评论,然后把我的作为一个具体的例子来引用;他们似乎一致认为我的自我批评是肤浅的,不诚恳的。接着,坐在泽曼尼克旁边那个梳辫子的姑娘说:"请问,你认为那些被盖世太保折磨致死的同志们对那些话会怎么反应?"我没说一句话。她又问了一遍,强迫我回答。"我不知道。"我说。"再认真想一想,"她一再坚持,"你是知道这个回答的。"她的目的是要我通过牺牲的同志们那想象中的嘴唇对我自己做出严厉的判决,可是我却感到一种狂怒涌上心头,一种预料不到的、从未有过的狂怒,出于对这许多天来的自我批评的反抗,我回答说:"他们面对死亡毫不畏缩。他们并不心胸狭窄。如果他们读了我的明信片,他们很可能会哈哈大笑。"

梳辫子的姑娘本来给我提供了一个至少能挽救了点什么的机会。这是我最后的机会,去理解同志们的批评的程度,认同它,接受它,从而获得他们的几分理解。但我出乎

意料回答转眼间就把我排除在他们的思维范围之外;我拒绝扮演在上百次的会议中,上百次的惩戒活动中,以及不久以后在上百次的法庭审讯中被扮演的那种角色:即被告的角色指控自己,并且凭着他自我指控的热情来恳求宽恕。

会堂又一次出现了肃静。接下来泽曼尼克讲话了。他说,在我的反党言论中他找不到一点幽默的成分。他再次提到伏契克的话。并且说,在关键时刻动摇不定和怀疑主义不可避免地会转为背叛行为,党是一个堡垒,它绝不容忍自己营垒里的叛徒。他说我的回答显然证明我没有明白一件事,我不仅不该留在党内,而且不应享受工人阶级为我的教育花的资金。他提议把我驱逐出党,并且将我的学籍开除。礼堂里的人都举起了手,于是泽曼尼克让我交出党证,离开会场。

我站起来,把党证放在泽曼尼克面前的桌上,泽曼尼克没有看我一眼;他再没有见过我。可是现在,我看见他妻子正坐在我面前,醉眼朦胧,脸色通红,裙子拉到腰际。她那松紧短裤的黑色标志着她大腿的开始,正是这双大腿的张开和合拢为泽曼尼克的十年生活提供了节奏和律动。把手放在那双大腿上,我就好像控制了那个生活。我盯着海伦娜的脸,盯着那双在我抚摸下半睁半闭着的眼睛。

“把你的衣服脱掉,海伦娜。”我平静地说。

当她从长沙发上站起来时,裙边重新滑落到膝盖上。她直盯着我的眼睛,没说一句话,她开始解裙子侧面的钮扣。等钮扣一解开,裙子便从她的大腿滑落到地板上;她左腿跨出裙子,然后用右脚把裙子挑到手中,把它摺在椅子上。她穿着毛衣和内衣在那里站了一会儿,然后把毛衣拉过头顶,扔到裙子上面。

“别看。”她说。

“我想看着你。”我说。

“我脱衣服时不想要你看着我。”

我走到她身边,从她的两侧腋窝下搂住她,让手滑到她的臀部;在她有点汗湿的丝绸内衣下,我可以感觉到她身躯的柔软曲线。她仰着头,嘴唇习惯地半张开等着接吻。但是我不想吻她;我想看着她,尽量长久地看着她。

“把衣服脱掉,海伦娜。”我又说了一遍,然后走开去脱我的外衣。

“光线太亮了。”她说。

“这光线正好。”我说,把外衣挂在椅背上。她把内衣拉过头顶,将它扔在毛衣和裙子上面;然后解开长袜,让它们从腿上脱下来;但她没有把长袜扔在椅子上,而是走过去,小心地把它们搁好;然后她挺起胸脯,把手伸到背后,几秒钟后,她绷紧的肩头松弛了,向前下垂,胸罩也随着肩膀下垂,从乳房上滑落下来;乳房被她的手臂挤在一块,庞大,丰满,雪白,自然也很沉甸甸。

"把衣服脱掉,海伦娜。"我最后一次重复道。她一边直视着我的眼睛,一边脱掉紧紧贴任她大腿的黑色松紧短裤,把它撂在那堆衣服上。她一丝不挂。

我仔细地观看这个场面的每一细节。我对寻求与一个女人的片刻狂欢不感兴趣;我想要的是占有一个迥然相异的、隐秘的天地,并在一个下午,一次做爱的过程中完成它,在做爱时我将不仅是一个处在肉欲激情的痛苦中的男人,我将是一个怀着高度警惕看守着他的逃亡猎物的男人。

到现在为止,我只是用眼睛占有海伦娜。在她急欲开始热烈的爱抚,把她的身躯从我冷冷地凝视下隐藏起来时,我却保持着距离。我差不多能感觉到她嘴唇的温度,她舌头的欲火难耐。又一秒钟,然后又一秒钟,我朝她走过去。站在房子中央两张高高堆着我们衣服的椅子之间,我们互相搂在一起。

"卢德维克,卢德维克,卢德维克……"她喁喁道。我把她带到长沙发前。"来呀,"她说,"你来呀,快来呀!"

肉体之爱很少与精神之爱结合。当肉体与另一肉体结合在一起时,精神实际上在做什么?想一想在那些年代里它所产生的那些美妙的观点吧,这些观点必然要证明精神比永无终结、千篇一律的肉体生活优越得多!想一想精神对肉体的蔑视吧,后者给精神提供了比它自身还要狎邪一千倍的幻想素材!或者反过来:想一想精神在贬低肉体中所得到的乐趣吧,它一方面听任肉体做推拉游戏,一方面却在自由驰骋它那宽广的游思:一盘特别引起争论的象棋布局,一顿难忘的饭,一本新书……

两个陌生肉体的结合并不是十分罕见。甚至精神的结合有时也会发生。千载难逢的是肉体与其精神在共同的激情中的结合。

那么当我的肉体在同海伦娜做爱时,我的精神在做什么?

我的精神已把一个女人的肉体记住了。它对这个肉体漠不关心。它知道只有作为被一个此刻不在场的第三者像这样看过和爱过的肉体,这个肉体对它才有意义;这就是为什么它试图通过那位第三者的眼睛来审视这个肉体;这就是为什么它要尽量成为那位第三者的媒介;裸光的躯体,弯着的膝盖,腹部和胸脯的曲线——只有当我的眼睛变成那个第三者的眼睛时,这一切才具有意义;这时我的精神才能加入他那迥然相异的注视,与他合为一体;它不仅占有那个弯着的膝盖,那个腹部和胸脯的曲线,而且还用那个第三者的眼光来占有它们。

不但我的精神成了那个不在场地第三者的媒介,而且它还命令我的肉体成为他的肉体的媒介,然后它站在后面,观看两个扭动的肉体,两夫妇的搏斗,直到它突然命令我的肉体恢复自身,干预这对夫妇的性交,冷酷无情地毁掉它。

海伦娜的脖子上凸起一道蓝色的静脉血管,浑身震动了一下;她把头扭到一边,用牙齿咬住枕头。

然后她喃喃地叫着我的名字,眼神恳求稍微片刻。

可是我的精神命令我坚持下去;把她从快乐赶到快乐;强迫她做各种姿势,不让那个隐藏起来、不在场的第三者停止观看;不许她喘一口气,不,要让她一次次地重复震动,在震动时她是真实可信的,在震动时她绝不会做假,凭借这个震动,她在那个不在场的第三者记忆中留下了深刻印象,就像一张邮票,一个印记,一个密码,一个符号。窃取密码,窃取玉玺就是这样!劫掠巴威尔·泽曼尼克神圣的寝室;彻底搜索它,把它洗劫一空!

我看着海伦娜的脸由于怪相而变得发红、难看;我把手放在她脸上:我把手放在她脸上仿佛那张脸是一个被翻转来翻转去,被凑过来揉过去的东西,我觉得她的脸正是以这些条件来迎接我的手:好像一个渴望被翻过来凑过去的东西。我把她的头翻转到一边,然后翻转到另一边;我把它来回翻转了几次,突然这动作变成了一个耳光;第二下;第三下。海伦娜开始啜泣和呻吟,但不是由于疼痛,而是由于激动;她的下巴使劲抬起来够我,于是我不停地打她;接着我看见她的乳房也在使劲朝上抬,于是我便打她的胳膊,她的两肋,她的乳房……

一切都结束了,包括我那优美的劫掠动作。她斜伏在长沙发上,疲倦不堪。我可以看见她背上的褐色胎记,以及胎记下边的屁股上被我打红的斑纹。

我站起身,摇摇晃晃地穿过房间,打开浴室的门,走了进去;我打开冷水龙头,冲洗着脸手和身子。我抬起头来照了照镜子;我面带微笑,当这微笑一显露出来,马上就转成了大笑,一阵突如其来的大笑。然后我拿毛巾擦干身子,坐在浴盆边上。我想单独待一会儿,品尝突然独处所带来的难得的愉快,陶醉在快乐之中。

是的,我感到满足,也许甚至感到非常满足;由于沉浸在我的胜利中,我不需要接下来的那些时刻。

然后我回到房间。

海伦娜不再趴着;她已侧过身来,正望着我。"到我这里来,亲爱的。"她说。我没有理睬她的邀请,而是走到放着我衣服的椅子跟前,拿起我的衬衣。

"别穿上衣服,"海伦娜恳求道,朝我伸出一只手臂,她重复说,"到我这里来。"

　　我只有一个愿望:省掉这难堪的时刻,或除此之外,使这一时刻变成完全消遣,无关紧要,轻松快活,微不足道;我想避免再接触她的身躯;我害怕她会做出千娇百媚的样子;但我同样害怕她会诉诸演戏,大吵大闹;因此我放弃了衬衣,坐在她身旁,真可怕:她偎依着我,把头搁在我腿上;她不停地吻我;不一会儿我的腿就湿了;结果不是她的吻:她抬起头来时,我看见她脸上满是泪。她擦去眼泪,说:"不要烦恼,亲爱的。要是我哭,请别烦恼。"她偎得更近,用手搂住我,突然啜泣起来。

　　"怎么啦?"我说。

　　她摇摇头说:"没什么,傻瓜,没什么。"接着开始热烈地吻我的脸和全身。"我在恋爱。"她说,见我没有反应,她继续自言自语,"如果你愿意,你就嘲笑吗,我不会在乎。我在恋爱。在恋爱!"我仍然一声不响,她加了一句,"而且很幸福。"然后她指着桌上未喝完的酒瓶,"喝点伏特加好吗?"

　　我不想喝也不想让海伦娜喝;我担心再消耗酒会导致延长这个下午的活动的危险。

　　"亲爱的,请。"她扔指着桌子,"不要生气。"她抱歉地补充说,"我只是高兴而已。我想要高兴……"

　　"想高兴你无须伏特加。"我说。

　　"别生气。我不会多喝。"

　　我能怎么办呢? 我给她倒了一杯伏特加。"你的确不想再喝一点吗?"她问。我摇摇头。她举杯一饮而尽,说:"让它就放在那里吧!"我把瓶子和杯子搁在长沙发旁边的地板上。

　　她很快就从暂时的疲倦中恢复过来;她突然成了一个想高兴和快活,并让人人都知道这一点的小女孩。显然她觉得光着身子自由自在,无拘无束,为了舒服她试了几种姿势,双腿交叉压在身下,坐成土耳其式,然后又把双腿伸直,支着一只肘,最后翻转身趴着。把脸贴在我的腿上。她尽可能用各种方式告诉我她是多么幸福,同时不住地吻我。我觉得,我表现出了很强的自制力,因为她的湿唇不愿满足于我的肩膀和脸,似乎决心要达到我的嘴。

　　接着她告诉我她以前还从来不知道这样的事;我说她是在夸张。她以她所珍视的一切发誓,在爱情上她从来不撒谎,我没有理由怀疑她。为了证明这一点她说,她从一开始就确信无疑了;肉体有一个永不会错的直觉;噢,自然,我的聪明和劲头给她留下了深刻印象,但她也知道我们两人的肉体在瞬息间已经签订了那种人的肉体在一生中只签订一次的秘密契约。"这就是我之所以如此幸福的原因。现在你明白了吧?"她把腿从长沙发

世界传世藏书

世界禁书文库

玩笑

117

上摆下来,俯身去拿酒瓶,给自己又倒了一杯。"我能怎么办呢?"她一饮而尽后微笑着说,"如果你不和我一起喝,我只好独自喝!"

尽管我认为这件事已经结束,但我不否认海伦娜的话使我愉快;它们进一步证明,我的冒险取得了成功,我有理由感到满意。多半因为我并不知道该如何做出反应,又不想显得过于冷淡,所以我指出她谈到一生中只有一次的经历时是在夸张;难道不是她自己告诉过我她丈夫是她一生中真正的情人吗?

海伦娜随即陷入了沉思,然后平静地说:"的确。"

也许她认为她刚享受过的那种强烈的感情经历使她受到一个同样强烈的真诚的限制。"的确。"她重复道,接着又补充说,为了今天的奇迹而贬低某种曾经有过的东西,这也许是错误的。她又喝了一杯,突然开始滔滔不绝地讲起来,生活中那些最有影响的经历是不可能比较的;对一个女人来说,二十岁时的爱情与三十岁时的爱情是完全不同的;她希望我明白她的意思:不仅在心理上有所不同,而且在肉体上也不同。

接着她宣称,实际上在我和她丈夫之间有某种相似的地方!她不能很确切地指出哪点相似;我长得一点也不像他,但她不可能错;她有一个永不会错的直觉,能够使她看到人们内心深处,他们的外表里面。

"我很想知道我和你丈夫哪一个地方相似。"我说。

她要我别生气;是我首先提到这个话题,是我要求过她给我讲他的情况;正因为如此她才会谈他。但如果我想知道全部真实,她愿意告诉我,在她一生中只有两次被人如此强烈、如此完全彻底地吸引住——就是她的丈夫和我。我们两个的共同点是,她说,都具有一种神秘的活力,从我俩身上都会发出一种快乐,青春永驻和青春力量的快乐。

海伦娜在企图讲清楚我与巴威尔·泽曼尼克的相似之处时,使用的词汇也许相当含糊,但无可否认她看到和感觉到了这个相似,并顽强地坚持己见。我说不上来她使我震惊,还是叫我生气,但听到她的看法如此荒唐我却感到惊异。我走到椅子旁边,开始穿衣服。

"我说错话了吗,亲爱的?"她问,觉察到我不高兴。她站起来走到我身边;并且开始抚摸我的脸,恳求我不要生她的气;她试图阻止我穿衣服。接着她极力让我相信,她真的爱我,绝不是在滥用这个词;她会设法证明这一点;当我问到她丈夫时她立刻就知道谈论他是毫无意义的;她不想要任何男人,任何陌生人插在我们中间;是的,陌生人,因为她丈夫对她来说早已成了一个陌生人。"我已有三年没有和他生活在一起了,傻瓜。我们没有离婚的唯一原因是小兹德娜。他有他的生活,我有我的。实际上我们是陌生人。他只

不过是我的过去,遥远的过去而已。"

"这是真的?"我问。

"的确。"她说

"你在说谎。我不相信你。"我说。

"我没有撒谎。我们住在同一个房间里,但不是像丈夫和妻子那样。我们已经有好几年没有真正生活在一起了。"

她看上去就像一个凄楚可怜的情妇。她一再向我保证她讲的不是假话;她没有在企图欺骗我;我没有必要嫉妒她丈夫;这一切都是过去的事;即使今天她也没有做什么不忠的事,因为没有任何人需要她的忠诚;我不必烦恼:我们的做爱不仅美好,而且纯洁。

突然我非常清楚地意识到,我没有理由不相信她。她看出了这点,变得从容了一些,马上缠着要我告诉她我相信她,要我大声告诉她;然后她给自己倒了一杯伏特加,并极力要我也倒一杯;她吻我;这使我汗毛直竖,但我不能转过脸去不看她;我被她那愚蠢的蓝眼睛和她的裸体吸引住了。

可是此刻我用新的眼光来看她的裸体了;这是被剥夺了的裸体,被剥夺了魅力的裸体,在此之前这个裸体还一直伴随着时代的一切过错,我觉得我在其中看见了海伦娜的婚姻、她的过去和现在的凝聚,正是因为如此我才觉得她的裸体有吸引力。既然她现在赤裸着站在我面前,没有丈夫,没有夫妇之间的联结,就她自身,那么她缺乏魅力的肉体就失去了刺激我的能力;它也成了它自身——一个缺乏魅力的肉体而已。

海伦娜不再知道我是怎样看她的;她愈来愈醉,愈来愈满足;她很高兴,我相信了她的爱情声明,但她不太知道该怎样表达她的高兴,她突然在收音机前蹲下,打开收音机,开始调波段;她找到爵士音乐,于是站起来,眼睛闪闪发亮;她笨拙地模仿了一下扭摆舞的起伏动作。"这样对吗?"她笑道,"我从来没有跳过这些新舞蹈,你注意到没有?"她又笑起来,声音特别大,并伸着手臂向我走来;她要我和她一道跳;她对我的拒绝感到很生气;她说她不会跳这些舞,可是她愿意学,教会她跳这些舞是我的职责;她希望由于我而重新变得年轻,她要我向她保证她仍然年轻。她注意到我穿着衣服而她却光着身子;她大笑起来;在她看来这简直妙不可言;她问,住在这里的那个人有没有穿衣镜,她想看看我们是什么样子。没有镜子,只有正面装着玻璃的书橱;她试图从玻璃里辨认出我们,但是影像不很清晰;她走近书橱,一看见那些书名就又大笑起来《圣经》,加尔文的《基督教原理》,帕斯卡的《致外省人书》,胡斯的著作;她取出《圣经》,做出一本正经的样子,随意地翻开书,开始用牧师的声调读起来。她问我她能不能成为一个好牧师。我说她很适合

119

读《圣经》，但现在她该穿上衣服了，因为科特特卡先生随时都会回来。"现在是几点钟？"她问。"六点半。"我说。"骗子！"她大叫，抓住我的左手腕，看一眼手表，"离六点还有一刻钟！你想摆脱我！"

我巴望她离开，巴望她那太物质性的肉体丧失物质形态，融化，变成小溪流走，或者蒸发，飞出窗外——可是它还在那里，这是一个并非我从什么人那里偷来的肉体，我在这个肉体上没能报复任何人，没能毁掉任何人，这是一个被抛弃的、被它的搭档遗弃的肉体，一个我原计划利用可它反而利用了我的肉体，这个肉体此刻正在厚颜无耻地庆祝它的胜利，狂欢作乐。

要结束我那异乎寻常的受折磨是我力所不及的；她一直到快六点半时才开始穿衣服。在戴胸罩时，她注意到我在她手臂上打的一块红痕；她拍拍它，说她将把它作为一个纪念品带着，直到她再见到我；她马上纠正自己：在她身上的这个纪念品远没有消失之前，她肯定会见到我！她就这样站在那里面对着我，要我答应，在那之前我们将见面；我点点头；但这还不够：我得答应在那之前我们将见很多次面。

她用了很长时间穿衣服。七点差几分钟她才离开。

我打开窗子，渴望一阵微风把这个倒霉的下午的一切记忆、气味和情感的所有痕迹通通吹走。然后我很快把瓶子拿开，把长沙发上的垫子弄直，当我觉得她的一切痕迹都已经消失时，我一屁股坐在靠窗户的椅子里，迫不及待地等待科斯特卡，期待着他那充满男子气概的嗓音，他那修长瘦削的身材和扁平的胸膛，他那平静的谈话方式，既古怪又聪明，期待着他能告诉我有关露西的任何情况。与海伦娜形成对照，露西是那样令人愉快的精神的，抽象的，远离一切冲突，紧张和戏剧性，然而对我的生活又有那样大的影响。我脑子里闪过一个念头：她影响了我的生活，就像占星家认为星球的运动影响了人类的生活一样；当我舒适地坐在椅子里时，我突然觉得我明白了露西为什么要在这两天一下子出现的原因：是为了破坏我的复仇，为了把我来这儿的目的变得虚无缥缈；因为露西，我深深爱着而最后一刻却从我身边莫名其妙溜掉的露西，是逃跑女神，是徒劳追求的女神，是虚无缥缈的女神；她的手仍然捧着我的头。

科 期 特 卡

我们已经有很多年没见面了,事实上我们一生中只见过几次面。但说来也奇怪,在我想象中我的确经常见到卢德维克·扬,我自言自语时总把她看作是我的主要对手。我已经非常习惯了他的无形的存在,以至于昨天偶然碰到活生生的他时我简直猝不及防。

我把卢德维克称为我的对手。我有权这样做吗? 每次遇见他我似乎都碰巧处在一个无望的境遇,每次都是他帮助我摆脱了困境。然而在我们表面的联盟下却存在着一个内在的不和的深渊。我不知道他是否同我一样强烈地感觉到了这点。显然他把我们表面的一致放在比我们内在的冲突更为重要的地位。他对表面的敌手一直冷酷无情,而对内在的不知却特别宽容。我不是这样。我与他恰恰相反。这并不是说我不喜欢卢德维克。我爱他,正如我们爱我们的对手一样。

我第一次见到他是在一九四七年,在那个年代震荡着所有高等学院的一次激烈的会议上。国家的命运危在旦夕。我们都感觉到了这点,包括我本人,因此在所有的讨论、辩论和投票中我都站在共产党少数派一边。

许多基督教徒——不管是天主教徒还是新教徒——都反对我。他们认为我是叛徒,因为我把自己的命运与一场将无神论刻在盾牌上的运动结合在一起。今天当我碰到这些人时,他们料定过去十五年已足以证明我的道路走错了。但是我只能让我们失望。迄今为止我丝毫也没有改变我的观点。

共产主义当然是无神论,然而只有那些不愿把自己眼中的梁木去掉的基督教徒们才会因无神论而指责共产主义。我说:"基督教徒们"。可他们到底是谁呢? 看看周围,我看见的只不过是一些完全像异教徒一样生活的伪基督教徒。做一名基督教徒意味着过完全不同的生活。意味着走基督走过的路,效仿基督。意味着放弃个人利益。舒适和权力,面对着穷人,被蹂躏的人以及受苦受难的人。这是教会所做的事吗? 我父亲是一个劳动者。虽然经常没有工作,但他从没有失去对上帝的谦卑信仰。他不断将他虔诚的脸转向上帝,但教会却从没有把脸转向他。因此在他最亲近的人中间他仍是寂寞的,在教会时仍是孤独的,只有他的上帝和他在一起,直到他最后生病去世。

教会没有认识到工人阶级的运动是被蹂躏被压迫的人祈求正义的运动。教会不愿为他们工作，也不愿与他们一道在人间创造一个天国。它们站在压迫者一边，使工人阶级的运动丧失了上帝。现在它们却指责这个运动不信上帝。这些法利赛人！是的，社会主义运动是无神论的，然而它不正是对每一个基督教徒的神圣审判的一个昭示吗？不正是对我们对于穷苦大众缺乏同情的一个谴责吗？

在这种情况下我应该怎么办？我应该对教会成员的减少感到震惊吗？我应该对学校里教的那些反宗教宣传感到震惊吗？多么愚蠢！真正的守教不需要世俗权力的认可。世俗的反对只会加强完教信仰。

或者因为我们使社会主义成了无神论，我就应该同它做斗争吗？那更愚蠢！我只能痛惜致使社会主义离开上帝的那个悲剧性错误。我可以试着阐明那个错误，并努力纠正它。

可是，为什么要惊恐，基督徒兄弟们？发生的一切都是按照上帝的意志发生的，我常常思考，上帝是否在有意给人类一个昭示，人是不可能坐在他的宝座上而不受惩罚的，没有他的参与，即使最公正的世俗制度也是注定要失败和腐朽的。

我记得在那些年头，这里的人们认为他们离天堂只有几步之遥。他们非常骄傲，这制度就是他们的天堂，他们不需要上帝的帮助就可以到达天堂。然而突然间它就在他们眼前消失了。

总之，在二月政变之前，我作为一名基督教徒却一直在做对共产党人有利的事。他们喜欢听我阐述福音的社会内容，抨击旧世界及其私有财产和普遍战争的腐朽，论证基督教和共产主义的密切关系。毕竟。他们主要关心的是尽可能地吸引最广泛的支持，因此他们也极力争取宗教信徒。然而，政变后没多长时间，事情开始发生变化。作为大学的一名讲师，我袒护了几个由于父母的政治观点而将被开除的学生。由于我的抗议，我与行政当局发生了冲突。于是突然间人们开始提出怀疑，一个具有如此坚定的基督教信念的人是否能够教育社会主义青年。看来我似乎不是不为自己的生存而斗争。接着我听到一个名叫卢德维克·扬的学生在一次全体党员的会议上为我辩护。他声言，如果忘记我在政变前对党做的贡献，那将是卑鄙的忘恩负义。当他们提出我的基督教信仰时，他说，它们肯定只是我正在经历的一个阶段，我仍然年轻，随着年龄增长我就会放弃这个阶段。

我去见他，感谢他为我辩护。可是，我不想欺骗他，我明确表示我不像他想的那么年轻，根本不要指望我会"随着年龄增长就会放弃"我的信仰。很快我们就对上帝的存在，有限和无限，笛卡尔对宗教的看法，斯宾诺莎作为一个唯物主义者的地位，以及许多其他问题进行了辩论，在所有的问题上我们都不一致，最后我问卢德维克，他现在是否后悔曾经为我辩护，既然他已当作我是个不可救药的人。他回答说，宗教信仰是个人的私事，除了个人与任何人都没有关系。

我在大学里再也没有见到过他。结果我们的生活走上了相似的道路。我们谈话后三四个月，扬被开除了党籍和学籍，六个月后我也离开了大学。我是被赶出来的？被驱逐出来的？我说不上来。我仅知道，对我和我的信念的怀疑又重新出现。我的一些同事暗示我最好还是按照无神论的路线做一次公开声明。在课堂上我遇到一些不愉快的场面，一些受寻衅的党员学生企图侮辱我的信仰。显然已经在盛传我即将离去。但我也得说，我在学院里有几个党员朋友，他们仍然因我在二月革命前的立场而尊重我。也许我稍微做出一点要为自己辩护的表示，他们就会来帮助我。但我不愿那样做。

"跟我来。"耶稣对他的门徒说，他们立刻撒下渔网，渔船、房子和家庭，跟从了他。"接受了我派给他的工作，却不全心全意去做的人，不配进天国。"

如果我们听到基督的呼吁，我们就必须无条件地遵循它。尽管福音里的这番话也许很亲切，但在现代听起来却像神话。在我们平凡的生活中还有什么可指望的呢？一旦我们撒下渔网，我们将往何处去？我们将跟从谁？

然而，只要我们留神倾听，即使在今天的世界上，发出那个呼吁的声音也能传到我们耳中。它不是像一封挂号信通过邮递传来。它是经过乔装而来。它很少把自己打扮成某种很激进和迷人的东西。"不是你所选择之行为，而是违背你意志，你头脑，你愿望降临你身上之行为；此却你必践之路，我于彼处呼唤你，至彼处你便成为主的门徒，此乃你的机会，此乃主所践之路。"马丁·路德这样写道。

我有很多理由留恋我在大学的职位。这个职位相对来说是舒适的，我有大量时间从事我自己的研究，而且有望把它作为终身职业，并最终当上教授。但同时我又为自己对它的留恋感到不安，看到大批人才，教师和学生，都被迫离开了大学，我越来越感到不安。我为自己对一个舒适生活的留恋感到不安，这种生活的平静和安全使我与那些命运坎坷的同胞越来越疏远。我意识到大学里那些反对我的声音是一个呼吁。我听见有人在对我呼唤，在警告我提防一个会束缚我的头脑，我的信仰和我的良心的舒适的职业。

当然，和我有一个五岁孩子的妻子，竭力劝我为自己辩护，坚持我在大学的职位。她关心我们的儿子和家庭的未来。别的她什么都不关心。当我瞧着她那已显苍老的脸时，她对明天和未来的忧虑，她对所有明天和所有未来的无穷无尽的可叹的忧虑使我感到不

安。这些忧虑所暗含的责任使我感到不安。在我心里，我听见耶稣的话："因此不要为明天担忧；明天自有明天的忧愁。当天的苦恼就够爱的了。"

我的敌人巴望我会因懊悔而痛苦，而事实上我却感到一种出人意料的愉快。他们认为我会觉得我的自由受到了限制，然而我却发现了自由的真正意义。我意识到人没有什么可失去的，哪里都有他的位置，凡是耶稣去过的地方，也就是说，凡是有人群的地方，都有他的位置。

最初的不安和后悔过去之后，我决定迎面反击我的敌人的恶意。我把他们加于我身上的中伤作为一个译成电码的呼吁来接受。

共产党人以一种明显的守教态度认为，一个在党面前有罪的人只要与工人阶级一道参加必要的体力劳动就可以获得赦免。在二月政变后的那些年月，许多知识分子都去了矿井、工厂、建筑工地和国营农场，在那里经过一段神秘的涤罪后——有时很长，有时不那么长——他们又可以及其他他的公职部门。

当我向大学行政部门提出辞职而不是申请一个研究职位时，当我真的要求把我安排到一个国营农场去当技术顾问时，我的那些党员同事们，不论是朋友还是敌人，都按照他们的信念而不是我的信念来解释这一举动，即作为一个前所未有的自我批评的榜样。他们全都赞扬这一举动，并帮我在西波希米亚一个国营农场找到一份好工作，那里有一个正派的场长和一个优美的环境。他们写了一封异乎寻常的赞扬我的介绍信，把我打发上路。

在新的环境里我真确很愉快。我感到了新生。这个国营农场设在一个地处僻远、人口稀少的边境村庄，战后德国人就是从这里被驱逐出去的。村子周围群山环绕，大部分的山都是光秃秃的牧场。一些狭长、散落的村庄的屋舍点缀在广阔的山谷间。不时从乡间卷过的薄雾在我和这块安身之地中间形成一道帘幕。世界就像处在创世的第五天，那一天上帝仿佛还没有决定是否把它交给人类。

这里的人也似乎更接近那种原始状态。他们面对着大自然——一望无际的牧场，成群的牛羊。在他们中间我感到自在。不久我就提出了几个建议，如何更好地利用这个多山乡间的一草一木，如何采用化学肥料，贮藏干草的新方法，草药试验田、温室。场长很感谢我的建议，我也感谢他让我能够靠有用的工作来谋生。

一九五一年，九月间还挺凉，但十月中旬气候却突然变暖和起来，那个秋天的天气真是好极了，一直持续到十一月里。沿山坡晒干的干草堆把芳香散发到很远的土地。鲜活的草地上，藏红花在草丛里闪烁。就在这时候，关于那个逃亡姑娘的传言开始流传开来。

一天,附近村子的一群男孩去到一块刚收割的地里,正在吵吵闹闹的时候,他们看见一个姑娘从草堆里爬出来,头发乱蓬蓬的,浑身沾满干草,他们以前从来没见过这个姑娘。她吓坏了,四处环顾,然后突然冲进树林里,等他们醒悟过来,准备追踪她时,她已经没有了踪影。

同一村子的一个农妇讲述了一个类似的经历。一天下午,她正在院子里忙活,不知从哪里突然钻出了一个穿着破旧外套、二十岁左右的姑娘,眼睛望着地上,问她要一片干面包,"你要到哪儿去,姑娘?"那个女人问她。姑娘回答说她还要走很远的路。"步行?""我的钱丢了。"她回答。那个女人不再问了,给了她面包和牛奶。

最后我们的羊倌报告说,有一天在山上,他把一块黄油面包和一罐牛奶放在一棵树桩旁边,然后去赶羊,等他转来时,面包和罐子都神秘地不见了。

孩子们立刻利用了这些传说,他们丰富的想象力给这些传说增添了许多虚构。只要有人丢失了东西,他们马上就把这看作是她存在的证据。他们声称,一天晚上就在村子外面的池塘里,他们看见她在洗澡,尽管这已经是十一月初,此时的水是冰冷的。还有一次,他们听见远处某个地方有一个女人的声音在唱歌。成年人说山上的一个村舍把收沓机的音量开得太大,但孩子们知道这是谁。这是那个在山顶上飘游,披散着头发,唱着歌儿的逃亡者。

一天傍晚,孩子们在树林附近用马铃薯叶子生起一堆火,把马铃薯扔进灼热的灰里。当他们朝树林里望去时,一个女孩大叫起来,说她看见那个逃亡者正在背后的阴影处窥视他们。一个男孩拾起一块土坷垃,朝女孩指的方向猛掷过去。奇怪的是,没有叫声传出来。一件完全不同的事发生了,孩子们开始对着那个男孩吼叫,差点要揍他。

不论怎样,那块土坷垃在孩子们心中激起了热爱那位姑娘的感情。就在那天,他们在灰烬旁边留下一小堆烤熟的马铃薯,用灰把它们盖住以便保持热度,并把一根折断的冷杉树枝插在上面。他们甚至给那个姑娘起了一个名字。在从笔记本上撕下的一张纸上,他们用铅笔写下几个大字:飘游的仙女,这是给你的。他们把那张纸放在马铃薯堆帝边,用一块土坷垃压住。然后他们走开,藏在周围的树丛里,等待那个胆怯的人影出现。夜幕降临,仍然没人来。最后孩子们不得不离开他们的躲藏处,各自回家去。但在拂晓时他们又回到他们的岗位。正如他们所预料的,马铃薯不见了,那张便条和树枝也都不见了。

孩子们享受着溺爱他们的仙女乐趣。他们给她留下牛奶、面包、马铃薯和信。但他们从来不把他们的礼物在同一个地方放两次。他们避免在一个固定的地点陈列食物,因

为那样就好像是在为乞丐准备的。他们在同她玩一场游戏。一个藏珍宝的游戏。从留放第一堆马铃薯的那个地点开始,他们愈来愈远地离开村子,移到田野里。他们把他们的珍宝留在树桩边,大岩石下,岔路附近,野玫瑰丛旁。他们从未对任何人泄露过藏礼物的所在。他们从未破坏过微妙的游戏规则,从未埋伏着等候姑娘,也从未试图去惊吓她。他们允许她一直不露面。

然而,这个童话故事很快就结束了。一天,我们农场的场长和地方议会的主席深入到乡间去察看一些被废弃的村舍,看看它们是否可以用作远离村庄干活的农场工人过夜的住房。在路上他们遭到阵雨袭击,那雨刹那间就变为倾盆大雨。他们发现附近一丛矮冷杉树边缘有一间灰色的草棚:一个牲口棚。他们跑过去,打开门——门仅仅用一个木桩顶住——然后爬到里面。光线从打开的门和棚顶的缝隙透进来。他们看清有一堆铺平的干草,于是四肢展开躺在草上,倾听雨点落在棚顶的声音,呼吸着令人陶醉的气味,天南海北地聊起来。主席的手抚弄着身后的草壁,突然,他在干草捆中摸到一个硬东西。这是一个小提箱。一个用硬橡皮制作的丑陋廉价的旧提箱。我不知道这两个男人对着那件神秘的东西沉思了多久。我所知道的是,他们打开箱子,发现里面有四件姑娘的衣服,都是新的,而且十分漂亮。我听说,这些漂亮的东西与土里土气的箱子形成了奇特的对比,于是他们立即怀疑到盗窃案。在衣服下面他们发现几件女式内衣,内衣里面有一扎用蓝色缎带捆住的信。我甚至不知道场长和主席是否读了那些信。我只知道他们从那些信获悉了箱子主人的名字:露西·塞贝特卡。

他们正在沉思这个意外的发现时,主席在干草里又发现了一样东西:一个大缺口的旧罐子。正是羊倌这两周来每晚都要在酒店里重复讲述的那个神秘失踪的蓝色搪瓷的牛奶罐。

接下来,这件事就只是自然而然地发展了。主席藏在树林里等候她,场长回到村里,派本地警察前往支援。黄昏时分,姑娘回到她那芬芳的闺房。他们让她进去,让她把门关上,等了半分钟,然后跟在后面进去了。

那两个在牲口棚里诱捕露西的人都是那种社会的中坚。主席原来是个贫穷的长工,现在是有六个孩子的慈父。那个警察是一个长着大胡子,质朴粗笨,性情温厚的人。他俩连一只苍蝇都不会伤害。

可是,当我听到他们是怎样捉住她时,我却感到某种奇怪的近乎痛苦的感情。甚至现在当我一想到场长主席彻底搜查她的提箱,摆弄她私生活中最个人的物件,她的隐私的微妙秘密,窥探他们无权窥探的事,我心中就禁不住一阵刺痛。

每当我想到她那个干草搭成的窝,那唯一的一道门被两个彪形大汉堵住而无法逃跑的情景,同样强烈的痛苦就会在我心中产生。

后来,当我对露西了解得更多时,我吃惊地意识到这两个令人痛苦的情景赋予了我所需要的洞察力,去把握她命运的本质。这两个情景都是玷污的象征。

那晚露西并没有睡在牲口棚里,她睡在从前是个店铺现在是警察办公室里的一张铁床上。第二天她的案子提交地方议会审理。他们了解到她以前在俄斯特拉发生活和工作。她之所以逃走是因为她再也不能忍受那个地方了。当他们还想从她嘴里得到一些更具体的情况时,却碰到了固执的沉默。

她为什么选择到这里来,到西波希米亚来?她的父母住在赫布,她说。那么她为什么不回到他们身边去?离赫布还很远她就下了火车,因为在路途中她开始害怕起来。她的父亲除了打她什么都没干过。

地方议会主席通知她,由于她没有正当的解职书就离开了俄斯特拉发,他们将必须把她遣送回去。露西对他们说,她将在第一站就下火车。他们对她吼了一阵,但当他们看见这样做无济于事时,就问她是否应该把她送回家,送回赫布。她拼命地摇头。他们再次试图对她严厉,但最后主席出于宽厚的性情放弃了把她送走的主张。"那么,你准备怎么办?"她问可不可以允许她留在此地干活。他们耸耸肩膀说,他们要问问国营农场。

场长正在不断地同劳动力缺乏做斗争。他当场就接受了地方议会的建议。然后他通知我,很快我就会得到已要求很久的在温室干活的助手。就在当天,议会主席把我介绍给了露西。

我记得十分清楚,那是十一月底,几周的明媚阳光以后,秋天已开始显出它的阴晦面。天下着蒙蒙细雨。她站在那里,身穿一件褐色外套,手里提着提箱,低着头,眼时里露出茫然的神情。主席提着那个蓝罐子站在她旁边,郑重其事地宣布:"如果你曾做过什么错事,我们原谅你。我们信任你。我们本来可以把你送回俄斯特拉发,但我们却让你留下来了。工人阶级到处都需要诚实的男人和女人。不要让我们失望。"

然后他去办公室送交羊倌的罐子,我把露西带进温室,把她介绍给将和她一起工作的两个姑娘,给她解释她需要干什么活。

当我回忆那些日子时,露西使一切都变得模糊起来,尽管我仍然能清晰地辨认出议会主席的身影。昨天你坐在我对面时,卢德维克,我不想使你不高兴。既然你又以我最熟悉的样子,一个形象和幽灵坐在我对面,我可以直截了当地说出来:那位希望为处在不幸中的同类创造一个天堂的从前的长工,那位高尚地谈论原谅、信任和工人阶级的诚实

质朴的热心人,比你更接近我的内心和灵魂,尽管他从未为我做过什么特别的事。

你过去常说,社会主义是从欧洲理性主义和怀疑主义的土壤中,一种非宗教和反宗教的土壤中生长出来的,否则社会主义便不可理解。但是你当真能坚持认为,不信仰物质至上就不可能建设社会主义社会吗? 你真的认为信仰上帝的人就不能使工厂国有化吗?

我完全相信,起源于耶稣教诲的思想体系会更加自然地导致社会平等和社会主义。当我想到我们国家的社会主义初期那些最富激情的共产党人——例如,把露西交给我照料的那个地方议会主席——他们仿佛更像宗教的热情信徒而不是拥护福尔特尔哲学的怀疑主义者。一九四八年到一九五六年的革命时代与怀疑主义和理性主义毫无共同之处。这是一个具有伟大的共同信仰的时代。凡是与这个时代一道前进的人都体验了类似宗教的感情:他为了赞同某种更高的、超个人的东西而放弃了自我、自身和私生活。的确,马克思主义的基本学说最初是非宗教的,但如今赋予它们的意义已经与福音和圣训的意义相似。它们已经成为一个神圣的思想体系,因而用我们的话来说,是不可侵犯的。

正在消逝或者已经消逝的时代具有某种伟大的宗教运动的精神。它未能把宗教的自我启示进行到底,真是一件遗憾的事情。它有宗教的态度和感情,可内里却一直是空洞的,不信神的。当时我还相信上帝会宽恕,会让人们知道自己,最终会证实这个伟大的非宗教信仰是正当的。我白白地等待了。

因这个时代最后背叛了自己,背叛了它的宗教精神,仅仅因为它没能够理解自身而发誓效忠于理性主义,并为它的理性主义遗产付出了高昂的代价。两千年来理性主义的怀疑论一直侵蚀着基督教。侵蚀它却没有能毁灭它。但是共产主义的理论,它自己的创造,在几十年里就将被毁灭。它已经在你身上发生了,卢德维克。而你非常清楚这点。

只要人们能够逃到童话故事的领域,他们就会有崇高、同情和诗意。在日常生活的领域,他们却很可能充满谨慎、疑惑和怀疑,他们就是这样对待露西的。当她一离开孩子们的仙境,恢复一个真实的姑娘的外形——一个工友,一个同屋——她立刻就成了一种带有恶意的好奇心的对象,这种恶意是人们留给从天堂里逐出的天使和从童话时逐出的仙女的。

实际上,她尽管少言寡语也无济于事。大约一个月后,她的档案从俄斯特拉发送到农场。档案告知我们,她最初在赫布当学徒美容师。由于受到道德方面的指控,她在一个教养院待了一年,她就是从那里去了俄斯特拉发。在俄斯特拉发,人人都知道她是一个优秀工人。她在宿舍的行为堪称模范。吃惊的是,对她的唯一指责是在她逃离之前不久,她曾因在墓地偷花而被抓住。

档案上记载的情况太少,不仅没有揭示出露西的神秘,反而使它更加令人困惑。

我答应场长要好好照顾她。我发现她叫人好奇。她干活井井有条,全神贯注。她的腼腆是一种镇静自如的腼腆。她一点也没表现出一个在树林里单独生活了几周的姑娘身上会有的那种怪癖行为。她一再告诉我,在农场她很幸福,她不愿意离开这里。由于她性情温和,而且总是愿意让人,因此逐渐赢得了与她一道工作的姑娘的好感。然而,在她的沉默里总像是有点什么,暴露出她悲苦的一生和一颗受了伤害的灵魂。我希望她会向我吐露秘密,但我也知道她一生中经历的盘查和讯问够多了。以至于会使我采取的任何方法听上去都像是盘问,因此我没有使她为难,而是谈论起自己。我每天都跟她谈话。我告诉她我在农场栽培草药的计划。我告诉她过去乡下人怎样用各种草药的熬汁和溶液给自己治病。我给她讲起地榆,乡下人用它来治疗霍乱和鼠疫,讲起虎耳草或称破石灵,这种草药的确可以粉碎肾结石和胆结石。露西听得特别认真。她鼓欢草药。但她真像圣徒一样单纯!她对草药一无所知,要她说出一两种草药的名字,她会很费力。

冬天就要到了,露西除了那几件漂亮的夏装外没有别的衣服穿。我帮助她安排她的工资。我劝她买了一件雨衣和一件毛线衫,以后又买了靴子、睡衣、长袜、一件新大衣……

一天,我问她信不信上帝。她的回答我觉得很独特。她既没说信也没说不信。她耸耸肩说:"我不知道。"我问她是否知道耶稣基督是谁。谁说她知道。但她对他一无所知,只知道他与圣诞节有联系。完全是云里雾里,几个偶然的概念毫无感受地搅在一起。直到那时,露西既不懂什么是信仰也不懂什么是怀疑。我突然感到一阵晕头转向,就像一个情人发现还没有其他男人躯体先于他进入他所爱的人的体内时必然产生的感觉。"你想要我给你讲讲他吗?"我问,她点点头。那时节,群山和牧场已披上了皑皑白雪。我讲着。露西倾听着。

她细嫩的肩上已承受得太多。她需要有人帮助她,然而没有人帮她。宗教提供的帮助非常简单。露西:放弃自己吗? 献出自己,卸下压在你肩上的重担。在你的给予中你会得到解脱。我知道你从未把自己献给任何人。你一直害怕所有的人,但是有上帝。把你自己献给他吧! 你将会感到轻松一些。

放弃自己意味着撇开你过去的生活。把它从你的灵魂里根除。忏悔吧! 告诉我,露西,你为什么要从俄斯特拉发逃走? 是不是因为公墓里的那些花。

有一点。

129

你到底为什么要拿那些花?

她一直很抑郁,所以她把那些花拿来插在宿舍房间里的花瓶里。她也摘野地里的花,但俄斯特拉发是一个阴郁污秽的地方,几乎没有什么野生的东西留下来——到处是垃圾堆、栅栏、空地,东一簇西一簇覆盖着煤灰的灌木丛。只有公墓里有美丽的花。崇高的花,庄严的花。唐菖蒲、玫瑰、百合,还有菊花,它们有丰满的花朵和易损坏的花瓣……

他们是怎样捉住你的?

她喜欢去公墓,常去那里。不仅是为了拿走花,而且也是为了那里的美丽和宁静。宁静对她是一种安慰。每一个坟墓都像一个私人的小花园,她喜欢在一个个的坟墓前呆上一会儿,仔细观看墓碑上黯淡的碑文。为了不被打扰,她常模仿那些扫墓者,尤其是那些上了年纪的人,在一个墓碑前跪下。一次她喜欢上一个刚垒起的坟墓。棺材几天前才被埋在那里。坟上的土是松的,上面还铺着花圈,坟前一个花瓶里,插着一束非常美丽的玫瑰。跪在一棵友好的垂柳的苍穹下,露西内心溢满了不可言喻的狂喜。正在这时,一个上了年纪的绅士和他的夫人来到坟前。也许这是一个儿子或兄弟的坟墓,谁也知道。他们看到一个陌生姑娘跪在墓旁,便吃惊地站在那里。她会是谁呢? 她的出现肯定使他们产生了某种不祥的感觉,也许是一个家族秘密,一个未知的亲戚,或是被死者抛弃的情人……他们怕打扰她,便站在远处观望。他们看见她站起身,拿了那束几天前他们放在那里的美丽的玫瑰,转身离开。于是他们追上她。你是谁? 他们问。她感到受了屈辱,只能紧张地说出几个词。最后他们才知道这位姑娘根本不认识死者。他们叫来一个工作人员。他们要求看她的身份证。他们冲她大叫大嚷,告诉她没有比盗窃死人更可恶的了。那个工作人员进一步证实公墓里的花并不是第一次被窃。他们叫来一位警察,又从头盘问她。她坦白了一切。

"让死人去埋葬他们的死人。"耶稣说。坟上的鲜花属于活人。你虽然不知道上帝,露西,可是你却渴望他。你在尘世鲜花的美中窥见了非尘世的启示。我需要那些花不是为了任何人而为了你自己,为了你心灵的寂寞。他们抓住你,羞辱你。但这就是你从那个阴郁污秽的城市逃走的唯一理由吗?

她沉默了一会儿。然后她摇了摇头。

有人伤害了你。

她点点头。

告诉我这事,露西。

那是一个很小的房间。一盏没有灯罩的电灯泡歪歪斜斜令人厌恶地吊在天花板上。

靠墙有一张床,床上挂着一幅画,画着一个穿蓝色长袍的、跪着的英俊男人。那是客西马尼园但露西并不知道这点。她与一个男人去了那个房间,她拼命搏斗,大声叫喊。他企图强奸她,扯下她的衣服,可是她挣脱了他,然后跑掉了。

他是谁,露西?

一个士兵。

你爱他吗?

不,她不爱她。

那么你为什么要跟他去那个除了一盏电灯泡和一张床以外什么都没有的房间呢?

正是心灵的寂寞把她拉到他身边。这个可怜的姑娘找到的只是一个乳臭未干的二等兵。

但有件事我仍不明白,露西,既然你与他一道去了那个房间,那个只有一张床的房间,后来你为什么又要跑掉?

因为他像其他的男人一样下流卑鄙。

别的男人,露西? 你指的是谁?

她沉默了。

在那个士兵之前你还认识谁? 告诉我,露西! 讲实话。

他们六个和她一个。他们六个的年龄在十六岁到二十岁之间。她本人是十六岁。他们自称是一个团伙,提到它就肃然敬畏,仿佛那是一个异教教派。那天的主要活动是入会式。他们带来几瓶廉价酒。她盲目顺从地加入了他们的狂饮。这个场面为她提供了发泄她对父母的单恋的机会。他们喝酒她也喝酒,他们大笑她也大笑。然后他们命令她把衣服脱光。她还从未在他们面前脱过衣服。她正在犹豫时,他们的头目已把自己的衣服脱掉,她才意识到那个命令不是针对她一个人的,于是驯顺地服从了。她信任他们,甚至信任他们的粗野。他们是她的保护者。她不能想象如果失去他们会是什么样子。他们是她的父亲,他们是她的母亲。他们喝呀,笑呀,又给她下了一道命令。她伸直腿。她很恐惧,她知道这是什么意思,可她还是照办了。接着她尖叫起来,血从她身下涌出。男孩们大声叫嚷,举起他们的酒杯,把发泡的劣等酒倒在头目的背上,倒遍她的全身,倒在他俩的大腿之间,含混地叫着洗礼式和入会式的用语,然后头目从她身上站起来,下一个团伙成员上前取代了他,就这样按照年龄顺序轮下去,一直轮到他们中最小的一个,他和露西一样只有十六岁,露西再也忍受不了啦,她忍受不了这疼痛,她只想休息,只想单独待一会儿,由于他最小,所以她才敢把他推开。但是,正因为他最小,他绝不愿受到羞

辱。他毕竟是团伙的一个成员，一个羽毛长全的成员！为了证明这一点，他狠狠地掴她耳光，团伙中没有一个人支持她。在他们看来，他完全是正当的，他只是在要求得到他应得的东西。泪水从她脸上流下来，但是她没有勇气也再进行反抗，只好第六次伸开她的腿……

这件事发生在什么地方，露西？

在其中一个男孩的家里，趁他的父母上夜班去的时候。他家有一个厨房和一个房间，房间里有一张桌子，一张长沙发和一张床，门上方挂着一幅装框的刺绣，绣着"上帝赐予我们一个快乐的家"。床上方是一个身穿蓝色睡衣，怀抱一个小孩的漂亮女人的画片。

圣母玛利亚？

她不知道。

那后来又发生了什么？

哦，然后这件事便一次又一次地发生，或者是在同一个房间，或者是在别的男孩的家，有时也在野外。这似乎已成了他们的一种习惯。

你喜欢那这样，露西？

不，她不喜欢。从那次起，他们对她更坏，甚至更粗野，可是没有任何办法，走投无路。

这件事是怎样结束的呢，露西？

一天夜里，警察闯进一间空荡荡的寓所，把他们全部带走了。这个团伙干了一些盗窃的勾当。虽然露西对此一无所知，但人人皆知她与那个团伙混在一起，人人也皆知她把一个年轻姑娘能给的一切都给了那伙人。她是全赫布的耻辱，在家里他们把她打得遍体鳞伤。那几个男孩被判了不同的刑，而她则被送到一个教养院。她在那里待了一年——直到她满十七岁。她怎么也不愿意再回家。所以她最后去了那个阴郁污秽的城市。

前天，当卢德维克在电话里向我透露他认识露西时，我很吃了一惊。幸运的是，他认识露西的时间不太长。他显然与露西同宿舍的一个姑娘有过泛泛之交。昨天他再次向我打听她时，我把一切都告诉了他。我早就觉得需要卸下这个重担，可是一直没有发现我可以把此事信托的人。卢德维克对我怀有某种感情，同时又很远离我的生活，更不用说露西的生活。因此我不必担心露西的秘密被别人知道。

不，除了卢德维克，我从没有把露西向我吐露的秘密对任何人重复过一个字。当然，尽管农场的人都从她的档案里知道她曾经去过教养院，偷过公墓里的花。他们待她很

好,可是他们却不断使她想起她的过去。场长称她是"坟墓小盗贼",尽管这是在开玩笑,可这却使她过去的罪孽继续存在。露西不断地自觉有罪。她最需要的是完全赦罪。是的,卢德维克,她需要赦罪,她需要经受对你来说是那样陌生、那样不可理解的那种神秘的涤罪仪式。

因为人们不知道怎样由自己提出赦罪,也没有力量这样做。一旦产生罪孽,他们就缺乏消灭罪孽的力量。他们需要外部的帮助。祛除罪孽的正当性,驱逐它,把它从时光中抹去,换句话说,为了把事情化了,需要一个神秘的超自然的行为。只有上帝——因为他不受人间法律的约束,因为他是个自由的,因为他能创造奇迹——可以洗清罪孽,把它化了,赦免罪人,人只有以神的赦罪为基础才能赦免他的同类。

你不可能同意赦罪,卢德维克。你不可能宽恕,因为你不会相信。你摆脱不了那次所有的手都举起来反对你,一致毁掉你的生活的全体会议。你从未原谅那些人。你不仅把他们作为个人,而且还似乎把他们看成是人类的缩影。你从未原谅人类。打那时起,你就一直不信任它,鄙视它。哦,我能理解为什么。可是并不会改变这一事实:你对同类的普遍蔑视是可怕的,有罪的。它已经成为你的诅咒。因为生活在一个无人得到宽恕,所有赎罪皆不可能的世界里,就是生活在地狱里。你就生活在地狱里,卢德维克,我同情你。

人世间凡属于上帝的一切也可以属于魔鬼。甚至做爱时情人们的激情。对露西来说,那些激情描绘了一个败坏和罪恶的领域。她把它们与那帮青少年和那个一再要求的士兵的兽性的面孔联系在一起。我能够如此清晰地看见那位士兵,以至于我觉得我认识她。他把最陈腐、最使人发腻的情话与一个因兵营栅栏而同女工隔绝的男人的野蛮行为混在一起。露西突然发现那些温柔的话不过是一个野蛮兽性的躯体的虚假的掩盖物。爱情的整个世界在她眼前崩坍,掉进一个令人厌恶和憎恨的陷阱。

败坏的根源就在这里。我不得不从这里开始。一个沿着海崖行走,伸出手臂挥舞提灯的人很可能是一个怪人。可是在夜里,当海浪把船引入歧途时,这个人却是一个救星。我们居住的这个行星是在天堂和地狱之间的一个真空地带。行为本身没有好坏之分。只有当它处在事物的特定位置中才有好坏之分。露西,甚至性爱本身也不存在好坏。假若你的爱与上帝创造的秩序和谐一致,假若它是真正的爱,那么你的性爱就是好的。会使你幸福。因为上帝规定:"一个男人要离开他的父母,要依恋他的妻子;他们两人要合为一体。"

我每天都对露西讲。我一天天使她恢复自信,她已得到了宽恕,没有理由再折磨自

己,松开她心灵的紧身衣,服从于上帝安排的秩序的时间已到,在上帝安排的秩序里,所有的一切,包括性爱,都会找到自己的位置。

就这样一星期一星期地过去了……

接着,春天的最初那些日子来到了。山坡上的苹果树开始开花,那些树冠看上去仿佛在微风中摇晃的铃铛。我闭上眼睛,倾听它们柔和的音调。当我睁开眼睛时,看见露西穿着她那件蓝色工作服,手里拿着锄头。她正在朝山谷下瞭望,露着微笑。

我观察她的微笑,如饥似渴地研究它。这可能吗?直到那时为止,她的灵魂一直都在不停地逃离过去和未来。她一直对所有的东西害怕。过去和未来都是危险的漩涡。她拼命抓住现在,而现在不过是一个有漏洞的救生艇,充其量是一个不安全的避难所。

可是她突然微笑了。没有特别的理由。犹如晴天霹雳。她的微笑告诉我,她已开始满怀信心地望着未来。我觉得自己就像一个在海上漂流了数月突然望见陆地的海员。我觉得幸福。靠在一棵歪扭的苹果树桩上,我重新把眼睛闭上片刻。我听见白色树冠上的微风和柔和的铃声,我听见鸟儿的鸣叫,在我闭上的眼前,我听见鸟儿的歌声变成无数盏提灯,被看不见的手带往一个隆重的典礼。虽然我看不见那些手但我能听见尖声尖气的声音,我知道他们是孩子,一群兴高采烈的孩子……蓦然我觉得一只手在抚摸我的脸颊。接着一个声音说:"你真好,科斯特卡先生……"我没有睁开眼睛,也没有移动那只手。我仍然把鸟声当成无数盏灯,我仍然听见苹果树的铃声。接着我听见那个声音更微弱地加了一句:"我爱你。"

也许我应该让事情不再发展下去,应该离开,既然我已尽了自己的责任。但是我还来不及控制自己,就让一阵令人眩晕的虚弱控制了我。在这片开阔乡间叫人可怜的小苹果树丛中只有我们两人,我把露西搂在怀中,我们一起倒进大自然的树荫里。

不该发生的事发生了。当我从她的微笑中看到她重新恢复平静的灵魂,我知道我的目的已经达到。我本来应该离开,可是我没有。这样的结局只能是坏的。我们继续生活在同一个农场。露西喜气洋洋,容光焕发。她就像我们周围逐渐转入夏日的春天一样。然而我却一点也不快乐。我身旁这个庄严而柔和的春天使我恐惧。既然我已把它唤醒,它就把它所有的花朵朝向我开放。但这些花朵并不属于我,我在布拉格有妻子和儿子,他们正在耐心地等待我难得一次的回家探望。

我不希望中断与露西的关系,唯恐会伤害她,可是我又不敢继续这样下去,因为我知道我没有这种权利。尽管我渴望她,可我还是害怕她的爱,对此不知道该怎么办。我尽了最大努力才保持住我们从前谈话的那种自然的语调。我的疑虑已经揳入我俩之间。

我感到我给予露西的精神上的帮助已经露出它的原形。从一见到她我就渴望她的肉体。我是一个穿着牧师长袍的诱奸者。我所有关于耶稣和上帝的谈论都不外是最世俗欲望的一个掩盖。我觉得在我屈从于性欲的那一瞬间,我就亵渎了最初意图的纯洁,在上帝面前被剥夺了一切功绩。

然而,当我一得出这个结论时,我就做了一个极厌恶的表情。多么虚荣!多么傲慢!希望得到尊敬!想使上帝满意!人对上帝的功绩是什么?没有什么!什么也没有!露西爱我,她的健康依靠我的爱!如果我为了拯救自己的纯洁而使她重新陷入绝望;上帝会不会更加蔑视我?即使我的爱是有罪的又有什么关系?哪一个更重要:露西的生命还是我的纯洁?这将是我的罪孽,不是吗?我将是承受它的人,为它而遭受痛苦的人!

接下来的一天,外部世界介入进来,打断了我的反省。主管当局决定强行提出对场长的政治诬告。当事情变得很明显,场长将竭尽全力为自己辩护时,他们企图声称他周围都是可疑分子,以此来加强他们的指控。我想必就是他们的一个;据说是因对国家怀有敌对观点而被开除大学,除此之外还是一名牧师。场长极力证明我不是牧师,也不是被大学开除的,但是他愈抗议就愈暴露了我们的友谊,愈害了他自己。我的处境岌岌可危。

非正义吗,卢德维克?的确,只要一听到这类的事你就会用这个词。但是我不知道什么是非正义。假若没有任何东西在监督人类的事,假若行为的意义只是由那些行为者所赋予的,那么"非正义"这个概念就将被证明是正确的,我就可以援引在我忠心耿耿工作的那个国营农场多少被抛掉的这个非正义。如果我站出来反对一切非正义,为争取我微不足道的人权而进行一场全力以赴的战斗,这甚至也可能是符合逻辑的。

可是,事情往往是这样,事件的意义与那些盲目的发起者所赋予它们的意义完全不同。它们往往是来自上天的乔装的旨意,而那些事件的发起者不过是一个更高意志的不知情的使者,他们甚至没料到那个更高意志的存在。

我相信这儿的情况也是这样。所以我接受了农场正在发展的势态。我甚至感觉得到了解脱。我从这些事态中看到一条清楚的指令:趁还来得及之前离开露西。你已经完成了你的任务。你的努力成果不属于你。你的道路通向别处。

结果,我采取了两年前在自然科学部所采取的同样行动。我向眼泪汪汪、郁郁不乐的露西告别,迎向即将来临的灾难。我是自动提出离开农场的。场长的确表示了一下反对,但是我看得出他只是出于面子才这样做,而在内心却很高兴看见我走。

所不同的是,这次我的自愿离开没有造成任何印象。没有二月革命前的党员朋友们用忠告和恭维的介绍来点缀我的路途。我离开农场时人们都抱着这种看法,在这个国家他不适合干任何有意义的事。于是我做了一名建筑工人。

一九五六年的一个秋日,在布拉格至布拉迪斯拉发快车的餐厅里,我五年来第一次见到了卢德维克。我正前往东摩拉维亚的一个工厂建筑工地。卢德维克刚结束了他在俄斯特拉发矿井的合同工作,去布拉格申请恢复他的学业。现在他正准备回故乡摩拉维亚。我们几乎没有认出对方。当我们互相认出后,我们都对对方的生活道路竟是这种结局感到惊异。

我还记得,卢德维克,当你听到我是怎样离开大学,以及导致我成为一名砌砖工人的那个国营农场发生的阴谋诡计时,你眼中流露出同情。我感谢你的同情。你非常气愤。你谈到非正义,谈到为非作歹,谈到对知识分子缺乏尊重。你也斥责我:为什么我不为自己辩护,为什么我没有斗争就屈服了?我们绝不应当自愿离开任何地方,你说。让我们的对头自己去干苦活!为他们减轻良心负担有什么意义?

你是矿工,我是砌砖工人。我们的生活经历如此相似,可我们俩却又如此不同。我宽恕,你不饶恕;我谦卑,你骄傲。外在是那样相似,内在却相去甚远!

对我们之间内在的分裂你并没有我了解得深。当你详细给我讲述你为什么被开除出党时,你想当然地认为我会站在你一边,对同志们的偏执行为表示同样愤慨,他们惩罚你仅仅因为你拿他们视为神圣不可侵犯的事开玩笑。究竟是什么让他们如此不安?你非常诚恳地问。

我给你讲个故事吧!在日内瓦,在加尔文的话就是法律的时期,有一个与你相似的男孩,一个总是喜欢开玩笑的聪明的男孩。有一天,他们发现在他的笔记本上写满了对耶稣基督和福音嘲笑讥刺的话。究竟是什么使他们如此不安?那位与你相似的男孩肯定也这样想。他没做什么错事。那只是个玩笑。他心中一点没有仇恨。不尊重,无感情,是的,但没有仇恨。可他们还是把他处死了。

请不要觉得我赞成他们的残忍。我只是想说,凡是决意要改变世界的伟大运动都是绝不能容忍被嘲笑或被轻视的。嘲笑是一种锈,它腐蚀所有接触它的东西。

以你自己为例,卢德维克。他们把你开除出党,开除出大学,让你在政治犯中间服兵役,然后让你在矿井又干了两三年。而你呢?你愤怒得咬牙切齿,深信你遭受了天大的非正义。这种非正义的感觉至今仍然决定你走的每一步。我不明白你!你怎么能讲非正义呢?他们把你送到处罚共产主义敌人的惩戒营。这是理所当然的事。但这就是非正义吗？它不是更像一个绝对机会吗？想一想你本来可以在敌人中间完成的事业！难道有比这更伟大的使命吗？耶稣差遣他的门徒不也是"像送羊进狼群一样"吗，"健康的人不需要医生，有病的人才需要医生，"正如耶稣所说，"我来不是要叫义人悔改，而是要叫罪人悔改……"而你却不愿意到罪人和病人中间去！

你会争辩说，我的比喻是没有立场的，耶稣把他的门徒送到"狼群中"是带着他的祝福，而你却先是被逐出教会，打入地狱，然后又被作为一个敌人送到敌人中，像一只狼送到狼群中，像一个罪人送到罪人中。

你的意思是说你否认自己曾经是一个罪人？你的意思是说你认为在你的同类眼中你一点也没有罪？你凭什么这样骄傲？一个献身于他的信仰的人是谦卑的，必须谦卑地忍受最不公平的惩罚。蒙受耻辱者将被提升。忏悔者将被洗清罪孽。那些被冤屈的人因此而得到考验他们忠诚的机会。假若你对你的同类变得怀恨的唯一原因是他们放在你肩上的重担太沉重，那么你的信仰就不坚定，你没有经得住考验。

我不能同意你对党的抱怨，卢德维克，因为我知道世上伟大的行为只有靠一群谦卑地献身于一个更高的事业，无限忠诚的人才能完成。你的忠诚，卢德维克，离无限相差太远。你的信仰是脆弱的。否则，你怎么会除了你自己和你那可怜的理由外拒绝一切其他他的衡量标准呢？

我不是个忘恩负义的人，卢德维克。我知道你为我，为许多受到现行政权这样或那样伤害的人所做的事。我知道你利用你与一些高层人士在二月革命前的关系和你现在的地位来调停，说情，干预。我为此更加喜欢你。但是让我最后一次告诉你：窥视你的灵魂深处！你那些善行的最深刻动机不是爱，而是仇恨！恨那些以曾伤害过你的人，那些在礼堂里举手反对过你的人！由于你的灵魂不知道上帝，它也就不知道宽恕。你渴望报应。你认为那些以前伤害过你的人就是那些现在伤害别人的人，于是你进行你的复仇。是的，复仇！在你每一个行动中我都能感受到这一点。可是，除了更大的仇恨，一连串的仇恨，仇恨的结果是什么呢？你生活在地狱里，卢德维克，我再说一遍，在地狱里，而我可怜你。

要是卢德维克听到我的独白，他很可能说我是个忘恩负义的人。我明白他给过我很大帮助。一九五六年的那一次，当我们在火车上相遇时，他对我当时过的那种生活十分忧虑，立刻开始想法为我找我会喜欢和满意的工作。他的速度和效率使我感到惊讶。我不失时机地拜访了一位童年时代的朋友，希望那位朋友能够在本地中学帮助我找一份教自然科学的工作。他胆子真大。当时反宗教宣传还在猛烈进行。根本不可能招用一名

基督教徒作中学教师。卢德维克的朋友也是这样想,不过他还是提出了另一个主意:当地医院的病毒学科。这八年来我一直在那里工作,在老鼠和兔子身上培养病毒和细菌。

事情就是这样。要不是卢德维克,我不会生活在这里。不论是我还是露西都不会生活在这里。

在我离开农场几年以后,她结了婚。她不能继续呆在农场,因为她的丈夫想到城里工作,尽管他们不太清楚要在哪里定居。最后她说服他搬到这里,搬到我生活的这个城镇。

我从未收到过比这更贵重的礼物,更大的报酬。我的小羊羔,我的小鸽子。我曾用心灵治愈和培育过的孩子回到了我身边。她过去对我一无所求,现在仍然对我一无所求。她有一个丈夫,但她还是想接近我。她需要我。她需要不时听到我的声音。在星期天礼拜式上看见我。在街上遇见我。她迁到这里来时我很高兴。这使我意识到我不再年轻,我比我想象的要老,露西也许是我一生中唯一的成就。

这是不是太少了点,卢德维克? 一点也不少。它对我来说足够了。我很幸福,我很幸福。我很幸福……

哎,我是在自欺欺人! 我是多么费尽心机使自己相信我选择了正确的道路! 我在不信教的人面前是多么炫耀我的信仰!

是的,我的确使露西皈依了教会。我使她平静下来,治愈了她的创伤。我消除了她对性欲的厌恶。然后从她的生活中消失了。是的,可我对她做了什么善事呢?

她的婚姻并不美满。她的丈夫是一个野兽。他公开对她不忠,据说还经常打她。露西从未对我提起一个字。她知道这会引起我痛苦。她把她的生活说成非常幸福。但是我们住在同一个城镇,在这里没有什么秘密能保护很久。

哎,我是多么自欺欺人! 我把针对国营农场场长的政治阴谋解释成上帝的旨意。然而在所有的声音中我怎么能肯定辨认出了上帝的声音呢? 假若我听到的声音仅仅是我自己怯懦的声音又该怎么办呢?

在布拉格我有妻子和儿子,不是吗? 的确,我并不太爱他们,但我也不可能与他们分手。我害怕陷进一个我不能自拔的处境。我害怕露西的爱,不知道怎么处理它。我害怕卷进纠纷。

我把自己树成拯救灵魂的天使,而实际上我不过是她的另一个引诱者而已。我爱过她一次,就只有一次,然后就转身离开了。我表现得像是我在赐予她宽恕,而实际上她才应该宽恕我。我离开时她绝望地哭泣,几年后她来了,在我的城镇居住下来。她跟我讲话,求教我就像求救一个朋友。她已经原谅了我。有一件事是很清楚的:在我的生活中这种事并不常发生,即这位姑娘爱我。她的生活掌握在我手中。我可以给她幸福。然而我却逃开了。没有人像我这样伤害过她。

莫非我试图充作神的呼吁的东西实际上只是一个借口,想逃避我做人的职责吗?我害怕女人。害怕她们的柔情,害怕她们的不断出现。当时我对露西一道生活感到恐惧,就像现在我一想到要不断地走进邻近城镇那个教师两间一套的房子就感到恐惧一样。

十五年前我自愿从大学辞职的真实原因是什么呢?我不爱我的妻子。她比我大六岁。我无法再忍受她的声音,她的面孔,以及家里那个单调的、滴答滴答的钟。我无法跟她生活在一起,可是我也不能使她遭受离婚的打击,因为她是个善良的女人,从来没有做过伤害我的事。接着我突然听到了上天拯救我的呼吁声。我听见耶稣在呼召我抛弃我的渔网。

回答我,上帝,这是真的吗?我真的如此可怜而又可笑吗?告诉我这不是真的!让我恢复信心!对我讲话,上帝!再大声点!在这片嘈杂的声音中我似乎听不到你的声音!

卢德维克 罗斯拉夫 海伦娜

那天晚上很迟我才从科斯特卡的住处回到旅馆,我决定天一亮就动身回布拉格:既然我那倒霉的使命已经结束,我就没有什么必要再呆在家乡。倒霉的是,我的思想一片混乱,直到半夜还在床上辗转反侧,没有合眼;当我终于睡着后,仍然不断地醒过来,直到天亮才沉沉入睡。结果我九点钟才起床,此时早班公共汽车和火车都已经开走了。当我意识到我不得不等到下午两点去布拉格的下一班车时,我非常懊恼了:我觉得自己就像一个遇到船只失事的人。突然间我非常想望布拉格,想望我的工作,我房间的书桌和我的书,可是我也只好咬咬牙,下楼到餐厅吃早饭。

由于害怕碰见海伦娜,我小心谨慎地走进去。她不在那里,但餐厅里已经挤满了人,沸沸扬扬,烟雾腾腾,人们在坐着喝啤酒、浓咖啡和法国白兰地。令我懊恼的是,我又一次发现我的家乡竟不愿给我提供一顿像样的早餐。

我走在街上,蔚蓝的天空,轻柔的云絮,渐渐增加的温度,微微扬起的灰尘,伸向宽敞平坦的广场的大街,塔尖——这一切都流露出一种无聊的忧郁。远处,我能听见一支摩拉维亚挽歌醉醺醺的低沉的声音,突然,我好像看见露西就在我面前,露西和那些古代事件,多么像那首节奏拖得很长的歌,直接对着我的心讲话,这颗心被无数女人跨过而没有留下一丝痕迹,就像在宽敞平坦的广场上扬起而没有留下任何踪迹,落在鹅卵石之间,然后又扬起,随一阵大风吹走的灰尘。

我跨过那些满是灰尘的鹅卵石,沉重的空虚充塞着我的生活:露西,虚无缥缈的女神,先是让我失去了她,然后昨天又使我精心策划的复仇变得毫无意义,现在甚至把我对她的回忆也变成一件十分可笑的事。变成一个怪诞的幻觉。科斯特卡讲的故事清楚地表明,所有这些年来我一直都在怀念一个完全不同的女人,我从未真正了解露西是谁。

我一直把露西看成是一个抽象的东西,一个传说和一个神话,从中得到安慰,但现在我意识到在我富于诗意的幻想后面隐藏着一个毫无诗意的现实;我并不了解她;我并不知道她的真实面目,她的内在和外在。我所能看见的仅仅是她与我直接有关的那些方面;对我来说她只不过是与我的处境密切相关;超出那个具体处境的一切,她本身的一切,便完全没有被我看见。由于她只是与一个处境密切相关,难怪当那个处境变了,我的露西也就随之消失了,她留下来的只是没有被我看见,与我无关,超出我范围的一切。因而,也难怪十五年后我不会认出她来。在我眼里,她早已是一个不同的人,一个陌生人。

十五年来我失败的预示一直在追踪我;现在它终于赶上了我。那个古怪的科斯特卡对她来说更重要,为她做过更多的事,对她更了解,爱她爱得更好:她把一切都告诉了他,却对我什么也没讲;他使她幸福,我却使她不幸;他与她发生了性关系,我却失去了机会。为了占有我如此渴望的那个肉体,我需要做的只是理解她,逐渐认识她,爱她,不仅为了她对我所具有的意义,而且为了她与我无直接关系的一切,属于她的而且只属于她的一切。可是我未能够做到这一点,结果同时伤害了我也伤害了她。一阵愤怒掠过心头;我生自己的气,生我那时的年龄的气,那个荒谬、抒情的年龄,在那个年龄,一个人对自己来说就是一个很大的谜,因此不能解开他自身以外的谜,在那个年龄,其他人不过是活的镜子,他在其中惊奇地发现自己感觉,自己情绪,自己价值的影像。是的,十五年来我一直把露西看成是保存了我那个岁月的影像的一面镜子!

我回忆起那个暗淡的房间,那张孤单单的床,那盏透过脏玻璃照进来的街灯;我回忆起露西疯狂的反抗。真是一个拙劣的玩笑:我以为她是个处女,而她拼命搏斗就因为她不是个处女,害怕突然暴露真相。但是还有另一个解释:她最初的性经验是那样残酷,他们使她充满了对性行为的恐惧,使性爱丧失了其他人赋予它的那种意义,使它完全变得没有感情和爱情;半是孩子,半是妓女,她认为肉体是丑陋的而爱情是精神的;灵魂与肉体在无声、顽强的战斗中进行着交战。

这个解释使我想起肉体和灵魂之间许多令人可叹的不和,我想起一个曾使我捧腹大笑的故事。我的一个好朋友,一个非常风骚的女人,与一位物理学家订了婚,决心要使她成为他的第一个恋人,可是为了确信这是真正的爱情,她拒绝他的一切肉体亲昵,直到婚礼的晚上。夜间在公园里散步,她也只不过紧握住他的手,在街灯下吻他,由此使她的灵魂不受肉阻碍,能够直升云霄,享受它在那里感到的眩晕。但他们结婚后仅一周她就提出离婚,强烈地抱怨他毁掉了她一生的爱情,原来他完全是一个不中用的、阳痿的恋人。

远处摩拉维亚歌曲低沉的声音此刻与这个故事的怪诞回味,与广场的灰尘和冷清,与我的沮丧情绪混合在一起。我正好停在一个饮食店附近,可是当我想把门推开时,门一动也不动。"他们今天都在过节。"一位过路人告诉我。"国王们的骑马?""对。那边有一个看台。"

我咒骂了一声,但是也无可奈何;我朝歌声的方向走去,饥饿的痛苦引导我走向我一直希望避开的那个民间节日。

筋疲力尽。从一大早起就筋疲力尽。仿佛我整夜都在外面狂欢宴饮。可我整夜都在睡觉,如果辗转反侧也算得上睡觉的话。吃早饭时我拼命克制住打呵欠。不一会儿,人们开始陆续到来。弗拉吉米尔的朋友们和一些闹闹嚷嚷的旁观者。然后一个合作社的小伙子给弗拉吉米尔牵来了马。在人群中居然还出现了卡拉塞克,区议会的文化顾问。这两年来我们一直不和。他穿着一件黑色西服,显得很严肃。同他一道来的还有一位举止优雅的女人,布拉格的一位电台记者。我将做他们的向导,他说。那个女人想把有关骑马活动的采访录下来。

不,谢谢你!不要找我!不要找我!我不想扮演蠢货。那个记者继续说,见到我本人她是多么激动,当然卡拉塞克也插进来:同他们一道去是我的政治责任。这个蠢货。我几乎想任性胡来了。我告诉他们,我儿子是今天的国王,在他做准备时我想在场。但这时乌娜斯诺在我背后给了我一下。为儿子做准备是她的任务,她说。我干嘛不走开,去帮他们录音。

所以最后我只好照办。那个电台的女人在区议会的一个房间里设立了大本营。除了录音机。她还带来了一个为她跑腿的年轻小伙子。她除了笑便一刻也没有停止过说话。最后她把话筒放到嘴唇边,向卡拉塞克提问了第一个问题。

卡拉塞克轻轻咳了一声,然后讲起来。扶持民间艺术是共产主义教育的一个主要部分。区议会充分认识到这一点。这就是它为什么得到了大力支持。他希望大家成功,皆大欢喜。他感谢所有参加的人,热情的组织者和热情的学生们,他衷心感谢他们。

筋疲力尽。筋疲力尽。那些老一套的话。那些十五年来老一套的话,今天从卡拉塞克的嘴里说出来,而这个人对民间艺术根本无所谓。民间艺术对他来说只是一个骗人的玩意儿。他又可以借此显示他是多么积极,紧跟指导路线,自吹自擂。他对"国王们的骑马"没有尽过任何力,还把我们的预算削减到最低程度,然而得到荣誉的却是他。本地文化的老爷。一个连小提琴和吉他都分不清的从前的送货少年。

那个记者把话筒放回嘴边。我对今年"国王们的骑马"满意吗?我真想当面嘲笑她。骑马还没有开始哩!可是她反而嘲笑起我来。我对民俗有那么多的经验,她说。我肯定知道这次活动的结果如何。他们就是这样。他们事先就知道一切。他们完全知道未来。未来已经发生了,现在只是在为他们重新展现一遍。

我有点想告诉她我的真实想法。这次骑马将比往年糟。民间艺术一年年失去支持者。当局也失去了兴趣。它已经名存实亡。电台里不断播出的民间音乐改变不了这一

事实。所有那些民间管弦乐器和民歌歌舞团演唱的与其说是民间音乐还不如说是歌剧、小歌剧或流行曲调。民间乐器有指挥,总谱和乐谱架! 交响乐式的管弦乐曲! 真是亵渎! 你如此喜爱的音乐,我亲爱的女士,不过是有一层民间曲调薄薄外表的古老浪漫主义而已。民间艺术已经死亡,是的,已经死亡并且被埋葬了。

这就是我想对着话筒吼出的话。可最后我却说了完全不同的话。"国王们的骑马"辉煌壮丽。民间艺术的力量。色彩缤纷。我很喜欢。我感谢所有参加的人,热情的组织者和热情的学生们,我衷心感谢他们。

我为说了他们要我说的话而感到羞耻。难道我竟是那样胆怯吗? 训练得那样听话吗? 那样筋疲力尽吗?

我很高兴这事终于了结啦,于是急忙退出。我急着想回家去。院子里有很多人,有的只是在闲荡,有的正在给马装饰蝴蝶结和飘带。我想看看弗拉吉米尔怎样在做准备。我走进去,但是他们在里面给他穿衣服的那个起居室的门闩上了。我敲门,喊叫。这里没你的事,乌娜斯塔在里面回答。正在给国王穿衣。让我进去,该死的! 我说。你为什么不让我进去? 这违背传统,她在里面回答说。我不知道有什么传统,在国王穿衣时不让父亲在场,但是我不想反驳她。我在她的声音中察觉出一种兴趣,这使我感到高兴。他们对我的世界感兴趣我很高兴。我那可怜的成了孤儿的世界。

于是我回到院子,与正在给马装饰的人闲聊。这是一匹大驮马。耐心而又沉静。

接着我听见门外大街上传来的嘈杂声。紧接着是一些喊叫声和咚咚的鼓声。我的时刻到了。我激动万分。我打开门走进去。"国王们的骑马"被引导到房子前面。马匹都装饰着饰带和飘带。年轻的骑手们穿着鲜艳的民间服装,就像二十年前一样。二十年前他们来这里接我。他们请求我父亲把他的儿子给他们做国王。

大门旁边坐着两个侍从,化装成女人,但手中拿着马刀。他们在等候弗拉吉米尔,一整天他们都将伴随他,保卫他。一个年轻人从乐队中骑着马出来,正好停在我面前,他朗诵道:

汝等听着,汝等听着,大家全都听着!

慈善的父亲,我们特来向你问候致意,

请求你同意让你的儿子做我们的国王!

接着他许诺他们将好好照看国王。他们将引导他安全地穿过敌人的军队。他们绝不会把他送到敌人手中。他们渴望着战斗。汝等听着,汝等听着!

我往后看。在我们房子的阴影中,一个人影跨坐在一匹装饰得十分漂亮的马上。他

穿着一件折袖的女式服装,他的脸被色彩鲜艳的飘带遮住。那是国王。弗拉吉米尔。蓦然间我忘记了疲倦和沮丧,感到非常惬意。老国王正在把年轻国王送到人世间。我走到他跟前,踮起脚尽量靠近他掩藏着的脸,低声说:"祝你好运,弗拉吉米尔!"他没有反应。没有动一下。他不可以的,乌娜斯塔带着微笑对我说。他到晚上才许说一句话。

我用了不到一刻钟就到达了村子;刚才我在城里听到的歌声,此刻从系在房子和电线杆上的喇叭里的高声播出来。就在离村中心不远处,为这个盛大场面竖起了一个凯旋门,凯旋门顶端用红色花体字母装饰成一个巨大的欢迎字样;人群密集,大多数人穿着平常的衣服,几个古怪老头却穿出了他们的民间服装:长筒靴,白色亚麻布裤子,绣花衬衫。街道在这里扩展成一块村子草地:在道路和最近的那排屋舍之间的一大片草坪;点缀着草坪的树木间摆起了几个摊子,卖啤酒、果汁水、花生、巧克力、姜饼、芥末香肠、奶油饼干。其中一个小摊属于那家饮食店,正在供应牛奶、干酪、黄油、酸奶和奶酪;没有一个小摊出售烈酒,但我觉得好像所有人都醉了似的;人们不断在小摊周围拥来拥去,互相挡路,呆呆地看着;不时还有人突然唱起来,但总是唱个开头就没有了:一首歌曲的两三节立刻就被人群的喧闹声和喇叭播出的无敌的民歌声淹没了。地上扔满了硬板纸做的啤酒杯和硬板纸做的、沾满芥末的盘子。

供应牛奶和酸奶的摊子由于不卖酒,生意很差;我不必等候就买到一杯牛奶和一个卷饼,然后走到人群稀少的地方,去静静地喝我的牛奶。就在这时,我听到草地另一端传来一阵骚动:"国王们的骑马"来了。

草地上到处都是插着小公鸡羽毛的小黑帽,袖子全部卷起来的白衬衫,红毛线缀缝的蓝背心,马具上飘动的彩色纸饰带;不一会儿。喇叭里的音乐和嗡嗡声又杂入了新的声音:马嘶声和骑手们的歌声:

> 汝等听着,汝等听着,大家全都听着,
> 从山岭到溪谷,从近处到远方,
> 听一听今年降灵节发生的事!
> 我们有一个贫穷而正直的国王,
> 那天盗贼从他的荒地上
> 抢走了足足一千头牲畜……

眼前是一片乌烟瘴气;一切都不协调:喇叭里的民歌与马背上的民歌,色彩鲜艳的服装和马匹与观众们做工很差、不怎么好看的褐色和灰色的衣服,身着骑服的骑手们不自然的自发动作,与组织者们不自然的过分管事——他们戴着红臂章在马匹和人群中跑来跑去,企图控制住混乱,可这绝不是一项简单的工作,不是因为观众不守秩序,而是因为道路没有禁止车辆通行;虽然在队伍的两头都布置有组织者打信号叫车辆慢下来,但小汽车,卡车和轰轰的摩托车仍旧在骑巴行列中曲折穿行,惊吓马匹和骑手。

说老实话,我想避开这种民俗活动的原因与我现在目睹的情景毫无关系:对这样的乏味我是有准备的,对真正的民间艺术与媚俗的这种亵渎的结合我是有准备的,对愚蠢的演说者虚夸的讲演我是有准备的,的确,对大话和虚伪我是有最坏的准备的,但是我没有料到这一切是如此低劣,真是令人悲哀和感伤;它遍及一切:可怜巴巴的小摊,稀少而不守秩序、漫不经心的人群,日常交通与不合时宜的仪式之间的战斗、逡巡不前的马匹,沙哑的喇叭老是机械地、固执地吼着那两首民歌,完全压倒了年轻骑手们的声音,这些骑手尖叫着他们的诗句,脖子上青筋暴露。

我把杯子扔掉。现在骑马活动已经为草地上的观念表演完了。开始了穿过村子的几小时长的游行。我对这一切太熟悉了:战争的最后一年,我自己就当过一个小侍从骑在马上,行进在国王雅罗斯拉夫身旁。我并不想沉湎于感伤的回忆中,可是,我觉得用不着对它的做作转过背去;我慢慢跟在队伍后面,队伍现在已经散开,覆盖了道路。队伍中央的三名骑手:国王,身旁的两个穿着女人服装、拿着马刀的小侍从;他们周围是王室护卫队或大臣们。队伍中其余的人分成两个独立的部分,在街道两侧骑马行进;这些骑手的角色也有明确限定;有掌旗手,有信使形式的讯息;贫穷而正直的国王被人从他的空保险箱里抢走了三千块银子,从他的荒地里抢走了一千头牲畜,最后还有募捐人。

谢谢你,卢德维克,我们认识只有八天,可我从未像爱你那样爱过别人,我爱你,信任你,我用不着思量,我就是信任你,因为即使我的头脑欺骗了我,欺骗了我的感情或灵魂,但肉体不可能伪装,肉体比灵魂更诚实,我的肉体知道,它从未经历过像昨天那样的情景,情欲、爱慕、残忍,愉快,疼痛,我的肉体从未梦想过像这样的情景,我们的肉体昨天发了誓,现在我们的头只得遵守,我认识你只有八天,卢德维克,我感谢你。

我也感谢你来得正是时候,感谢你救了我。今天的天气真好,天空晴朗灿烂,我容光焕发,今天早晨一切都进行得非常顺利,我们去了国王和他双亲居住的房子,录下了召集仪式,可他来了,他把我吓了一大跳,我不知道他已经到了,我没料到他这么快就从布拉迪斯拉发到了这里,我没料到他是那样残忍,想想吧,卢德维克,他把她也带来了,这个无赖!

我真傻，直到最后还认为我们的婚姻没有完全破裂，认为它还可以挽救，我真傻，为了那个腐朽的婚姻竟然差点牺牲你，差点取消我们在这里的约会，我真傻，我差点被他的甜言蜜语骗了，他告诉我，他从布拉迪斯拉发回去时将中途在这里下车找我，他有许多话要同我谈，就我们两个，可现在他却带来了那个孩子，那个还在吃奶孩子，那个二十二岁，比我小十三岁的小姑娘，因生得太早而输掉那就太丢脸了，我感到无望，真想大声叫嚷，可是我不能嚷，我得微笑，有礼貌地同她握手，啊，我是多么感谢你，卢德维克，你给了我力量。

当我们单独呆在一起时，他说现在我们有机会把事情谈明了，就我们三人，这是最体面的方式，体面，体面，我知道他开始谈到体面时是什么意思，两年来他一直想得到离婚，他知道与我单独在一起他不会成功，他指望这种面对面的会面使我震动，他认为我会羞于显得像个泼妇，我会垮掉，主动让步。我多么恨这个男人，当我正在执行一个公务时，当我需要平静和集中精力时，他却镇静自如地把刀戳进我的肋间，至少他应该对我的工作表示一点尊重，一点体谅吗，可是不，多年来一直都是这样，受欺负、受侮辱的总是我，失败的总是我，噢，这一次不同了，此刻你在我身后，你和你的爱，此刻我仍然觉得你在我体内，在我身上，那些年轻英俊的骑手都在我周围欢呼喊叫，我几乎觉得他们在叫喊，我有你，有生活，有光明的未来，顿时我心里充满了骄傲，一种我几乎已经失去了的骄傲，我极力给了他一个甜蜜的微笑，然后说，我没有必要与你们一道去布拉格，我不想打扰你们，况且我有电台的汽车，至于你想谈妥的协议，我们可以马上解决，我正要把你介绍给那个我打算和他共同生活的男人，我肯定我们会达成一个和平的协议。

可能这样做太轻率了，好吧，即使轻率又怎么样，为了那个极度骄傲的瞬间，这样做是值得的，是很值得的，他突然做出一副谄媚样子，显然他如释重负，但也有点惊恐，担心我说的不是真话，他要我再说一遍，这次我把你的全名告诉了他，卢德维克·扬，我对他说得非常明白，别担心，相信我，我答应不阻拦你们的离婚，别担心，我不再需要你，即使你要我我也不会要你。但是我们还是好朋友，他说，我淡然一笑说，我并不怀疑这一点。

多年以前，当我还在乐队吹奏单簧管时，我们常常绞尽脑汁想弄清"国王们的骑马"的真正含义是什么。据传说，当匈牙利国王马蒂亚斯打了败仗，逃离波希米亚，国王与他的马队被迫在这里，在摩拉维亚乡间躲避捷克追兵，靠乞讨度日，据说"国王们的骑马"就是为了纪念这个历史事件，但是只要简单查一查原始资料就会明白，骑马的传统远远早于匈牙利国王的不幸遭遇。那么这个传统起源于何处，它的含义是什么？也许它可以追溯到非基督教时期幸存下来的一种通行的仪式，通过这种仪式，男孩子被承认已长大成

人？那么国王和他的小侍从为什么要穿女人的服装呢？是表示一支伪装的军队引导着首领穿过敌人的领土，还是一个幸存下来的古代非基督教的迷信，按照这个迷信，男扮女装可以避免魔鬼怪的伤害？那么为什么国王在整个骑马中不许说一句话呢？为什么仅有一个国王却要把它称作是"国王们的骑马"呢？这一切究竟有什么含义？无人知晓。有许许多多假设——没有一个被证实。"国王们的骑马"是一个神秘的仪式；无人知道它的含义，它的意蕴，但正如埃及象形文字对那些看不懂它们的人来说是最美的，因此"国王们的骑马"对我们来说同样是很美的，至少部分是因为它想传达的意蕴早已不为人知，留下的只是更加鲜明突出的动作、色彩和话语。

结果让我特别惊异，我最初怀着疑虑跟在"国王们的骑马"散漫的启程后面，但我的疑虑很快就消失了，我发现自己被从一家到另一家缓缓先进的、色彩鲜艳的人马吸引住了；不仅如此，几分钟前用一种刺耳的女人声音垄断无线电广播的喇叭现在也已经沉默了，唯一能听见的声音是那些信使的奇异的音乐。

我真想站在适当的位置。闭上眼睛，倾听：在这里，在一个摩拉维亚村子的中心，我感到听见了最原始的诗歌，那种我绝不可能从收音机或电视里，甚至舞台上听到的诗歌，像有韵律和仪式的一种预示，介于讲演和歌曲之间的一种思维产物的诗歌，其韵律发出一种具有魔力的精神，正是那种起源于古希腊圆形剧场的精神的诗歌。这是一种庄严的、复调的音乐：每一个信使都用单调的声音朗诵他的诗，但每一个都有独特的音调，因此所有声音杂乱地形成了和声；而且，这些小伙子并不是同时朗诵；每个人都在不同的地点、不同的房前开始朗诵；所以这些声音全来自不同的方向、不同的时刻，结果使人联想到一个丰富多样的轮唱；一个声音刚结束，另一个接着又唱下去，而第三个正在准备以自己的声调加入进来。

"国王们的骑马"沿着大街移动，不断被车辆阻断，直到最后到达一个预定的岔路口才分开，右翼继续朝前走，左翼拐进一条小街。第一幢房子是一幢黄色的小屋，有栅栏和鲜花艳丽的花园。信使们的即兴演唱富有灵感：这幢农舍有一台漂亮的水泵，女主人有一个儿子真是健壮；农舍前面确实有一个绿色的水泵，那个矮矮胖胖、四十岁的女主人听到对她儿子的形容后高兴得笑起来，把捐献物给了那位正在叫着"为了国王，我善良的女人，为了国王"的骑手。这位募捐人刚把捐献物丢进系在马鞍上的篮子里，另一个信使又对那女人叫道，她的身材多么娟秀，可他更喜欢她的美酒，然后他用一只手做成杯状，头朝后仰，假装痛饮了一口。所有观看的人都大笑起来，那位女人既窘迫又愉快，跑进屋子，很快就转回来，手里拿着一个瓶子和杯子，给每一位骑手饮了一口。

国王的扈从在喝酒和开玩笑时,国王本人的两名小侍从却庄重地、纹丝不动地站在几步开外,也许在喧闹的军队面前保持尊严和孤傲是国王的职责。两名小侍从的马立在国王的马旁,近得连他们的靴子都相触在一起。这三位沉默不语的骑手都穿着宽裙子,浆硬的皱褶衣袖;小侍人头上戴着装饰华丽的女帽,国王头上戴着闪闪发光的银色冠冕,上面挂着三条长而宽的飘带,两边是蓝色,中间是红色,完全把他的脸挡住了,使他看上去即神秘又富神启。

我为这个恪守礼仪的三位一体所迷醉;二十年前我也曾像他们一样跨坐在花团锦簇的马上,但因为我当时是从里面去看"骑马",所以什么也没看见;只有现在我才能真正看见了它我目不转睛地盯着:国王坐得那样笔直,就像一个受到保卫的塑像;也许,我突然想到,也许他根本不是一个国王,也许他是一个女的;也许他是露西后来向我显示她的真正面目,因为她的真正面目实际上就是她隐藏的面目。

这时候,我想到科斯特卡是个怪人,他把冥思和幻想奇异地结合在一起,可以相信他告诉我的那些事是真实的,但仍然有些疑点;当然,他的确了解露西,他甚至可能了解她的许多事,可有一件重要的事情他不知道:那位在借来的矿工房间里企图对她施暴的士兵——露西的的确确爱他;我怎么可能相信露西摘花是出于某种模糊的宗教渴望,我记得她是为我而摘的;如果她对科斯特卡隐瞒了这一事实,隐瞒了摘花的真相和我们整整半年甜蜜的爱情,那么她只是想要保持这个秘密,甚至不让他知道;她迁到此地也不全是因为他;也许只是巧合,但也许也是因为我;她毕竟知道这里是我的家乡。我感觉到她第一次被强奸的故事是真实的,可是我现在怀疑某些细节;故事的一些部分被一个受到罪孽念头刺激的男人的夸张心理所渲染了,另一些部分则被只可能源于一个醉心于仰望天堂的男人的忧郁所渲染了;很清楚:科斯特卡的故事既有真实又有虚构,在旧的故事上添加了一个新的传说。

望着戴面罩的国王,我看见露西骑着马庄严地通过我的生活。接着我的目光微微移向一边,与一个男人的目光相遇,这人显然已看了我很久,并且微笑着。"喂。"他说,倒霉的是他还向我走来。"喂,"我说。他伸出手,我握了握。然后他转身招呼一位姑娘,直到现在我才注意到她。"你在等什么? 过来,我给你介绍一下。"这位姑娘走上前,自我介绍说她叫布罗日小姐。她把手伸给我,并向我做了自我介绍,加了一句:"很高兴见到你。""有好多年了,伙计。"那男人快活地说。正是泽曼尼克。

筋疲力尽,筋疲力尽。我似乎不能恢复疲倦。骑马队伍与国王一道出发去村庄草地,我吃力地跟在他们后面,做着深呼吸以克服我的疲劳。我几次停马与走出家门观望的邻居们攀谈。我猛然意识到自己正是他们中的一个。我旅行和冒险的日子已一去不返。我无望地被束缚在我居住的这两三条街上。

当我到达草地时,骑马队伍已经开始沿着长长的大街出发。我正在准备再次跟在队伍后面缓缓而行,这时我看见了卢德维克。他独自站在道路旁边的草坪上,沉思地望着骑手们。该死的卢德维克! 但愿他滚蛋,从我的生活中滚远点! 他一直在回避我。好吧,今天我可要回避他。我转过身,决定在一棵苹果树下的长凳上休息一下,听听信使们的声音。

于是我便坐在那里,倾听和观望。骑马队伍慢慢走远了。它可怜兮兮地靠着道路两边行进,好让川流不息的小汽车、摩托车通过。一群人慢吞吞地跟在后面。可怜兮兮地一小群人。来看"骑马"的人每年愈来愈少。尽管今年卢德维克来了。他到底在这里干什么? 你滚蛋吧,卢德维克! 现在已经太迟了。对一切来讲都太迟了。你是一个凶兆。一个不祥的先兆。特别是现在。当我的弗拉吉米尔做国王时。

我朝别处望去。草坪上只剩下寥寥无几的人:在小摊旁,在餐馆门口。他们大多数都已唱醉。醉鬼是民间节日最忠诚的支持者,唯一留下来的支持者。民间活动给了他们的喝酒一个难得的高尚的借口。

接着皮切塞克老人走来,在我身边坐下。它不像从前了,他说。我表示同意。的确不像从前了。几十年前,几百年前,骑马活动一定是多么壮观! 尽管远没有今天的骑马活动那样花哨。今天的骑马活动半是媚俗,半是化装舞会。马的胸部佩着华丽的心形装饰物! 在百货商店买的一卷卷纸饰带! 服装总是色彩鲜艳,但从前的服装却很朴素,马的脖子上和胸脯上飘着鲜红色的彩带,国王也只戴一个朴素的面罩,而不是戴花哨的饰戴面具。尽管在他牙齿之间也有一朵玫瑰。为了不让他说话。

你说的正确,老伙计,从前要好得多。人们不必去追着年轻人,恳求他们参加。人们也不必坐在那里没完没了地开会,争论谁来负责组织,谁来接受收入。"国王们的骑马"就像一道源泉从村庄生活的中心汩汩涌出。它从一个村庄疾驰到另一个村庄,为国王收集施舍。有时它会遇上另一支骑马队伍,于是就会有一场战斗。双方都拼命地保卫他们的国王。刀光剑影,鲜血流淌。如果一支骑马队伍的成员俘虏了对方的国王,国王父亲就会付钱让他们喝得不省人事。

你说得对,老伙计,太对了。甚至我当国王那个时候,在占领期间,"国王们的骑马"也和今天不一样。是的,甚至战后它还多少有点价值。我们那时认为我们可以建立起一个崭新的世界。人们将恢复民间习俗。"国王们的骑马"将再次从他们生活的深处汩汩

涌出。我们要实现这一切。我们组织了一个又一个的民间节日。但是一个源泉是不可能被组织的。如果它不涌出,它就不存在。瞧瞧我们是怎样不得不挤出我们的歌,我们的"国王们的骑马",我们的一切。它们是最后的几滴水,正是最后的几滴水。

啊,骑马队伍已经看不见了。它可能已拐进了某条小街。但我们仍能听见信使的声音。他们的祈求极其动人。我闭上上眼睛,想象自己生活在另一个时代。另一个世纪。很久以前。然后我睁开眼睛,对自己说,弗拉吉米尔当了国王是多么好啊!一个濒临灭亡的王国的国王,但这是一个最壮丽的王国,一个可以指望我忠诚不渝的王国。

我从长凳上站起来,有人向我打招呼。是库茨基。我好久没见到他了。他走路很困难,拄了一根拐杖。我一直就不喜欢他,但今天我却为他的衰老感到难过。"你到哪儿去?"我问。他说他每个星期天都要出来活动一下。"你觉得'骑马'怎么样?"我问他。"瞧都没瞧一眼。"他挥挥手说。"为什么不瞧瞧?"我问。他又挥挥手不予答复,突然我明白他为什么不去观看骑马了:卢德维克在观众中。库茨基比我更不想再碰见他。

"我没有要责备你的意思。"我说,"我的儿子参加了,但甚至我也不想慢吞吞地跟在后面。""你的儿子?你是说弗拉吉米尔?""是的。"我说,"他是国王。""真有趣。"库茨基说。"你是什么意思?"我问。"非常有趣。"他说,他的眼睛发亮了。"那是为什么?"我又问。"因为弗拉吉米尔跟米沃什一起。"

库茨基说。我还知道米沃什是谁。他告诉我,米沃什是他的外孙,他女儿的儿子。"但这不可能的。"我说,"我刚才还看见他的,看见他骑在马上走了!""噢,我也看见了他。"库茨基说,"米沃什骑着摩托车把他带到我家去了。""荒唐。"我说,可我还是禁不住问:"他们要到哪儿去?""要是你不知道,"他说,"我是不会告诉你的。"说完他就走了。

我怎么也没有料到会遇见泽曼尼克,感到整桩事太让人不愉快。可是我能怎么办?他就在这里,站在我面前,与从前一模一样:头发像过去一样淡黄,尽管不是像从前那样把长卷发朝后梳,而是剪短了,时髦地搭在前额上;他仍然站得笔直,脖子朝后弯着;他仍然快活,踌躇满志,无懈可击,仍然享受着天使们的青睐,此刻显然正享受着一个妙龄女郎的青睐,她的美顿时使我痛苦地想起了昨天下午与我在一起的那个不完美的躯体。

由于希望我们的相遇早点结束,我极力对他连珠炮般的陈腐问题报以陈腐的答复;他反复地说我们已许多年没见过面了,又说在相隔了这么长的时间之后我们竟然在"这个被上帝抛弃的小地方"相遇真让人吃惊;我告诉他,我出生在这里,于是他向我道歉,说既然如此,他敢肯定上帝还没有完全抛弃这个地方;布罗日小姐笑起来。我完全没有反应,反而说在这里遇见他我并不吃惊,因为,假如我没记错的话,他一直喜欢民间仪式;布罗日小姐又笑起来,说他们不是为了"国王们的骑马"而来的;我问她是不是不喜欢"国王们的骑马";她说它引不起她的兴趣;我问她为什么;她耸耸肩,于是泽曼尼克说:"得啦,卢德维克,时代已经变了。"

　　这时,骑马队伍已经走到另一家,两名骑手正在竭力控制变得烦躁不安的马。一名骑手冲另一位叫嚷,指责他没有控制住自己的马;"笨蛋"和"蠢货"的叫骂声十分滑稽地与喜庆的仪式混杂在一起。"要是马脱缰了那才妙啦!"布罗日小姐说。听到这个想法泽曼尼克放声大笑起来,可是没多久骑手们就设法使马安静下来了,"汝等听着,汝等听着"的声音又重新响起来,队伍平静、庄严地通过村庄。

　　当我们一道跟在那些响亮的声音后面,沿着两旁都是鲜花盛开的花园的一条小街走去时,我一直在搜寻一个恰当而自然的借口向泽曼尼克道别;同时我不得不尽责地走在他那漂亮的女伴身旁,继续谈话;我得知他们今天早晨从布拉迪斯拉发来,那里的天气与这里一样晴朗;我得知他们是乘泽曼尼克的小汽车来的,刚离开布拉迪斯拉发他们就不得不换火花塞;我还得知布罗日小姐是泽曼尼克的学生。我从海伦娜那里知道他在大学教马列主义,可是我还是问他,他的领域是什么。他告诉我是哲学。可是,如果我没记错的话,我说,很惊奇,你的领域是生物学;我这番话不明显地暗示这一事实:大学里许多马克思主义教员基本上都是非专业人员,他们与其说是作为学者还不如说是作为宣传员进入这一领域的。这里,布罗日小姐插进来声称,尽管大多数马克思主义教员的脑子里装的不是智慧而是政治小册子,可是巴威尔却截然不同。巴威尔自己不可能把这意思表达得更好;他温和地表示反对,从而既显示了他的谦虚,又鼓励了这位妙龄女郎进一步称赞他。于是我了解到泽曼尼克是最受欢迎的教员之一,他的学生崇拜他,其原因同他使行政部门感到不安的原因一样:即他总是说心里话,他勇敢,他支持青年人。由于泽曼尼克不断表示温和的抗议,我了解到泽曼尼克在近几年进行的各种斗争的细节:由于他拒绝坚持呆板过时的课程,想把当代哲学中正在发生的一切介绍学生,他们声称他企图偷偷传播"敌对的意识形态",甚至想解除他的公职;他救了一个他们正准备开除的男孩,因为这个男孩孩子气地胡闹,与一个警察发生争吵,校长希望把此事说成是一个政治上的不轨行为;此后女学生举行了一次秘密的民意测验,选出她们最喜欢的教员,结果他轻而易举地获胜。这时候,泽曼尼克已不再竭力阻拦这番滔滔不绝的赞扬,我对布罗日小姐说,我明白她的意思。因为据我所记得,在我的学生时代,泽曼尼克就一直颇受大家爱戴和欢迎。布罗日小姐激动地点头:她一点也不惊讶。既然巴威尔是这样一位出色的讲演家,可以把他的对手打得落花流水。"得啦,那又怎么样呢?"泽曼尼克笑道,"即使我在辩

论中把他们打得落花流水,他们还可以用更有效的方式抨击我。"

最后这句话里那种骄横的自鸣得意使我相信,泽曼尼克丝毫没有改变;然而,这句话的内涵却使我寒彻骨髓:泽曼尼克似乎已与他从前的观点一刀两断了,假若发生一场政治性的冲突,我将发现自己站在他一边,无论愿意与否。这是多么可怕的事;这是我意料外的事;虽然他的转向绝不是不可思议的;相反,这是很平常的;大多数人都这做了。整个国家其实也正在逐渐这样做。问题在于我并没指望泽曼尼克会转向;他给我留下的最后印象是僵硬不化,要是我给予他一点变化的权利,我就不是人。

有的人声称要爱人类,而有的人反对说,我们只可能爱单独的人,也就是说,爱这个人或那个人。我赞同第二种观点,并愿意补充一点,对爱适用的对恨也适用。人是渴望平衡的东西;他使压在他背上的罪恶的重量与他仇恨的重量相平衡。但是,试试把你的仇恨只集中在抽象观念上——非正义、盲从、残酷——或者,如果你走得够远,发现人的本质就值得你仇恨,试试去仇恨人类!在那个秤盘上的仇恨超过了人的能力,因此人能减轻他的愤怒的唯一办法,就是把愤怒集中在一个个人身上。

这就是使我感到寒彻骨髓的原因。突然我想到他可能马上就会把话题转到他的变化上,并为此请求我的原谅。这正是使我如此可怖的事。我对他说什么呢?我该怎么回答呢?我怎么解释我不能与他和解呢?我怎么解释这将意味着我本来就不稳定内心平衡的结束呢?我怎么解释这将我内心秤盘的一端翘上空中呢?我怎么解释我用我的仇恨来平衡我年轻时承担的罪恶的重量呢?我怎么解释我把他看作是我所知道的一切罪恶的化身呢?我怎么解释我需要恨他呢?马匹挨挨挤挤地进了狭窄的街道。我看得见国王,但离得很远。他坐在马上,与别人相隔一定的距离,但他的两名小侍从守在他两旁。我该弄糊涂了。的确,他的背和弗拉吉米尔一样有点驼。当他坐在那里一动不动,几乎对一切漠不关心时,我可以很清楚地看见他的背。但是,他真的是弗拉吉米尔吗?也很可能是别的人。

我慢慢地接近他。我只想认出他来。我不是熟悉他的一举一动吗?我不是爱他吗?爱不是具有直觉吗?

现在我就在他旁边。我完全可以叫他。这是再简单不过的了。但这没有用。国王不让说话。

接着,骑马队伍又走向下一家。现在我要认出他来了!马只要迈一步就会迫使他动一动,这一动就会暴露他。当马向前走时,国王的背的确有点拱着,可是他的动作没有给我任何暗示,表明藏在罩后面的人究竟是谁,交叉在他脸上鲜艳夺目的饰带仍然令人失望地不透明。

当骑马队伍又经过了几家房子,我们开始转向别的话题:布罗日小姐已从泽曼尼克谈到她自己,滔滔不绝地讲她多么喜欢沿途免费搭车的旅行,她谈及这件事时是那样热情洋溢,我马上看出我免不了要聆听一番她这一代的宣言了。一想到所谓一代人的思想我就很反感。布罗日小姐充分发表了她那惹人恼火的主张:所有的人都可以分为两种,一种是让那些要求免费搭车的人搭车,另一种是不让那些要求免费搭车的人搭车。于是我戏谑地称她是"公路的教条主义者"。她傲慢地回答,她既不是教条主义者,也不是修正主义者,既不是宗派主义者,也不是机会主义者,这些词全是我们凭空想出来的,它们只属于我们,与他们完全格格不入。

"你看见了?"泽曼尼克说,"他们不一样。庆幸的是,他们不一样。甚至他们的词汇也不一样。他们不关心我们的成功,不关心我们的失败。你不会相信吧,在入学考试中,当我们向他们问起清洗时,他们不知道我们在说些什么。斯大林对他们来说只是一个名字。他们大多不知道布拉格有过的政治审讯!"

"我不认为这是幸事;我认为这是可怕的。"我说。

"其实,这说明不了他们所受的教育多少。但是想一想吧,他们的思想是如此解放。他们对我们的世界漠不关心。拒绝它,并且拒绝它赞成的一切。"

"一种盲目屈服于另一种盲目。"

"我不这样看。我觉得他们给人印象很深。他们喜爱他们的躯体,我们却忽视我们的躯体。他们喜欢旅游,我们却呆在原地不动。他们喜欢冒险,我们却把所有的时间耗在会议上。他们喜欢爵士乐,我们却满足于对民间音乐的拙劣模仿。他们对自己感兴趣。我们却想拯救世界,而我们的救世主观念却差点毁灭了它。也许拯救世界的倒是他们和他们的自我主义。"

这怎么可能呢?国王!这个被缤纷彩带遮住的笔挺的形体!多少次我看见他这样,把他想象成这样?我最亲密的幻想!既然这个幻想已经实现,所有的亲密也就消失了。它突然成了一个着色的幼虫,我不知道里面是什么。假若不是在我的一王国,而是在真实的世界里,还有什么亲密可言呢?

我的儿子。离我最近的人。我就站在他面前,可我却不知道他到底是不是我的儿子。如果我连这都不知道,那我还知道什么呢?如果连这个都不能肯定,尘世间还有什么肯定留给我呢?

当泽曼克尼在颂扬年轻一代时,我却在注视布罗日小姐;妩媚而又令人愉快,我悲哀

地得出结论,一想到她不再属于我,心中即嫉妒又惋惜。她走在泽曼尼克身旁,不停地谈话,时时挽住他的胳膊,信任地望着他。这使我再次想到,自从露西离开我后,我再也没有碰到一个值得我爱和尊敬的姑娘。生活尽情地嘲弄了我。它派遣一个男人的情妇来提醒我的失败,而就在昨天我还认为这个男人已在一场荒诞的性的战斗中被我击败了。

我越喜欢布罗日小姐,就越意识到她与她的同时代人的观点是多么相同,在他们看来,我和我的同时代人全都属于一个混乱的整体,被同样的难以理解的术语,同样的过分政治化的思想,同样的忧虑同样的来自一个黑暗而遥远年代的不平常经历所败坏。

这时候我才开始明白,我和泽曼尼克之间的相似并不限于泽曼尼克已经改变了他的观点,使它们与我的观点更加一致;这个相似要深得多,把我们的命运包容成一个整体;在布罗日小姐和她的同时代人眼里,即使我们在互相攻讦时我们也是相似的。我突然觉得,如果我勉强告诉布罗日小姐我被开除党籍的经过,她会认为这很遥远,而且过于文学味,我们俩的结果都不会妙;我的看法和他的看法,我的态度和他的态度——在她看来都一样违背常理。我看见我们的分歧,它迄今一直历历在目,现在却沉入了有治愈功能的时间之水中,众所周知,时间能够消除各个时代之间的差异,更不用说两个微不足道的个人了。但是我竭力抵制时间的和平馈赠;我不是生活在无穷无尽中,我被锁在我贫乏的三十七年里,并且不想割断这根链条;不,我不愿抛弃我的命运,否认我的三十七年,即使它们没有意义,转瞬即逝,此刻正在被遗忘,已经被遗忘。

倘若泽曼尼克故作亲密地靠过来,打算谈谈过去的事,请求和解,我会拒绝的;是的,即使布罗日小姐从中调停,即使她所有的同时代人,以及时间本身代为说情,我也会拒绝的。

筋疲力尽。突然我想甩手不管这件事了。走开去,不再为它担忧。我对这个物质的世界厌倦了。我不理解它们。它们捉弄我。我有另一个世界。在那个世界里我感到自由自在,无拘无束。道路,玫瑰花丛,逃兵,吟游诗人,母亲。

但最后我还是控制住了自己。我必须控制自己。我必须将我与这个物质世界的分歧要当地了结。我必须弄清一切谎言和欺骗的真相。

有谁可以问呢?骑手吗?使我自己成为笑柄吗?我回想起早晨。给国王穿衣。随即我知道该去哪儿了。

我们有一个贫穷而正直的国王,骑手们吟诵着又经过几家人家,我们尽责地慢慢跟在后面,马的臀部装饰着华丽的彩带,在我们眼前跳动着蓝色、粉红色、绿色和紫色。突然,泽曼尼克指着骑手们的方向,说:"看,海伦娜在那儿!"我朝他指的方向望去,但只看见色彩鲜艳的马匹躯体。泽曼尼克又指着说："就在那儿！"于是我看见了她——她半掩在一匹马后面——我觉得自己脸红了：泽曼尼克把她指给我看的那种方式，表明他知道我们认识。

海伦娜正站在人行道边，她伸出的手上举着话筒；话筒线接到一个收录机上，收录机挂在一个身穿工装裤、皮夹克，戴着耳机的小伙子肩上。我们在离海伦娜不远的地方停下来。泽曼尼克突然而又不经意地说，海伦娜是个出色的女人；她不但仍然显得很奇特，而且很有头脑；我们如此合得来他一点也不感到惊异。

我感到我的面颊在发烧；泽曼尼克说这番话并不意味着攻击我；他只是希望表示殷勤。布罗日小姐也一样，她意味深长的目光洋溢着明白，同感，甚至共谋。我丝毫没有怀疑我处在什么境地。

泽曼尼克继续取笑他的妻子，竭力想表明他知道内情，可是绝不反对，因为只要涉及海伦娜的私生活他总是宽宏大量的；为了使这番话听上去更加随便，他指着那个强壮的技术员说，那边那个小伙子已经危险地爱上海伦娜有两年了，我最好提防着他点。布罗日小姐笑着问，他两年前有多大。十七岁，泽曼尼克说，可以恋爱了。然后他开玩笑地补充说，海伦娜绝不是一个摇篮强盗，她有她的标准，可是一个小伙子却喜欢这样——他愈受到挫折，他的脾气就愈大，他肯定会来个迅捷的上勾拳。对此布罗日小姐回答说，我看上去好像能对付他。

"对此我可没有这么肯定。"泽曼尼克带着微笑说。

"别忘了我在矿井干过。我还留下了一些肌肉。"我只是想使谈话继续下去；我没想到我已超出了开玩笑的范围。

"你在矿井干过？"布罗日小姐问。

"这些二十岁的小伙子。"泽曼尼克一味说下去，"当他们成帮成伙在街上闲荡时，他们简直危险极了。如果他们不喜欢你的模样，你就得倒霉啦。"

"多长时间？"布罗日小姐问。

"五年。"我说。

"什么时候？"

"九年以前。"

"噢，那可是古代史了。"她说，"我敢说你的肌肉现在已经完全松软了。"她也想开点自己的小玩笑。碰巧，我刚好也正在想我的肌肉一点也不松软，事实上我体格健壮，可以轻而易举地把我这位淡黄色头发的同伴捣成肉酱，而最关键也最沮丧的是，如果我决心

要算清我的旧债,我除了领先我的肌肉外便没有什么可以依靠的了。

我再一次想象泽曼尼克笑容满面地转向我,请求我将过去的事过去吧!我意识到我受了欺骗:泽曼尼克请求宽恕不仅仗恃他改变了观点,不仅仗恃时间,不仅仗恃布罗日小姐和她的同时代人,而且仗恃海伦娜,因为原谅我的通奸不过是一个要我原谅他的贿赂而已。

我在想象中细细观看他的脸,一张过于自信可以勒索他的顾客的人脸,我真想对准他的鼻子猛击一拳,这样我就能真正地看见:骑手们还在周围拥来拥去,大喊大叫;太阳金光灿烂;布罗日小姐仍在继续谈论着什么;我狂怒的眼睛只见鲜血从他脸上淌下来。

是的,这个场面我能看得清清楚楚;可是,如果他请求我原谅他,我真的会做出什么来呢?

我惊恐地意识到,我肯定什么也不会做。

这期间,我们已走向海伦娜和她的技术员,技术员正把耳机移开。"你们已见过面了?"她问,看见我和泽曼尼克在一起她很吃惊。

"喔,我们已认识多年了。"泽曼尼克说。

"你这是什么意思?"现在她更吃惊了。

"我们在读大学时认识的,"泽曼尼克说,"我们是同学。"我心中暗想,我们已到达了通向那块臭名昭著的地方的最后一座桥,在那里他将请求我的原谅。

"天哪,真巧!"海伦娜说。

"偶然的事经常都会发生。"那个技术员说,以便提醒大家他的存在。

"噢,对了,我还没有介绍你们两位。"海伦娜对我说,"这是金德雷。"

我同金德雷握了握手,泽曼尼克对海伦娜说:"我和布罗日小姐原打算带你与我们一道回去,但是现在看来,你宁愿与卢德维克一道回去,所以……"

"你想和我们一道走?"穿工装裤的小伙子问,听上去像是在邀请。

"你这里有小汽车吗?"泽曼尼克问我。

"我没有小汽车。"我回答。

"那么你可以与他们一道走。"他说。

"可是我每小时开八十公里。"穿工装裤的小伙子说。"所以,如果那使你担心……"

"金德雷!"海伦娜严厉地说。

"你可以跟我们一起走。"泽曼尼克说,"但是我想你的新朋友一定优于你的老朋友。"他如此漫不经心地称我是他的朋友,以至于我肯定不光彩的休战即将来临;更糟糕的是,他不再说话，好像在犹豫要不要把我带到一边去进行一次私下谈话，但是我错了。泽曼尼克看了看他的手表。"我们的时间的确很紧。我们原打算在五点以前赶回布拉格。我想我们只好告别了。Ciao，海伦娜。"他握握她的手。"Ciao，"他对健壮的技术员和我说，然后也握握我们的手。当布罗日小姐跟我们一一握了手后，他们就手挽手走了。

他们走了。我目不转睛地注视着他们："泽曼尼克——背挺着，淡黄色的头仰着，身旁是褐发女郎；她——从背后看也很美丽，轻快的步子，可爱极了；我几乎是痛苦地喜欢她，因为她那正在离去的美对我是那样冷漠，正如泽曼尼克一样，正如我整个的过去一样，我来这里是为了替我的过去报仇，可我的过去却从我身边不知不觉地溜走了，对待我就像一个陌生人一样。

这一切耻辱和愧恶使我感到闷气。我只想消失，独自离开，抹去这桩肮脏的事件，这个愚蠢的玩笑，抹去海伦娜和泽曼尼克，抹去前天、昨天和今天，把这件事彻底抹去，不留下任何痕迹。"我想与海伦娜同志单独谈一谈，你不介意吧?"我问那个强壮的技术员。

我把海伦娜带到一边，可她却抢先告诉我一些，关于泽曼尼克和他情人的一些事，为把一切都告诉了他而混乱不清的道歉；但是我才不在乎哩；我心里只有一个愿望：逃开，逃开她和这桩事；把这一切都丢在我后面。我没有权利再继续欺骗海伦娜；她和她对我的尊重是完全无辜的，而我却表现得可鄙：我把她仅仅当成一个物体，一块我企图朝另一个人投去的石头。想到我的复仇遭到可笑的失败我就感到闷气，我下决心——尽管已迟了，但还没有迟到无可挽回——结束这件事。试图解释是毫无意义的，不仅因为告诉她真话会伤害她，而且她也不能理解。我只能强调这个简单明了的事实，再三重复说，这是我们最后一次在一起，我不会再和她见面，我不爱她，她应该明白。

结果比我想象的还要糟糕：她脸色苍白，浑身开始颤抖，不愿相信我的话，也不放我走；我经受了一番小小的折磨才挣脱开她，急忙逃走了。

到处是马匹和饰带，我就站在那里，一动也不动，后来金德雷走上前，拉起我的手。紧紧握住它，问我出了什么事，哪里不舒服，我让他握住我的手，对他说，没什么，金德雷，真的没什么，我的声音听上去像是另一个人的声音，尖锐而不自然，然后我开始很快地谈到我们还需要录些什么，我们要录祈祷，我们要录两次采访，我还要录解说词，很诧异我竟能不停地谈论我不可能关心的事，他则沉默地站在我旁边，紧捏着我的手指。

他以前从来没有触碰过我，他太羞怯，可是大家都知道他爱上了我，此刻他正站在我旁边，紧捏着我的手指，而我却在不住地谈着我并不关心的计划，心里只想着卢德维克。

可是，说来也奇怪，我发现自己很想知道我在金德雷眼里像什么样子，经受了这样的震惊之后，我可能显得很古怪，也许并非这样，毕竟我没有哭，只是有点烦恼……

听着，金德雷，让我单独呆一会儿，我要去写解说词，然后我们立刻就可以把它录下来，他不愿放我走，不断问我出了什么事，但是我摆脱开，径直朝区议会走去，我们在那里借了一个房间，我终于单独呆在一个空房间里了，我倒在椅子里，把头搁在桌子上，一动也不动。我头特别痛了。我打开手提包，瞧瞧有没有治头痛的东西，尽管我实在不知道我干嘛要费事，我知道我没有药，但我随即想起金德雷总是随身带有一套套备用药品，他的大衣就挂在衣钩上，我在他的口袋里乱翻，我最后找到了一小瓶止痛药，止头痛，牙疼，神经疼和神经炎，虽然它没有说可以治心灵上的痛苦，但至少可以治我的头疼。

我在隔壁房间的一个角落里找到了水龙头，把一个装芥末的旧瓶子装满水，服了两片药。两片就够了，可以消除我的头疼，尽管不能解决别的问题，除非我把整瓶药吞下去，大量的药就会有毒，金德雷的瓶子几乎是满的，也许足够了。

这仅仅是一闪而过的念头，但这个念头却不断浮现在脑际，迫使我思考我干嘛还活着，继续活下去有什么意义，但实际上这并不是事实，我根本没这样想，我几乎什么也没想，我只是试图想象自己已不再活着，突然我感到快乐极了，快乐得奇怪，我几乎大笑起来，也许我真的笑了一下。

我又把一片药放在舌头上，我真的没有打算要毒死自己，我只是紧紧握住瓶子，喃喃自语："我的死握在我自己手中。"我不由地想这一切是多么简单，就仿佛一步步走向一个深渊，不是跳下去，只是往下看。我把杯子装满水，服下这片药，回到我们的房间，窗户开着，汝等听着，汝等听着，从山岭到溪谷，从近处到远方的声音还在远处某个地方飘荡，不过这声音同小汽车，卡车和那些可怕的摩托车的喧嚣声混杂在一起，它们把所有美好的东西，所有我一直信任的东西，为之而活着的东西都淹没了。这些喧嚣声叫人难以忍受，这些微弱的声音叫人难以忍受，我关上窗户，又一次感到心灵上那久久持续的疼痛。

在我们共同生活的那些年，巴威尔从来没有像你卢德维克那样伤害过我，顿时，我原谅了巴威尔，我理解了他，他的情焰燃烧得很快，我不断地需要新牧场，新听众，他也伤害过我，但此刻借着这个痛苦，我不带怨恨地看待他，像一位母亲那样，是的，他是个爱炫耀的人，一个小丑，我可以嘲笑他这些年想甩掉我的企图，好吧，再见吧，还是再见的好，巴威尔，但是卢德维克，我却一点也不理解你，你戴着面具来到我身旁，先是使我复活，然后又把我扔回去，我不能原谅的人是你，我诅咒的人是你，我恳求你回来，回来吧，行行好。

天哪，也许这只是一场可怕的误会，也许当你们单独在一起时巴威尔对你讲了些什么,我不知道,我问过你,我恳求过你解释你为什么不再爱我,不愿放你走,我把你拉回来四次,可是你不愿意听,一切都结束了,你想说的就是这个,完了,结束了,永远结束了,不可挽回,那么,好吧,我终于同意了,我的声音变得尖锐而软弱,像是另一个人在讲话,一个还没进入青春期的姑娘在讲话,我祝你旅途愉快,我用那个尖锐的声音说,真可笑,我不知道我为什么想要你旅途愉快,这句话不断地冒出来,我祝你旅途愉快……

也许你不知道我多么爱你,肯定你不知道我多么爱你,也许你认为我只是又一个在外面寻求艳遇的已婚妇女,你怎么就不能明白:你是我的命运,我的生命,我的一切……也许你将在这里发现我,被盖着一张白床单准备抬去埋葬,那时你会明白你杀害了一个你生活中最珍贵的东西……或者,你来了,啊,上帝,我还活着,你仍然能够救我,你将跪在我身边,我抚摸着你的手,你的头发,我会原谅你,原谅你的一切……

我真的没有别的办法:我必须结束这个悲哀的插曲,这个拙劣的玩笑,它不满足于独自存在,可怕的繁衍出愈来愈多的愚蠢的玩笑;我不仅想抹掉这一整天,这实际上纯粹是由于起身迟了,没有赶上火车的偶然所致,而且还想抹掉导致这一天的一切,对海伦娜愚蠢的性征服,现在就我看来,也是由错误造成的。

我如此慌慌忙忙,就好像听见海伦娜的脚步声就在我后面,我不知道,即使有可能,即使我可以从我的生活中抹去这几天荒废的日子,那又有什么好处,既然我的整个生活经历都是由错误造成的:那个偶然的事件,那个明信片上荒唐拙劣的玩笑,使我恐惧的是,我意识到这些错误造成的事件与由理智和必然造成的事件完全一样真实。

要能消除我的整个生活经历我将会是多么幸福!可是,当导致我的不幸经历的错误不完全是我的错误时,我有什么力量做到这点呢?实际上,是谁犯了把我的愚蠢玩笑当真的错误?是谁犯了逮捕和处列亚历克夏父亲的错误?这些错误太频繁了,太普遍了,不可能把它们仅仅看作是例外,是事物秩序中的"脱轨";它们就是事物的秩序。是谁犯下了这些错误?历史本身吗?神圣的、合理的历史吗?为什么要把它们称作是历史的错误?假若历史开玩笑怎么办? 一瞬间我意识到,要取消我的玩笑我是多么无力:我自己以及我的一生都被作为一个整体卷进了一个更大的、绝对不能撤回的玩笑之中。

朝村子草地望去,我注意到酒店门旁边支着一个大招牌,上面用红字写着:今天下午四点,一个辛巴隆尔队将在露天饭馆举行音乐会。既然我乘坐的公共汽车差不多还有两小时才会发车,既然该吃东西了,于是我便走了进去。

一步步走向深渊,俯在栏杆上朝下凝望,真诱惑人,我希望这样做能给我带来安慰与和谐,我但愿在下面,假如没有别的地方就在下面,在深渊的底部,我们能找到对方,守在

一起，没有误会，没有诽谤，没有老年，没有悲哀，永远守在一起。我回到另一个房间，胃里只有四片药，算不了什么，离深渊还有很长的路程，甚至还没有走到栏杆边。我把剩下的药片倒在手心上。这时我听见走廊上一道门开了，我吓了一跳，把药片塞进嘴里，尽力吞下它们，但药片一下子吞得太多，把我的喉咙擦得很痛，甚至我用水把它们强迫吞下去后我的喉咙还在作痛。

来人是金德雷，他问我解说词写好了没有，突然我成了另一个人，不再是无依无靠了，不再是尖锐、生硬的嗓音了，我知道该做什么，怎样做。噢，金德雷，我很高兴你来了，你愿意帮我个忙吗？他的脸上飞起红晕，说他愿意为我做任何事，看见我脸色好了一点他很高兴。的确，我现在感觉很好，你能等一会儿吗？我还得写一张便条，于是我坐下来，找到一张纸，写道：最亲爱的卢德维克，我用整个身心爱过你，现在我的肉体和灵魂已没有什么可留恋的了。永别了，我爱你。海伦娜。我甚至没有再读一遍我写的东西，金德雷就坐在我对面，注视着我的每个动作。但却不知道我在做什么，我很快地把纸折起来，但找不到一张信封，金德雷，你有没有信封？

没有丝毫迟疑，金德雷走到桌旁的柜子边，把它打开，开始在里面翻寻，要是在别的时候，我会责备他乱翻别人的东西，可这时候我需要一张信封，要快，他给我的信封上印有区议会的字样，我把信塞进去，封好它，在正面写上卢德维克·扬。金德雷，你还记得刚才与我，与我丈夫和那位姑娘站在一起的那个男人，是的，那个黑皮肤的男人，我得留在这里，我要你去找到他;把这封信交给他。

他又拉住我的手，可怜的孩子，我不知道他在想什么，他怎样解释我的激动，对于实际发生的事他不可能有所察觉，他只可能感觉我遇上了某种麻烦，他再次紧紧握住我的手，突然，他俯下身，把我搂在怀里，把他的嘴唇紧紧贴在我的嘴唇上，我试图阻止他，但他紧紧搂住我，接着我脑子里闪过一个念头，他是我吻的最后一个男人，这是我的最后一个吻，突然我感到不顾一切，我回应他的拥抱，紧紧搂住他，张开嘴唇，感觉他的舌头在我的舌头上，他的手在我的身上，一种绝对自由的眩晕感，一种毫不在乎的感觉攫住了我，因为我已被所有的人抛弃，我的世界已经崩溃，我可以随心所欲地干自己想干的事，像被我们赶出广播电台的那个姑娘一样自由，她和我的处境相同，我的世界已经粉碎，我永远不可能把它重新拼凑在一起，我不再有任何理由要忠贞，或者说不再有任何人需要我忠贞，我完全自由，正如那个电台的姑娘，那个每夜睡在不同的床上的破鞋，假如我继续活下去，我会干同样的事，我感觉金德雷的舌头在我的嘴里，我是自由的，我知道我可以同他做爱，我想同他做爱，随便在哪里都行，在桌子上或者在光光的地板上，就此刻，马上，最后一次做爱，临死之前。这时，金德雷突然匆匆站起身，骄傲地微笑，说他要走了，马上就会回来。

服务员迅速穿过烟雾腾腾、挤满了人的小房间，用一只手托着一个堆满许多菜碟的大盘子，我只来得及瞥见上面有牛肉香肠肉排和土豆沙拉，另一只手为自己开路，穿过人群和五六张桌子，走到过道里。我跟随其后，看见过道尽头有道门开着，走进去是一个花园，那里也有人在吃饭。就在后面，在一棵椴树下，我发现一张空桌，我走过去坐下。

动人的汝等听着，汝等听着的声音仍在村庄的屋顶上飘荡，可是这声音来自很远的地方，当它飘到酒店花园时，听上去几乎就像是虚幻的，这个想象中的幻觉使我感到，我周围的一切都不属于现在，这全是过去的一部分，一个十五年或二十年前的过去，汝等听着，汝等听着，露西，泽曼尼克全属于这个过去的一部分；而海伦娜仅仅是我想朝这个过去扔去的一块石头。这三天不过是一场影子跳舞罢了。

什么？就只有这三天吗？我整个的一生好像都充满了阴影，目前也并不享有殊荣。我看见一个移动的过道和一个正朝着与移动的过道相反的方向奔跑的男人；但过道移动得比我快，因而渐渐载着我离开了我要奔向的目标；这个目标是政治审讯的过去，举手表决的礼堂的过去，恐怖的过去，惩戒营和露西的过去，这个过去仍然使我着魔，这个过去我仍然想竭力探求，阐明，这个过去仍然阻碍我像一个正常人那样去生活，阻碍我朝前看。

并且还有一个我试图用来连接使我如此着迷的过去的结合物，复仇的结合，不幸的是，复仇，如我这几天来所发现的，就像我倒退地跑一样徒劳。的确，那天泽曼尼克在大礼堂里朗诵伏契克的《绞刑架下的报告》时——那才是我应该走到他面前，对准他鼻子猛击一拳的时刻，那时也只有在那时才是我复仇的时刻。当复仇被搁置，它就变成了一个幻觉，一个个人的使命，一个逐日撤回它的人物表的神话，这些人物在复仇的神话里依然故我，而在现实中，他们却彻底改变了：今天另一个扬站在另一个泽曼尼克面前，他还欠我的那一击已经无法恢复和重建了，已经永远永远失去了。

当我在盘子里切开那一大块牛肉香肠肉排时，我听见汝等听着，汝等听着的曲调在村子的屋顶上方微弱而悲切地飘荡；我想象着那个戴着面罩的国王和他的扈从，心想，人们的姿态如此难以相互了解，这是多么悲哀的事情。

多少个世纪以来，年轻人一直都像今天这样从摩拉维亚村子骑马出发，去传达一些奇怪的讯息，怀着使人感动的忠诚详细地解说这些讯息中难以理解的词语。在遥远过去的某个时刻，一群人说了一些重要的话，今天他们又在后代身上复活了，就像又聋又哑的

讲演者用优雅和难懂的手势长篇大论地演说一样。他们在讯息永远不会得到阐释，不仅因为没有任何答案，而且因为处在一个新旧讯息大量聚集，它们的声音相互抵销的时代，人们缺乏聆听的耐心，迄今为止，历史不过是还未遗忘的事物的涓涓细流，被引向已被遗忘的事物的汪洋大海；然而时间继续在流逝，新的时代将会产生，这些时代个人有限的记忆将无法理解；数百年，数千年将因此而湮没，数百年的绘画和音乐，数百年的发明、战争、书籍和结果将是悲惨的：人将失去所有洞察自己的能力，他的历史——深不可测，不可思议——将退缩成一些毫无意义的图示符号。成百上千的聋哑骑手将出发去向我们那些遥远的后代传达他们的信息，而他们中将无人有时间聆听。

我坐在花园饭馆的一个角落里，面对着一个空盘子，一点没意识到已经吃完了东西，沉思着我也被卷进了那个巨大的不可避免的遗忘中。服务员走过来，拿起我的盘子，用餐巾拂去桌布上的面包屑。一阵沮丧兜上心头，与其说是因为这一天徒劳无益，不如说是因为连它的徒劳无益都不会保留下来；它将随着这张桌子，我头上嗡嗡叫的苍蝇，散落在桌布上的椴树花的黄色花粉，以及我生活的这个社会目前特有的那种怠惰的服务一道被遗忘；社会自身也将被遗忘，那些缠住我，耗尽我，那些我一直枉费心机企图牢记，纠正，矫正的一切错误和不公平都将被遗忘，因为发生的事已经发生了，不可能被倒转。

是的，我突然把这一切看得清清楚楚：多数人情愿用加倍的虚假信念来欺骗自己；他们相信永恒的记忆，相信纠正。两者都是虚假的。事实搁在天平的另一头：一切都将被遗忘，没有什么会被纠正。一切纠正都将被忘却所接管。没有人会洗雪冤屈；一切冤屈都将被遗忘。

我再一次仔细地环顾一下四周，因为我知道这一切都将被遗忘：这棵椴树，这些坐在桌旁的人和这家饭馆。饭馆从街上看毫无吸引力，可是在花园里却迷人地长满的攀缘而上的藤蔓。我的目光落在通往过道的门上，刚好记住了正在消失的服务员，当黑暗刚把他吞没，就出现了一个穿皮夹克、工装裤的小伙子。他走进花园，四下张望；他的目光一落到我身上，就直奔我的方向而来；愣了一愣我才意识到他便是海伦娜的健壮的技术员。

每当一个表露爱而又未被爱的女人威胁说要回击时，我经常觉得很伤脑筋，所以当那个小伙子把信封递给我时，我的第一个冲动是延迟读信。我让他坐下；他坐下了。我将信封搁在桌上，然后说："喝一点怎么样？"

他耸耸肩膀；我提议喝伏特加，可他说不，他还得开车，开车前喝酒是严格禁止的；然而他不介意看着，如果我愿意喝的话。我根本不愿意喝，但既然信封就摆在我面前，我又不愿打开它，任何替代物似乎都是受欢迎的。服务员碰巧经过，我要他给我拿一杯伏特加。

"告诉我,海伦娜想要干什么?"我说。

"我怎么知道?"他回答,"请读信吧!"

"是不是要紧的事?"我问。

"你以为她要我记住它,以防我遭到袭击吗?"他说。

我拾起信封然后又把它放回到桌布上,由于没有什么更好的话可说,只好说道:"很遗憾,你不与我一道喝一杯。"

"这是为了你本人的安全。"他说。这个暗示很明白:他想利用我们的私下面谈,讲明这趟旅途的情况以及他与海伦娜单独在一起的机会。他是一个非常好的小伙子;他的脸把他内心的想法全都反映了出来;也许使这张脸如此透明的是它那不可救药的幼稚。他幼稚的模样对他来说肯定是一个可怕的祸根,他唯一的办法就是以各种可能的方式来伪装它:靠他的服装和他的举止。不幸的是,他不断暴露自己:他稍一激动脸就会发红,声音就会变得嘶哑。一见面我就注意到了这点。总之,他不能控制他的面部和身体表情。显然他想向我表示,他一点也不在乎我是否与他们一道去布拉格,可是当我向他保证我将留在后面时,他的两眼顿时明显的发亮了。

当服务员把两杯伏特加放在桌上时,小伙子抬起手说,不,那好吧,他将来一杯。"我不想让你独自喝,"他说,"祝你健康。"他补充说,举起杯子。

"也祝你健康!"我说。我们碰了碰杯。

在接下来的谈话中,我得知小伙子打算两小时后动身,因为海伦娜想听一遍他们录的材料,把她的解说词加在必要的地方。这意味着明天就可以播出。我问他与海伦娜一道工作是什么样子。他的脸红了,说海伦娜熟悉她的业务,可是她对工作人员却过分严厉;她总是情愿加班加点,似乎没考虑到有些人急着想回家。我问他是不是也急着想回家。不,他说,他过得很好。接着,趁我提起海伦娜这个话题的机会,他漫不经心地问:"你是在哪里认识她的?"我告诉他,他紧接着问:"她确实了不起,是吗?"

我一提到海伦娜,他便愈加想表现出志得意满的神情,我再次把他这种表现归之于他想装装样子的欲望;既然他对海伦娜的极度爱慕无疑已是众所周知的事,那他就得尽力避免给人留下不幸的单相思者的耻辱印象。所以,尽管我完全没有认真地看待他的自信,可这还是减轻了面前这封信的重负,终于我把它拿起来,打开它:"肉体和灵魂……没有什么留恋的了。永别了……"

我抬起头来,看见服务员在花园的另一头,于是大喊道:"服务员!"服务员点点头,但

是不愿改变他的绕行线路,而是消失在过道里。

"快。一刻也别耽搁。"我告诉小伙子。我站起身,急急忙忙穿过花园;小伙子跟在后面。我们走完过道,正要穿过餐厅,这时候服务员追上了我们。

"肉排,汤,两杯伏特加。"我口述道。

"怎么啦?"小伙子怯生生地问。

我把钱付给服务员,要小伙子赶快带我到海伦娜那里去。我们疾步动身了。

"发生了什么事?"他问。

"有多远?"我反问。

他指了指我们前面的一段路,我立刻跑起来;他也跟着跑起来,我们很快就到了区议会房子。这是一幢平房建筑,刷着白石灰,大门和两扇窗户对着大街。我们径自走进去,来到一间阴沉沉的办公室,在一扇窗户的下面,放置着两张背靠背的办公桌;收录机打开放在一张桌子上;两旁是一本拍纸簿和一个手提包;两张桌子边都有椅子,一个角落里有一个金属帽架。上面挂着两件外套:海伦娜的蓝雨衣和一件肮脏的男式军用雨衣。

"就是这里。"小伙子说。

"她就在这里把信交给你的吗?"

"是的。"

至少在此时,办公室里显得绝望的空。"海伦娜。"我喊叫;我的声音听上去如此焦急和忧惧。这使我感到惊愕。没有任何回答。"海伦娜。"我又喊道。

"你认为她是……"

"看来像是这样。"我说

"信上是这样说的吗?"

"是的。"我说,"他们给了你们其他房间没有?"

"没有。"他说。

"会不会住在旅馆?"

"今天早晨我们就结了账。"

"那她应该在这里。"我说,于是他也开始用焦急、嘶哑的声音喊道:"海伦娜!"

我推开隔壁房间的门,另一个办公室:办公桌,字纸篓,三把椅子,橱柜,帽架;除了桌子上方有一扇窗户外,墙壁上空荡荡的;没有别的门通出去;这两间办公室显然是这幢房子唯一的房间。

我们回到第一间房子;我拿起拍纸簿,翻看它;我能找到的只是一些描述"国王们的骑马"的仓促潦草的记录,没有进一步的临别赠言。我打开手提包:手帕、皮夹子、口红、带镜的小粉盒、两支零散香烟、打火机;没有装药片或药剂的瓶子。我拼命思索海伦娜会干什么,唯一能想到的就是毒药;但如果毒药是答案,那么就应该有瓶子。我走到帽架跟前,翻寻她的雨衣口袋:它们是空的。

"阁楼上呢?"小伙子不耐烦地说,显然他已得出结论,尽管我对房间的搜索才开始,但不会有什么结果。我们奔到门厅,看见有两道门:一道门有一块毛玻璃,可以依稀看见后院;我们打开另一道门,发现一个不祥的楼梯;石梯上铺了一层灰尘和煤灰。我们奔上楼梯,立刻就投入了黑暗:唯一的光线,阴郁、灰暗,来自天窗。我们只能看清各种零星什物的轮廓;我们每走一步都要被绊一下。

我想喊叫:"海伦娜!"可是非常害怕,害怕接着而来的沉默。小伙子也没有喊叫。我们把这个地方翻了个遍,一声不响地搜寻着每一个角落,可是我能感受到我俩都很焦虑不安。事实上,正是我们的沉默使得这一切如此可怕;它表示我们都心照不宣地承认我们已不再期望得到回答,我们只是在寻找一具尸体,吊着的或是俯卧的。

我们的使命仍然没有完成,我们又回到办公室。我再次搜寻房间里的一切:办公桌,椅子,炫耀着海伦娜雨衣的那个帽架;然后我到另一个房间:办公桌,椅子,橱柜,另一个帽架,它的手臂绝望地伸出去。小伙子喊道"海伦娜"! 而我打开橱柜,露出一架架的卷宗,文具用品,粘胶纸,尺子。

"肯定还有别的地方!"我说,"盥洗室! 或地下室!"我们再次走到门厅;小伙子打开通向院了的门。院坝很小;在一个角落里有一个兔箱。院坝的另一边有一个果园,一些果树点缀着未修剪的草坪;接着在果园的尽头,在一棵苹果树诗一般的树荫下,我看见一间木板的乡下户外厕所。我马上朝它跑去。

用一根大钉子钉在狭窄的门框上的旋转木门闩笔直地竖着。我把手指伸进门框和门之间的缝隙里,轻轻地撬了一下,判断出门从里面闩上了;这只能意味着:海伦娜在里面。"海伦娜,海伦娜。"我小声地喊着。没有任何回答,只在苹果树枝触碰到小木屋的木板墙上发出的瑟瑟声。

反闩上的厕所里静得叫我想到最坏的方面;唯一的办法就是把门撞开,而做这件事的只能是我。我把手指伸进门框和门之间的缝隙,使劲一推。这门不是被钩扣住,而是像乡间常见的那样,只是被一根细绳拴住,所以立刻就大打开了。出现在我眼前的是,在恶臭的厕所里,木制的座位上,坐着海伦娜。她面色苍白,但还活着。她惊骇地抬头望着我,本能地使劲拉裙子,但尽管她用了最大的力,也未能把裙子拉到大腿中部,她双手抓

住裙边,两腿紧紧夹拢。"我的天哪,出去!"她痛苦地叫着。

"怎么啦?"我冲她喊道,"你服了什么?"

"出去! 不要管我!"

这时候,那小伙子出现在我背后,海伦娜叫道,"走开,巴威尔! 走开!"她抬起身,伸手去关门,可是我横在她和门之间,使得她踉跄地后退,一屁股又坐在木制座位的圆孔上。

她立刻重新跳起身,绝望地向我猛扑过来。她用双手抓住我的短上衣的翻领,用尽全身力气猛推我;我们两人最后扭斗到门槛上。"你这个畜生,你! 你这个畜生!"她尖叫着,拼命摇我;接着,突然间,她松开手,开始穿过草坪,朝院子的方向跑去。她打算逃走,可是没有成功:她慌忙仓促地离开厕所,还没来得及整理好她的穿着,她的裤衩仍缠在她的膝盖上,妨碍她前进;她走了几步,或者说是跳了几下,可是还不到十步就跌倒了;我拉住她的手臂想帮她站起来,她甩开我,当我再次向她弯下身去时,她开始发狂地捶打,我挨了好几下才抓住她把她拉起来,像紧身衣一样用手箍住她。"畜生,畜生,畜生,畜生!"她恶毒地嘘声咒骂,用空着的手在我背上连续捶打;当我尽量柔声地说"镇静点,海伦娜"时,她朝我的脸上啐口水。

我没有松手,说:"我不会放走你,除非你告诉我你服了什么。"

"滚开,滚开,滚开!"她发狂地重复道,突然安静下来,停止了所有反抗,然后说:"让我走。"声音与刚才完全不同,虚弱而疲乏,我松开了手;使我大为惊恐的是,我看见她的脸极度痛苦地痉挛着,她的上下颚紧紧闭住,她的眼睛呆呆地凝视着空间,她的身躯微微向前倾斜。

"怎么啦?"我问;她一声不吭地转过身,朝厕所走去;我永远也不会忘记她走路的姿势,她被羁绊的腿缓慢、踉跄的步子;只有几码远的路,可她不止一次地被迫停下来,这期间,我意识到她正在与她受了伤害的内脏进行一场战斗;她终于走进厕所,抓住门,然后进去把门关上。

过了一会儿,我呆呆地站在我把她从地上拉起来的那个地方,突然从厕所传来一声痛苦得大声呻吟,我后退了一两步。这时我才意识到那小伙子还在这里。"你留在这里。"我告诉他,"我去找医生。"

我跑进办公室,一眼就看到了电话机,它就搁在最近的那张办公桌上。我找了半天电话簿;一本也看不到;我想拉开放电话机的那张桌子的中间抽屉,但抽屉被锁上了,两边的抽屉也都上了锁;另一张桌子的抽屉也是锁上的。我走进隔壁房间,那里的办公桌只有一个抽屉,尽管没有上锁,但里面除了几张照片和一反裁纸刀什么都没有。我不知道该怎么办,并且开始感到困乏;在屋子中间站了一会儿,发愣地盯着帽架,然后我打开橱柜;在一摞宗卷上是青绿色封面的布尔诺及周围地区的电话簿;我把它拿到电话机旁,找到医院的号码。我拨了号码,听到最初的几声讯号,这时小伙子冲到了房间。

"不用费事打电话了!这件事全过去了!"他冲我喊道。

我没有明白过来。

他走上前,从我手中夺下听筒,把它放回去。"这件事全过去了,我告诉你!"

我要他解释他这话的意思。

"根本不是毒药!"他一边说,一边走到帽架前;他把手伸进那件男式军用雨衣的口袋里,拿出一个小瓶子,拧开它,倒过来;瓶子是空的。

"你是说她服下去的就是这个?"我问。

他点了点头。

"你怎么知道?"

"她告诉了我。"

"这是你的?"

他点点头。我从他手中拿过瓶子。标签上写着"止痛药"。

"难道你不知道这样大剂量的止痛药可能有害吗?"我冲他叫道。

"里面没有任何止痛药。"他说。

"那么里面是什么?"

"轻泻剂。"他锐声说。

见他的鬼:在这样的时候他竟敢拿我开玩笑;我得知道发生了什么事;我再也不能忍受他的傲慢;我需要一个直截了当的回答。

由于我提高了嗓门,他也把嗓门提高:"瞧,我已告诉了你瓶里装的是轻泻药。难道人人都得要知道我的肠子是乱糟糟的吗?"于是我明白了,我认为是一个愚蠢玩笑的,实际上是事实。

望着他,望着他通红的脸,他的狮子鼻,我彻底明白了是怎么一回事:这个阿司匹林瓶子是为了掩饰他那荒唐可笑的肠胃失调,正如工装裤和皮夹克是为了掩饰他那荒唐可笑的娃娃脸一样;他为自己和拖在他身后无休无止的青春期而感到羞愧;正是在这时我喜欢上了他;他的羞怯感救了海伦娜的命,使我免却了许多不眠之夜。我带着一种惶惑的感激之情盯着他那突出的耳朵。是的,他救了海伦娜的命;但却使她付出了几乎难以

167

忍受的羞辱代价；这是显而易见的，就像这羞辱不会适合任何目的，毫无意义，显得完全不公平的事实一样明显；可它也是一连串不可改正的链环中又一个不可改正的链环；我知道我有罪，感到一种迫切的愿望，要跑到她身边去，跑去把她从她的羞辱中拔出来，在她的面前表示卑下和谦卑，对这场毫无意义的残忍事件承担一切指责和责任。

"你干嘛这样盯着我？"小伙子咆哮道。我从他身旁走过，没有理睬他，进入门厅，转身朝后门的方向走去。

"你到那里去干什么？"他问我，从后面抓住我短上衣的肩，想把我拉回去；我们四目对视了片刻；然后我抓住他的手腕，将他的手从我肩上挪开。他走过我身旁，站在门前，我朝他走去，打算把挡道的他推开，他闪身朝我胸膛击了一拳。

这一拳软弱无力，可是他跳开去，接着又跳回来，幼稚地模仿着拳击手的姿势。他的神情混杂着恐惧和鲁莽的勇气。

"她一点也不需要你！"他冲我叫嚷。我一动不动。忽然我想到他也许是对的：我无能改正不可改正的事。见我站在那里毫无防御的意思，他朝前迈了一步，嚷道："她受不了你的厚颜无耻！她才不在乎你他妈的会怎么样哩！他对我说了！她才不在乎哩！"

神经紧张可以使一个人哭，也可以使一个人笑；小伙子最后几句话的实在感使我的嘴角开始抽动。这使他怒不可遏；这次他从正面朝我扑来，我设法躲开了连续的袭击。接着他再一次跳开去，像拳击手一样举起他的拳头，可这次拳头遮住了他的脸，只看得见拳头后面那对特大的粉红色耳朵。

"够了。"我说，"我这就离开。"

"胆小鬼！"他在我后面喊道，"懦夫！我知道是你搞的鬼！我饶不了你，你这个杂种！"

我来到街上。街上冷冷清清，通常游行或节日之后的街上才可能是这样；一丝微风卷起灰尘，沿着平地把它挟带走，没有一个人，就像我头脑里没有任何思想一样……

过了一会儿我才发现我手里还拿着那个空瓶子；我瞧着它；它已经彻底用旧了：显然它长期被作为那个小伙子轻泻剂的伪装。

这瓶子使我想起另外两个瓶子，那两个装有亚历克夏的巴比妥酸盐；它们使我意识到这小伙子事实上并没有救海伦娜的命：即使瓶子里是止痛药，那也不过是使她肠胃不适罢了，尤其我和这个小伙子就近在咫尺；在离死亡门槛相当安全的距离处，海伦娜的绝望跟生命清了账。

她正站在厨房里的火炉旁，背对着我，好像什么事也没有发生过。"弗拉吉米尔呢？"

她身也不转地回答："你自己看见了他。干嘛还问？""你在撒谎，"我说，"今天早晨，弗拉吉米尔坐在小库茨基的摩托车后面走掉了。我正是来告诉你，我知道这件事。我知道你早上为什么如此看重那愚蠢的女记者。我知道为什么不许我进去看给国王穿衣。我知道国王为什么甚至在骑马开始前就保持沉默。你们精心策划了这一切。"

我的振振有词使她愣了一会儿，但她很快就回过神来，试图以攻为守。这是一场古怪的进攻。古怪是因为两个对手并没有面对面站着。她背对着我，而她的鼻子却对着咕咕作响的汤。她没有抬高嗓门。她的声音差不多是冷漠的。好像在说，她告诉我的事是其他所有人多年来一直知道的事，只因为我如此愚钝，又持有如此荒唐的观点，她才不得不对我做解释。如果我需要的就是这个，那好。弗拉吉米尔从来就不想当国王，从一开始就不想当。乌娜斯塔一点也不感到惊讶。有一个时期，小伙子们自己就可以组织整个骑马活动。而现在各种各样的组织在这件事中都要插一手，甚至包括党的区委会。人们再也不能独自动一下指头。一切都是由上面操办。小伙子们本来挑选了他们自己的国王。可上面却把弗拉吉米尔推荐给他们，好让他的父亲满意，他们不得不赞同。然而弗拉吉米尔对由于父亲的缘故而被挑选出来感到羞耻。没有人喜欢那些倚仗权势的人。

"你是说弗拉吉米尔为我感到羞耻？""他不想倚仗你的权势。"她重复道。"这就是他所以如此接近库茨基家的原因吗？

那些低能儿？那些小资产阶级？"我问。"正是如此。"乌娜斯塔说，"米沃什由于他爷爷的缘故不能上大学。只因为他爷爷曾拥有一个建筑公司。弗拉吉米尔却可以想干什么就干什么。只因为你是他父亲。这对他是很难堪的。难道你不明白吗？"

我生平第一次对她发了脾气。他们欺骗了我。整个期间他们一直在冷冷地观察我变得愈来愈激动。瞧着我把自己搞成一个多愁善感的傻瓜。他们先是冷冷地欺骗我，然后又冷冷地打量我，"难道你们真的必须这样欺骗我吗？"

乌娜斯塔把盐撒在面条上，然后说，我总是把事情变得很复杂。我生活在另一个世界里。我是一个梦想家。他们不想剥夺我的理想，可是弗拉吉米尔却不一样。他不喜欢我的唱歌和高喊。这使他厌烦，厌烦得想哭。我必须接受这样的事实。弗拉吉米尔具有现代观念。他像她的父亲。那是一个知道什么是进步的人。在村子里他第一个有了拖拉机，那是在战前。后来他们夺走了他的一切。自从田地归入合作社后，它们的产量就只有从前的一半了。

"我对你们的田地不感兴趣。我想知道的是弗拉吉米尔去哪了。他到布尔诺看摩托车比赛去了。承认吧！"

她背对我站着，一边说话一边搅动面条。弗拉吉米尔长得就像他的外祖父。他有他的下巴和眼睛。不管怎样，弗拉吉米尔不关心"国王们的骑马"。是的，如果我真想知道的话，他是看比赛去了。他当时正在观看比赛。那又怎么样呢？他感兴趣的是摩托车而不是那些用饰带蒙住眼睛的老马。为什么不行呢？弗拉吉米尔是现代人，当代人。

摩托车，六弦琴，摩托车，六弦琴。一个愚蠢的，格格不入的世界。"现代人和当代人是什么意思？"我问。

她背对我站着，搅动着画条，回答说，我甚至不让她把我们的住房现代化。为买一个现代落地灯我都要大惊小怪！我也不喜欢现代的灯光装置。大家都认为落地灯很漂亮。如今人们要买的正是这种灯。

"够了。"我对她说，但无法阻止她。她已经变得十分兴奋。她的背对着我。她那小小的，恶意的瘦棱棱的背。正是这个给我印象最深。这个背。这个没有眼睛的背。这个洋洋自得，自鸣得意，像砖墙一样的背。我想叫她住口。把她扳过来面对我。可是我觉得她如此可憎，我甚至不想触碰她。我决定用别的方式使她转过来。我打开橱柜，取出一个盘子，把它摔在地上。她的话只说了一半就停了下来。但是她并没有转过身。又一个盘子，接二连三的盘子。她仍然背对着我。朝前弯着身子。我从她的背看出她害怕了。的确，她害怕了，可她却更加固执。她不愿意让步。她不再搅动面条，而是一动不动地站着，手中紧紧握住木勺，紧握着它仿佛它可以救她似的。我恨她，而她也恨我。她没有动弹，我的眼光也没有离开她。我只是不停地把橱柜架上的东西一个又一个地扔在地上。我恨她，我恨她的整个厨房。她的现代式的厨房，以及这些现代橱柜，现代盘子，现代杯子。

我并没有感到不安。看到满地破碎的瓷器，散乱的坛坛罐罐，我只是显得平静，悲伤和疲惫不堪。我把整个家都摔到地上了。我曾爱过这个家，并把它视为一个庇护所。我曾在这个家忍受过穷人女儿温柔的支配。我曾使这个家充满了民间故事、歌声和愉快。就在这些椅子上我们曾坐着吃饭。啊，这些平静的家宴每日每天目睹了那位易上当的养家糊口者被蒙蔽，被欺骗。我捡起一张又一张的椅子，把它们的腿折断。我把它们摔在罐子和破碎的瓷器旁的地板上。然后我把厨房桌上掀翻在那些东西上面。乌娜斯塔仍然背对着我一动不动地站在炉子旁。

我走出厨房，进入我的房间。房间天花板上有一个红色球形灯罩，有一个现代式落地灯和一个难看的现代式床。我的小提琴放在黑盒子里，搁在簧风琴上。我把它拿起来。四点钟我们要在露天饭店举行一场音乐会。现在才一点钟。我能到哪儿去呢？

我听见厨房里的啜泣声。乌娜斯塔正在哭。她的啜泣凄凄切切,我心中隐隐感到一些后悔。十分钟前她为什么不哭? 那样也许我还能真的使自己再次相信这个古老的穷人女儿的幻觉。然而现在已经太迟了。

我离开了家。祈求声还在村子屋顶上空飘荡。我们有一个贫穷而正直的国王。我可以去哪儿呢? 街道属于"国王们的骑马",家属于乌娜斯塔,酒店属于醉鬼。我属于哪里呢? 一个已过壮年而被抛弃的国王。一个贫穷而诚实的国王。一个没有继承人的国王。最后一个国王。

庆幸的是,村子外面有一些田野。一条道路。十分钟就到了摩拉瓦河。我躺在河岸上。我把小提琴盒子垫在头下。我在那里躺了很久。一小时,也许是两小时。思索着我是怎样来到这条道路的尽头。日复一日,突然之间,到了。我不知道接下去会发生什么。我总是同时生活在两个世界里,我相信它们的彼此和谐。这是一个错觉。此刻我已被逐出其中的一个世界。真实的世界。现在只有那个虚构的世界留给我。然而我不可能生活在一个完全虚构的世界里。即使他们期望我在那里。即使那个逃兵在召唤我,为我准备好了一匹马和一个红面罩。是的,现在我懂了。现在我明白了他为什么不允许我揭下我的面罩。并且坚持要由他告诉我一切! 我终于明白了为什么国王的脸必须蒙上面罩! 不是为了防止他被人看见,而是为了防止他看!

我不能想象自己站起来走路。我不能想象自己迈出一步。他们在期待我四点钟去。可是我没有力气站起身到那里去。我喜欢这里。靠着河边。这里河水静静地流着,从远古以来就如此。河水静静地流着,我愿静静地躺在这里,在这里躺很久,很久。

后来听到有人叫我的名字。是卢德维克。我预料到又一个打击。并不是我害怕。现在已没有什么能使我震动的了。

他在我身旁坐下,问我去不去参加下午的演出。"你不至于说你打算去吧!"我说。"我要去。"他说。"你来就是为了这个?""不。"他说,"我不是为这个而来。但事物总是与我们预料的不同。""是的。"我说,"是很不同。""我在田野里走了一小时。我没想到会在这里看到你。""我也没想到会在这里发现你。""我想请你帮个忙。"他说,没有看着我的眼睛。就像乌娜斯塔一样。他不能看着我的眼睛。但是我不在乎他这样。我觉得他这样反而使人感到安慰。在我看来,这是一种冷漠。这种冷漠使我感到温暖和慰藉。"我想请你帮个忙。"他说,"我想知道你是否愿意让我参加今天下午的演奏。"

还有几个小时下趟车才会发车,在内心的驱使下,我悄悄离开村子,来到田野,尽量想把这一天所有的思想从头脑里逐出。这是件困难的事:我能感觉到那个小伙子的拳头揍在我的嘴唇上的那块地方正在肿胀,露西的影子再次出来提醒我,我为自己报仇雪冤的一切努力反而导致我伤害了别人。我试图把这个想法从我脑子里完全逐出去:这件事我想了许多遍才把它理解透彻;我极力使自己的头脑成为一片空白,只容纳骑手们的呼喊,让这些呼喊把我带出自己,带出我的生活经历,提供一点解脱。

我取道那些环绕村庄的小路,最后来到了摩拉瓦河岸,顺流而行;在河对岸前景处有几只鹅,后景处是一片林地,两处之间只有田野。接着我看见一个人躺在前面的草丛里。走近后,我认出是谁了:他仰天躺着,凝视着天空,把他的小提琴盒子当作枕头。从他面前通过是很容易的事:他被天空深深吸引住了,并没有注意到我。但这次我不想回避他;我极力回避的是我自己,我自己和我那些固执的思想;于是我走向他,叫他的名字。他抬起头来,那眼里的胆怯和恐惧使我震动,我注意到曾经使他已经很高的个子又增加了一两寸的浓密头发,现在只剩下了稀稀拉拉的几根:除了几缕可怜兮兮的头发,他的头顶已经秃了;那些不见的头发使我想起我已许多年没见到他了,我突然感到后悔,这么长时间没有同他联系,一直在回避他,我对他产生了一种负疚的爱。他躺在我面前,支着一只肘,显得又大又笨,而他的小提琴盒子却显得又小又黑,像一个婴儿的棺材。我知道他的乐队将在下午演出,于是我问他我是否可以加入他们。

这没有思索就提出了这个请求;但尽管这个请求很轻率,却与我此时的心境相符合;此时,我对遗失在多年前的一个世界充满了悲哀的爱的感情,这是一个遥远而古老的世界,在那里骑手们偕同他们戴面罩的国王绕村庄行进,在那里人们穿着白色的百褶裙在街上唱歌,这个世界让我和我的家,我的母亲,我的青春的意象融合在一起;一整天,爱一直在我内心默默地生长,现在它突然爆发出来,险些化作眼睛;我爱那个失去的世界,恳求它给我提供避难所。

但是凭什么呢?就在前天我不是还不睬雅罗斯拉夫,因为在我心目中他体现了可恨的民间音乐吗?就在今天早晨我不是还怀着厌恶指责过民间节日吗?是什么突然之间推倒了那些障碍,那些十五年来阻止我品味我在辛巴隆乐队度过的青春的回忆,阻止我经常愉快地回家的障碍呢?难道是因为几小时前泽曼尼克讥笑过"国王们的骑马"的缘故吗?难道是他给我灌输了对民歌的厌恶而现在又是他清洗了我的厌恶而现在又是他清选了我的厌恶感吗?我真的只是罗盘的指针,而他却是天箭座星座吗?我真的是那么不光彩地依靠他吗?不,使我能恢复对民俗、民歌和辛巴隆乐队这个世界热爱的,不仅是因为泽曼尼克的嘲笑;我能重新爱它的主要原因是,今天早晨我出乎意料地发现它坍圮了;不仅坍圮了,而且被遗弃了;被夸夸其谈和大叫大嚷抛弃了,被政治宣传和社会乌托邦抛弃了,被一群群文化官员和我同时代人的虚假热情抛弃了,甚至被泽曼尼克抛弃了;正是这种被遗弃的状态使这个世界纯净了;它清洗了这个世界,仿佛一个即将断气的躯体受到清洗一样;它以一种不可抗拒的最后的美照亮了这个世界;这个被遗弃的状态已把它还给了我。

　　演出定在露天饭馆举行,前不久我就在那里吃过中饭,读过海伦娜的便条;当我和雅罗斯拉夫到达那里时,有几个上了年纪的人已坐在桌旁,还有几个数目约等的醉鬼摇摇晃晃地在桌子中间穿来穿去;在后面那棵亭亭冠盖的椴树下摆了几张椅子,一把包裹着灰色帆布的低音提琴靠着树桩;一个身穿白色打褶衬衣的男人正在默默地用木棰敲着辛巴隆琴弦;其余的乐手站在附近,雅罗斯拉夫把他们介绍给我:第二小提琴手是本地医院的医生;低音提琴手是区议会管文化事务的视察员;单簧管手是小学教师;辛巴隆琴手是工厂的经济计划员。他是我唯一还记得的人;乐队里全是新人,除了他和雅罗斯拉夫。雅罗斯拉夫非常有礼节地把我介绍给听众,说我是乐队的一名老战士,创建乐队的成员之一,今天是荣誉单簧管手,于是我们在树下就座,开始演奏。

　　虽然我已经多年没握过单簧管,但我们开始演奏的这首歌正是我从前最喜爱的一首,尤其是在其他人对我的啧啧赞叹,不相信我已多年没演奏过之后,我很快就克服了最初的怯场;这时,那个服务员拖来一张小桌,把它放在树下,为我们摆了一坛酒和六个杯子;我们不时呷上一口。奏完几首歌后,我朝那位教师点点头,他接过单簧管,再次告诉我他认为我吹奏得太好了;我非常高兴;靠着树桩,观看乐队继续演奏,一种早已忘却的友谊感直透我的周身,在这个恐怖的一天结束之际,我感谢它那令人安慰的出现。突然,露西浮现在我面前,我想我终于明白了她为什么先是出现在理发店,然后又出现在科斯特卡的故事里,他那真实和虚构混合的故事里:这是因为她想告诉我她的命运与我的命运十分相似;尽管我们没能相互理解,失去了对方,但我们的生活经历却是不可分的,缠绕在一起的,相同的,因为二者都有备受蹂躏的经历;正如露西遭到了性爱的蹂躏,从而被剥夺了生活中最基本的价值,我也同样被剥夺了我最初想以此而生活的那些价值,那些最初纯洁而清白的价值;是的,清白:性爱,尽管对露西来说可能是备受蹂躏的,但仍然是清白无辜的,正如我们地区的民歌以及演奏它们的这个乐队是清白无辜的一样,这个地区本身,尽管我开始逐渐恨它,伏契克,尽管我不能忍受他的画像,"同志"这个词,虽然我总觉得它含有威胁,还有"未来"这个词,以及许多其他词,都是清白无辜的。这个过失在别处,它如此之大,以致它的阴影笼罩了一大片广阔的区域,笼罩了清白事物的世界,

正在蹂躏它们。我们，露西和我，生活在一个备受蹂躏的世界里；由于我们缺乏同情那些遭到蹂躏的东西的能力，我们便转过身去不睬它们，在此过程中既伤害了他们也伤害了我们自己。露西，我的露西，我爱得如此深而又如此拙劣的露西，经过这么多年之后你就是为此而来的吗？来了一个被蹂躏的世界辩护的吗？

当歌曲又结束时，那位教师把单簧管递给我，说他今天就到此为止，我吹奏得比他好，我应当尽可能多吹一会儿，因为谁知道我什么时候再会回来。为了引起雅罗斯拉夫的注意，我说我会很高兴尽可能找一个机会回来看望他们，雅罗斯夫问我说的是不是真话。肯定是真话，我说，于是我们开始演奏下一首歌曲。雅罗斯拉夫早已丢开他的椅子，头朝后倾，小提琴——违反所有规则——靠在他的胸脯上，一边演奏一边走来走去；我和第二小提琴手也不时站起来，尤其是当我们需要更多的空间发挥我们的即兴演奏时。在这极度冒险的时刻，当我们的创造性、精确性，以及对乐队的感情经受考验时，雅罗斯拉夫成了我们大家的主心骨，我对这位隐藏在巨人般的躯体内令人着迷的乐手充满了赞美之情。雅罗斯拉夫也代表了我生活中遭到蹂躏的价值；他曾经从我这里被夺走，而我却把他放走了；我最忠实，最正直，最清白的朋友。

这期间，听众中逐渐发生了一些变化：从一开始就带着热情倾听我们演奏的人只占了一半座位，另一半空座位大都被一群青年人占据了，他们要了啤酒和白酒，很快，当酒精一产生作用，他们就控制不住地急欲被人看见，被人听见，被人认出。结果，气氛完全改变了，变得更加喧闹，更加紧张；我突然意识到我并没有把注意力集中在音乐上，而是一直斜视着桌子，怀着公开的敌意观察那些青春的面孔。瞧着这些长发的小家伙唾沫横飞，满嘴胡言乱语，大肆炫耀，我猛然觉得我对那个不成熟的最后堡垒的旧恨又复活了，我看见自己周围是一伙三流演员，戴着愚钝的男人气和傲慢的残忍的面具；尽管这些面具掩盖了其他他更具人性的脸孔，但我并没有从这个想法中得到些安慰，因为真正的恐惧在于，这些戴面具的脸也是那样狂热地忠于面具的残酷和粗俗。

显然雅罗斯拉夫也和我的情绪相同，因为他突然放下小提琴，说他不想为新来的听众演奏了。他建议我们离开，走一条穿过田野的小径，就像我们很久以前常做的那样；那天天空晴朗，夕阳很快就要落下，但夜晚将很温暖，星星将会出来，我们可以奔向某一处野玫瑰丛，只为我们自己演奏，为我们自己的欣赏演奏，就像我们以前常做的那样；我们已经养成了只在预定的场合演奏的习惯他对这一切已经受够了。

开始的时候大家都表示赞同，几乎显得如释重负：他们也觉得他们对民间韵的激情应该有一个更加亲切的环境。但这时那位低音提琴手指出，我们已答应要演奏到九点；

区议会的同志们期待着我们,饭馆的经理也期待着我们;事情已经这样安排了;我们得履行我们的职责:否则,节日的整个安排都会塌掉;我们可以在别的时候去田野里演奏。

就在这时,连在一棵棵树上的电线上的灯突然间一齐亮了;由于天还没有黑,甚至还没到黄昏,这些灯一点也没发出光,只得像大颗冻结的泪珠,不愿被拭去,可也不会落下的苍白色的泪珠,挂在逐渐暗淡下来的场所里;它们突然给人带来一种说不出的忧郁,这忧郁似乎无人能抗拒。雅罗斯拉夫再次请求我们不要再演奏了,漫步到田野中,去到野玫瑰丛那里,去为它们的欢乐演奏,但突然他做了一个听天由命的手势,把小提琴重新靠在他的胸腔,重新演奏起来。

这次,我们没让自己的注意力被听众分散,而是更加聚精会神地演奏:周围的环境变得愈冷淡、愈粗野,我们就愈感到像是一个荒岛,愈变得是在为自己演奏,到最后我们设法忘记了周围发生的一切,创造出一系列神奇的音乐;就像在海底的一间玻璃屋里与那些醉鬼隔开。

"即使高山是纸和墨水,即使星星是书记,即使整个世界都帮助他们思考,他们也不能起草我情人的真正遗嘱。"雅罗斯拉夫唱道,没有把小提琴从胸脯上拿开,我在这些歌曲里在歌曲玻璃屋里感到愉快,在这里悲伤不是调侃,笑声不是嘲弄,爱情不是可笑,仇恨不是羞怯,在这里人们用他们的整个肉体和灵魂去爱,在这里人们因欢乐而跳舞,因绝望而跳进多瑙河,在这里爱情依然是爱情,痛苦依然是痛苦,价值摆脱了蹂躏;在这些歌曲里,我感到自由自在,我感到我源于它们,它们的世界给我留下了永恒的印迹,这是我的家,如果我曾经背叛过它,我只是由此使得它更加成为我自己的;然而我也同样意识到,我的家不属于这个世界我们所唱所奏的一切仅仅是一个回忆,一个纪念物,一个对某种不复存在的东西的形象上的再创造,我感到故乡的坚实的土地正在我脚下沉没下去,感到我自己正在陷落,手中拿着单簧管,陷落在已往岁月和世纪的深渊,深不可测的深渊,我惊异地对自己说,我唯一真正的家就是这陷落,这彻底的、急切的陷落,我沉湎于它,品味着这种感觉的眩晕。

我朝雅罗斯拉夫望去,想看看是否只有我一人处在极度亢奋中,我注意到他的脸色十分苍白;我注意到他已停止唱歌,并且把嘴唇紧紧咬住;他忧虑的眼睛流露出一种恐惧;他开始拉错音符;他握小提琴的那只手在慢慢往下滑。突然,他停止演奏,一屁股倒在椅子里。"怎么啦?"我问,在他身旁跪下,汗水从他脸上淌下来,他把左手臂抬到肩膀高。"痛得要命。"他说。其他的人仍然沉浸在音乐的魅力中,辛巴隆琴手本能地趁单簧管和首席小提琴退出的机会,开始独奏起来,只有第二小提琴和低音提琴在伴奏。但是

175

我立刻走到第二小提琴手身边，叫他去雅罗斯拉夫那里。辛巴隆琴和低音提琴在继续演奏，第二小提琴手握住雅罗斯拉夫的左手腕，好像握了很长时间；然后他翻开雅罗斯拉夫的眼睑，朝他的眼睛里窥望；最后他摸摸他汁珠粒粒的前额。"是不是你的心脏痛？"他问。"手臂和心脏都痛。"雅罗斯拉夫说；他脸色发青，这时低音提琴手已经注意到我们，他把琴靠着树，向我们走过来。于是现在只有辛巴隆琴手在独自演奏了，他根本没意识到出了什么事，全身心沉醉在他的独奏里。"我这就去给医院打电话。"第二小提琴手说。"是什么病？"我轻轻地问。"脉搏实际上已经听不见了，出冷汗。如果以前有过这种症状，那么就是冠心病。""啊，上帝！"我说。"别着急，他会恢复的。"他说，然后匆匆朝房子奔去，用力挤进人群，那些人已经醉得没有注意到音乐已停止，他们一心专注在自己身上，专注在他们的啤酒，他们的胡言乱语和他们的辱骂上，在花园的另一角，辱骂已变成了一场斗殴。

辛巴隆琴手终于停止了演奏，我们全都围着雅罗斯拉夫站着，他抬眼看着我说，这都是因为我们刚才留下来才发生的，他本来不想留下来，他本想到田野上去，尤其是我既然已经来了，在满天星光下演奏那该是多么美好。"别激动。"我对他说，"你现在需要的是安静。"我在心里对自己说的却是，虽然他可能会恢复过来，如第二小提琴手所断言的那样，但他却将过着一种截然不同的生活，一种没有激情奉献，没有自办音乐会的生活，一种在死神窥视下的生活，我不禁想到一个人的命运往往在他生前就已结束，而雅罗斯拉夫的命运已告结束了。我万分悲伤地抚摸着他的秃头和几根哀痛地企图遮住头顶的长发，大为震动地意识到，我这趟回家本来是为了向我的敌人泽曼尼克报仇，可结果却以我的朋友雅罗斯拉夫受到打击而结束。

我们围着他站了约十分钟，这时第二小提琴手回来了，做手势要我们把他扶起来，从胳膊下架住他，我们扶着他穿过那群酒醉喧闹的年轻人，来到街上，一辆亮着前灯的白色救护车已等在那里。

世界禁书文库

红杏出墙

【法】埃米尔·左拉⊙著

华爱玲⊙译

綫裝書局

一

在盖内戈街的尽头，如果您是从码头上来，您就会见到新桥长廊。这是一条狭长而晦暗的走廊，从玛扎里纳街一直延伸到塞纳河街。这条长廊最多有三十步长、两步宽；地面上铺着淡黄色磨损、破裂的石板，时时散发着刺鼻难闻的潮湿味；尖顶玻璃天棚盖住了长廊，上面积满了污垢，显得黑乎乎的。

在夏日的晴天，当强烈的阳光灼烧着街道时，透过肮脏的玻璃天棚，一道苍白的光在长廊上无力地蔓延开来。如是遇上冬季的坏天气，在雾蒙蒙的清晨，从玻璃天棚投到粘湿的石板上的，就只是一片猥琐而邋遢的夜色了。

左首，一些阴暗、低矮、像是被压垮了的店铺半埋在地下，从地下室里不时冒出一阵阵逼人的寒气。这儿开着旧书店、玩具店和纸板店。陈列的商品都蒙上了一层尘埃，灰不溜秋的，在昏暗中毫无生气地躺着。由一块块小方玻璃组成的橱窗，折射出浅绿色的光，稀奇古怪地照在这些商品上。再往里看，在货架的后面，黑沉沉的店铺却像一个个阴森、凄凉的洞穴，里面蠕动着奇形怪状的东西。

在右首，沿着整条长廊，砌着一排墙。对面的小店主，把狭长的货架靠墙放着，一些叫不出名字的商品，一些早在二十年前就无人问津的老古董，一顺溜地摆在货架细长的木板上，木板都漆上了非常难看的棕色。一位专卖假首饰的女店主占有了一个货架，货架上有一只桃心木制成的盒子，盒子上铺着一层蓝色的丝绒，店主人精心地在里面摆上了一些价值只有十五个苏的戒指。

在玻璃天棚的上面，乌黑的墙继续上砌，墙面马马虎虎地抹上了一道泥灰，好像是染上了麻风似的，疤痕累累。

新桥长廊可不是散步的好地方。人们从这里走，只是为了避免走弯路，节省几分钟而已。路过这儿的都是一些忙忙碌碌的人，他们唯一关心的就是抄近路。在这些人中，我们可以看到系着围裙的小伙计、带着活儿的女工、腋下夹着大小包盒的青年男女，还有一些老头儿，他们在从玻璃顶棚外投进来的黯淡暮色中移动着缓慢的步伐，

以及一群群年幼的孩子，他们放学来到这里奔跑喧闹，木屐在石板上敲得震天响。从早到晚，石板路上响着清脆、急促、凌乱的脚步声，使人心烦意乱；没有人说话，也没有人停留下来，每个人都在忙着自己的事情，低着头，急匆匆地赶路，对店铺看都不看一眼。偶尔，如果有过路行人在店铺主的货架前站定，这些小老板便会神色不安地望着他们。

傍晚，三盏煤气灯透过方形、笨重的灯罩，照耀着长廊。这些煤气灯嘴挂在玻璃灯罩里，在上面投下了淡淡的黄褐色光斑，又在周围洒下了一圈圈晕白的光芒，摇摇曳曳，好像随时都要熄灭了似的。长廊的确像一个凶多吉少的危险地方，巨大的阴影铺盖在石板上，街头吹来了湿润的风，它就像是三盏吊丧的灯隐隐约约照着的一条地下甬道。有煤气灯给他们的橱窗送来一些暗淡的光作为他们唯一的照明，这些店铺主也就心满意足了。铺子里，他们只是点亮了一盏带着灯罩的灯，把它放在账台的一角，这样，过路人就能分辨出这些在白天都显得阴森森的洞穴里摆放的东西。在一顺排黑洞洞的铺面上，有一家纸板店的橱窗在闪烁：两盏页片形的灯放射出黄澄澄的火焰穿破了黑暗。另外，在另一头，一支蜡烛插在叶片状的玻璃罩里，以它星星点点的烛光照亮了一只假首饰盒。店铺的女主人在柜台的里端打瞌睡，双手插在她的披肩里。

几年前，在这家店铺的对面，还有一家小店，铺子里暗绿护墙板的所有缝隙里散发着潮湿发霉的味儿。在又长又窄的一块木板招牌上，黑色的字母拼成了一行字：妇女服饰用品商店，而在一扇玻璃门上用红色的字母，写着一位妇人的名字：泰蕾丝·拉甘。在门的两边，玻璃橱窗向后深深地凹进去，橱窗内则用蓝色的纸作衬托。

即使大白天，在半明半暗的朦胧的光线下，行人也只能看清货架罢了。

一边，摆着一些零星的织物，如筒状的褶皱罗纱无檐帽，两三个法郎就能买下一顶；平纹细布的衣袖和衣领；还有一些手工针织品，长短袜和背带。每件东西都已经泛黄，并且皱巴巴的，凄惨地挂在铁钩上。这样，看起来橱窗里好像塞满了白花花的破布碎片，在透明的夜色中显得非常凄凉。有几顶崭新的帽子呈现耀眼的白色，在橱窗板上的蓝纸映衬下，显得很是突出。一根金属杆的上下，挂着各色的袜子，仿佛在平纹细布模糊的灰白色和浅色上，加上了深色的基调。

在另一边，在一面更加狭小的橱窗里，分层摆放着一团团绿色毛线、缝在白卡纸上的黑钮子、各种尺寸和颜色的盒子，带淡蓝色圆衬垫的缀着钢珠的线网、一束束毛线针、绒绣样品、一卷卷饰带，总之，是一大堆黯然失色的物品，它们躺在这儿大约已有五六年了吧！尘土和潮湿已经腐蚀了这个货架，而放在这货架上的所有物品也都慢慢失去了光泽，变成了污秽的灰色。

夏天，快到中午时，烈日以其他赤橙的火焰灼烧着广场和街道，在另一扇橱窗里的帽子后面，路人可以看清一位神色庄重，脸色苍白的少妇的侧面。在阴暗的店铺里，大致显露出了她的身影。她额头低且干瘪，连着一根尖细的鼻梁，嘴唇就是淡红色的薄薄两片，下巴短而刚劲有力，由一条精巧而丰腴的曲线和头颈相连。身体被阴影遮没，看不清楚，只有脸部显现出来，脸色苍白无光，一只睁得大大的黑眼珠子嵌在里面，好像不堪忍受深褐色厚密的头发重压似的。在两顶无沿女帽之间，这张脸能心平气和地呆上好几个小时，一动不动。潮湿的金属上架已在这两顶帽子上留下了斑斑锈迹。

晚上，掌灯时分，可以看清店铺里的模样。这家铺子门面宽，但是并不是太深，在一端有一张小小的账台；在另一端，有一架螺旋形楼梯通向二楼。四周贴着墙排列着玻璃橱窗、货架、一排排未加工的纸板。四张椅子和一张桌子就算是全部家具了，整个房间显得非常空，冷冷冰冰的。打成包的商品紧紧地挤在角落里，包装纸虽然是五颜六色很花哨，但是堆放得倒是非常整齐。

平时，在账台后面坐着两个女人：一个就是侧影端庄的少妇；另一个则是老太太，她在瞌睡时都带着笑。后者大约有六十岁左右，灯光下，她那张平静而肥厚的脸也变白了。一只硕大的虎斑猫蹲在账台一角，望着她打瞌睡。

在账台下面，一个男人坐在一张椅子上，三十岁左右，他不是在读书就是在与少妇低声交谈。这个人长得瘦小、孱弱，举止有气无力，他的浅黄色头发一点光泽都没有，胡须稀少，脸上布满了红斑斑，他的模样有点像被宠惯了的、病态的孩子。

十点钟不到一会儿，老太太醒了，于是他们关上店铺门，全家上楼就寝。虎斑猫鼻子里发出呼噜呼噜的声音，跟在它的主人后面，每上一级楼梯，都把头向栏杆磨蹭一下。

二层楼的居室共三间，楼梯直通餐室兼会客室。餐室的左首是一个壁龛，壁龛里有一只陶瓷火炉；对面，摆着一张餐橱；沿着墙壁摆了一排椅子，一张没有铺台布的圆餐桌置于餐室中央。在里端的一层玻璃后面，就是一间黑漆漆的厨房。在餐室的两侧，各有一间卧室。

老太太抱吻了她的儿子和媳妇后，就回到自己的房间里。猫也就在厨房的一张椅子上睡下了。这对夫妇进了自己的卧室。这间卧室另有一扇门通长廊的那道楼梯，中间经过一条狭长、阴暗的小小过道。

丈夫老是在发烧，浑身打颤，先上床睡了。少妇打开窗户，把外边的百叶窗关上。她在那里站了几分钟，对面是一面粗粗涂着泥灰的高大、黝黑的墙壁，它高出长廊并且继续在升高。她的目光在这面高墙上茫然地扫了一眼，接着带着倨傲而冷漠的心情也默默无声地上了床。

二

拉甘太太原来是凡尔农的一家妇女服饰用品商店的店主。二十五年来，她就生活在这个小城镇的店铺里。在她的丈夫去世几年之后，她不再对这种生活感兴趣了，于是把她的家产卖了。她的私蓄加上这笔钱，她手头有了四万法郎款子，她把这笔钱存进银行，每年能得到两千法郎的利息，居家过活，这项收入已用不完了。她过着深居简出的生活，对人世间的欢乐和劫难全然不知，她为自己安排了一种与世无争、怡然自得的生活。

她用四百法郎租了一座房子，这座房子的花园一直延伸到塞纳河畔。这是一处与世隔绝的、僻静的住所，有点儿像修道院的样子。这座房子建造在一片宽广开阔的草地中央，有一条狭窄的小径出入；住所的窗户朝着塞纳河和对岸荒凉的小山包。这位安分守己的老太太已年过半百，她把自己关进这孤单单的房子里，守着她的儿子卡米耶和她的侄女泰蕾丝，享受着与世隔绝的安逸和乐趣。

那时，虽然卡米耶已有二十岁了，但他的母亲还像对一个小孩子那样宠爱着他。卡米耶从小病魔缠身，他母亲百般爱抚、关怀他，从死神那儿把他夺回来。孩子一次又一次连着发烧，一切想象到的病，他都承受过。拉甘太太在这十五年中进行了不懈的努力，与这些接二连三要夺走她的儿子的病魔做斗争。她以耐心、精心的照料和慈爱心肠——战胜了它们。

卡米耶长大了。从死亡中被拯救了出来，但反复的冲击使他的肉体受尽折磨，多灾多难的他，成长受到了阻挡，因此他长得非常矮小，非常虚弱。他细瘦的四肢动作迟缓，有气无力。就因为他身体薄弱、弱不禁风，他的母亲就分外爱护他。她以自豪和柔情看着他那苍白、可怜的小脸庞，心想，她已经不止十次救了他的生命。

这个孩子难得在不生病时，还到凡尔农的一所商业学校里就读。他在这所学校里学习拼写和算术。他的知识仅仅限制于四则运算和一点肤浅的语法知识。后来，他又上了书写和簿记课。每当有人劝拉甘夫人把她的儿子送去上公立中学时，她就会吓得浑身打颤，她心里明白，他如果远离她就活不成了。她说，书本会杀死他。因此，卡米耶一直没有多少知识，而他的无知似乎又使他多了一个短处。

十八岁那年，仍在游手好闲的他，对母亲的疼爱反感透了，于是走进一家布店去当伙计，每月挣上六十个法郎。他生性好动，因此特别忍受不了闲散的生活。现在，他埋首在这机械的工作中，整天弯着腰查看发票，耐心地计算着每个数字，做那数目可观的加法，内心却感到平静很多，身体反倒好些了。晚上，他精疲力尽，脑子空荡荡的，在精神麻木之中，他感受到无穷的快乐。为了进布店干活，他不得不和他母亲大闹一场，因为后者本想永远把他留在自己的身边，把他服侍得好好的，让他免受生活的折磨。年轻人以一家之主的身份说话了，他要求工作就如其他孩子索要玩具一样，这是本能和天性的需求，并非出于尽责之心。母亲对他的一片赤诚、慈爱之情，反而培养了他非常自私的心理。他自以为在爱着同情他、宠爱他的人，但实际上，他很自私，只想到自己，只考虑自己舒适，想尽一切办法贪图享乐。只要拉甘太太的温情和爱抚使他腻透了，他便一头扎进那累人的工作里，可以不再与那些药罐、药水打交道，感到很是自在。再加上一到傍晚，他从办公室回到家，就和表妹泰蕾丝到塞纳河畔跑步。

泰蕾丝转眼之间就快满十八岁了。十六年前的一天，当拉甘太太还在妇女用品店做买卖时，她的兄弟，德冈上尉，从阿尔及利亚回来，怀里抱着一个小丫头来找她。

"你就是这个孩子的姑妈，"他微笑着对她说，"她的母亲死了……我不知拿她怎么办，把她交给你吧！"

老板娘抱起了孩子，对她笑着，吻着她粉红色的双颊。德冈在凡尔农耽搁了一个礼拜，他的姐姐对他给的这个女孩的情况也没有多问。她只是大体上得知，可爱的小女孩出生在奥兰，她的母亲是一个本地女子，非常漂亮。上尉在临行前那刻，交给他姐姐一张身份证书，证明泰蕾丝是他的，并用他的姓。他出发了，人们再也没有见过他，几年后，他在非洲被人杀死了。

泰蕾丝与卡米耶同睡一张床，她在她的姑妈慈母般抚育下长大了。她的身体非常好，可也像一个体弱多病的孩子那样被人照料着，吃着给她表哥服用的补药，住在这个小病人居住的温暖的卧室里。有时，她蹲在火炉前，一呆便是几个小时，一边看着前面的炉火，一边沉思，连眼皮也不眨一下。她被迫过着疗养的生活，使她变得十分内向，她平时说话轻声轻气，走路无声无息，坐在椅子上一动也不动，默不作声，眼睛睁得大大的，但不东张西望。然而，当她一举手一抬足时，人们就会发现她动作敏捷而轻柔，肌肉结实且有力，总之，在她那驯服的肉体里，蕴藏着一种力量，一股激情。有一天，她的表兄一阵虚脱跌倒了，她一下子就把他提起来带走，她发挥了力量，

脸上也散发出炽烈的光芒。禁闭式的生活，强加给她的死气沉沉的起居作息，并未削弱她那精悍而健壮的体质，只是使她的脸色变得有点儿白里带黄罢了，因此，在暗处，她几乎显得有些丑了。有时，她径自走到窗前，望着自家对面，被太阳镀了一层金黄色的那一排房子。

当拉甘太太卖掉了她的家产，到河边的一幢小房子里隐居后，泰蕾丝内心充满了喜悦。她的姑妈反复对她说："别出声，安静点儿。"因此，她小心翼翼地把她热情亢奋的本性隐藏起来，不使外露。她能掩饰内心强烈的冲动，保持表面上的平静，有着超人的克制力。她总认为自己是在表兄的卧室里，守着一个快要死亡的孩子，所以她行动轻缓，沉默不语，心平气和，说起话来也像老妇人那样结结巴巴的。可是，一旦她看见花园和泛着白光的河流，以及绵延起伏、一直伸展到地平线的苍翠的山冈时，她便情不自禁地要奔跑，要叫喊；这时，她觉得自己的心在胸腔里剧烈地跳动，可是，她的脸上一点表情都没有。而当她的姑妈问她是否喜爱这处新居时，她只是笑而不答。

这样，对她来说，生活变得比较美好了。表面上，她仍像往常一样，举止轻柔，表情沉静而淡漠，她依然是一个在病榻上长大的孩子，可是，她的内心生活却是炽热而冲动的。每当她一个人呆在草地上、河岸边时，她就像一头野兽那样，把肚子贴在地面上，把乌黑的眼珠圆睁着，弯起身子，准备一跃而起。她能这样一呆就是几个小时，什么也不想，一任烈日噬咬着她，把手指插进泥土里使她感到一阵阵快意。此时，她想入非非：她以挑战的神态望着咆哮的河流，想象着河水就要向她扑来，袭击她了，于是，她挺起身子，准备自卫，愠怒地盘算着，想知道她将如何才能战胜波涛。

晚上，泰蕾丝已平息下来，默默地在她的姑妈身旁做针线。在从灯罩里漫溢出来的柔和的光芒下，她的脸好像在打盹。卡米耶埋在安乐椅里，意志消沉，想着他的账目。只有一句轻声细语的话，才时而打破这个昏昏欲睡的家庭的宁静。

拉甘太太带着善良而宽慰的心情瞧着她的两个孩子。她想让他俩成亲。她总把自己的儿子当成垂危的病人看待，每当她不由自主地想到，自己总有一天会死去，把他孤零零地留在世上受苦受难，心里就会颤抖起来。这时，她就指望着泰蕾丝，她心想，小姑娘留在卡米耶身边将会是一个细心周到的保护人。她的侄女总是从从容容，忠心耿耿，让她非常放心。泰蕾丝是如何干活的，她全看在眼里。她希望把她嫁给自己的儿子，作为他的保护神。这门亲事是一个最终解决办法，并且计划已久，不可改变了。

孩子们早就知道他们总有一天会结成夫妻的。这个结局在他们看来是天经地义、顺理成章的，他俩就带着这样的想法长大了。在家里，当议论到这门亲事时，就像说一件必然会发生的事情那样平平常常。拉甘太太早已说过了："等泰蕾丝满二十一岁就办婚事。"于是，他们就耐心等着，既不着急，也不害羞。

卡米耶长期患病，患了贫血症，他体验不到年轻人的冲动和情欲。在他的表妹面前，他仍然是一个小孩子。他拥抱亲吻她时，就像拥抱亲吻自己的母亲，是习惯的礼节，所以心情十分平静，没有杂念。他把她当成了一个要好的伴儿，在他烦闷时可以打打岔儿，到时候还能给他煎煎药。当他与她玩耍时，要是把她抱在怀里时，他觉得在抱着一个男孩子，他的肉体丝毫没有异样的感觉。在这样的场合里，他从未想过去亲吻泰蕾丝热乎乎的双唇，而泰蕾丝却笑着挣脱，她神经质地在笑。

姑娘也一样，她对他好像也是冷冷的无动于衷。有时，她的那对大眼睛认真而安详地看他几分钟。这时，只有她那两片嘴唇有一些微小的变化。她意志坚强，感情始终是温和而亲切的，休想从她的脸上看出什么漏洞。当她听到别人议论她的婚事时，她神情严肃，对拉甘太太的话，只是用点头表示赞同，而卡米耶却在一旁酣然入睡了。

夏日的傍晚，这两个年轻人常跑到河边去玩。卡米耶讨厌他的母亲对他没完没了的关心，他也有反抗精神，他想奔跑，自讨苦吃，躲开她的温存爱抚，这只能使他郁郁不乐。这时，他就把泰蕾丝带上，挑逗她打打闹闹，让她在草地上打滚。一天，他推搡着他的表妹，把她推倒在地，小姑娘一个翻身站了起来，动作敏捷像一头野兽，她的脸兴奋异常，两眼红红的，她张开双臂扑向她的表哥，卡米耶不打自倒，他害怕了。

时光流逝，日月如梭。转眼间，大喜的日子就要到了。拉甘太太把泰蕾丝拉到一边，向她交代了她的亲生父母的愿望，并且讲述了她的身世。姑娘静静地听着，而后拥抱了姑妈，一句话也没说。

晚上，泰蕾丝没有走进楼梯左侧那间属于自己的闺房，而是走到了右侧她表哥的卧室里。这就是她这一天生活中唯一的变化而已。第二天，当这对新婚伉俪下楼时，卡米耶仍然满脸病容，精神不佳，他不紧不慢地还是只顾着自己；而泰蕾丝也仍然是举止从容，不动声色，她努力克制着自己，脸上毫无表情，却让人有些不安。

三

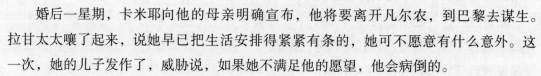

婚后一星期，卡米耶向他的母亲明确宣布，他将要离开凡尔农，到巴黎去谋生。拉甘太太嚷了起来，说她早已把生活安排得紧紧有条的，她可不愿意有什么意外。这一次，她的儿子发作了，威胁说，如果她不满足他的愿望，他会病倒的。

"以往我从来没有违背你的意愿，"他对她说："我娶了我的表妹，你给我什么药我就吃什么药。今天，我有一个想法，这是最基本的了，你至少也得听我一次……我们决定月底就出发。"

拉甘太太当夜就失眠了。卡米耶的决定搅乱了她原有的生活，她费尽心思想重新设计一种生活。渐渐地她恢复了平静。她想，这对年轻的夫妇总会有孩子的，到时，她那点儿家当就不够了。应该再挣些钱，做做生意，为泰蕾丝找个实惠活计。第二天，她思想上已做好了走的准备，她也假设了一个新生活的计划。

用早餐时，她又是高高兴兴的了。

"我们就这么办吧，"她对她的两个孩子说，"明天我就去巴黎，我去买一家小铺来，泰蕾丝和我干老本行，卖个针线什么的。我们就有事可做了。你呢，卡米耶，你爱干什么就干什么，你去晒太阳或是找一个工作做做都行。"

"我找工作去。"年轻人答道。

事实上，驱使卡米耶动身的唯一动机是他那不着边际的理想。他想在一个大的行政机关里任职；每当他暗自想到穿着西装背心，露出丝光塔府绸袖子，耳边夹着笔，在宽敞的办公室里办公时，兴奋得脸都发红了。

他们没有寻求泰蕾丝的意见。她一向是言听计从的，久而久之，她的姑妈和丈夫遇事也就不再和她商量了。他们去哪儿她就去哪儿，他们干什么她就干什么，没有怨言，从没发过牢骚，甚至都装出她不知道自己挪动了地方。

拉甘太太来到巴黎，直接走到新桥长廊。凡尔农的一位老姑娘把自己的一位亲戚介绍给她，这位亲戚在长廊开了一家妇女服饰用品店，她正打算把店卖掉。拉甘太太觉得店铺稍微小了点儿，光线也太暗，然而，当她穿过巴黎时，拥挤的马路，富丽堂

皇的商店橱窗把她吓坏了，还是这条狭窄的长廊，这些寒酸的门面，能使她想起往日
她自己开的那家店铺，那是多么自由自在啊！在这儿安家，她觉得同在外省过日子一
样，呼吸也畅通些。她想，她那两位可爱的孩子生活在这个僻静的角落也会感到幸福
的。店铺里的设施及货品标价低廉，最终使她下定了决心，人家以两千法郎把一切都
卖给她了。底层店堂和二层住家的租金只要一千二百法郎。拉甘太太有将近四千法郎
的进账，她计划着，她即使买下了动产，付清了第一年的租钱，也无伤她私蓄的元气。
她想，卡米耶的薪水和买卖赚的钱足够应付日常开支，这样，她就不要动用她的年息，
她可以利上滚利，敛聚家财，日后供她孙辈享用。

她高高兴兴地回到凡尔农，她说，在巴黎市中心，她找到了一块宝地，一个诱人
的窝。她晚上有事没事就唠叨着那个铺子。几天后，长廊这个潮湿、阴暗的店铺在她
嘴里逐渐变成了天堂。在她的印象里，她觉得这个铺子宽敞、舒适、安静，有许许多
多无可比拟的优点。

"啊！我的好泰蕾丝，"她说，"你会看见，我们住在那个地方将会有多幸福呵！楼
上有三间漂亮的卧室……长廊里尽是行人……我们把橱窗布置得漂漂亮亮的……去吧，
我们不会孤寞的。"

她滔滔不绝地说下去，做老板娘的那副劲头又在她身上重现了。她事先已经交代
过泰蕾丝，做小本生意应如何进货、如何出售，又是如何捞油水的。这个小家庭终于
离开了赛纳河岸的住宅，当晚，他们就在新桥长廊安了新家。

当泰蕾丝走进那个将要陪伴她终生的店铺时，她好像觉得一下子陷进了一个地沟
的肥土之中。她感到一阵恶心，恐惧得直颤抖。她看看潮湿肮脏的长廊，在店堂里走
了走，上了二层楼，在每个房间里转了一圈。这些空荡荡，连一件家具也没有的房子，
显出一副衰败、破烂的景象，真让人看了寒心。少妇一动也不动，一句话也没说，她
好像被冻僵了。她的姑妈和丈夫已经下楼了，她就坐在一只箱子上，双手僵硬，喉咙
里抽噎着，只是没哭出声来。

拉甘太太面对现实，有点不知所措，自己做了那么些美梦，现在真是羞愧难当。
她还是努力为自己租下的房子辩解。每有一处缺点暴露时，她总有办法搪塞过去，她
对房间幽暗的解释是天气不好，并且十分肯定地说，只要打扫一下就成了。

"嗯！"卡米耶回答道，"这一切都挺好的……而且，我们晚上才上楼。我吗，我在
晚上五六点钟之前是不会回家的……你们两个嘛，你们时时在一起，也不会感到烦闷
的。"

如果这个年轻人不是寄希望于他那温暖舒适的办公室的话，他一辈子也不会同意

住进这么一个破窑子里来。他心想，白天他在机关里是暖和的，至于晚上吗，他早早钻进被窝就是了。

整整一个星期，店铺和住宅仍然是乱糟糟的。从第一天起，泰蕾丝就坐在柜台后面，不愿再离开一步。拉甘太太对她那懒散的态度非常惊讶，她原以为，这个少妇会千方百计美化自己的房间，在窗台上放些花，要找一些新的糊墙纸、窗帘和地毯的。而当她提出要整理、装饰一下时，她的侄女却平静地答道：

"有什么意思呢？这样不是很好么，我们又不需要花花哨哨的。"

结果还是拉甘太太收拾了房间，把店铺整修了一番。泰蕾丝见她没完没了地在自己眼前晃动，终于受不了了，她请了一个女佣，才使得她的姑妈在她的身旁坐了下来。

卡米耶转悠了整整一个月也没能找到一个工作。他尽可能不呆在店铺里，成天在外面晃荡。他烦恼极了，有时尽然说要回到凡尔农去。后来，他总算到奥尔良的铁路办事处上班去了，每月挣一百法郎。他终于实现了他的理想。

早上，他八点钟就出门了。他沿着盖内戈街往下走，直到码头，这时，他就把手插在口袋里，沿着塞纳河，从法兰西学院一直溜达到植物园。这样长的一段路程，他每天要走两个来回，从不感到腻味。他望着河水流淌，有时停下来看着木筏顺流而下，脑子里什么也不去想。有时，他又会在巴黎圣母院前停住，仰望着圣母院四周围了一圈的脚手架，那时这个教堂正在修补，连他自己也不清楚为什么他会对这一根根巨大的木构架那么感兴趣。接着，一路上，他还会对葡萄酒巷口扫上一眼，计算一下从车站驶来了多少辆公共马车。傍晚，他的头昏沉沉的，满脑子装着在办公室里听到的极不真实离奇的故事。他穿过植物园，要是他不急于赶路，还要去看看熊。他在栏杆前俯下身子，目光追随着摇摆着身子、笨头笨脑、走来走去的老熊，一看就是半个小时。他喜欢这些笨重的野兽，他的嘴张得大大的，眼睛睁得圆圆的，呆呆地望着它们，看见它们摇晃着身体，他感到一种愚钝的快意。他终于决定回家了，于是挪动了脚步，可是一路上的那些行人、车辆和商店又会使他流连忘返呢。

他回到家就吃饭，饭后就读书。他已把布封的许多作品都买来了，这些作品虽然枯燥无味，每天晚上，他还是规定自己必须读完二三十页。他还以十个生丁一分册的价格，把梯也尔著的《督政府的第一帝国史》和拉马丁著的《吉伦特派兴衰史》买了几册来读，要不就读一些科普读物。他自以为在自学进修哩。有时，他还硬要自己的妻子听他念几页，念一些小故事。他看见泰蕾丝尽然可以整个晚上一声不响，好像若有所思，却不想找一本来翻翻，感到无法理解。他打心底里认定，他的妻子是一个智商平平的庸人。

泰蕾丝总是不耐烦地把书推得远远的。她宁可无所事事地呆着，眼神凝滞，神情恍惚，像丢了魂似的。同时，她一直显得十分温良顺从，她的全部愿望就是把自己变成被动的、令人喜欢的、有着崇高自我牺牲精神的工具。

店铺的生意还不错，拉拉扯扯，每个月的赢利都差不多。顾客主要是附近的女工，每隔一会儿，就有一个姑娘走进店堂，买上一样值几个苏的东西。泰蕾丝嘴角上勉强带着笑容招呼顾客，老是千篇一律地说那几句话。拉甘太太就比她精明，嘴巴也甜，说实在的，能吸引、挽留住顾客的还就是她。

日子就这样一天一天平静地过去了，转眼就过了三年。卡米耶没有一天不去上班的，他的母亲和妻子也很少走出店门。环境阴暗、潮湿，气氛沉寂、压抑，令人窒息，泰蕾丝生活其中，每天晚上，她带着凄凉的心情入梦，到清早又开始了平淡如一的一天，她清楚地觉得自己一辈子就会这样过下去了。

四

上个星期有一天，也就是礼拜四的晚上，是拉甘太太一家接待客人的日子。这一天，他们在餐厅点了一盏大油灯，在火上炖了一壶水准备沏茶。这可是家里的一件大事，这天晚上和任何一天都不同，按照市民家庭的习俗，这可算是狂欢之夜了，大家要十一点钟才能上床。

拉甘太太在巴黎碰上了她的一位老朋友，名叫米肖，他原来在凡尔农的警察分局当了二十来年的警长，和这位妇女，服饰用品店的老板娘同住在一幢房子里。当年，他们相处得很好，后来，老寡妇把店铺的家当卖了，搬到河边去住了，他们就不大见面了。几个月以后，米肖也从外省移居到巴黎，住在塞纳河街，安安稳稳地靠他每月一千五百法郎的退休金过日子。有一天下雨，他在新桥长廊与他的老朋友邂逅，当天晚上，他就在拉甘家吃了饭。

这样，星期四就成了拉甘家接待客人的日子了。退休的警长按时赴约，每周一次。后来，他把他的儿子奥利维埃也带来了，他是一个高大的小伙子，三十岁，长得瘦精精的，娶了一个老婆，却是十分矮小，又体弱多病，干什么都是非常迟缓的。奥利维埃在警察局谋了一个职位，薪俸三千法郎，卡米耶羡慕得不得了，他是警察局治安办公室的主要办事员。从第一天起，泰蕾丝就讨厌这个身体硬朗、神情冷漠的小伙子，后者却认为，他那干瘦的高个子和他那半条命的又矮又小的老婆能光临开在长廊的这家铺子，就算是抬举他们了。

卡米耶也请来了另一位客人，他是奥尔良铁路办事处的老职员，名叫格里韦，有二十年的工龄。他是办事员的尖儿，每年挣两千一百法郎，就是他给卡米耶办公室的职员分配工作的。卡米耶对他非常尊重，他心里打着如意算盘：格里韦总有一天会死的，十几年后，很可能就是由他替代格里韦。格里韦欣然接受了拉甘太太的邀请，他每个礼拜也是准时到达，从不失约。半年后，在他看来，周四的拜访成了一桩义务，他去新桥长廊，就像每天早上去上班一样，完全是本能驱使，习惯成了自然。

从此以后，聚会就变得非常具有吸引力了。七点钟，拉甘太太点燃了炉火，把灯放在桌子当中，旁边放上一副骨牌，再把放在碗橱里的茶具擦洗一遍。八点整，老米肖和格里韦，一个从塞纳河街来，另一个则从玛扎里纳街来，他俩先在店堂前面碰头，然后一块儿走进去，接着，大家一齐上了楼。所有的人都围着桌子坐定，等候奥利维埃·米肖和他的妻子，他们总是要迟一些才到。人到齐后，拉甘太太斟茶，卡米耶把骨牌从盒子里倾倒在漆布上，每一个人都聚精会神地玩起牌来。这个时候，除了骨牌的碰撞声外，没有别的声响。每打完一局，牌友总要争上两三分钟，然后又安静下来，只有清脆地击牌声不时打破这沉寂的气氛。

泰蕾丝玩牌时心不在焉，使卡米耶非常不满。她把弗朗索瓦——就是拉甘太太从凡尔农带来的那只大虎斑猫——抱在身上，一只手抚弄着猫，用另一只手拿骨牌。每礼拜四的聚会对她来说简直是一种酷刑，她时常抱怨身体不适，头疼得厉害，这样可不再打牌，悠闲地呆坐着，让脑子处在半休息状态。她把一只胳膊支在桌子上，用手撑住下巴颏，穿过黄色的、雾蒙蒙的灯光，望着她姑妈和丈夫邀请来的客人。所有这些人都使她恼火，她充满深深的厌恶和无声的愤怒把目光从这一个人身上转移到另一个人身上。老米肖脸色苍白，上面生了一点点红斑，这是一张带着稚气的、死板板模样的老头儿脸；格里韦的脸形狭长，两只骨碌的圆眼睛、两片薄薄的嘴唇像长在傻子的脸上；奥利维埃的脸颊，颧骨隆起，那一颗僵硬而平庸的脑袋，端端正正地长在他那滑稽的身体上；至于奥利维埃的妻子苏姗娜，她的脸上一丝血色也没有，双眼发呆，双唇发白，脸上的皮肤全都松弛下来了。泰蕾丝和这些粗俗的、阴森可怕的人关在一间屋子里，她发现所有的人都是没有生气的。有时，她产生了幻觉，以为自己隐藏在一个墓穴的底部，周围是一具具会做机械动作的尸体，有人把绳子一牵，他们就摇头、挥臂、踢腿。餐室凝重的气氛使她喘不过气，那令人不安的寂静，油灯淡黄色的光芒渗入她的心灵，使她感到莫名的恐怖，并产生一种无可言状的焦虑。

楼下的店门上，装了一只小铃，刺耳的铃声一响，便是有顾客来叩门了。泰蕾丝竖起耳朵，只要铃声一响，她就会飞也似的奔下楼，庆幸自己离开了餐室，松了一口气。她不慌不忙地与顾客做着生意，等顾客走了，她就坐在柜台后面，尽可能地拖延时间，就怕再登上楼。眼前没有格里韦和奥利维埃，她真是非常愉快。她的双手滚烫，店堂里湿润的空气使她脑子清醒一些了。于是，她又像经常一样，陷入深深的沉思中。

但是，她总不能老这样呆着，卡米耶见她离席过久会生气的。他不理解，星期四的晚上，怎么会有人竟以为店堂会比餐室可爱。于是，他就会在楼道的栏杆上倾下身子，用目光寻找他的妻子。

"哎呀！"他嚷嚷道："你在干什么呀？怎么还不上来？……格里韦交上好运了，他

刚才又赢了一把。"

少妇懒洋洋地站起来，又上了楼，在老米肖对面的位置坐下。老米肖似笑非笑地耷拉着两片嘴唇，真叫人想吐直到十点她就这样有气无力地瘫坐在她的椅子里要到十点，望着抱在怀里的虎斑猫弗朗索瓦，免得再看见那一张张在她眼前做着鬼脸的没有灵魂的玩偶。

五

有一个星期四，卡米耶从办公室回家，把身边的一个人亲亲热热地推进店堂里。来者是一个身材魁梧，肩膀宽宽的小伙子。

"妈妈，"他指着小伙子向拉甘太太问道："您还记得这位先生吗？"

上了年纪的老板娘瞧了瞧高大的小伙子，使劲回忆着，怎么也记不起来了。泰蕾丝神情冷漠地看着这个场面。

"怎么啦！"卡米耶接着说，"洛朗，小洛朗，就是那个在尤福斯附近有一块上好的小麦地的洛朗老爹的儿子，您不记得啦？……你记不起来了吗？我和他一起上学，他的叔叔是我们的邻居。早上，他从他叔叔家出来，约我一块儿去学校，您还老给他果酱面包片吃呢。"

陡然，拉甘太太想起了小洛朗，她惊奇地发现他居然长得这么高了。她已有二十年没有看见他了。于是，她便向他谈起了一大堆往事，说了好些做长辈的爱抚话，以让他忘掉她刚才认客时的窘态。洛朗坐下来，他平静地微笑着，答话时嗓音响亮，用从容稳重的目光在屋内环视了一遍。

"你们没想到吧，"卡米耶说，"这个开朗的小伙子也在奥尔良铁路上做事，有一年半了，我们是今天下午才偶然碰上的，认出来的。这个机关实在是太大、太重要啦！"

年纪轻轻的卡米耶，瞪着双眼，噘起了嘴，强调了这么一句话。在一部巨大的机器里，他不过是一颗小小的螺丝钉，还很得意呢。他摇晃着脑袋继续说道：

"啊！可他呀，他身体非常好，他读上去了，已经挣一千五百法郎了……他的父亲把他送进了中学，后来他又学法律，学会绘画，是吗，洛朗？你和我们一块儿吃晚饭吧！"

"非常荣幸，"洛朗爽快地回答说。

他脱下帽子，在店堂里坐定了。拉甘太太跑进厨房里烧菜去了。泰蕾丝一直没吭声，只是注视着新来的客人。她从未看见过一个像样的男人。洛朗长得高大强壮，脸上气色很好，使她觉得新鲜。她多少带着欣赏的眼光，认真地看着他那低低的、压着

一层浓密黑发的额头，他那饱满的双颊、鲜红的嘴唇，及其他那匀称、俊美的脸庞。她又把目光移到他的脖子上，他的头颈粗壮结实，显得强劲有力。然后，她又忘情地注视着他放在双膝上的一双大手，手指是方方愣愣的，握紧成拳的手掌想肯定巨大的，必要时一定会扼死一头牛。洛朗是真正的农家子弟，举止有点儿笨拙，后背隆起，动作缓慢而准确，神情坦然而执拗。他的外衣包裹着他滚圆发达的肌肉，可以感觉到他那强壮有力的身体。泰蕾丝惊奇地打量着他，目光从他的两个拳头一直移到他的脸，当她的目光停留在他公牛似的颈脖上时，不由得一阵抖栗。

卡米耶摆出了布封的书，还有那十生丁一分册的书，向他的朋友显示他也在学习。接着，他像是回答一个他内心酝酿已久的问题似的，对洛朗说：

"你可能认识我的妻子吧，你不记得这个小表妹了吗？她和我们在凡尔农一块儿玩的呀！"

"我一眼就认出尊夫人来了，"洛朗两眼盯着泰蕾丝的脸答道。

这直勾勾的眼神仿佛穿进了少妇的心，她感到很是不自在。她不自然地笑了笑，与洛朗和她的丈夫交谈了几句，就急急忙忙地找她的姑妈去了。她心里非常不好受。

大家上座用餐了。上了汤后，卡米耶觉得应该关心一下他的朋友了。

"令尊近来好吗？"他向洛朗问道。

"我可不知道，"洛朗答道："我们闹翻了，我们已有五年没有联系过了。"

"哦！"小职员惊呼了一声，对这样一件让人不可理解的事感到非常吃惊。

"是的，老头子脑袋瓜太倔了……因为他和邻居不停争吵，他就把我送进学校，指望我以后成为一名律师，好帮他打官司……嗯！洛朗老爹的想法可都是非常实际的，在他异想天开时，还想捞个实惠呢。"

"那么你不想当律师吗！"卡米耶问道，他越来越惊奇了。

"天哪，不想当，"他的朋友笑着说："整整两年，我表面上是在听课，实际上是为领取我父亲支付给我的一千二百法郎的膳宿费。我和我学校的同班同学住在一起，他是一位画家，因此，我也开始学起画画来。我喜欢画画，这门手艺很有意思，而且也不累。我们整天抽烟、闲聊……"

拉甘一家人睁大了眼睛听着。

"不幸，"洛朗接着说道，"好景不长。爸爸知道了我在对他扯谎，每月扣掉了我一百法郎，还提议我回去和他种地。于是，我就试着画一些宗教题材的油画，画卖不出去……我明白，我就要被饿死，让艺术见鬼去吧，于是我到处去找工作做……爸爸总要死的，我就等着这一天的到来，可以不劳而获了。"

洛朗平平淡淡地说着。他用几句话就概括地把过去的经历道出来了。实际上，他是一个懒鬼，他贪图一切享受，欲壑难填。这个身材高大、体强力壮的人其实什么也不想干，他恨不得天天吃喝玩乐，逍遥自在才好。他的愿望无非就是不需要挪动身子，不用花费力气，不必去冒风险，就能吃饱睡足，恣意纵乐。

律师这个职业让他害怕，而想到用镐子去刨地，他就浑身颤抖。他曾投身到艺术中去，希望在艺术里找到一样懒汉的手艺：在他看来，挥动画笔是非常容易的，更何况，他又认为这就是成功的捷径。他幻想过着一种廉价的享乐生活，成天混在女人堆里，处处有沙发可躺，大鱼大肉可以吃，好酒坏酒有得饮，喝它个不醉不罢休。只要洛朗老爹还在寄钱，他这个梦就一直可以做下去的。然而，年轻人已到而立之年了，当他意识到贫穷就在眼前时，他就认真考虑起来。他觉得自己最担心的是缺吃少穿，即使是为了艺术至高无上的荣耀，如果让他一天不吃面包，他也不干。就如他所说，自他发现绘画永远也满足不了他那永远得不到满足的欲望的那一天起，他就让绘画见鬼去了。他的首批习作连及格水平都够不上，他用农家的目光，猥琐、迟钝地看着大自然，他的画布上重彩艳抹，构图不准确，画面丑陋，确实是无从评说起。但是，他这个艺术家，好在并不自恃，当他决定扔掉画笔时，也就没有多少伤感了。他真正无法忘记的是他学校同学的那间画室，在四五年间，他在这间宽敞的画室里享尽了风流之事。他对那些来做模特儿、凭他这点经济能力就能随意玩弄的女人，仍然十分怀念。这形形色色的粗野的淫乐，更加激发了他的肉欲。不过，他现在改行当职员了，倒也悠然自得。他是个粗人，感到生活已经挺不错了，他喜欢日复一日地例行那几件公事，既不累，也不用费神。仅仅只有两件事使他不满意：他缺少女人，而在馆子里吃十八苏一餐的伙食，也远不能满足他贪婪的食欲。

卡米耶像个傻瓜似的，惊异地看着他，听他在讲。这个孱弱的年轻人，身体消瘦无力，从来没有过情欲的冲动，怎么也想象不出来，他的朋友对他说的画室的场面是什么样子。他想象着那些赤身裸体的模特儿女人。

"这么说来，"他对他的朋友说，"这么说来，还真有女人在你面前把内衣脱掉了？"

"当然啦，"洛朗微笑着，边看着泰蕾丝边回答说。她的脸已经变了颜色了。

"您那时的感觉大概很非同异常吧，"卡米耶带着幼稚的笑接着问道，"……我吗，我会难为情的……第一次，你可能吓得傻乎乎的吧？"

洛朗伸出了他的一只大手，仔细地观察看着他的手掌心。他的手指在轻微地颤抖，红光在他的脸上泛起。

"第一次嘛，"他好像在自言自语地说，"我想，我觉得这很自然……很有意思，艺

术这玩意儿，不过，挣不了钱……我曾经有过一个模特儿，她长着一头棕红色的头发，十分可爱：肉是紧紧的、光闪闪的，胸部非常美，臀部非常大……"

洛朗抬起头，看见泰蕾丝一声不吭，一动不动地呆在他面前。少妇目光炯炯地看着他。她那对乌黑的眼珠子，就像是两个无底的洞；从她那半张开的嘴唇间，可以看见嘴里粉红色的光泽。她的精神好像崩溃了，心在收缩。她静静地听着。

洛朗的目光从泰蕾丝移到了卡米耶身上。这位已改行的画家收敛了笑容。他挥了一下手——放肆地、大幅度地挥了一下，结束了讲话，这些，少妇都看在眼里了。在吃甜食时，拉甘太太下楼去招呼一位女顾客了。

桌布掀去之后，洛朗思索了几分钟，突然对卡米耶说：

"你知道，我想我应该为你画一张肖像画。"

拉甘太太和她的儿子十分乐意地接受了这个主意。泰蕾丝仍然不发一言。

"现在是夏天，"洛朗接着说，"我们下午四点就下班了，我可以来，在傍晚前，为你画两个小时，一个星期就可以完成了。"

"一言为定，"卡米耶回答说，兴奋得脸上泛红，"你就和我们一起用晚餐吧……我去卷个发，穿上黑礼服。"

钟敲响了八点。格里韦和米肖走了进来。奥利维埃和苏姗娜也紧跟着到了。

卡米耶把他的朋友向他们一一做了介绍。格里韦抿紧了嘴唇，他对洛朗感到反感，觉得他的薪俸增加得太快了。再说，介入一个不速之客，总有点儿不太顺心：拉甘家的客人对待这个陌生人的态度难免有些冷淡。

洛朗为人举止装得像个十分懂事的孩子。他明白自己的处境，他想一下子就能讨人喜欢、受到欢迎。他用讲故事和爽朗的笑声使在场的人高兴，并且赢得了格里韦的好感。

这晚，泰蕾丝没有借口下楼去。她在平时坐的椅子上一直坐到十一点，玩牌、聊天，避免与洛朗的目光接触，而洛朗也没去注意她。这个小伙子朝气蓬勃、嗓音洪亮、笑声爽朗，具有强烈的感染力，这一切都使少妇心神不定，使她一直处于恍恍惚惚的精神状态之中。

六

从这天开始，洛朗几乎每天晚上都要到拉甘家来。他在葡萄酒巷对面的圣—维克多街上租的一间带家具的小房间里下榻，每月付十八法郎。这是一个小阁楼，仅有六个平方米，屋顶上开了个天窗，窗口微开着，窗外就是天空。洛朗总是很晚才回到这间陋室。在碰见卡米耶之前，他既然没有钱在咖啡馆的座位上消磨时间，就只有在他晚上就餐的小饭店里鬼混，他要上一杯三个苏的掺烧酒的咖啡，不停地抽着烟斗。然后，他缓步走上圣—维克多街，天气温和时，他顺路沿着几个码头溜达溜达，在凳子上坐坐。

现在，新桥长廊上的这家铺子变成了他的可爱、温暖、舒适的休憩之地，在那儿他可以高谈阔论，并受到热情接待。这样，他省去了在小饭店买掺烧酒咖啡所花的三个苏，贪婪地喝着拉甘太太奉上的香茗。到了晚上十点，他还赖在那儿，脑袋瓜昏昏沉沉，肚子里填得满满的，还以为是呆在自己家里。他一直要等到帮助卡米耶关上店门后才离开。

一天傍晚，他带来了画架和颜料盒。第二天，他该为卡米耶画画了。拉甘家买了一块画布，认真地做了准备。最后，艺术家开始画画了，地点就设在这对夫妇的卧室里，照他的说法，这间房间的光线充足些。

画头部就要花上三个晚上。他专心致志地在画布上移动炭笔，一点一点地，涂得很淡。他的草图死板、干枯，粗一看，有点儿像早期艺术家的初稿。他描摹卡米耶的脸部，如同一个学生用颤抖的手，笨拙而又刻板地在描摹一个裸体模特儿，因此面容总是愁眉不展的。到了第四天，他便在他的调色板上放了星星点点的颜料，开始用画笔绘画了。他在画布上点了一些污浊的小点子，画了一些短小而紧密的晕线，好像是用铅笔涂抹的。

每次画到最后，拉甘太太和卡米耶都看得出神。洛朗说，还得等些时候画像才能逼真了。

从开始画画起，泰蕾丝就从来没有离开过这间改成画室的卧房。她常常让她的姑妈一个人坐在柜台后面，稍有借口，她便登上楼，聚精会神地看着洛朗作画。

她还是像往日那么矜持，神情多少有些紧张，不过，脸色显得更苍白些，比平时说话更少了。她坐着，目光随着画笔在动。其实，她对画画本身并不非常感兴趣，她仿佛是被一种力量吸引到这个座位上来的，而且一坐下又像是被钉住了。洛朗有时转过头来对她笑笑，问她是否喜欢这张画。她勉强应答几句，浑身哆嗦，接着便又心醉神迷地呆看着。

晚上，洛朗在圣—维克多街上往回走时，都要一番苦苦地思想斗争，他内心盘算着，他应不应该成为泰蕾丝的情人。

他心里想："只要我愿意，这个小女人就会做我的情妇。她老是在我的背后观察我、打量我、逼视我……她在发抖，她的表情稀奇古怪，即使她不声不响，内心也是激动的。可以肯定，她需要一个情人，她的眼神已表露无遗了……应该说，卡米耶是一个可怜虫啊！"

洛朗想到了他的朋友薄弱的身子，苍白的脸，禁不住暗自高兴。接着，他又想："她在这个店铺里无聊极了……我吗，我之所以去，是因为我无处可去罢了。要不，我才不会常在新桥长廊露面哩。那儿又潮湿又冷落。一个女人在这种地方过日子是会被憋死的……她喜欢我，这点我可以肯定，那么，我又何必让位给别人呢。"

他得意非凡，不再往下想了，出神地望着塞纳河的河水滚滚而去。

"我的老天，听天由命吧，"他大声说，"有机会我就拥抱她……我敢说，她会马上倒入我的怀抱的。"

他又重新上路，可是又犹豫不决起来。

"归根到底，她长得难看了些，"他想道："她的鼻子太大，嘴太大。另外，我一点也不爱她，还有可能出丑。这件事倒真要慎重思考一下。"

洛朗是谨小慎微的人，整整一个星期，这些想法一直在他的头脑里打转转。他尽可能想到一切一旦着与泰蕾丝搭上线后可能带来的麻烦。他只是决定当他确实说服自己有必要这样做时，再见机行事。

在他看来，泰蕾丝真是够难看的，他不爱她；但是，不管怎样，她也不会让他损失什么。他过去廉价买得的女人也并不比她漂亮，更让他喜爱。从经济上着想，他已经打算于去勾引他朋友的妻子了。再说，有好长时间，他没有满足一下自己的情欲了，由于钱包干瘪，他不得不任欲火中烧。如今，能使他多少解解渴的机会来了，他决不想再放弃。总之，考虑再三，搭上这么一个女人不会有什么恶果的：泰蕾丝为自身着想，也会隐瞒一切，因此，只要他愿意，他就可以随时抛弃她；就算卡米耶察觉这一切、发火了，如果他要使坏，他可以一拳送他的命。从各个方面看来，洛朗都认为此事轻而易举，可以试得。

从这时起，他的心就平静下来了，就等有机会下手。只要机会来了，他决心行动果断、彻底。他已能想象出日后幽会时的温柔劲儿了。拉甘的一家人都会为他的享受提供方便：泰蕾丝将会满足他的情欲；拉甘太太会像母亲一样爱抚他；卡米耶晚上在店堂里和他闲聊，让他消愁解闷。

肖像快画好了，机会还没有来。泰蕾丝总是坐在原处，精神郁闷，烦躁不安。可是，卡米耶从不离开卧室，而洛朗也很沮丧，他竟不能让他走开一小时。再也拖不下去了，第二天就应该宣布大功告成了。拉甘太太通知说，大家一起吃晚饭，庆贺画家的杰作问世。

第二天，当洛朗在画布上涂上了最后一笔时，全家的人都集中过来，异口同声说像极了。实际上，这幅画糟透了，灰暗的底色，上面抹着大块大块的紫斑，洛朗即使用最鲜艳的颜料，画上去也是邋里邋遢的。他不知不觉地夸张了他模特儿苍白的脸，因此，卡米耶的脸倒像是一个溺死者发青的面孔，这副尴尬的脸相上的每根线条都在抽搐，这就使他更像个溺死的人了。不过卡米耶却是十分高兴，他说，在画面上，他的神态非常高雅。

等他对他的肖像画欣赏够了，他宣布，他要去拿两瓶香槟酒。拉甘太太已下楼去店堂了。只剩下艺术家和泰蕾丝单独在一起。

少妇蹲着，目光茫然地看着前面。她在发抖，仿佛在等待着什么。洛朗犹豫着，看着他的画布，玩弄着手上的画笔。时光在流逝，卡米耶随时会返回，也许，这样的机会不再有了。蓦地，画家转过身来与泰蕾丝四目相注。他们相视了几秒钟。

接着，洛朗猛地蹲下去，把少妇紧抱在怀里。他把她的头往后仰，使劲地把嘴压在她的两片嘴唇上。她激动、用力地反抗了一下，突然，她瘫软地滑倒在方砖地面上。他俩都没吭声。整个行为是猛烈的，但又是无声无息的。

199

七

　　从一开始，这对情人就感到他们的结合是必要的、天经地义的、顺理成章的。他们初次约会就以"您"字相称，毫无顾忌地拥抱，脸也不红，仿佛他们的默契已有数年之久了。他两在新的环境下，生活如鱼得水，心安理得，毫不知耻。他们安排约会。既然泰蕾丝出不去，那么就决定洛朗上门来。

　　少妇以清晰而自信的口吻把她早已计划好的办法说给他听。幽会地点就在他们夫妇的卧房里。情夫从通向长廊的那条小过道来，泰蕾丝为他把直通卧室小梯的那道门打开。这时，卡米耶还在办公室里上班，拉甘太太则羁留在楼下的店堂里。这是大胆的、有成功把握的行动。

　　洛朗欣然同意了。他虽说谨慎，但仍然有些唐突、胆大妄为，这是一个有拳头做后盾的人的大胆。他的情妇严肃而镇静的神情，鼓励着他常来享受她不顾一切奉献给他的爱情。他随便找个借口，从他的上司那儿请到两小时的假，然后便直奔到新桥长廊来了。

　　他一进入长廊，就已经情欲难熬。卖假首饰的老板娘恰巧坐在过道门的对面。一定得等到她忙着，一个女工进去买一只戒指或是一副铜制的耳环时才行。这时，他便健步如飞地走进过道，靠着泛潮、粘乎乎的墙，登上窄小而阴暗的楼梯。他的双脚踏在楼梯的石级上，每登上一级，他的心就有灼伤的感觉。门悄悄地打开了。在白色的灯光下，他发现泰蕾丝上身穿着紧身衣，下身穿着短裙，头发在后脑勺上紧紧地盘成一个髻，光彩夺目地等在门口。她关上了门，勾住了他的头颈。一阵清香从她的白色内衣，从她那沐浴过的芬芳的玉体里飘逸出来。

　　洛朗大吃一惊，觉得他的情妇漂亮极了，他好像从来没有看见过这个女人。泰蕾丝轻灵而壮实，把他抱得紧紧的，头往后仰着；从她的脸上放射出炽烈的光芒，荡漾着热情的微笑。情妇的这张脸仿佛是换过了，她神态癫狂而又情意绵绵，她的嘴唇湿漉漉的，眼睛亮烁烁的，真可谓容光焕发了。少妇激动不已，全身都在抽搐，虽说是美，但美得有点儿离奇。她的脸仿佛透着亮光，而烈火正是从她的肉体里冒了出来。

她全身血液在沸腾，神经高度紧张，散发出炽热、刺激、撩人的气息。

一次热吻之后，她就媚态百出了。她那不知满足的肉体疯狂地沉溺在淫乐之中。她有如从睡梦中惊醒，情欲点燃了她生命之火。她从卡米耶软弱无力的胳膊里解脱，投入了洛朗强壮有力的怀抱，一挨近这个健壮的男子，她内心就感到了强烈的震动，使她蛰伏在肉体里的灵魂苏醒。她本来就冲动型的女子，这时，她的一切本能都以其前所未有的猛烈程度一齐爆发出来。她的母亲的血，这种灼烧着她血管的非洲血液开始沸腾了，在她那苗条，几乎还是处女的身体里汹涌着。她毫无恬耻地、主动地把自己袒露出来，并奉献给他。她心荡神迷，从头到脚长时间地颤动着。

洛朗这辈子也没有结交过这样的女人。他感到很突然，有些不自在。以前，他的一些情妇从来没有如此冲动地接待过他，他对冷冷的、可有可无的接吻，倦怠的、玩腻了的爱情已习以为常了。泰蕾丝的呜咽与发作几乎使他害怕，同时，又使他感到新奇，更挑逗起了他的情欲。每当他与少妇告别后，他像喝醉酒似的蹒跚而去。翌日，当他又渐渐趋于平静时，他就问自己是否该返回到这个情妇的身旁，后者接二连三的狂吻使他头晕目眩。开始，他毅然决定，还是留在家里吧，过后，他又怯懦了。他曾想把一切都忘了，不愿再看见泰蕾丝对他赤裸裸地、温柔又冲动地抚爱，但是她却永远张开了双臂等着他，从没有过半点动摇。这种情景又使他情欲冲动，难以煎熬。

他还是退却了，又确定了约会日期，来到了新桥长廊。

从这一天起，泰蕾丝走进了他的生活。虽然他不是欣然接受，但他已容忍了她。他有时也害怕，也提心吊胆，总之，这种关系震撼着他，他感到一种说不出来的滋味；然而，他的害怕，他的不适让他的欲望给战胜了。幽会一个接着一个，而且有增无减。

泰蕾丝没有这些顾忌。她毫无保留地豁出去了，随心所欲，纵情欢乐。泰蕾丝的身世不同寻常，她屈从过，现在，她挺立起来了，她明白了她希望的是什么，于是便把自己的整个身心都暴露无遗了。

有时，她把胳膊勾住洛朗的颈子，在他的胸前摩擦着，气喘吁吁地对他说：

"啊！你知道，我吃了多少苦啊！我是在一个病人的陈腐、阴湿的卧室里长大的。我与卡米耶同睡一床，半夜，从他身上发出的气味让我想吐，我就慢慢把身子挪开。他很坏，而且固执，我不想吃他的药，他就也不吃。为了让我姑妈高兴，我就不得已把所有的汤药都喝下去。我真不明白自己怎么就没死……我相貌丑就是他们造成的，我的好心的朋友，他们夺去了我的一切，而你是不可能像我爱你那样爱我的。"

她哭了，拥抱着洛朗，随后，便又咬牙切齿地继续说道：

"我并不希望他们不幸。他们把我带大，收养了我，使我免于灾难……可是，我宁

可他们别管我也不要收留我。我渴望旷野的空气，在我很小的时候，我就向往赤着脚串街走巷，像吉卜赛女人那样，以乞讨为生。有人告诉我，我的母亲是非洲一个部落首领的女儿，我常常想到她。我心里清楚，我继承了她的血液和本性，我真希望永远不离开她，扑在她的背上，穿越沙漠……啊！我的青春是如何度过的啊！现在，每当我想起了我在卡米耶喘着粗气的卧室里熬过的漫长岁月时，我仍感到恶心和愤愤不平。我蹲在炉火前，呆痴痴地看着煎的药在开滚，我感到我的四肢都麻木了。但是我不能动，如果我发出声响，我的姑妈就会责怪我的……后来，我们移居到河边的小屋子里，我觉得快乐极了，不过，我已经变呆了，我只会走走路，如果我要跑，就会摔跤。再往后，往后，他们就要把我整个活生生地埋进这个又小又丑的店铺里了。"

泰蕾丝深深地吸了口气，她双臂紧紧地搂抱着她的情人，她在报复了，而她那两个小巧的鼻孔在神经质地微微翕动着。

"你可能不会相信，"她接着说，"他们是怎样使我变坏的啊！他们把我造就成一个虚伪、撒谎的女人……他们用小市民式的温存体贴把我闷死了，我自己也搞不懂，在我的血管里怎么还会有血的……我整日垂下眼睛，我像他们一样，有着一张忧郁、愚蠢的脸，和他们一样，过着要死不活的日子。你看见我时，我外表就像一个呆子，是吗？那时，我不苟言笑，提不起精神来，同傻子没什么区别。我对什么都不抱希望，我只想有一天能投进塞纳河了此一生……但是，在绝望之前，有多少个晚上，我气得夜不成眠啊！在凡尔农时，我在自己冷冰冰的卧室里，使劲咬着枕头，以免叫出声来，我打自己，把自己看成是胆小鬼。我的热血在沸腾，有可能我会把自己的身体撕成碎块的。有两次我想逃跑，一直迎着太阳往前走，可我没有勇气。他们对我温柔、体贴，即使让我恶心，但也把我变成了一头驯服的牲口。因此，我学会了撒谎，我无时无刻不在骗人。我虽心想着打人、咬人，可我表面上却非常温顺，十分平静。"

少妇住口不说下去了，在洛朗的颈脖子上擦了擦她那湿润的嘴唇。沉默一会后，她又补充说道：

"我不知道为什么我会同意嫁给卡米耶。我没有反对，是因为我听天由命，对一切抱无所谓的态度。我可怜这个孩子。在我与他一块儿玩耍时，我感到我的手指陷进他的四肢里就像插入粘土里似的。我嫁给他只是因为我的姑妈把他交给我了，是因为我顾虑他不会使我有所拘束……但是，我在我的丈夫身上又看到了那个疾病缠身的小男孩的影子，我与他已同床睡了六年哪。他还是那么虚弱，哼哼唧唧的，他的身上仍然发出一种陈腐的气味。以前，他还是孩子时，这种气味曾使我感到多么恶心啊……我向你唠唠叨叨说了这些，希望你不必嫉妒……唉，我又恶心得说不出话来了，我想起我喝的那些汤药……我悄悄地挪开了身子……还有我度过的那些夜晚……而你，你……"

说着，泰蕾丝又挺直了身体，向后仰去，让洛朗厚厚的双手捏着自己的手指，看着他那副宽宽的肩膀、粗壮的颈项……

"你么，我爱你，自卡米耶把你带到店堂里那天起，我就爱上你了……你可能看不起我，因为我第一次就委身于你了……说真的，我也不知道这是怎么回事。我很自豪，我太激动了。那一天，你在这间房间里拥抱我，把我翻倒在地时，我本想打你的……我也闹不清楚，我是怎么爱上你了，或者说，我又怎么会恨上你的。看到你，我就激动，就难受，每当你在这里时，我的神经紧张得都快绷断了，我的头脑空荡荡的，我气得快发狂了。啊！我受了多大的罪啊！而我偏要自找苦吃，我等着你来，我围着你的椅子转，想再次感受到你的气息，想把我的长裙沿着你的衣服下摆再拖一遭。我好像感觉到，当你在我面前走过时，你的血液掀起了阵阵热浪向我扑来。我内心虽有抵抗，但吸引我，使我留在你身边的，乃是在你四周弥散开来的炽热的气息……你还记得吧，当你在这儿画画时，总有一股什么超人的力量把我吸到你的身旁，我贪婪地、愉快地呼吸着你周围的空气。我心里明白，我可能在盼望你的亲吻，我这么没出息，自己也觉得可耻，我感到，如果你碰我一下，我就会倒下来的。但是，怯懦还是占了上风，我冷得直打哆嗦，等着你来拥抱我……"

说到这里，泰蕾丝不再说下去了，她心潮起伏，因报了仇而洋洋得意。她把如醉如痴的洛朗紧紧压在自己的胸口，于是便在这寒酸而阴冷的卧室里，演出了一幕幕热恋的场面，其放浪之态，真是难以用语言形容。但每一次幽会又都会把他们的爱情掀动得更加狂热。

少妇好像以大胆妄为和厚颜无耻为乐事。她没有犹豫片刻，毫不惧怕。她对与另一个男人通奸表现得既坦然又坚决，好像她存心想铤而走险，以冒险来满足她的虚荣心似的。每当她估计她的情人该来了，为保险起见，她提前对她的姑妈说，她要上楼休息去。而一旦他进房以后，她又是走动，又是说话，干什么都毫无顾忌，从来没想到要轻手轻脚，最初几次洛朗还有些害怕呢。

"我的天哪！"他轻声对泰蕾丝说，"轻点，拉甘太太会上来看的。"

"啊哈！"她笑着回答道，"你老是心惊胆战的……她钉死在柜台上啦，你想，她上来干什么呢？她都怕死了，就怕别人偷她的东西……再说，管她呢，她愿意就让她上来呗。你躲起来不就是了吗？……我才不在乎她哩。反正我爱你。"

这些话对洛朗也安慰不了多少。情欲也不能消除他那农民天生的谨慎和狡诈。不

过，久而久之，也就习以为常了，大白天在卡米耶的卧室里，就在妇女服饰用品店老板娘的眼皮底下，肆无忌惮地淫乱也并不使他太害怕了。他的情妇反复对他说，迎着危险上的人才不会有危险，她说的也确实不是没有道理。在这屋子里，任何人也不会来找他们，情人们再也找不到一个比这儿更加安全的去处了。他俩在那里尽情淫乐，没有一点顾虑。

有这么一天，拉甘太太担心她的侄女生病了，上楼来看看。少妇呆在楼上将近有三小时了。少妇的胆子越来越大，竟然没把卧室通向餐厅的那道门闩上。

当洛朗听见老板娘登上木楼梯时发出的沉重的脚步声时，慌张起来，手忙脚乱地寻找他的背心和帽子。泰蕾丝看到他的窘态，笑出声来，她使劲抓住他的胳膊，把他捺到床脚下，放低嗓门，镇定地对他说：

"别出声……也不要动。"

她把散乱的男人衣服一齐撂在他的身上，然后又把脱下的一条衬裙把一切都盖住。她做这一切，动作干净利索，一点都没露出惊惶的神色。接着，她便躺下，头发乱蓬蓬的，半裸着身子，脸上红扑扑的，还在激动不已。

拉甘太太轻轻地打开门，放轻了脚步走近床边。少妇装着睡着了。洛朗刚在白衬裙里直冒汗。

"泰蕾丝，"老板娘关心地问道："你病了么，我的女儿?"

泰蕾丝睁开了眼睛，打了一个呵欠，转过头，有气无力地回答说，她头疼得非常厉害。她恳求姑妈让她单独躺一会儿。老妇像来时那样，又悄悄地去了。

这对情人偷偷地笑着，激动地、热烈地拥抱在一起。

"你看到了吧，"泰蕾丝带着胜利的口吻说："在这儿，我们什么也不用害怕……这些人都瞎了眼了：他们心中没有爱情。"

又有一天，少妇突然涌出了一个古怪的念头。有时，她确实像疯了一样，处在极度兴奋的神经状态之中。

虎斑猫弗朗索瓦在卧室正中坐着。它的神情严肃，睁着一对圆圆的大眼睛，定神地注视这对情人。它似乎很认真地注视着他们，连眼皮也不眨一下，好像它的灵魂被鬼摄去了。

"快看弗朗索瓦，"泰蕾丝对洛朗说，"好像它也通人性似的，今晚，它会把什么都告诉卡米耶的……说话呀！有这么一天，这只猫在店堂里说话了，这才有意思哩，它对我们的事情知道得可多啦……"

不知怎么的，少妇居然冒出了弗朗索瓦可能会说话的念头，她感到非常有意思。

洛朗盯着猫的一对大大的绿色瞳仁，浑身起了鸡皮疙瘩。

"这只猫总有一天会这么干的。"泰蕾丝接着说，"它会直起身子，用一只脚爪指着我，而用另一只脚爪指着你，大声嚷嚷道：'这位先生和这位太太在卧室里拥抱得太紧了。他俩对我倒是非常放心，但是，既然他俩罪孽的私通中我恶心，我请您把他俩投进地狱，这样，他们就再也不会来打扰我的午休啦。'"

泰蕾丝像孩子般开着玩笑，她伸出双手，模仿着猫的脚爪，并耸起双肩，轻微晃动着。弗朗索瓦像石头一样一动不动，始终注视着它，似乎只有它的一对眼睛是有生命的。在它的大嘴的两边有两道深深的皱纹，使这只像用稻草充填的小动物的脸，看上去好像在放声大笑。

洛朗的骨头里都在发冷。他觉得泰蕾丝开的玩笑太荒唐了。他站起来，把猫撵到门外。其实，他还真的确有点儿害怕，他的情妇还没有真正占有他，在他的内心深处，仍然有些惶恐不安，这从一开始，少妇吻他时就感受到的。

八

　　傍晚，在店铺里，洛朗确实是心满意足了。一般来说，他都会跟卡米耶一起从办公室回家。拉甘太太待他就像对待自己的亲人一样。她知道他手头拮据，吃得非常差，睡在阁楼上，便直截了当地对他说，他可以随时上她家吃饭。她喜欢这个喋喋不休，平易近人的小伙子。上了年纪的老人，对家乡来的并能与他们谈谈往事的人，都是偏爱的。

　　他们热情好客，年轻人也就顺水推舟了。他与卡米耶从办公室出来，在回家前，先要在码头上散会儿步。他俩交朋友是各有所得，他们可以互相解解闷，边谈边溜达，好不悠闲自在。过了会儿，他们决定回家喝拉甘夫人做的汤了。洛朗倒像个主人似的打开了店堂的门，他就跨坐在椅子上，又是抽烟又是吐唾沫，就像在自己家里一样。

　　即使泰蕾丝在场，他也丝毫没有难堪的样子。他对待少妇既和蔼又有分寸，他开玩笑、说一些讨她喜欢的客套话时，脸上完全不动声色。卡米耶在一旁也跟着笑，他看见自己的妻子只是简简单单地应答他几句，便认定他俩彼此都没有好感。有一天，他甚至责怪了泰蕾丝，说她对洛朗未免过于冷淡了。

　　洛朗估计得挺准：他终于成了妻子的情人，丈夫的朋友，母亲宠惯的孩子。他的感官从未得到过这样的满足。拉甘一家给了他无穷的快乐，他陶醉其中，飘飘欲仙。另外，他还觉得，他在这个家庭中所占的地位也是再自然不过了。他以"你"称呼卡米耶，毫无怨气，毫不懊丧。他并不留心自己的举止和言谈，因为他相信自己的心地平静，决不会走漏一点风声的。他怀着自私的心理品味着他的快乐，也避免自己不慎出岔子。在店堂里，他的情妇和其他女人一样，他决不会上前拥抱，对他来说，这个时候这个女人是不存在的。倘若说他没在众人面前拥抱她，这是因为他担心回不来了。只不过是出于这个想法他才没这样做，要不，他才不在乎卡米耶和他的母亲的痛苦呢。他俩的关系一旦被发现会产生什么后果，他也从没有想过。他认为这样做是人之常情，他想，一个贫穷、饥饿的人处在他的地位都会这样去做的。他之所以心安理得、胆大心细、坦然超脱，也都基于这样的想法。

泰蕾丝比他焦躁、激动多了，她也不得不扮演一个角色。她早就学会假正经了，多亏有这一套，她才表演得惟妙惟肖，非常逼真。在快近的十五年中，她撒谎，把激情压抑着，强烈地克制着自己，装出无精打采，提不起精神的样子。以前，他的脸既然能装得冷冰冰的像个死人，现在，要整个人都装成那副模样又有什么困难呢？当洛朗走进店堂时，他看见她一本正经，满脸的不高兴，鼻子显得更长了，嘴唇也更薄了。她丑陋、脾气坏，简直无法接近。此外，她也无须故弄玄虚，只需继续扮演过去的角色，因而也不会由于突然改变脸谱而引起别人的惊奇。她在欺骗卡米耶和拉甘太太的同时，也隐隐约约地感到某种快意。她不像洛朗那样，沉溺于情欲的发泄但毫无责任感，她知道自己在干坏事，并且，她巴不得从餐桌上站起来，拥抱、热吻着洛朗，这仅仅是为了向她的丈夫和姑妈表明，她不是一头牲口，她还有一个情夫。

　　有时，她的脑袋发热，兴奋至极，当她的情夫不在场，而她又不怕暴露自己时，虽说她是个极好的演员，她也有时会忍不住引吭高歌。这突如其来的激情，拉甘太太看在眼里，喜在心中，她本来就以为她的侄女过于严肃了。少妇买了花盆，装饰着在她卧室的窗台，然后，她又让人在她的房间里贴上新的糊墙纸，她还想买地毯、窗帘和红木家具。所有这些奢侈品都是为了洛朗。

　　大自然和机遇仿佛就是为了这个男人才造就了这个女人，并使他俩相互接近。女的冲动而做作，男的像个野人似的血气方刚，生气勃勃，他们倒是天作之合，天生的一对。他俩取长补短，相濡以沫。晚上，在餐桌上，在晕白的灯光下，当你看见洛朗粗俗、略带微笑的面孔对着泰蕾丝不动声色、捉摸不透的假面具，你可以感觉到他俩结合的力量。

　　这些夜晚是多么柔和、多么静谧啊！在静默中，在透明而温和的暮色里，响起了他俩友善的交谈声。他们紧挨在餐桌边，上了甜食之后，他们便交谈着当天发生的琐事，回忆着昨天，又展望着明天。卡米耶本就是自私自利的人，现在心满意足了，便全心全意地爱着洛朗，而洛朗似乎也对他投桃报李，在他们之间，交流着真诚的话语、殷勤的照料和亲切的目光。拉甘太太和气而安详，她沐浴在孩子们创造的安宁的气氛里，也把她的柔情温暖着他们。这仿佛是几个知心的老朋友的聚会，他们都沉醉在信任和友谊的暖流之中。

　　泰蕾丝像其他人一样，也是心平气和、一动不动地坐着，享受这市民式的欢乐和舒适。其实，在她的内心深处，她在狞笑着；当她的脸上表现出冷峻的神态时，她的整个身心却在嘲笑着。她暗暗自喜，心想，几小时以前，她还在隔壁房间里，半裸着身子，披头散发，枕在洛朗的胸脯上哩。她想起了下午纵欲时的每个细节，把这些细节在脑子里一一展现出来，她又把这激动人心的场面和眼前的死寂气氛做了对比。啊！她把这两个好人骗得真过瘾呵！她洋洋自得、厚颜无耻地欺骗他们时，内心是多么高兴啊！就在这儿，在两步之外，在这道薄薄的隔墙后面，她刚刚接待了一个男人，就在那儿，她沉溺在通奸的狂热之中。而她的情夫，此时此刻，却变成了一个陌生人，变成了她丈夫的同事，变成了一个她用不着关心的蠢货和不速之客。这一出残忍的戏剧、对生活的欺骗行为以及白天的狂吻与夜晚的假正经所引起的强烈的对比，所有这些都让少妇的热血更加沸腾不已。

有时候，趁拉甘太太和卡米耶都下楼去时，泰蕾丝就一跃而起，急速然而又是无声地把嘴唇贴在她情人的嘴上，就这样吻着，因透不过气而喘着，一直到她听到木楼梯发出声响为止。这时，她又是一个箭步回到原位，重新做出闷闷不乐的样子。洛朗也以平稳的口气，与卡米耶继续那中断了的谈话。刚才的一幕仿佛在漆黑的夜空迅速地划过了一道耀眼的闪电似的。

星期四的晚上就更热闹些。这一天，洛朗厌烦得要命，不过也没有办法只有尽尽义务，一次也没缺席过：他谨慎小心，想取得卡米耶的朋友们的信赖和尊重。他必须去听格里韦和老米肖那颠三倒四的话：米肖总是重复着地讲一些杀人行窃的故事；与此同时，格里韦则谈论他的同事、上司和机关的情形。小伙子挨在奥利维埃和苏姗娜的身旁坐着，他觉得他俩蠢得让人还能容忍。此外，他就老催促着快打多米诺骨牌。

也就是在每个星期四的晚上，泰蕾丝约定他俩下次会面的日期和时间。在乱哄哄的告别声中，每当拉甘太太和卡米耶把客人送到长廊的入口处时，少妇就挨近洛朗，紧握着他的手，向他耳语了几句。有时，甚至当众人背向他俩的刹那间，她会亲吻他一下，显示自己有能耐。

这激动而又平静的生活持续了八个月。这对情人的生活的确是快活极了。泰蕾丝再也没有不感到无聊，也不异想天开了；洛朗呢，他吃饱喝足，又受到这一家人的疼爱，一天天发福起来，他唯一的担心，就是担心这美好的生活不会长久。

九

一天下午，洛朗刚要离开他的办公室，准备尽快飞到正在等着他的泰蕾丝身旁，他的上司把他叫住，并且向他宣布，以后不许他再动辄早退，说他请假太多了，如果再犯，机关就决定解雇他。

他就这样被钉在椅子上，直到傍晚都毫无办法。他总得挣一份面包，不能给人撵出去。晚上，他看见泰蕾丝那张赌气的脸难受极了。他不知道如何把失约的事向他的情妇解释清楚。他趁卡米耶关店门之际，迅速走近少妇，轻声对她说：

"我们见不着啦，我的上司再也不准我早退了。"

这时卡米耶返回来了，洛朗还没把话说清楚，就撇下了泰蕾丝就告辞了。泰蕾丝在这突如其来的打击下一时不知该怎么办。她非常失望，又不甘心别人就这样打乱了她的淫乐。一夜没合眼，她思考着如何继续那荒唐的幽会。星期四到了，她与洛朗至多交谈了分把钟。他们连碰头谈谈心、商量个幽会办法的地方都找不到，因而就更加焦躁不安。少妇给了她情人一个新的约会时间，后者又一次失约了。从这以后，她只有一个念头，就是不惜一切代价也要见到他。

洛朗已经有半个月不能接近泰蕾丝了。这时他才感觉到，这个女人对他变得是多么的重要啊！他过惯了放浪形骸的生活，现在更是变本加厉，欲壑难填。他的情妇拥抱他时，他一点儿也不感到别扭，像只饥饿的野兽那样，固执地觊觎着她的拥抱。他的内心孕育着火一般的激情，眼下，要是有人把他与他的情妇活活拆散，这种激情就会史无前例的猛烈地、盲目地爆发出来，使他的爱情达到疯狂的地步。在他兽性发作时，一切都好像是下意识的：他服从本能的需要，他听任感官的驱使，随心所欲，为所欲为。在一年前，倘若有人说他为了一个女人而心神不定，说他成了她的奴隶时，他会放声大笑的。情欲在他的肉体里默默施威，他终于束手就擒，接受了泰蕾丝野性的爱抚而不可自拔。这时，他提心自己鲁莽行事，也不敢再到新桥长廊来看她，担心自己失去理智。他不能自持了。他的情妇，带着猫一般的轻捷、柔韧而又有力地，渐渐把自己的形象渗入他心灵的每一个角落。就如人赖以生存的是水和食物一样，他的

生活中不能没有这个女人。

泰蕾丝写给他一封信，通知他次日呆在自己的家里。如果没有收到这封信的话，他肯定要干出傻事来了。他的情妇答应他在晚上八点钟左右来看他。

他从办公室出来后，就把卡米耶甩了，借口说他很累，想尽早回家睡觉。泰蕾丝用过晚餐后，也扮演了她的角色，她说有一个女顾客没有付清钱就搬家了，她要去做一个不好对付的女债主了。她声称，她这就去索回债款，那个女顾客住在巴底尼奥尔街。拉甘太太和卡米耶都觉得路太远了点儿，这样做也有些冒失。不过，他们没有怀疑什么，也就放心地让泰蕾丝走了。

少妇一口气跑到了葡萄酒巷，在污腻的石板路上滑行，冲撞着行人，一心想尽快地赶到目的地。她的额上沁出了汗珠，她的双手滚烫，别人还以为她是一个喝醉酒的女人。她匆忙地爬上了带家具的客店的楼梯。她在七层楼上看见洛朗时，已是两眼迷糊、上气不接下气了。洛朗这时正倾身在栏杆上等着她。

她走进这个笼子。由于整个空间太小了，她那宽边裙都不能自如地伸展。她用一只手脱下了帽子，靠在床沿上，有些支持不住了……

夜间的凉气通过开得大大的天窗倾注到那张热烘烘的床上。这对情人长时间地呆在这间阁楼里，就好像躲在一个洞窟底部似的。突然，泰蕾丝听见"慈善"教堂的钟敲了十下。她真希望自己是一个聋子没有听见钟声。她艰难地站起来，这才开始打量这间阁楼，她直到现在还没仔细看过呢。她寻找帽子，系上衣带，边坐下边悠悠地说：

"我现在应该走了。"

洛朗走过去跪在她面前并抓起她的双手。"再见吧！"她又重复了一句，并没挪动身子。"别说再见，"他大声说道，"这句话太含糊了……你什么时候再来？"

她直愣愣地看着他。

"你要我直说吗？"她说，"那好吧！说真的，我想，我可能再也不会来了。我找不出借口，我又编不出来。"

"这么说来，我们该说永别啰。"

"不，我不情愿！"

她咬牙切齿地说出了这句话。随后，她又下意识地、较温柔地补充了一句，可也并没有离开她的椅子：

"我这就走？"

洛朗在想着什么。他在想卡米耶。

"我并不恨他，"他终于开口说道，并未指名道姓，"但是，说实在的，他也太妨碍我们了……你就不能让我们摆脱他吗？你让他随便到哪儿旅游去，让他走得远远的不行吗？"

"啊！对啊，让他去旅游！"少妇摇晃着脑袋说，"你以为这样一个人会同意去旅游吗？……只有一种旅游能一去不复返……但是，这样一来我们全都完蛋了。那些只有半条命的人可活得长哩。"

沉默了片刻。洛朗把双膝向前移了几步，紧挨着他的情妇，把头靠在她的胸口上。

"我曾经做过一个梦，"他说，"我想和你整夜睡在一起，躺在你的怀抱里，第二天早上，我在你的热吻下醒来……我想做你的丈夫，你知道吗？"

"嗯，嗯，"泰蕾丝应答着，浑身都在颤抖。

突然，她猛地倾身在洛朗的脸上狂吻起来。她把她帽子上的扣带擦着年轻人的硬胡子。她也没想到自己已经穿好衣服了，她这样做会把衣服弄皱的。她呜咽着，哭得像泪人儿似的，断断续续地说了一些话。

"别说这些话了，"她又说了一遍，"因为我已没有力量离开您了，我就呆在这儿不走了……还是给我一些勇气吧，对我说，我们还会见面的……您需要我，我们总有办法生活在一起的，不是吗？"

"那么，再来吧，明天继续来吧，"洛朗答道，他那双颤抖的手沿着她的身子摸上去。

"可是我来不了了……我告诉过你了，我找不到借口也编不出借口。"

她用胳膊搂紧了他，接着说：

"哦！我不怕丢脸。如果你愿意，回到家里，我就对卡米耶说，你是我的情人，我要回到这儿来睡觉……我倒是怕你，我不希望扰乱你的生活，我希望能使你过得幸福。"

小伙子谨慎的天性又冒出来了。

"你说得对，"他说，"不能像孩子那样闹着玩。啊！如果你的丈夫死了……"

"假如我的丈夫死了……"泰蕾丝缓慢地重复道。

"我们就结婚，那时什么也不怕了，我们可以尽情地相爱……多么令人向往的生活啊！"

少妇站了起来。她的两颊苍白，忧郁地望着她的情夫，她的嘴唇在颤抖。

"有时，人死了也就算了，"她终于嗫嚅着说道，"但是，对活下来的人却很危险。"

洛朗一言不发。

211

"你看，"她接着说，"所有明摆着的办法都是不可行的。"

"你没理解我的意思，"他冷静地说道，"我可不是傻瓜，我想自由自在地爱你……我在想，天有不测风云，人有旦夕祸福，会滑交，瓦片会掉下来……你明白吗？这后一种情况，风就是唯一的罪人了。"

他说话时音调有些异样。他的脸露出微笑，以慰抚的口吻又继续说道：

"去吧，请放心，我们会自由相爱的，我们会生活得幸福的……既然你不能再来，一切都由我来安排……万一我们几个月不见面，你也别忘记我，你要想到我在为我们的永远的幸福操心哪。"

他把泰蕾丝紧紧地搂在怀里，泰蕾丝已把门打开准备走了。

"你是属于我的，是吗？"他接着说道，"你发誓，只要我愿意，你在什么时候都会为我献出一切的。"

"是的，"少妇嚷着说道，"我属于你，一切听你的。"

他俩又冲动地、静静地呆了一会儿。之后，泰蕾丝猛地抽身而出，她从阁楼里冲出来，头也不回地下了楼梯。洛朗听着她的脚步声渐渐远去了。

当脚步声完全消失后，他回到了他的陋室。他躺了下来，被褥还是温温的。泰蕾丝在被窝里还留存着她的激情和狂热，现在他在原处却觉得闷得慌。他似乎感到自己还能多少嗅到少妇的一些气息：她曾在那儿呆过，散发着紫罗兰的醉人的芬芳。而现在，他只能拥抱在他周围晃动着的、他情妇的幻影，他又渴望着重新燃起的、永远不能满足的爱情。他没有把窗关上。他仰面躺着，赤裸着双肩，两手平摊开，想透透凉气。他望着窗棂勾勒出的一方暗蓝色的天空，苦苦地沉思着。

快天亮了，他脑子里还在盘旋着另一个念头。泰蕾丝来之前，他并未想到要杀害卡米耶，现在要这个男人去死，这是现实迫使他这样去想的，因为想到他再也见不着他的情妇而感到不可忍受。就在这种背景下，他的潜意识向他展示了一个新的角落：在通奸的狂热中，他开始想到杀人了。

眼下，万籁俱寂。他孤零零地呆在沉沉的夜色里，内心有些平静了，他琢磨着怎样去杀人。在他俩亲吻时因绝望而冒出来的杀人想法，这时却更加强烈、更加不可动摇了。洛朗整夜未眠，又被泰蕾丝走后留下的浓烈的气味所刺激，开始拟定行动计划，并权衡着充当杀人犯后的利弊得失。

他有一切理由去犯罪。他心想，他的父亲是大福斯地区的一个农民，拖着老命就是不死。他说不定还得当上二十年的职员，还得在小饭店里搭伙，没有妻室，独身住在阁楼里，他一想到这儿就来火。相反，只要卡米耶死了，他娶了泰蕾丝为妻，继承拉甘太太的遗产，辞掉公职，便可在阳光下悠来晃去了。于是，他又畅想起悠哉悠哉的生活来。他觉得自己已经是吃住不愁、无所事事，只需耐心等待着他的父亲上西天了。可是，如果在他的梦想中横亘着现实这堵墙时，他就与卡米耶发生了冲突，于是他便握紧了拳头，仿佛想把他掐死似的。

洛朗要占有泰蕾丝，要随心所欲地独个儿占有她。要是他不把她的丈夫除掉，妻子也不会有。她早已对他说了，她不能再来。他原本可以把她劫走，带她私奔到某处，但这一来，他们两个都会被饿死。杀掉丈夫，他冒的风险可能要小些，他不会闹出丑闻，只是把那个人推开由他取而代之而已。按照他农民原始的逻辑推理，他觉得这个办法既自然又妥当。凭着他谨慎的天性，还觉得干这件事应该尽早，免得夜长梦多。

他汗水淋漓，在床上辗转反侧。他俯卧着身子，把汗涔涔的脸贴在泰蕾丝的发髻滞留过的枕头上。他用两片干燥的嘴唇咬着枕套，啜吸着布块上散发出来的清香。他就这样屏气凝神地呆着，好像看见一根根火棒在他闭合的眼皮上一一闪过。他打算着将如何杀死卡米耶。不一会儿，当他透不过气来时，他一个翻身又仰面躺着，睁大了眼睛，身上吹着从窗外进来的冷风，看着一方淡蓝色的夜空里闪烁着的星星，考虑着如何去杀人的计划。

他什么也想不出来。就像他对他的情妇说过的那样，他不是一个孩子，也不是一个傻瓜；他不想用匕首，也不想下毒药。他想干得隐蔽而巧妙，要不露声色、不冒风险、毫无恐怖地把事情了结掉；简单、利落地除掉一个人。他虽冲动，但也不会盲动，他的全部思想都在警告他要小心行事。他太胆怯但又太好色，因此不会拿自己的安逸日子去做赌注。他杀人的目的只是为了生活得更平静、更幸福。

他逐渐地有些犯困了。清凉的夜气把泰蕾丝温暖而芬芳的幻影从小阁楼里赶跑了。洛朗心里平静下来，他非常疲劳，神志恍惚，在他入睡的一刻，他决定伺机而动。他越来越迷糊，一个想法老是在他的脑子里沉浮着、低吟着："我要把他杀了，我要把他杀了。"五分钟后，他睡熟了，均匀而平稳地呼吸着。

泰蕾丝在晚上十一点钟才回到家。她的头脑沉沉的，神经非常紧张，一直走到新桥长廊，还不知道这段路是怎样走过来的。她还觉得自己刚从洛朗家走出来，耳边还在响着她刚刚听到的话。她看见拉甘太太和卡米耶正在焦急不安地等着，她三言两语地答应他们的诘问，说她走了不少冤枉路，她在人行道上等公共马车用了快一个小时。

她睡上床后，感觉被褥又冷又潮，非常厌恶，热乎乎的四肢突然抖动起来。卡米耶不一小会就睡着了，他张着嘴，枕在枕头上的苍白的脸一副呆相，泰蕾丝望了他很久。她慢慢地挪开了身子，真想把自己攥紧的拳头捅进这张嘴里。

　　快要三个星期过去了。洛朗每天晚上都到店里来，他装得有气无力的，像生了病。他的两眼四周有一圈淡蓝色的印子，双唇发白，有些干裂。但是，他还是那么稳重而平静，像以往一样正视着卡米耶，对他赤诚相待。而拉甘太太自从看到这个全家的朋友慵懒无力、萎靡不振的样子之后，对他就格外关心了。

　　泰蕾丝又像以前那样显得闷闷不乐、沉默不语了。她比以往任何时候都更不好动，更加安分，也更叫人捉摸不透。洛朗仿佛在她的眼里根本不存在，她难得看他一眼，很少和他搭腔，对他非常冷淡。拉甘太太心地善良，看见她这种态度很是难受，有时就对小伙子说道：

　　"我的侄女不爱理人，您别见怪。我了解她，她外表冷，内心的感情丰富而真诚，可热着哩。"

　　这对情人也不再约会了。那天晚上，在圣—维克多街幽会之后，他们就再没有单独在一起过。晚上，当他俩面面相对时，表面上冰冷的要是路人，但在他们镇静的假面具下，却正扫过爱情、欲望和恐惧的狂风暴雨。泰蕾丝心里交织着冲动、胆怯和残忍的嘲讽的感情，而洛朗则心怀叵测、犹疑不决。他俩都也不敢正视自己，都不敢细细分析那充塞着自己头脑里的朦朦胧胧然而又是强烈而执着的思绪。

　　只要有门挡着，只要有可能，他们就迅猛而短促地紧握一下手，差点没把对方的手骨捏断了。对方的要是真能办得到，他们真恨不得把对方的一块肉粘在自己手指上带走呢。为了平息一下情欲，他们也只有握一握手，他们在手上倾注了全部身心。他们别无他求。他们在等待着机会。

　　一个星期四的晚上，在玩牌之前，拉甘太太家的客人们像往常一样要闲聊一会儿。他们的重大话题之一就是要老米肖谈他过去的职务，并要他说过去离奇而冒险的办案经历。这时，格里韦和卡米耶便像小孩子听蓝胡子或小拇指故事那样带着恐怖的表情，张大嘴巴听着警长讲述。这些故事即使他们害怕，又引起他们的兴趣。

　　这一天，老米肖讲述了一件非常可怕的谋杀案，其情节使他的所有听众都毛骨悚然。说完后，他摇晃着脑袋补充了一句：

"世人并不知道一切……有多少罪恶还不为人所知！有多少杀人犯逃脱了人间法庭的制裁！"

"什么！"格里韦惊奇地说，"您认为在大街上还有一些恶棍像这样肆无忌惮地杀了人却没被拘捕吗？"

奥利维埃用不屑一顾的神情微笑着。

"我亲爱的先生，"他用尖锐的嗓音答道，"要是没有逮捕他们，那是因为他们的谋杀行径还没有被人发现。"

这个推理好像说服不了格里韦。卡米耶赶来相助。

"我吗，我同意格里韦的意见，"他板着脸，一本正经地说，"我有理由相信，警方是能干的，我这辈子在大街上也不会碰到一个杀人犯的。"

奥利维埃听见话中有话，觉得自己受到了人身攻击。

"当然啦，警方确实能干，"他气恼地高声说道，"但是，我们总不是万能的。有一些坏蛋是在魔鬼的学校里学会犯罪的；他们甚至能逃脱上帝的惩罚，是吗，我的老爹？"

"对啊，对啊，"老米肖支持这个看法，"可能拉甘太太还记得这件事吧，当我住在凡尔农时，一位马车夫在大道上被人暗杀了。尸体被人分支解了扔进一条沟里。凶手最终还是没能抓到。也许他现在仍然活着；也许他就是我们的邻居；也可能格里韦先生在回家的路上会遇上他。"

格里韦的脸唰地一下变得像白布一样白。他不敢转过头来；他以为杀马车夫的凶手就在他的身后呢。其实，他也庆幸自己受到了惊吓。

"哦，不！"他吃吃地说，也不很清楚自己说的是什么，"哦，不！我可不想去想这些……我吗，我也有一个故事：从前有一个女仆，因为偷了她主人的一套餐具而被送入监狱。两个月后，有人砍树，在一只喜鹊窝里找到了这套餐具。原来小偷是一只喜鹊。人们把女仆放了……你们看，不管是谁，罪犯总是会受到惩罚的。"

格里韦胜利了。奥利维埃在冷笑。

"这么说来，"他说道，"喜鹊就会被送进监狱了。"

"我想格里韦先生想说的不是这个意思，"卡米耶接着说，他看见他的上司被人揶揄有些气恼，"……妈妈，把骨牌拿出来给我们玩吧！"

正当拉甘太太走去找骨牌时，年轻人冲着米肖继续说道：

"那么您承认了警方是无能的，是吗？明明有些杀人犯在大白天溜达哩！"

"哦，不幸而言中了，"警长回答道。

"这真是伤风败俗，"格里韦下结论说。

在这一番谈话中，泰蕾丝和洛朗一直是缄默不语。他们对格里韦的一席蠢话甚至笑都没笑一下。他俩把胳膊支在餐桌上，脸色微微发白，两眼茫然地听着。他们那邪恶而炽热的目光有时也交织在一起。泰蕾丝的发根处沁出了点点汗珠儿，洛朗感到心里一阵阵发冷，皮肉有些颤抖。

世界传世藏书

世界禁书文库

红杏出墙

十一

星期天有时碰上好天气，卡米耶一定要泰蕾丝和他一块儿出门，在香舍丽榭大街散一会儿步。少妇则宁可呆在阴冷潮湿的店堂里，她感到疲倦。她丈夫像个傻瓜似的，一声不吭，拖着她在人行道上漫无目的地走着，对什么都好奇，好像老在考虑着什么，每碰到一家商店都要停下看看。她挽着他的胳膊真是苦恼极了，然而，卡米耶却很怡然自得。他喜欢向别人炫耀他的妻子，每当他碰上一个同事，特别是遇见他的上司时，有夫人在身旁，他和他们打招呼都是神气活现的。另外，他是为走路而走路，几乎像个哑巴，穿着节日的衣服，身子直挺挺的显得有些别扭，走起路来慢条斯理，挺像一回事，其实是一副蠢相。泰蕾丝挽着这么一个男人散步真是哑巴吃黄连——有苦说不出。

逢上散步的那些日子，拉甘太太把她的两个孩子一直送到长廊的尽头。她一一拥抱他们，好像他们要出远门似的。接着，便是无休无止的叮嘱，恳切的祈愿。

"特别要当心意外……"她说，"在巴黎这块地方，车辆太多了！……你们答应我不往人群里挤吗？……"

终于，她还是让他们走了，并且目送他们一阵子后才回到店铺里。她的两条腿变得越来越沉了，她不可能再长距离步行。

还有些时候，这对夫妇偶尔走出巴黎，到圣—乌昂或到阿斯尼埃尔去，并且在河边的一家小饭馆里吃一盘油炸鱼。碰上这种日子，他们算是有点奢侈了。大家在一个月前就会开始讨论。泰蕾丝更愿意、甚至是带着兴奋的心情同意去那些地方游玩，这样她可以在露天一直呆到晚上十点、十一点钟。圣—乌昂的许多绿色小岛使她回忆起凡尔农来。还是少女时代，她就在那儿体验到了塞纳河的全部野趣。烈日当空，她坐在树荫下的小砾石上，凉风习习，她把双手浸在河里。当她的裙子在小石子和沃土上拖去弄脏时，卡米耶则仔仔细细地铺开了他的手帕，悄悄地挨在她身旁坐着。在最后的日子里，这对年轻夫妇几乎总是把洛朗带着，洛朗凭借着他那粗犷的笑声和过人的精力，让他们游玩得格外欢畅。

217

　　有一个星期天，卡米耶、泰蕾丝和洛朗用完早餐后，于十一点钟左右，动身到圣—乌昂去。他们对这夏季最后一次的远足考虑已久。秋天已经来到，到了晚上，阵阵冷风使空气中充满了凉意。

　　这天清晨，天空是湛蓝湛蓝的。太阳出来后天气非常热，即使在阴凉处也是热烘烘的。他们决定享受一下夏末的阳光。

　　这三个游人雇了一辆马车，那个妇女服饰用品店的老板娘必不可少的要抱怨、叮咛一番。他们穿过巴黎，在巴黎的旧城墙墙根前跳下了马车，然后，他们沿着河堤走，不一会儿便来到了圣—乌昂。这时候正好是中午，马路上弥漫着尘埃，在烈日的直射下，泛着雪一般的、炫目的白色。空气沉闷而炽热，仿佛在燃烧。泰蕾丝勾着卡米耶的膀子，撑着遮阳伞，小步走着，而她的丈夫则用一块大手帕扇着脸。洛朗走在他俩的后面，烈日噬咬着他的颈脖，他好像已经麻木了；他吹着呼哨，踢踢小石子，时而对他情妇摆动着的臀部淫邪地瞟上几眼。

　　到了圣—乌昂，他们就急着寻找一个小树林和树荫下的一片青草地。他们走上一个小岛屿，钻进一个矮树林里。落叶在地上铺上了一层暗红色的地毯，脚踩上去发出了脆裂声。多得数不清的树干，笔直地挺立着，像是一束束歌德式建筑的小石柱子；枝柯下垂，擦着游人的额头，因此，在他们的视野里，只是枯萎的树叶组成的黄色苍弯和山杨、橡树那白色和黑色的树身。在一片阴凉而静谧的狭小空地上，他们来到一个很少有人光顾的地方，躲在一个阴晦的洞穴里。在他们周围，只有塞纳河在喧哗。

　　卡米耶选中了一个比较干燥的位置，他把礼服的下摆卷起来才坐下。泰蕾丝坐在树叶上，已弄皱的裙子窸窸窣窣地响了一阵子。她的裙子前后翻起，一条小腿一直裸露到膝盖，她的上身有一半掩埋在裙子的皱褶之中。洛朗贴地躺着，下巴颏碰到地面，一边盯着这条腿看，一边听着他的朋友在抱怨政府，他大声说，应该在所有小岛上设置石凳，修筑沙径，栽种修剪得整整齐齐的树木，像杜伊勒利宫那样，把塞纳河畔的所有岛屿变成英国式的小花园。

　　他们在空地上呆了大约三个小时，想在晚饭前，等太阳稍微西沉后，在田野里散会儿步。卡米耶说到他的同事，讲述着一些离奇的故事。他慢慢地讲累了，顺势仰面躺下，把帽子遮住眼睛睡着了。泰蕾丝早就把眼皮合上，假装在打瞌睡。

　　这时，洛朗悄悄地溜到少妇身边。他伸出嘴唇，吻她的短靴和膝盖。短靴的皮、白色的长筒袜灼烫着他的嘴唇。土地刺鼻的味儿和泰蕾丝身上散发的淡淡的馨香混合在一起，刺激了他的神经，沁透了他的全身，使他的热血沸腾。一个月以来，他做自己该做的，内心却愤愤不已。徒步在烈日下，行走在圣—乌昂的堤岸上时，他已经是欲火烧心了。眼下，他身处异地，在人迹罕至的密林深处，阴凉和宁静使他精神上得到了很大的满足。可是，他不能把属于自己的这个女人紧搂在怀中。她的丈夫极有可能会醒来，如果看见他，将使他的如意算盘落空。这人始终是个障碍。因此，他只得贴在地上，把自己隐藏在裙子后面，颤抖着；又赌着气，默默地吻着皮短靴和白长筒袜。泰蕾丝一动也不动，好像是已经死了。洛朗真的以为她已经睡着了。

他站起来，弯着腰，靠在一根树干上。就在这个时候，他看见少妇睁大了眼睛，亮闪闪的望着天空。她双手捧着自己的脸，脸色隐隐发白，神情呆板而冷峻。泰蕾丝究竟在想什么，她的两眼定着神，好像是两个黑漆漆的无底洞。她既不动，也不转过头来瞧一瞧站在她后面的洛朗。

她的情人端详着她，看见她在他的目光慰抚下仍然纹丝不动，默不作声，几乎有些害怕了。她那白白的、毫无表情的脸蛋埋在裙子的皱褶之中，即使他有些儿恐惧，但仍使他情欲冲动。他甚至想俯下身子，以吻来闭合她这对睁着的眼睛。可是，卡米耶几乎也是躺在裙子里面打盹的。这个可怜虫，扭曲着身子，瘦得皮包骨，正在轻轻地打呼噜，他的帽子盖住了他的脸的一半，帽子下面的嘴张着，并且因熟睡而歪斜在一边，现出一脸的愚蠢相；一根根棕红色的细毛，稀疏地散布在他那瘦削的下巴颏上，玷污了他那张苍白的脸。由于他的头是向后仰的，他那根细细的、皱巴巴的头颈就看得更加清，在脖子的正中，突现一个殷红的喉结，他每打一次呼噜，喉结就上升一次。卡米耶就像这样横卧在地上，真是丑陋至极，令人恶心。洛朗看着他，突然抬起了脚跟。他真想一脚就他的脸踩扁了，从此结束他的生命。

泰蕾丝强忍住没叫出声来。她的脸色苍白，闭上了眼睛。她把头扭过去，好像是为了免得看见鲜血溅出来似的。

洛朗把脚跟高悬在熟睡的卡米耶的脸盘上有几秒之久。过后，他慢慢地收起了大腿，走了几步。他心想，这样杀人真是太傻了，要是他把这个笨蛋的头踩扁了，全城的警察都会来逮捕他。他想杀死卡米耶，仅仅是为了娶泰蕾丝为妻，他需要的是作案后仍能像老米肖说的那个故事中杀害马车夫的凶手那样，在大白天在街上闲逛，过着与往日一样的生活。

他走到河边，眼巴巴地望着河水在流淌。突然，他回到小树林里，他刚才已拟定了一个计划，想好了一个合适的、对自己没有一点危险的谋杀方法。

于是，他用一根麦秆在打盹者的鼻子里捻了一下，把他弄醒了。卡米耶打了个喷嚏站起来，觉得这个玩笑开得还挺不错。他就喜欢洛朗开玩笑，逗他发笑。接着，他又摇了摇双眼紧闭着的妻子，泰蕾丝直起身子，抖动了一下弄皱了、沾着枯叶的裙子。

然后，三个游人一边折挡在前面的小枯枝，一边离开了林间空地。

他们走出小岛，走过大路，又踏上一条条小径，与穿着节日盛装的人们比肩而行。一群穿着鲜艳裙子的姑娘夹在两行篱笆中间飞奔而去；一队划艇人唱着歌走过；在道道沟渠的边上，一对对市民夫妇、老年人，以及带着妻子来玩的小职员们，成群结队地走着。每条小路都像是城里一条条人头攒动、极其拥挤的街道。只有太阳静悄悄地普照着大地，它慢慢地向地平线下沉，并在变红的树枝上，在白花花的大路上，投下了巨大的、苍白的光幕。在战栗着的苍穹上，阵阵凉风从天而降。

卡米耶没让泰蕾丝挽着，他与洛朗在交谈，看见他的朋友一会在沟渠上跳来跳去，一会举起大块大块的石头以卖弄自己的力气，听着他不断地开着玩笑，笑个不停。少妇在路的另一端，歪斜着头向前走着，有时候也弯下身子去拔一根草。只要她稍稍落在后面几步时，她便收住脚步，远远地望着她的情人和她的丈夫。

"喂，你饿了吗?"卡米耶终于向她叫喊道。

"是的，"她答道。

"那么，赶快上路吧!"

泰蕾丝根本不饿，她只是有点儿累，心里有些不安。她不知道洛朗的打算，她因焦躁不安，两条腿不停地颤抖。

三个游人回到了河边找了一家饭馆。他们在一个木板搭成的平台上就坐，饭店散发出油腥味和酒味。叫喊声、歌声和杯盘声在整幢房子里震响。每一个单间、每一个客厅里，还有一些人三五成群，都在大谈特谈，在一片喧闹声中，薄薄的隔板发出清脆的回声。上楼的侍仆震得楼梯抖抖的。

上面的平台上，从河边吹来的风驱散了荤腥味。泰蕾丝倚着栏杆，注视着码头。码头的两边，是一溜边地排列着的小咖啡馆和赶集商人的临时木棚；在棚架下面，在稀疏和枯黄的败叶之间，远远可以看见白色的桌布，斑斑点点的黑色外套，和女人鲜艳的裙子。人们光着脑袋来来去去，跑着，笑着，而在人群的嘈杂声中，混杂着手风琴凄厉的乐声。在宁静的空气里，弥漫着油炸和尘埃的气味。

泰蕾丝低头可以看见拉丁区的姑娘们在一块踏烂了的草坪上，边唱歌边做着绕圈圈游戏。她们把帽子甩在肩上，披散着头发，手拉着手，像小姑娘那样玩耍着。她们又恢复了昔日那银铃般清脆的声音，她们那苍白的脸都被人狂吻过，现在红扑扑的、露出了处女般的红晕。她们那一对对目光不再纯洁的眼睛，又显得水灵灵般的含情脉脉。大学生们抽着白土制的烟斗，看着她们转圈圈，并跟她们开着粗鲁的玩笑。

在塞纳河的另一面，连绵起伏的小山丘上笼罩着明净的夜色，在朦胧的、蔚蓝色的天幕下，树木沉浸在透明的雾霭之中。

"啊哈！"洛朗在楼梯的栏杆上倾下身子大声叫道，"侍仆，晚餐在哪儿？"

接着，他好像改变了主意似的，补充说道：

"你说呢，卡米耶，我们吃饭前在水上游玩一下你看怎么样？……这样，他们也有时间替我们把子鸡烤好了。与聚在这儿我们傻乎乎地等上一小时，令人厌烦，还不如痛快一下。"

"你看怎么办就怎么办，"卡米耶满不在乎地回答道，"……可是，泰蕾丝有点饿了。"

"不，不，没关系我等等不要紧的，"少妇急急忙忙地说道，洛朗的眼睛死死盯着她。

他们三人一齐下了楼。在走过账台前时，他们预订了一张餐桌，点了几样菜，并嘱咐说他们要过一小时才能回来。饭店老板兼出租游船，他们便请他去解开一只小船的系绳。洛朗选中了一只细细长长的小划子，卡米耶看见这只小划子轻飘飘的样子有些恐惧。

"活见鬼，"他说，"在船里就不能再瞎动了，否则，我们就会变成落汤鸡了。"

事实上是这个小职员对水有着特殊的恐惧心理。在凡尔农，当他还是孩子时，他因体弱多病不能在塞纳河里嬉游，当他的同学们一头扎进河里时，他却被裹在暖和的被子里。洛朗却早就是一个无畏的游水者，一个不知疲倦的划桨人。卡米耶畏惧深水的程度不比小孩和女人差，他用脚尖碰了碰小划子的一头，好像是试试它牢不牢。

"行了，上去吧，"洛朗笑着对他叫道……"你总是担心这担心那的。"

卡米耶跨上了船，摇摇晃晃地坐在船尾。当他在船底木板上站稳之后，就随便起来，说说笑话，显示自己也是非常有胆量的。

泰蕾丝站在岸上，神情严肃，一动也不动。她的情人站在她身旁，手里握着缆绳。他弯下腰，放低声音，急速地在她的耳边说了一句：

"注意，我们要把他淹死……你听我的……一切由我来安排。"

少妇的脸突然一下变得惨白。她像被钉在地上似的，眼睛睁得老大，身子直挺挺的。

"上船吧，"洛朗又嘘声嘘气地说。

她还是不动。她在跟自己做斗争。她以全部力量控制住自己，因为她担心自己呜呜咽咽地哭出来后瘫软在地上。

"哦！哦！"卡米耶叫喊道，"洛朗，你看看泰蕾丝啊……害怕的是她哩！……她不

会上船的……她上不了船啦……"

他把双臂支在船的两舷，洋洋得意地坐在后座上，并且左右晃动，装成一点事都没有的样子。泰蕾丝非常异常地向他扫了一眼，这个可怜虫的一副怪模样就像鞭子似的抽打在她身上，这时，她已下定决心了。突然，她跳上了小船并坐在船首。洛朗拿住了双桨。小船离了岸，慢悠悠地向小岛驶去。

黄昏已经降临了。大片的阴影从树上落了下来，船舷两旁的河水变黑了。在河当中拖着一道道宽宽的银白色的水纹。不一会儿，小船就驶到了塞纳河的河心。在那儿，河堤上的种种嘈杂声模糊了，送进耳畔的歌声和叫喊声听起来凄凄切切，幽幽咽咽，带着一种令人伤感的情调。油炸和尘埃的气味早已闻不到。凉风习习，天气变冷了。

洛朗不再摇桨，他让小船在水面随意晃动。

对面，矗立着小岛巨大的淡红色轮廓。两岸，在暗棕色的背景下，缀上了斑斑点点的灰色，仿佛是两条宽宽的带子在延伸，到天际会合了。水与天仿佛是一块白花花的巨大的衣料被裁下来的两半。秋天的薄暮是最宁静和悲哀的。在颤栗着的空气中，日光暗淡了，残叶从老树上纷纷落下。田野刚被夏日炽烈的阳光灼烧过，现在一阵凉风掠过，呈现出一派死亡将临的萧瑟景象。在苍穹之上，阴风四起，带着绝望的哀鸣。夜从天降，在暮色中又罩上了一层殓尸布。

三个游人谁也不出声。小船顺流而下，他们坐在船里，眼看着最后一道日光从树梢上消失了。他们驶进了小岛。巨大的淡红色的轮廓变成了深暗色。夜色中，一切景致都大同小异：塞纳河，天空，岛屿，山岗都变成了棕色和褐色的斑点，在乳白色的夜雾里渐渐消遁。

卡米耶此时反扑在船底，把头探到水面，双手浸在河水里。

"啊唷！多凉啊！"他大声喊道，"把脑袋泡在这水里可真难受。"

洛朗什么也没说，他惶惑不安地注视着两岸的动静已经好一会了。他咬紧了嘴唇，把一双巨大的手放在膝盖上。泰蕾丝的头微微向后倾，直挺挺地等待着，一动不动。

小船快要驶进两个小岛间的一个阴暗而狭小的河湾。在其中一个小岛的后面，传来一队划船人飘忽的歌声。他们大概是逆流而上。从上游远远望去，塞纳河上一条船也没有。

这时，洛朗突然站起来把卡米耶拦腰一抱。这个小职员咯咯地笑出声来。

"啊！不，你搔得我痒痒的，"他说，"别开这些玩笑了……行了，别闹了，我要被你摔下水了。"

洛朗抱得更紧了，并且甩了一下。卡米耶回过头来，看见他的朋友的脸在僵直着，表情非常可怕。他不理解他的目的，他模糊地感到有些恐慌。他想叫喊，但是已经觉着一只粗犷的手扼住了他的脖子。他凭着动物自卫的本能，挺直了膝盖，死死地抓住了船舷。他这样挣扎了大约有几秒钟。

"泰蕾丝！泰蕾丝！"他气急败坏、闷声闷气地叫道。

少妇睁大眼睛恐慌地看着这一切，双手紧抓住船上的一条凳子，小船在河上剧烈晃动，发出轧轧的响声。她不能合上眼睛，极度的紧张让她睁大双眼，死死盯住眼前这可怕的争斗场面。她的身体僵直，一句话也说不出来。

"泰蕾丝！泰蕾丝！"不幸的人又气喘吁吁地向她呼唤着。

泰蕾丝听见他最后一次呼叫自己名字时忍不住哭出声来了。她的神经完全松软下来。她呆在船中，想到那个结局，吓得浑身抖个不停。她这样瘫软着，眼睛发愣，好像昏死过去了。

洛朗一边用一只手卡住卡米耶的咽喉，一边不停地摇晃他，最后，他终于抽出另一只手把他和小船分开，他用两只强壮有力的胳膊，把他像孩子似的凌空抱起。他偏着脑袋，头颈暴露在外，这时，他的牺牲者出于恐怖，发疯似的扭过身子，张大了嘴，咬住他的颈子。杀人犯强忍住剧烈的疼痛，没叫出声，猛地一甩，把卡米耶扔进河里。后者的牙齿咬去了洛朗的一块肉。

卡米耶发出一声嚎叫，就落进了河里。他在水面上显露了两三次，狂呼着，但声音是越来越微弱了。

洛朗一刻也没停顿。他迅速竖起了外套的领子，把伤口遮掩住。接着，他把由于恐慌而昏迷的泰蕾丝搂在怀里，用劲一蹬脚，把小船倾翻了，他本人便也抱着他的情妇掉进了塞纳河里。他把她举在水面之上狂呼救命。

他刚才听见在小岛后面哼歌的那队划船人飞速地划着桨赶到了。他们这才明白是小船遇难了。于是，他们先把泰蕾丝救起，让她平卧在一条凳子上，再把洛朗救出来，他却绝望地呼喊着，要去救他朋友的命。他又跳进水里，去别处寻找卡米耶，他又一次返回到船上时，举起双臂，猛揪着自己的头发，泣不成声。那队划船手竭力慰抚他，让他平静下来。

"这是我的过失，"他大喊大叫地说道，"我就不应该让这个可怜的小伙子又跳又蹦的，也不该让他随便晃动……不知怎么，我们三人都挤在船的一边了，于是船翻了……他在落水时还死命地叫我救他的妻子呢……"

划船手中自然有两三个年轻人愿意出来对事故作证，这也是没有什么让人奇怪的。

"我们看得很清楚，"他们说，"真是见鬼！一只小划子吗，总不会像一艘大船那么

结实……啊！可怜的小女人哪，她醒过来真是像做了一场恶梦似的！"

　　他们重新拿起船桨，拖着小划子，把泰蕾丝和洛朗带回小饭馆，在那儿，晚餐早已准备好了。用不了几分钟，整个圣—乌昂地区都知道出事了。船员们像亲眼看见似的，讲述着事情发生的整个过程。在小饭馆前面，聚集着一群动了恻隐之心的人。

　　饭店老板夫妇都是好心人，他们把自己的整套衣服替溺水者换上。当泰蕾丝苏醒过来时，她的神经混乱了，发出了撕心裂肺的惨叫声，人们只好把她安放在床上。刚才演出的一幕丑剧终于在人的天性的帮助下收场了。

　　等少妇稍镇静一些后，洛朗把她托付给饭店的主人照应。他想一个人回到巴黎去，把这个可怕的消息以最委婉的方式告诉拉甘太太。实际上他害怕泰蕾丝发狂。他宁愿给她一些时间，让她为他们的目标地去想一想，并且学会如何扮演自己的角色，也不愿，由于一时情绪失控而捅出漏子。

　　还是那些划船手，把卡米耶订的那顿晚餐吃掉了。

十二

　　洛朗坐在驶往巴黎的公共马车里的一个阴暗角落中很快制定出了行动计划。他几乎可以肯定，他可以逃脱罪责了。他在偷着乐，这是一种作案成功后的喜悦。到了格里西城门，他请了一辆马车，直奔住在赛纳街的老米肖家。这时刚好晚间九点。

　　他看见退休的警长坐在餐桌旁，还有奥利维埃和苏姗娜陪着。他到这里来，是想自己在受到嫌疑时可以有个保护人，并且可以避免由自己去向拉甘太太宣布这个惊人的噩耗。他对去通报这事感到说不出的反感，他预料做母亲的会伤心至极，而他担心自己流不出眼泪，演不好戏；而且，他虽然对这位母亲的悲伤不大放在心上，但这毕竟是很让人烦恼的。

　　米肖看见他穿了一身粗俗不堪、又短又小的衣服进来时，投来询问的目光。洛朗哭丧着脸，喘着粗气，把遇难的情形原原本本地说了出来，仿佛他，已累得不成样子。

　　"我来求求您，"他最后说道，"我真不知道拿这两个女人怎么办，她俩所受的打击实在是太惨重了……我确实不敢单独去他母亲的家。我求求您，跟我一起去吧！"

　　在他说话的当儿，奥利维埃的眼睛直勾勾地盯着他，这让他感到他非常恐慌。这个杀人犯，凭了一股子勇气，硬着头皮冲到这个旧警察家来了，这样做，可能能救他一命。但是，当他感到他们在用目光打量他时，便为，是地吓了一跳。他以为他们不信任他，实际上他们的神情只是惊愕与怜悯而已。苏姗娜的脸色最白，也更软弱些，几乎快昏过去了。奥利维埃想到死总要害怕三分，但他的心仍是毫无表情的。他只是做了一个既吃惊、又痛苦的表情，并像往常那样，窥探着洛朗的脸，其实他对那罪犯的真情，并没有产生任何疑问。老米肖发出了恐怖、怜悯和惊异的慨叹。他激动不安地坐在自己的椅子上，合着双手，眼睛向上翻着。

　　"啊！我的上帝，"他断断续续地说着，"啊！我的上帝，多可怕的事情啊！……好端端地从家里出门，就这样不明不白突然死掉了……太可怕了……还有这位可怜的拉甘太太、这个做母亲的，我们该怎样向她交代呢？……当然啦，您来找我们是正确的

225

……我们和您一块儿去吧……"

他站起来，转过身子，在房间里跑来跑去地找他的手杖和帽子，在忙乱中，他还要洛朗把出事的细节向他一讲再讲，洛朗每讲一句他就惊呼一声。

他们一行四个一齐下了楼。走进新桥长廊时，米肖突然把洛朗拉住了。

"您别去，"他对他说，"您一个人去太突然了，已经表明着什么，应该避免……这位不幸的母亲肯定会猜到有什么不幸的事发生了，她就会强迫我们过早地把真相告诉她……您还是在这儿等我们的好。"

杀人犯听了这样的安排松了一口气，因为他想到自己要是走进长廊边上的这家店铺时，很可能是心颤颤的。他恢复了往日的平静，在凸起的人行道上上下下，踱来踱去，心里自由自在。有时，他居然把刚才发生的一系列事情忘记了，他看看一排店铺，吹着呼哨，回头瞧瞧与他擦肩而过的女人。他就这样在大街上呆了足足半个钟头，头脑越来越冷静了。

从早饭后，他就没有吃过东西，现在他饿了。他走进一家糕点铺，把糕点吃了个够。

在长廊边的这家店铺里出现了一个让人不甚目睹的场面。老米肖已够小心谨慎的了，他以婉转迂回的口气才暗示了几句话，拉甘太太还是马上就明白了，她的儿子出事了。这时，她的眼泪止不住地往下流，绝望地、声嘶力竭地要求了解事情的真相，她的老朋友也就不得不全盘托出了。而当她了解了这一切后，她的痛苦是难以言状的。她泣不成声，哭得前合后仰，过分的恐怖和痛苦使她失去了自制，她呻吟着，上气不接下气，不时还发出一声惨叫。苏姗娜拦腰抱住她，跪在地上哭着，向她抬起了自己那苍白的脸。如果苏姗娜不在场，她会哭倒在地上的。奥利维埃和他的父亲一声不响地站在一旁，神经紧张，把头扭向一边，对他们自身来说，这个场面不堪忍受，心里感到非常不舒服。

可怜的母亲好像看见她的儿子漂在塞纳河混浊的河水里，身体僵硬，被水泡得不成样子；同时，她好像又看见，她的孩子还在婴儿时代，当她把死神从他的身上驱逐之后，他躺在摇篮里的情景。她不下十次把他救活了，她以全部的身心爱着他，三十年如一日。可是现在，他离她远远的，突然像一条狗一样，淹死在冰凉、肮脏的河水里了。这时，她又回想起她把他裹住的那些暖烘烘的被褥。多少关心和爱抚！她在他身上倾注了多少感情！他的童年是多么温暖和美好……所有这一切，难道就是为了某一天看见他悲惨地溺死在河里么！拉甘太太想到这些，感到透不过气来，她已经绝望了，恨不得跟他的儿子一起死了算了。

老米肖急急忙忙走了出去。他把苏姗娜留下来陪着老板娘，自己与奥利维埃一起去找洛朗，火速赶到圣—乌昂去。

一路上，他们之间没说几句话。马车在石子路上颠簸着，他们每人在马车的角落里找了个位子坐下。车厢里黑洞洞的，他们就这样呆坐着，谁也不说话。有时候，煤气路灯的灯光在他们的脸面上迅速地闪亮一下。这件不幸的事情把他们聚拢在一起，每个人的心头都笼罩着一层阴影。

当他们赶到河边的小饭馆时，他们看见泰蕾丝睡在床上，手和脸都是滚烫的。店主轻声对他们说，少妇在发高烧。事实上，泰蕾丝感到自己很虚弱、很忧虑，她担心自己在神经错乱时道出事情的真相，所以决定假装生病。她就是不开口，老是闭着嘴唇和眼皮，不愿意见任何人，不想开口讲一句话。她把被子一直拉到下巴颏上，把脸的一半埋在枕头里，身子缩成一团，焦虑不安地听着周围人的谈话。在她紧闭的眼皮上，流动着淡红色的光，在这光影中，总是出现卡米耶和洛朗在船舷搏斗的场面，她看见她丈夫脸色苍白，模样恐怖，人一下子变得又高又大，在污浊的河水之上，直挺挺地站了起来。这个幻觉总是缠住她，使她更加头昏脑涨，六神无主。

老米肖试着和她讲话，安慰她。她不耐烦地挪动了一下，转过身子，又开始啜泣起来。

"随她去吧，先生，"店主说，"有一点儿声音她就会把她惊动……您没看见么，她需要休息。"

在楼下的休息室里，一个警察正在调查事故起因，作笔录。米肖和他的儿子走下楼来，后面跟着洛朗。当奥利维埃把自己作为警察局的高级职员的身份亮出来后，十分钟就结案了。划船手还呆在那儿没走，他们详细地叙述着死者溺水经过，绘声绘色地描述着这三人是如何落水的，都争着做证人。即使奥利维埃和他的父亲当初还有些疑心的话，那么在那么多的证人和证词的证明下，他们的疑点也就很快消失了。不过实际上，他们从未怀疑过洛朗的一派胡言，相反，他们向警察介绍说，他们是死者最要好的朋友，他们还特别强调，要在书面证词里写上这个年轻人跳到水里搭救卡米耶·拉甘这一事实。第二天，各家报纸都很详细地报道了这次事故，说什么母亲是不幸的，寡妇将抱憾终生，而这位朋友是既高尚又勇敢云云。各种各样的新闻报道，五花八门，一下子全都出现在巴黎的各家报纸上，然后，又被塞进有关部门的档案堆里了。

调查报告写完后，洛朗心里感到美滋滋的，好似获得了新生。自从死者把牙齿咬进他脖子那时起，他就像僵化了一样，只是机械地按着蓄谋已久的计划行事，他的一言一行都受着保护自己的本能的制约。眼下，当他肯定自己不会受到惩处后，血液又

在他的血管里平缓地流动起来了。警方不再追究他的罪行，事实上，警方什么也没看见，他们受骗了，他们把他开释了，他得救了。想到这儿他感到一身轻松，内心充满了喜悦，手脚和脑子都更灵便了。他以无可比拟的能耐和胆识，继续把自己装扮成一个非常悲痛的朋友的角色。但骨子里，他的兽性得到了满足；他想到了泰蕾丝，此刻她正躺在楼上的卧室里。

"我们不应该把这不幸的少妇留在这儿，"他对米肖说，"她非常可能会酿成一场大病。不管怎样要把她带回巴黎去……来吧，我们去说服她跟我们一起走。"

在楼上，他开口讲话了，他亲自恳求泰蕾丝起身，让人把她送回新桥长廊去。少妇一听是他在说话，震惊了一下，睁大两眼凝视着他。她痴痴呆呆的，全身都在发抖着。她什么也没说，非常艰难地起了床。男人们都走出房门，只留下饭馆女主人和她在一起。当她穿戴完毕后，便摇摇晃晃地走下楼来，奥利维埃挽扶着她登上了马车。

一路上非常安静，洛朗真是色胆包天，竟然厚颜无耻地把手顺着少妇的裙子往上摸，握住了她的手指。在晃动着的阴影中，他坐在她对面，她把头一直低到胸口上，因此他看不见她的脸。他抓住她的手后便握紧了，并且一直到玛扎里纳街才松开。他感觉到她的手在颤抖，不过她并没有把手抽回，恰好相反，她有时也轻轻地捏他一把。他们两只手都是火热火热的，两只手掌心湿漉漉地粘在一起，十只手指相互紧紧地压着，马车每震颤一次，手指都被挤压得很疼。不论是洛朗还是泰蕾丝，他俩都感觉到，对方的血液通过紧捏着的拳头，流到自己的心坎里。这两只紧握着的拳头就像一只热烘烘的火炉，里面狂跳着他们的生命。夜幕下绵延着死一般的悲凉的寂静。他们狂热地紧握着的手就像是一块巨大的石块压在卡米耶的头上，把他永远压在水下了。

马车停下后，米肖和他的儿子先下车。洛朗向他的情妇倾下身子，轻轻地对她说：

"坚强些，泰蕾丝，"他喃喃说道，"……请记住，我们还要等较长时间……"

少妇从她的丈夫死后一直没有开口说话。这下她第一次开口了。

"哦！我会记住的，"她一直颤悠悠地说，声音低得像一阵轻风吹过。

奥利维埃把手递给她，扶着她走下马车。这一次，洛朗径直向店铺走去。拉甘太太躺下了，她处于昏迷的状态中。泰蕾丝磨磨蹭蹭地走到自己的床前，苏姗娜很快帮她卸了装。洛朗放下心来，他看见一切都进行得十分顺利，便退了出来，慢慢悠悠地向圣—维克多街上他那个破寒窖走去了。

午夜已过。在空旷、寂静的街上，凉风呼呼而过。年轻人只听见自己的脚步在人行道的石子路上发出均匀的咯咯声。凉风吹拂着他，他感到非常舒服，安静和黑暗又突然让他想起淫乐的愉悦。他一路闲逛着。

他终于逃脱了罪责。他终于把卡米耶杀死了。这既已成事实，今后谁也不会再提起。他从此可以安安静静地生活，等候时机把泰蕾丝夺过来就大功告成。那时，他想到自己要去杀人也会引起一阵恐惧，眼下，他已经把人杀了，心里也就不存芥蒂，可以舒畅地呼吸了。原来，犹豫和恐惧是他的一块心病，现在，他完全康复了。

事实上，他的神智也有些儿不清，他累坏了，手脚和头脑都不太听使唤。他回到家，便呼呼大睡。在他熟睡之际，脸上还不时地在微微抽搐着。

十 三

第二天，洛朗一觉醒来，感到心情舒畅。他睡得非常香。从窗口吹进来的冷风刺激着他的凝滞的血液。他几乎把昨晚发生的事情忘得一干二净了，要不是颈脖上的伤口灼痛难忍的话，他肯定相信，昨天晚上他过得平平安安，是在十点钟上的床。卡米耶咬的那一口就像一块烧红的铁放在他的皮肤上，当他老是想着这个伤口给他带来的疼痛时，他就感到不可忍受。他仿佛觉得有一把针慢慢地扎进他的皮肉里。

他把衬衫领子翻下来，对着一面破镜子看自己的伤口。这面镜子挂在墙上，是他用十个苏买来的。伤口处呈现出一个小小的鲜红的凹塘，大约有一枚两个苏的硬币那么大，表皮已被咬去，露出了红殷殷的肉，另外还夹有一些黑色的斑点，一道道细细的血印一直延伸到肩部，像鱼鳞般地在闪光。在他那根白白的颈脖上，啮痕显出深棕色，伤口靠在右耳的正下方。洛朗佝偻着背，伸长着脖子仔细察看着，淡绿色的镜子里映出了他那张残忍、怪异的脸庞。

他用很多水擦洗后，对自己的这番察看很满意，他心想，用不了几天伤口就会结疤的。接着他穿上衣服，跟平时一样，安安稳稳地去上班了。在办公室里，他以激动的口吻讲述着整个过程。当他的同事们读完报纸上刊登的社会新闻之后，他变成了真正的英雄。整整一个星期，奥尔良铁路办事处的职员们都在谈论着这件事，他们是因为一个同事的被淹死而感到十分自豪吗？格里韦喋喋不休地说着风凉话，他说，走几座桥看看流水很方便，又何苦乘舟到塞纳河的河心去冒险，太不谨慎了。

洛朗还有一桩心事。卡米耶的死毕竟没有被官方证实。泰蕾丝的丈夫的确是死了，但杀人犯还想找到尸体，才能正式结案。出事的第二天，有人试图寻找溺水者的尸体，但是失败了，人们猜测是可能嵌进岛屿下的某个洞穴里了。在塞纳河畔捡破烂的人为了挣得一份奖金，纷纷下河去寻找。

每天早上，洛朗在去办公室的途中，总要去陈尸所走一趟。洛朗发誓要亲自料理完这件事。整整一个星期，他天天都去那儿，一一查看平放在石板上的溺死者的脸，他感到作恶，有时甚至会打一阵寒噤，但他还是坚持下去。

　　当他走进去时，迎面扑来一股被洗刷过的肉体的平淡的怪味，他感到恶心，一阵凉气从皮肤上掠过，墙上的湿气仿佛沁潮了他的衣服，他感到肩头上更沉了。他径直向一面大玻璃橱窗走去，橱窗里面陈列着尸体，他把他那张苍白的脸贴在玻璃上，逐一辨认着。在他面前铺着一行行灰石板，石板上陈列着一具具赤裸裸的尸体，远远看去像是一些绿色、黄色、白色和红色的大斑点。有些尸体虽是僵硬了，但却完好无损；还有一些尸体就像是一堆血淋淋的烂肉。在最里面，挨着墙，一顺排挂着一件件破破烂烂的衣服，女人穿的裙子和裤子，在光光的白石灰墙的衬托下，非常难看。一进去，洛朗只能看见石板和四面的墙组成的白花花的一片，中间点缀着那些衣服和尸体组成的棕红色和黑色的斑点。此外，还伴有潺潺的流水声。

　　慢慢地，他开始辨清尸体了。这时，他一具一具地看过去，只对溺死者感兴趣。当他发现有几具被水浸泡得肿胀、发青的尸体时，他便一个劲儿地望着，想把卡米耶从中辨认出来。死者脸上的肉往往成了一些碎块块，颧骨从泡软的脸皮上穿出，脸就好像被蒸煮过，骨肉分开了。洛朗很伤脑筋：他察看尸体，想从死者中辨别出一张瘦削的脸盘来。但是，这所有淹死的人都是胖子，他看到的只是巨大的肚子，浮肿的大腿，圆滚滚、鼓胀的胳臂。他确实不知道该怎么办了。这一群脸色铁青，破破烂烂的死人，个个都像在做着可怕的鬼脸，在嘲笑着。洛朗在他们面前吓得直打哆嗦。

　　有一天早上，真把他吓死了。他盯着一个死者看了足有几分钟，此人是个小个子，脸部已经完全脱形了。这个溺死者身上的肉非常腐烂，几乎被溶解，水冲上去把肉一片片带走了。水流过他的脸，在鼻子的左边冲出了一个凹塘，陡然，他的鼻子塌了下去，嘴唇裂开，露出了雪白的牙齿。死者的头颅好像要突然大笑起来。

　　每次当洛朗自以为认出卡米耶时，他的心就像火烧似的。他忙于要找到卡米耶的尸体。可是当他想象中的卡米耶真的出现时，他又害怕极了。他白天在陈尸所里，夜里就做恶梦，只感到阵阵发凉，呼吸局促起来。他想把恐怖驱赶掉，把自己当作个孩子，想表现得坚强些，但是，不管他如何去想，只要他置身在潮湿、散发出一种腥气味的大厅时，他就会感到恶心和惧怕。

　　每当他察看完最后一排石板，没再发现溺死的人之后，便松了一口气，他不再那么厌恶了。这时，他只是以一个好奇者的身份，带着异样的兴趣看着面前那些暴卒的人，他们的姿态各异，却都显得非常凄惨、粗俗。他对这种景象非常感兴趣，尤其是有上身裸露的女尸陈列出来时更是如此。这些裸女随随便便躺着，有的血迹斑斑，有的身上被穿了几个洞，这每每引起他的注意，使他流连忘返。有一次，他看见一个二十岁上下的女子，看上去像个普通人家的姑娘，肩宽体壮，就好像是在石板上睡着了；

她那既鲜嫩又丰满的身体雪白雪白的，上面还印着一道道淡淡的色彩，显得很是柔和、娴雅；她微露笑容，头微微侧在一旁，挑衅性地挺着胸脯。她的颈脖上有一圈黑印，好像是暗暗地套着一根项链。如果没这一道黑印子，别人还真会以为是一个耽于淫乐的荡妇在躺着呢。这个女孩因失恋而上吊自尽。洛朗端详了她许久，目光在她的肉体上游移着，邪念中还带着三分恐惧。

每天清晨，当他在那里时，他都会听见他身后观众进进出出的杂沓声。

陈尸所就像一个戏园子，为所有的人开放，过路的穷人或富人都可以免费参观。大门开着随你的便。有一些乐此不疲者还有意绕道前来，不放过任何一次死者的演出。要是石板上是空荡荡的话，观者就会扫兴，像被偷窃了什么，牙缝里都在嘀嘀咕咕的。要是石板上的尸体排得满满的，参观者就会蜂拥而至，有的发出廉价的感叹，有的相互恐吓着，有的把死者当笑料，也有的鼓掌或吹呼哨，就好像在真的在剧场一样，他们离开时心满意足，并且会大声宣称，这一天参观得值得。

洛朗对前来光顾的观众不久就熟悉了，这是一群杂乱的、身份各异的人，他们一起说些宽慰话或者冷嘲热讽几句。工人在上班时，腋下夹着面包和工具走了进来，他们觉得死者滑稽可笑。这些人中，有一些是工场里爱开玩笑的小伙子，他们对每具尸体的怪样都要逗乐一番，引得观众忍俊不禁：他们把烧死的人称作烧炭的；吊死者、被暗杀的、溺死者、被人捅了刀子或碾死的人，都是他们嘲笑挖苦的对象。当人们在大厅屏声静气地观看时，他们就用颤抖的声音，叽里咕噜地说几句笑话。另外，还有一些靠一份小小的年金过日子的人、又瘦又干瘪的老头、游手好闲的人，他们闲得慌才进来看看，目光呆滞，嘁着嘴，露出超然、悠闲的神色。妇女在观看者中占多数，有一些年方豆蔻的姑娘，她们穿着白衬衫，围着干干净净的裙子，轻盈盈地从橱窗的这一头走到另一头，她们就像站在时髦商店的橱窗前一样，眼睛睁得大大的，眼睛一眨不眨地看着；还有一些下层的妇女，她们傻愣傻愣的，一个个都显出悲天悯人的神态；最后，就是一些穿戴讲究的贵夫人，她们不紧不慢地在那儿拖曳着她们的丝绸长裙。

有一天，洛朗看见一位贵夫人站在离橱窗几步远处，鼻子上捂着一块细麻布手绢。她穿着一件褐色丝绸做成的精致的裙子，肩上披着一件镶黑边的短斗篷，帽子上拖下来的一块短面纱遮住了她的脸，而她那戴着手套的双手显得十分娇小和雅致。从她身上飘逸出一缕淡淡的紫罗兰馨香。她在看着一具尸体。离她几步远处，在一块石板上，躺着一个高大的小伙子，他是一个泥瓦匠，刚从脚手架上摔下来送了命。他的胸膛方方正正的，肌肉隆起，皮肉白皙而丰满，他死后的神情就如是一块大理石雕刻出来的。

这位夫人端详着，目光向他扫了几下，又细细打量着他，看出了神，她掀起面纱的一角，又看了几眼这才离开。

有时候，又进来几批顽童，都是十二到十五岁之间的孩子，他们沿着橱窗跑过去跑过去，只是看见女尸才停下来。他们的手指按在玻璃上，目光大胆而放肆地在她们裸露的胸部打转转。他们相互用臂肘碰碰，说一些粗野的评语，在陈尸所学坏了。这些小流氓就是在陈尸所里找到了第一批情妇的。

一个星期后，洛朗灰心失望了。夜里，他梦见上午看见的一具具尸体。每天给自己带来了的这种痛苦和厌恶使他的意愿动摇了，决定再去两次就算了。第二天，他才走进陈尸所，就感到当胸挨了一拳似的：在他面前的一块石板上，卡米耶平躺着，抬起头，眼睛半睁半闭地望着他。

杀人犯像被引力吸着似的，慢慢地挨近了玻璃橱窗，他的目光一直不能从被他害死的人身上移开。他并不觉得难受，他只感到心里冰凉的，皮肤上像有针在刺。他原以为自己会颤抖得愈发厉害些的。肯定五分钟，他站着没动，不知不觉地陷入了沉思。眼前这幅图画的所有可怕的线条、所有肮脏的色彩无意中都深深地印进了他的脑海里。

卡米耶是难看的。他在水里已浸泡了两个星期。他的脸似乎还是硬实的，容貌也还完好无损，只是皮肤已呈土黄色。卡米耶那瘦骨嶙峋的头，稍有肿胀，样子稀奇古怪；他的头有点儿歪，头发贴在脑门上，眼皮翻起，显露出灰白色的眼球；他的嘴唇扭曲地歪向嘴的一角，像是在残忍地狞笑；嘴巴微张，在白色的牙齿间露出了有点发黑的舌尖。这张脸仿佛像一张被鞣过的皮革，并且被拉长了，虽然还看得出是人脸，但因恐惧和痛苦而显得分外可怕。他的身体就像是一堆腐肉，他死前一定忍受过极大的痛苦，可以看得出两个肩膀已经脱臼，锁骨刺穿了双肩。在他那发青的胸脯上，肋骨发黑，根根外露，左胁裂开，向外张着，里面是一片片暗红色的肉。整个上身都已腐烂了。两条腿比较硬实一点，直挺挺地伸着，上面布满了污秽的斑痕。双脚耷拉下来了。

洛朗注视着卡米耶。他还从未见过一个溺死的人像他那么可怕的。此外，尸体还显得特别狭小，可怜巴巴的，瘦得不成样子，由于腐烂，就变得更小，现在就像小小的一堆烂肉放在那儿。观者满可以去想象这是一个年薪一千二百法郎的小职员，头脑笨拙，体质薄弱，他的母亲是靠药罐子把他喂养大的。这个可怜虫，在暖烘烘的被褥里长大成人，现在却躺在冰冷的石板上冻得索索发抖。

这个惊恐而刺激的场面吸引了洛朗，就站在那里一动也不动，目瞪口呆。最后，他终于自拔出来，走出大门，快步向码头走去。他边走边反复说道："这一切都是我造

成的，他真是太难看了。"他觉得有一股强烈的味儿跟随着他，这味儿大概是从腐烂的人体里散发出来的。

　　他去找老米肖，告诉他刚才在陈尸所的一块石板上认出了卡米耶。他们很快便办完了手续，安葬了溺死者，并签署了死亡证书。从此以后，洛朗就没有什么可担心的了。从他杀人后，他闯过了一个又一个险峻而艰难的关口，现在他痛痛快快地彻彻底底地与他的罪孽和那段生活告别了。

十 四

新桥长廊上的这家店铺关门已有三天了。店门重新打开时，铺子显得更加阴暗、潮湿了。陈列的样品积满灰尘，失去了原来的光亮，仿佛在为店铺戴孝。在肮脏的橱窗里，一切都是愁眉苦脸的，好像失去了亲人似的。便帽挂在已经生了锈的金属杆上，在白布便帽后面，泰蕾丝的脸色比往常更苍白、更没有光泽、更吓人。她呆呆地坐着，安宁的神态中带着某种不祥的预兆。

在这条长廊上，所有多嘴饶舌的妇人都很同情她们，卖假首饰的那家店铺的老板娘见到每一位女顾客，都少不了向年轻寡妇那张日渐消瘦的侧面指一下，把她当成一种有趣的、值得怜悯的新奇玩意儿。

拉甘太太和泰蕾丝睡在自己的床上已整整三天了，她们互相都不说话，甚至连照面都不打一个。上了年纪的老板娘坐在床上，背靠着枕头，两眼定神，茫然地看着前方。儿子的死如同当头一棒，她昏倒了。她静静地、木然地呆着，一坐就是几小时，沉陷在绝望的空虚之中；有时，她也会发作一阵子，她又哭又叫，说着胡话。泰蕾丝在隔壁房间里，装着睡着了，她把脸转向墙，把被子拉到自己的眼睛上，她就这样躺着，直挺挺的什么都没说，她的身子一点也没让盖在上面的被子掀动起来。她仿佛是想把自己的思想隐藏在卧室阴暗的凹角里，而正是这些想法使她坚定不移。苏珊娜服侍着这两个女人，她放轻脚步，来回照顾着、她把她那张蜡黄的脸倾向泰蕾丝，泰蕾丝不耐烦地扭动了一下，坚决不肯翻个身子；她又把脸俯向拉甘太太，拉甘太太一听有人对她说话，从痛苦中惊起，泪珠儿一颗颗滚落下来，实在让人不知从什么地方安慰起。

到了第四天，泰蕾丝把被子一推，嗖地坐在床上，好像下了什么决心似的。她把头发从脑门的两边分开，双手捺在额头上，两只眼睛直勾勾的，似乎还在思索着。不一会儿，她跳到地毯上，她的四肢在颤栗，烧得红红的，她身上好像有几处肉瘪了下去，皮肤起了皱纹，上面还有大块大块发青的印记。她一下子变老了。

苏珊娜走进来，看见她起床了感到十分吃惊，她心平气和地好言劝她再躺下休息。

泰蕾丝不听她的，她缩头缩脑、迫不及待地寻找她的衣服穿上。穿戴后，她就走到镜子面前照照，揉揉眼睛，把双手在脸上搓揉了几下，似乎是想擦去什么似的。过后，她一言不发，快步穿过餐室，走进拉甘太太的卧室。

妇女服饰用品店的老板娘心情已平静些了，在呆想着。泰蕾丝进去时，老太太连忙把头向她默默地转过来。这两个女人相互注视了几秒钟，侄女的心情越来越焦急不安，她的姑妈在尽力回忆着什么。拉甘太太突然地想起来了，她伸出颤抖的双臂，抱住泰蕾丝的头颈，大声说道：

"我可怜的孩子，我可怜的卡米耶！"

她泣不成声，眼泪落在泰蕾丝灼热的皮肤上烤干了。这时，这个寡妇就把她那对干涩的眼睛埋在老太太盖着的毛毯的褶皱里。泰蕾丝就这样弯着腰呆着，让老太太把眼泪淌干。自谋害卡米耶那天起，她就害怕与她的姑妈再次见面，她在床上躺了几天，就是为了延迟这会面的时间，为了舒舒坦坦地去思考她将扮演的可怕的角色。

等她看见拉甘太太逐渐平静下来后，她就在她身边唠叨着劝她起床，并劝她下楼到店堂去。老板娘几乎变成了小孩子。她的侄女突然到来使她从麻木的状态中惊醒和恢复了记忆，以及对周围事物和人的感觉。她感谢苏姗娜的精心照顾，说话时虚弱无力，但已不再妄说谵语。她的语调悲伤极了，有时哽咽住说不下去。她看见泰蕾丝在走动，眼泪突然涌了出来，于是，她就叫她坐在自己身旁，呜呜咽咽地抱住她，哭泣着对她说，她在世上只有她一个亲人了。

晚上，她答应起床了，并试着吃了一点东西。这时，泰蕾丝才看清她的姑妈受到了多么惨重的打击。可怜的老妇人的双腿都不听使唤了，她需要一根拐杖才能一步步走到餐室去，到了那儿，她仿佛觉得，周围的墙都在晃动。

从第二天起，她就要人把店门打开。她怕自己总是在卧室会变成老疯子。她下楼时，要先把两只脚在每一级阶梯上踏稳了再向下移，行动极其缓慢，她终于慢慢地挨到柜台后面坐下了。从此，她就忍受着内心的巨大痛苦，坐在这张椅子上不动了。

泰蕾丝坐在她的身旁思索，她在等待着。这家店铺又像往日那样，沉浸在忧郁而平静的氛围之中。

十 五

　　每隔两三天，洛朗晚上就会来一次。他呆在铺子里，与拉甘太太聊上半小时。然后，他就告辞了，从不向泰蕾丝正面看一眼。老板娘把他看成是她侄女的救命恩人，是一个高尚的人，是他曾竭尽全力想把她的儿子救出来的。她真情实意地欢迎他来。

　　有一个星期四的晚上，洛朗刚踏上她家的门，正碰上老米肖和格里韦走进来。时钟正敲八点。铁路办事处的职员和退休警长都认为，他们可以恢复原有的兴趣爱好而不会使厌烦，因此，他俩仿佛由同一根发条开着似的，同时到达她的家。奥利维埃和苏姗娜在他俩后面跟进。他们一齐上楼走入餐室。拉甘太太没料到他们会来，赶忙把油灯点燃，并去沏茶。他们在餐桌边上坐定，拉甘太太在他们每人前面放了一杯茶。当骨牌盒子被倒空后，可怜的妈妈突然想起过去，望着望着她的客人，突然失声痛哭起来。有个座位是空的，就是她儿子过去坐的那个。

　　她这绝望的哭声把在座的人都怔住了，他们极为扫兴。所有的人都只想到自己，他们显得高高兴兴的，早已把卡米耶忘得一干二净了，这一下子感到非常尴尬。

　　"嗨，嗨，亲爱的太太呀，"老米肖有点儿不耐烦了，大声说道，"别老这么伤心嘛，您会愁出病来的。"

　　"我们都有一死，"格里韦断言道。

　　"您再哭儿子也回不来了，"奥利维埃说教似的说。

　　"我求求您了，"苏姗娜缓缓地说道，"别让我们难过啦。"

　　这时，拉甘太太哭得更是厉害了，泪水止不住地直往外涌。老米肖接着又说：

　　"可以了，可以了，拿出点勇气来。您很清楚，我们来这儿是为了使您散散心的。算了吧！别让我们不开心啦，尽量忘了……我们输赢两个子儿一盘。怎么样，您说好不好？"

　　妇女服饰用品店的老板娘强忍住不再哭下去了。也许她意识到她的客人们都有一种自私心理，这也是天经地义的。她即使仍然激动不已，但还是擦了擦双眼。多米诺骨牌在她那双干瘪的双手里颤抖，而留在她眼皮下的泪水模糊了她的眼睛。

他们开始玩牌。

这短暂的场面，洛朗和泰蕾丝都看在眼里。他们神情严肃，脸上什么表情都没有。小伙子看见星期四晚上的聚会又恢复了，心里美滋滋的，他真是巴不得早这样，因为他知道，他需要这些聚会作掩护才能达到真正目的。再说，他自己也不知道为什么，他在这几个老熟人中感到特别自在，他敢于正视泰蕾丝了。

少妇穿着黑衣服，脸色苍白，默默地在一旁发呆，他觉得此刻她显示出的一种美是他从未见过的。有时，他俩四目相注，当他看见她用坚定而勇敢的目光直视自己时，他甜美极了。泰蕾丝整个身心一直是属于他的。

十六

　　转眼十五个月过去了。开始的痛苦已缓解。他们的心一天比一天更平静，但也一天比一天更衰弱了。生活又回到了原来的样子，不过更显得没有生气。人们在经历了每一次重大的危机之后，一时总是惊魂未定，心有余悸的。开始，洛朗和泰蕾丝对新的生活抱着顺其自然、随机应变的态度。如果人们想要了解他俩心理变化的每一个阶段的话，就得着实下一番功夫，极其细致地加以分析。

　　不久，洛朗就像以往一样，每天晚上到店铺里来了。不过，他不再在那里吃喝，也不是整个晚上都死赖在那儿不走。他等到九点半店铺关门后就走。他来为这两个女人效劳，仿佛是在尽一项义务。要是有一天他没尽心的话，第二天，他就会用仆人般的谦恭心情去表示歉意。每到星期四晚上，他就帮助拉甘太太生壁炉，张罗着准备接待客人。他殷勤体贴，井然有序，很受老板娘的欢心。

　　泰蕾丝平静地看着他在她周围忙个不停。她脸上的苍白消褪了，显得比以往更健康、更开朗、更温和。有时她也会神经质地痉挛一下，这时，她把嘴一抿，露出了两条深深的皱纹，使她的脸显露出一种痛苦和恐慌的异常的表情。

　　这对情人不再设法单独会面，他俩从不向对方要求约会，也不再偷偷地交换一个吻。自他们杀人之后的一段时间里，强烈的肉欲好像也缓解了。在杀死卡米耶的同时，他们终于满足了自身永不满足的、强烈的冲动，这是他们狂热的拥抱不能办到的。犯罪似乎也给了他俩很大的刺激和快乐，拥抱亲吻反倒使他们厌恶和反感了。

　　他们就是为了得到朝思暮想的爱情自由的生活才去杀人的。要是他们愿意，现在本来可以得心应手地尽情发泄了。拉甘太太手脚麻木，神情痴呆，根本不是障碍。这个家属于他们的，他们可以进进出出，随心所欲。但是，情欲不再能吸引他们，他们对此已经失去兴趣。他们呆在一起，平静地闲聊着，各自看着对方，脸不红心不跳好像把以前那些使他们喘不过气来的、狂热的拥抱置之脑后了。他们甚至避免单独会面，私下里，他们无话可说，他俩都害怕表现得过分冷淡。他们间或也握一下手，但当他们各自接触到对方的肌肤时，就有一种不明的不舒服的感觉。

另外，连他们在打照面时态度都是冷漠的，心情是怯懦的，他们以为对这种变化能够自圆其说。他们把自己冷冰冰的态度归因为谨慎小心，照他们的说法，他们的平静和节制都是十分明智的表现。他们解释为是存心获得肉体的安宁和内心的平静。再就是，他们认为，他们感到厌恶和乏味是心里害怕，是暗自惧怕受到惩罚的原因。有时他们也努力憧憬着未来，尽力勾忆起往日那些如胶似漆的日子，但当他们发觉已没有想象力，他们自己也感到莫名其妙。这时，他们只能指望缔结姻缘，他们想，一旦达到目的，他们就可以无所畏惧，公开相亲相爱了。这样，他们也许能重新点燃起昔日的激情，体验他们所向往的快乐。他们抱着这一线希望，心里平静多了，并且也免得使自己陷入已经在他们之间的已存在的看不见的鸿沟里。他们相信，他们相爱如初，并等待着在永结百年之好的那一天、理想的幸福时光的到来。

泰蕾丝的心情从没有这样平静过。可以肯定地说，她的心情会愈来愈好。她个人的不可动摇的意愿也松懈下来了。

晚上，她一个人躺在床上，感到很舒畅。卡米耶那张瘦削的脸，虚弱的身子不再挨在她身边，他曾使她烦恼，使她情欲永远得不到满足。她觉得自己又变成了一个小姑娘，在白色的帷幕里，自己还是一个贞女，在静谧的夜色中，她是那么的安静。她的卧房，宽宽大大的，稍微有点儿冷，她喜欢这间房子高大的屋宇，阴暗的角落，和修道院似的气息。爱屋及乌，她甚至爱上了窗前矗立着的高大的黑墙。整整一个夏天，每天晚上，她出神地望着这墙上的灰砖及烟囱与屋顶划出来的狭窄的夜幕和群星闪烁的夜空，一看就是几个小时。她只是在被恶梦惊起时才会想到洛朗，这时，她就坐在床上，身体发抖着，张目结舌，裹紧了自己的衬衣，心里想，要是她身边有个男人躺着，她也许就不会那么担惊受怕了。她想到她的情人时，就像想到一条守护她的狗，她那冰肌玉肤并不向往肉欲。

白天，在店堂里，她对外界的事物有浓厚的兴趣，她从自身的矛盾中解脱出来，不再耿耿于怀，也不再沉溺在仇恨和报复的欲念中。幻想使她腻烦了，她需要行动和观察。她从早到晚看着穿越长廊的人们，这熙来攘往的人群使他高兴。她变得少见多怪，多嘴饶舌了。总之，她变成了一个女人，因为在这以前，她的行为和思想都只像一个男人。

在她眼里的熟人中，她发觉了一个年轻人。他是一个大学生，住在邻近一幢带家具的公寓里，他每天要在她家店铺的前面走过几次。这小伙子面孔白皙，英俊而洒脱，留着诗人般的长发和军官样的短髭。泰蕾丝觉得他相貌出众。在一周之内，她就像一个寄宿生那样爱上他了。她读了不少小说，她把年轻人与洛朗相比，觉得后者太粗俗了。阅读打开了她的眼界，丰富了她的想象力，这是她新的感受。以前，她只是凭自己的冲动和本能去爱，现在她懂得用理智去爱了。以后有一天，大学生不见了，他可能已迁居异地，泰蕾丝只用几小时就把他忘掉了。

她醉心于阅读文学作品，对浏览过的小说中的英雄人物都十分崇拜。她对读书的兴趣猛增，这对她的气质产生了很大的影响。她变得有点神经质了，不时地会莫名其妙地笑一阵或哭一阵。她内心刚刚建立起来的平衡又被破坏了。她陷入一种冥冥的空想中。有时，她猛地会想起卡米耶，但当她想到洛朗时，便产生了新的情欲，充满了恐惧和不信任。她就这样在不安和焦虑中摇摆。有时，她想马上就与她的情人完婚；而有些时候，她又想一走了之，再也不愿见到他了。小说中如说到了贞洁和荣誉，好像就在她的本性与意愿中设置了一道障碍。她仍然是一头不可驯服的野兽，它想与塞纳河的气势比个高低，并且曾不顾一切地投身于淫乐之中。但是，她也有善良和温柔的一面，她理解奥利维埃妻子的脸为什么老是温温和和，举止斯斯文文的：她才清楚了，她不杀死自己的丈夫也能得到幸福。因此，她对自己反倒不能理解，她生活在一种反复无常、极其矛盾的精神状态之中。

对洛朗来说，他也经历了安宁和冲动的不同阶段。开始，他感到内心非常恬静，仿佛卸却了肩上的千斤重担。有时，他也惊奇地对自己提出了疑问，他以为自己做了一场恶梦，他心里想，他是不是真的把卡米耶擀到水里去了，在陈尸所的石板上，他是不是真的看到他的尸体了。他一想起他的罪孽便惶恐不安，感到茫然无措，他从没想到自己竟可以害死一个人，谨慎和胆怯的心情油然而生，使他不寒而栗。当他想到别人可能会发现他的罪行，并会把他绞死时，他的额头上沁出了冰凉的汗珠。这时，他就感到自己的颈脖子上搁着冰冷的匕首。以前，他一人做事一人当，他以野兽般的固执和盲目决不后悔。现在，当他回过头来，看清了他刚刚跨越的渊薮，他害怕极了，简直不能自持。

"可以肯定地说，我是喝醉了。"他想着，"这个女人给我灌足了迷魂汤。我的老天！我真是傻子、疯子！竟然做出这种事来，我差一点没上断头台……行啦，一切都过去了。如果一切要从头开始，我再也不会干了……"

洛朗精神垮下来，变得灰心丧气，比任何时候都显得更加胆怯、更加谨慎。他发胖了，总是提不起精神。他高大的躯体变得臃肿，仿佛肌肉和筋骨都消失了。如果有谁对这副身材进行一番研究的话，绝不可能想到他竟还是个爱施暴力、残忍成性的人。

他又恢复了往昔的作风。在好几个月之内，他被称为是一个模范职员，只知道闷头闷脑地办公。晚上，他在圣一维克多街的小饭店里就餐，把面包切成一小块一小块

241

的，心平气和地咀嚼着，尽可能把用餐时间拖得长长的。饭后，他歪倒身子，靠在墙上，抽起斗烟来别人真以为他是一个好心的胖子哩。白天，他什么也不想，夜晚，他睡得很熟，也不做梦。他的脸变得红润丰腴，肚子圆滚滚的，脑子里空荡荡的，他感到幸福。

他的肉欲好像已经不复存在，他也不常想到泰蕾丝。即便他有时还想到她，其心情就如有人想起日后总有一天要婚娶的女人一样。他不慌不忙地等待着结婚的那一天到来，他并不把女人放在心上，而是设想着那时他所处的地位。他将辞去他的工作，要是有兴趣的话，就去画画，他会逍遥自在的。他就是带着这些希望，每天晚上才到长廊上的这家店铺里来，虽说他每次进去时总隐隐地感到不是滋味。

有一个星期天，他无聊极了，简直不知道怎么打发时间才好，于是，他就去找他学校时的一个老同学。这个同学现在成了一个青年画家，与他合住过很长一段时间。艺术家现在正创作一幅油画，打算将它送到美术展览会去。这幅油画画的是一位裸体的荡妇，横卧在一块绸缎上。在画室的里端，躺着一个女人，她是一个模特儿，头向后仰着，上半身扭曲，臀部撅得高高的。这个女人不时还笑一笑，挺一挺胸脯，伸长胳膊，伸伸懒腰，稍微休息一会儿。洛朗坐在她的正面看着她，边抽烟边与他的朋友聊天。他望着望着，感到脉搏跳动加速了，情绪也激昂起来。他一直逗留到天黑才把这个女人带回自己的住所。他把她当作情妇留在身边快一年了。可怜的女孩子也爱上了他，觉得他是个美男子。大清早，她就出门，整整一天做模特儿，每天晚上准时回来。她吃穿零花全是用自己挣的钱，不用洛朗一个子儿，洛朗也从不去过问她从哪儿来，是干些什么。这个女人在他的生活里起着一个平衡作用，他把她当成一个有用的、必需的工具留在身边，以维持他身体的舒服和健康。他永远也搞不清是不是爱她，他也从来不去想自己对泰蕾丝有什么不忠。他只是觉得自己更加发胖、更加安逸而已。

这时，泰蕾丝的服丧期结束了，少妇穿上鲜艳的裙子，有天晚上，洛朗居然觉得她变得年轻漂亮了。但是，他与她在一起时，总觉有些不自在，这么长时间以来，他发现她焦躁不安，任情使性，而且会无缘无故地大笑或忧伤。他见她变化无常，心里非常不安，因为他多少也猜出点她内心的矛盾和迷惑。他担心自己的安逸生活受到破坏，开始举棋不定了。他本来是生活得安安稳稳的，各种欲望也能有节制地得到满足，他就怕万一与这个神经质的女人结合上了，安逸的日子就将从此结束。因为这个女人冲动起来，曾使他发狂过一阵子的。其实，他并没把这些想法认真地思考过，他只是凭自己的本能感觉到，他拥有泰蕾丝后将会给他带来许多的烦恼。

当他想到，他迟早总要考虑和她结婚时，就像被打了一棒，如大梦初醒。卡米耶死了将近十五个月了。这时，洛朗不想结婚了，他想把泰蕾丝甩在那儿，留住那个模特儿，后者那廉价的爱情讨他喜欢，也够他受用了。紧接着，他转念一想，他不能白白地把一个人杀了，他想起了犯罪，想到为了独自占有一个女人而所做的可怕的努力，现在，她却使他心神不宁。这时，他觉得要是不与她结婚，杀人便纯属是毫无意义，而且也过于残忍了。把一个人淹死在水里，为了夺取他的寡妇，静等了十五个月之后，又决定和一个在所有画室里卖身的小姑娘生活在一起，他细想起这一切觉得非常可笑，脸上不禁掠过一丝笑容。再就是，他与泰蕾丝不是已经甘苦与共，风雨同舟了吗？他隐约地感觉到她在呼喊，并且老是缠绕在他的心上，她毕竟是属于他的。他对他的同谋者还畏惧三分，要是他不娶她，她可能出于报复和嫉妒，会到司法部门把一切都兜出来的。这些想法在他的头脑里翻滚，他的头脑又发热了。

在这当儿，模特儿突然不辞而别。某一个星期天，这个姑娘再也不回来了，她可能找到了一个更温暖、更舒服的窝了。洛朗免不了也伤心一阵子。他已习惯夜里有一个女人与他共眠，这下子他感到在生活里出现了一个真空。一个星期后，他实在受不了了，又回到长廊上的这家店铺里，一坐就是整整一个晚上。他盯着泰蕾丝看，眼睛里闪烁着锐利的光芒。少妇读了一大堆书，现在，她放下书本后，神志迷迷糊糊的，在洛朗的目光下，她有气无力地投身到他的怀抱之中。

他俩心灰意懒、麻麻木木地等待了漫长的一年。现在，他们又旧梦重温，但心情还是抑郁的。一天晚上，就在洛朗在关门时，在长廊上把泰蕾丝挽住说了几句话。

"今晚，我到你的卧室里过夜好吗？"他激动地向她问道。

少妇做了一个惊惶的手势。

"不，不，我们等到……"她说，"还是以谨慎为好。"

"我已经等得太久了，"洛朗接着说，"我想，我已经没有耐心了，我要你。"

泰蕾丝失魂落魄似的看着他，热血在她的双手和脸上汹涌，她似乎犹疑了一会儿，随后她突然冒出了一句：

"我们结婚吧，这样，我就属于你的了。"

十七

　　洛朗从长廊出来时精神紧张，心情烦躁。泰蕾丝温暖的气息和认同，在他身上扇起了以往的激情。他从堤岸上走，把帽子拿在手上走着，听任晚风迎面扑来。

　　当他走到圣一维克多街上的他的寓所门口时，他害怕上楼，害怕寂寞。一种无可言状的、孩子般的恐惧向他袭来，他害怕有一个人隐藏在他的阁楼上，他从来没有像这样胆小过。他对自己离奇的胆怯心理甚至不想加以分析。他走进一家小酒店，在那儿逗留了一个小时，闷声不响地呆坐在桌前，机械地喝着大杯大杯的葡萄酒，一直熬到午夜才走。他想泰蕾丝，生这个少妇的气，怨她不肯让他在她的卧室里过夜，他想，他与她在一起是不会害怕的。

　　小酒店关门了，他只好出去。他返回住所想先去取火柴。旅店的办公室设在二楼。洛朗必须穿过一条走廊，登上几级楼梯才能取到蜡烛。这条走廊，这几级楼梯，黑洞洞的阴森恐怖，都使他十分恐惧。以前他摸黑走过这段路时，心情是轻松愉快的。今晚，他不敢按铃。他想在地窖门口的某个旮旯处，可能埋伏着凶手，等他走过时，他们会猛地卡住他的脖子，最后，他还是按了铃，他点燃一根火柴，决定向走廊走去。火柴灭了，他收住脚步，裹足不前，喘着粗气，又不敢往后溜，心里吓得怦怦直跑的，在湿漉漉的墙上擦着火柴，手吓得直哆嗦。他好像听见在他前面有人的说话声和脚步声。火柴被他的手指捏断了。他终于点燃了一根，火焰燃着了，烧到火柴梗上，速度之慢，使洛朗更加心神不定。在硫磺淡蓝色的微弱的光芒里，在摇曳着的流动的火光中，他以为看见了怪异的形状。接着，火光跳动了几下，火焰发白，变得明亮起来。洛朗松了口气，神情专注地向前摸去，不偏离火光半步。当他走过地窖门口时，他贴着门对面的墙走，门口有一个黑乎乎的东西使他害怕。接着，他快步走上去旅店办公室的几级楼梯，在他拿到蜡烛后，他以为得救了。他举起蜡烛，照亮着他要走过的所有角落，把脚步放得更轻，登上了其他他几级楼梯。当他借着烛火登上每一层楼梯时，摇来晃去的巨大鬼影，形态各异，在他前面一会矗起，一会消失，使他心里感到非常的不适。

他上楼后打开门，又马上把门关上。他首先关心的是向床底下张望。并在房间里细细地巡查一番，想看看是不是真有人躲在哪儿。他关上天窗，心想，要不然有人会从窗口钻下来。等这一切做完后，他心里踏实多了，脱下衣服。自己也莫名其妙为什么这样胆小。他终于笑开了，抱怨自己像孩子似的。他从没这么胆怯过，而眼下突然变得杯弓蛇影，他自己也解释不了。

他躺下了。当他裹在暖暖的被窝里时，他又想起了泰蕾丝，刚才他只顾开路，把什么都忘了。他紧闭眼睛，想尽快入睡，但怎么也睡不着，他的脑子却总在活动，不肯罢休，并且浮想联翩，想来想去，尽快结婚总是上策。有时，他转过身子，心想："别想了，睡吧，我明天八点钟就要起床，准时去办公。"于是，他又努力入睡。但是，许多念头还是一个接个冒了出来，他又重新对自己的想法顺理了一遍，他的空想很快就发展到激烈阶段，在他的思想深处，罗列出结婚的各种必要性和各种论据。欲望占上风时，他想娶泰蕾丝为妻；胆小怕事时，他又不想娶了。

这时，他料想自己不会再入睡了，失眠更使他情欲冲动，他干脆仰面躺着，睁着眼睛，放任自己去思念那个少妇。平衡破坏了，往日的狂热劲儿又摇撼着他。他以为自己起身回到了新桥长廊。他让人把铁栅栏打开，又去敲拉甘太太家楼梯口的那扇小门，而泰蕾丝也接待了他，梦游至此，血便直往他的脖子上冲。

他的幻觉清晰得令人无法想象。他看见自己走过一条条街道，沿着一幢幢房子走得很快，他心想："我走上这条林荫大道，我穿过这个十字街口，就是想早一些走到。"接着，长廊的铁栅栏响了，他穿过阴暗、冷僻、狭长的过道，暗自庆幸自己可以爬上泰蕾丝的闺房而不会被假首饰店的老板娘发现，然后，他又想象自己在她家的小院子里，登上他以前常走的小楼梯。到了那儿，他感到了以前那极度的快乐，那兴奋而紧张的心情，还有那通奸时的刺激和愉快。他的回忆都一一变成了现实的情景，使他所有的感官又都激动起来了；现在，他又感到了走廊淡淡的气味，触摸到那粘糊糊的墙壁，看到了那拖得长长的龌龊的阴影。然后他又踏上了每一级楼梯，喘着气，竖起了耳朵，战战兢兢地一步步挨近他追求的女人时，情欲已经得到了满足。他终于轻轻地叩门了，门打开了，泰蕾丝白净净的，正穿着短裙站在门口等他。

他的思想变成了一幅幅真实的画面，在他面前一一展开。他的眼睛盯着黑暗处望着。在他走过了一条条大街，进入长廊，又攀上了小楼梯之后，他以为看见了脸色苍白、心情激动的泰蕾丝，他从床上一跃而起，喃喃地说："我一定要去了，她在等我。"他刚才所做的那个突如其来的动作驱散了他的幻想，方砖地是冰凉的，他害怕了。他兀立了片刻，光着脚，侧耳谛听。他仿佛听见楼梯口有响声，如果他到泰蕾丝家去，

他就得再次走过楼下地窖的门，一想到这里他脊背都发冷了，这是一种愚蠢的，让人喘不过气来的恐惧心理。他非常怀疑地环视着房间，看到了一片朦朦胧胧的光晕。这时，他又无声无息、焦虑不安地重新上了床，在床上，他蜷缩一团地躲在那里，好像是为了躲避某一件凶器，躲避威胁着他的一把尖刀。

血直往他的颈上涌，从他的劲上又灼热了他的全身。他把手往颈脖上一摸，手指又触摸到卡米耶噬咬留下的伤疤。他原先差不多把这忘掉了。他发现皮肉上还留着这个伤口，立刻吓坏了，他以为这伤口还在啃着他的肉。他连忙把手抽回来，不再去想伤痕的存在，可是，他又始终感觉到它，并且在啮咬着、向他的头颈里钻进去。这时，他又想用指甲轻轻地搔它一下，他疼痛得更厉害了。他害怕自己把这块皮掀掉，便把双手紧夹在弯曲的双膝之间。他笔直地、怒气冲冲地呆在那里，头颈疼痛难忍，痛得牙齿咯咯直响。

眼下，他的思想和卡米耶结下了不解之缘，实在是太可怕了。在这以前，溺死者还从未搅乱过洛朗的夜晚，现在，他想到泰蕾丝时，她丈夫的幽灵就紧跟而来。杀人者不敢把眼睛睁开，他怕在卧室的某个角落看见他的牺牲者。有时，他似乎觉得床动得奇怪，他胡思乱想，以为卡米耶躲在床底下，是他在摇着床，想把他从床上摇下来，再咬他。他害怕极了，毛发根根竖起，他紧紧抓住褥子，心想，床会越摇越厉害的。

过一会儿，他感觉床不动了，他的心不由一震。他坐起来，点燃一支蜡烛，责怪自己成了一个傻瓜。他喝了一大杯水，想让自己清醒一些。

"我真不该在这家酒店喝酒，"他想，"……今晚，我自己也不知道是怎么回事，傻里傻气的。早上，我去办公时一定会特别困的。我早该赶快上床睡觉，不该去想那一大堆事情，就是这些事使我不能入睡……睡吧！"

他又把烛光吹灭，把头埋进枕头里，脑子清醒些了，决定什么也不想，什么也不怕了。他疲倦了，神经也松弛下来。

他并不像平时那样睡得死沉沉的，而是一直迷迷糊糊地处于半睡眠状态。他的脑子好像麻木了，沉溺在混混沌沌、糊里糊涂的状态中。他感到他的肉体在浅睡着，而他的思想还活跃在静止的肉体里。他已经把接踵而来的种种想法赶跑了，以防止再次失眠。不一会儿，当他迷迷糊糊睡过去时力气消失了，意志也涣散了，之后，一些想法又一个接一个、慢慢地溜进来，占据了他整个晃晃悠悠的灵魂。他的梦游又开始了。他又把到泰蕾丝家的路重新走了一遍：他下楼来，刚才跑过地窖的门口，到了屋外，他走过了大街小巷——这些都是他睁着眼睛幻想时走过的路。他走进新桥长廊，登上小楼梯，轻轻地叩门，但这次开门的不是身穿短裙、袒胸露肩的少妇泰蕾丝，而是卡米耶，是那个他在陈尸所里看见的，脸色铁青、面目狰狞的卡米耶。死尸向他张开双臂，猥琐地笑着，在白牙齿中间，还露出一截黑黝黝的舌头。

洛朗大叫一声，突然被惊醒了。他出了一身冷汗。他把被子拉到自己的眼睛上，咒骂着自己，生自己的气。他又想重新入睡。

就像上次一样，他又慢慢地睡着了。他仍然感到十分疲劳，处在半眠状态下，当他重新失去理智时，他又开始步行回到那一心向往的地方，他奔去见泰蕾丝，而给他开门的还是那个溺死者。

这个家伙吓坏了，又坐了起来。他想不惜一切代价也要驱散这个执拗的梦。他祈愿睡死过去，什么也不想。如果他一直醒着，他就有足够的能耐把卡米耶的阴魂赶跑。只要他控制不了自己时，他的灵魂就引诱他去纵乐，同时也把他引向恐怖。

他又试着入睡。但是，他不是在淫乐中魂不附体，就是从恐怖中突然惊醒，这些一直在交替进行。他执拗，他愤怒，他总是向泰蕾丝走去，但他又总是迎面碰见卡米耶的身体。不下十次，他踏上了路，拖着滚烫的身子出发，沿着同一条路线，有着相同的感受，完成了同样的动作，每次都准确无误；也不止十次，当他伸出双臂想把他的情妇拖过来拥抱时，他看见的却是溺死者欲将投入他的怀抱。每次，这相同的、可悲的结局把他惊醒时，他都吓得魂飞胆破，上气不接下气，但是他的欲望却没有一点削减；几分钟后，等到他重新入睡时，在情欲的冲动下，他忘了那具可憎的尸体在等待着他，又跑去追求一个女人温暖而柔软的肉体了。在一个钟头里，洛朗就生活在这绵延不断的恶梦之中，生活在这周而复始，永远突然而至的可怕的梦幻中。当他每次惊起时，他都会受到更大的惊吓，精神完全被压垮了。

他最后一次受到的惊动最厉害，也最痛苦，他干脆起身，不再抗争下去，白天来临了，一束灰色、暗淡的曙光从天窗上射进来，天窗在灰白色的天空上切割了一个方格子。

洛朗心里有气，慢悠悠地把衣服穿上。他一夜未眠，又竟然被吓成这样，心里直冒火。穿裤子时，他伸了伸懒腰，擦了擦四肢，把两只手在他熬了一夜的疲倦而憔悴的脸上摸了一下。他又重复了那几句老话：

"要是我不去想这些去睡觉，现在，我不就精神饱满、疲劳消除了吗……啊！要是昨晚泰蕾丝愿和我一起睡的话……"

当他想到泰蕾丝会使他免受惊吓时，他稍微放心了。说真的，他真害怕日后的夜晚都像他刚熬过来的一夜那样惊心动魄。

他把水往脸上泼，又梳理了一下头发，稍事盥洗后，他的头脑清醒多了，恐惧的阴影也跟着消失了。他能自由地思考了，只是感到四肢相当的乏力。

"我可不是胆小鬼，"他穿戴完毕后心想，"我才不在乎卡米耶哩……还会去想这个可怜虫在我的床底下，我岂非咄咄怪事。从今以后，我岂不是每晚都要想着这事了吗……我一定得尽早结婚，只要泰蕾丝把我搂在她的怀里，我就不大会想到卡米耶。她会吻我的颈脖子的，那时，我就不会感到这针砭似的疼痛了……看看这处伤口吧！"

他走近镜子，伸长脖子看着。伤疤呈现出淡淡的粉红色。洛朗看清这被害者的齿痕时，心情有些激动，血冲上了脑门。他发现了一个奇怪的现象。冲上来的血把伤疤染成了紫红色，变得鲜明而猩红，在他丰腴而白皙的颈脖子上显得更红了。同时，洛朗又感到剧烈的疼痛，好像有谁把一根根细针扎到伤口里了似的。他赶紧把衬衣的领子翻上来。

"去他妈的！"他继续说道，"泰蕾丝会治愈这一切的……只消吻几下便够了……我多蠢哪，尽想这些事！"

他戴上帽子，走下楼去。他需要呼吸新鲜空气，需要步行。当他走过地窖口时他微笑了，不过，他还是把栓门的销子试了试才放下心来。到了外面，他漫步在空荡荡的人行道上，呼吸着清晨清新空气。快到凌晨五点了。

洛朗度过了非常难熬的一天。到了下午，他在办公室里困极了，他只有和瞌睡做斗争。他的头昏昏沉沉，不听使唤地耷拉下来，而当他一听到某个上司的脚步声时，他又猛地把头抬起来。这种斗争和震惊，使他感到烦恼和不安，以至于使他的四肢疲乏不堪。

傍晚，虽然他已身疲力尽，他仍想去看看泰蕾丝。他看见她也像他一样焦躁不安、精疲力竭、心灰意懒。

"我们可怜的泰蕾丝昨晚睡得不好，"当他坐下后，拉甘太太对他说，"她好像做了好多恶梦，一夜都没有睡好……有好几次，我听见她大叫。今天早上，她病倒了。"

泰蕾丝在她姑妈说话之际，直愣愣地看着洛朗。他们可能猜出了他们的恐惧是相同的，因为他们的脸部都在颤栗着。他们面对面地一直呆到十点钟，说一些无足轻重的话，各自都了解对方在想什么，他俩彼此用目光相互打量着，计划着要尽早结合，共同来对付那个溺死鬼。

十八

　　泰蕾丝也一样。她整整一夜在辗转反侧，卡米耶的幽灵一直缠绕着她。

　　泰蕾丝平平淡淡地度过了一年之后，感情冲动又向她提出幽会，这使她预料不到，被强烈地刺激了一下。当她孤单单地躺着时，一想到婚事就在眼前，便春情大发了。但是，正当她情绪激昂、夜不成寐时，突然，她看见溺死鬼矗立在她的面前。她像洛朗一样，时而肉欲冲动，时而又慑于恐惧，被折磨得够呛；也像他一样，她想一旦她把她的情人搂在怀里时，她就不会害怕，也不会这么痛苦了。

　　这个女人和这个男人同时精神失常了，使他们对那可怕的爱情惶惶不安，惊恐万状。他俩已建立了亲缘和情欲的关系，他们因相同原因而颤抖着；他们情同手足、心心相印，被相同的不安和苦恼折磨着。从那时起，他们的身心便结合在一起，决定同甘共苦了。这种交流和相通是一种生理和心理的现象，在那些相互受着巨大精神冲击的人身上是屡见不鲜的。

　　一年多来，泰蕾丝和洛朗把一根锁链的两头轻轻地铆在各自的手脚上，把他俩拴在一起。在他们合谋杀人造成精神极度的紧张之后，接下来就是沮丧和消沉，他们讨厌一切，但又需要安静和忘却。于是，这两个受难人自以为他们自由了，铁锁链不再把他们系在一起，放松的锁链拖在地上，他们休息了，精神麻木了，但乐在其中，他们尽量另觅所爱，向往平平安安地过日子。但是，自他俩同时度过了那难熬的一夜之后，他们又重新交换起炽热的语言，锁链又猛地绷紧了，他们受到这么强烈的震动，以致他们感觉到，此后他们俩是无法分开的了。

　　从第二天起，泰蕾丝就开始行动了。她暗暗地打算着和洛朗早日完婚。这是一件困难的事情，充满了艰难险阻。这对情人担心会出什么差错，唯恐过分急于利用卡米耶的死会引起别人猜疑。他们心里清楚，他们自己不便主动提出婚事，于是便制定了一个十分明智的计划，意在把自己不敢提出来的事，让拉甘太太本人和星期四聚会的客人们代言。关键在于要促使这些老实人想到泰蕾丝再嫁的事情，特别是要让他们觉得，这个想法是他们自己提出来，并且是他们自发产生的。

这场戏不大好演，而且时间拖得太长了。泰蕾丝和洛朗各自担任了适当的角色，他们谨慎小心，一言一行都不疏忽，做到滴水不漏，稳步前进。可事实上，他们急不可耐，精神非常紧张，真是风声鹤唳、草木皆兵，一天也不得安宁。他们面带微笑，显得十分平静，事实上却尽力掩饰着十足的卑怯心理。

如果说，他们急于要与这种生活告别的话，这是因为他们无法再忍受孤独的分居生活。每夜这个溺死鬼都要找上门来，使他们睡不成觉，躺在床上就像被铁钳翻动着，不停地转来转去，被炭火炙烤全身。他们的神经始终是紧张的，一到晚上，更是烦躁不安，幻想一个个在他们眼前闪过，把他们折磨够了。暮色降临时，泰蕾丝不敢再上楼去她的卧房。在这间空荡荡的卧房里，蜡烛放出奇异的光，蜡光熄灭后，便鬼影幢幢，显得阴森森的。她必须把自己关在里面直到天明，心里充满了恐怖与不安。最后，她只好让蜡烛一直亮着而不敢再睡，这样她能一直把眼睛睁得大大的，但是，当她太疲倦了，眼皮耷拉下来时，她就看见卡米耶站在暗处，她猛地又把眼睛张开了。清晨，她拖着两条腿走路，全身一点力气都没有。只有在白天她才能打几个钟头的瞌睡。洛朗呢，自从那晚经过地窖门前受了惊吓之后，他就变成了一个无可救药的懦夫了。以前，他生来性野，对生活充满了自信，现在，哪怕有一点点声音都能使他魂飞魄散，脸色苍白，像个孩子似的。他的四肢因受了惊吓，从此便患上了颤抖的病。夜里，他比泰蕾丝更难受，恐惧给他这疲软、高大、怯懦的身躯带来了深深的创伤。只要天黑了，他心里就怕得不得了。有好几次，他都不愿回到住所去，整夜在冷清清的街上溜达。有一次，大雨倾盆，他竟然躲在桥下一直熬到清晨。他蹲在那儿冻僵了，又没有勇气站起来爬上堤岸，在灰蒙蒙的夜色中，他看着肮脏的河水流淌，将近有六个小时。有时，恐惧袭上心头，他吓得瘫软在潮湿的地上：他好像看见桥洞里有一长串溺死鬼顺流而下。他终于不能忍受疲倦了，回到住所，把房门拴了两道锁，在极端可怕的精神状态里一直挣扎到天明。有个恶梦一直缠着他，他觉得自己从泰蕾丝热烈而激动的怀抱里落到了卡米耶冷冰冰、粘乎乎的双臂里。他梦想着他的情妇紧紧地把他搂在她温暖的怀里使他喘不过气来，他马上又梦见那个溺死鬼冰凉凉地抱着他，把他紧压在他那腐烂的胸膛上。这些感觉突如其来，交织着欲望和厌恶。他有时触到恋人炽热的肉体，有时又碰到在淤泥中腐烂了的冰冷的肉体。他喘着气，颤抖不止，烦躁得嘴里嘀嘀咕咕的。

不要这样，这对情人的恐怖一天比一天强烈，而恶梦又压迫着他们，使他们癫狂也一天甚过一天。他们已穷途末路，只是幻想依靠亲吻来征服失眠。出于谨慎，他俩不敢约会，他们等待着大喜佳期，把这一天看成解放之日，而后便是幸福的夜晚了。

因此，他们全部的心愿便是早日结合，他们渴望能安安稳稳地睡上一觉。他们谋杀的动机是出于自私和爱情。在他们相互冷淡的那段日子里，他们迟疑着，双方都把那个动机忘掉了，仿佛它已经不存在了。现在，他们的心中又重新燃烧起的激情，爱情和自私是他们杀害卡米耶的最初理由，按他们的想法，合法的婚姻能确保他们享受到真正的欢乐。再说，他们公开结合的决心，多少还是在绝望的心情下做出的，他们的内心还真有点担心，他们的情欲也被扰乱了。他俩相互倾下身子，从某种意义上说，就像他们怀着惧怕心理，在悬崖边探头向下张望似的。他俩默默地弯着腰，勾搭在一起，但是，他们又被情欲冲得头昏脑涨，四肢无力，在狂热的冲动下几乎想跳下深渊。但是，面对现实，即使他们在焦急地等待着，渴望放纵情欲，但是又有点儿怯怯生生，所以，他们便渴望自欺欺人，幻想将来能享受爱情的幸福和恬静的欢愉。他们越是在对方面前怕得发抖，就越是对就要坠落其中的深渊感到恐惧，因而也就越想为自己鼓气，把未来想得十分美好，并且摆出了充足的证据，说明结婚是他俩命中注定的、唯一的生路。

泰蕾丝一心想结婚，因为她害怕，也本能地要求洛朗对她强烈的抚爱。她简直有点神经质了，完全不能控制自己。说真的，她并没有认真想到她只是堕落在情欲里不可自拔罢了。她刚读过的小说又使她心荡神迷，好几个星期以来，她没有安稳地睡过一觉，身体也感到异常的不适。

从气质上说，洛朗要冷静些，他虽然受恐惧和情欲的支配，但还是能对自己的决定认真考虑一番的。他为了证明他婚后的日子是十全十美的，为了消除那难以摆脱的、说不清的恐惧心理，他又打起往日的各种如意算盘了。他的父亲，就是尤福斯的那个老农还不死掉，真不知什么时候才能得到那份遗产，他甚至担心遗产会旁落他人，落进他的一个堂弟的腰包，这个高大的小伙子会种地，老洛朗对他很赏识。那么他呢，他将永远是一个穷光蛋，讨不起老婆，在阁楼里苟且偷生，睡不好，吃得更差。此外，他本打算一辈子吃闲饭的，他对上班开始抱有一种说不出来的反感，上司给他的工作真不算多，但他这个懒人已经不能忍受了。他反复思考的总是这个结果：什么事也不干就是天下最大的幸福。想到这儿，他记起来了，他淹死卡米耶原就为娶泰蕾丝为妻，继而尽享清福的。当然啦，独自占有他的情妇的愿望在他的犯罪动机里占了很大的比例，不过，他杀人的主要原因可能还是希望像卡米耶那样得到照料，随时都能尝到真正的幸福。如果说，仅仅因爱情才促使他如此去干，那他决不会表现得如此胆怯和谨慎了。事实上，他杀人也是出于无奈，他千方百计地想过上恬静而舒适的生活，并能使他的种种欲望长期得到满足。所有这些想法自觉也好，不自觉也好，都一齐向他奔

来，他为了给自己鼓气，老是翻来覆去想着，他早料到卡米耶的死会给他带来好处的，现在该坐享其成了。于是，他重新一一数落着有哪些好处，将来的日子是如何的惬意。他想自己会辞职不干，过着游手好闲的生活，他在吃够喝足之后，还能呼呼大睡，他身边始终有一个热情的女人相伴，让他的精神和生理协调和谐；要不多久，他再把拉甘太太四万几千法郎的家产继承下来，因为可怜的老太太眼看着每况愈下。总之，他会过上幸福而实惠的日子，把一切都忘掉。自从泰蕾丝和他决定结婚之后，他每时每刻都在计划盘算着这些事情，他还挖空心思寻觅其他的好处，而一旦他从娶溺死者寡妇为妻的极端自私的动机里，又找到一个新的依据时，他就高兴得不得了了。然而，他强迫自己去憧憬未来也好，梦想过上一种懒散、怡然的生活也好，对他作用都不大，他仍随时感到心里在阵阵地颤栗，有时，一种焦虑烦躁的情绪时时向他袭来，使他转喜为悲。

十九

    不管怎么样，泰蕾丝和洛朗的一片苦心总算没白费。泰蕾丝装成愁肠百结、伤心失望的样子，拉甘太太看在眼里，几天后，她开始局促不安了。年迈的老板娘想知道她的侄女为什么如此伤心。这时，少妇就以她的机智和灵巧扮演了一个遗恨终生的寡妇角色。她说她无聊、虚弱、精神痛苦，总之，含糊其词，从不明确指出来。当她的姑妈盘问得过急时，她就回答说，她身体很好，但自己也不知道为什么心情这样坏，并且无缘无故就会哭，过后，她仍闷闷不乐的，即使有时她惨然一笑也是十分勉强；她沉默时，神情也是空虚绝望的。拉甘太太眼看这个少妇垮下来了，她仿佛也被感染，一天不如一天了，这使她认真思考起来。世上她只有这么一个亲人了，每晚她都要祈祷上帝把这个女孩子留下来为她送终。她晚年就只有这么一点儿留恋了，其中还多少掺杂了一些自私的成分。当她想到泰蕾丝还可能比她先死，而她将只能孤零零地死在长廊潮湿的店铺里时，原来支撑着她活下去的那一点安慰也受到了冲击。从此以后，她就时刻注意她的侄女，惊恐地分析少妇悲伤的由头，内心捉摸着自己做什么才能免除她内心的隐痛。

    情况十分严峻，她觉得应该征求她的老友——米肖的意见了。在一个星期四的晚上，她把米肖留在店铺里，把她内心的忧虑告诉他。

    "哈，"这老头原先工作时的脾气上来了，他直截了当地回答她说，"我发现泰蕾丝赌气已经好久啦，我很明白，她为什么脸色发黄，老是愁眉苦脸的。"

    "您知道为什么吗？"老板娘问道，"快说吧，看看我们能否把她治好！"

    "哦！治疗方法很简单，"米肖笑道，"您的侄女儿精神空虚，因为她太孤单了嘛。晚上，一个人关在卧房里，转眼就快两年啦。她需要一个丈夫，这从她的眼神里就看出来了。"

    退休警长这一番干干脆脆的话刺痛了拉甘太太的心。她想，在圣—乌昂发生了巨大的不幸之后，年轻寡妇痛不欲生，现在她一定还记忆犹新、悲伤不已的。她的儿子死了，她觉得她的侄女不应该再有丈夫。可是，米肖突如其来地大笑一阵，竟然肯定

253

泰蕾丝是因为想有个丈夫才得病的。

"如果您不愿意看见她憔悴而死的话，"他临走时说道，"就尽快把她嫁出去吧！这就是我的看法，亲爱的太太，请相信我，没错。"

拉甘太太一时还想不通为何她的儿子这么快被遗忘。老米肖没有卡米耶的名字，他在谈到泰蕾丝的所谓病时像在开玩笑。可怜的母亲这才明白过来，只有她一人仍然对她的儿子深深怀念着。她哭了，仿佛觉得卡米耶又死了一次。待她哭够了、怨够了，她又不觉地想起了老米肖的话；她的侄女二嫁，在她清晰的记忆里，等于她的儿子第二次死去。但以这门婚事来换取一点儿幸福的想法，却在她的脑子里打转。铺子里冷冰冰、静悄悄的。当她单独和泰蕾丝在一起，看见她心事重重、愁眉不展的样子时，她的心软了。她可不是那种干巴巴、没有感情的人，那些人生活在无望之中还要以苦为乐。她的心肠很软，忠诚可信而且感情丰富。总之，一个好心、慈祥、富态的老太太的素质她全具备，这就决定她喜欢过感情的生活。自从她的侄女不多说话、脸色苍白、无精打采地呆坐在那里之后，对她来说，生活变得不能容忍了，在她看来，铺子就像是一个坟墓。她本来希望在她周围，在生活中，应该充满温暖和友情关心和照顾，总之，能和和美美地过日子，只有这样，她才有信心安度晚年。虽然这些愿望都是下意识的，但促使她接受了把泰蕾丝重新嫁出去的建议，她甚至多少把她儿子忘掉一些了。她那死水一潭的生活好像有了新的起色，思想有了新的内容，精神有了新的寄托。她要为她的侄女重找一个丈夫的想法占据了她的头脑。选择一个丈夫非同小可，可怜的老妇人考虑她自己总要比考虑泰蕾丝多一些，她把泰蕾丝嫁出去要以她本人得到幸福为前提，因为她极其担心少妇未来的丈夫会扰乱她晚年余下的岁月。当她想到，她将要把一个外人引进她的日常生活里来时，便感到非常惶恐，这唯一的想法把她吓坏了，使她不便与泰蕾丝开诚布公地谈她的婚事。

虚伪是泰蕾丝的拿手好戏，她童年就受过这种训练，她上演了一出烦恼和沉闷的戏剧。洛朗则扮演了一个富有同情心的、热心助人的角色。他对这两个女人小心侍奉，尤其对拉甘太太更是做到了无微不至。渐渐，他成了这个店铺不可缺少的人，只有他能使这个黑漆漆的洞穴增添一点快乐。晚上，当他不在时，妇女服饰店老板娘就要左顾右盼一阵子，惶惶然仿佛丢了什么似的；她想到要和愁肠百结的泰蕾丝呆在一起时，就感到很不自在。事实上，洛朗难得有一个晚上不来也是故意的，为了扩大他的影响，他每天下班后都到里去，一直呆到长廊关上大门为止。他外出进货，拉甘太太行走困难，他就替她买一些她所需的小玩意儿。而后，他坐下来，谈天说地，像演员一样地用一种温和、悦耳的嗓音让好心的太太听了舒服，心情愉快。他作为一个朋友，作为

一个关心他人疾苦的好心人，似乎对泰蕾丝的健康格外地关注。好几次，他把拉甘太太拉到一旁，显得惊慌万分，告诉她，他看见少妇的脸色不好，太憔悴了，以此来吓她。

"她很快就要离开我们了，"他哽咽着，喃喃地说，"我们不能自欺欺人，她的确是生病了。呵！我们那一点儿幸福，我们那美好安宁的夜晚哟！"

拉甘太太焦虑地听着他说。洛朗甚至大胆到直接提到了卡米耶的名字。

"您想想看，"他又对太太说道，"我们那可怜的朋友的死对她是极大的打击。两年以来，从她失去卡米耶那不幸的一天起，她便一天不如一天。什么也无法安慰她，什么也无法医治她。我们应该听天由命啊！"

老妇人听了这一番无耻的谎言，老泪纵横。她想起她的儿子就神志恍惚、茫然失措了。每当有人提及卡米耶的名字，她就泣不成声。她控制不住自己了，谁提起她那可怜的孩子，她甚至能拥抱他。洛朗早就发现只要她听人提起这个名字时，就会聚精会神、坐立不安，效果相当显著。他可以随时让她落泪，挑动她的感情，使她辨不清事物的真相，使她心碎。因此，他就滥用他的能力，把她服服帖帖地捏在自己手里。每天晚上，虽然他说起卡米耶心里极其反感和厌恶，他仍然老是谈起他不可多得的品质。说他心好，人又聪明，他恬不知耻地吹捧他的被害者。有时，他看见泰蕾丝目光怪异地注视着他，他就会打一个寒颤，最终自己也相信，他对溺死者的评价是正确的。这时，他就不再往下说了，他顿生妒心，担心寡妇心里爱的仍被他淹死的那个人，是那个他现在正在迷迷糊糊、或真或假在吹捧的那个人。他侃侃而谈，拉甘太太从头至尾都是泪汪汪地听，她看不清周围的一切。她边哭边想：洛朗真是个惹人喜欢、仁慈宽厚的人，只有他一个人还想着她的儿子，只有他一个人说到她的儿子时口气里还带着伤感，声音颤了的。她把眼泪擦干了，带着无限的温情看着年轻人，就像对自己的孩子那样爱着他。

一个星期四的晚上，当米肖和格里韦已经在餐室坐定之后，洛朗才进来。他挨近泰蕾丝身边，温和而急促地问候她的健康状况。他在她的身旁坐了一会儿，当着在场所有的人的面，扮演了一个情意缱绻、忧虑重重的朋友的角色。这对年轻人紧挨在一块儿在说着悄悄话，米肖看着他俩，倾下身，指着洛朗，低声对老太太说：

"看哪，您侄女的合适丈夫就是他。快点安排这门婚事吧！必要时，我们会帮您一把的。"

米肖带着调皮的神色微笑着，他认为泰蕾丝也许需要一个身强力壮的丈夫。拉甘太太像得到了什么启示似的大吃一惊，陡然，她从泰蕾丝和洛朗的结合中看到了所有

对她个人的好处。这门婚事只能把他们团结得更紧密，也就是说，把她、她的侄女和她儿子的朋友，那个每天晚上来使她俩散心的好心人团结得更紧密。这样，她就不会把一个外人引进家中，她也不会冒风险，怕给自己带来什么不幸了。而且，泰蕾丝有了依靠，等于给自己的晚年生活增添一份乐趣。三年来，这个小伙子对她像儿子一样孝敬，她等于又得了一个儿子；其次，她仿佛也觉得，泰蕾丝嫁给洛朗之后，想到卡米耶时就更亲切些。信念是微妙而又难以捉摸的。拉甘太太看见一个陌生人搂住这位年轻的寡妇原本会哭的，但当她想到她将投身于她儿子的老同事的怀抱时，一点反感也没有。正如大家所说的，她想，这样一个家仍会和睦的。

整个晚上，客人在玩骨牌，太太温情脉脉地注视这对年轻人。小伙子和少妇都猜出他们的戏是演得成功的，快要收场了。米肖在告别前，低声和拉甘太太谈了几句，然后，他装模作样地挽着洛朗的胳膊，郑重其事地说，他要陪他走段路。洛朗离开时，迅速向泰蕾丝递了一个眼色，这眼色充满了谆谆的叮嘱，意义深远。

米肖自告奋勇先去摸底。他觉得年轻人对这两个女人一片诚意，但当洛朗听说自己将要与泰蕾丝结为夫妇时，脸上露出惊讶的神色。洛朗以激动的口吻回答道，他把他那可怜的朋友的遗孀当成妹妹看，若娶了她，难道不是亵渎故人了吗？退休警官一劝再劝，他摆出种种理由使他同意，甚至说到了友情弥足珍贵之类的话，最后他直截了当地对年轻人说，做拉甘太太的儿子和泰蕾丝的丈夫是他义不容辞的责任。洛朗渐渐地被说服了，他假装受了感动，同意结婚，好像他从未有过这个想法似的，同老米肖说的那样，他是出于友情和责任才勉为其难的。当老米肖得到一个肯定的答复之后，搓着手离开了他的同伴。他想刚才自己取得了一个辉煌的胜利，也庆幸自己首先萌生了结婚的念头，这样，周四晚上的聚会就会恢复以往那样欢乐的气氛了。

正当米肖和洛朗在堤岸上踱着步交谈时，拉甘太太也在与泰蕾丝谈心，内容几乎相同。正当她的侄女像往常一样脸色苍白、有气无力地走出屋子时，老太太把她留住了。她哀求她直爽些，把积压在心头的苦恼都向她倾倒出来。过了一会儿，老太太看见她说话仍然隐隐约约的，便说到守寡之苦，慢慢把话题引到了改嫁的事上；最后，她明白无误地问泰蕾丝，她心里是否还想重嫁，只是嘴上不好意思讲出来。泰蕾丝惊呼一声，说她从来没有这念头，她对卡米耶是一往情深的。拉甘太太哭了。她违心地辩解着，让她懂得人不能总是在绝望中生活。少妇长叹了一声，说她要恪尽妇道，于是，老太太猛地点出了洛朗这个名字。然后，她就历数了这门婚事如何合适，有哪些好处。她把要说的话一股脑儿地倒出来，翻来覆去地大声说出了她想了一个晚上的话，她绘声绘色地诉说着，天真中还带着几分自私，她说，她在她的两个亲爱的孩子中间能安享晚年了。泰蕾丝低着头，显得十分卑谦和恭顺，无声地听着，好像她是百依百顺似的。

"我把洛朗当成自己的哥哥一样爱戴，"她等她的姑妈说完后，痛苦地说，"既然您要我这样做，我就试着把他当作丈夫对待吧！我希望让您幸福……我原本希望您会让我偷偷地饮泣吞声的，不过，既然关系到您的幸福，我就改变我的初衷吧！"

她抱吻了拉甘太太。老太太大惊失色，感觉非常意外，第一个忘记她儿子的居然是她？拉甘太太上床时，又难过得痛哭了一场，她怨怪自己不如泰蕾丝坚强，自己是出于私心才想到让他俩结婚；而年轻的寡妇也是为了她才同意这门婚事的。

第二天早晨，米肖和他的老女友在店铺门口的长廊上简单地交谈了几句。他们交换了一下各自谈话的结果，说定让这对年轻人当晚就会定亲，把事情办得干脆利索些。

下午五点钟时，当洛朗走进店铺时，米肖已在那儿等着了。年轻人刚坐下，退休警长凑着他的耳朵说：

"她同意了。"

这句不着边际的话泰蕾丝听到的，她脸色苍白，眼睛厚颜无耻地盯着洛朗。这对情人互相注视了几秒钟，仿佛是想求得某种默契似的。他俩很快明白了，应该毫不迟疑地接受这个建议，而且说做就做，了却一件心事。洛朗站起来，走上前去拉住拉甘太太的手，拉甘太太强忍住没让眼泪流出来。

"亲爱的妈妈，"他微笑着对她说，"昨晚，我与米肖先生谈到了您的幸福。您的两个孩子都愿您晚年过得幸福。"

可怜的太太听见有人她为"亲爱的妈妈"，便又流下泪来。她迅速抓住泰蕾丝的手，把它放在洛朗的掌心里，一个字也没能说出来。

这对情人各自接触到对方的肌肤，不免颤栗了一下。他们的手滚烫，神经质地紧握在一起了。年轻人吞吞吐吐地接着说：

"泰蕾丝，您愿意让您的姑妈过愉快而安宁的生活吗？"

"嗯，"少妇轻声答道，"这是我们应尽的义务。"

这时，洛朗转身面向拉甘太太，脸色发白地补充道：

"当卡米耶落水时，他冲着我喊道：'救救我的妻子，我把她托付给你了。'我想，我娶了泰蕾丝就等于实现了他的遗愿了。"

泰蕾丝听到这句话，松开了洛朗的手。她像在胸口上挨了一拳。她的情人的卑鄙无耻让她无地自容。她木然地看着他，而拉甘太太却在一旁哭得喘不过气来，结结巴巴地说：

"是啊，是啊，我的朋友，娶她为妻吧，让她幸福些，我的儿子在九泉之下也会对你感激不尽的。"

洛朗感到支持不住了，他靠在椅子背上。米肖也被感动得热泪纵横，一面把他推向泰蕾丝，一面说道：

"你们拥抱吧，这就算是你们订婚了。"当年轻人把他的嘴唇印在寡妇的双颊上时，感到异常的不舒服，而少妇被她的情人吻了两下，也像是被烫着样地猛然一退缩。这是这个男人当着众人的面对她做的第一次亲热的表示。她身的血都往脸上涌，感到脸红心跳，而她以前却从不知何为贞操。在不知羞耻地偷情时，她可从来没红过脸哪。

紧张了一阵后，两个杀人犯松了口气。婚期已定下来了，这是他俩多年表演的结果。当晚，一切都安排停当。下一个星期四，结婚的事也通知到格里韦、奥利维埃夫妇。米肖在发布这个消息时喜形于色，他搓着双手，不断地说：

"是我的主意，是我让他俩结婚的……你们不久会看到，这对夫妇是多么美满。"

苏姗娜悄悄地走上前来抱吻泰蕾丝。这个可怜的人儿面无血色，半死不活的，她对忧郁而生硬的年轻寡妇充满友情。她像一个孩子那样爱着泰蕾丝，对她既尊敬又有点惧怕。奥利维埃对姑妈和侄女恭维了一番，格里韦壮着胆子说了几句下流的玩笑话，效果还不错。总之，这伙人显得十分兴奋、得意，他们宣称，一切都会好起来，说真的，他们都以为自己已经参加婚礼了哩。

泰蕾丝和洛朗的言行举止一直是既有分寸又很乖巧。他们只是微微地互表温柔、亲切的情谊。他们的神情就像在尽一件崇高的义务似的。他们的外表丝毫没有破绽，决不会让别人猜出他们内心中翻搅着的惧怕和情欲。拉甘太太怀着善良而感激的心情瞧着他俩，浅浅地笑着。

还有几件例行的事要办。洛朗必须写信征求他双亲的同意。尤福斯的老农几乎忘了在巴黎还有这么一个儿子，他写了一封回信，三言两语告诉他，只要他愿意，他就可以结婚，也可以被人吊死，他并且让洛朗懂得，他是绝不会再给他一分钱的，他可以自行其是，无论做任何荒唐的事，做父亲的决不会过问。洛朗收到这么封信感到异常不安。

拉甘太太读完了这么一个非同寻常的父亲的信，善心大发，竟做出了一件蠢事来。她倾其所有，给了她侄女一笔四万几千法郎的钱作为陪嫁，她为了这对新婚夫妇而献出了自己的一切，把自己押在他们的善心上，把自己的幸福全都寄托给他们了。洛朗没给小家庭带来分文，他只让他们心里明白，他决不会永远处在这种境遇之中，也许，他还要重操画笔；再说，小家庭的未来生活是有保障的，四万几千法郎的年息加上小店买卖的赢利，足以使三口人生活得舒舒服服。要幸福，他们可说是万事俱备了。

结婚的准备工作也在加紧进行。繁文缛节能免则免。好像每一个人都急于把洛朗推进泰蕾丝的闺房里。向往已久的那一天终于到来了。

二十

这天早上，洛朗和泰蕾丝在各自的卧室里醒来，他们都非常高兴，想到一块儿去了。他俩心里都在想，他们度过了恐怖的最后一夜。从今以后，他们不再独守空房，他们将一起对付这个溺死鬼。

泰蕾丝环视了一周，用目光打量了她那张大床，会心地笑了。她起床，不从容地穿上衣服，静等着苏珊娜来帮她打扮成新娘。

洛朗坐在床上。他呆了几分钟，向他深深厌恶的寒窑告别。他终于离开这个狗窝，而且有了一个女人。时值年末，他打了个寒噤，跳到石砖地上，心想今晚就会暖和了。

拉甘太太知道他手头拮据，在一个星期前就塞给他一个钱包，显而有五百法郎，这是她的全部私蓄。年轻人毅然决然地收下来了，买了一身新衣服穿上。他拿了老板娘的这笔钱还能给泰蕾丝买上几件普通的礼品。

黑色长裤、上装、白色背心，以及细纹布的内衣和领带，分放在两张椅子上。洛朗用肥皂洗了脸，又用科洛涅香水在身上喷了一下，接下来便仔细地穿戴起来。他要变得漂亮一些。当他把一只又高又硬的假领子扣到颈脖上时，他感到颈子是剧烈的疼痛，假领的钮扣从手指间滑落，他不耐烦了，似乎觉得上浆的布在割他的皮肤。他想瞧瞧，抬起了下巴颏：这时，他看见那卡米耶噬咬处是鲜红鲜红的，原来是假领子微微擦破了一点伤疤。洛朗抿紧了嘴唇，脸色刷地变白了。此时，让他看见颈脖上的这处斑痕，即使他害怕又使他扫兴。他把假领弄皱了，又选了一个新的，还小心地把它扣上了，一会儿就穿戴好。下楼时，他那套崭新的衣服使他觉得处处别扭，他不敢把头转过去，颈脖套在上浆的布领里不难动弹。他每动一次，布领子的一个裼褶就会触动溺死者的牙齿咬过的那块伤疤。他强忍着针扎般的剧痛登上马车去接泰蕾丝，然后把她带往区政府和教堂。

他顺路带上了奥尔良铁路办事处的一个职员和老米肖，他俩做他的证婚人。当他们到店铺时，所有的人都到齐了：格里韦和奥利维埃，他们是泰蕾丝的证婚人；苏珊娜，她看新娘的神情就像小姑娘看着刚穿上衣服的玩具娃娃那样。拉甘太太虽说行走不便，但也想到处陪伴着她的两个孩子。众人把她扶上车后大家便出发了。

在区政府和教堂，一切都进行得合乎礼仪。新郎新娘表现得沉着而谦恭，非常引人注目，并且备受赞扬。他俩说出神圣的"愿意"时，感情激动，连格里韦本人看了心都软了。他们就像在做梦似的。在他俩安详地并肩坐着或跪着时，一些狂躁的想法不由得在他们的脑际闪过，令他们心碎。他俩避免正面相视。待他俩重新登上马车后，他们仿佛觉得，彼此比以往任何时候都陌生。

早已决定了，婚宴只邀请少数几个亲朋好友，地点在贝勒维勒高地的一家小餐馆里。米肖一家和格里韦一家是唯一被邀请的客人。一过六点，婚礼队伍便乘着马车顺着一条条大街小巷，迤逦而来。然后，他们走进小饭店，在一个漆成黄颜色的单间里，七套餐具已经摆上餐桌，房间里飘逸着尘土和葡萄酒的气息。

晚宴的气氛还算愉快。新婚夫妇始终一本正经，好像若有所思似的。从早晨起，他们就有一种异样的感觉，他们也无意去分析原因。从开始起，他们就被接二连三的结婚手续和仪式弄得头昏眼花。后来，他们没完没了地走街过巷，好像置身在摇篮里，简直要昏昏入睡了。他们仿佛觉得，这次游行进行了整整几个月一样的；再则，他们心不在焉和让马在单调的街道上拖着，无精打采地看着商店和行人，神情麻木，痴痴呆呆的，有时，他们故意谈笑几句，想借此打破死一般的寂静。等他们走进饭店之后，他们累坏了，仿佛感到肩上扛有千斤重担，身心越来越麻木了。

他俩面对面在餐桌两旁坐下后，时而会不自然地笑笑，但是每笑一次便又立即沉下脸来，重新陷入沉重的幻想中。他们进餐和回答问题，像机器一样在摆动四肢。他们的精神疲乏而懒散，同一组不可捉摸的思想在他们的脑际不断闪过。他们结婚了，但他们对新生活毫无思想准备，这使他们非常惊异。在他们的想象中，他们之间仍隔着一条鸿沟。他们以为相互还维持着杀人前的关系，那时，他们之间矗立了一道实际的障碍。现在突然间，他们想起来，就在晚上，再过几小时，他们就要共卧一床了，于是，他们面面相觑，惊诧不已，不明白为什么他们会这样。他们并只有感到他们已经结合，相反，在妄想中，他们还认为他们被人们强行拆散和抛得远远的。

客人们围着他们起哄，希望听见他们用"你"字相称，打消一切拘束。但是他俩始终是支支吾吾的，红着脸，凭怎么说也不好意思当着众人的面以情人相待。

在等待中，他们的欲望衰退了，过去的一切消逝了。他们失去了对情欲强烈的渴望，他们甚至忘掉了早晨的快乐——这种无限的快乐是当他们想到今后他们不用再害怕时所感到的。现在，他们只对过去发生的一切感到厌倦和费解：白天发生的事在他们的脑里感到那么不可思议和异常可怕。他们呆在那儿闷声不响，面露微笑，既不等

待也不期望。他们心灰意懒，中间还多少夹杂着痛苦和不安。

洛朗每次转头都感到剧痛，像有人在撕咬他的肉一样，他的假领切割和扎疼了卡米耶噬咬的伤痕。当区长向他诵读婚姻法条文，教士向他说到上帝时，在这漫长的一天中的每一分钟，他都感到溺死鬼的牙齿咬进了他的皮肉中。有时，他甚至想象到有道血淌到了胸口上，把他的白背心染红了。

拉甘太太打心眼里感激这对夫妇稳重的举止神态，如果他俩吵吵闹闹或兴高采烈的话，就会挫伤这个可怜母亲的心，在她看来，她儿子的幻影也在这儿，是他把泰蕾丝送进洛朗的怀抱里。格里韦可不这么认为，他觉得婚礼太冷清了，他千方百计想活跃气氛，但无济于事，每次他想站起来说几句俏皮话时，米肖和奥利维埃都要向他使眼色，示意他安安稳稳地坐在自己的椅子上别动。不过，机会终于来了。他站起来，举起酒杯，用轻浮的口吻说道：

"为新郎和新娘的孩子们干杯。"

不能不碰杯了，泰蕾丝和洛朗听到格里韦这句话，脸色陡地变白了。他们从来没想到他们还会有孩子。他们一想到此，心里打了一个寒战。他们机械地碰了碰杯，彼此注视了一下，他俩居然在这种场合面对面地呆着，这使他们感到很意外，也有些惊慌失措。

大家早早离开了餐桌。客人们想把新婚夫妇送入洞房，当婚礼队伍回到长廊的铺子时，时间还不到九点半。假首饰店的老板娘还坐在柜台后面，面对着铺有天鹅绒的首饰盒子。她好奇地抬起头来看看新婚夫妇，嘴角露出微笑。这对年轻人发现了她的眼光，吓坏了。可能这位老太太曾经看见过洛朗溜进小院子，对他们的幽会早已觉察了吧！

泰蕾丝在拉甘太太和苏姗娜的陪同下，几乎立即退了出去。男人们继续留在餐室里，新娘在换夜装。洛朗软绵绵地、一点儿精神也提不起来，他根本不急于离席。这时，女人都不在场，老米肖和格里韦津津有味地开着粗俗的玩笑，他就舒舒服服听着。等苏姗娜和拉甘太太从洞房里出来以后，太太激动地对年轻人说他的妻子正在等着他，这时他才恍然大悟。他惊慌失措地愣了一下后，就慌乱地握着——递过来的手，随后，像醉汉一样扶着房门，走进泰蕾丝的闺房。

二十一

洛朗小心翼翼地关上门，他在门后靠了一会儿，用不安、尴尬的神色向这间内室扫视了一圈。

壁炉里正烧着一堆红火，弥漫开来的黄光在天花板和墙壁上跳动，整个屋子就被这强烈、晃动着的光照耀着。一盏油灯放在桌子上，在炉火映衬下，灯火如豆。拉甘夫人早想把洞房布置得雅致些，现在整间房亮堂堂、香喷喷的，仿佛是为了向这对年轻而幸福的情人奉献上一个温暖的窝。她别具匠心地在床上多饰了几条花边，并在壁炉上沿的花瓶里插上了几大把玫瑰花。洞房内温暖如春，清香缭绕。空气是沉静和安宁的，融和了逸乐的气氛。在恬静而又紧张的气氛中，炉火发出轻微的爆裂声。这个房间真可比作沙漠绿洲、世外桃源，一个温暖而飘逸着馨香的乐园，一个情人们谈情说爱，享受淫乐的理想圣地。

泰蕾丝坐在壁炉右边的一张矮椅子上。她的一只手托着下巴颏，注视着跳动的火苗。洛朗走进来时，她连头都没回。她穿着一条衬裙，披了一件镶花边的上衣，在炽热的炉火下，她全身闪现出强烈的白色。她斜披着的上衣溜下来，露出了肩膀的一端，呈粉红色，半掩在一绺黑色的头发中。

洛朗无声无息地向前走了几步。他脱下礼服和背心。当他只剩下一件衬衣时，他又望了望泰蕾丝，她仍然纹丝不动。他好像犹豫了一下。后来，他瞥见了她肩膀上赤裸的地方，便颤巍巍弯下腰，想把嘴唇贴在这块肉上。少妇猛地转过身，挪开了她的肩膀。她向洛朗扫了一眼，目光充满了厌恶和恐惧，洛朗看了不禁后退了半步，手足无措，感到非常不舒服，好像他本人也染上了恐惧和厌恶的情绪。

这对情人把自己关在房间里，没有外人，可以尽情相爱的情景，大约是两年前的事了。那天，泰蕾丝来到圣——维克多街，给洛朗出了个共同谋杀的主意。从那以后，他俩就没有幽会过。他们过于谨慎，失去了肉欲。他们只是难得紧紧地握一次手，偷一个吻。杀害了卡米耶后，当他们再次欲火中烧时，他们克制了自己，等待新婚之夜的到来,一旦他们成为合法夫妻了，他们祈愿要玩个痛快。新婚之夜终于到了，他们

263

却相对无言，烦躁不安，一下子感到异常的不适。他们原来只需张开胳膊便能紧紧地、热烈地拥抱在一起，但是，他俩的胳膊似乎变得软绵绵了，仿佛尝够爱情的滋味后，变得疲乏无力了。他们白天过于劳累，精神渐渐不支。他们相对而视，毫无动情之意，只是默默无言地呆着，表情冷漠，感到十分难受、尴尬，甚至还带有一丝恐惧。他俩狂热的梦想竟然导致了这样一个奇异的结局：他们杀死卡米耶后，终于永结秦晋之好；但现在洛朗的嘴唇只要擦着泰蕾丝的肩膀，他们甚至会产生恶心和恐惧。

他们开始绝望地寻找以往燃烧着的激情。他们仿佛觉得自己的身体是个空壳，既没有肌肉也没有神经。他们越来越感到困惑和不安，他们默不作声，神情忧郁地面对面地呆着、感到非常耻辱。他们真想具有神来之力把对方紧紧抱住，压得粉身碎骨，以免把自己当成傻瓜。哎呀，究竟是怎么回事！他俩先是私通，继而谋杀，演出了一场惨不忍睹的闹剧，目的就是为了以后能让他俩恬不知耻地、不分夜地尽情享乐。可现在，他俩各占了壁炉的一端，僵死在那里，心力交瘁，脑子里乱哄哄的，再也提不起精神来了。如此的结局在他们看来也未免太可笑、太冷酷了。这时，洛朗就试图说一些软绵绵的情话，想勾起对往昔的回忆，唤起她的想象，希望能再度激起她的温情。

"泰蕾丝，"他向少妇俯下身子说，"记得傍晚前我们在这间卧室里度过的那些时光吗？我从小门进来……今天，我是从正门进来的……我们自由了，我们可以自由自在地相爱了。"

他说话时吞吞吐吐，有气无力的。少妇坐在矮矮的椅子上，始终看着炉火，在想着这事，好像没有听他说的话。洛朗接着说：

"你还记得吗？我曾经有个梦想，我想与你整整度过一夜，睡在你的怀里，第二天在你的热吻下醒来。这个梦想就要成为现实啦。"

泰蕾丝动了一下，她听见耳边有人在叽哩咕噜说什么，仿佛吃了一惊，她把脸转向洛朗，这时炉火映红了洛朗的脸，她看着这张血染过一般的脸，打了一个寒战。

年轻男子更惶恐更不安了，他接着说：

"我们成功了，泰蕾丝，我们消除了一切障碍，我们永不分开……未来属于我们，对吗？我们以后可以安安稳稳地过好日子，尽情相爱……卡米耶不在了……"

洛朗突然停住了，喉头干涩，紧张得透不过气来，再也说不下去了。泰蕾丝听到卡米耶这个名字，心中受到沉重的一击。这两个谋杀犯面面相觑，惊呆了，脸色煞白，颤抖不已。壁炉里黄色的火焰始终在天花板和四壁上跳跃，玫瑰花清香四溢，柴在静寂中发出轻微的爆裂声。

回忆的闸门打开了。冤鬼卡米耶在新婚夫妇中间坐下，面朝着正在燃烧着的炉火。

泰蕾丝和洛朗身处温暖的空气中，却又嗅到溺死者冷湿的气味。他们心想，一具尸体就在这儿，离他们很近，他们相互注视着，不敢挪动一下。这时，他们犯罪前后的所有可怕的情景——在他们的记忆中闪过。被害者的名字足以使他们只想到过去，强迫他们重新体验到杀人时惊魂不定的心情。他们并不开口，只是相对而视，两人做着同一个恶梦，两人的瞳孔里映照出同一个悲惨的场景。他们互换着惊恐的目光，他们无声地诉说着谋杀的前后经过，他们害怕极了，简直无法忍受。他们的神经绷得紧紧的，几乎一触即断；他们想大喊大叫，甚至厮打起来，洛朗在泰蕾丝的目光下怔住了。他猛地从困境中摆脱出来，想驱散这些回忆。他在卧房里迈出几步，然后脱掉短靴，换上拖鞋，然后，他又返身转回，在炉边坐下，想说几句闲话。

泰蕾丝理解他的用心。她勉强回答着他提出的问题。他们说说下雨、天晴。他们想尽量说些家常话。洛朗说房间里太热了，泰蕾丝便说，楼道上的那扇小门透风。这时，他大吃一惊，又一齐转身面向那扇小门，小伙子赶忙把话题转向玫瑰花、炉火，以及他所看见的一切，少妇勉强敷衍着，爱理不理似的，只是不让出现冷场。他们疏远了，他们装出超脱的样子，他们想忘记自己是谁，并把对方当成陌生人，只是由于机遇，他俩才偶然相遇的。

不管他们是否愿意，一个奇异的现象出现了：当他们说些空洞无聊的话时，他们各自都能猜测到对方在平平常常的话语中所包含的真正含义。他们无法避免地要想到卡米耶。他们的目光在交流着过去的一切，他们那有声的交谈只是间断的、拖拖拉拉的，实际上他俩靠眼睛在继续另一种无声的交谈。他们东扯西拉的，毫无意义，而且前言不搭后语，说说停停；他们全部身心都在交换着无声的语言，在回想着可怕的过去。当洛朗说到玫瑰花或是炉火，说天或是道地时，泰蕾丝却明白无误地听见他在回忆小船上的格斗，卡米耶沉沉的落水声；而当泰蕾丝对洛朗的所谓提问回答个"对"或者"不对"时，洛朗却理解为她在想着犯罪时的某个细节。他们就这样无须借助言语，心照不宣地交谈着，嘴上却说着毫不相干的事情。他们既然毫无意识到自己在讲些什么，因而就集中精力追踪着秘密的思路，一句紧跟着一句；他们甚至可以突然把默契的话题用有声的语言继续下去，但决不会感到莫名其妙。上天赋予了他们这种功能，而在他们的记忆中又不断地、执拗地出现了卡米耶的形象，他们的神经渐渐失常了；他们心里很明白，自己的思想被对方猜透了，如果他们老扯下去，心里的话就会自然而然地涌到他们的嘴上，道出了溺死者的名字，描述事个谋杀的过程。于是，他们使劲把嘴抿紧，不再讲下去了。

但在沉寂中，这两个杀人犯还在谈论着那受害人。他们觉得，他们的目光在用明

265

确、尖锐的语言，分别刺伤对方的肌肤，穿透了他们的心。有时，他们以为听见自己在大声说话，他们的感官错位了，他们的视觉变成了听觉，奇异而灵敏；他们的思想在脸上一览无余，彼此看得一清二楚，仿佛这些思想能发出一种怪异的、响亮的声音，震撼着他们身心；如果他们果真大声疾呼"我们把卡米耶杀了，他的尸体就横列在我们中间，使我们吓得不敢动弹"的话，他们也不见得听得像现在那么真切。就这样，在卧室安静而微湿的空气里，这一可怕的、无声的交谈始终在进行着，而且越来越明显和清晰。

洛朗和泰蕾丝的无声交谈是他们首次在店铺里会面时开始的。过后，回忆便按先后次序接踵而至，他们相互讲述着纵欲的那段日子，犹豫和愤怒的阶段，以及杀人时那可怕的一刹那。说到此，他们咬紧嘴唇，不再东拉西扯，因为他们担心会漏嘴，说出卡米耶的名字。他们的思想并没有停止，继续领着他们向前走，使他们再次陷入谋杀后的焦虑不安和等待时惴惴不安的精神状态中。他们的思路向前延伸，终于想到了陈放在陈尸所石板上的溺水者的尸体。洛朗的目光一闪，向泰蕾丝道出了他们的全部恐怖心理，而泰蕾丝这时已控制不住，仿佛有一只无形的铁手撬开了她的两片嘴唇似的，突然大声把谈话继续下去了：

"你在陈尸所看见他了吗?"她向洛朗问道，并未确指卡米耶的名字。

洛朗好象早已料到她会提出这问题似的。他早已看出这个问题写在少妇苍白的脸上了。

"嗯，"他从喉头里挤出了这么一个字。

两个杀人犯都打了一个哆嗦。他们靠近了炉火，把双手向火苗伸去，似乎在这间热烘烘的卧室里，刚吹过了一阵冷风。他们坐在那里，蜷缩成一团，沉默了几分钟。不一会儿，泰蕾丝又低沉地问道：

"他显得很痛苦吗?"

洛朗不能回答。他做了一个可怕的手势，好象是为了避开一个丑恶的幻觉似的。他站起来向床边走去，又猛地折回，张开双臂，向泰蕾丝走来。

"拥抱我吧，"他伸出头颈说道。

泰蕾丝站了起来，穿着睡衣，脸色苍白。她微倾着身子，臂肘支在壁炉的大理石上。她看着洛朗的颈项。她在他白皙的皮肉上，发现了一处红斑。洛朗的血往上涌，把这块红斑扩大了，并使它变得更加鲜红。

"亲亲我，亲亲我，"洛朗重复道，脸和颈脖都涨得通红。

少妇把头往后仰得更厉害了，她不想和他亲吻，接着，她把手指按在卡米耶咬的

伤疤上，向她的丈夫问道：

"这儿怎么啦？我不知道你这儿有过伤疤。"

洛朗觉得，泰蕾丝的手指好象戳通了他的喉管似的。当她的手指触到伤疤时，洛朗惊得向后一缩，痛苦得呻吟了一声。

"这儿吗，"他吃吃地说，"这儿吗……"

他犹豫着，但他终究不能撒谎，只好道出实情。

"这是卡米耶咬的，你知道，就在小船上。没什么要紧，已经好了……亲亲我，亲亲我。"

说完，这个无耻之徒伸长了颈脖，他感到脖子上烧得慌。他希望泰蕾丝吻他的伤疤。他认为，伤疤经过这个女人一吻，那像千百根针扎似的疼痛便会消失了。他把下巴抬起，脖子向前伸去，等着。这时，泰蕾丝几乎把身子斜靠在壁炉的大理石上，她挥了一下手，表示厌恶极了，用哀求的口气大声喊道：

"啊，不，别吻那儿……那儿有血。"

她又在矮凳上跌坐下来，全身上下不停地颤抖，双手捂住脸。洛朗惊得目瞪口呆。他低下头，茫然地看着泰蕾丝。接着，突然间，他以猛兽般的爆发力，把她的脑袋捧在他那双宽厚的巨掌里，并使劲把她的嘴按在卡米耶啮咬留下的那块伤口上。他按着，并把这个女人的头拼命地在他的颈脖上压了几下。泰蕾丝听之任了，她闷声闷气地呻吟了几声，在洛朗的颈脖子上憋得透不过气来。当她从他的手指间挣脱出来，她使劲地抹自己的嘴唇，在炉膛里啐了几口。她始终没说出一句话。

洛朗对自己的粗暴举止感到十分羞愧，开始在床和窗口之间慢步踱着。他方才痛苦极了，伤口处又灼烫难忍，才强迫泰蕾丝去吻的，而一旦泰蕾丝冰冷的嘴唇碰到他灼热的伤疤之后，他却感到更加痛苦。他用暴力获得的这一吻已经使他非常痛苦了。现在，这个女人战战兢兢的，在炉火前低弯着腰，背向着他。他望着她，他要跟她过一辈子哪。他心里在反复想，他不再喜欢这个女人了，而她也不爱他了。泰蕾丝沮丧地呆在那儿将近有一个小时，洛朗在房间时踱来踱去，一言不发。这两人都不无惊恐的确认，他们的爱情已经夭折，他们在杀死卡米耶的同时，也扼杀了他们的情欲。炉火慢慢熄灭了，一簇粉红色的炭火在灰烬上闪耀着。渐渐地，卧室里的空气让人气闷，花在枯萎，浓郁的香味使屋内沉闷的空气变得更加凝滞。

突然，洛朗似乎有了一种幻觉。当他踱到窗口，又回到床边时，他看见卡米耶藏在壁炉和大立橱之间的一个阴暗的角落里。受害人的脸色发青，并且在抽搐着，好像他在陈尸所的石板上看见的那样。他站在地毯上，摇摇欲坠，只得靠在一个柜子上。

泰蕾丝听他喘着粗气，抬起了头。

"在那儿，在那儿，"洛朗惊恐地说道。

他把胳膊伸得长长的，幻觉中，他仿佛看见了卡米耶狰狞的脸。泰蕾丝也感到恐怖极了，走过去靠在他身上。

"这是他的肖像"，她喃喃地说道，好像她的先夫的那张涂了油彩的脸会听见她说话似的。

"他的肖像，"洛朗重复了一句，头发根根竖起……

"嗯，你是知道的，这幅画是你画的。我姑妈说定从今天起把它挂在她的房间里的。她忘了取它下来了。"

"真的，这真是他的画像吗？……"

杀人犯还在犹豫，不敢认定画像就是他画的。他神志不清，竟然忘记了这些不协调的线条就是他自己勾勒出来的，而使他恐惧的这些肮脏的油彩，也正是他涂抹的。他在惊慌之中又定睛一看，才看清了油画的真面目。边幅丑陋的肖像，构思低劣，画面模糊不清，在黑乎乎的底色上，显露出死者的一张滑稽可笑的脸。他对自己的画惊诧不已，这张丑得无以复加的肖像画把他的精神摧毁了；特别是浮现在两只疲软松弛、略显黄色的眼眶里的一对白眼珠子，让他准确地联想到了陈尸所那个溺死者的腐烂的眼睛。他呆在那里直喘气，一时还以为泰蕾丝在哄骗他，是为了让他安下心来的。不一会儿，他认清了画框，这才慢慢地安静下来。

"去把画取下来，"他轻声对少妇说。

"啊不！不，我害怕，"少妇畏畏缩缩地答道。

洛朗浑身发抖。一时，画框不见了，只剩下了两只白眼珠，长久地注视着他。

"我求求你，"他接着又恳求他的妻子说道，"还是把画像取下来吧！"

"不，不，"

"那我们就把它翻转过来，这样我们就不会害怕了。"

"不，我办不到。"

凶手既胆怯又卑贱，他把少妇推向油画，自己却躲在后面怕让溺死者看见。泰蕾丝闪到一旁，这时候，洛朗想假充好汉，他走近画像，举起手想找钉子。但是肖像上的目光咄咄逼人，并且也太丑了，它久久地注视着洛朗。洛朗也怒目而视一阵，但终于倒退几步，低声抱怨道：

"不，你说得没错，泰蕾丝，我们办不到……让你的姑妈明天把它取下来吧！"

他又低下头，来回踱着方步，一直感到肖像在看着他，目光在追随着他。他按捺不住，不时地向画布瞥上一眼，这时，他总看见阴暗底色上的溺死者那阴沉、毫无生气的目光。他想到卡米耶就在卧室的一个角落里窥视着他，目睹了他的新婚之夜，注视着泰蕾丝和他自己时，他全身毛骨悚然，陷入了绝境。

这时，发生了一件别人不屑一顾的事情，却把洛朗吓得魂不附体：正当洛朗坐在壁炉前时，他听见有什么声音，他的脸陡然变色，胡思乱想起来。他以为是卡米耶从画像里走下来发出的声音。后来，他终于弄明白，声音是从楼梯上的那扇小门发出的。他看了看泰蕾丝，她也吓呆了。

"楼梯上有人，"他轻声说，"谁会从那头上来呢？"

少妇不回答。这两个人都想到那个溺死者，他俩的脑门上出了一颗颗冷汗。他们一齐挤到房间的里端，以为小门会突然打开，卡米耶的尸体会迎面跌倒在地上。搔抓声越来越尖、越来越乱。他们想，是那屈死鬼在用指甲推门进来吧！在将近五分钟里，他们寸步没动。最后，传来了猫咪声，洛朗慢慢移近过去，这才看清是拉甘太太的那只虎斑猫，不知怎么回事它被关在这间卧室里了，此刻它正用爪子搔门，想从里面出去。弗朗索瓦惧怕洛朗，它纵身跃上椅子，竖起了毛，四脚挺直，恶狠狠地逼视着它的新主人。小伙子生性不喜爱猫。弗朗索瓦几乎使他害怕。他脑子迷迷糊糊，魂不附体，竟以为猫想要跳到他的脸上来为卡米耶报仇。他想，这个畜生大概什么都知道了，要不在它那圆滚滚的眼睛里、在那放大得离奇古怪的瞳孔里，怎会藏有思想呢。洛朗经不起猫的逼视，垂下了眼睛。正当他要给弗朗索瓦踢上一脚时，泰蕾丝叫了起来：

"别碰它。"

她这声叫喊给他一种异样的感觉。他的脑中产生了一个荒谬的想法，他想："卡米耶的灵魂附在这只猫身上了，我得把这畜牲杀了……它的神情就像个人。"

他的脚并没有踢上去，他害怕听到弗朗索瓦用卡米耶说话的腔调和他讲话。接着，他又想起，在他与泰蕾丝欢娱的那段时光，当他们亲吻时，那猫总是在场，泰蕾丝总爱拿它开玩笑。于是，他心想，这只畜生知道得太多了，该把它从窗口扔下去。但是，他没勇气去做。弗朗索瓦保持着戒备姿态：它伸长爪子，气鼓鼓地隆起了背，沉着而冷静地注视着它敌人的每个细小的动作。洛朗看见它的眼睛射出金属般的光芒，困窘了；他慌慌张张地把通向餐室的那扇门打开，那猫尖叫了一声，溜了出去。

泰蕾丝在熄火的壁炉前重新坐下。洛朗又继续在床和窗之间踱来踱去。他们就这样等着天亮。他们没想到躺下，他们的肉体和精神都已死去了。只有一个想法纠缠着他俩，就是赶快离开这卧室，他们在里面感到太窒息了。他们被关在一起，在同一个空间里呼吸着，感到十分别扭，他们真想这时有个什么人把他俩隔开。他们相对无言，

激发不起爱情，感到十分窘迫，他们希望这个人能把他们从这困境中解救出来。他们长时间的静默，非常难受，在这深沉的寂静中，他们却清楚地听到了苦涩，绝望的怨诉和无声的责备。

晨曦初露，天际呈现出模模糊糊的、白茫茫的一片，随之而来的是一股沁人的凉意。

洛朗冻得直打颤，当晨光溢满卧室时，他稍稍感到镇静了些。他注视着卡米耶的肖像，看清了他平庸、略带稚气的真面目，他耸耸肩，取下了油画，以责怪自己愚蠢无知来解嘲。泰蕾丝站起来，把床翻乱，做出洞房花烛夜的假象，来蒙骗她的姑妈。

"啊！是这样，"洛朗粗声粗气地说，"我但愿我们今晚同枕一床，是吗？……这样的戏该结束了。"

泰蕾丝对他沉着而严肃地扫了一眼。

"你得明白，"他接着又说，"我结婚不是为了整夜整夜不睡觉的……我们真是孩子。你老是魂不附体似的，把我也弄得神魂颠倒了。今晚，你一定要高高兴兴的，别再吓唬我啦。"

他干笑了几声，也不知道他为什么发笑。

"我试试看，"少妇声音喑哑地说。

泰蕾丝和洛朗的新婚之夜就是这样度过的。

二十二

　　以后的夜晚，他们就更加痛苦。这两个凶手希望夜里能在一起度过，共同抵御那个溺死鬼，但是事情也真奇怪，自从他俩结为夫妻之后，他们却更加惶惶不可终日了。简单的一句话、一个眼色都会让他们生气、激动，忍受着痛苦和恐惧的折磨。他们只要一说话，或两个人单独在一起时，就会怒气冲天，并会想入非非。

　　泰蕾丝天生缺乏柔情，还有些神经质，与洛朗粗鲁、好冲动的性格相遇，产生了奇异的效果。以前，在卿卿我我的那段日子里，不同的气质，使这对男女成了天作之合，在他们之间建立了某种平衡，甚至可以说，他们各自在生理上都得到满足。情人以冲动相赠，情妇以激情回报，两人互为鱼水，以热吻来调节他们感官的机能。但是现在他们生理的机能失调了，泰蕾丝以过分激动压倒了对方。洛朗突然也变得兴奋不已，他受了少妇热情冲动的影响，就像一个受到严重神经官能症折磨的姑娘那样，气质也慢慢变了。有些人在某种特定的条件下会产生一些变化，研究它们是饶很有趣味的事情。这些变化先在肉体上出现，很快便蔓延到大脑以及全身。

　　洛朗在认识泰蕾丝之前，生性笨拙，内心平静又谨小慎微，过着农家子弟的粗犷的生活。他吃喝、睡觉就像一个野人一样。生活中无论发生了什么事情，他都是浑浑噩噩、大大咧咧地去对待，对自己又相当满意，身体发胖，多少显得有些愚蠢。他的身体又沉又重，难得几次心里感到有些痒痒。在泰蕾丝剧烈的挑逗和冲击下，他的春情萌发了。因为有了泰蕾丝，这具高大、肥满、软乎乎的身体里形成了一个极其敏感的神经系统。洛朗以往的生活与其说是神经型的，还不如说是感官型的，现在他的感觉细腻多了。在他情妇的一阵热吻之下，一种新鲜、刺激、紧张的生活倏地在他面前展现。如果这种生活使他的情欲成倍地增长，把他的欢乐推到了极点。一开始，他真有点儿如癫似狂了，他不顾一切地放纵自己，尽情享乐，这是他以前任凭感官冲动从来没有享受过的。于是，在他体内产生了奇异的变化，神经的感受性压倒了官能性的冲动，改变他素质的就是这个原因。他不再笨头笨脑和贪图安逸了；也不再懵懵懂懂地苟且度日了。他的精神和官能有段时间得到了平衡，这时的享受是彻底的，生活是

美满的；然后，精神因素占了上风，于是他便陷入烦躁、焦虑的状态之中，又影响了他那失调的感官和紊乱的思想。

这就是洛朗为什么像个胆怯的孩子那样，看见一个阴暗的角落就要心惊肉跳的由来。他成了一个动辄颤栗和惊慌的人，成了一个由笨拙和迟钝的农民蜕化出来的新人，他感觉到神经质类型的人的易惊和不安。一次次约会，泰蕾丝野性的抚爱，杀人的冲动，等待泰蕾丝时担惊受怕的情绪，这一切都刺激了他的感官，一次次地冲击着他的神经，使他成为一个疯子，最后导致他的失眠，随之而来的便是幻觉。从此以后，洛朗就过着一种无法忍受的生活，一种他永远也无法挣脱的恐怖的生活。

他的悔疚纯粹是物质性的，只有他的躯体，他那被刺激的神经和那颤抖的皮肉惧怕那个溺死者。在意识上，他一点儿也不怕，杀死卡米耶，他毫不手软。在他心平气和时，当死者的幽灵不在场时，假如他为一己的私利所驱使的话，他照样会再去杀人。白天，他笑自己胆小，他许愿要坚强些并责备泰蕾丝，怨恨她把他也搞糊涂了。按他的说法，是泰蕾丝在七上八落，晚上在卧房里，只有泰蕾丝一个人在制造恐怖。但是，一旦夜幕降临，当他们夫妇关在卧室里时，他的身上就会沁出冷汗，他吓得像个孩子那样，心绪不安。他就是这样忍受着周期性的精神危机，每晚来一次，每当被害者那发青的、狰狞的脸向他显露时，他的感官功能便失调了。那时，他像得了重病，好似杀人狂的歇斯底里大发作。说他得了神经性的病是唯一可能解释洛朗恐惧的原因。他的脸在痉挛，他的四肢僵直，可以说，他身上的条条神经都出了毛病。他的身体痛苦极了，灵魂却是空的。这个坏蛋毫无悔过之意；泰蕾丝的激情把可怕病症传给了他，仅此而已。

泰蕾丝的身心同样也在剧烈动荡着。但在她身上，只是第一本性过分外露而已。这个女人从十岁起精神就有些紊乱，情绪不稳定，其中部分原因是她和病不离身的卡米耶同住一房，是在温和而恶心的空气中长大的，她的体内早已是乌云密布、暗流湍急，预示着狂风暴雨即将到来。洛朗对她，就如她对洛朗一样，起了一种导火线的作用。第一次拥抱热吻之后，她那无情而淫荡的禀性便桀骜不驯地大大膨胀起来了，她只是为情欲而生活。现在，她愈发迷糊了，整天坐立不安，恐惧发展到了一种病态程度。已发生的一系列事情在她心理上造成了极大的负担，一切都逼使她走向疯狂。她的惧怕程度与她后夫稍有不同，更带有女性的特征。她多少有些内疚，有些说不出来的悔恨，她有时真想跪在卡米耶的幽灵面前哀求，向他发誓要忏悔终生以慰抚他的在天之灵，要求他饶恕。或许洛朗发现了泰蕾丝的软弱，当他们感受着同一性质的恐惧、慌乱时，洛朗就来责怪她，粗暴地对待她。

开始的几个夜晚，他们无法入睡，就像新婚之夜那样，坐在炉火前，在房间里踱来踱去，等待着天亮。当他们想到要并肩躺在床上时，就感到恶心和恐惧。他们有一种默契，避免拥抱、亲吻。清晨，当泰蕾丝把床铺搅乱时，他们对床看都不看一眼。倘若他们实在累坏了，就在安乐椅上睡上一二小时，每次总是被噩梦所惊醒。醒来时，他们的手脚发麻、发僵，脸上有一块块青斑，冷而且不舒服，浑身打颤。他俩惊奇地互相端详着，奇怪自己怎么会坐在这儿，他俩都有点不好意思。但说不出是什么原因，还为自己表现出来的沮丧和胆怯有些害羞哩。

另外，他们为了不打瞌睡也竭尽全力了。他们各自坐在壁炉的一端，说天道地，十分注意不让出现冷场。他们面对壁炉坐着，相距很近，偶尔他们转过头时，就好象看见卡米耶在他们之间放进了一把椅子，占据了这个空间，脸上露出忧郁而嘲讽的神色，也在烤脚。这个幻觉是他俩在新婚之夜产生的，以后每夜都会出现一次。这具尸体无声无息，却面露讥讽，参与了他们的谈话，这个死人面目狰狞，完全脱了形，总是呆在那儿不动，压迫着他们，使他们始终处于惶恐不安之中。他们不敢动，茫然地看着炽热的火焰，有时候，他们忍不住向身旁扫一眼，眼睛受了熊熊炭火的刺激，又产生了幻觉，仿佛看见那个死人身上也泛着红光。

最后，洛朗不愿意再坐着了，他也不向泰蕾丝解释其为什么。泰蕾丝知道洛朗大约看见卡米耶了，因为她也看见了，这回轮到她托口说她太热了，离壁炉远点也许好些。于是，她把安乐椅推到床边，垂头丧气地坐在那儿，她的丈夫则在房里踱着方步。有时，洛朗打开窗户，让正月冰凉的夜气溢入房内，使脑袋清醒一点。

这对新人就这样整整度过了一个星期的不眠之夜。白天，泰蕾丝坐在店铺的柜台后面，洛朗在办公室，他俩都委顿疲竭，可以小睡一会儿。夜里，他们则是为痛苦和恐惧所折磨。而最奇特的仍是他们相互间所持的态度。他们不说一句情话，装作把过去忘却了，他们好象相互同情、互相谅解，就如有着相同苦痛的病人，彼此暗暗表示同情一样。这两人都希望掩饰他们的厌恶情绪和恐惧心理，他俩似乎都没有想到度过的那些夜晚有什么不平常，其实只有那些夜晚大概才能暴露出他们的真实面目。他俩站着直到天亮，难得说上几句话，听到一点声响脸色就会突变。他们还假装在想，所有的新婚夫妇在新婚时，大约都是这样相处的。这些仅是这两个疯子在愚笨地欺骗自己罢了。

他们太厌倦了，简直无法忍受了，终于在一天晚上，他们决定上床睡一觉。他们没有宽衣解带，而是和衣倒在鸭绒被上，还怕相互接触到皮肉。一旦稍有接触时，他们就仿佛受到电击般的痛苦。他们就这样在床上将就了两夜，睡得也很不实在。后来，

他们又壮着胆脱掉衣服，躺进了被窝，不过还是尽量避免接触。泰蕾丝第一个爬上床，迅速移到床的里端，贴着墙。洛朗等着她卧平之后，自己就在床的外侧躺下，紧靠着床沿。他俩之间留下宽宽的一段距离，卡米耶的尸体躺在中间。

这两个杀人犯平躺着合盖一床被子。只要他们一把眼睛闭上，就会感觉到了睡在中间的卡米耶那湿漉漉的尸体，把他们的肉体都冰凉了。这好像是一道丑陋的屏障，把他俩隔开了。他们又开始头脑发昏，胡思乱想起来，对他们来说，这道屏障物质化了。他们碰了碰那平卧着的尸体，好似一段发青的、稀松的肉块。他们呼吸着死人的这堆腐肉发出的恶味，他俩所有的感官都在错乱，使他们感到非常的难受。这个污秽透顶的床友使他们不得动弹，又不敢出声，不知所措。有时，洛朗想把泰蕾丝紧紧搂在怀里，可是他却不敢动，他想如把手伸出去，就必然会抓到卡米耶的一把烂肉。这时，他便想到溺死鬼睡在他俩之间，原本就是不让他们亲热的。他终于明白溺死鬼是在吃醋。

不过，他们有时也想试着偷吻一下，看看到底会发生什么事情。小伙子嘲讽他的妻子，要她抱吻他，可是他们的嘴唇太凉了，好像他们的两张嘴之间隔着死人。他们感到非常恶心。泰蕾丝吓得直抖，洛朗听见她的牙齿在咯咯打战，就冲着她发火。

"你抖什么？"他对她吼着说，"你大概怕卡米耶了？……够了，此时此刻，这个可怜虫不会有知觉啦。"

他俩都尽量不把各自胆颤的原因说给对方听。当他俩中的一个在幻觉中看见溺水鬼苍白的脸竖在面前时，这个人便会把眼睛闭上，把自己的恐惧包藏起来，不敢把幻觉说给另一个人听，生怕心理上会更紧张。刚才洛朗就是被逼得没有办法了，才埋怨泰蕾丝害怕卡米耶。但当他大声说到这名字时，心里不由得更加慌张起来。杀人犯狂乱了。

"没错，没错，"他冲着少妇吃吃地说，"你就是怕卡米耶……我看得出，当然啦！……你是一个傻瓜，你一点胆量也没有。啊，你就安安稳稳地睡吧！你以为你的前夫会来拖你的脚是因为我与你一起睡吗？……"

溺死鬼会来拖他俩的脚，洛朗每想到此，吓得汗毛都竖起来了。他自己内心也是七上八下的，表面上却更加气势汹汹地往下说：

"我总会在哪天夜里把你带到墓地去……我们把卡米耶的棺材撬开，你会看见，这是一堆什么样的烂肉！那时，你就不会害怕了，也许……算了吧，反正他也不会知道是我们把他投下水的。"

泰蕾丝把头蒙在被子里，哼哼唧唧地在抱怨什么。

"我们把他淹死，因为他妨碍我们，"她的丈夫继续说，"要是需要，我们还会把他淹死的，是吗……别孩子气啦。坚强一点。有福不享才是傻瓜哩……你瞧，我亲爱的，等我们死了，我们决不会因为把一个呆瓜扔进塞纳河里而在地下尝到什么滋味的。我们不如趁早自由自在，亲亲热热一番，这才划算嘛……好啦，亲亲我吧！"

少妇发疯似的把他抱住，心里却是冰凉的，而他也像她一样在发抖。

以后两个多星期中，洛朗心中一个劲地想怎样才能重新把卡米耶杀掉。不错，他已经把卡米耶扔进了河里，但他还没完全死，每晚还要回到泰蕾丝床上睡觉。这两个凶手本以为杀人成功了，可以平平安安地过日子了，谁也料不到，他们的受害者竟会活过来，使他们如卧冰雪，席不安寝，泰蕾丝并未守过寡，她过去的丈夫是一个溺死鬼，洛朗只不过她现在的丈夫而已。

二十三

　　渐渐地，洛朗愤怒得发疯了。他决定把卡米耶从他床上赶走。开始，他睡觉时不脱衣服；后来，他又避免去碰泰蕾丝；最后，他绝望了，盛怒之下居然想把他的妻子紧压在自己的胸口，即使把她压扁也不把她让给屈死鬼的幽灵。这是一种野蛮的绝妙反叛。

　　总之，一开始他就希望泰蕾丝的亲吻能医治他的失眠症，仅此而已他才走进少妇的闺房的。而当他成了这间卧室的主人后，他的身心受到了更加残酷的折磨，他再也不企求治好失眠了。三个星期之中，他毫无起色，精神好像要承受不住了，也记不得他如此不惜一切代价的目的就是为了占有泰蕾丝，现在他占有她了，却碰她不得，要不然就会痛苦倍增。

　　狂躁不安到了极点时，他又从混沌中清醒过来了。在他迷惘的最初阶段里，特别是在新婚之夜，他的精神莫名其妙地受到了抑制，他一时把与泰蕾丝仓促结婚的根本原因忘掉了。但是，他不断地做恶梦，也遭到了一次又一次的打击，内心反抗了，他终于战胜了胆怯，恢复了记忆。他想起来了，他之所以结婚原本就是为了紧搂着他的妻子，把梦魇赶跑的。终于在一天夜里，他也不顾溺死鬼从中作梗了，突然张开两臂抱住泰蕾丝，使劲把她搂过去。

　　事实上，少妇也没路可走了。如果她想到火焰会净化她的肉体，能把她从痛苦中解脱出来的话，她真会投火自尽。她打定主意或在洛朗的抚爱中把自己焚毁；或在拥抱中求得安慰，因此，她又像以前那样与他紧紧地搂在一起了。

　　可是，尽管他们紧紧拥抱着，心情也还是可悲的。痛苦和恐怖代替了情欲。当他们的四肢接触时却以为掉进了火坑里。他们发出一声尖叫，搂得更紧了，不让溺死者钻入他们的肉体间。不过，他们仍感到卡米耶的一堆烂肉卑污地在他们之间挤轧着，使他们觉得皮肉上有的地方冰凉，其余部分又都是滚烫的。

　　他们的亲吻更是不能看。泰蕾丝用嘴唇在洛朗肿胀、板直的颈脖上寻找卡米耶的噬咬处，接着，她发疯似的把嘴贴了上去。那儿的伤痕才是真正的痛处，只要这处伤

口治好了，这两个凶手便可以高枕无忧了。少妇明白这一点，她想凭她火一般的热吻把痛处烙化。可是，她灼烫了自己的嘴，洛朗呻吟了一声便把劲把她推开，他仿佛觉得，有人在他脖子上放了一块烧红的烙铁。泰蕾丝疯狂了，又扑上去，想再吻伤疤：卡米耶的牙齿曾经深深地嵌进这块肉里，她现在怀着一种强烈的快感想把嘴唇吻上去。刹那间，她甚至想在洛朗的颈脖子上再咬一口，咬掉一大块肉，在原处形成一个新的、更深的伤口，抹掉老伤口的痕迹。她心想，当她看见自己咬的伤痕时，就不会被吓得脸色都变了。可是，洛朗硬是不把头颈让她吻，他简直疼痛难忍，每次她把嘴凑上来时，他都要把她推开。他俩就这样争斗着，喘着粗气，怀着恐惧的心理，在搂抱中挣扎着。

他们明显地觉得，他们除了猛增痛苦而外，将什么也得不到。他们在可怕的拥抱中搂得再紧也是白搭，他们拼命叫疼，相互灼烧着，伤痕累累，但是，他们仍然不能平息他们受到惊吓的神经。每次拥抱只能使他们更加反感、厌恶。当他俩可怕的亲吻时，他们又陷入恐怖的幻觉之中，以为溺死鬼又来拖他们的脚了，并把他们的床死命地晃动着。

他们暂且松了手，他们实在是恶心，精神上产生一种不可抑制的反抗。随后，他们又不甘心失败，于是再次拥抱，但又不得不再次松开，仿佛有什么烙红的针刺进他俩的四肢里。有好几次他们甚至想折磨自己的神经，把自己累垮算了，以此来战胜厌恶情绪，把一切都置之不管。但每次，他们的神经都在反叛，并且绷得更紧，使他们更加地痛苦。如果他们继续搂抱下去的话，由于神经过度紧张，可能就活不成了。他们在制服自己身心的斗争中异常艰难，简直如痴如狂了，他们执拗着，他们想取得胜利。最后，一次更为严重的精神危机把他俩彻底整垮了，他们经受了一次难以想象的巨大冲击，他们以为他们就要没命了。

他们被甩到床的两端，心灵被灼伤，开始哭泣起来。

他们在呜咽中仿佛听见了溺死者胜利的欢笑声，他又狞笑着钻进被窝里去。他们始终不能把他从床上赶跑，他们输定了。卡米耶慢悠悠地在他俩之间卧平，这时，洛朗为自己的无能哭泣了，而泰蕾丝则担心溺死者会利用优势，把自己当成合法的主人，把她搂抱在自己腐烂的双臂里。刚才，他们想试一下新方法，结果又失败了。他们知道，此后，他们再也不敢互相接吻了，哪怕一次也不行。为了消除恐惧，他们试着发疯似的再相爱一阵子，结果造成新的危机，反而更深地陷入恐怖中。现在，这具尸体就要把他俩永远隔开了。当他们感到这具冰凉的尸体时痛哭流涕了，他俩忧虑地寻思着，自己到底会变成什么样子。

二 十 四

　　就好像老米肖促成泰蕾丝和洛朗结婚时所期望的那样，星期四晚上的聚会又像往常那样热闹起来。在卡米耶刚死的那段日子里，聚会岌岌可危。客人们来到这个仍在服丧的家里总是忧心忡忡的，每个星期他们都担心被告知说，这是最后一次了。米肖和格里韦每想到，店铺的门迟早要对他们关闭时，他们就惴惴不安，他们本着粗俗之人的本能和固执，不情愿打破固有的习惯。他们心想，太太和年轻的寡妇在某一天早上会返回凡尔农或其他什么地方悼念他们已故的亲人，星期四晚上他们就会被冷落在街头，没事可做了。他们想象着自己在长廊上，像失魂落魄一样闲晃着，脑子里还记挂着那几局牌，他们玩的西洋骨牌可都是大号的。在这些倒霉的日子里，他们聚精会神地享受着最后的一点幸福，他们来到店铺时慌慌张张，唯唯诺诺的，每次心里都在猜想，这可能就是最后一次了吧！大约一年左右，拉甘太太一把把眼泪洒着，泰蕾丝则什么都不说。他们呆在一旁，总是噤若寒蝉，不敢有一点放肆，也不敢放声大笑。他们不再像卡米耶生前那样，有宾至如归的感觉，而且可以说，当他们围着餐室的餐桌共度良宵时，他们只觉得这些夜晚是偷得来的。老米肖在他失望的时候，私心大发，才做了一次主，把溺死者的遗孀嫁了出去。

　　他们婚后的第一个星期，格里韦和米肖得意扬扬地走进店铺。他们胜利了，餐室又属于他们的了。他们再也用不着担心自己会被拒之门外。他们高高兴兴地走进去，举止随便，一个个又像以前那样开起玩笑来了。看他们怡然自得，自以为是的神情，外人真以为他们做了一件什么丰功伟绩的大业了。用不着再去想卡米耶了，原有的丈夫已死，他的幽灵本使他们心惊胆颤的，现在被活着的丈夫赶跑了。往日的一切又在欢乐的气氛中重现。洛朗取代了卡米耶，没有什么理由悲悲戚戚的，客人的放声大笑也不会使任何人伤心，这个家欣然接待了他们，他们就应该笑，使这个好端端的家高兴一番。一年半来，格里韦和米肖每次都是借口安慰拉甘太太而来的，以后，他们用不着再假惺惺了，他们可以大大咧咧地上门，并且在西洋骨牌的清脆声中面对面地陶醉一番了。

每个星期都有一个星期四的夜晚，于是，每个星期总有这么一次把这些死气沉沉、粗声粗气的人聚拢在餐桌旁。往日，这些人多么使泰蕾丝失望啊，少妇曾说过要把他们赶走，那种放浪不羁的笑声、傻里傻气的想法都让她生气。现在，洛朗让她明白这样回绝别人是不合适的，应该尽一切可能维持往常的局面，特别要保持和老警长的友情，把这些傻瓜拴住，以打消任何人的疑虑。泰蕾丝屈从了，客人受到殷勤招待，一个个都感到前景美好，高兴极了，等待他们的将是享用不完的晚间聚会。

　　就在这样背景下，这对新婚夫妇的生活具有了某种两重性。

　　早上，当黎明驱散了夜晚的恐惧之后，洛朗就急急忙忙地穿上衣服。他并不舒畅，只有当他走进餐室，泰蕾丝把一大杯煮好的牛奶咖啡放在他面前后，他才感到自在些，心里才会平静下来。拉甘太太身子不灵便，下楼去店堂也是勉勉强强的，她总是漾出慈祥的笑脸看着他用餐。他大口大口地吃着烤面包，把胃填满，精神才慢慢舒展开了。喝完咖啡后，他又啜饮了一小杯白酒。然后，他的心才完全安定。他向拉甘太太和泰蕾丝说一声"晚上见"，便晃晃悠悠地去上班了，临走前，从不抱吻她们一次。春天来了，堤岸上的树长满了枝叶，像饰着一层青色的、薄薄的花边。脚下，河水流淌，发出悦耳的响声；头顶上，初春的阳光是暖洋洋的。洛朗沐浴在新鲜空气里，精神振奋多了；四五月的天空中吹来阵阵微风，充满了生命的活力，他大口大口地呼吸着享受着；他追求着阳光，有时停下来看看泛在塞纳河上的片片粼光，听着堤岸上的喧嚣声；他听任清晨凉爽的气息沁入他的肺腑，尽情地享受着明亮而怡人的晨光。当然啦，他不会想到卡米耶，有时，他也情不自禁地向河对岸陈尸所望一下，他想到溺死者时，是以好汉自居的，他想，他如果害怕了，就是一个十足的傻瓜。他的肚子填得饱饱的，神清气爽，又恢复了往日混沌和无所用心的神态。他到了办公室，在那里忍耐了整整一天，不断地打着呵欠，等着下班。他像其他的人一样，只是一个普通职员，有力无气，提不起精神，脑子里空荡荡。他那时唯一的想法，就是提出辞呈，租一间画室。他朦朦胧胧的向往一种新的懒散生活，这些够他去想一整天，一直到下班。长廊上的这家店铺，他根本没放在心上。傍晚，他惆怅然地走出办公室，尽管他从早上起就等着下班。他又沿着堤岸返回，心里有点乱，也有点不安，走得再慢也没有用，他总归要回到店铺里去的，在那里，恐怖正等着他。

　　泰蕾丝的心情也差不多。只要洛朗不在身边，她就舒坦些。她已把女佣辞掉了，说店铺和卧室里弄得既乱又脏，她希望整洁些。事实上，她需要行走、做事，活动活动她那僵硬的四肢，整个早上，她忙个不停，打扫、掸尘、擦拭房间、洗碗盏盘碟，做一些往日使她厌恶的各种烦琐的事。她跑来跑去，家务事一直忙到中午，默默地干，

劲头十足。她一会儿想到天花板上的蜘蛛网，一会儿想到盘子上的污垢，总之，决不允许自己有空余时间想到别的事情。她亲自上厨房准备饭菜，上桌后，拉甘太太看见她不时站起来去端菜，心里很不好受，她看见侄女手脚不停，既心疼又生气，她责怪她了，而泰蕾丝只回答道，能省就省些。饭后，少妇换了衣服，准备和她的姑妈一块去坐柜台。坐上柜台后，她瞌睡了，她晚上睡不好，使她有气无力、精神颓废，只要坐定下来，就忍不住打起盹来。她只是小睡一会，迷迷糊糊地感到非常舒服，神经也松弛下来了。她不再想卡米耶，病人的痛苦突然消失后，心情非常平静，她现在也尝到了这个滋味。她感到肉体得到休憩，灵魂自由了，心里懒洋洋的，精神又渐渐恢复了元气。要是她没有一段时间的镇静，她的神经就会一直处于紧张状态，这样会出事的。白天，她积聚了一些必要的力量，以便夜晚用来继续受罪和担惊受怕。再说，她并没有真正入睡，她只是稍稍垂下眼皮，沉溺在平和的梦幻之中罢了；每当有女顾客光临，她就睁开眼睛，卖出几个苏的商品，然后，又迷糊起来。她就这样度过了三四个钟头，确实十分安逸，有时回上她姑妈几句话，她什么也不想，一任自己消沉下去，灵魂得到安息，她也从中得到真正的享受。她有时也茫然地朝长廊瞥上一眼，特别在阴天的天黑后，她呆在暗处不想让人看到她的倦容，这样就会更加感到自由自在。阴湿的长廊污秽不堪，三三两两湿漉漉的穷鬼穿街而过，雨水从他们的雨伞上滑落下来，滴在石板路面上。她感到这是一条乌烟瘴气的小街，一条藏垢纳污的肮脏的过道，在这条街上，没有人会找她或给她带来麻烦。有时，她看见一些幽幽的灯火在她眼前晃动，又闻到一股刺鼻的湿腥味儿，她以为自己被活埋了；她想象自己被埋在地里，被人扔进一个公共墓穴里，里面挤满了死人。一想到这儿，她就会得到慰藉，也就平息下来了：她心想，现在她很安全，她马上就会死去，再也不要受罪了。还有时，她得把眼睛睁着，苏姗娜来看她，整个下午都坐在柜台旁绣花，陪着她。奥利维埃的妻子虽然脸上无光、动作缓慢，但也能讨泰蕾丝的喜欢；她看着这个愁眉锁眼的可怜女人，得到一种说不出来的安慰。她和苏姗娜成了好朋友，她喜欢看见她坐在自己身旁，浅浅地微笑着，她那种半死不活的样子，更加使店堂增添了死气沉沉的味儿。每当苏姗娜一对晶莹透亮的蓝眼睛注视她时，她连骨头里都会感到一丝寒气，但心里却是非常舒服的。泰蕾丝等着午后四点钟的到来，到了四点钟，她又上厨房找事情做，并多少带点狂热劲儿，为洛朗准备晚餐。过了会儿，当她丈夫走进店门时，她的喉头梗死，重新陷入极度的不安之中。

　　每天，这对夫妇的感觉都没有什么很大的变化。白天，当他们不在一起时，彼此精神得到休息，心里感到美滋滋的；晚上，只要他俩碰面了，就会感到浑身不对劲儿。

应该说，夜晚还是很安宁的。泰蕾丝和洛朗想到迟早要进卧房就忐忑不安，因此他们在晚上就尽量拖延时间。拉甘太太埋在一只大安乐椅里，似睡非睡的介于他俩之间，心平气和地闲聊着。她说到了凡尔农，老是忘不了她的儿子，但是不好意思直呼其名罢了。她对这两个亲爱的孩子微笑着，为他俩的未来操心。灯光在她苍白的脸上投下了白花花的光芒，在死气沉沉的沉寂的气氛里，她的话显得特别温和。在她的两旁，这对杀人犯一动不动地默不作声，仿佛在毕恭毕敬地听着。说真的，这好心的太太喋喋不休地说些什么他们并不以为然，他们只是喜欢听她的柔声细语，这样，他们就听不见自己头脑里的反响了。他们不敢相对而视，只是看着拉甘太太免得尴尬。他们从不提出去睡觉，如果妇女服饰用品店老板娘自己不讲要睡觉，他们就会听她絮絮话语，沉浸在她周围的静谧气氛中，一直呆到天亮。实在拖不下去了，他们才离开餐室，绝望地回到卧室，其心情就好像是要去跳崖自尽似的。

要不了多久，他们就宁愿在星期四度过一个热热闹闹的夜晚，也不愿自家人守夜了。当他们单独与拉甘太太在一起时，他们不能使自己分心，他们的姑妈那轻柔的嗓音、那含蓄的喜悦都窒息不了那些使他们痛苦万分的内心的呼喊声。他们老是觉得睡觉的时刻逐渐临近了，有时，当他们的目光接触到卧房门时，他们就浑身颤抖；晚上一秒一分地过去了，他们想到马上就要在一起，心情也随之越加紧张。每到星期四就恰好相反，他们就会逢场作戏和自我陶醉起来，他们都忘记了自身的存在，心里好受些了。泰蕾丝本人最后也非常盼望这一天的到来。万一米肖和格里韦没来，她也会去找他们。只要有外人在餐室，介于她和洛朗之间，她就感到平静些；她甚至希望家里一直有客人、有响声，或者是什么能减少她的痛苦、把她隔绝起来的东西。在众人面前，她兴奋得有点过分；而洛朗也像往日那样开着农民式的粗鲁的玩笑，笑得龇牙咧嘴的，又表演着以前那个蹩脚画家的闹剧。聚会的气氛从来没有像这样热烈、喧闹过。

也就是说，每星期有一次，洛朗和泰蕾丝可以面对面地呆着，用不着心里颤颤的。

没多久，他们又多了一份心事。拉甘太太渐渐瘫痪了，他们料到总会有这么一天，她像被钉在安乐椅上，呆头呆脑的不能动弹。好心的太太说起话来已经开始咿咿嗫嗫、前言不搭后语语无伦次了，她的声音微弱，她的四肢也越来越不中用了。她已经成了一个包袱。泰蕾丝和洛朗惊恐地看着拉甘太太慢慢离开人间，她一直夹在他俩中间，她的柔和的声音也能把他们从恶梦中唤醒。只要她失去了理智，僵坐在安乐椅上什么也不说时，他们就只剩下两个人了，晚间，他俩必须单独在一起，真是可怕极了。到了那时，他们的恐惧就要从六点钟开始，而不是从半夜开始，他们都会发疯的。

他们想尽一切办法维持拉甘太太的健康，这对他们来说太重要了。他们请来一些

281

医生，给她以无微不至地关怀，他们甚至在护理时忘却了自我，从中得到了慰藉，这使他们对她加倍的虔诚。他们不想失去一个第三者，她能使他们把晚上熬过去，他们不愿使餐室和整幢房子也像他们的卧房那样成为一个残酷、可怕的地方。拉甘太太对他俩殷勤的照料非常感动，她流着泪庆幸自己撮合了这门亲事，并且把她那四万几千法郎的私蓄交给他们，自她儿子死后她还从没指望过在余生还会享受这样的深情厚爱，她的两个亲爱的孩子的深情使她感到晚年过得非常幸福。她的瘫痪是不可能治好的，不管怎么样治疗照料，她也还是一天不如一天，但她本人却感觉不到。

但是，泰蕾丝和洛朗却过着双重生活。他俩好像都有双重的人格：每当黄昏降临，他们成了一个神经质的、杯弓蛇影的人；而一当太阳升起，他们又变成了一个麻木不仁、健忘的、心情舒坦的人了。他们过着这两种生活，当他们单独相处时，就直喊烦恼；但有外人在场时，他们又都会和颜悦色。在公共场合下，他们的脸从不露出痛苦的神色，但就在前不久，当他俩单独在一起时却为痛苦所折磨。他们显得很安详、幸福，本能地掩饰了他们的隐痛。

在白天，看见两个这么平静的人，怎么也想象不到，每天夜里，幻觉会把他们折磨成什么样子。人们会把他们当成天生的一对佳偶，生活是十全十美的。格里韦俏皮地称他俩是"一对鸳鸯"。每次熬夜后，他们的眼眶匝了一道黑圈时，他就会拿他们开玩笑，问他们什么时候可以喜得贵子。于是，在场的人都大笑一通。洛朗和泰蕾丝脸色稍微变白，还是得硬着头皮笑笑，他们对老职员放肆的玩笑早习以为常见怪不怪了。只要大伙呆在餐室里，他们就还能控制住自己的恐惧心理，而只要只有他俩在卧室时，任何人也猜不出在他们身上发生的可怕变化。特别在星期四晚上，这种变化更是尤其明显，仿佛没有回天之力是不能完成此举的。他们夜晚的悲剧，就其奇特性和原始冲动性来说，超过了任何宗教信仰，并且深深地隐藏在他们痛苦的内心深处。就是他俩说出隐衷，别人也认为他们俩是在发疯。

"这对情侣多么幸福啊！"老米肖经常这么说，"他们不怎么谈心，但不等于他们不在想。我敢打赌，我们不在时，他们会如胶似漆的。"

这就是外界的看法。有时，泰蕾丝和洛朗甚至被看作是一对模范夫妇。整个新桥长廊的人都庆贺这对夫妇情深意笃，生活美满，有度不完的蜜月。但事实如何呢？只有他俩才知道，卡米耶的尸体横卧在他俩之间，也只有他俩才感到，他们的脸表面上是平静的，内心却在痉挛着，一到夜里，他们就会变得面目狰狞，那种安详、宁静的表情，就会变成了一张丑陋无比而痛苦难堪的脸谱。

二十五

　　四个月后洛朗想捞取他结婚时自许的一些好处了。要是他不是为了自身的利益才羁绊在长廊的这家店铺里的话，他非常可能在婚后第三天就会离他妻子而去，逃避卡米耶幽灵的纠缠了。他之所以能熬过一个个恐惧的夜晚，让自己受尽折磨，就是为了保持由于他犯罪而带来的一些利益。如果离开泰蕾丝，他又会陷入贫困，只好保留职务；相反，如果呆在她旁边，他就能满足好吃懒做的欲望，靠着拉甘太太放在她侄女名义上的一些年息，饱食终日却无所用心了。想一想，要是能取得这四万法郎，他是会携款潜逃的，但是，太太听从了米肖的劝告，多了一个心眼，在契约里维护了她侄女的利益。因此，一根强有力的纽带把洛朗和泰蕾丝联系在一起了。他想为了要让自己过上一种悠闲惬意的生活，吃得好、穿得暖，袋里有足够的钱可以任其挥霍，以此来抵消那些夜晚的痛苦。仅此而已，他才同意与溺死鬼共睡一床。

　　一天晚上，他向拉甘太太和他的妻子宣布，他已提出辞呈，两个星期后，他就要离开他的机关了。泰蕾丝做了一个惊慌的手势。他又赶忙补充说道，他打算去租一个小画室，再重操旧业。他长时间地申诉理由，说这些让他如何的感到恶心，艺术将会给他打开多大的眼界。现在，他手头上有点钱了，他可以试试运气，他想看看自己能不能干出一番事业来。他就这个话题说了一大串独白，内里只是掩盖了他想恢复原有的画室生活方式的野蛮的欲望。泰蕾丝噘起了嘴，一言不发，她不能同意洛朗依靠她自己的这点私蓄坐吃山空，这点钱能保证她独立的人格。她的丈夫不断向她提出问题，迫使她同意，她却回答得非常干脆。她让他懂得，如果他不去上班，他就会身无分文，也就是要完全依赖于她了。她说话时，洛朗目光锐利地逼视着她，她有点儿慌乱了，拒绝的话已到了嘴边但最终能说出来，她仿佛从她同谋的眼神里看出了这个杀气腾腾的想法："要是你不同意，我把一切都说出来。"她开始打结巴了。这时，拉甘太太大声说道：她的好儿子的要求是绝对正确的，应该让他有成才的机会。好心的太太把洛朗宠惯了，就如她以前宠惯卡米耶一样；小伙子对她的一片深情使使她非常感动，她已被他虏获，她将永远听他的话。

于是，事情就这样定下来了：洛朗去租用一间画室，他将领取一百法郎用于各项杂费开支。家用帐分配如下：店铺做生意的赢利就付店铺和住家的房租，剩下的支付日常开销差不多也够了。洛朗画室的租金和每月一百法郎的花销将从两千几百法郎的年息里支取，年息所余的钱款作为公用资金。这样安排就不要动用本钱了。泰蕾丝稍微放心了一些。她让她的丈夫发誓决不把开支用过头；再说，她心想，洛朗没她的签名是拿不到四万法郎的，她下定决心不在任何字据上签字。

第二天，洛朗在玛扎里纳街的下沿租了一间小画室，他早在一个月前就看中了这间小画室。他想远离泰蕾丝，安安静静度过白天，所以他在找到一个安身之所前不愿离开他的职位。两个星期后，他向他的同事道别了。格里韦对他的离职很不理解。照他的说法，一个前途无量的年轻人，工作才四年，挣的工资就已与有二十年工龄的他挣得一样多了，怎么会离职呢？当洛朗告诉他，他将要以全部精力投入绘画事业之后，他就更加不可理解了。

这位艺术家终于在他的画室落脚了。这间画室是一间几乎呈正方形的阁楼，长与宽均在五六米左右，顶棚是倾斜的，坡度挺大，斜坡上开了一个大大的窗口，一束强烈的白光从窗外射进来，照在地板和黑乎乎的墙壁上。街上的嘈杂声传不上来，房里静悄悄的。灰白色的房间朝天开了一个天窗，就像一个洞穴，一个用灰色粘土包裹着的地窖。洛朗不管怎样也在这地窖里放了几件家具；他带来了两张没有草垫的椅子，一张桌子，他把它靠着墙，要不就便会倒下来，一个旧碗橱，还有颜料盒和他以前的画架。屋内唯一的奢侈品，就是一张大沙发，那是他花了三十法郎从一个旧货商那里买来的。

他在屋里度过了两个星期，一次也没想过动用他的画笔。他在八九点钟时到达，抽着烟，躺在沙发上，等着中午的到来，上午他还挺高兴的，心想天还长着呢。到了正午，他去吃午饭，饭后又匆匆忙忙返回，独来独往，免得看见泰蕾丝苍白的脸。到了画室，他静静地让胃消化着，一直睡到天黑。他的画室成了一个安乐窝，他身居其中不会发抖。一天，他妻子向他提出要看看他偏爱的那个窝。他没同意，但是，她不顾他拒绝，还是去叩门了。他不开。晚上，他对她说，他在卢浮宫整整呆了一天。他害怕泰蕾丝会把卡米耶的幽灵也带进来。

他终于也闲得发慌。他买了一块画布和一些颜料开始作画了。他因为没有钱雇用模特儿，于是就决定随意画画，考虑不到自然美了。他画一个男人的头像。

再说，他也不是成天呆在画室里。每天上午，他工作两三小时，而整个下午则在巴黎和市郊游荡。有一次，他长途散步回家时，在法兰西研究院门口遇到了他以前的一个同学，这同学在最近的画展上取得了巨大的成功。

"啊哈，是你!"画家惊呼道，"唷! 我可怜的洛朗，我简直不敢认了啦。你瘦了。"

"我结婚了，"洛朗窘迫地回答道。

"结婚了! 怪不得你完全变样了……你现在在干什么呢?"

"我租了一间小画室，我上午画一会儿。"

洛朗三言两语把结婚前后叙述了一遍，接着，他又激动地说了一些对未来的打算。他的朋友惊讶地看着他，让洛朗有些迷惑和不安。实际上是画家在泰蕾丝的丈夫身上已找不到他以前认识的那个笨拙而平庸的小伙子的形象。他好像觉得，洛朗的举止高雅了，脸瘦削下来，并且变得嫩白，身体也显得更神气、轻盈些了。

"可你变成一个漂亮的小伙子啦，"艺术家不禁大声说道，"你倒像个大使。这是最时髦的。那么你属于哪一个画派呢?"

画家对洛朗认真打量了一番，这使他很不自在，但他又不敢突然离开他的朋友。

"你愿意到我的画室去坐会儿吗?"他最后觉得他的朋友没有告别的意思，于是就提出了邀请。

"当然愿意，受到你的邀请不甚荣幸。"那朋友答道。

画家对他方才观察到的变化并没联想到什么，他很想去看看他老同学的画室。当然，他爬六层楼可不是去看洛朗新的杰作的，可以肯定地说，这些作品会使他感到恶心。他唯一的希望是满足自己的好奇心。

他登上他的画室后，只朝挂在墙上的油画扫了一眼，就让他感到奇怪了。墙上挂着的五幅习作中两幅是女人的头像，三幅是男人的头像，画笔遒劲，色彩凝重而坚实，在淡灰色的底面上，每一笔都涂得非常精彩。艺术家快步走过去，惊呆了，他甚至没想掩饰他的惊奇：

"是你画的吗?"他问洛朗。

"是我，"洛朗答道，"我将要画一幅大油画，这些只不过是小样，先做些准备。"

"哎呀，别扯远啦，真是你画的吗?"

"啊，是呀! 为什么不是我呢?"

画家没敢把话直说。他心想："因为这些画是出于艺术家之手的，而你只不过是一个蹩脚的学徒罢了。"他在习作前默默地看了良久。不言而喻，这些习作尚幼稚，但很有些新意，特征也很鲜明，说明作者有强烈的艺术感染力。仿佛这些画都是有生命力的。洛朗的朋友从没见过这么有前途的草图。等他认真观察了这些油画后，他便转身对洛朗说道：

285

"坦白说吧，我以前还真没想到你能画得这样好。你的才华是从哪儿学的呢？一般来说，这是学不会的。"

说完，他又仔细端详起洛朗来。他觉得洛朗的嗓音变得柔和，姿态也优雅了。这人身上多了一些女人的气质，感觉也比以前灵敏、细腻多了。他猜不透是什么神奇的力量使这人发生如此大的变化。毫无疑问，杀害卡米耶的凶手身上产生了一种奇异的现象。理智的分析是无法达到这样的深度的。洛朗的身心经受了巨大的生理失调的冲击后，如同他能变成一个胆小鬼一样，也许也能变成一个艺术家。以前，他的身体笨重，呼吸时粗声粗气的，体魄健壮，血气方刚，他不能做到心明眼亮；眼下他瘦了，变得易受惊吓，他动辄惊惶不安，感觉灵敏而锐利，并且变得神经质了。他经过了一段恐惧的生活，思想正处于极度兴奋的状态中，并且出神入化，不时地会迸发出天才的火花。某种道德上的病症，以及他身心的神经上的病症，都离奇、清晰地发展了他身上的艺术官能。自从他杀人后，他的肉体仿佛变轻了，他昏乱的头脑仿佛变得开阔多了，他的思维突然延伸出去，奇妙的构思，诗人的幻想都不期而至了。因此，他的动作敏捷，作品变美；突然，画面也具有了个性和生命的活力。

洛朗的朋友也不想多琢磨这位艺术家究竟是怎样产生的，他迷惑不解地告别了，走之前，他又看了看油画，对洛朗说：

"我只是挑剔你一处，就是所有这些头像仿佛是一个脸谱。这五个人头很相像。女人脸上的线条太有力了，倒有点儿像整过容的男人……你应该明白，如果你想借用这些草图来创作一幅油画，必须得改画几张脸，你的人物不能都是亲兄弟，这要让人笑话的。"

他走出画室，在楼梯口又笑着补充说：

"说真的，我的老兄，看见你我真的很高兴。现在，我确实要相信奇迹了……上帝啊！你成了一个温文尔雅的人啦！"

他下了楼。洛朗回到画室后心里非常乱。刚才，当他的朋友向他指出，习作上所有的人头像都是一个脸谱时，他就猛地转过身子把变色的脸藏起来。这是因为他本人早已感觉到这点，虽然那是无心的。他又慢悠悠地走到画像前，看着这些头像，一个个审视着，从他的脊梁背上沁出一颗颗冷汗。

"他说得对，"他喃喃地说道，"他们都很相似……都像卡米耶。"

他倒退了一步，坐在沙发上，一直不能把眼睛从这些头像上移开。第一个人头像画的是个老头儿，长着长长的白胡须，艺术家觉得在白胡须里隐藏着的下巴颏和卡米耶瘦削的下巴颏一模一样。第二幅画的是个金发女郎，这个女郎用溺死者的一对蓝眼

睛注视着他。另外三个人头像都有着溺死者脸上的一些特征。卡米耶仿佛化装成了老头、少女，即便由画家任意打扮，但始终保留着原来面目的基本神态。在这些人头像中，还存在着另一种可怕的相像之处：他们一个个都表现出痛苦和恐惧的神色，好像在同一种恐怖的情绪下，他们都变得魂不附体了。每一个头像的嘴的左角上都有一条浅浅的皱纹，牵动着嘴唇，使每张嘴变得非常不自然。洛朗还记得，他曾经在溺死者痉挛的脸上见过这条皱纹，现在它成了这一张张脸的共同的丑陋的标志。

洛朗明白是因为他在陈尸所把卡米耶看得太久了，所以尸体的形象在他心中已深深打上了烙印。现在，这个形象到处跟随着他，即使在无意识中，他的手也会勾勒出这张狰狞的脸上的线条。

画家仰躺在沙发上，他慢慢地觉得这些头像在动了。突然，他面前出现了五个卡米耶，是他亲自用那五根手指强有力的勾勒出来的五个卡米耶，并且，更为惊奇和怪异的是，这五个人中有男有女，年龄不一。他站起来，撕碎了画布，扔到门外。他心想，要是在他画室里去亲手画出无数个他的受害者的肖像的话，他会吓死在里面的。

恐惧攫住了他的心，他恐惧从此以后，他画的每张人头像，都将是溺死者的头像。他马上想知道他能不能控制自己的手。他把一块空白画布放在画架上，然后，他用一段木炭只几笔就勾勒出一张脸谱来。这张脸又像卡米耶。洛朗刷地把这张草图抹去，想试画另一张。他的手指执拗地自作主张，他抗争着，折腾了个把小时。在每次新的尝试中，他都画出了溺死者的头。他打起精神，努力想避免画出自己熟记在心的线条，但都是徒劳。他还是不由自主地勾勒出这些线条，不得不画出他的那些挣扎着的肌肉和筋骨。一开始他飞快地把轮廓一蹴而就，然后再仔细运用炭笔，但结果都是一样的：卡米耶那狰狞而痛苦的脸一直离不开他画布。艺术家先后勾勒出一张又一张不同的人头像，他们之中有天使、带光圈的贞女、头戴铁盔的罗马武士、长着一头金黄色头发和脸上红扑扑的孩子、伤痕累累的老强盗等等，然而，溺死鬼总是一直重现，他也先后变成了天使、贞女、武士、孩子和强盗。这时，洛朗干脆去画漫画。他夸大了特征，勾勒出吓人的轮廓，创作出粗陋不堪的头像，结果如何呢？他只是把那受害者的一个个惊魂摄魄的画像变得更可怕了。最后，他就画一些动物，猫狗之类，连猫和狗也多多少少有些像卡米耶。

洛朗内心狂怒了。他想到了那幅大油画，绝望之中，一拳把它捅破。眼下，再也没什么杰作可想了，他心里清楚，此后，他除卡米耶的脑袋外什么也画不成了，正如他朋友对他说的那样，只能画出大同小异的脸谱，让人看了发笑。他想象出他的所谓精品会是什么样子，他看见，在这些人物——不管是男是女，肩膀上都会安着一颗溺

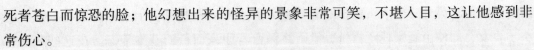

死者苍白而惊恐的脸；他幻想出来的怪异的景象非常可笑，不堪入目，这让他感到非常伤心。

因此，他不敢再工作，唯恐一动画笔就让他的被害者复活。要是想在画室里平平安安地度过，他必须永远不能在里面作画。当他想到，他的手指总是无意识地、不可避免地不断再现卡米耶的肖像时，他便恐惧地看着自己的手。他觉得，这只手将不再属于他的了。

二十六

　　拉甘太太身上潜伏着的危机终于爆发了。几个月以来，麻木沿着她的四肢发展，一直在压迫着她，突然，一直麻木到她脖颈，她全身瘫痪了。一天晚上，正当她和泰蕾丝、洛朗安静地闲聊时，话刚说到一半，她的嘴就张得大大地停住了：她好像觉得有人扼住她的脖子，她想呼喊，叫救命，但是她只能吞吞吐吐地吐出一些嘶哑的音节。她的舌头变成一块石头，她的双手、双脚僵硬了。她成了哑巴，全身都不能动弹了。

　　泰蕾丝和洛朗站起来，看见妇女服饰用品店老板娘在五秒钟之内变成这样，这把他们吓坏了。她僵硬了，用哀求的目光注视着他们，他们就向她问这问那，想知道她痛苦的原因。她答不出来，仍然用极惶恐的目光注视着他们。这时，他们明白他们面前只剩下一具活尸，她看着他们，听他们说，但自己却说不出来。这个突如其来的变化使他们绝望了，其实，他们并不是担心病人的苦痛，他们是为自己伤心，因为以后，他们将要永远单独相处了。

　　从这天开始，这对夫妇的生活变得让他们无法忍受了。他俩守着一个残废老人，度过了一个个极其难堪的夜晚，她不再能用她那喋喋不休、颠三倒四的话来平息他们的恐惧。她瘫坐在单人沙发里，像一个包裹或一件东西，而他俩各据餐桌的一头，显得十分尴尬又不安。这具活尸不会再离开他俩了，有时，他们竟然把她忘记，把她当成一件家具。这时，夜里的恐惧又攫住他们，餐室就像卧室一样变成一个可怕的地方，那里也有着卡米耶的鬼魂，这样，每天，他们又要多受四五个小时的罪。黄昏一到，他们心里就开始发抖，把灯罩往下拉，免得互打照面，并且一个劲地想，拉甘太太就要同他们说话了，她要表示她的存在。如果说，他俩还把她留在身边，没把她除掉，这是因为她那对眼珠还在活动，当他们看见这对眼珠还能转动和在闪亮时，他们有时能从这里得到一点慰藉。

　　他们总是把残废老太太安置在油灯的光亮处，把她的脸照得亮亮的，让他们一抬头就能看见她。这张苍白、憔悴的脸在别人看来也许是不忍目睹的，但是他们迫切需要个伴儿，看着她真是又惊又喜。她像是死人，脸面已经腐烂，只是有人在这张脸的

中间嵌了一对眼珠，只有这对眼珠灵活地在眼眶里滚动着，而脸颊和嘴都仿佛石化了，纹丝不动，令人望而生畏。要是拉甘太太打盹把眼皮垂下时，她的脸就完全变成白色，一点生气都没有，与死人没什么区别。泰蕾丝和洛朗觉得没有人与他们在一起了，就使劲弄出一些响声来，直到病人又抬起眼皮，看着他们为止。他们就这样逼迫她一直醒着。

他们把她当成一件消遣物，使之不至于陷入恶梦之中。自从她瘫痪后，他们就该像护理一个孩子那样照料她了。他们对她关怀备至，强迫自己分心散神。大清早，洛朗帮她起床，把她抱到单人沙发里；晚上，他又把她安排上床，她的身体还很重，他得用尽全力，双臂把她小心地抱起来，再移到别处。转动沙发椅子的活儿也是由他干。其他的事就由泰蕾丝负责：她替病人穿衣服，喂她吃饭，想尽各种办法猜透她想要干什么。头几天，拉甘太太的手还能动动，还能在一块石板上写出她的需求。没过多久，她的双手坏死了，不可能再举手握住铅笔，从此以后，她只能用目光代替言语，她的侄女必须猜出她需要什么。少妇承担了护士的工作，她必须身心并用，这样对她来说还更好。

这对夫妇为了避免单独相处，从大清早就把好心老太太的单人沙发推到餐室里。他们把她放在中间，仿佛他们的生活少不了她。他们让她与他们一起进餐，并让她参加他俩的谈话。如果她表示想进自己的卧室，他们就装作不懂她的意思。她只有在破坏他俩单独谈话时才是受欢迎的，她没有权利独自相处。上午八点，洛朗去他的画室，泰蕾丝下楼去店堂，瘫痪病人就一人在餐室里呆到正午。午饭后，她还是一个人呆到晚上六点。白天，她的侄女也常上楼来，围着她忙一阵，看看她需要些什么。家里的一些老世交都不知用什么词儿来赞美泰蕾丝和洛朗的品行。

星期四的聚会仍然继续进行，拉甘太太照样参加。他们把她的沙发移近餐桌，从晚上八点到十一点，她一直睁大着的眼睛，目光锐利，在客人的脸上逐一打转转。开始，老米肖和格里韦看见这位半死不活的太太在场，有点儿窘迫和不知所措，不知怎样才是好。他们只是微微地表示忧伤，但心里却在计划，有什么办法能使自己的悲伤恰到好处。该对这个半死不活的人说些什么，还是完全不去管她？渐渐地，他们决心对待拉甘太太像平常一样，就像什么也没发生似的。他们装成根本不知道她的病。他们与她交谈，该问的问，该答的答，不管是对她还是对他们自己，该笑的还是笑，决不会因为这张脸表情麻木而有所气馁。这是 一个古怪的场面，看这些人的神情，就像是有条理地与一具雕塑讲话，就如小姑娘在和她们的玩偶谈心一样。瘫痪者在众人面前直僵僵的，也不说话，大家也照旧闲聊，只不过他们比以前多用些手势来表示和她谈得非常投机。米肖和格里韦对他们出色的举止暗自得意，他们这样做自以为礼义周全了。再说，他们还避免表达那些惋惜之类的俗套话。拉甘太太看见他们把自己当成一个健康的人，大概受宠若惊了，从此，他们就当她的面寻开心，毫无顾忌。

格里韦有一个癖好。他认定他与拉甘太太非常默契，只要她望他一眼，他就立即明白她想要什么。这又是一个微妙之处。但是，每次格里韦都猜错了。他常常中断打牌，认真注视着她，病人的眼睛虽说始终平静地看着牌局，但他却声称，她想要这个或那个。经过证实，拉甘太太其他什么都不要，或者要的完全是另一样的东西。格里韦一点都不气馁，他摆出一副胜利者的姿态："我不是早对您说了吗！"几分钟后，他又重新开始了。要是病人明确表示一个愿望时，这又是另外一回事了，泰蕾丝、洛朗和客人们都先后说出她所希望的东西，格里韦还是哗众取宠，猜得根本不对。他脑子里想起什么就说什么，他猜的总是和拉甘太太所期望的相反。但是，他还是大言不惭地一说再说：

"我吗，我看她的眼神就如我看书一样清楚。听着，她对我说，我猜得对……对吗，亲爱的太太……是啊，是啊！"

应该说，要猜中好心的太太想要什么也不是一件简单的事，只有泰蕾丝掌握了这门学问。太太虽还活着，但已活埋在这具死亡的躯壳里，她那深藏不露的想法，泰蕾丝猜起来还是轻车熟路的。这位可怜的太太的生命力足以使她列席客观的生活，但又不能让她亲自参与生活。那么在她身上到底发生了什么事呢？她看得见，听得见，判断事理大概还很清晰、明了的，不过，她不会动，不能说话，表达不出她内心的想法。也许那些想法会把她窒息。就算她做个动作，说句话就能决定人类命运的话，她也不会把手举起来，把嘴张开来了。她的灵魂就像那些因误会而被人活埋的人，到了晚上，他们在地下两三米处又醒了，他们叫喊和挣扎，但人们在他们身上踩过，听不见他们悲惨的呼叫声。洛朗常常看着拉甘太太，只见她紧抿着嘴，双手平摊在膝上，整个生命只能从她那对活跃而敏锐的眼神里表现出来。这时，洛朗心里总是想：

"谁知她一个人在想些什么……在这个半身入土的女人的脑子里，可能演过什么悲剧吧！"

洛朗猜错了。拉甘太太是幸福的，她那两个亲爱的孩子对她精心的照料和深情厚谊使她感到非常幸福。她早就梦想过像这样了此残生，在真诚和温暖的感情中慢慢死去。当然啦，她还是更希望能说话，感谢她这两位帮助她平静死去的朋友。但是，她还是顺从地接受了命运的安排。她一生过着平静、隐居的生活，她的禀性又温和，这些都使她没有让她过分强烈地感受到沉默和瘫痪所带来的痛苦。她又成了个孩子，过

291

着无忧无虑的日子，眼睛看着前面，思想回忆着过去。她像个小姑娘似的乖乖地坐在沙发椅子里，她甚至还回味着其中的乐趣呢。

她的眼神一天比一天温和、敏锐。她一直能利用自己的眼睛替代手和嘴来要求什么或表示感谢。她以这种独特、有魅力的方式来取代失去功能的器官。她脸上的肉耷拉着，松软下来，挺难看的。但在她这张脸上，眼睛却放出天使般的光芒，非常美丽。自从她那两片扭曲、不会动的嘴唇笑不出来以后，她就用眼睛来笑，目光柔和而亲切，从她的双眸里掠过一道湿润润的光后，黎明的曙光便会升起。世上没有什么能比她那对眼睛更神奇了，它们就像在这死寂般的脸上微笑着的两片嘴唇。脸的下半部苍白无光，毫无生气，上半部却闪发出神圣的光辉。尤其是对她那两个可爱的孩子，她在平时刹那间的目光里倾注了她灵魂的全部感激和深情。清晨和傍晚，当洛朗双手抱着她移到别处时，她的目光中盈溢着温情，对他表示出深深的谢意。

就这样，她又过了好几个星期，等着死神的召唤，以为不会再有什么不幸降临到她头上了。她想她已赎清了她前世的罪孽，但是她错了。一天晚上，她受了致命的打击。

泰蕾丝和洛朗把她放在他俩之间的耀眼处，其作用也非常有限，她的存在并不能完全把他俩隔开和解除他俩的苦恼。只要他们忘记她在场和忘记她在看着他们、听他们说话时，他们的神经又不正常了，以为看见了卡米耶，于是便想方设法把他赶跑。这时，他俩嘴里就叽里咕噜的，不知不觉地吐露出一些真情，久而久之，等于向拉甘太太全盘托出。洛朗在神经发作时，说话就像幻想症患者似的。突然，瘫痪老太太什么都清楚了。

拉甘太太的脸上现出一阵痉挛，非常恐怖，她的面部变化太剧烈了，泰蕾丝以为她即刻就会蹦跳起来，大喊大叫。不一会儿，她的神色又变得像铁板一样。更可怕的是，这种类型的冲击似乎使一具尸体触了电。在刹那间爆发出来的感觉消失后，女瘫痪病人比以前显得更颓废，脸色更苍白。她的眼睛曾经是那么温和，现在却变得黑森森的，非常严峻，就像两块金属。

人间所遭遇的精神上的打击也莫过于此了。罪孽的现实像闪电般地在瘫痪病人的眼里掠过，并以迅雷般地速度在她脑中炸开。要是她能站起来，就会把积压在喉头的愤怒痛痛快快地发泄出来，咒骂杀死他儿子的凶手的话，也许她就不会这么痛苦的。但是，当她全听见了，一切都明白过来之后，她却仍然不得动弹，说不出话，并且要把痛苦往肚子里吞咽。她好像觉得，泰蕾丝和洛朗把她捆绑起来后钉死在沙发椅子里，不许她冲出去；她仿佛觉得，他俩把折磨她当作他们的乐事，堵住她的嘴，不让她哀号之后，又不断向她重复着："你们把卡米耶杀了！"恐惧和憎恨在她全身疯狂地奔腾着，但找不到出处。她拼足力气想把自己从重压下解脱出来，想放开喉咙、滔滔不绝地倾吐自己的怨恨，但一切都没有用。她感到自己的舌头冰凉地贴在她的上颚，但她还是不能从死亡中自救。她像具尸体，始终僵在那里。她感觉自己已经麻木迟钝了，被活埋在地下，被自身所束缚，只是听见头顶上一下下沉闷的铲沙声。

她内心的劫难就更为可怕。她有天崩地裂似的感觉，自己完全垮了。她整个一生是悲惨的，她的全部爱、善良以及真情实意突然都被摧毁并被踩在脚下。她一辈子都过得和和美美，到了风烛残年，眼看着就要带着安宁、幸福的生活信念撒手人寰时，突然，却有一个声音对她吼叫着：一切都是假的！一切都是罪恶！她一直以为看见的尽是爱情的友谊，结果帷幕拉开，让她目睹了一幅血淋淋的、寡廉鲜耻的场景。要是能大声诅咒的话，她甚至会咒骂上帝。上帝把她欺骗了六十多年，把她当成了一个温和、纯洁的女孩子，用安宁欢愉的虚假的场景使她娱目。但是，她始终是个孩子，傻乎乎地轻信这一切，完全看不见现实生活在情欲的血腥的污泥里爬行。上帝的心也不善，他早该把真相告诉她，或者让她离开人世间时仍然天真无知，被蒙在鼓里。眼下，她只有一种选择，就是死时对爱情、友谊和忠诚全盘否定。世上除了杀戮和奢靡之外，什么都没有。

啊！什么！卡米耶是在泰蕾丝和洛朗的合谋下死的，而他俩是在无耻私通时蓄谋了这次罪孽的！对拉甘太太而言，她的思想里有一个深渊，她无法清晰、具体地理顺思路，把这件事的来龙去脉搞清楚。她只有一个感觉，就是不断往下坠落。可怕极了，她好像觉得自己坠入了一个阴森森、寒气逼人的洞穴里，而她的心却在想："我就要在洞底撞得粉身碎骨了。"

首次冲击之后，在她看来，罪孽太大，似乎不像是真的。过后，当她回想起以前那些她无法解释的现象，相信通奸和谋杀确有其事时，她害怕自己快疯了。泰蕾丝是她一手抚养长大的，洛朗则是她像慈母般一心一意爱着的，他俩居然就是杀害卡米耶的凶手。这件事好像一个巨轮一样在她脑子里旋转着，发出轰轰的声响。她想象着一些不堪入目的细节，设想有人居然会堕落到如此虚伪的地步，又回忆起他俩的种种假面，简直成了极其残忍的讽刺，这时，她宁愿去死也不愿再想下去了。只有一个天生的、坚定的想法，以磐石般的重量和执拗，碾磨着她的脑袋。她老在思忖："杀死我的孩子的是我的另外两个孩子，"因为她找不到别的想法来表达她的绝望。

她心理产生了突变，她盲目地想重新认识一下自己，但是再也认不清了，在突如其来的报仇雪耻的强烈愿望下，她一生中的善心德性已不复存在了，她只想着报仇。

世界禁书文库

红杏出墙

她已经判若两人，内心一片漆黑，她感到她那垂死的肉体上一个新的人脱颖而出，此人无情而残忍，她甚至可以撕咬杀害她儿子的凶手。

她全身瘫痪，完全不能动弹，她明白她是无法跳到泰蕾丝和洛朗的颈脖子上把他俩卡死的。这时，她只得归于静止和沉默，大颗大颗的泪珠慢慢地从她眼睛里流淌出来。还有什么比静止和沉默的绝望更令人伤心的呢？她的泪珠一滴滴地顺着这张失去生命的脸往下淌时，没有一条皱纹在活动。这张苍白、死气沉沉的脸不能尽情地哭泣，只有眼睛在呜咽，这幕景象的确让人痛心疾首。

泰蕾丝吓呆了，怜悯心油然而起。

"让她睡觉吧！"她指着她的姑妈对洛朗说。

洛朗赶忙把病人的坐椅推到她的卧室里。然后，他又弯下腰用双臂把她抱起。这时，拉甘太太多么希望有一根有力的弹簧能把她扶正，她做了最大的努力。上帝也不该允许洛朗把她搂在他的怀里哪，她想，要是他果真这么厚颜无耻、天地不容的话，雷也会把他劈死的。但是，既没有弹簧支撑她，上天也没有让雷打下来。她像一包内衣似的，仍然有气无力地任人摆布。她任凭杀人犯抓住、抱起，再移动位置，她像散了架似的，软绵绵地由杀害卡米耶的凶手抱着，她感到十分恐惧。她的头侧枕在洛朗的肩膀上，她恐惧地睁大了双眼注视着他。

"行啊，行啊，好好看着我吧，"他轻声地说道，"你的眼睛总不会把我吃掉吧……"

说着，他猛地把她扔在床上后，病人倒在床上便晕过去了。她最后一刹那的想法是恐怖和厌恶的。从那以后，她每天早晚都要忍受洛朗用双臂邪恶地搂抱她。

二十七

　　这对夫妻是在极度的恐惧心理下，才会当着拉甘太太的面吐露心声和道出真相的。他们两个都不是残忍的人：要是他们不需要保持缄默也能确保安全的话，他们本来也应出于人道，避免像这样把事情泄露出来的。

　　星期四又到了，他俩都感到极其不安。早上，泰蕾丝问洛朗，晚上把拉甘太太留在餐室里是不是安全，因为她什么都知道了，会传出去的。

　　"算了吧！"洛朗答道，"她动个小指头都不可能，怎么会说这事？"

　　"也许她能想出个办法来，"泰蕾丝答道："从那晚后，我从她眼神里看出她有个计划好的想法。"

　　"不会的，你看，医生对我说她一切都完了。要是她还能再次开口的话，就是她临终前咽下最后一口气的当儿……她活不多久了，算了吧！要我们动脑筋，阻止她今晚和我们在一起，才叫傻瓜哩……"

　　泰蕾丝开始颤抖了。

　　"你不理解我的意思，"她大声说道，"哦！你讲得对，已经流过那么多血了……刚才我想对你说，我们可以把我的姑妈关在她自己的卧室里，并且借口说她不舒服，睡下了。"

　　"我没错，"洛朗接着说道，"不论怎样她总是这个笨米肖的老朋友，他一定会走进她卧室去看看的……这才是真要我们送命哩。"

　　他犹豫一下，想装得镇静一些，但内心又非常不安，说话支支吾吾起来。

　　"最好顺其自然吧！"他继续说道，"这些人笨得像头鹅，她说不出话，再有个失望的表示，他们肯定也不会懂的。况且，他们不会疑心什么，因为连个蛛丝马迹都没发现。一旦证明没事了，我们以后也不必对这次失误愁眉不展……不信你看着吧，什么事也没有的。"

　　晚上，当客人们到齐后，拉甘太太还是坐在壁炉和餐室之间的老位置上。洛朗和泰蕾丝用和颜悦色的样子来掩饰他们的恐惧心理，焦虑地等待着那段不可避免要来的

插曲。他们把灯罩压得很低，只有桌面上的漆布被照着。

来客在三三两两地闲聊了一阵，这是照常开牌的前奏曲。格里韦和米肖少不了要向瘫痪老人询问健康状况，他们自问自答，非常动听，这些都是他们讲惯的套话。问候之后，这伙人就顾不上这位好心的太太了，大家就高高兴兴地一头扎进牌局里。

自从拉甘太太知道了这件惊人的秘密之后，她就万分焦急地等待这天晚上的到来。她早已积蓄了最后的力量，准备揭发这两个罪人。直到最后，她都在担心不能参加这次牌会，她想，洛朗要把她消灭掉，有可能把她杀了，最起码也会把她关在卧室里的。当她看见他们把她安置在餐桌室里，和客人呆在一起时，她心里高兴极了，心想她就要着手为她儿子报仇了。她知道她的舌头没用，就想试用一种新的语言。她以惊人的意志力，终于使她的右手多少能活动一些，能把它从她膝盖上稍微抬起一点，平时，她总是把手平放地膝盖上，一点也不能动。过后，她又把手慢慢地沿着前面餐桌的一只脚往上移，终于放到餐桌的漆布上了。她在桌上无力地晃动着手指，好像是为了引起别人注意似的。

牌友们发现在他们之间有只毫无血色、毫无生气、软绵绵的手之后，都感到十分奇怪。正当格里韦得意扬扬地要出一张双六牌时，臂膀悬在半空停住了。因为自从病人受到那次打击以来，她就再也没挪动过双手。

"噫！您看哪，泰蕾丝，"米肖大声叫道，"拉甘太太在摇动手指头了……她可能是想要什么东西吧！"

泰蕾丝没有回话，她和洛朗的目光一直紧随着瘫痪者艰难的动作，她看着她的姑妈这只手在强烈的灯光下显得非常白，就像一只即将会开口说话的复仇的手。两个凶手气喘吁吁地等待着什么要发生。

"当然啦！是啊，"格里韦说，"她想要什么东西……哦！我们彼此都十分了解……她想玩骨牌……喂！是吗，亲爱的太太？"

拉甘太太做了一个否定的手势。她集了一身的力气伸出一个手指，把其余的手指弯起，然后开始艰难地在餐桌上勾划字母。还没等她勾出几笔，格里韦又神气活现地叫起来：

"我懂了，她说，我出双六这张牌是对的。"

拉甘太太向老职员狠狠瞪了一眼，又自己写下去。但是，她每勾一划，格里韦就打断她，大声说她不用再写了，他早就懂了，于是又出了一次洋相，最后还是米肖制止了他。

"活见鬼！您就让拉甘太太写下去不行嘛。"他说道，"说吧，我的老朋友。"

说完，他认真地看着漆布，仿佛在侧耳恭听别人说话一样。但是，瘫痪病人的手指没劲了，每个字，她要写上十几次，即使写成了也是东歪西倒的。米肖和奥利维埃俯下身子，认不出来，又让她再重写头几个字母。

"啊！行了，"奥利维埃突然大声说道，"这一次我能读了……她刚才写了您的名字，泰蕾丝……看吧：'泰蕾丝和……'写下去，亲爱的太太。"

泰蕾丝害怕极了，差一点要喊出声来。她看着她姑妈的手指在漆布上移动，好像觉得这几个手指用火一般的字母勾勒出她的名字和罪行。洛朗嗖地站起来，心里打算着是不是要向拉甘太太扑过去，把她的胳膊拧断。他以为一切都完了，他看见这只手又复活了，并正在披露卡米耶惨死的真相，他突然感到自己受到了惩罚，全身发冷，身子在往下沉。

拉甘太太一直写下去，不过动作越来越缓慢了。

"很好，我看得非常清楚，"过了会儿，奥利维埃看着这对夫妇接着说道，"您的姑妈写了你俩的名字：泰蕾丝和洛朗……"

太太不住地点头，向杀人犯瞥了几眼，把他俩吓坏了。随后，她想写完。但是，她的手指僵直了，她凭她那坚韧无比的意志曾使她的手指动起来，现在力气已消耗完了，她感到麻木症状沿着她的胳膊在向上蔓延，又重新控制着她的手腕。她加快了速度，又写了一个字。

老米肖大声说道：

"泰蕾丝和洛朗曾经……"

奥利维埃急忙问道：

"他们曾经什么，您那两个亲爱的孩子？"

这两个杀人凶手快被吓疯了，差一点要替她大声把话讲完。他们以专注和迷茫的目光盯着这只复仇的手，突然，这只手痉挛了一下，瘫倒在餐桌上，然后，向下滑，顺着病人的膝盖又垂落下来，就像一堆死肉。她又全身瘫痪了，惩罚已停止。米肖和奥利维埃又坐下来，非常泄气，泰蕾丝和洛朗兴奋至极，他们感到血在胸膛里汹涌着，有点支持不住了。

格里韦非常生气，因为别人不相信他的话。他想，他要把拉甘太太没说完的话说完，以挽回他的威信。他看见众人纷纷在猜测这话的含意，便说道：

"这已非常清楚了，我从拉甘太太的眼神里就能猜出整个句子。我么，我根本不需要她在桌子上写字，我只要看一眼就知道了……她想说：'泰蕾丝和洛朗对我可好啦。'"

这下格里韦大概该庆幸他的想象力了，因为所有的人都同意他的看法。客人纷纷对这对夫妇颂扬一番，他们对这位好心的老太太确实太好了。

"这倒是无疑的，"老米肖一本正经地说，"拉甘太太的两个孩子对她的关怀是无微不至的，她想在此表示感谢。全家都有光彩啊！"

说完他拿起骨牌，又补充了一句：

"行了吧，继续玩牌。我们打到哪儿啦？……我想是格里韦打出双六吧！"

格里韦打出了双六。于是大家又继续痴痴呆呆、神情麻木地继续玩牌。

拉甘太太看着她自己的手，陷入绝望的恐怖中。刚才她的手背叛了她。现在，她感到她的手重得像一块铅，再也提不起来。上天不让卡米耶复仇，他的母亲原本可以让大家了解他被害的真相的，但上天把他母亲唯一的手段都给剥夺了。不幸的太太心想，她别无他路，只有到九泉之下与她儿子相会了。她垂下眼皮，觉得以后，自己是彻底的没有用了，巴不得自己已被打入到地狱中才好。

二十八

泰蕾丝和洛朗结婚后两个月来，心情一直是焦躁不安的，他们无法从恐惧摆脱出来。他们相互折磨着。因此，他俩心中的仇恨在慢慢地增加着，最后，他们各自向对方恶狠狠地瞪眼，目光里影影绰绰地潜伏着杀机。

仇恨不可避免地来到了。以前，他俩像原始人般相爱着，感情激越，热火朝天；然后，他们因犯罪而神经过分紧张，开始惧怕，他们亲吻时都感到阵阵的恐惧；眼下，他们的婚姻，共同的生活只是增加痛苦，于是怒不可遏地反抗了。

这是一种深仇大恨，具有极其可怕的性质。他们明显地感到相互妨碍着，他们心想，要是他俩不是老呆在一块的话，会过上安安稳稳的日子的。当他们在一起时，觉得有块巨大的石头把他们压得喘不过气来，他们早就想把这块石头搬走，消灭掉。他们紧抿着嘴，暴力的思想在他们亮闪闪的眼睛里掠过，他们都渴望把对方吞食了。

其实，折磨着他们的正是他们的犯罪行为，他们对将永无宁日的生活而感到伤心绝望。他们感到祸根是根除不了的，因为害死了卡米耶，他们会痛苦一辈子，想到要终生受苦，于是便怒气冲冲了。他们不知道向谁发泄，于是便相互怨怪，彼此憎恨。

他们不愿公开承认他们的结合就是对谋杀的致命的惩罚，他俩的内心都在诉说真言，把他们的过去一一展现出来，可他们拒绝倾听心声。但是，在他们激动、狂怒的时刻，他们都非常明白发怒的原因在什么地方，他们出于极端自私干下的杀人勾当是满足自己一时的私欲，但是，杀人只能给他们带来一种绝望而无法忍受的生活，他们是猜得出自身狂怒的缘由的。他们记忆犹新，知道他们所企望的奢靡而平静的幸福生活是不切实际的，这是造成他们悔恨的唯一理由。要是他们真能亲亲热热、过上和美美的日子，他们就决不会老惦记着卡米耶，犯罪后也会舒坦些。但是，他们的身心在反叛，拒绝合二而一，因此，他们害怕地想着恐怖和厌恶将把他们带到什么地方？他们只看见一个痛苦、可怕的前景，一个不祥、狂暴的结局。于是，他们便像两个将被人捆绑在一起，而自身又挣脱不了对方的仇敌，肌肉和神经都处于一种非常紧张的状态，他们僵持着，终于不能解脱出来。后来，他们明白他们永远也摆脱不了对方的

拥抱，捆绑着他们的绳索在切割他们的皮肉，他们挨在一起彼此都感到恶心，并且这种厌恶感每分钟都在增长。他们忘记了把他们捆绑在一起的是他们自己，于是，再也忍受不住了，俩人相互指责，相互咒骂着，以叫喊和责备麻醉自己，以为这样心里就好受些，并能医治他们自己撕破了的伤口。

每天晚上，他们都要吵闹一场，好像两个凶手在寻找时机发作一番，松懈一下各自绷紧了的神经。他们相互窥伺着，用目光相互打量，探索着对方的伤口，寻找每个伤口的最痛处，强烈地希望对方发出痛苦的嗥叫声。他们就像这样，永远激动着，愤怒着，对自己厌倦了，每当听到对方的一句话，看到对方的一个手势、一个眼神都要痛苦、狂怒一阵。他们的全部身心都准备着施行暴力，对方只要有一点急躁，哪怕是最一般的矛盾，都会在他们紊乱、失调的思想里异常地扩大开来，而且突然变得十分强烈。一件无足轻重的事也会掀起一场风暴，并且持续到第二天。菜烫了一点，窗子被打开了，否认一件什么事，或表示了一点异议都能以使他们发作、疯狂一阵。而每当他俩争吵时，他们总是把溺死者提在前头。你一句我一句，最后，他们也总是指责对方要对圣—乌昂地区淹死人的事负责，这时，他们面红耳赤，亢奋上升至癫狂。这些场面外人是看不下去的，他们气急败坏地捶胸顿足、乱叫乱嚷，厚颜无耻地滥施淫威。平时，泰蕾丝和洛朗是在饭后发作的，他们把餐室门关着，不让他们的狂叫声传出去。这间屋子就像一个地窖，灯火下泛着淡黄色的光。他们呆在里面，可以随心所欲地折磨对方。在安宁、静谧的气氛里，他们的叫声显得更加冷酷、惊心动魄。只有在他们累垮时才停止战火，也仅仅到了那时，他们才能去享受几小时的休息。对他们来说，争吵变成了生活中的一部分，仿佛成了一种麻醉神经、进入睡眠的催化剂了。

拉甘太太听着他俩闹。她自始至终坐在沙发椅子里，双手搭在膝盖上，头伸得笔直，面部没有一点表情。她什么都听进去了，她那麻木的肉体没牵动一下子，她的一对眼睛死死盯在这两个凶手身上。她的牺牲可能也是惨重的。她就这样一点一滴地了解到卡米耶溺死前后的全部经过，渐渐地，她也认识到这两人竟然是如此肮脏卑鄙、罪孽深重，她以前还把他们称为亲爱的孩子哩。

这对夫妇间的吵架使拉甘太太了解到所有的细节，并且把这个恶性案件的所有情景都一幕幕地在她受到惊吓的思想里展现出来。她在这血腥、肮脏的勾当里陷得越深，就越是忍受不了，她以为耻辱也莫过于此了，可是好戏还在后面。每天晚上，她都了解到一些新情况。这恐怖的故事总是在她眼前延伸出去，她仿佛觉得自己堕进一个没完没了的恶梦中。最初的真相是突然披露出来的，已经让她受不了，可是，这对夫妇在冲动时，又不断透露出细节，慢慢地把犯罪经过全部烘托出来了。她就这样承受着一次次的打击，使她更加痛不欲生。每天，这位母亲会听到一次儿子被杀的经过，而每过一天，故事就变得更恐怖、更详细，声音传到她耳朵里时，就会变得更加残酷和刺耳。

大颗大颗的泪珠，悄无声息地从这张苍白的脸上淌下来。有时，泰蕾丝看见这张脸，产生愧疚之意。她向洛朗指指她的姑妈，用目光恳求他别再说下去了。

"哦！随她去！"他粗暴地大声叫喊道，"你很清楚，她不能把我们的事捅出去的……我吗，难道我会比她更好过吗？……我们拿到她的钱了，我不需要再拘束了。"

接着，争吵又继续下去，激烈、刺耳，好像又把卡米耶杀了一次。他们也有怜悯的时候，但当他俩吵闹时，泰蕾丝也罢，洛朗也罢，都不敢心软下来，去把拉甘太太关在她的卧室里，别让她再听他俩叙述犯罪经过。要是他们之间不夹着这个半死半活的人的话，他们担心会把对方杀掉的。与怜悯相比，胆怯占了上风，因此他们就把这无声的痛苦强加给拉甘太太，因为他们需要她在场，靠她的保护来对付幻觉。

他们的争吵都是没有什么大的差别的，彼此指责的内容也是相似的。只要卡米耶的名字一旦说出来，只要他俩之中的一个指责另一个杀了他之后，就会爆发一场剧烈的争斗。

一天吃晚饭时，洛朗正在寻找发火的借口，他发现玻璃瓶里的水是温的，就大声说，温水会让他恶心，他要喝凉水。

"我找不到冰块，"泰蕾丝冷冰冰地回答。

"那好，我就不喝了，"洛朗接着说。

"这水挺好嘛。"

"水还是热的，有烂泥味，就像是河水似的。"

泰蕾丝重复了一句：

"是河水。"

接着，她就号啕大哭起来。她又联想到另一件事了。

"你为什么要哭？"洛朗问道，他料想到对方会怎样回答，脸色变白了。

"我哭，"少妇抽抽泣泣地说道，"我哭，因为……你很清楚……哦，我的上帝！我的上帝！是你把他杀了。"

"你撒谎！"杀人犯声嘶力竭地叫道，"你必须承认，你在撒谎……要是说是我把他扔到塞纳河里的话，那是因为你唆使我去害人的。"

"我?！我?！"

"对，是你！……别再装啦，别逼使我强迫要你承认事实啦。我要你对你的罪行忏

悔，并且要你承担你的一部分罪责。这样我就会觉得安心和宽慰些。"

"可是淹死卡米耶的不是我。"

"是你，不折不扣是你，就是你！……啊！你装成莫名其妙和健忘的样子。我可以马上帮你想起来的。"

他从餐桌旁站起来，朝少妇倾下身子，脸涨得通红，冲着她的脸大叫道：

"你在河边上，记得么，我轻声对你说：'我要把他投到河里去。'那时，你同意了，你走进小船里……你看，你不是伙同我一块把他害了吗？"

"这不是真的……我那时疯了，我不知道我干了些什么，可是，我从没想把他杀了。这会是你一个人的罪。"

这些否认使洛朗苦恼极了。刚才他说过，当他想到自己有一个同谋心里就宽慰些，要是他有胆量的话，他都差不多想说服自己把谋杀的全部罪责一股脑儿推给泰蕾丝。他甚至想打那少妇，让她招认她是罪魁祸首。

他开始在房里徘徊，乱叫乱嚷，神志不清，拉甘太太眼睛直勾勾地盯着他看。

"哦！死不要脸的！死不要脸的！"他上气不接下气，结结巴巴地说，"她简直把我逼疯了……啊！有天晚上，你不是像个妓女一样，上楼走进我的房里吗？你不是把我灌足了迷魂汤才让我下定决心干掉你的丈夫吗？你不喜欢他，他像个病歪歪的孩子，每当我到这儿来看你，你不是都是这样对我说的？……三年前，难道我，我会想到这些吗？难道我是一个拈花惹草的小人吗？我本来一直过得安安稳稳的，我是个正派人，对谁也没使过坏。我连个苍蝇都没打死过。"

"就是你杀死卡米耶的，"泰蕾丝也绝望了，固执地反复说着这句话，这使洛朗更加无可奈何了。

"不对，是你，我对我说，就是你，"他狂怒地接口说，"……你看，别叫我恼火了，这样是不会有好结果的……你这个人，你怎么不记得了？你像个妓女一样委身于我，就在那儿，在你丈夫的卧室里，你煽动我极度纵欲，使我神魂颠倒。你不得不承认，这是你早就安排好了的，你恨卡米耶，你早就想要置他于死地。毫无疑问，你让我做你的情夫，要我和他发生冲突，把他干掉。"

"你说得不对……你说的话都是非常可怕的……你没有权责备我的短处。照你的话我也可以对你说，在认识你前，我是个循规蹈矩的女人，对谁都不存坏心。要是说是说我把你逼疯还不如说你把我逼得更加失去了理智。我们别争啦，你听到没有，洛朗……我要责备你的事就更多了。"

"你有什么可责备我的呢？"

"不，没有……你没有把我从自身中解救出来，你利用了我的自暴自弃，你把我的生活糟蹋成这样反而高兴……这一切。我都原谅你……不过，求求你，别指责我杀了卡米耶吧！你的罪恶自己承担，别再想吓唬我了。"

洛朗抬起手想打泰蕾丝的嘴巴。

"打我吧，这样更好些，"她接着说道，"这样反而让我好受些。"

说着，她把脸凑过去。洛朗忍住了，他端了张椅子坐在少妇的身旁。

"听着，"他说道，尽量使自己的声音平静些，"你拒绝承担自己的一份罪责，这是胆怯的表现。你完全明白，这件事是我们一块干的，你也知道我们罪责相当。为什么你要把自己说成是无辜的，而加重我的责任呢？如果说你是清白的，你也不会同意嫁给我的。你想想那件事发生后的两年里，你是怎么过来的吧！你要想试试吗？我马上把一切都告诉给检察官听，你就会看到我们哪个会受到惩罚的。"

他俩都打了一个寒颤；泰蕾丝接着说：

"别人也许会惩处我，但是卡米耶却很清楚一切都是你干的……夜里，要不他晚上怎不会像折磨你一样折磨我。"

"卡米耶让我睡得很安稳，"洛朗说道，他脸色变白，全身都在发抖，"你才老做恶梦看见他哩，我听见你在叫喊的。"

"别说这些了，"少妇勃然大怒，大声说道，"我没叫喊，我不想让鬼进来。啊！我明白了，你想尽办法把他从你身边移开……我是无辜的！我是无辜的！"

他们四目对视，心惊肉跳，感到很疲倦，又害怕把溺死鬼引进来。他们的争吵总是这样不了了之，彼此都想开脱自己的罪责，千方百计蒙骗住自己，想把恶梦赶跑。他们始终坚持把罪责推给对方，像在法庭上受审似的为自己辩护，最有意思的是他们始终不能蒙骗住自己，谋杀的全部过程都记忆犹新。他们嘴上否定，眼神里却表现出心虚。他们说的都是幼稚的谎言和滑稽的论断，这两个坏蛋明明在撒谎，却又不能掩饰自己的谎言，他们的争吵简直就是痴人说梦。他们轮番充当原告的角色：虽说他们的诉讼从来得不到结果，但每天晚上都要干一架，而且越演越烈。他们懂得这是徒劳的，永远也抹杀不了过去的事实，但是，他俩因痛苦和恐惧一直处在亢奋的精神状态下，铁面无情的现实又使他们还没上阵就败下来了，但他们乐此不疲、百折不挠。他们从争吵中得到的最大实惠就是吵闹一阵子，这样，至少可稍稍麻木一下自己的神经。

只要他们在发脾气和相互指责时，拉甘太太就目不转睛地盯着他们。当洛朗举起那双大手要打泰蕾丝的脑袋时，她的眼睛里就会闪烁着得意的光芒。

二十九

　　一个新阶段开始了。泰蕾丝害怕到了极点，她不知道从哪儿才能找到一个寄托，于是便当着洛朗的面，为卡米耶的亡灵号啕大哭起来。

　　她突然感到精疲力尽，她那处于高度紧张的神经松弛了，她原是心狠、又易冲动的，现在也变得柔软无力了。在新婚的最初日子里，她的心已经有点软了。这种感情就像一股必然的，不可避免的反冲力似的被弹回来了。几个月来少妇的神经高度紧张，竭尽全力与卡米耶的幽灵进行斗争，她一直在生闷气，为自己所忍受的痛苦愤愤不平，想以自己的意志来治愈内心的创伤。突然，她心力交瘁，屈服了，并且认输了。于是，她又成了一个女人，甚至变成了一个小姑娘，她感到自己再也没有勇气变得坚强起来了，再狂热地同恐惧进行对抗，于是就顿生怜悯与悔疚之心，泪水流淌着，寄希望于能忏悔中求得宽慰。她想在身心的薄弱处中寻找出路，溺死者在她怒火中烧时没有退缩，也许在她的眼泪面前会让步吧！她是出于心计才懊悔的，她心想，大概这是安慰卡米耶，并使他满足的最好办法了。泰蕾丝像有些虔诚的信徒一样，口头上祈愿，态度上装成可怜巴巴的悔改样子，心里却只是想欺骗上帝，从上帝那儿骗得宽容。她会显得很谦恭，捶打自己的胸脯，说些反悔的话，内心却是恐惧和卑怯在作怪。再说，她也愿意显得气馁、软弱、精疲力竭和甘受痛苦的样子，想从中得到一些生理上的快感。

　　她在拉甘太太面前表现得伤心绝望，哭哭啼啼的，拉甘太太成了她日常的需要，另一种意义上说，她成了泰蕾丝祈祷用的跪凳和器物，泰蕾丝在她面前可以什么都不要担心地承认自己的过失，并请求她的饶恕。一旦她想哭，或者想以啜啜泣泣作为消遣时，她就跪在病人面前又叫又嚷，常常闹得上气不接下气，为自己演出一场忏悔剧，她演累了心里就会舒坦些。

　　"我是个坏人，"她抽抽噎噎地说，"我不配得到宽恕。我欺骗了您，是我让您的儿子去死的。您永远也不会饶恕我……不过，如果您看见我是这样悔恨交加、痛心疾首的话，如果您知道我是这么痛苦的话，您也许会大发慈悲的……不，别对我怜悯了。

我情愿在耻辱和痛苦的折磨下，死在您的脚下。"

她一连几小时地这样自言自语，从绝望又转为希望，自己谴责自己，接着又原谅自己。她说话的声调就像个多病的小姑娘，一会激奋，一会悲伤，她脑中不断闪过屈辱、自豪、后悔、反叛等各种想法，因此她随心所欲地一会儿坍倒在地板上，一会儿又挺得笔直。甚至有时候，她忘记自己是跪在拉甘太太的面前，继续在梦幻中独白。她玩够了，便神情呆滞地站起来，摇摇晃晃地下楼到店堂里去。她心里平静多了，再也不用担心会在女顾客面前像发神经似的痛哭流涕了。她要是又需要忏悔的话，便急急忙忙地上楼，跪在拉甘太太面前。如此往返每天不上十次。

泰蕾丝从没想过她的眼泪和断断续续的忏悔会给她的姑妈带来怎样巨大的痛苦。事实是，如果竟然有人想发明一种酷刑来折磨拉甘太太的话，那么可以十分肯定地说，世人再也找不到一种比她侄女演的忏悔剧更为可怕的刑罚了。她猜出泰蕾丝在倾诉痛苦中所隐藏着的自私的动机。泰蕾丝老是时时刻刻强迫她去听那没完没了的独白，翻来覆去对她说的就是谋杀卡米耶的事，她听了真是痛苦万分。她不能宽恕，她只有一个坚定不移的想法，那就是复仇，正是因为她无能为力，这个想法才会更加强烈，但是现在，她整天却要去听泰蕾丝祈求她宽恕，听她卑谦而怯懦的忏悔，这真是让她无法容忍。她本来是会回答的，听了她侄女说的有些话，她真想狠狠地回敬她几句，但她没有办法不沉默，只得让泰蕾丝为自己的罪行辩解，永远也不会去打断她。她既不能叫喊，也不能塞起耳朵，她的内心承受着难以形容的磨难。少妇的话慢吞吞地，如怨如诉地一句句钻进她的脑门，就像在唱一支不堪入耳的歌。有时她竟然会想，这对凶手不会是又生出个什么残忍的想法，故意给她施加酷刑吧！她唯一自卫的方法就是当她侄女跪在面前时合上眼睛，这样即使她听得见，但看不到。

泰蕾丝胆子越来越大，终于发展到去拥抱她的姑妈了。一天，她忏悔到了高潮，她装作似乎在病人的眼神里发现了一丝怜悯，便跪着移动上前，边站起来，边失魂落魄似的大声喊道："您饶恕我了！您饶恕我了！"接着，她又吻了吻可怜的拉甘太太的前额和双颊，老太太又不能把头往后仰。泰蕾丝的双唇触碰到了一块冷冰冰的肉，心中极为不快。泰蕾丝想，这种反感也像眼泪和悔恨一样，是使她的神经镇静下来的一种好方法，因此，她每天都抱着悔疚的心情吻抱她的姑妈，以此来寻求心灵的安慰。

"啊！您是多么善良啊！"有时她大声说道，"我看得很清楚，我的眼泪使您感动……您的目光充满了怜悯……我得救了……"

说着，她对拉甘太太又疼又爱，把老太太的头放在自己的膝盖上，吻着她的双手，幸福地对她微笑，殷勤地照料着她。过了段时间，她竟然相信假戏真做了，她想，既

然得到了拉甘太太的宽恕，便和拉甘太太一个劲地谈论着，她感到得到她的宽容是多么幸福。

这对病人实在是太惨了。她差点没被气死。洛朗早晚都要把她从床上抱起或放下，她心里的厌恶和烦躁达到了极点，现在她的侄女来吻她时，她有着同样的感受。这个坏女人不仅背叛和杀害了她的儿子，现在又恬不知耻地抚爱她，她只有忍受下来，甚至都不能用手把这个女人留在她双颊上的吻痕擦掉。总要好长时间，她会一直感到这些吻灼烧着她。她就这样成了洛朗两个凶手的玩偶，他俩替玩偶穿衣服，摆来摆去，为所欲为。她在他俩的手掌里毫无生气，好像她的五脏六腑里只有一些木屑填充着，但是，她的内心却是活的，只要泰蕾丝或洛朗稍稍碰她一下，她就会反抗，肝胆俱裂。最使她痛苦的是那少妇无情的嘲讽，她竟然声称在她的眼神里能看出她在发善心，而实际上，她都想用目光把这个罪恶的女人殛毙。她经常拼足力气大叫一声以示抗议，她把所有的仇恨都集中在眼睛里。但是，泰蕾丝有自己的计划，她每天要重复无数次说她已受到宽恕，她根本不愿去猜测姑妈的心思，只是对她更加尽心。拉甘太太只好违心地接受这片心意和感激之情。她那变得温顺的侄女把她称之为菩萨的化身。为了报答她，就千方百计对她亲热体贴。以后，拉甘太太和这么一个变得温和的侄女相处，心里有说不出的反感和苦恼，却又没有办法。

每当洛朗看见他的妻子跪在拉甘太太面前时，他就粗鲁地拉她起来。

"别演戏啦，"他对她说："我哭了没有？难道我，我跪倒了！……你这样干只会叫我心里更乱。"

泰蕾丝的反悔搅得他六神无主，他自己也说不出为什么会这样。他的同谋在他面前拖着步子，哭红了眼睛，老是苦苦地哀求着；从此以后，他就更加痛苦了。他看见她声泪俱下，忏悔不迭，内心就更加害怕，更加感到不是滋味，仿佛屋里老是响着控诉声；再说，他也担心总有这么一天，他的妻子在痛悔之余，把一切向外泄露。他宁愿她仍然是冷冰冰、气势汹汹的，气急败坏地对他的指责进行辩解。但她已改变了战术，现在她心甘情愿地承认自己的一份罪责，她怨恨自己，样子既软弱又胆怯，在这基础上，以极端谦卑的心情请求得到宽恕。她的这种态度把洛朗给激怒了，每晚，他们的争吵就变得更加激烈，更加可怕。

"听着，"泰蕾丝对她丈夫说，"我们是罪大恶极的人，如果我们想过几天安逸的日子，就得忏悔……看吧，自从我哭泣后，我平静多了。照我的样子学吧！我们一齐去想，我们犯了一件不可饶恕的罪行，我们是罪有应得。"

"呸！"洛朗恶狠狠地答道，"你喜欢怎么说就怎么说，我知道你诡计多端，又很虚伪。喜欢哭能使你宽慰的话，那你就哭吧！但是，我只求你要哭时别妨碍我。"

"哦！你这坏蛋，你拒绝忏悔。你胆怯，你对卡米耶背信弃义。"

"你难道想说我是唯一的罪人吗？"

"不，我不是说这个。我的罪比你的更大。我本来可以把我的丈夫从你的手上救出来的，但我没有。啊！我知道我的罪过有多么严重，可是，我想求得宽恕，并且我会成功。洛朗，你呢？你继续在绝望中度日吧！……甚至还对我那可怜的姑妈滥发淫威，没想避着点，你从来没对她说过一句后悔的话。"

说完，她就去抱吻拉甘太太，后者闭上了眼睛。她围着拉甘太太转，把她头上的枕头垫高些，对她倍加痛爱。洛朗的脸上充满了愤怒。

"啊！让她去吧！"他吼道，"你没看见你在场和对她的照料也使她厌恶之极吗？要是她能举起手来，她会打你耳光的。"

他的妻子说得不紧不慢、悲悲戚戚的，举止神情又是那么温顺谦恭，这使他觉得有一股莫名的火想要发泄出来。他是看透她的用意的，她不愿和他牵扯在一起，只想置身界外，用一心一意的忏悔去摆脱溺水鬼的纠缠。他有时想，她也许是对的，眼泪也许能治愈她的恐惧症。他想到以后自己要独自受罪和害怕时就不寒而栗。他也想忏悔了，至少逢场作戏试试看，但是他既哭不出，也想不出合适的词；这时他只有靠武力来动摇泰蕾丝，激她光火，引诱她与他一块发疯。少妇却更加不动声色，对他疯狂的呼喊只是哭哭啼啼地一味顺从；他越粗暴，她就越做出谦卑愧疚的样子。就这样，洛朗气得发狂了。泰蕾丝为了火上加油，还把卡米耶的德行颂扬一番。

"他多好呀，"她说道，"这个好心人对我们从来没使过坏心眼，我们对这么个好人实在是太残忍。"

"他是好人，对，我知道，"洛朗狞笑着说道，"你想说他是呆子，对吗？……你难道忘了你曾说过，他的每句话都让你生气，他一张口出来的都是愚蠢的话了吗？"

"别嘲讽啦……你就差再把你亲手杀害的人辱骂一番了……你一点也不了解女人的心思，洛朗，卡米耶爱我，我也爱他。"

"你爱他，哈哈！这真叫新鲜哩……可能就因为你爱你的丈夫才把我当作情人的吧……我还记得有一天，你枕在我的怀里，对我说，你的手指戳进卡米耶的肉里就像戳进粘土里一样，他让你恶心透了！……哦！我现在终于明白你为什么爱上我。你需要一副比这可怜虫强壮得多的胳膊。"

"我像个妹妹那样爱过他，他是我恩人的儿子，具有怯懦的人的一切禀性，他高尚、慷慨、乐于助人，也温情……而我们却把他杀了，我的上帝！我的上帝！"

她痛哭了，变得癫狂起来。拉甘太太瞪了她几眼，她听见对卡米耶的颂词竟出自这么一张嘴，快把她气坏了。洛朗拿这个哭得死去活来的泪人也没办法，只有在屋里横冲直撞的，想着用什么好方法把泰蕾丝的忏悔压下去。他听见别人颂扬卡米耶内心就惶恐不安，非常难受。有时，他听着他妻子声嘶力竭的叫喊声，自己也会上当受骗，真的相信起卡米耶的美德来，这就使他更加恐惧。但是，最让他生气和引得他动武的，还是这个寡妇老拿她的前夫与他做比较，并且总说前夫好。

"非常正确！是的，"她大声说道，"他比你强，我真希望他还活着，而你代他长眠在地下。"

洛朗开始只是耸耸肩。

"你说也没用，"她继续说道，情绪更加激动，"在他生前，也许我不爱他，但现在，我想起来我还是爱他……我爱他，而我恨你，你不知道吗，你，你是个杀人凶手。……"

"够了！你给我闭嘴！"洛朗吼着说。

"他呢，他是个被害者和正直的人，是一个无赖把他杀了。哦！我不怕你了……有一点你应该很清楚，你是一个坏蛋，一个粗暴的人，没有良心，没有灵魂。现在，你身上沾满了卡米耶的血，我怎么会爱上你的呢？……卡米耶对我太好了，如果杀了你能使卡米耶复活并让他再爱我的话，我宁愿把你杀死，你听见没有？"

"你快给我闭嘴，混蛋！"

"我为什么要住嘴？我说的全都是事实。我用你的血来求得他宽恕。啊！让我哭吧，让我去受罪！要是这个恶棍杀了我的丈夫，这是我的过错……我得选一个夜晚去吻他安息的土地。这就是我最后的乐趣。"

洛朗神志不清了，泰蕾丝在他眼前描画出一幅幅难以忍受的景象，他气愤极了，向她扑去，把她翻倒在地，用膝盖顶着她，把拳头举得高高的。

"好嘛，"她大叫道，"打我吧，杀了我吧……卡米耶从没把手举在我的头上，而你呢，你是个恶魔。"

洛朗被这些话刺痛了，死命地摇她，打她，攥紧拳头不停地往她身上捶。有两次，他差一点没把她扼死。泰蕾丝经他一打就瘫软下来，她挨了打，却得到了无限的快感，她一点都没反抗，还凑上去让他打，想激他打得更重些。这又是缓解她生活中痛苦的一种良药，傍晚，假如她被他狠狠揍过了，夜里，她就睡得好些。当洛朗把泰蕾丝在地板上拖来拖去，用脚一下下踩在她身上时，拉甘太太就感到无比的快乐。

自从泰蕾丝鬼迷心窍，别出心裁地转而忏悔，并哭悼卡米耶的亡灵后，洛朗的生活就变得很是可怕。从此以后，这个坏蛋就和被害人结下了不解之缘，只要有机会，他每时每刻都会听见他的妻子夸耀、怀念她的前夫。卡米耶做过这，卡米耶做过那，卡米耶什么地方好，卡米耶又是怎么怎么爱她的。泰蕾丝的嘴离不开卡米耶，说的全是伤心话，对卡米耶的死痛惜不已，泰蕾丝用尽各种方法来解救自己，尽可能把洛朗折磨得难受些。有时她甚至谈到与卡米耶卿卿我我的一些细节，叙述她年轻时的种种零碎的往事，又是叹息，又是惋惜，把日常生活的每件事都和溺死者联系起来。这个死人本来就经常光顾这个家，这下更是公开进门来了。他坐在椅子上和餐桌前，躺倒在床上，随意使用散乱四处的家具杂物。洛朗每动一把叉子、一把刷子或者不管什么东西，泰蕾丝都会让他感到在他之前，这些都让卡米耶去用过了。杀人犯老是与他杀死的人冲撞，久而久之就产生一种怪异的感觉，差一点使他发疯。泰蕾丝老把他与卡米耶进行比较，使他产生了幻觉，以为自己用的东西，卡米耶早就用过了，以为自己就是卡米耶，两者化为一体了。他的脑袋要炸了，这时，他就向他的妻子猛扑过去，让她住口，他也再不想听见这些刺激得他发狂的话了。每一次争吵都是在毒打中结束的。

三十

　　拉甘太太曾有过绝食饿死的想法，以免再遭活罪。她看见这对杀人犯在场心里就愤慨，她再也不能长期忍受下去，她幻想以死来求得最终的解脱。每天，当泰蕾丝吻她，当洛朗把她搂进自己的怀里，并像孩子似的抱着她时，她就更感到痛苦不堪。她决定回避他们的抚爱和拥抱，这些都使他厌恶极了。既然她没足够的能耐为儿子报仇，那么就让她死吧，让这两个凶手去玩弄一具尸体。人死了无知无觉，随他们怎么去摆布。

　　她有整整两天拒绝进食，用尽最后一点力气把牙关咬得紧紧的，他们把任何东西送进她嘴里都被吐出来。泰蕾丝绝望了，她心想，要是有一天她的姑妈归天了，她对谁去哭，去忏悔呢？她对拉甘太太进行没完没了的说教，向她表明她应该活下去。她哭着，甚至动怒了，旧恨又涌上心头，把拉甘太太的双腭扒开，就像有人撬开不驯服的野兽的牙床一样。拉甘太太坚持住了。这是一场可憎的争斗。

　　洛朗完全保持中立，对此漠不关心。泰蕾丝像发疯似的阻止拉甘太太的自杀行为，使他非常诧异。眼下，老太太活着毫无意义的，他希望她死去。他想把她杀死，但是，既然她自己想死，那么就没必要阻止她使用某些手段去死。

　　"哦！让她去吧，"他对他的妻子厉声说道，"丢了一个包袱有什么不好……她不在了，我们的日子也许会好过些。"

　　他在泰蕾丝面前把这句话重复了好几遍，拉甘太太听了产生了一种奇怪的感觉。她害怕洛朗的愿望成为现实，担心她死后，这对小夫妻真能过上安逸、幸福的日子，那么她的死则成全了他们，她想死要是怯懦的行为，在看到这件罪恶的结局之前她没有权利离开人间。只有在她看见结局后才能入土，在冥冥之中她可以卡米耶说："我替你报仇了。"她突然想到，她要是自杀，进坟墓时她还是茫然无知的，这时，她的心情就非常沉重；的确如此，在寒冷和寂静的九泉之下，她躺在那儿，不知道这两个刽子手是不是已受到惩处，来世岂不还要受到磨难吗？为了能死得瞑目，她应该享受复仇的无上快乐，应该带走一个消仇解恨的美梦。因此，她又接受她的侄女送给她的食物，她同意再活下去。

　　再说，她已看出结局不久就会来到。这对夫妇的感情越来越差。摧毁一切的总爆发已迫在眉睫。泰蕾丝和洛朗随时都会暴跳起来，一个比一个气势凶。他们不仅在晚上呆在一起难受，即使在白天，他们也是怀着不安和暴躁的心情过日子的。对于他们，一切变得恐怖和痛苦。他们好像生活在地狱里，相互碰撞得鼻青眼肿，自己的一切言行都是别扭和冷酷的；他们都感到脚下如临深渊，彼此都想把对方推入深渊里去同归于尽。

　　他俩都产生了分手的想法，彼此都想过逃跑，远离新桥长廊，到其他什么地方休憩一下，这条长廊湿漉漉、粘乎乎的，好像就是为他们绝望的生活作陪衬的。但是，他们不敢，也不能一走了之。相互不再折磨了，不呆在老地方受罪和找罪来受，在他们看来也是不可能的。仇恨和残忍已成了嗜好。他俩既是相斥又是相吸的：设想有这么两个人，吵架后想分手，但又老凑在一起大吵大骂，他们的感觉就和这两人一样古怪。另外，他们如要逃跑也会遇到现实的障碍，比如不知怎么安置病人，也不知对星期四聚会的那帮客人如何交代。要是他俩跑了，他们也许会猜出什么。这时，他们又胡思乱想起来，好像看见别人在追踪他们，把他们绞死。因此，他们出于胆怯仍留了下来，人虽留下来了，不过是在恐惧之中苟且偷生，境遇是悲惨的。

　　洛朗白天不在家时，泰蕾丝就在餐室和店常之间来回跑着，心情烦躁不安，神志不清，她一天比一天感到空虚，不知怎样才能使生活充实些。她若不在拉甘太太的脚下恸哭，或她的丈夫不再打她骂她时，她就会无所用心。只要她一人呆在店铺时心里就会闷得发慌，她木然地看着人们在肮脏、发黑的长廊上走来走去，她坐在这个黯淡的、散发着棺材味的地窖里面，真是愁肠百结。最后，她哀求苏姗娜白天来和她做伴。她想这个脸色苍白、性情温和的可怜人在自己身旁的话，她会平静些。

　　苏姗娜欣然地接受了邀请，她像个朋友那样尊敬和喜欢泰蕾丝，这么久来，当奥利维埃去上班时，她就想和她一块工作。她把手上的针线活带来了，并在柜台后面原先拉甘太太坐的空位子上坐下。

　　从这天起，泰蕾丝就对她的姑妈放松些了。她不像往常那样频繁地上楼，在太太的膝下痛哭一番，去吻她那张死气沉沉的面孔。她另有所好。她努力使自己耐心听着苏姗娜不紧不慢的唠唠叨叨的家常话，听她说些她那单调生活里的琐碎事。这样，她就可以把自己忘掉。有时，她自己也惊奇怎么会对这些无聊的话感兴趣，接着她就会凄凉地一笑了之。

　　渐渐地，一些老主顾都不上门来了。自从她的姑妈在楼上的沙发上躺倒后，她对

店铺的事不闻不问，即使货品蒙灰受潮她也不管，以至于整个店铺到处弥漫着霉味，蜘蛛网从天花板上挂下来，地板差不多就没擦过。另外，让顾客望而却步的，还是泰蕾丝待客的态度。每当她在楼上挨洛朗揍或受到惊吓后，只要店堂上的门铃拉响，她就急忙地下楼，也没时间把头发理一理或把眼泪擦干。这时，她对等候在楼下的女顾客就特别粗暴，有时还不愿搭理她们，只是在楼梯上回答说她们所要的东西缺货。她不能以礼待人，当然也就留不住顾客。附近这些女工，平时对拉甘太太和善、亲昵的态度习以为常了，现在看见泰蕾丝生硬的、丧魂落魄的眼光，自然躲得远远的。自从泰蕾丝把苏姗娜带着和她一起坐柜台后，店铺更是门可罗雀。这两个年轻女人为了能唠唠叨叨畅谈下去，表现出来的架势就好像要把上门来买东西的少数几个女顾客赶走似的。自从这以后，这家妇女服饰用品商店的生意清淡到不仅不能贴补一分钱的家用，而且还必须动用四万几千法郎老本的境况了。

有时，泰蕾丝一出门就是整整一下午，谁也不知道她在哪儿。她把苏姗娜召来，可能不只是为了有个伴儿，而且还打算在她出门时由她看管店堂。晚上，她回到家里时疲惫不堪，累得眼圈都变黑，她发现奥利维埃的小个子妻子仍没精打采地坐在柜台后面，微微地笑着，其神情与她五个小时前离开时完全一样。

泰蕾丝婚后的将近五个月有了件大心事，她可以确定自己怀孕了。她想到要和洛朗生个孩子，心里就发麻，但她说不出这是为什么。她朦朦胧胧地担心自己会生下一个溺死的孩子。她感到一具肢解的腐烂的尸体在她的腹内散发凉气，不管怎样她也要把这孩子流掉，这孩子使她全身冰凉，她让孩子继续呆在肚子里。她什么也没对她丈夫说。有一天，她无情地把洛朗激得冒火，正当他把脚抬起要踢她时，她把肚子挺上去。于是，她的肚子上挨了一脚，差点被他踢死。

第二天，她流产了。

洛朗的日子也非常不好过。他觉得白天简直长得让他无法忍受，每天他都心神不定、厌倦无聊，而且这种情绪都是一成不变、有规律性的压迫着他。他艰难度日，每天晚上，他总要想想白天的一切和不可逃避的明天，这时他总是显得忧心忡忡。他心里清楚，从此以后，他的日子将不会得到改变，每天都重复着同样的痛苦。他预料到往后的日子都将是郁郁寡欢、无法变更，而且日复一日，年复一年地熬过去，慢慢地窒息至死。既然他对未来已不抱希望，眼前就显得更辛酸和丑恶。洛朗已完全没有反抗精神，变得灰溜溜的，对一切都抱着虚无的态度，感到万事皆空。懒散的生活已把他害了。每天早上，他就出门，但他不知道该去什么地方，想到再重做昨天的事情就感到恶心，但是又被迫重演一遍。他由于惯性和固执，才去画室的。这间房间四周的墙都是灰色的，里面只能看见一块四方的广漠的天空，他身临其境，内心充满了悲哀和忧伤。他横躺在长沙发上，两臂垂着，脑子空空的，他真的不敢再去握画笔了。他后来又做过几次尝试，但每次卡米耶的面容就会在画布上狞笑。为了不让自己发狂，他只能把彩色画盒扔到角落里，干脆什么也不干了。他彻底的懒惰是被逼出来的，所以心情也沉重得难以想象。

下午，他焦虑地问自己到底该去干什么。他在马扎里纳街的人行道上徘徊了半个来钟头，苦苦思索，怎么也决定不了该怎样去打发时光。他不想再去画室，最后总是决定往下走，到盖内戈街去，然后再沿着堤岸溜达。他神情木然，漫无目标地往前走，每当他看到塞纳河时，就会哆嗦一阵，一直等到天黑。不管他在画室或大街上，他的心情都是同样沉重的。第二天，他按原来的方式又做一遍，上午在画室的沙发上度过，下午就在河边通达。这样的生活已过了好几个月，很可能还要拖上几年。

有时，洛朗心里也想，他原本就是什么也不想干才杀死卡米耶的，现在，他如愿后却仍要受这样的罪，真是怎么也想不通。他逼迫自己去想他是身在福中不知福。他暗暗地想自己不应受罪，他刚刚获得了最高的享受，可以逍遥度日，不去安安稳稳地坐享现成的快乐才是傻瓜哩。可是在事实面前，他内心深处没有办法不承认，游手好闲的生活只能让他终日去想那些不愉快的事，并且使他对这无可挽救的局面更加痛心疾首，这只会让他更苦恼。懒惰是他以前朝思暮想的野蛮人的生活标准，现在变成对他的惩罚。他偶尔又急切地想找件事来干干，让他分分神，接着，他又听之任之，无形的命运为了彻底压垮他，就捆住他的手脚，结果他又屈从于命运的安排。

说真的，只有在晚上，当他殴打泰蕾兹时，他还能感到某种安慰。这时，他才能从麻木的痛苦中自拔出来。

他自认为最痛苦的事，也就是肉体和精神上最痛苦之处，还是卡米耶在他的颈脖上留下的伤痕。有时，他竟然会想到这个伤疤覆盖了他的全身。有时，如果当他忘记过去的事时，他好像又感到针扎般的灼痛，于是他在肉体和精神上又勾忆起那次谋杀。他每次照镜子时，都看见这件事在重演，他以前常常想到这回事，直到现在这件事还使他心有余悸，激动之余，血涌上了他的颈脖，染红他的伤疤，龇咬着他的皮肉。这类伤痕在他身上是有生命的，他的情绪稍微激动一下，伤口便会苏醒、变红、噬咬他，让他恐惧，也折磨着他。久而久之，他以为溺死者的牙齿在那里钉进了一头野兽，这头野兽不断地吞噬他。他颈上长着伤疤的那块肉仿佛不是属于他的，好像是一块外来的肉，别人把它贴在这里的；又像是块有毒的肉，在腐蚀他自己的筋骨。不管他走到哪儿，这块肉就使他生动而痛苦地让他回忆起那件罪孽来。每当他打泰蕾丝时，她就

313

想尽各种办法搔这处伤疤，有时，她把指甲陷进去，让他疼得嗷嗷直叫。通常，只要她看见这伤疤，她就装着呜咽起来，其目的就是让洛朗更觉得这块地方不堪忍受。对待洛朗的暴行，她复仇的唯一办法就是用这块伤痕来折磨他。

有好几次在他剃胡子时，他曾想把颈上溺死者的齿痕也剃平。每当他照着镜子，抬起下巴，看见肥皂的白泡沫下的这块红疤时，他会突然发起疯，迅速移近剃刀，几乎要削去一块鲜肉。但是，每当贴在他皮肤上的剃刀寒光一闪，他就清醒了。他感到全身发软，不得不坐下来，直到他定下心，可以安安稳稳地剃完胡子为止。

到了晚上，他只有像孩子那样大发无名火，才能使他从懵懵懂懂的精神状态中摆脱出来。他与泰蕾丝吵累了，把她打够后，又像孩子似的往墙上乱踢一通，再找些什么东西摔摔，这样他心里好受些。他对虎斑猫弗朗索瓦更是恨之入骨，只要他到了，那猫就会趴到拉甘太太的膝上。洛朗之所以还没把它宰了，是因为他确实不敢抓它，那猫总是睁着两只圆滚滚的大眼睛，虎视眈眈地盯着他看。使小伙子沮丧绝望的也就是瞪着他看的这对眼睛。他揣摩着这对片刻不离地盯着他看的眼睛，最后，他真的惧怕起来，想入非非了。无论在餐桌上，还是在激烈的争吵或在长时间的沉默中，他只要一回头，偶尔与弗朗索瓦的目光相碰时，他总看见这只猫阴沉沉地、定睛地注视着他。他的脸色突变，晕头转向地几乎要冲着猫大声呵斥道："啊呀！你就直说吧，告诉我，你到底想把我怎样！"只要他能踩到猫的一只爪子或是尾巴，他总是带着沾沾自喜的心情猛踩它一下，接着，这头可怜的畜生就会惨叫一声，他心里又无端地充满了恐惧，仿佛听见一个人在痛苦地呻吟。洛朗的确怕弗朗索瓦。这猫蹲在拉甘太太的膝上时，就像是躲在一座不可攻克的堡垒里似的，它躲在里面，可以肆无忌惮地用那对绿色的眼珠虎视着它的仇敌。就在这时，卡米耶的凶手更觉得这只动怒的畜生和拉甘太太有一些相似之处。他心想，这只猫与拉甘太太一样，是洞悉这件罪行的，要是有一天它能开口说话，就会揭穿他的。

终于在一天晚上，正当弗朗索瓦直愣愣地盯着洛朗看时，后者愤怒极了，决定把这事了结了。他把餐室的窗子开得大大的，走去抓住猫的颈项。拉甘太太明白了，两颗大大的泪珠顺着她的腮帮子流了下来。猫号叫着，绷直了身子，企图转过头来咬洛朗的手。但洛朗紧抓着它不放，他让它转了两三圈之后，便用力将它朝对面巨大的黑墙上扔去。弗朗索瓦猛撞上去，腰断了，落在长廊的玻璃顶棚上。整个房间，可怜的畜生沿着檐槽爬行着，它的脊骨断了，发出嘶哑的吼叫声。这一夜，拉甘太太一直在为弗朗索瓦哭泣，几乎与她为卡米耶哭泣的情形相似。泰蕾丝的神经受到极大刺激。猫的悲叫声从窗下的阴暗处传来，极其凄凉。

没过多久，洛朗又有了新的不安了。他发觉他妻子的举止言行又有某些变化，这可把他吓坏了。

泰蕾丝变得神情忧郁，天天不说一句话。她不再对拉甘太太倾注她那满腔悔疚的感情，也不再带着感激的心情吻她了。她对瘫痪老人又摆出冷峻、漠不关心的神色。好像她曾尝试过反悔这一着，但反悔并没有让她心里好受些，她只好又求救于另一种药方了。她没有能力使自己的生活平静下来，这也就是她的悲哀所在吧！她把拉甘太太轻蔑地看成是再不能给她以安慰的无用的东西，最多给她一些必要的照料，不让饿死就是了。从那以后，她默默地、沮丧地在家里踱来踱去。她出门的次数逐渐增多了，每个星期能外出四五次。

这些变化让洛朗无法理解，并引起他的警觉。他以为泰蕾丝又采取了另一种反悔的方式。现在，他发现她表现忧郁和厌世了。她这种厌世的态度，比起以前折磨着他的那些婆婆妈妈的悔疚更使他不安。她什么都没说，也不再与他拌嘴，好像把一切都隐藏在心中。他宁可看见、听见她絮絮叨叨地发泄痛苦，也不愿看见她自我反省。他担心，总有一天她会苦闷得窒息，这时，为了让自己松口气，她会把一切都告诉给一个教士或是一个预审法官听的。

因此，在他的心目中，泰蕾丝频繁外出的意义就非同寻常。他想，她在外面找一个知己人准是准备背叛了。有两次，他想盯梢，但在大街上，她一闪就不见了。他又开始监视她。他的脑子里只有一个固定的想法：泰蕾丝是因为太痛苦而被逼到绝路上，她就会去告密，而他应该把她的嘴堵住，叫她话没说出口就得咽回去。

315

三十一

　　一天上午，洛朗没去画室，而是走进了一家酒店，酒店设在长廊对面的盖内戈街的一个拐角上。他从那儿开始注视着在玛扎里纳街人行道奔走的人们。他在监视泰蕾丝。昨晚少妇就说过，她第二天要一大早就出门，可能要到晚上才能归家。

　　洛朗等了足足半小时。他知道他妻子肯定会经过玛扎里纳街的，但是，他突然又担心她会改走赛纳街，使他空等。他想回到长廊去，就在自己家的过道里躲着。正当他等得不耐烦时，他看见泰蕾丝匆匆忙忙地从长廊走出来。她身穿浅色绸缎衣裙，他第一次发现她穿的裙子还缝着垂裙，打扮得像个姑娘似的。她在人行道上扭动着身子，搔首弄姿地看着路人，她用手抓住前面的裙子，把它掀得高高的，露出小腿、系带的短靴和她雪白的长袜。她走上玛扎里纳街。洛朗紧紧跟在她后面。

　　阳光和煦。少妇慢悠悠地走着，脑袋微微向后仰，头发披在肩上。迎面而过的人都要回头去看一下她的背影。她又走上"医科学校"街。洛朗惊呆了，他知道附近有一个警察局。他心想，他妻子一定会把他出卖的。这时，他暗下决心，如果她走进警察局的大门，他就向她冲过去，哀求她，打她，强迫她沉默。在街的拐角有个警察走过，他看见她走近这个警察时，吓得全身瑟瑟发抖。他躲在一扇门的背后，害怕自己只要一露面就立即会被捕。对他来说，这次差使真是苦不堪言。当他妻子晒着太阳，拖着长裙，摇摇晃晃、恬不知耻地行走在大街上时，他跟在后面，脸色苍白，浑身颤抖，总是在想，这下全完了，一定会要被人绞死的。她走的每一步，在他看来都是向惩罚迈进一步。他心里恐惧，就误认为自己想的都是对的，少妇的每个动作都更坚定了他的这个想法。他跟在后面，她走到哪儿，他就跟到哪儿，好像一齐在走向苦难的深渊。

　　泰蕾丝走上圣—米歇尔旧广场后，蓦地跟开在"亲王先生"街的拐角上的一家咖啡馆走去。街道上露天放着几张餐桌，她挑了一张坐下，四周围着一群女人和大学生。她亲热地向他们一一握手。然后，她要了一杯苦艾酒。

　　她表现得很自在，在与一个金发的年轻人交谈着，后者可能等了她一些时候。有两个姑娘向她坐的那张餐旧俯下身子，并且嘶哑的嗓子以"你"字称呼她。在她周围，女人抽香烟，男人公然面对着行人去拥抱女人，过路人连头也不回。粗俗的话语，放荡的笑声一直传到洛朗的耳朵里，他站在广场另一头的一扇大门下出神地看着。

泰蕾丝喝完苦艾酒后，站了起来，手挽着金发小伙子的胳膊，向竖琴街走去。洛朗跟着他俩一直走到圣·安顿烈——艺术大街，到了那儿，他看见他们走进一家带家具的客店里。他站在路中央，眙眼看着客房的正面。他的妻子在三楼的一扇打开的窗户上闪现了一下。接着，他好像看见那个长着金色头发的小伙子把双手搂住了泰蕾丝的腰身。"喀"的一声，窗户关上了。

洛朗一下子都明白，他也不再等下去，放心地往回走。他松了口气，心里感到非常舒坦。

"呸！"他走向下面的堤岸时，心里想，"这样更好些。她有事情可做，就再也不会出坏主意了……活见鬼，她竟比我更狡猾。"

使他自己也吃惊的是，他竟然没立刻想到也去淫乐一番。玩女人是他对付恐惧的一种手段。但他没想到过，因为他的心已经死了，对肉欲已没有兴趣了。他对妻子的不忠没有一点反应；当他想到自己的妻子投身到另一个男人的怀抱中去时，他无动于衷。相反，他还觉得挺有意思，他好像觉得，刚才跟踪的是他一个老同学的妻子，他暗自好笑，这女人倒在玩弄她的丈夫哩。对他来说，泰蕾丝已是个陌生人，他心里根本没有她，为了得到片刻的安宁，哪怕出卖她、让出她一百次，他也不会觉得可惜。

他开始到处闲晃，心情也由恐惧转为平静，回味着这突如其来的、令人愉快的变化。他本以为他妻子是去警察局告密的，想不到她是去情人家，真是求之不得。这次盯梢取得了意想不到的效果，他既惊又喜。在这件事里，他看得最明白的就是他不该害怕，而该去享乐一番，看看淫乐能不能平静他的思想，让他能从中得到一丝安慰。

晚上，洛朗在返回店铺的路上，决定向他妻子索取几千法郎，他要玩弄一些手段得到这笔钱。他想，嫖女人是很费钱的，他暗暗嫉妒那些能卖身的少女的命运。泰蕾丝还没归家，他耐心地等着。等她回来后，他装成和气的样子，决不提起上午跟踪的事。她有些昏昏沉沉，从她那不整的衣冠里散发出一股强烈的、常能在小咖啡馆里闻到的烟酒味。她觉得累极了，脸上印着一条条青痕，走路晃晃悠悠的，因为白天淫乐过度，身子变得异常沉重。

他们静静地享用晚餐。泰蕾丝一点也不吃，上点心时，洛朗把臂肘搁在餐桌上，直截了当地向她要五千法郎。

"不，"她回答得很干脆，"如果我让你任意挥霍的话，你会把我们的钱花得精光的

317

……你难道不知道我们的境况吗？我们已经穷了。"

"有可能吧，"他不动声色地说道，"这与我没关系，我需要的是钱。"

"不，决不行！……你辞职不干了，店铺一点生意都没有，靠我陪嫁的年息很难维持生活的。每天，我都要贴老本来供你吃，每个月还要给你一百法郎。你不能再多用了，你听见吗？说什么也不行。"

"再想想吧，别像这样就回绝我。我对你说，我要五千法郎，得 不到手我是不甘心的，你总会给我的。"

他说话的口气那么沉着，说得又那么肯定，这把泰蕾丝给激怒了，她有点头昏脑涨。

"哦！我明白了，"她嚷嚷道，"你要像你起家那样享受一辈子吗？……我们已养活你四年了。你来到我们家就为了有吃有喝的，从那以后，你就成了我们的负担。阁下什么事也不干，照阁下的精心安排，现在可悠哉悠哉地靠我的收入过日子……不，我不给你钱，一个子也不给……你还想要我说什么吗？好吧！你是个……"

她果然把那个字说出来了，洛朗耸耸肩大笑了一阵。他只是回答道：
"这些话是从你现在活动着的小圈子里学到的吧！"

这是他发觉泰蕾丝偷情后说的唯一的一句话。泰蕾丝马上把头抬起来，刻薄地说道：

"无论怎么说，我没和杀人凶手混在一起。"

洛朗的脸唰地变白了。他直勾勾地盯着他的妻子，沉默了一会后，带着颤抖的声音说道：

"听着，我的宝贝，咱们别再斗嘴啦，这对你、对我都没有好处。我已精疲力尽不想再闹啦。要是我们不想闹出事来，还是客气点好些……我向你要五千法郎是因为我需要，我可以这样对你说，我打算用这笔钱来保平安哩。"

他诡谲地笑笑，继续说道：

"好啦，再想想，就同意我吧！"

"我早就想好了，"少妇回答道，"我已经对你说过了，你一个子也得不到。"

她的丈夫一下子地站起来。她怕挨打，缩成一团，下决定挨了打也不退缩。但是，洛朗却没上去，他只冷冰冰地对她宣称，他活够了，他要把杀人的事向当地警察局和盘托出。

"你逼得我走投无路，"他说，"你不让我活，我宁可和你们同归于尽……我们两个一起上法庭受审判刑吧！"

"你以为我怕吗？"他妻子冲着他大声嚷道，"我同你一样讨厌这个世界。要是你不去，我还要去警察局了呢。哦！好吧，我准备跟你去断头台，我不像你那么胆小……走吧，一起去警察局。"

她站起来，径自向楼梯走去。

"说得好，"洛朗支支吾吾地说，"我们一块去吧！"

当下楼走进店堂后，他俩彼此注视着，神情不安，面带疑惧。他们好像觉得刚才有人把他们钉在地板上似的。他们走下木楼梯的几秒钟就足以使他们立刻意识到招供的全部后果。在他们的眼里同时出现了警察、监狱、重罪法庭和断头台，而且所有这些都在突然中清晰地显现出来。其实，他们是色厉内荏，真想面对面跪倒，各自乞求对方留步，别把事情声张出去。他俩既惧怕又窘困，有两三分钟没吭声，最后还是泰蕾丝先开口，并且做了让步。

"说到底，"她说道，"我同你争这笔钱也没什么意思。反正你早晚要把这点钱花光的，还不如我马上给了你省心些。"

她也不打算扭扭捏捏地不好意思下台。她在柜台前坐下，签署了一张五千法郎的支票，让洛朗到一家银行去取。这天晚上，他们没再提起警察局的话题。

洛朗一旦兜里有了钱，就过着神仙般生活，他出入妓院，沉溺在喧嚣、狂热的生活中。他在外面过夜，白天睡大觉，夜晚串门子，追求刺激，其目的只是为了逃避现实，然而，结果只能使自己更加心亏体虚。每当有人在他周围大声喊叫时，他只感到内心是死一般的静寂；当一个情妇拥抱他或当他喝干酒杯时，他在陶醉中感到的只有深深的悲哀。他已不能奢侈和暴食，他的躯壳是冰冷的，心是僵硬的，在热吻和飨宴中疲于奔命。他还没享乐就先恶心，一点都不能激起自己的想象力，刺激自己的感官和食欲。他纵情享乐也是没有办法才这么做，然而带来的只有更多的痛苦；再说，每当他拖着疲惫的身子回到家里，每当他又看见拉甘太太和泰蕾丝时，他的神经又紧张起来，精神又处在极度的惶恐之中。因此，他决定再也不出门了，宁愿在家里受罪，让自己适应下来最终渡过难关。

泰蕾丝出门次数越来越少了。她像洛朗那样，过了个把月以马路和咖啡馆为生的日子。晚上，她回家一会儿，服侍拉甘太太吃睡后，又出门到第二天。有一次，她与她丈夫居然四天没有见过面。时间一长，她又厌烦了，她感到淫乱和演忏悔的把戏一样没有效果。她在拉丁区所有带家具的旅店都走过一遭，成天在污秽、喧闹声中消磨时日都不起作用。她的神经崩溃了，淫荡、肉体的欢愉都不能给她强烈的刺激，让她遗忘过去。她像醉汉那样在酒精的强烈作用下，滚烫的舌头已经毫无知觉。她对淫乐

已没有反应，她在众多的情人前得到的只有厌烦和倦怠。因此，她离开了他们，心想他们对她没用处。她既沮丧又疏懒，死守在家里，穿着肮脏的衬裙，头发散乱，连脸和手都是脏的。她邋里邋遢地过日子，想彻底的忘掉自己。

这两个杀人凶手方寸已乱，用尽了一切办法拯救自己，但没有效果，最终又会在一起。这时，他们才明白，他们再也没有力量搏斗了。淫乐，他们无福消受，相反还使他们更加惶恐不安。他们又重新陷进长廊那阴暗、潮湿的住所里，以后，他们就像被关进牢笼似的；他们有时也还想个解脱办法，但从没能挣断联结他们的那根血腥的锁链。他俩都不想再作一次无望的尝试了。一连串的事使他俩同时感到身不由己，既受到压抑，又相互牵扯，他们终于意识到任何抗拒都是无用的。他们又在一起共同生活了，但他们的仇恨变得更加疯狂、暴虐。

夜晚的争吵又重新开始。另外，殴打声、叫骂声从来都没停过。继仇恨而来的是猜疑，而猜疑又让他们神经错乱。

他们相互提防着。洛朗提出五千法郎的要求后所发生的那个场面，很快就不分昼夜地不停重演了。但他俩有个想法是始终没变的，也就是对方想出卖自己。他们陷入这种思想里不能自拔。当他俩中的一个说句什么，或做个什么手势，另一个就会猜想他准备去警察局了。因此，他们又大打出手，或互相乞求。他们激怒时，大声嚷嚷地说要跑去告发，其实他们心里又怕得要死；接着，他们就又颤栗了。他们卑躬屈膝，淌着辛酸的眼泪暗祈祷要严守秘密。他们痛苦不堪，但他又没勇气把一块烧红的烙铁放在伤口上去祛除病毒。如果说，他们相互威胁着要去交代罪行的话，这也只不过是为了吓唬对方和打消这一念头，因为他们不可能永远没勇气公开悔罪和在惩罚中去寻求和平的。

有二十多次，他们一前一后已经走到警察局的大门口了。有时是洛朗想把罪行公开，有时是泰蕾丝想去自首。他俩总在街上会合，然后彼此咒骂一通，或是殷切的恳求，每次都是决定再等待一个时候。

每次新的危机后，他们之间的不信任就加深，也增加了杀气腾腾的气氛。

他俩从早到晚相互监视着。洛朗呆在长廊上的这所住房里，足不出户，而泰蕾丝也不让他单独出门。他俩相互猜疑着，又害怕各自去坦白自首，因此，命运又无情地把他们牵扯在一起了。自从他俩结婚以来，他们也从没有这样密切地生活在一起过，也从没这样痛苦过。不过，虽说是自寻烦恼，他们还是互相盯住不放，他们宁愿忍受最难忍的煎熬，也不愿分开一个小时。要是泰蕾丝下楼到店堂去，洛朗必定跟着，他怕她与一个什么女顾客多嘴嚼舌；要是洛朗站在门口，看着在长廊上熙来攘往的人群，泰蕾丝就挨在他身边，看看他会和谁说话。星期四晚上，客人们到齐后，这两个杀人犯就互相传送着哀求的目光，仔细倾听着对方的话音，惊恐万状，时时提防着同谋者会说出什么话来，对对方的话，总按自己的想法去理解。

这种性质的争斗再也坚持不下去了。

泰蕾丝和洛朗想的都一样，他们想用再次犯罪来逃避第一次作案所带来的后果。他们中的一个消灭后，另一个才能得到一时的安宁。他们同时都想到这一点，两人都迫切地感到需要分手，并且希望能永远分手。杀人的想法，在他们看来是自然的和命中注定的，是谋杀卡米耶后的必然后果。他们从来没有接触到这话题，但都接受这个想法，认为这是唯一的出路。洛朗暗下决心要把泰蕾丝杀了，因为泰蕾丝妨碍他，她随便说一句都可以把他毁掉，并能给他造成无法忍受的痛苦，由于同样的原因，泰蕾丝也暗下决心要杀掉洛朗。

他俩一旦决心要杀人，内心也或许可以平静些，并各自去做准备。但是，他们是在头脑狂热之下行事的，考虑得并不很周到，他们只是朦胧地想到杀人可能带来的后果，并没有周密地筹划逃跑和免受惩处的退路。他们感到杀戮的需要是无法改变的，作为狂怒的野蛮人，他们顺从了这种需要。他们初次犯罪被隐瞒得如此巧妙，很可能瞒天过海了；但他们如再次作案就要冒上断头台的危险，因为他们甚至已不想瞒着干。这里，他们在做法上的矛盾却一点也没意识到。他们都在想，要是真能逃走，他们就要卷走所有的钱财，跑到国外去生活。在两个星期前，泰蕾丝已把她的嫁妆里所剩的几千法郎取出来，锁在一只抽屉里。洛朗也知道有这么个抽屉，他们从没问过自己将怎样安排拉甘太太的生活。

洛朗在上学时有个老同学，他是个专门从事毒物学研究的著名化学家的助手。在几个星期前，洛朗和他偶然相遇。这位同学让他参观了他工作的实验室，并向他介绍了仪器，并问他说出了毒品的名称。一天晚上，洛朗看见泰蕾丝在喝一杯糖水，当时他已打定主意要杀人，于是就情不自禁地想起在实验室里曾看到过的一小瓶砂岩颗粒，里面含有氢氰酸。他想起年轻的助手曾对他说过，这种剧毒的药能立刻让人丧生，而且不留痕迹。他想这就是理想中的毒药。第二天，他等待机会溜出门去看他的朋友，趁这位朋友转身的时候，把这一小瓶药偷走了。

同一天，泰蕾丝则趁洛朗不在，叫人把厨房间那把有缺口的、平时敲糖块用的大厨刀磨快后，就把刀藏在碗橱的一个角落里。

三十二

星期四又到了。在拉甘太太家里，来客像往常一样邀请主人家的这对夫妇上牌桌，聚会显得特别欢畅。他们一直玩到晚上十一点半。格里韦在告辞时大声说，他还从没度过如此愉快的时刻。

苏姗娜怀孕了，她和泰蕾丝讲个没完，谈她的苦与乐。泰蕾丝显得听得津津有味，她的眼睛定着神，紧抿着嘴，头不时地往下坠，眼皮下垂，睫毛的阴影把她整个脸庞盖住了。洛朗也在耐心地倾听老米肖和奥利维埃大谈特谈。这两位先生没完没了地聊着，格里韦想在这对父子间插上句把话也是不可能的；再说，他对他俩多少也带有些敬意，觉得他们说得不错。这天晚上，谈话代替了打牌，他天真地嚷嚷道，退休警长的一番话几乎和打牌对他有着相同吸引力。

快近四年了，米肖一家和格里韦每个星期四晚上都在拉甘太太家度过，虽说他们的娱乐也挺单调，并且总是千篇一律叫人难以忍受，但是，他们却从没有一次感到疲倦过。每当他们走进这个家时，里面的气氛是那么安静、和谐，他们从未怀疑过这里正酝酿着一场悲剧。奥利维埃开了一个警察行家常喜欢说的玩笑，说餐室有正人君子的味道，格里韦也不甘示弱，称它为和平的殿堂。在最后的一些日子里，有两三次，泰蕾丝解释脸上的一条条伤痕时对客人们说，她是跌伤的。事实上，他们中间没有一个尝过洛朗的拳头，他们相信，主人家的这对夫妇是模范夫妇，充满了温暖和爱情。

星期四晚上的聚会虽是沉闷而安宁的，但是隐藏着罪恶的勾当。拉甘太太再也没有尝试当着众人的面揭露他俩。她看到两个凶手已经打定主意玉石俱焚，同归于尽了，按事情发展的本身逻辑，也猜出危机早晚要爆发出来，她终于明白这事已不要由她亲自插手。从此以后，她退避了，任凭危机的自身发展，最后，杀人者必偿命。她只是祈求上帝假以天日，在意料中的爆炸性的结局发生时，让她也在场。她的最后期望就是痛痛快快地亲眼目睹泰蕾丝和洛朗毙命时那极端痛苦的场面。

这天晚上，格里韦过去坐在她身旁，与她聊了半天，并且像往常那样自问自答。可他甚至连个眼神也没能得到。钟敲十一点半时，客人们都一下子站起来了。

"在你们家真舒适，"格里韦大声说道，"我们都不想回家啦。"

"事实上，我在这儿从没困过，"米肖附和着说，"要是在平时，我九点就上床了。"

奥利维埃认为该插上一句戏谑话了，他说：

"你们没看见吗，"他露了一口黄牙说，"这房里有股正人君子的味道，所以呆在里面十分舒服。"

格里韦觉得被人抢了话头，有点不服气，他做了个夸张的手势，振振有词地说道：

"这房间是和平的殿堂。"

这个时候，苏姗娜一边在她的帽子上系带子，一边对泰蕾丝说：

"我明天早上九点再来。"

"不要了，"少妇慌慌张张地回答道："午后再来吧……我上午可能要出门。"

她说话的声音有些怪异，而且是恍恍惚惚的。她把客人一直送到长廊上。洛朗手里提着盏油灯，也走下楼来。到了只剩下他俩时，他们都深深地松了口气，整个晚上，他俩都已等得急不可耐了。从前一天起，当他们单独相处时，他们的脸色都比往常更加阴沉，更加惶恐。他们尽量避免目光相互接触，只是各自悄悄地上了楼。他们的双手都有些颤抖，洛朗只好把灯放在桌子上，他害怕自己抓不住，灯会掉下来。

通常，他俩要把餐室理一理，准备好夜里喝的糖水，围着拉甘太太忙来忙去，一直忙到一切准备就绪，才把她搬到床上去。

这天晚上，他俩上楼后都坐了一会儿，目光茫然，嘴唇发白。沉默了一会后，洛朗好像猛地从梦幻中惊醒似的问道：

"怎么，难道我们一直这么坐下去吗？"

"当……然……不是，我们睡觉去，"泰蕾丝战战兢兢地回答道，仿佛她挨了冻似的。

她站起来，拿起了玻璃水瓶。

"放着，"她的丈夫惊呼道，并且尽量使声音显得自然些，"我来准备糖水……你管你的姑妈去吧！"

他从他妻子的手中把玻璃水瓶夺下来，将它灌满。然后，他侧转身子，又把一小瓶砂岩颗粒掺进去，再加上一块糖。在这时，泰蕾丝已经蹲在碗橱前面，她取出那把大刀，准备把它放进挂在腰带上的一个大口袋里。

这时，夫妇俩都产生一种奇怪的感觉，意识到危险就要到来，两人同时本能地回过头来。他俩四目相注。泰蕾丝看见洛朗手里拿着小瓶子，洛朗则看见泰蕾丝裙子的裥褶里闪烁着刀刃的寒光。丈夫站在桌旁，妻子蹲在碗橱前，他俩对视了好几秒钟，

323

目光冷峻，默不作声，彼此心里都非常清楚。当他俩分别猜出彼此的想法竟是这么的相同时，又都怔住了。他们各自从对方惊惶不定的脸上看出了阴谋，不禁都动了怜悯之心，同时又惊恐万分。

拉甘太太感到事情马上就要了结了，目光锐利，直愣愣地注视着他俩。

突然，泰蕾丝和洛朗号啕大哭起来。他俩在极度的恐慌中，精神崩溃了，他们虚弱得像两个孩子，各自投入到对方的怀抱中去。他们觉得心里有某种柔软的东西在躁动。他俩默默地流泪了，想着他们过去那卑鄙、肮脏的生活，他们想，如果他俩再屈辱地生活下去，过的还是这种日子。这时，他们想起了过去，竟然对自己的一生感到那么疲倦和憎恶，于是彼此都强烈地需要安息和幻灭。他俩面对着刀和毒汁，互换了最后一眼，目光中充满着感激之情。泰蕾丝端起酒杯，喝了一半，递给洛朗，洛朗一口气把它喝干了。这只是瞬间发生的事情。他们像被雷击了似的，各自倒在对方的身上，终于从死亡中找到了慰藉。少妇的嘴恰巧碰撞在她丈夫颈脖的伤疤处，那是卡米耶的牙齿留下来的。

整个夜里，这两具僵曲的尸体横卧在餐室的地板上，油灯透过灯罩，在他俩身上投下浅黄色的昏光。直到第二天正午，在大约十二个小时里，拉甘太太僵直地、默默地注视着她脚下的这对夫妇，贪婪地看着，凝滞的目光好像要他俩吞噬了。

世界禁书文库

觉 醒

【美】凯特·肖邦⊙著

林玉良⊙译

綫裝書局

1

门外那只被关在挂笼里的有着黄绿相间羽毛的鹦鹉，不停地叫着："滚开！滚开！该死的！这就对了！"

这只鹦鹉除了能讲点西班牙语外，还会讲另外一种语言，这种语言只门的另一边被关在挂笼中的模仿鸟能听懂。那只模仿鸟也迎着习习的凉风，尽情啼唱，真叫人心烦。

彭迪列先生再也无法安心地读他的报纸了。他一脸不耐烦的神态，无精打采地走下门廊，穿过一条又一条狭窄的通道：这些通道把奈波伦别墅分散的小房连接起来。刚才，他一直坐在大厅的门外。鹦鹉和模仿鸟是奈波伦太太的财产，它们有权恣意喧闹，而当它们不再讨人喜欢时，彭迪列先生当然也有权不再陪伴它们。

他停在自己的别墅门前。这座别墅从主楼那边数是第四座，倒数是第二座。他十分轻松地坐进藤制摇椅里，又认真地读起报纸来，又开始专心读起报纸来了。这天是礼拜天，报纸是昨天的。礼拜天的报纸还没有送到哥兰德岛。他对市场信息，早就是耳熟能详了。这会儿，他只不过是有一搭，无一搭地读着各种社论和他昨天离开新奥尔良时无暇过目的零星消息。

彭迪列先生年纪四十，戴着眼镜，中等身材，体质虚弱，稍稍微有点驼。他的头发是棕色的，整齐地梳向一边，胡须浓密，但修剪得利落、整洁。

他不时地把目光移开报纸，环顾四周。主楼那边的喧闹声越来越大。这座公寓的主要建筑被称为"主楼"，以区别于其他他小别墅。那叽叽喳喳的鸟叫声仍没有停歇。两个年轻姑娘，法雷瓦家的孪生姐妹，正坐在钢琴边弹奏《赞姆巴》中的二重奏。奈波伦太太也在徘徊，忙得不亦乐乎。她每走进房间，总是大声向打扫庭院的佣人们布置任务；每走出房间，就以同样高的嗓门儿向餐厅的佣人们发号施令。奈波伦太太长得漂亮标致，生气勃勃。她穿着白衣服，带着套袖。她来回进出时，将洗过的长裙不时地打起折皱。附近，另一座小别墅门前，一个穿黑衣服的太太正在那儿悠闲地，漫无目的地散着步，一边还数着念珠。公寓里的许多人已乘波戴利的小帆船到切尼瑞·卡来纳达教堂做弥撒去了。一群年轻人在外面橡树底下玩棒球游戏。彭迪列先生的两个孩子也在那儿——这两个小家伙长得很壮实，一个四岁，另一个五岁。一个混血保姆无精打采、机械地地跟着他们跑来跑去。

最后，彭迪列先生点燃一支雪茄，抽了起来，报纸不知什么时候从他手中滑落。

世界传世藏书 世界禁书文库 党醒

327

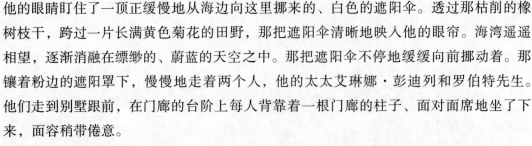

他的眼睛盯住了一顶正缓慢地从海边向这里挪来的、白色的遮阳伞。透过那枯削的橡树枝干，跨过一片长满黄色菊花的田野，那把遮阳伞清晰地映入他的眼帘。海湾遥遥相望，逐渐消融在缥缈的、蔚蓝的天空之中。那把遮阳伞不停地缓缓向前挪动着。那镶着粉边的遮阳罩下，慢慢地走着两个人，他的太太艾琳娜·彭迪列和罗伯特先生。他们走到别墅跟前，在门廊的台阶上每人背靠着一根门廊的柱子、面对面席地坐了下来，面容稍带倦意。

"这么大热的天，又赶在这么个时间，去海里游泳，分明是胡闹！"彭迪列先生冲着他们大声喊道。他是天色微明时下的海，难怪今天早晨对他来说，过得那么慢。

"你被晒得我已经快认不出来了，"他又说道，同时盯着他的夫人，看那眼神就像看着自己一份心爱的财产遭到了破坏似的。彭迪列太太抬起她那双厚实、有力且匀美，把平纹细布衣袖从手腕上挽了起来，以欣赏的目光仔细地打量着。在她瞧着这两只手的时候，她突然想起了戒指，去海滨前她把它交给丈夫了。她默不作声地把手伸给他，他立刻明白了她的用意，把戒指从衣兜里掏出来，放在手掌上。彭迪列太太把戒指戴进了手指，然后环抱双膝，朝对面坐着的罗伯特看了一眼，笑了起来，戒指在她手指上闪闪耀眼的光亮。罗伯特也会心的一笑。

"发生了什么事？"彭迪列先生懒洋洋地朝他们望了过去，向他们搭讪道。这真够有意思的了，在海里搞冒险玩意儿。艾琳娜和罗伯特两人都争着向他讲述这件事。可是讲出来的似乎引不起一点乐趣来。他们感到了这一点，彭迪列先生也觉得毫没意思。他打了一个哈欠，伸了伸懒腰，然后站起来，说想去科兰旅馆打台球。

"咱们一起去吧，奈波伦，"他向罗伯特提议说。可是，罗伯特十分坦率地承认，他更喜欢留下来，同彭迪列太太聊天。

"好吧，艾德娜，当他使你感到无聊时就打发他去干自己的事好了。"彭迪列先生临走时，这样告知他的太太。

"嗨，带把遮阳伞！"彭迪列太太大声说道，同时把伞递给了他。他接过遮阳伞，打开举在头上，走下台阶，离开了。

"回来吃晚饭吗？"彭迪列太太问了一句。他迟疑了一会儿，耸了耸肩膀，又摸摸衣兜，里面有一张十元的钞票。他不知道该怎么回答，回来还是不回来，那要看他在科兰旅馆和谁比赛以及比赛的规模了。但是他没有讲出来，不过，彭迪列太太已经明白了。她大声笑了起来，点头和他再见。

两个孩子看到爸爸往外走，都想跟他去。他亲了亲他们，没有同意，但答应回来时给他们带夹心糖和花生。

2

　　彭迪列太太目光犀利而有光泽。她那棕黄色的双眸，和她头发的颜色相近。她具有一种把目光迅速聚焦在某个物体上的能耐，然后又能长久地停留在那里，就好像沉浸在冥思苦想的迷宫中一样。

　　她那比头发略黑的浓密的眉毛，像地平线那样平展，使她敏锐的眼睛显得更加深邃。与其说她漂亮，倒不如说她俊美。她的面容由于率直的表情和一种相互矛盾着的微妙的神态变化而具有一股迷人的魅力，她真的是风度翩翩楚楚动人。

　　罗伯特卷了一支烟。他说买不起雪茄，所以只抽卷烟。他衣兜里装一支彭迪列先生送给他的雪茄，他留着待晚饭后再抽。

　　这在他看来是坦诚。在肤色上他跟现在同他坐在一起的同伴没有什么两样。他那张刮得干干净净的脸，同不刮脸相比使这种效果显得更为明显。在他坦诚的面孔上没有一丝忧郁哀愁的影子，他紧锁双眉，目光里流露出夏日里疲劳困乏的神色。

　　彭迪列太太伸手取过放在门廊地板上的棕榈叶扇子，扇了起来。罗伯特的双唇衔着烟，吐着一股股烟雾。他们没完没了地聊起来：周围发生的事件，在水中惊险刺激的冒险——谈起来就够使他们心胸舒畅的了。他们不停地谈着，谈着风、树林、到切尼瑞做弥撒的人们，还有在橡树下玩棒球游戏的孩子们，以及法雷瓦家的孪生姐妹和她们演奏的《诗人和农民》一剧的序曲。

　　罗伯特向她谈了许多关于自己的事。他仍然年轻，缺少社会经验，对自己还不太理解。好像是出于同样的原因，彭迪列太太对自己却谈得很少。他们谈得很投机，彼此对对方的话题都感兴趣。罗伯特讲到他打算今年秋天去墨西哥试试运气。他一直想去墨西哥，可总也没去成。同时他谈到他在新奥尔良的一家商行里保有一个中层地位的位置。在那儿，由于他精通英语、法语和西班牙语，找个职员或文书的工作，还是比较轻松的。

　　同以往一样，他正同他的母亲在哥兰德岛度暑假。从前，也就是在记事之前，这座"主楼"是奈波伦一家度暑假的地方。现在在它的两侧已盖起了十多座小别墅，而且总是住满专从奥尔良法国人居住区来的客人。这给奈波伦太太提供了一种轻松而舒适的生活，这在她看来是一种与生俱来的权利。

彭迪列太太向他讲了她父亲在密西西比河的种植园和碧草遍野的古老的肯塔基原野上的家乡，她在那里度过了青春年华。她是一个有着美国血统的女人，虽有一点法国人混血，但似乎已被溶解消失殆尽了。她读了住在东部的妹妹的来信，信上说她已定亲，准备结婚了。罗伯特聚精会神地听着，很想了解她妹妹的行为举动，她父亲的容貌以及她母亲是什么时候去世的。

在准备换装吃晚餐时，彭迪列太太收起了信。

"我看莱恩丝不会回来了。"她说着朝丈夫离开的方向望了一眼。罗伯特也这样想，因为在科兰旅馆那儿有不少新奥尔良俱乐部的成员。

彭迪列太太离开罗伯特，回到她的房间时，罗伯特也随即走下台阶，漫无目的地朝玩棒球游戏的人们走去。在晚餐前半个小时，他还可以在那里和两个小彭迪列玩一会儿。这两个孩子都非常愿意和他在一起。

3

　　那天晚上，彭迪列先生十一点钟才从科兰旅馆回来。异常兴奋，很想一吐为快。他进屋时惊醒了早已进入酣梦的太太。他一边脱衣服，一边和他的太太说话，向她讲述白天听到的奇闻轶事和闲言蜚语。从他的衣兜里掏出一大把皱皱巴巴的钞票，里面还散落着不少哗啦哗啦作响的银币。他把这些钱连同钥匙、小刀和手帕胡乱丢在写字台上。彭迪列太太实在太困了，只用喃喃的微弱的声音应答着。

　　他对太太——他只是为了她才活着——对他关心的事竟然这样冷淡，对他的谈话毫不在意，他感到很扫兴。

　　彭迪列先生虽然非常喜欢他的两个孩子，可早就把答应给他们买夹心糖和花生的事抛到九霄云外。他走进隔壁孩子们睡觉的房间，看看他们是否睡得舒服。查看的结果却令他不很满意。他给孩子们翻了翻身，挪动了一下位置。一个孩子踢了几下腿，喃喃地说着关于什么一篮子蟹的梦话。

　　彭迪列先生转身回到太太那里，告诉她拉乌尔正发高烧，需要看护。然后叼一支香烟，坐在敞开的门旁边抽了起来。

　　彭迪列太太非常肯定地说，拉乌尔根本没有发烧。他睡觉前还好好的，一整天也没什么不对的。彭迪列先生对高烧症状实在太熟悉了，怎么会弄错呢？他确信无疑地向太太说，孩子此刻正在隔壁房间里大口地喘着粗气。

　　他责备太太粗心大意，平时对孩子缺乏应有的关爱。如果一个人身居母亲的地位而不照料孩子，那么到底还由谁来干这件事呢？他说自己每天忙于经济所的事，没有更充足的时间。他不能同时一身兼二职，在外边赚钱养家，在家里又得照看孩子使他们安然无恙。

　　彭迪列太太从床上爬起来，走进隔壁房间。她很快又转回来，坐在床边，头靠在枕头上。她不说一句话，对丈夫的诘问拒不做出任何反应。彭迪列先生抽完雪茄后，上了床，只片刻工夫就睡着了。

　　彭迪列太太这时已全然醒过来了。她顿时潸然泪下，用睡衣袖子擦了擦眼睛，吹

熄了丈夫离开时忘记熄灭的蜡烛。她赤着的双脚滑进了放在床边的缎子拖鞋，走到外边的门廊中，坐进那把藤制摇椅，开始轻轻地摇了起来。

这时已过午夜。所有小别墅的灯都熄灭了。那座主楼的门廊里还闪着一缕微弱的灯光。外面万籁无声，只有从远处不时传来那只栖息在橡树顶端密叶中的老夜鹰发出的叫声和大海永不止息的涛声。在这夜深人静的时候，海水还没有涨潮。那海浪的声音宛如一曲悲伤的催眠曲径直飞向漆黑的夜空。

泪水从彭迪列太太的双眼中簌簌淌了下来，不一会儿睡衣的袖子都已湿透，再也无法用它来擦眼泪了。她用一只手抓住椅背，那宽松的袖口顺着举起的胳膊滑到了肩膀上。她转过身去，把红热潮湿的脸贴到肘弯，又接着地哭了起来，再也顾不上擦她的脸庞、眼睛和胳膊了。她不知为什么要哭。但这样的经历在她婚后的生活中并不少见。可是，从前发生的这类事情，同她丈夫对她的一往情深和忠诚不渝的诚实相比，又算得了什么。她丈夫的深情和忠诚是心照不宣、不言自明的。

似乎有一种无法说出来的压抑感，从她意识中的不能抓挠之处滋生出来，使她的整个身心充满了一种莫名的伤感。这种压抑之感就像个影子，像一团迷濛的雾，掠过了她焦灼的灵魂。这种感情是奇怪而陌生的。这是一种难以排遣的心境。她坐在那儿，内心里并没有责怪丈夫，或者悲叹给她安排了她走过的旅程的命运。她只不过是想自己好好痛哭一场罢了。蚊子在头顶上方劲头十足地飞舞着，叮咬着她那结实而滚圆的手臂和赤裸的脚背。

幸亏这些叮人的嗡嗡叫的小精灵驱散了她的哀愁，不然的话，她会在这漆黑的夜中呆上大半夜。

第二天一早，彭迪列先生准时起了床，坐一辆四轮马车到码头，赶乘汽轮，赶回城里经营生意。在这个周末以前，人们在哥兰德岛是不会再看见他的人。他已经恢复了昨夜差点被破坏了的镇静。他急于离开这里，期望在卡罗德利街度过快乐的一周。

彭迪列先生把昨晚从克莱恩旅馆带回来的钱交给了太太一半。像大多数喜欢钱的女人一样，彭迪列太太很高兴地接受了。

"这些钱足够给珍尼格妹妹买一件精美的结婚礼物了！"她大声叫了起来，一边一张一张数着钞票，一边小心地把褶皱了的捻平。

"啊，我们应送给珍尼格妹妹比这更好的礼物，我亲爱的！"当他准备同太太吻别时，大声笑道。

孩子们笨手笨脚地围着他跑来跑去，抱着他的大腿，央求他回来时给他们带各种东西。彭迪列先生向来讨人喜欢，无论是女人、男人，还是孩子，甚至是佣人，都情

愿为他送行。彭迪列太太站在那儿，微笑地挥动着双手。孩子们大声喊叫着，直到他那辆沿着沙道飞奔的陈旧的四轮马车消失在远方扬起的灰尘中。

过了几天，彭迪列太太收到从新奥尔良寄来的一箱东西。这是她丈夫寄来的。里面装满了各种糖果，那些颜色诱人的可口的小玩艺儿——最上等的水果、馅饼，一两瓶难得的美味可口的果汁，还有很多的夹心糖。

彭迪列太太对箱子里装的这些东西总是非常大方的。她对收到远离家门的丈夫寄来的东西早已习以为常了。她吩咐人把馅饼和水果送到餐厅去，而把那些夹心糖分给大家吃。太太们用她们灵活小巧而有鉴别力的手，颇为贪婪地挑选着。大家都异口同声地说，彭迪列先生是世界上最好的丈夫。庞蒂里郁太太自己也不得不承认，她没有遇见过比他更好的丈夫。

4

对彭迪列先生来说，要做到使他自己和别人都心悦诚服地说出他太太究竟在哪些方面对孩子没有尽到做母亲的应尽的责任是一件难事。与其说他明白了这一点，还不如说只是一种感觉。每当他讲出自己的这种感觉后，他都感到后悔，并对此全心全意做出应当的补偿。

如果说两个孩子中有哪一个玩耍时摔了跤，谁也不会哭着扑向母亲的怀里去寻求安慰。他们宁愿自己爬起来，擦掉眼里的泪珠，吐掉口中的沙土，然后继续去玩。他们虽说还是小孩子，却能互相帮助，在孩子们的战斗中，用他们攥紧的小拳头和压倒其他娇生惯养的孩子们的怒吼声，牢牢地占有自己的地盘。那个混血保姆简直被他们视作一个讨厌的累赘，而她实际上也只不过为他们系系衣扣、提提裤子、梳梳头、分分发，因为那时梳分头似乎成了社会的法规。

总之，彭迪列太太不是一个最合格的贤妻良母。那年夏天来到哥兰德岛的妇女中，贤妻良母占绝对优势。她们是很明显的。每当真正发生了或想象发生了什么伤害、威胁她们的宝贝孩子之事时，你就会发现她们张开保护的羽翼跑来跑去。她们是宠爱孩子、崇拜丈夫的那种女人，她们宁愿牺牲自己的个性，长出侍奉天使的翅膀，并把这作为自己义不容辞的责任。

她们中有许多人在对方女施及母爱时总是感到幸福和欢悦的。其中的一个人简直成为礼貌大方和迷人的女人的化身了。如果她的丈夫不尊敬她，那他简直就是兽类，应该把他慢慢地摧残致死。她的名字叫艾戴尔·莱迪奈。对于她，除了那些用来描写古老爱情故事的女主角和梦中仙女的话语外，找不到更恰当的话语描绘她了。她的迷人之处不在于有什么微妙的隐秘之处，而在于毫无修饰纯自然的美，就像一团燃烧着的火焰，光彩照人。她那盘起的金发，无论是梳子还是发卡都无法约束；那双碧蓝眼睛恰似一对晶莹剔透的蓝宝石，翘起的双唇是那样红润诱人，使人一看就想起樱桃或其他什么香甜的深红色的果子。她有点发胖了，但这对她的步履、姿态、风度的优雅丝毫没有破坏。她那丰满滚圆的脖颈，她那美丽修长的胳膊，都合得天衣无缝。没有

谁的手会比她的手更优美的了。当你看着她打毛线，或把金色的顶针套在纤细的中指上，缝纫贴身睡裤，制作紧身围腰或小孩的围嘴时，简直是一种莫大的享受。

莱迪奈太太非常喜欢彭迪列太太。她经常在下午带着针线活计，到她这边来坐坐。彭迪列太太接到从新奥尔良寄来的那箱东西的当天下午，莱迪奈太太正坐在那儿。她坐在那把藤椅上，赶着缝制一套小孩睡衣。

她把连衣裤样子也给彭迪列太太带来了，叫她换下来。那连衣裤的式样漂亮极了，能把小孩的身子包裹得严实得全部武装，只露出两只小眼睛，就跟爱斯基摩人的衣服一模一样。用这种设计式样，制作冬装，式样严密。不管多么寒风刺骨，也不能从锁孔中钻进来。

对她自己孩子目下的物质需要，彭迪列太太并不操心。她认为在夏天而忙着考虑做冬天要穿的睡衣是没有必要的。可是，她不想显得不合群或对这类事丝毫不在意，不关心。所以，她还是取出了报纸，铺在门廊的地板上，在莱迪奈太太的指挥和帮助下，替下了那个密不透风的连衣裤的裤样。

罗伯特也在场，上个星期天他也坐在那里。彭迪列太太仍旧坐在上方的台阶上，毫无精神地斜倚着柱廊，身旁放着那盒夹心糖。她不时地递给莱迪奈太太吃。

这位太太似乎有些拿不定主意该挑哪块糖好，最后还是拿了一块方糖，心里嘀咕着是否太甜了，是否对她身子不利。莱迪奈太太结婚七年了。她已有了三个孩子，目前正在考虑第四胎。她总是谈她的"身孕"。可是，她的"身孕"并不明显，若不是她自己老是没完没了地把话题扯到这话题上来，根本没人会想到她已怀孕。

罗伯特也参加到了她们的谈话中。解除了莱迪奈太太的担心。罗伯特十分确定地说，他曾认识一位太太，在整个妊娠期间都吃这种糖。但是当他发现彭迪列太太脸上泛起红晕时，他立刻打断话题，换个谈话内容。

彭迪列太太虽说嫁给了具有克里奥耳人血统的新奥尔良贵族世家，但她同克里奥耳人的关系并不十分融洽。以前，她没有像现在这样同他们接触这么频繁密切。这年夏天在奈波伦公寓和别墅里住着的人，几乎都是克里奥耳人。他们互相都很了解，就像是一个大家庭的成员一样，彼此之间保持着一种亲密异常、毫无隔阂的关系。他们的一个显著特点，同时也是给庞蒂里郁太太印象最深的一点，就是他们的无所顾忌。起初，他们交谈得无拘无束，对她来说简直难于理解，可是后来她轻而易举地就把这种无拘无束同他们高贵的品质协调起来了。这种性格对克里奥耳妇女来说是天生的，是不容误解的。

有一次，艾琳娜亲耳听到莱迪奈向老法雷瓦尔先生讲述她分娩时如何疼痛的事，

335

而且披露了最该隐秘的细节。这使她感到震惊而无法忘记。现在，对这样使她震惊的事，她已经习已为长了，但是总还难免感到脸上有些不好意思。不止一次，由于她的出现，打断了罗伯特为讨好毫无顾忌的已婚妇女而讲述的稀奇古怪的故事。

以前，在这座公寓里曾传阅着一本书。当轮到彭迪列太太时，她怀着惊诧万状的心情读了它。她是在孤寂无聊，无事可做时读了这本书的，受到很大震惊——这对其他人并非如此。每当她听见有脚步声走近她时，总是把书立刻隐匿起来，不让人看见。这本书遭到了公开指责，人们在餐桌上各抒己见，自由地发表有关它的多种议论。彭迪列太太对此已不再感到惊诧，她得出一个结论，比这更令人惊诧的事还在后边呢。

5

这伙有着共同兴趣爱好的人围在那儿，莱迪奈太太做着针线，经常地停下来讲个故事或轶事什么的，她那纤细的手不时地做着富于表情的动作。罗伯特和彭迪列太太懒洋洋地坐在那里，偶尔耳语几句，不时交换几下眼色相机视而笑着。这意味着他们的亲密和友谊已经达到了相当的程度。

近一个月以来，罗伯特与彭迪列太太一直形影不离，但还没有谁留意到这一点。许多人曾预言，罗伯特先生来了以后，一定会倾心于彭迪列太太。从十五岁开始，至今已有十一个年头了，罗伯特每年夏天都要到哥兰德岛来，给美丽的太太或小姐做毕恭毕敬的男侍。有时是个年轻的姑娘，有时是个寡妇，也有时是个幽默的太太。

他曾陪伴杜恩小姐度过了连续两个夏天的美好时光。不幸的是，杜恩小姐在这期间死去了；接着他痛苦万分地拜倒在莱迪奈太太的脚下，乞求她赐予自己哪怕是一点点的怜悯和安慰。

彭迪列太太喜欢坐在那儿，像凝视至高无上的圣母玛利亚一样，聚精会神地盯着她的这位英俊而潇洒的伙伴。

"有谁能看穿那漂亮的外表下遮蔽的残酷呢？"罗伯特小声地报怨着。"她知道我崇拜她，是她让我崇拜她的。她总是'罗伯特，过来；去吧；站起来；坐下；干这个，干那个；看孩子睡着没有；我的顶针，上帝知道放在哪儿了，给我拿来；去把都德的小说拿来，我做针线，你念给我听'。"

"我的上帝，我可没叫你干这干那。是你自己老围在我的身边转圈，像只烦人的小猫。"

"你是说我像个会讨好人的狗。只要莱迪奈先生一出现，我就真像个狗了。总是'去你的吧！再见！滚出去！'"

"我是怕艾丰兹嫉妒呀，"莱迪奈太太简直以一种天真的口吻打断了罗伯特，引起一阵哄堂大笑。左手妒忌右手，心脏妒忌灵魂！可是对于这种事，克里奥耳血统的丈夫是永远也不会妒忌的。他的这种起腐蚀作用的热情，由于不经常使用，已变得越来

越失去效用了。

这时罗伯特向彭迪列太太继续叙说他对莱迪奈太太一度表达过的无望的爱情，所遭到的冷遇；还谈到他度过多少失眠的夜晚，以及他那燃烧的欲火天天都使他坠入爱河，使他沸腾起来。莱迪奈太太不停地做着针线，不时用法语发出轻蔑的议论："小丑——骗人精——怪物！"

而当罗伯特与彭迪列太太单独在一起时，却从未不用这种亦真亦假，模糊不定的语调谈话。实际上她也弄不清楚，罗伯特所讲的话，哪些是玩笑话，哪些是正经话，她简直无法辨别。过去，罗伯特的确时常对莱迪奈太太讲些谈情说爱的话，但从来没有当真过，这是大家都知道的。彭迪列太太对罗伯特对她没有扮演充当这个角色颇感愉悦。因为那在她来说是难以忍受而令人讨厌的事。

彭迪列太太随身带着她的写生画具。她经常以一个业余艺术家的方式，尝试作画。她喜欢搞艺术。她感到从中可以得到从她的日常生活中其他事物所得不到的一种满足。

她早就想在莱迪奈太太身上试试自己的绘画天才。在她看来，莱迪奈太太任何时候都不如现在这样漂亮，这样具有摄人魂魄的诱惑力，更能成为难得的素描模特了。她安详地坐在那里，具有一种圣母玛利亚的性感，夏日里夕阳西下留下的融融余晖更加使她增添了隽美的色彩。

罗伯特走了过去，坐在彭迪列太太脚边的台阶上，以便看她作画。彭迪列太太轻松自如地挥动着画笔，虽说不像是曾受过正式训练，有娴熟的技巧，可也不失为出自一种天生的聪慧。罗伯特看得出神，不禁大为赞叹，用法语向莱迪奈太太大声叫道：

"真不错！她会作画，她非常有天赋！"罗伯特在旁观看时，有一次几乎是下意识地、轻轻地把头靠在彭迪列太太的胳膊上，彭迪列太太轻轻地推开了他。可是，过了一会儿，他又靠了上来，重复了这一有着冒犯意味的举动。彭迪列太太认为他出于无意，没有任何理由对他产生反感。她没有责怨他，只是又一次轻轻地然而却异常坚定地推开了他。对此，罗伯特没有表示任何歉意。

莱迪奈太太的像画完了，可一点儿也不像。莱迪奈太太非常失望。但她又发现，这张画像虽说看起来不像自己，但还称得上是一幅像样的作品，有许多地方还是蛮有意味的。

彭迪列太太不以为然，她以批评家的眼光揣摩一番后，拿起画笔在画面上划了粗粗的一道，然后用两只手将画稿揉成一团。

这时孩子们跌跌撞撞地爬上了台阶，看护他们的混血保姆紧随在后。彭迪列太太叫他们把颜料和其他东西拿到屋里去。她本想把他们留下来说说话，逗着玩一会儿，可孩子们都很听话且异常认真。他们是回来看看夹心糖盒里还有什么好吃的没有。他们温顺地接受了彭迪列太太挑给他们的糖果。每个孩子都张开两只肥胖、滚圆、勺子一样的小手，渴望着给装得满满的，可是恰恰相反。于是他们又跑了出去。

太阳落下了，晚风习习而来，晚风带来了大海诱人的气味。孩子们被套上短外衣后，又聚集在大橡树下玩各种游戏去了。他们不时地尖声狂叫着。

莱迪奈太太收拾起针线活，把顶针、剪刀和线整整齐齐地放在一个布卷里，然后用别针别好，她抱怨说自己身上软弱无力。彭迪列太太飞快地取来科隆香水和扇子，给莱迪奈太太的脸上洒满香水，同时罗伯特又特别卖力地扇着扇子。

她的不适很快就过去了。彭迪列太太不禁感到诧异，难道是心里作怪？因为那玫瑰般的色彩丝毫也没有从她朋友的脸上消失。

彭迪列太太站在那儿，注视着这位漂亮妇人走过长廊，她那翩翩的风度，高贵的容貌，犹如皇后一般。莱迪奈夫人的小家伙们跑过去迎接她，有两个拽着她的白衣裙，她把第三个孩子从保姆手中接过来，极其亲昵地抱在怀抱里。大家尽管都知道，医生是连大头针那么大的东西都不许她举起来的。

"你想去游泳吗？"罗伯特问彭迪列太太。他这样问话只不过想委婉地提醒她一下。

"哦，不了，"她犹豫了一下回答道。"我累了，不想去。"她的目光从罗伯特的脸上转向了海湾。大海深沉的呢喃声犹如发自肺腑的恳求，萦绕在她的耳畔。

"啊，还是去吧！"罗伯特坚持说，"你不应该错过游泳的机会，还是去吧！海水的味道美极了，不会伤害你的。走吧！"

他摘下挂在门外衣钩的大草帽，戴在了彭迪列太太的头上。他们走下台阶，朝海边走去，西边的残阳垂在低低的天幕，微风柔和而温煦。

6

艾琳娜·彭迪列心里很想同罗伯特一起去海滨。她自己也无法说清楚为什么她内心充满了矛盾。她先是婉言谢绝了他，后来还是温从地听从了本能的欲望的驱使，跟着他去了。

一道从未有过的光亮逐渐开始在她的内心朦胧闪现——成为她的灯塔，同时又制约她这种举动。

起初，这光亮使她感到迷惘，使她进入迷幻的梦境，使她深思，产生她在酣梦惊醒时所感到的那种难遣胸中忧烦的痛苦，这种时候她总是难以自控地凄然泪下。

总之，彭迪列太太开始领悟到她作为一个个体的人在这个茫茫宇宙空间所处的位置和同周围世界的关系。这种感觉犹如一种智慧的厚赐落在这位二十八岁的年轻妇人的灵魂上——或许这种厚赐比上帝平素赐给任何一位妇人的都要多些。

任何事物的肇始、发端，特别是人世间事物的发端都必然是模糊不清的，一片混乱的难以控制的。我们当中有几个人能在这样的发端中超然而出，又有多少灵魂消逝在它的动荡不安之中啊！

大海的声音具有无法抗拒的诱惑力；它周而复始，不肯停息，或是窃窃私语，如泣如诉；或是大声喧嚣，召唤孤独的灵魂在沉沦中寻求陶醉，让它在内心冥想的迷津中消融掉。

大海的声音是可以沟通于人的灵魂的。感受大海仿佛感受有生命的机体，它召唤人们把自己的躯体投入它那温柔、亲密的怀抱之中。

7

彭迪列太太不愿向别人披露她内心的私密，这往往同她的天性迥然相反。在儿童时代，她就把自己幼小的生命控制在自身的范围之内。很小的时候，她就本能地感悟到生活的双重性——外在的生存要遵从时代风尚，而内心生活则表示要充满怀疑。

那年夏天，在哥兰德岛，她略微打破了把她裹得紧紧的压抑自我的屏障。这可能是，或者一定是受了一些很难预知却又很显而易见的人或事的影响——它们各自不同的方式驱使她这样做，其中最明显的恐怕要属受艾戴尔·莱迪奈的影响了。这位克里奥耳人在生理上所具有的那种极为令人倾倒的特点，最初就对彭迪列太太产生了吸引力。艾琳娜对人体美是很敏感的。然而，艾戴尔溢于言表的直率同艾琳娜司空见惯的沉默形成了极为鲜明的比照——可能恰巧就是这一点提供了某种联结的纽带。有谁能告诉我们神灵在锻造我们称之为怜悯之心，或者也可以叫作爱情的那种感情的微妙纽带时，究竟用了哪些金属元素啊？

一天早晨，这两个女人手挽着手，打着一把白色的遮阳伞，一同向海边走去。艾琳娜劝莱迪奈太太把孩子留下来，但怎么也不能使她把小针线包放一会儿，艾戴尔恳请求让她把这些东西塞进衣兜的最里面。她们彼此会意地避开了罗伯特。

到海边的距离并不近。路边长着稀稀落落、根须虬曲的杂草。伸进路内的枝叶时常突然地搅扰过往行人。路的两边一片片盛开的、金黄金黄的野菊花一直伸向远方。远处是一些菜园子和长着橘子树、柠檬树的小种植园。那些一簇簇绿油油的园子，在阳光辉映下闪着耀眼的光彩。

这两位太太身材都很苗条，相比之下，莱迪奈太太更具有女人和主妇的风度。而艾琳娜的体态却自有一种耐人品味的魅力。她风韵的体态不知不觉地呈现出一种光彩夺目的姿态，而没有一点流落俗套的痕迹。即使是一个心不在焉的过往行人也许不屑看她第二眼，但如果他更满含着感情具有一定的鉴赏力，只要瞥上她一眼，他就会发现她仪态万方、娴雅端庄、与众不同。

那天早上，她穿一件凉爽的白色细布衣服，中间镶着一条棕色波浪直条花纹，领子也是白色的。从门外衣钩上摘下来的那顶大草帽，随便地戴在她那棕色的有点鬈起的头发上、紧紧地贴着她的额头，显得很沉。

莱迪奈太太更注意爱护自己的皮肤，她头上系着薄纱巾，手上戴着狗皮手套，腕上还戴着护腕。她穿着一身雪白的衣服，上面镶着柔软的绒花边，很能勾勒出她的体形。那衣裙的褶缀和随风飘摆的各种饰带，与她那丰满、秀丽的美再相称极，这是任何庄重的线条都无法勾勒的。

海边有不少更衣室，建筑虽简陋，但都很坚固，外面附设的不大的遮荫外廊面向大海。每间更衣室都有两个分隔开的房间。凡住在奈波伦公寓的每一家都拥有这样的一个隔间，里面备有沐浴用品和主人希望存放的其他东西。两位太太都没打算想游泳，她们只是到海边去散散步，以免别人打扰。彭迪列和莱迪奈的分隔间刚好在一间更衣室里，互相连着。

彭迪列太太习惯于随身带着钥匙。她打开更衣室的锁头，走了进去，但很快就出来了，拿出来一块毯子和两个很大的粗麻布做的马鬃枕头。她把毯子铺在外廊的地板上，把两个枕头靠在墙上。

她们一起并肩地坐在外廊的荫凉处，背靠着枕头，脚伸了出去。莱迪奈太太摘掉了纱巾，用质地柔软的手帕擦了擦脸，取出随身带着的扇子扇了起来，她总是用丝带把这把扇子系在身上。艾琳娜解开领结，敞开了上衣领。她从莱迪奈太太手里接过扇子，为她自己和同伴扇起来。焰热的天气使她们不想动弹，忽然一股清新凉爽的风吹过来，海面上掀起鳞鳞的涟漪。风把她们的衣裙吹得不停地摇摆着，她们费了一些时间，整理了又整理，才把衣边卷了进去，然后又重新别牢了发钗和帽针。远处，海中有几个人在游泳嬉玩着。临近更衣室的过道上，一个穿黑衣服的女人在念早祷文。一对年轻的恋人正在那个属于孩子们的帐篷下，互相卿卿我我。那时帐篷里没有其他人。

艾琳娜向四周环视一番后，便把目光聚集在大海上。天空晴朗。极目远眺，直到蓝天的尽头。天边，稀稀拉拉地飘着几朵白云。在猫岛的方向，一个三角形的风帆依稀可见，朝南望去，远处的风帆好像静止在那似的。

"你在想谁，想什么？"艾戴尔问道。她带着饶有兴趣的表情，对她的同伴的脸注视了好一会了。她为同伴那深思的表情所吸引，她那安详的神情宛如一尊石膏塑像。

"我什么也没想。"彭迪列太太应声回答着，好像吃了一惊。随后她马上补充道："真傻！我似乎是想都没想就回答着你的问题，让我考虑考虑。"她掉过头来，那双美丽的眼睛眯缝起来，继续说："让我想一想，说真心话，我真没意识到我在想什么。不过，我还是能够回忆起来的。"

　　"啊！别当真。"莱迪奈太太不觉笑了起来，"我并不那么认真，这一次饶了你。今天太热了，无法想任何事，特别是不能考虑心事！"

　　"可是，想点什么也是件另有味道的事。"艾琳娜执拗地道，"首先，看见海水伸向那么遥远的地方，那蓝天下不动的风帆，仿佛是一幅迷人的风景画，坐在这儿品玩一番。吹在我脸上的热风，使我想起了——简直是没有任何理由地使我回想起——在肯塔基州的那个夏天。那时我还是一个小姑娘。我穿过一片长满没腰深野草的茫茫草原，就像在海中漂越大海一样。我一边走着，一边像游泳似的伸开双臂。啊，我现在发现了蔚蓝的大海和碧绿的草原之间的这种巧妙的关系。"

　　"在肯塔基州，你那天穿过草原往什么地方去了？"

　　"现在想不起来了。只记得我那时横穿过一片碧草如茵的原野。太阳帽阻挡了我的视线，我只能看见在我眼前平铺开的绿色。我当时只觉得漫无方向地走，可怎么也走不到头。我记不得那时我是害怕还是高兴，但毫无疑问那是很有趣味，很值得怀念的。"

　　"很可能那天不是礼拜天，"彭迪列太太笑着说，"我总是逃避做祈祷，逃避公老会的礼拜，我父亲读《圣经》时的神情总是那么阴沉，现在想起来还觉得很害怕。"

　　"从那以后，你就一直逃避做祈祷吗，我亲爱的？"莱迪奈太太饶有兴趣地问。

　　"啊，不！"艾琳娜赶紧说。"那时候我还是个不懂事的孩子，有点任性，从不想什么后果。事情恰恰相反，有段时间，我被宗教牢牢地捆住了。可是在十二岁以后，直到——假如说直到现在吧，我从没认真思考过这个问题——就一直被习惯所驱使。可你知道，"她突然打住话头，把目光迅速移到莱迪奈太太的身上，向前俯了一下身子，把脸贴近她同伴的面孔。"今年夏天，我有时又感到自己在那绿油油的草原上，很随意地、毫无目的地、心不在焉地、漫无方向地走着。"

　　莱迪奈太太把自己的手放在靠近她的彭迪列太太的那只手上，看对方没有把手抽回去，她握得更紧、更热烈了，还用另一只手轻轻地摩挲着它，嘴里喃喃地说："我可怜的、亲爱的。"

　　这种举动起初使艾琳娜有些不舒服，但她很快就情不自禁地倒在这位克里奥耳女人的安慰的怀抱中。无论是对自己，还是对别人，她对这种感情外露的方式还很不自然。她和妹妹珍尼格，由于在这方面的习惯不同，吵了好多次嘴。她的姐姐玛甘泪大有主妇的高贵风度，这也许是由于她过早地承担了主妇和管家婆的责任而锻炼成的。她们很小的时候，母亲就去世了。玛甘泪不善于表述自己，但讲究实际。艾琳娜有时倒有几个女朋友。但不管是出于偶然还是其他什么原因，她们都属于同一类型——都

343

是有自我抑制力的。可她从来没有意识到，她性格中的保守性同这有很大的或完全的关系。她在中学时的那个最亲密的朋友具有非凡的天赋，她能写华丽的散文，艾琳娜很欣赏她的散文，并尽力去模仿。她同她交谈，激烈地讨论英国经典作品，有时也辩论一些有关宗教和政治的问题。

艾琳娜时常对引起自己内心不安但从不外露的习惯感到奇怪。还在她很小的时候，也许就是那次当她穿过和风起伏的绿色海洋的时候——她记得她曾对一个目光严厉，充满忧郁的骑兵军官产生过强烈的感情。这位军官是来拜访她父亲的，那时他们住在肯塔基。在他留住期间，她简直离不开他，她的目光从没有移开他的脸。那张脸有点像拿破仑，一卷黑发从前额上流下来。但是，后来这个年轻军官不知为什么，悄无声息地在她的生活中消失了。

还有一次，她被一位年轻的绅士给迷倒了。他是到邻近的一个农场探访一位姑娘的。那是他们搬到密西西比州后的事。那个年轻的绅士同那位年轻的姑娘订了婚，他们时常在下午一道乘一辆四轮马车来访问玛甘泪。那时，艾琳娜还只不过是个十几岁的小姑娘。当她意识到她在这个已订婚的年轻人的心目中毫无地位的时候，她感到一种撕心裂肺的疼痛。随后这个年轻的绅士也像梦幻一样杳无音讯了。

当她自认为自己处在命运的高峰时，她已是一个成熟的妙龄女郎了。那时，一位享有很高声誉的悲剧演员的面容和身影开始出现在她的想象之中，勾起她无限的情思。长时间的迷恋，使她的想象仿佛具有了某种可信性。与幻想俱来的失望，则更赋予这种伟大而崇高的感情以绚烂的色彩。

她把那位悲剧演员的照片镶在镜框中，放在桌子上。那时，任何人都可以藏有一幅悲剧演员的肖像，不致被人误解或非议（这是彭迪列太太所珍惜的不幸的回忆）。当她传递这张照片，称道照片与本人非常相像的时候，她当着别人的面激烈称赞这位悲剧演员的超人天赋。独自一人时，她就常常把它捧起来，狂热地吻着那镜框上冰凉的玻璃。

她同莱恩丝·彭迪列结婚纯属偶然。和其他许多婚姻一样，他们的结合被认为是命运的安排。正当她秘密而热烈地单相思的时候，她遇见了彭迪列先生。彭迪列先生一见钟情，随即堕入爱河，这对男人来说是习以为常的事。他热烈到了极点，急不可耐地向她求婚。他使她高兴，他的绝对忠心赢得了她的欢心。她想像他们志同道合。而实际上，她的想象完全错了。当时，父亲和姐姐对她嫁给一个天主教徒都表示强烈的反对。在这里，我们不必追究那些使她接受彭迪列先生做她丈夫的动机了。

假如同那个悲剧演员结婚，也许会使她获得一辈子的幸福。但是，在这个世界上这件事是她无论如何也实现不了的。作为一个受到丈夫崇拜的忠实妻子，她感到她是以某种高雅尊贵的姿态接受了她在现实世界中的位置，而永远关闭了通向浪漫和幻想的大门。

这样，没过多久，那个悲剧演员随同那个骑兵军官、那个订了婚的年轻绅士以及其他几个人一起在她美好的记忆中消失了，艾琳娜终于发现自己完全面对现实。她越来越喜欢她的丈夫了，并且认识到她的感情并不带有冲动的激情和过分虚伪的热情的色彩，从而造成使她的感情有消融掉的威胁。对此她有一种说不出来的自豪感。

她喜欢她的孩子，但是不稳定，有时出于感情驱使。她有时把他们叫到身边，激动地搂在怀里，但有时也难在记忆中找到他们的影子。去年夏天，孩子们到伊伯维利去和祖母老彭迪列太太住了一段时间。她觉得孩子们在那儿一定玩得很快乐，受到很好的看管。她虽说不挂念他们，但偶尔也想得很难耐。对她来说，孩子们不在身边倒是一种解脱。虽然她自己却从不承认是这样。然而事实上，孩子们离开她似乎是卸掉了她一向盲目完成的某种职责，而上天没有给予她履行这种职责的能力。

当她们在那个夏日面向大海坐着聊天时，艾琳娜并没有把这一切心里话告诉给莱迪奈太太，但是，很多意思已或多或少地从她的话里流露出来。她把头靠在莱迪奈太太的肩膀上，开始，陶醉在自己说话的声调和不同寻常的直率中，好像饮了一杯甘甜醇美的酒，或第一次呼吸着自由的空气，感到有些头重脚轻。

她们听到了有人朝这边走来的脚步声，原来是罗伯特来找她们，后面还跟着一群孩子，两个小彭迪列也在里面。罗伯特抱着莱迪奈太太的小女孩，其他孩子们跟随在他身边，两个保姆也跟在后边，看上去有点不耐烦却又没有办法的样子。

两位妇人立刻站起来，抖了抖裙子，舒展一下筋骨。彭迪列太太把垫子和毛毯拖进屋里去。孩子们十分欢愉地跑到遮阳伞下，站成一排，眼睁睁地看着一对闯入他们帐篷里的情人。那对情人还在那儿卿卿我我，柔情万种。他们站了起来，仅以一点沉默表示抗议，随后就慢慢地走开，到别处去了。

孩子们又占有了帐篷，彭迪列太太走过去，加入了他们的队伍。

莱迪奈太太恳求罗伯特陪她回家去。她说自己四肢麻木，关节凝滞，她靠在罗伯特的臂膀上，拖着步子走回去。

8

"我想请您帮个忙，罗伯特。"当这位俊美女人和罗伯特一道缓慢地往回走时，她对罗伯特说道。在他擎着的遮阳伞的阴影下，她抬头望着他的脸，靠在他的胳膊上。

"可以，帮多少忙都行。"罗伯特转过身来，低头看了一眼莱迪奈太太若有所思的眼睛。

"我只求你做一件事，请你不要再纠缠彭迪列太太。"

"我的天哪！"罗伯特忍俊不禁地喊了一声，孩子似的大笑起来。"你瞧，莱迪奈太太妒忌了！"

"别胡扯！我是当真的，你不要缠着彭迪列太太了。"

"为什么？"罗伯特问道，对他同伴的请求也变得郑重其事起来了。

"她跟我们不一样。她可能对你认真起来，那就铸成不幸的大错了。"

罗伯特生气了，脸涨得通红。他摘下帽子，边走边用帽子不耐烦地拍打着他的大腿。

"为什么她不能对我当真呢？"他猝然反问道，"难道我是一个滑稽演员？一个小丑？一个装在盒子里的玩偶？她为什么不能认真？你们这些克里奥耳人！我对你们简直无法忍受了。难道我要永远扮演一个排忧解愁的角色吗？我倒希望彭迪列太太能对我认真起来。我希望她能在我身上发现一点不属于小丑的东西，假如我觉得有怀疑的话……"

"啊，够了，罗伯特！"莱迪奈太太打断了他的话，激动地反驳说："你说话太欠考虑了，就像在那边沙滩上玩耍的小孩子说话似的一样欠考虑！如果你想毫无选择地随便对哪一个已婚妇女献殷勤，而且还想得到人们的信任，那你就不是我们大家所想象那种谦谦君子，你就不配同信任你的人的妻子和孩子交往了。"

莱迪奈太太觉得她讲的这番话，无疑就是法律和福音。可那位年轻人却不耐烦地耸了耸肩。

"难道我们的整个交谈是为了互相奉承吗？我的上帝！"

"受一个女人的教训，并不是令人高兴的，"他不理会她的话，继续说道。但他又突然停下来。"如果我像艾洛宾——你知道艾奇·艾洛宾和那个驻毕拉克希领事夫人的绯闻轶事吗？"于是，他讲述了艾洛宾和那领事夫人的故事。同时，他还讲了艾洛宾和法国歌舞剧团一个次中音女歌手的事——她接到许多难以卒读的信。罗伯特还讲述了其他一些故事，既严肃又幽默，直到讲得莱迪奈太太把彭迪列太太对年轻人一向认真的习惯这件事忘得干干净净。

回到别墅后，莱迪奈太太进屋休息了个把小时，她认为这对她不无裨益。罗伯特在离开之前，请莱迪奈太太原谅他的急躁——他自称为不礼貌——对此，罗伯特不止一次地接受过莱迪奈太太善意的警告。

"你这次错了，艾戴尔，"罗伯特微笑着说，"实际上，彭迪列太太绝对不会对我认真起来的。但你的劝告很有必要，使我对这个问题有所注意。再见！看来你累了。"紧接着他又恳切地补充说："你不想要一杯牛肉清汤吗？或者给你调一杯棕榈酒？好的，我给你调一杯酒来，再掺点阿戈斯杜拉液，好吗？"

莱迪奈太太同意喝一杯牛肉清汤。她感谢他的热情，认为他的想法合她的意。罗伯特向厨房走去。厨房和别墅不连着，它位于主楼的后边。罗伯特亲自给莱迪奈太太端来盛在精制瓷杯里的金黄色肉汤，托盘上还放着几块松脆的苏打饼干。

莱迪奈太太把她那白净的赤臂从门帘边伸了出来——门帘遮挡着敞开的房门——从罗伯特手中接过了杯子。她说他是个好侍从。这话是当真的。罗伯特向她道了谢，转身向主楼走去。

此时，海边一对对情侣正走进公寓的庭院，他们彼此靠着对方的肩膀，就像低垂在海面上的橡树枝。他们的脚下没留下一粒尘土，仿佛大头朝下在蓝色的天空里行走一样。那个穿黑衣服的妇人，跟在后边，缓慢地移动着脚步。看上去，她比往常更苍白、更疲倦了。人群中不见彭迪列太太和她的两个孩子。罗伯特向远处望去，寻觅着他们的踪影。毫无疑问，晚饭之前，他们是不会回来的。这位年轻人上了楼，向母亲的房间走去。那个房间在主楼的顶层、有奇特的尖角和倾斜的天花板，两扇敞亮的屋顶窗，鸟瞰着海湾，凭窗远眺，一望无际。屋内的摆设精美、小巧、凉爽而得体。

奈波伦太太正在缝纫机旁忙着干活，一个黑人小姑娘坐在地板上，用手摇着缝纫机的踏板。这位克里奥耳妇人对于不利于健康地活是从来不干的。

罗伯特走了过去，在天窗的宽阔的窗台上坐了下来，从兜里掏出一本书，开始读了起来。他那股认真劲，从翻动书页的精确性和频繁的程度上完全可以看得出来。缝纫机在房间里发出咔咔哒哒的响声，这是一台笨重过时的机器。在缝纫机的间歇声中，

347

罗伯特和母亲随便地谈着天。

"彭迪列太太在哪儿呢?"

"同孩子一块在下边的海滩上。"

"我答应借给她一本龚古尔的书,你出去时别忘记给她捎去,就放在小书桌那边的书架上。"咔哒、咔哒、咔哒。砰砰! 又响了五到八分钟。

"威戈恩要乘轻便马车上哪儿去?"

"轻便马车吗? 威戈思吗?"

"是啊,在楼下大门口儿。他好像要赶马车到什么地方去。"

"叫住他。"咔哒、咔哒!

罗伯特发出一声尖锐刺耳的口哨,连码头那边也能听得非常清楚。

"他连头都不抬。"

奈波伦太太快步跑到窗口。她大声喊道:"威戈恩!"她挥动手帕,又大叫一声。可是,楼下的小伙子,蹬上马车举起鞭子抽打着马匹飞快地跑掉了。

奈波伦太太回到机器旁,气得面红耳赤。威戈恩是她的小儿子,罗伯特的弟弟——他是一个急性子、有一股随时可能动武的火暴脾气和用斧子都砍不断的牛劲。

"哎! 你父亲活着就好了。"咔哒、咔哒、咔哒、咔哒、砰砰! 奈波伦太太总是执着地相信,若不是奈波伦先生在他们结婚后不久就到另一个世界去了的话,整个宇宙的规范以及所有依附宇宙的事物,都将更加明智,更加有条有理。

"蒙威尔给你来信了吗?"罗伯特问。蒙威尔是个中年绅士,二十年来他一直抱着徒劳的梦想,一心想填补奈波伦先生去世后,在奈波伦家留下的空缺。咔哒、咔哒、咔哒、砰砰!

"他来了一封信,我不知道放在哪儿去了。"奈波伦太太在缝纫机的抽屉里和针线篮子里一边翻腾一边找着。"信中他叫我告诉你,他下月初要到维拉·克鲁兹去,还问你是否想去找他。"砰,咔哒,砰……

"嘿,妈妈。你干吗不早告诉我! 你知道我早就想——"咔哒、咔哒、咔哒。

"你看见彭迪列太太带孩子往回走了? 她一定又赶不上吃午饭了。她总要待到最后一分钟才往回走。"咔哒、咔哒! "你上哪儿去?"

"你说那本龚古尔的小说放在哪儿了?"

9

大厅里所有的灯都点亮了，蜡芯都挑得高高的，大厅靠墙壁每隔一定距离放着一盏灯。有人用采来的柑橘枝和柠檬枝编成典雅时髦的装饰花篮吊在大厅中间，那暗绿色的枝条，在垂挂在窗上的白色麻布帷幔的映衬下，闪闪发光，显得格外耀眼。从海湾吹来一阵阵强劲而难以捉摸的海风，把帷幔吹得起伏飘动，发出飒飒的响声。

这是一个星期六夜晚，离罗伯特和莱迪奈太太那次从海边一同回来私下交谈已有好几周了。许多在外地工作的丈夫和亲友都回来过周日。他们受到家属们的殷勤的招待，奈波伦太太也提供了物质上的帮助。餐桌早已被搬到大厅的一角，椅子有的摆成长排，有的围成了圆圈。还不到傍晚，人们就以家庭为单位团坐在一起聊天，唠家常。显然人们的情绪是想放松一下，扩大说知心话的范围，使谈话的内容更广泛一些。

许多孩子也被允许比往常晚一些时候睡觉。有几个孩子趴在地板上，看着彭迪列先生带回来的报纸上的彩色连环画。小彭迪列哥俩允许他们看，还不时地流露出只有权威人士才有的得意的神色。

消遣的节目有音乐、舞蹈和一两首诗歌朗诵。这些节目与其说是安排的，还不如说是提供的。表演没什么顺序，看不出有事先安排或计划的痕迹。

晚会一开始，法雷瓦家的孪生姐妹，在众人迫不及待地要请下演奏了钢琴。她们刚刚十四岁，总是穿着白色和蓝色的衣服。然而，她们的表演很明显地告诉大家她们在接受洗礼时就已把自己的一切献给了圣母。她们表演了《赞姆巴》剧本中的二重奏，在大家一再要求下，她们又演奏了《诗人和农民》一剧的序曲。

"该死的，滚出去！"门外的鹦鹉尖声地叫了起来。它是在场的唯一具有足够勇气的生灵，公然表示它没有倾听这对孪生姐妹演奏的动听的音乐。这种干扰使老法雷瓦先生——这对孪生姐妹的祖父——深为愤怒，他非要把这只鸟拿走，放到暗处去不可。威戈恩却表示反对，而他的意见都像天意一样无法改变。幸亏这只鹦鹉没有再继续捣乱。非常明显这只鹦鹉一直把它的厌恶憋在胸中，只是等那吵闹的捧场声响起来时，它才把反感抛向这对孪生姐妹。

349

接着，另一对兄妹表演诗歌朗诵。这些诗，许多人在城里举办的冬季晚会上已听过数次了。

一个小姑娘在大厅中央表演了裙舞，她母亲一边为她伴奏，一边用期待的目光凝视着她，心里忐忑不安。其实，她大可不必担心，这种场合这孩子早已很轻松自如地就能应付了。她穿着入时，得体的黑色丝绸衣裙，小脖子和胳膊袒露着，她卷起的、蓬松的头像黑色羽毛。她的舞蹈姿势优美，裹着黑绸的小脚上下穿梭般地跳动着，令人目不暇接。

大家都控制不住自己的跳了起来。可是，莱迪奈太太不能跳，但她非常高兴地给大家伴奏。她伴奏得很出色，优美动听的音乐伴随着愉悦的华尔兹舞步，使那迷人的表演和动人心魄的曲调浑然融为一体。莱迪奈太太说，她只是为了孩子们才没丢下音乐。她和丈夫都认为音乐会给家庭带来欢愉能提高人的修养，使家庭生活增添情趣。

在音乐的伴奏下，几乎所有的人都跳起舞来了，只有那对孪生姐妹例外。在这短暂的片刻，谁也无法诱使她们分开，让她们中的任何一个挽着男人的胳膊在大厅中如旋风一般疯狂地转着。她们俩人自己是可以跳舞的，可她们却没想这样做。

孩子们被打发睡觉去了。有几个很听话地走了；有几个在很不情愿中给拖走了；有一些在大人答应孩子们吃完冰淇淋后再走，这自然表现着大人们宽容的最大限度。

冰淇淋同点心放在一起，在人们中间来回传递着——点心有金色、银色两种，错落有致地排列在平底盘中。冰淇淋是两个黑人妇女下午在厨房里精心调制并冰冻好的，威戈恩当场进行技术指导。大家不约而同地夸奖冰淇淋做得不错，如果再多放一点香精或糖，冻得再坚实一点，再多放点盐，味道就更妙不可言了。威戈恩对自己的成绩喜形于色，在大厅里来回走着，不停地向人们介绍，鼓励大家多吃点，一饱口福。

彭迪列太太和丈夫跳了两轮舞以后，同罗伯特跳了一轮，最后又同莱迪奈先生跳。莱迪奈先生是个细高个儿，跳起舞来像随风摆动的芦苇一样，左摇右摆。跳了一阵以后，彭迪列太太走到外边阳台上，在低矮的窗台边坐下来。在那儿，她既可以看到大厅里人们的活动，又可以眺望海湾。东方薄暮冥冥，一轮皎洁的明月冉冉升起，把它那牛乳般的月华，撒向遥远的浪海翻涌的大海。

"你想听莱思小姐演奏乐曲吗？"罗伯特走上阳台，向彭迪列太太问道。艾琳娜当然爱听莱思小姐演奏，但怕她不肯赏光。

"我就去请她，"他说，"我就说你想请她演奏。她喜欢你，一定会来的。"罗伯特转过身，走去离这较远的一个小别墅。莱思小姐正在那儿来回不停地走着。她把一把椅子拖进屋里，接着又拽出去，不时地对一个婴孩的哭声发出埋怨。一个保姆正在隔壁那间别墅哄着那个孩子睡觉。莱思小姐是一个不怎么讨人喜欢的、个头不高的女人，已过青春年华。由于她孤高自傲，喜欢干涉别人的自由，她几乎跟所有的人都吵过嘴。罗伯特没多费口舌，便把她请来了。

莱思小姐和罗伯特走进大厅时，正赶上跳舞的间歇。她一进门，便向大家小心而又傲慢地鞠了个躬。她长相一般，脸上已出现了皱纹。她身材矮小，但眼睛却炯炯有神。她对衣着从不在意，发卡上戴着一串用旧黑丝带系着的人工紫罗兰花。

"请问一下，彭迪列太太喜欢听点什么？"她向罗伯特询问道，端端正正地坐到钢琴旁。在等罗伯特去寻问坐在窗台上的艾琳娜的口信时，她始终没有碰一下琴键。这位钢琴家的到来，使大厅里产生一种异样的气氛，每个在场的人都感到一种说不出的满足。大厅里安静下来，人们都以期待的心情等待着。

因为独自得到这位骄矜矮小妇人的垂青，艾琳娜感到有点不安，她不敢鲁莽地点乐谱，就请莱思小姐自便。

艾琳娜一向觉得自己与音乐有不解之缘，特别是那些出色的演奏，能在她的内心荡起一幅幅画面。莱迪奈太太上午有时弹奏或练习乐曲时，艾琳娜总是喜欢坐在屋里倾听。莱思小姐演奏的曲子中，有一支艾琳娜称作"孤独"的曲子。这是一首短小哀怨的小调，它很可能叫别的什么名儿，可是，艾琳娜叫它"孤独"。每听到这首曲子，她的想象中就出现一个站在海边礁石上孤独且寂寞的男人形象。他赤身裸体，凝神眺望着展翅飞翔的海鸟儿，脸上流露出一副怅然若失的神态。

另一支曲子则在她心中唤起了一个穿着宫廷服装的美丽的妙龄女郎的楚楚动人的丽影，她沿着由顾长树冠围成的长廊，迈着轻盈的舞步向她走来。还有一支曲子使她想起孩子们嬉戏时的情景，而另一支曲子却没有引起她的任何遐想，她只看见一位文静、雅丽的太太在抚摸着一只温顺的猫。

莱思小姐在琴键上弹出的旋律在彭迪列太太激情大发的心中激起了一股微微颤抖的波澜。她当然不是第一次听到艺术家弹奏钢琴，但却第一次感受到心灵的震颤，第一次感到自己的身心与永远不变的真理融合在一起。

她期待着那些被唤起的画面能汇聚起来，在她的想象中像火焰般爆发。可是，她的期待落空了，出现在想象中的画面既没有安慰，也没有希望，更没有追求，甚至连失望也落空。但却触动了她心灵的深处，激起了她强烈的情感。每当这些情感的波浪拍打着她的躯体时，她都感到她的灵魂像受了一阵鞭打似的痛苦地抽搐着。她颤抖了，哽咽起来，泪水淹没了她的双眼。

莱思小姐结束了演奏，站起身来。离开时，她小心而又高傲地向人们点头致意，

既不停下脚步，也不鼓掌回谢。在她沿着外廊走出时，拍了拍艾琳娜的肩膀。

"喂，你喜欢我弹的乐曲吗?"她问道。年轻的太太没有回答，只是用力地握了握钢琴家的手。莱思小姐看出了她激动的心情，甚至看见了她的滚动的眼泪。她又一次拍了拍艾琳娜的肩膀，说："你是唯一值得我为之弹奏的人，其他那些人，呸!"说完，她拖着脚步，侧过身子，沿着外廊朝自己的房间走去。

但是，莱思小姐错怪了其他人。她的弹奏激起了一种狂热的情绪。"弹得多么有感情! 多么了不起的一位艺术家!""我早就说过没有一个弹肖邦作品的人能像莱思小姐弹得这么好!""那最后的一段，我的上帝，真是震撼人心!"

夜深了，该回房休息了。可是有一个人，或许是罗伯特，却想在这万籁俱寂的时间里，在神秘的月光下，到海边去游泳。

10

罗伯特既然提出了这个奇妙的想法，也就没有人表示反对。当他带头往外走时，所有的人都愉快地跟从着。实际上，罗伯特不是领路。他忐忑不安地走在成双结对的人群后面，尽管已有不少人显露出情意缠绵，故意徘徊不前，罗伯特仍在他们中间走着。他是预谋这样做，还是出于调皮的动机，谁也说不上来，就连他自己也不明白。

彭迪列夫妇和莱迪奈夫妇一道走在前面。两位夫人都紧靠着自己丈夫臂膀。艾琳娜能听到后面罗伯特的说话声，有时还能听清他在讲什么。她奇怪罗伯特为什么不和他们走在一起。这真有点奇怪！她觉察到，近来罗伯特有时一整天都故意回避她，而第二天又以双倍的热情加以补偿，好像要追回已逝的时光。她还发现，当罗伯特有事离开她时，她会想念他。她觉得自己对罗伯特就像阴天时人们渴望太阳，而在晴朗的日子又不怎么意识到太阳的光辉一样。

人们三三两两地分头向海边走去。他们说说笑笑，有些人还唱着歌。从克莱恩旅馆那边隐约传来了乐队的演奏声，空气中弥漫着奇异而稀有的味道——大海和野草的混合味，新耕过的土地发出的土腥味儿，还有不远处开满白色鲜花的原野散发出来的浓郁的花香味儿，都融合在一起。夜幕轻柔地笼罩着大海和原野，既没有重量，也没有影子。皎洁的月光像神秘而温柔的梦遮盖着大地。大多数人都跳进海水中，像天生就会游泳似的游起来。大海安静地呼吸着，巨大的波涛缓缓地翻涌着，交叠在一起，漫到岸边，化成了无数细碎的泡沫，然后又翻卷着退回去，仿佛一条条蜿蜒蠕动的白蛇。

整个夏天艾琳娜像在学游泳。她向所有的男人和女人请教，有时她还请孩子们指点。罗伯特几乎天天教她游泳。当他发现自己的努力已是徒劳时，几乎失望了。艾琳娜一下水，一种无法控制的惊慌就笼罩在她的周围，除非旁边有人伸着双手，托扶她，她才放心。

可是，那天夜晚，艾琳娜像个初学步的孩子摇摇摆摆，跟跟跄跄，突然领悟到了自己的力量，第一次勇敢而满怀信心地单独下了水。她高兴得差点儿欢呼起来。当她用双臂划动几下，身体就浮上水面时，她确实高兴得叫起来。浑身好像获得了新的力量驾驭她的身体和灵魂，她变得勇敢而无所畏惧。她实在是过高地估计了自己的能力，她要游到没有任何一个女人能游到的地方去。

艾琳娜出乎意料的成功，成为人们惊讶、欢呼和赞扬的对象。在场的每个人都感到由衷的高兴，祝贺自己对艾琳娜特殊训练方法终于取得了预想的结果。

"游泳竟这么容易！"艾琳娜想。"这没什么大不了的！"她大声说，"以前怎么没想到这么容易，竟像个小孩子在水中乱扑腾浪费那么多时间呢？"她不愿意和别人一起游泳和比赛，而是沉浸于自己刚刚获得的力量，独自一个人向远处游去。

她面朝大海，极力搜索这孤独而又广阔的大海给予她的感受。宽广的大海与月光如水的夜空融为一体，激起她如潮水般的幻想。她不停地游着，觉得自己好像是融化在无边无际的水天一色之中了。

她有一次转回头去，朝海边和离开她的人群望去。她并没有游出多远——也就是说，对一个经验丰富的游泳者来说，只算是一小段距离。可是对她来说，留在身后的那片海水是那样遥远，似乎成了不借助他人之力简直就无法逾越的屏障。

突然，一种死的危险向她的灵魂袭来。这使她重新感到了极度的恐慌，周身像瘫痪了似的软弱无力。她极力振作起吓坏了的神经，拼力游回岸边。

她没有向丈夫讲她在生与死之间瞬间挣扎恐怖感。她只是说："我想我一个人在那儿差点儿给淹死了。"

"你游得并不怎么远，亲爱的，我一直在看着你呢，"她丈夫回答道。

艾琳娜转身走进浴室，穿好衣服，赶在其他人出水之前做好了回家的准备，独自离开了人群。大伙试图叫住她，向她呼喊。可她一边挥手表示谢绝，一边继续往回走，毫不在意大伙儿对她的挽留。

"有时候，我觉得彭迪列太太有点任性，"沉浸在无限欢悦中的奈波伦太太说道。她生怕艾琳娜的离去有煞风景，使大家扫兴。"这我知道，她是有点任性，"彭迪列先生表示同意，"不过只是偶尔而已，并不总是这样。"

艾琳娜还没走完回家路程的四分之一，罗伯特就追了上来。

"你以为我害怕了吗？"彭迪列太太问道，语气中并无埋怨之意。

"不，我知道你不害怕。"

"那你为什么跟来了？为什么不跟大伙在一起。"

"这个，我可没想过。"

"你想过什么？"

"随便什么吧，可这有什么关系呢？"

"我觉得很累，"彭迪列太太报怨地说，"我不明白是怎么回事，可我为什么要弄明白呢？我还从来没感到这样身心疲惫过。这倒并不使我感到不愉快。今晚成千上万种感情涌上心头，其中有一半使我莫名惊诧。你对这些话不介意吧？我说给自己听的。我怀疑今后我是否还会像今天晚上莱思小姐演奏钢琴时那样受感动。也许，这样的夜晚再也不会出现了。我今晚仿佛是在梦中，周围好像弥漫着神秘的、半人似的动物，四周一定有精灵在活动。"

"是的，"罗伯特轻声说，"你忘记今天是八月二十八日吗？"

"八月二十八日？"

"是的。每逢八月二十八日午夜时分，如果皓月当空——月亮一定是皎洁、明亮的——那时，千百年以来一直出没于这些海岸的精灵，就会飞出海湾，用洞察一切的眼睛，寻找有能力同它做伴的人。一旦找到了，它就让这个人有一段的时间陷入超脱自我的状态。多少年来，它一直没有找到完全合格的人，一次又一次地重新沉入海底。可是，今晚它发现了身心疲惫的彭迪列太太，使你进入了这物我两忘的状态。也许，这精灵再也不会让你从神迷之中解脱出来了，再也不允许世界上任何一个经历过生活苦难的人，陪伴你那圣洁的身影一起散步了。"

"不要取笑我了，"彭迪列太太说。罗伯特轻浮的话有点损害了她的心。对这类的恳求，罗伯特素来不放在心上。但他感到那充满伤感的轻柔语调对他好像是个责怪。对此罗伯特无法解释。罗伯特无法对她说他已经看穿了她的心思，并理解了她。他什么也没有说，只是冲她伸出了胳膊——因为艾琳娜自己说过，她已经疲惫不堪了。艾琳娜一直不停地走着，胳膊无力地垂下来，任凭白色长裙拖在撒满露珠的小路上。她抓住罗伯特伸出的手臂，但没有依偎它，只是把自己的手漫漫腾腾地搭在罗伯特的臂弯上。她的思想仿佛跑到别的什么地方——远远地离开了她的肉体，她正极力赶上它们。

罗伯特帮助彭迪列太太爬上吊床。那吊床在门外的一根廊柱和台阶下的一棵树之间晃来晃去。

"你就这么呆在外边等彭迪列先生吗？"

"我就呆在这儿，再见。"

"要我给你拿枕头来吗？"

"这儿有一个。"彭迪列太太说着，用手在阴影里摸索着。

"那一定脏透了，孩子们经常在上乱踩。"

"没关系。"彭迪列太太找到了枕头，拍了拍，枕到了头下。她在吊床上伸直了腰，深深地吸了一口气。她不是那种眼中无人或盛气凌人的女人，因而不会像叫春的懒猫似的闲躺在床上，但这会儿，一种难言的舒适之感流淌过整个身体。

"要我呆在这儿，等彭迪列先生回来吗？"罗伯特一边问，一边坐到台阶边沿上，随手抓住了拴在柱子上的吊床的绳索。

"如果你愿意，那就呆在这儿。不过可别摇摆吊床。请你把我丢在那边房子窗台上的白色披肩拿给我，好吗？"

"你冷吗？"

"不，可待会儿会冷的。"

"待一会儿？"罗伯特笑道，"现在都什么时候了？你打算在这儿呆多久？"

"不知道。你把披肩拿来好吗？"

"当然。"说着，罗伯特站起身，踏着青草，向房子那边走去。彭迪列太太的目光紧随着他在一缕缕月光下时隐时现的身影。午夜已过，一切都万籁俱静。

罗伯特带着披肩走了回来，彭迪列太太接在手里，没有马上披在肩上。

"你说过，我要等到彭迪列先生回来，是吗？"

"我说过，你愿意的话是可以的。"

罗伯特又坐下来，悄然无息地抽起烟来。彭迪列太太也沉默无语。此时此刻，没有任何语言比沉默更意味深长了，或者说，没有比初次感受到的心灵期待的颤动更富于诱人的想象力了。

当游泳者们归来的声音渐渐传来时，罗伯特起身告辞。彭迪列太太没有向他道别，罗伯特以为她已睡着了。彭迪列太太又一次注视着罗伯特在月下时隐时现的身影。

11

"你呆在外边干什么，艾琳娜？我以为你早上床睡觉了呢。"当发现太太躺在吊床上，彭迪列这样说道。他和奈波伦太太一道回来，并把她留在那所主楼跟前。彭迪列太太没有作声。

"你睡着了吗？"他又问道，弯下腰来仔细看她。

"没有。"彭迪列太太闪烁着炯炯的目光，毫无睡意。他们的目光碰在一起了。

"都一点多钟了，你知道吗？进屋来吧！"彭迪列说道，登上台阶，走进了房门。

"艾琳娜！"几分钟以后，彭迪列从屋里叫道。

"不要等我了，"她回答道。彭迪列把头探出门外。

"你呆在外边会着凉的。"他的语气有点不耐烦，"到底发生了什么事，为什么还不进来？"

"这儿不冷，我有披肩。"

"可蚊子要把你吃掉的。"

"没有蚊子。"

彭迪列太太清楚地听到丈夫在屋里走来走去的声音，每一步都回响出烦躁和不安。要是往常，她遇到这类情况会进屋去的；按照习惯，她也会听从丈夫的安排。但这倒并不意味着她是出于被迫、屈从或俯首听命。她那样做完全是不经过考虑的，就像我们每个人站着、坐下、走路、迈步那样，履行命中注定必须要做的那些一成不变的日常琐事一样。

"亲爱的，艾琳娜，你就不能快一点进来吗？"他又问道，这亲切的语调，有点恳求的味道。

"不，我想呆在外边。"

"真荒唐！"彭迪列先生毫不考虑地脱口而出，"我不准你整夜呆在外边，你必须立刻进屋来！"彭迪列太太翻了个身，在吊床里躺得更加安稳了。她觉得内心燥热，性情在突变，倔强里充满着反抗。此时，她只能对丈夫报以不满的轻视和反抗。她奇怪，

357

丈夫以前是否也是这样和她说话的，她是否服从过丈夫的要求。当然，她确实服从过，她记得她服从过。她不明白为什么要服从，只是记得她确实那样服从过。

"莱恩斯，你一个人睡吧，"她说，"我想在外面呆着。我不进去，也不愿进去。用这样的口气跟我说话，否则我就不理你！"

彭迪列先生已经把床收拾好了，可他比平时多加了一件睡衣。他打开一瓶酒，那是一瓶他存放在专用的酒橱的为数不多的名酒。他喝了一杯，然后走上阳台，递给夫人一杯，可她并不想喝。彭迪列先生挪来一把摇椅，把穿着拖鞋的脚放在踏板上，抽起雪茄来。抽完两支雪茄，他回到屋里，又喝了一杯酒。彭迪列太太还是没有接丈夫递来的酒。彭迪列先生又坐下来，跷着脚，这样过了好一会儿，又抽了几支雪茄。

艾琳娜这时候有点儿觉得自己从一场梦中醒了过来，那是一场绚丽奇特的不现实的梦。现实又开始压迫着她的灵魂，不可抗拒的困意袭击着她，就连曾一度控制了她并使她沉醉其中的幻景也失去了作用，她只得向现实屈服。

这时，已经到了夜里最寂静的时候。在黎明来到之前，整个世界好像都屏住了呼吸。月亮低低的，睡熟了的夜空从银白色变成了青铜色。老夜鹰歇息了，橡树也低下了头，不再发出飒飒的声音。

艾琳娜翻身站了起来，在吊床上躺了那么长时间，肌肉有点麻木了。她摇摆着走上台阶，站在房门前，有气无力地扶着过廊的柱子。

"你进来吗，莱恩斯？"她朝丈夫转过脸去，问道。

"是的，亲爱的，"丈夫回答道，顺着喷出的烟雾，扫了妻子一眼。"抽完这支雪茄就进去。"

12

　　彭迪列太太只睡了几个小时，可就在这几个小时内，烦乱和恐惧也一直缠绕着她，一些无缘无故的梦不断把她惊醒。那些梦留给她的无法解释的半明半暗的印象，使她惶恐不安。她起了床，穿上衣服。清晨清爽新鲜的空气沁人肺腑，使她的神志清醒了一些。然而，她并不想寻求精神上的鼓励或任何其他来自外部的或是内部的安慰。她只想盲目地听任冲动的摆布，就像把自己交于陌生人的手中任其决定命运一样，从而解脱她灵魂的责任感。

　　时候还早，大多数人还在甜睡中，只有几个要去切尼瑞教堂做弥撒的人在外面徘徊着。昨晚就已经约好了的情人们，正朝着码头方向悠闲走去。那个穿黑衣的太太，捧着金色的天鹅绒装帧封面的祈祷书，戴着那串礼拜天用的银念珠，不紧不慢地跟在后面。年迈的法雷瓦先生也起床了，不服老地张罗着出门的事。他带上大草帽，从客厅的伞架上取下雨伞，跟在黑衣太太的身后，但从不超过她。

　　曾经用奈波伦太太缝纫机做针线活的那个黑人女孩，正拿扫帚不紧不慢地扫着过廊。艾琳娜叫住她，让她到主楼去把罗伯特叫醒。

　　"告诉他，我想去切尼瑞教堂。船已经准备好了，请他马上过来。"

　　罗伯特很快就来了。以前，彭迪列太太从不派人去找他，她自己也从未请过他，这好像是说彭迪列太太以前并不需要他。彭迪列太太自己没有考虑到她派人去叫罗伯特的举动有什么不寻常的地方。罗伯特显然也没有想到有什么异乎寻常的。当他看见彭迪列太太时，他的态度还是那样平淡。

　　他们一起到厨房去喝咖啡，没有时间等着那些美味的早餐做好了。他们站在窗边，接过厨师递过来的咖啡和花卷，吃了起来。艾琳娜说花卷味道挺香的，她根本没打算到咖啡和别的东西。罗伯特对彭迪列太太说，他早就注意到她做事总是没什么计划。

　　"想去教堂，并叫醒了你，难道这还不够有计划吗？"她大声笑道，"我还必须把每一件事情都计划好吗？莱恩斯脾气不好时也总这么说，我不怪他。若不是由于我的缘故，他的脾气不会那暴躁的。"

359

过沙滩时，他们抄了近道。他们远远就看见那奇怪的人群，正向码头移动——情人们肩靠着肩慢慢地走着；穿黑衣的太太渐渐追上他们；老法雷瓦先生被甩在了后面；最后面的是一个光着脚的西班牙年轻姑娘，头上戴着一条红色围巾，胳膊上挎着个篮子。

罗伯特认识那个姑娘，临上船时，同她用西班牙语说了几句话，在场的人谁也听不懂他们的话，她的名字叫玛利塔，生就一副圆圆的、聪明而调皮的脸蛋，一双美丽的黑眼睛。她的手很小，紧紧地攥着篮子的提梁，两只脚宽大、结实，她并不想把它们遮掩起来。艾琳娜不禁瞟了一眼那双大脚，发现脚趾间粘着沙土和泥。

上船后，波戴利嘟嘟哝哝抱怨玛利塔占的地方太大。事实上，他是讨厌老法雷瓦先生，这个老头总说他的水性比他好。可是，他不便跟法雷瓦先生这么大岁数的人斗嘴，所以就把怨气发到玛利塔身上来了。这姑娘刚开始也想争辩，请求罗伯特来评理，可不大一会儿，她就有点莽撞地上下摆动着脑袋，向罗伯特挤眉弄眼，朝博戴黎呶起嘴来。

情侣们一对一对地散开了，他们对周围的一切都不管不顾。那位穿黑衣的太太已经是第三次数叨着她的念珠。老法雷瓦先生不停地唠叨着他知道应该如果驾驶船只，而波戴利却不知道怎么驾驶。

对这一切，艾琳娜颇感有趣。她不停地上下打量着玛利塔，从难看的粘着泥土褐色脚趾一直到那双漂亮的黑眼睛。

"她为什么总是那么不停地看着我？"姑娘不禁问罗伯特。

"也许她觉得你长得漂亮。要我问问她吗？"

"不用。她是你的情人吗？"

"她已经结婚了，而且有两个孩子。"

"哦，弗兰西斯科同希瓦诺的夫人私奔了，那个太太还有四个孩子呢。他们把希瓦诺的钱都带走了，还拐走一个孩子，偷走了他的船。"

"别说了！"

"她懂咱们说的话吗？"

"行了，别再说了！"

"那边的那两个人结婚了吗？他们靠得多紧哪！"

"当然没有！"罗伯特笑着回答。

"不错，当然没有。"玛利塔附和着，既严肃又认真地点了点头。

太阳越升越高，已经有点灼人了。淡淡扑面的微风好像故意要刺痛艾琳娜脸上和

手上的毛孔似的。罗伯特为她在头顶撑开了伞。

船拐进了一条抄近的水路，风把船帆吹得涨了起来。老法雷瓦先生看着鼓鼓的船帆，大声地毫无拘束地笑起来，波戴利则在他鼻子底下轻声咒骂着。

在船渡过海湾，向切尼瑞教堂驶去的时候，艾琳娜觉得自己好像被从紧紧捆绑住她的锚地上拖了出来，缚着她的绳索松弛了，实际上，自从昨晚经历了那神秘的时刻以后，这绳索就已经断了，使她自由自在地漂向自己选择的任何方向。罗伯特同她谈个不停，再也没空搭理玛利塔了。那姑娘的竹篮子里装着海虾，上边覆盖着苔藓。她气鼓鼓地往下拍着苔藓，闷闷不乐地发着脾气。

"我们明天去哥兰蒂·台瑞岛去吧！"罗伯特低声问。

"到那儿干什么？"

"爬山，到旧城堡去，看曲曲弯弯的金睛蛇，看那些蜥蜴晒太阳。"

艾琳娜朝着哥兰蒂·台瑞岛的方向注视了一会儿。她愿意同罗伯特单独相处，在阳光下倾听大海喧闹的声音，看那些滑溜溜的蜥蜴在那旧城堡的废墟中爬来爬去。

"后天或者大后天，我们可以驾驶快船到贝阿恩·布鲁罗去，"罗伯特继续说。

"我们到那儿去玩什么呢？"

"玩什么都行——钓鱼。"

"不，我们还是到哥兰蒂·台瑞岛去，别打扰那些鱼。"

"随便哪儿都行，只要你喜欢，"罗伯特说，"我叫托尼来，帮我把我那条船修好，我们就不用求波戴利或者其他什么人帮助了。你敢乘独木舟吗？"

"哦，不。"

"哪天晚上月色好，我带你去乘独木舟。也许你的小海仙会告诉你在这些岛屿中哪儿藏着财宝，也许它会指引你的船驶向那儿去的。"

"这样，我们一下子就变成百万富翁了，"艾琳娜大笑着说，"我把这些财宝都给你，还有挖掘出来的宝贝和海盗的金子。我想，你知道如何使用它吧？海盗的金子是不该藏起来，也不该拿来用的。我们拿它各处乱抛，为了尝尝挥金如土的滋味，应该把它像大风刮来的那样随便花掉。"

"我们两个人一块儿享用，一块儿把它消费掉。"他说。他的脸红了。

他们登上造型特别的哥特式路尔德圣母教堂，教堂顶上棕黄色的油漆，在阳光的照耀下，发射出灿烂的光。

只有波戴利留在船上，叮叮当当地补着船。玛利塔也挎着那只盛着海虾的篮子走了。她用眼角瞥了罗伯特一眼，流露出孩子般嗔怪怨恨的神情。

361

13

在教堂做礼拜时，一种烦闷和困乏感涌上艾琳娜的心头。她的头开始疼起来，圣坛上的灯光在她眼前闪耀。要是往常，她完全可以努力设法控制住自己，恢复平静，可是这次，她唯一的想法就是离开这里，离开这令人烦闷的教堂，到露天里去。她站起来，踩了罗伯特的脚，低声向他道歉。老法雷瓦先生非常诧异地跟着站起来，当他看见罗伯特和彭迪列太太一道出去后，就又坐了下来。他有些焦急地轻声问穿黑衣服的太太这是怎么回事，可对方却不答话，目不转睛盯着她那天鹅绒封面的祈祷书。

"我觉得有些头晕，几乎要晕倒了。"艾琳娜说着，不自觉地把手举到额头上，把草帽向上推了推。"我实在等不到做完弥撒了。"他们坐在教堂外面一块阴凉的地方。罗伯特满腹焦灼。

"到这儿来本身就不明智，更不用说在这儿呆下去了。到安东尼家去吧！在那儿你可以休息一下。"他挽起彭迪列太太的胳膊，一边走，一边不无担心地低头瞧着她的脸。

周围鸦雀无声的，只有海水在碱水池的芦苇中悄声交谈。那一排灰色的被风雨剥蚀了的小房子，静静地坐落在柑橘林中。艾琳娜情不自禁地想，在这个地势低洼，使人昏昏欲睡的小岛上，一定永远是星期天。他们停下脚步，靠在一道用漂浮的海生植物做成的篱笆上，想找点水喝。一个年轻的、看上去很温和的厄凯迪尔人正在井台边打水。说是井台，其实不过是一个生满了锈的救生圈，在一边钻出一个洞，埋在地里就成了井台。青年人把盛满水的铁桶递给他们，他们喝起来。水并不凉，但对艾琳娜那被晒得发热的脸颊来说，却很凉爽，她精神振作起来了。

安东尼太太的小屋在村子的尽头，她热情好客地，就像打开门迎接阳光一样，迎接了他们，她很胖，拖着沉重的身躯笨拙地走过来。她不会讲英语，但当罗伯特想办法向她解释说，他陪伴的太太身体不适，需要休息时，她非常热情地接待了艾琳娜，把她安置得舒舒服服的，使她感到就像在自己的家里一样。

整个房间是那么的干净利落，那张四条腿的大床铺洁白如雪，让人一见就想在它

上面躺一会儿。这是一间不大的侧室，从这间屋子的窗户望出去，穿过一块狭长的草地，能看到对面的棚子，里面搁置着一条底朝天的破船。

安东尼太太没有去做弥撒，她的儿子托尼去了。不过，她说他很快就会回来的，让罗伯特坐下来等一会儿。而罗伯特却走了出去，坐在门外抽起烟来。安东尼太太正在前边大屋子里忙着做饭，她从那个大壁炉里取出几块发着暗红颜色的炭火，在上面煮着鲱鱼。

艾琳娜一个人留在那间小侧室里。她解开衣服，脱去衣裙。她洗了脸，又洗脖子，接着把胳膊泡在脸盆中。脸盆放在两个窗户之间的洗脸架上。最后，她脱掉鞋和长袜，爬上了那张高高的洁白的床。她躺在床中间，舒展开身子，在这张奇异的大床上休息，已经叫人够惬意的了，何况还有那散发着月桂香味的被子和床单呢！她伸直结实的微微发疼的四肢，用手指慢慢梳理着松散了的头发。当她抬起双臂互相摩擦着的时候，瞧见了自己那丰满的臂膀，便仔细地观察起来，就好像第一次看见它们似的。她把交叠的双手舒服地垫在头下，就这样睡着了。

最初，她睡得很轻，半睡半醒，迷迷糊糊听得见周围的动静。她听见了安东尼太太在铺着沙子的地板上来回走动的声音，同时还听见了小鸡群在窗外草地里寻找食物时的咯咯叫声，接着，她又隐约听到了罗伯特和托尼在窗对面小棚子里面的谈话声。她一动不动，依然合着困乏的眼皮。谈话声还在继续——托尼缓慢的厄凯迪尔人的低沉的嗓音，罗伯特的轻快、柔和、稍有些滑腻的法语。她不能完全听懂法语，除非面对面地跟她说。他们的谈话声混合着其他听起来懒洋洋的低沉的声音，催她昏昏入睡。

艾琳娜一觉醒来，觉得自己仿佛睡了一世纪。棚子里的声音已悄悄地消失了，隔壁安东尼太太的来回走动的声音也听不见了，就连小鸡群也到其他地方咯咯叫着觅食去了。不知什么时候，蚊帐给她放了下来。那是她睡觉时，安东尼老夫人进屋来，把蚊帐放了下来。艾琳娜轻轻地从床上坐起来，透过窗帘中间的缝隙向外张望着，只见阳光斜斜地照在对面的小棚子上，下午的时光已经很晚了。罗伯特还坐在那个小棚子的荫凉处，倚在那只翻倒了的船的、倾斜的船帮上乘凉。他正在看一本书。托尼没和他在一起，也不知道其他人都干什么去了。她站在窗下脸盆架前洗脸时，又偷偷观察了罗伯特一会儿。

安东尼太太把几条很干净的粗毛巾放在椅子上，又在毛巾旁边放了一盒爽身粉。艾琳娜对着挂在脸盆上面墙壁上的小镜子，仔细地、轻轻地往鼻子和脸颊上扑着粉。她闪着愉快的双眼。

梳洗完毕，她走进隔壁的饭厅，这时她觉得很饿，可是那里一个人也没有。靠墙

的桌子上铺着桌布，上边有一套餐具。盘子里放着一块黄澄澄的面包，旁边还有一瓶果子酒。艾琳娜伸手拿起黄面包，用她健康洁白的牙齿咬下了一大块，然后倒了一杯酒，喝了下去。她蹑手蹑脚地走到门外，从低垂的树枝上摘下一个柑子，朝罗伯特投了过去。罗伯特还不知道艾琳娜已经睡醒起床了。

看到她，罗伯特脸上现出高兴的笑容。他走到柑子树下，坐在了艾琳娜身旁。

"我睡多少年了？"艾琳娜问道，"整个岛屿似乎都改变了形状。在我睡觉期间，一定又出现了一个新的民族，他们把你作为历史的见证人留在这里了。啊！安东尼太太和托尼去世有几个世纪了？同我们一起从哥兰德岛来的那些人离开这个世界又有多长时间了？"

罗伯特亲昵地为艾琳娜抚平肩头上的皱褶。"你整整睡了一个世纪，我被留在这儿专门保护你。我就坐在那个棚子里，整整读了一百年书。这期间，我犯下的唯一错误是把一只烧鸡给烤焦了。"

"就算烤成石头，我也要把它吃下去。"说着，艾琳娜和罗伯特一起站了起来，缓步走回房间。"可是说真的，法雷瓦先生和其他人到底去哪儿了？"

"他们已经走好几个小时了。他们看你睡得正香呢，就想最好还是不要打扰你。无论怎样，我也不能让他们把你叫醒啊！不然的话，我来这是为了什么？""我想莱恩斯不会放心吧？"艾琳娜坐到餐桌旁边时，这样自言自语地说。

"他当然不会放心。他知道你跟我在一起。"罗伯特一边答话，一边在摆在炉边的各种炒勺和盖着的盘子中间忙活着。

"安东尼太太和她儿子到哪儿去了？"艾琳娜问道。

"他们到教堂去做晚祈祷去了，顺便看望几个朋友。你什么时候想回去，我都可以用托尼的船把你送回去。"

罗伯特拨弄着冒着烟的炭灰，烤好的鸡又发出股股香味。他为艾琳娜准备的这顿饭味道非常好。他们还一起喝了咖啡。安东尼太太只为他们准备了带鱼。罗伯特趁艾琳娜睡觉时，为找些好吃的东西，几乎把整个岛子都翻了一遍。看到艾琳娜的胃口这么好，大口咀嚼着他为她找来的美味，罗伯特像孩子似的感到满足。

"我们马上就走吗？"艾琳娜喝光了杯子里的酒，用手拍落身上的面包屑，问道。

"太阳还有两个小时才能落山呢，"罗伯特回答道。

"可两个小时以后，太阳就看不见了。"

"那我们走吧，别管它了！"

他们在柑子树下等了很长一段时间，直到安东尼太太气喘吁吁，步履蹒跚地走回来。她不住声地道歉，解释说因为她不在，所以托尼也不敢回家了，他除了自己的母亲之外，不敢见其他的女人。

太阳慢慢地落了下去，西边的天空被余晖染成一片金黄色。这时候在柑子树下呆上那么一会儿，真是一件舒服的事。影子越拖越长，像是一些奇特的精灵，偷偷地爬上了草地。

艾琳娜和罗伯特坐在地上，换句话说，罗伯特躺在彭迪列太太身边的草地上。他时不时地用手拨弄着彭迪列太太长裙的花边。

安东尼太太那宽厚矮胖的身躯，一屁股坐在门边的长凳上，她嘴里唠唠叨叨地讲着下午发生的事，直讲得唇干舌燥。

她讲的故事是那么的幽默有趣。她一生只有两次离开过切尼瑞·卡米纳达，而且时间都很短。她的全部岁月几乎都是在这个小岛上度过的。她随时注意搜集有关大海和海盗的传说。夜幕不被察觉地慢慢降临了，月光把整个夜空照得很明亮。艾琳娜似乎听到了鬼怪们的低语和埋在地下的金子的咯咯声。

艾琳娜和罗伯特登上了托尼的小船。船上架起来缀着红灯笼的帆布，帆布的灰濛濛的阴影在夜色和苇草中闪动着。远处那些鬼怪般的风帆，在海面上飞快地驶过。

14

当莱迪奈太太把彭迪列太太小儿子埃蒂爱尼送到他母亲手中时，她说这孩子疯了一整天，一直不愿上床睡觉，还闹了一场，所以她一直亲自陪着他，费了好大劲，才叫他安静下来。她还告诉艾琳娜说，拉乌尔已经上床，睡了两个小时了。

埃蒂爱尼穿着件白色的长睡衣。莱迪奈太太拉着他的手领他过来时。他用一只胖乎乎的小手揉着眼睛，因为困倦和生闷气，眼皮沉重地向下耷拉着。艾琳娜把他抱在怀里，坐在卧椅上，开始不断地抚摸和亲吻他，叫着他的各种昵称，哄他睡觉。

莱迪奈太太对彭迪列太太说，莱恩丝起初非常担心，想立刻到切尼瑞教堂去找她。可法雷瓦先生安慰他说，他太太只不过是太疲劳了，没有什么关系，傍晚时分，托尼会把她送回来的。这才打消了莱恩斯想到海湾去找她的念头。他这会儿到克莱恩旅馆去了，说是去找一个什么棉花经纪人，商谈有关保险、贸易、股票、证券的事，还有其他一些事情，莱迪奈太太也记不清楚了。他不会回来得很晚。莱迪奈太太接着说，她实在受不了这种闷热，总得随身带着一小瓶盐和一把扇子。她说她不能再陪艾琳娜聊天了，因为这会儿莱迪奈先生正孤零零的一个人呆在家里，他最受不了孤单。

埃蒂爱尼睡着后，艾琳娜把他抱进了后面的卧室。罗伯特也跟了进来，帮助她把蚊帐架支了起来，好让艾琳娜把孩子稳稳当当地放在床上。那个混血保姆已经走了。安顿好孩子后，他们走出屋子，罗伯特这才向艾琳娜告别。

"你不觉得我们今天从一大早开始到现在，已经整整在一起呆了一天了吗？"艾琳娜在分手时说。

"是整整一世纪。不过，时间几乎都让你睡竟占据了，再见。"说完，他紧紧地握了握艾琳娜的手，然后就向海边走了过去。他没有找别人做伴，而是独自一人向海湾走去。

艾琳娜在屋子外边等丈夫回来。她不想睡觉，也不想在屋里坐着；不想去陪伴莱迪奈夫妇也不想参与坐在奈波伦太太主楼前那伙人无聊的谈话。她的心又飞到了在哥兰德岛度过的时光。她发现今年的夏天同以往的任何一个夏天都不同，同时她迷迷糊

糊地意识到，现在的自我从某种程度上来说，也大大不同于从前的自我了。这表现在她现在已用同过去完全不同的眼光看待事物。她发现自己的内心里萌发出一种新的欲望，这欲望改变了她周围的环境，使它们更富有意义。对此，她从未产生过丝毫的怀疑。

罗伯特就这么走了，就这么离开了她，她感到有些奇怪。她一点儿也没想到罗伯特可能会因为整天和她在一起而感到厌烦。她自己没有这种感觉，因而相信罗伯特也不会有。她对他的离开感到有些失望，没有人要他必须离开，让他留下来或许是更自然的事。

艾琳娜一边等着丈夫，一边不知不觉地低声哼起一支小曲。这是他们在回来的路上，罗伯特教给她的。曲子的开头是"啊，如果你知道，"每一段的结尾也是"如果你知道。"

罗伯特的歌声是那么娓娓动听，那么真切，毫不做作。此刻，那音调，那反复的叠句，仍然在她的耳畔萦绕着。

15

一天傍晚，艾琳娜走进餐厅时，又晚了一点。这已成了她的习惯。人们围坐在餐桌旁正异常热烈地争论着什么。几个人同时讲着话，威戈恩争论的声音最大，甚至压过了他母亲的声音。艾琳娜是因为洗澡来晚了。她手忙脚乱地穿好衣裳，脸因为有些着急而微微发红。她那漂亮的头，与那身漂亮的白衣服相映衬，使人把她想象成一朵盛开的野菊花。她在法雷瓦先生和莱迪奈太太之间坐了下来。

当她坐下正准备喝汤的时候——汤在她未进餐厅时就已端了上来——几个人同时抢着告诉她罗伯特先生要到墨西哥去的消息。艾琳娜下意识地放下羹匙，不解地环顾着四周。今天上午，她一直和罗伯特在一起，听他读书，他连墨西哥的字样都没提过。可是下午，她却一直没有见到他，听说他在那座主楼上和他母亲在一起。她下午去海滩的时候，虽然对罗伯特没去找她有点纳闷儿，但却怎么也没想到是因为这个缘故。

艾琳娜不由自主地朝坐在对面的罗伯特望去，罗伯特正坐在女主人奈波伦太太身边。她的脸上毫不掩饰地流露出幽怨迷茫的神色。罗伯特轻轻扬起眉毛，勉强摆出一副笑脸，回望了她一眼。他看上去非常窘迫，侷促不安。

"他什么时候走？"艾琳娜向在座的人问道，好像罗伯特根本不在那儿，或者他自己不能回答她的问题似的。

"今晚。""就在今天晚上！""你去过那儿吗？""他是不是昏了头！"她的耳朵里塞满了同时用英语和法语讲出的问话和回答。

"这怎么可能！"艾琳娜大声叫道，"难道一个人转眼之间就能从哥兰德岛出发去墨西哥？就像到克莱恩旅馆，到码头，到海滩去那么轻易吗？"

"从前，我就说过准备去墨西哥，我说了已经好多年了！"罗伯特用一种有些失去控制而颤抖的声音叫道，他的样子像是被一群蝎子蜇着似的。

奈波伦太太用刀把敲着桌子。

"请允许罗伯特先生解释一下，他为什么要去，而且为什么非要今天去！"她叫道，"真是的，这张桌子简直变成疯人院的餐桌了，乱哄哄的，所有的人都吵个不停！有时候——愿上帝饶恕我——真的，有时我真希望威戈恩变成哑巴！"

对他母亲的以上帝名义的祝愿，威戈恩报之以大声地嘲笑。他感到，她的这种祝愿除了给她自己提供更多的讲话机会外，对其他人不会有什么好处。

法雷瓦先生认为，威戈恩一生下来就该给扔到大海中淹死；而威戈恩却认为，把老家伙处置掉，可能会更合公正的原则。人们都一致认为令人讨厌的奈波伦太太变得有点歇斯底里了。罗伯特也用刺耳难听的话责备着弟弟。

"没什么可解释的，妈妈，"罗伯特说道。可他还是做了解释——这主要是冲着艾琳娜说的——因为他只有乘某某天离开新奥尔良的汽轮，才能在维拉克鲁兹见到他希望见到的人。此外，波戴利正好今晚准备用帆船往城里运送蔬菜，他趁这个机会去城里，才能及时赶乘那艘汽轮。

"可你是在什么时候考虑并决定了这一切的呢？"法雷瓦先生问道。

"今天下午，"罗伯特稍微有些烦躁不快地回答说。

"今天下午什么时间？"这位上了年纪的人继续追问着，那口气就好像是在法院里大法官面对面地审讯一个善于狡辩的犯人。

"四点，法雷瓦先生。"罗伯特用一种不大恭敬的口气大声回答，这不禁使艾琳娜想起了舞台上的一个什么傲慢的人物。

艾琳娜勉强喝下了大半杯汤，开始用叉子拣小鱼片吃。

情人们利用人们谈论墨西哥的机会，小声说着甜言蜜语。那穿黑衣服的太太以前从墨西哥得到两串精致的祈祷念珠，她对它们特别喜爱。可她从来不敢肯定这种喜爱之情是否超过了她对墨西哥的感情。教堂神父福切尔曾试图解释这种喜爱之情，但没有使她感到满意。而此刻，她恳切地问罗伯特是否注意到，或者说是否发现，她有没有资格对陪伴她的这串非常有趣的墨西哥祈祷念珠产生如此深情。

莱迪奈太太希望罗伯特在同墨西哥人打交道的时候，要格外注意，人存谨慎。在她看来，墨西哥人异常奸险而且无礼，报复心强。她确信自己这样批评墨西哥民族是完全公道的。她曾认识一个墨西哥人，那个人制作并出售非常出色的墨西哥肉馅玉米卷。他说话温柔和气。她曾对这个人非常信赖。可是，有一天，他被逮捕了，原因是他刺死了自己的老婆。她不知道这人后来是否被绞死了。

威戈恩这时变得更加兴奋起来。他也想讲一个关于墨西哥姑娘的故事。有一年冬天，这姑娘在道菲恩街的一家餐馆里给顾客上巧克力。可是除了老法雷瓦先生外，没人对这事感兴趣，只有他自己被这离奇古怪的故事弄得放声狂笑。

艾琳娜觉得，这些人真的全疯了，那样大吵大嚷的。她自己对墨西哥或墨西哥人

实在不感兴趣。

"你几点钟走?"她问罗伯特。

"十点,"罗伯特回答道。"波戴利想在月亮升起后出发。"

"你都准备好了吗?"

"是的。我只拎一个手提包就行了,到城里去包装衣箱。"

说完,罗伯特把身子转过去,回答母亲的问话。艾琳娜喝光了忘了加糖的咖啡,离开了餐桌。

她径直走回自己的房间,从外面一回到这小别墅,显得又闷又热,可是她好像毫无感觉,就像屋里有各种各样没完没了的事情在等着她去做一样。她摆正歪在一旁的洗脸架,抱怨正在隔壁房间安顿孩子们睡觉的混血保姆太粗心大意。她收起搭在椅背上的几件衣服,叠好放到壁橱里。接着,她脱去外衣,换上一件肥大舒适又很轻便的睡衣,坐下来重新梳理起头发来,异乎寻常地用力梳了又梳,刷了又刷。然后,她走进隔壁房间,帮助保姆哄孩子睡觉。

两个孩子很淘气,老想说话——干什么都行,就是不愿意安静地躺着睡觉。艾琳娜打发保姆先吃晚饭,并告诉她不用回来了。然后,她坐下给孩子们讲起关于仙女和精灵故事来,可这故事不但没起催眠作用,反而使他们激动起来,更睡不着了。她丢下他们,可孩子们自己却热烈地争论起来,猜测着故事的结局。真是毫无办法,他们的母亲许诺明天晚上再接着讲完。

这时,那个黑人小姑娘走了进来,说奈波伦太太请彭迪列太太在罗伯特走之前到主楼那儿去,同他们谈一会儿话。艾琳娜说她已经脱了衣服,身体有点不舒服,不去了。想了想她又说,她也许会晚点儿去。小姑娘走了以后,艾琳娜开始换起衣服来。她从屋门走出来,坐在门边。她感到非常闷热而且心情烦躁,于是使劲扇起扇子来。莱迪奈太太走过来,想看看出了什么事。

"餐桌上的乱哄哄的争吵把我弄得心烦意乱,"艾琳娜回答说,"我讨厌争吵不休和大惊小怪。罗伯莫名其妙突然要走的想法,好像是什么生命攸关的大事似的!他今天早晨一直在我这儿,可他对墨西哥的事只字未提。"

"确实如此!"莱迪奈太太表示同情。"这说明他根本没把我们大家,特别是你,放在眼里。要是别人,我倒不奇怪。奈波伦家里的人都是夸夸其谈,不大靠得住的。可我没想到罗伯特也会干出这种事来。你不想到那边去吗?去吧,亲爱的,不然会显得不礼貌。"

"我不想去,"艾琳娜不愉快地说道,"我不愿再穿上衣服,怪费事的,我不去了。"

"你不用再穿什么了，这身衣服就可以了，顶多再在腰上系根带子，你看我就是这样。"

"不，"艾琳娜坚决地说，"你去吧，如果我们都不去，奈波伦太太会不愉快的。"

莱迪奈太太吻了吻艾琳娜，同她说了声再见，离开了。说实在的，她倒真想参加现在还在喋喋不休进行的有关墨西哥和墨西哥人的空泛而热烈的谈话。

过了一会儿，罗伯特提着手提包走了过来。

"你不舒服了吗？"他问艾琳娜。

"哦，已经好了。你这会儿就走吗？"

罗伯特划着一根火柴，看了看表说："再过二十分钟。"火柴那突然而短促的闪光使周围显得更加黑暗了。罗伯特坐在孩子们放在外面的一条条凳上。

"搬把椅子坐吧！"艾琳娜说。

"这就挺好了。"罗伯特回答着，顺手戴上礼帽，随后又神色困窘地摘掉，用手帕擦着脸，抱怨起天气的闷热来。

"用扇子扇扇吧！"艾琳娜说着，把扇子递给他。

"哦，不用了，谢谢。扇扇子也不起什么作用，一停下来，反而更热。"

"男人们都这么说，真是有意思。我从来没听一个男人对扇扇子还有什么别的说法。你打算去多久？"

"说不定。可能不回来了。这要看事情怎么发展了。"

"但是，如果你还回来的话，那要多久呢？"

"那我可预料不见。"

"在我看来，这事太让难以相信了。我不喜欢那样做，我对你守口如瓶感到不能理解，你今天早晨连一个字都没跟我说。"

罗伯特沉默着，不做任何辩解。过了片刻，他说："别用这种不友好的方式同我说再见。以前，我可从没见你发过脾气。"

"我也不想同你不愉快地分手，"艾琳娜说道，"可是，难道你一点儿也不懂得我的心意吗？我已经习惯了跟你在一起，习惯了让你随时陪着我。你的行动却好像是不友好的，也许是故意这样做。对此，你甚至连句道歉的话都没有。啊，我还在计划着，我们怎样才会在一起，冬天能在城里见到你，那时我们会多么高兴啊！"

"我也这么想来着，"罗伯特不加思索地脱口而出，"也许，那是……"他猛地站了起来，向艾琳娜伸出手。"再见吧，亲爱的彭迪列太太。再见。你不会——我希望，你不会完全忘记我吧！"艾琳娜一把抓住了罗伯特的手，紧紧握住，不肯松开。

371

"你定时给我写信来，好吗，罗伯特？"她似乎是在恳求他。

"我会的。谢谢。再见！"

这多么不像罗伯特！即使是最普通的朋友，对这样的恳求也远远不能是只说："我会的。谢谢。再见！"

显然罗伯特已同主楼那边的人们道过别了。他走下台阶，向波戴利走去。波戴利正扛着船桨，站在外面等他，他们的身影在黑暗中逐渐消失了。

艾琳娜只能听到波戴利说话的声音，罗伯特显然连打招呼的话都没和同伴说一句。

艾琳娜抽动着双唇，咬着手帕，尽力压抑着自己，仿佛向另一个自我藏匿着自己的真实感情似的。这份感情正折磨着，或者说正撕裂着她的心，她的眼泪夺眶而出。

她重新感受到早在十几岁时，以及后来成为年轻姑娘后的那种潜藏在内心深处的爱的冲动。爱情的觉醒既没有减轻现实对她的压迫，也没有冲淡她对未来的朦胧困惑的憧憬所带来的痛苦。逝去的岁月，对她来说已变得毫无意义，她没有从中得到任何值得吸取的教训。未来是个谜，对此她不愿进行什么深入思考，眼下这些就足够了，这是属于她自己的。她受着它的折磨，受着她曾绝望地确信自己永远失去了的，而今仍不愿放弃、又重被唤醒的那种欲望的折磨。

16

　　"你很想念你的朋友吧?"某一天早晨,莱思小姐悄悄走到艾琳娜背后轻轻地问道。艾琳娜正要离开别墅到海边去。自从她学会了游泳的几种常用技巧以后,已经在海水里消磨许多时光了。她在哥兰德岛剩下的时间不多了,这唯一能使她愉快的游戏也为时不长了。当莱思走过来,拍着她的肩膀跟她提起话头时,艾琳娜觉得这个女人好像是在有意搅乱她压制着平静一去的心,或者更确切地讲,是侵犯她的感情。

　　在某种程度上说,艾琳娜周围事物的光彩、形象和意义都已随罗伯特的离去而消失了。她的生活虽然依旧,但她的存在却犹如一件失去价值的褪了色的旧衣裳那样暗淡无光。她四处打听罗伯特的消息——就连和别人谈话时也总要把话题引到他身上。她常在上午去奈波伦太太的家,甘愿听那架旧式缝纫机恼人的咔哒声。她坐在那儿,和奈波伦太太聊天,就像从前罗伯特在家时一样,陪他母亲谈话。她注视着屋子四壁上的挂的图画和照片,呆呆出神的目光突然发现了一本老式的相册。她怀着极大的兴趣翻阅着里面的照片,请奈波伦太太介绍有关这些照片的故事。

　　有一张是奈波伦太太的合影。小罗伯特坐在他母亲的膝上,脸圆圆的,将一节拇指含在嘴里,只有那双眼睛还能使人联想起现在的罗伯特。另一张也是罗伯特,是他五岁时的照片,穿着苏格兰短裤,满头鬈发,手里拿着一根鞭子。这张照片使艾琳娜感到好笑。艾琳娜最感兴趣的还是罗伯特大学时期的那张照片。他看上去很瘦削,脸长长的,眼睛很有神,精明干练。遗憾的是,这本相册中没有一张罗伯特的近照,这使她更加深了对五天前离开的罗伯特的怀念。他走了,在艾琳娜身边,他给她留下的是一片辽阔无边的荒原。

　　"噢,罗伯特等到了需要用自己的钱照相时,就再也不照了,他说他发现了更聪明的花钱方法。"奈波伦太太解释道。她说她收到了罗伯特在去新奥尔良之前写来的一封信,艾琳娜想看看,奈波伦太太告诉她不是在桌子上,就是在抽屉里或屏风上边,让艾琳娜自己去找。

　　信在书架上找到了。艾琳娜拿着这封信就像得到一件海洋珍宝,她不放过信封上

的每一个细节。信封的大小、形状、连同那上面的邮政号码以及罗伯特的字迹都对艾琳娜产生了极大的吸引力。信的内容很简短，信上说他准备哪天下午离开城里，说他已打点好行装，一切都一帆风顺。在信中，他请母亲向所有的人转达他亲切的问候。信中没有特别提到艾琳娜，只是在附言中说，如果彭迪列太太想继续读完他曾念给她听的那本书，他的母亲可以在他房间里桌子上的一堆书籍中给她找到。对罗伯特不给她而给他母亲写信，艾琳娜不禁产生了一股莫名其妙的恼火。

她对罗伯特的思念，已众所周知，不足为奇了。就连她丈夫在罗伯特走后的那个星期六回来时，也对她表示担忧。

"没有他，你怎么打发日子啊，艾琳娜？"他问道。

"他不在的确很无趣，"艾琳娜承认道。

彭迪列先生说他在城里碰到了罗伯特。艾琳娜连问了他十多个关于罗伯特问题，他都做了回答。例如：你们在哪碰上的？回答是早晨，在卡罗代里特街；他们在一个酒吧间一起喝了点酒，还抽了一支雪茄。你们都谈了什么？他回答说他主要谈罗伯特去墨西哥的前景，他认为罗伯特有远大前程；罗伯特看上去怎么样？他情绪是低沉，还是高昂，或是什么其他样子？等等。彭迪列先生认为总的看来，罗伯特对这次旅行，情绪还是很乐观的，这对一个到异国他乡寻求机遇的敢于冒险的年轻人来说，是非常自然的事。

艾琳娜心神不宁地用脚轻轻地敲着地，报怨孩子们为什么不在树荫下而在阳光下玩。她走下台阶，把他们从阳光下拉开，责怪混血保姆对他们照料不周到。

她总是想把罗伯特作为话题，引导丈夫谈谈他，对此她一点也不感到唐突。她对罗伯特的感情，同对丈夫的——无论是曾感受到还是希望感受到的——感情截然不同。她渐渐习惯于把感情隐藏在心底，不把它表现出来，也从不采取反抗的方式。这些感情是属于她自己的，与其他人没有任何关系，她确信她有保留它们的权利。有一次，艾琳娜曾对莱迪奈太太说，她决不会为孩子或其他任何人而牺牲自己，结果引起了两人一场激烈的争论。两位夫人都觉得她们彼此间无法相互了解，充其量只不过是讲着同一种语言而已。艾琳娜为了避免无谓的争吵，做着解释："我可以放弃那些非本质的东西和金钱，也可以为孩子牺牲生命，但我决不放弃我自己，我想我已经表达得已经很清楚了。这是我最近认识到并不断在我生活中发生作用的某种东西。"

"我不明白你所说的本质与非本质的东西是指什么，"莱迪奈太太有些激动地说，"一个人再也不能做出比为孩子牺牲自己的生命更大的牺牲了，《圣经》里就这么说的。我敢肯定，再也没有比这更大的牺牲了。"

"啊，不，你会知道如何做的，"艾琳娜大笑着说。

艾琳娜对那天早晨莱思小姐提出的问题一点也不感到意外。那天，莱思小姐在海边碰见她，拍着她的肩膀，问她是否想念她的朋友罗伯特。

"我整个夏天都没下海，现在夏天都快结束，我怎么会去游泳？"小姐不自然地笑道。

"请原谅。"艾琳娜为自己的失礼感到尴尬。她应该记得莱思小姐忌讳下水，这曾是人们引为笑柄的话题。许多人判断，其原因主要在于她戴着假发，也可能是怕弄湿了她头上戴的紫罗兰，也有人把它归因于由艺术家的气质而形成的对水的厌恶心理。莱思小姐从衣兜里掏出一袋巧克力递给艾琳娜，表示她并没有在意。艾琳娜很喜欢吃巧克力，因为巧克力解饿。她说巧克力虽然块不大，但含有很高的热量，可以免受饥饿。

"她儿子不在身边，一定会感到寂寞的，"艾琳娜跟你这样说的一个话题。"她让她最爱的儿子走了，这也够狠心的了。"

"她的最爱的儿子？我的天哪！是谁跟你这样说的？艾伦·奈波伦太太是为威戈恩才活着，而且只为他一个人，她从小就宠着威戈恩，使他成了个一钱不值的家伙。她喜欢他的一切，甚至他走过的地面。从某一方面讲，罗伯特为人倒还不错，他挣钱全部交给家里，自己只留一点点零用。他是她最爱的儿子！说实话，我倒有点挂念这个可怜的人，亲爱的。我喜欢见到他，听他讲当地的事——他是奈波伦家唯一有出息的人。他经常到城里来看我，我喜欢跟他开玩笑。而那个威戈恩，就是绞死他也不过分！真奇怪，罗伯特那回怎么没把他打死呢？"

"我还以为罗伯特对他兄弟很耐心呢。"艾琳娜说道。只要讲到罗伯特，不管说什么她都特别感兴趣。

"哦，大约两年前，罗伯特用鞭子把那家伙狠狠地揍了一顿，"莱思小姐说，"那是因为一个西班牙姑娘。威戈恩觉得那个姑娘应该专属于他。有一天，他看见罗伯特同那个姑娘在一起，可能是讲话，也许是一块游泳，也可能是一起散步，或是帮她提篮子——我记不准到底是为什么了——他竟然破口大骂起来。罗伯特当场把他揍了一顿，让这坏蛋老实了很长一段时间。现在，他应该再挨一次胖揍！"

"那个姑娘叫玛利塔吧？"艾琳娜问。

"玛利塔——是的，是叫这个名字。玛利塔，记起来了。哦，她很不老实，是个坏蛋，那个玛利塔！"

艾琳娜低头看着莱思小姐，纳闷儿自己竟然能听她讲这么长时间不怀好意的话，

不知为什么，她开始感到有些沉闷，似乎是不快。她让莱思小姐留下，同孩子们一起坐在帐篷的荫凉处。艾琳娜跳进水里，畅快地游起来。秋天快到了，水有些凉了。她感到精神振作，浑身是劲。她在水里呆了好久。

可是莱思小姐一直等着她。在回去的路上，莱思小姐显得非常和蔼可亲，不住嘴地称赞艾琳娜穿上游泳衣是如何的光彩照人。她还谈到音乐，希望艾琳娜能到城里去看她。她从衣兜里掏出一张卡片，用铅笔写下了她的地址。

"你什么时候走？"艾琳娜问。

"下星期一。你呢？"

"也是下星期，"艾琳娜回答道，接着又补充说，"这个夏天过得真愉快，是吧，莱思？"

"是啊！"莱思耸耸肩，表示同意。"如果没有蚊子和那对法雷瓦孪生姐妹的唠叨，会更好一些。"

17

在新奥尔良的埃斯布兰德街，彭迪列家有一幢非常豪华的别墅。阳台宽大敞亮，凹纹圆柱支撑着坡形的檐顶。房子表面刷成了耀眼的白色。窗子外层的百叶窗，或叫作遮敞窗，是绿色的。庭院非常洁净，栽满了路易斯安那州南部盛产的各种花草。室内陈设的家具典雅精美，古香古色。地板上铺着松软的地毯，门窗上垂挂着华丽雅致的帷幔，四壁墙上挂着高雅的名画，此外，还陈设着雕花玻璃和银质器皿，就连桌面上铺的也都是锦缎。这一切曾使不少妇人羡慕不已，没有谁的丈夫能像彭迪列先生那样肯在这些东西上面多花钱。

彭迪列先生总爱在屋子里踱来踱去，仔细查看各种摆设，看是否缺少什么。他非常珍惜他的财产，这当然主要是因为这些东西都是他的。他常常凝视一幅画，或是一尊小雕像，或是一幅贵重布料制成的带饰边的帷幔。总之，不管什么东西，都是由他亲手购置，使他感到由衷的满足。

每逢周二下午——星期二是彭迪列太太的会客日，来探访的人总是接连不断的。那些太太们经常坐着四轮马车或公共马车前来拜访，但如果天气好，路又不远的话，也可能步行来。一个肤色不太黑的混血佣人，穿着燕尾服，手里端着个小银盘，站在门口接收名片，然后引导来访者走进客厅。一个戴长筒形帽子的女佣人在客厅里为客人们斟酒、倒咖啡、拿巧克力，招待客人。这天，彭迪列太太总是穿着漂亮的礼服，接待来访者，在客厅里呆上整整一个下午。有些太太喜欢由丈夫陪着在晚上来，因而她的接待也经常要持续到夜里。

彭迪列太太婚后六年来，像进行宗教仪式一样，一直重复着这种单调乏味的例行公事。

彭迪列先生每天早上九十点钟离开家，在晚上七点之前很少能回来——开晚饭是在七点半钟。

从哥兰德岛回来几周后，一个星期二的晚上，彭迪列先生和太太单独坐在餐桌旁。孩子们已经上了床，从卧室方向不时传出光着的小脚相互拍打的声音和保姆的哄他们

377

睡觉的劝声。那温和的劝导和恳求的声调越来越高。彭迪列已注意到艾琳娜不和往常一样的打扮。

"你累了吗，艾琳娜？今天都接待了哪些客人？客人多吗？"他问道，尝了一口汤，然后往汤里放着胡椒、盐、醋、芥末等顺手可以够到的各种调料。

"客人倒不少，"艾琳娜说，非常满意地喝口汤，"我下午出去了，回来时看到了他们的名片。"

"你出去了？"彭迪列先生有些惊异地叫了起来。他放下小醋瓶，从眼镜片背后瞟了太太一眼。"啊！什么事让你占去了会客的时候？什么事非今天下午去办不可？"

"没什么事。我想出去走走。"

"唉，我真希望你有什么正当理由，"丈夫说，口气有点缓和了下来，说着又往汤中加了点胡椒。"唉，亲爱的，我想你应该懂得，大多数人是不应该这么做的。如果我们还想在社会上生活下去并随上主流的话，我们就得遵守社会习惯。如果你觉得今天下午非出门不可，那总要有个适当的理由吧？"

"这汤糟透了！真奇怪，连这样的汤也敢往餐桌上放，街上站着吃的自助午餐都比这汤强得多，布丝鲁波夫人来了吗？"

"我记不得都谁来了。乔，把名片盘拿来。"

佣人退下去，很快就又回来了，端来了盛满客人名片的小银盘。他把盘子递给了彭迪列太太。

"给彭迪列先生，"艾琳娜说。

乔又把盘子递给彭迪列先生，随手挪开了那碗汤。

彭迪列先生迅速扫视了一下来访者的名单，大声念出几个，还评论说：

"代尔斯拉丝姐妹。今天上午，我与她们的父亲做了一大笔期货交易，姑娘们很标致，快到出嫁年龄了。布丝鲁波夫人，她丈夫能跟我们做一笔比这大十倍以上的生意。我看，他的买卖能赚大钱，你应该给她写个便函去。詹姆斯·海曼斯特夫人，还有休。你跟海曼斯特夫人来往越少越好。拉法斯夫人，从卡拉尔顿村来的，这也是个又穷又老的家伙。威格斯小姐，埃莉诺·博尔顿夫人……"他把卡片推向一边。

"我的天！"艾琳娜忍不住地叫起来，"对这事，你怎么这么认真，真是小题大做！"

"不是小题大做，可我们必须认真对待这些事关重大的小事啊！"

鱼烧焦了，彭迪列先生连碰都没碰它一下，可彭迪列太太说她一点儿也不在乎烧焦的糊味。彭迪列先生觉得烤肉也不合口味，而那盘炒菜根本就难以下咽。

"我认为，"他说，"为这个家，我们花了不少钱，我们至少应该有一顿能使人吃得

下去的饭菜，也好维护咱们这个家的荣誉。"

"过去，你不是总认为这个厨师是很不错吗？"艾琳娜冷淡地答道。

"那是她刚来的时候。厨师也是个人，他们需要有人指教，就像所有被雇用的人一样。设想一下，假如我对我雇来的职员不加约束，让他们各行其是，那么，用不了多久就会把一切都搞得乱七八糟！"

"你上哪儿去？"

"我到俱乐部去吃饭，再见。"

这是常有的事。她虽然已经习以为常，但仍然感到心情不快。过去曾有好几次，她被搞得吃不下饭。其实，她有时还是去厨房的，勉强对厨师做出一些要求。有一次，她甚至把自己关在房子里，捧着一本烹调书，研究了一个晚上，开出了一张一周的菜单。这对她，虽说出于无奈并有些难堪，但总算尽到了一个女主人义务。

可是今天，她却强迫自己忍住怒火吃完了饭。她的脸发红，两眼喷发着怒火。她走进自己的房间，告诉男佣今晚她谁也不见。

彭迪列太太的房间宽敞而漂亮。女佣人把灯芯拨得很低，轻柔如水的灯光给室内增添了一层梦幻似的色彩。她站在一扇敞开的窗前，俯视着静寂黑暗的花园。黑夜的一切隐秘和魅力，似乎都凝结在那幽暗的摇曳着的芳香馥郁的花丛和树荫里了。彭迪列太太经常在这半明半暗的神秘的夜色中寻求自我，体味自我。夜色和她的心交融在一起了。现在，她发现从夜空和星际间隐约传来的声音并不能使她感到安慰。她觉得那是些嘲笑和悲哀的声调，既没有许诺，也没有希望。她转回身，开始在房间里焦灼地踱来踱去。她手中的薄纱手帕撕成一条一条的，搓成一个小球，扔掉了。突然，她停住脚步，从手指上撸下结婚戒指，丢在地上。然后用脚使劲地踩踩这枚滚落在地板上的戒指，想把它碾碎。然而，她那小巧的靴底不仅丝毫无损于这个闪闪发光的小圆环，甚至连点痕迹都没给它留下。一股激烈的感情冲击着她。她猛烈抓起桌上的花瓶掷向砖墙。她想进行一点什么破坏，想听东西破碎时发出的砰然声响。

听到打碎玻璃的声音，女佣人惊慌地跑进屋来看出了什么事。

"一个花瓶，掉在壁炉上了，"艾琳娜说，"不要紧，明天早晨再打扫吧！"

"哦，玻璃碴儿会扎脚的，太太。"那个年轻佣人一边说着，一边收拾起散落在地毯上的碎玻璃片，"那是您的戒指，太太，在椅子底下呢。"

艾琳娜伸手拾起戒指，若无其事地戴在手指上。

18

第二天清晨，彭迪列上班前，问艾琳娜能不能约个时间在城里碰头，看看给书房添置点什么摆设。

"不需要买什么新家具了，莱恩斯，我看你也太奢侈了，难道你不想做些储蓄或用这钱干点别的吗？"

"致富的门径是赚钱，不是省钱！亲爱的艾琳娜。"丈夫回答说。他对于太太不去跟自己买新家具而感到扫兴。他一边道别，一边对太太说，她气色不好，少言寡语，脸色苍白，应该注意多照料自己。

丈夫走了。彭迪列太太站在阳台上，若有所思地想着这空虚无聊的日子，顺手在缠绕青藤的茉莉花枝头上摘下几片花瓣，凑到鼻前闻闻，随即把它们撒在胸前的白色衬衣上。孩子们正在花园小径上拉着一辆小车飞跑，车上装着木块和小木棒。混血保姆小跑着，装出一副笑脸、笨拙地跟在后面，保护着孩子们。街上，不时传来苹果小贩的叫卖声。

艾琳娜若无所思地望着保姆的脸，实际上她什么也没看见。那街道，那孩子，那苹果小贩，和那眼前的花朵，这一切似乎构成了一个陌生的世界，充满着敌意，与她格格不入。

她回到了房间。她本打算去厨房，跟厨师谈谈昨晚那碗做得糟糕的汤，可是她的丈夫已经为她代劳了。在主人与佣人之间发生什么矛盾时，彭迪列先生总能找出令人信服的论据来证明主人的正确。在他离家上班时，他确信当天晚上和以后的几个晚上，一定能和艾琳娜一起吃上名副其实的家庭晚餐了。

艾琳娜差不多用了两个小时的时间，重新审视她自己的素描作品。她总是发现作品更多的缺陷和不足，但又没兴致再画一张，最后，从这堆素描中她选出几幅在她看来不太丢人的，放在一起，紧接着，她穿好衣服，带上这几幅画，走出了家门。她穿的这身上街时才穿的长裙，使她显得更加美丽大方，与众不同。她的脸略呈棕褐色，那是海滨日光照射的痕迹，前额光洁平滑，在浓密的棕发下熠熠闪光。她的脸上有几

颗微小的、不显眼的雀斑，下唇边有颗小黑痣，靠近额头的地方也有一颗，给头发半掩着。

艾琳娜在街上慢慢走着，不由自主地想起她依然迷恋着的罗伯特。尽管她曾多次努力忘掉他，丢开那些只会使自己伤害的回忆。但是对罗伯特的思念，就像附在身上的魔鬼一样，使她无法摆脱。她并不想沉湎于对往日相处时细节的回忆，也不想方设法地去品评他的人品。她只是思念那个人，那个主宰她整个身心的人。有时候，这种思念之情仿佛就要消逝在忘却的迷雾之中，可是很快地，它又以更加鲜明，更加强烈的色彩重现出来，把她拖入更加无法摆脱的迷恋之中。

这时，艾琳娜正走在去往莱迪奈太太家的路上。她们之间仍然保持着在哥兰德岛结下的友好关系。回城后，她们还时常来往。莱迪奈家住在离艾琳娜家不远的一条僻静的街道上。在那儿，莱迪奈先生开了一家药店。他们经营药品，过着殷实的生活。莱迪奈的父亲从前也是做药品生意的，因而继承父亲产业的莱迪奈先生在药品行业有很牢固的根基。他宽厚的为人和清晰的头脑使他在同行中很受推崇。莱迪奈家位于药店对面那座宽敞的公寓里过廊的一侧。在艾琳娜看来，他们的生活是地道法国式的，充满了异国情调。那间公寓式的客厅，既宽敞又舒适。在这里，莱迪奈夫妇每两周举行一次周末音乐会，接待朋友们。会后，人们坐得一桌挨一桌，玩各种扑克游戏。作为音乐会，总少不了一把大提琴、一把小提琴和一支笛子，这当然都是朋友们自己带来的。乐声响起后，一些人合着唱歌，还有一些人喜欢坐在钢琴旁弹奏不同风格的即兴曲。莱迪奈家举行的音乐会在远近都很出名，每一个接到邀请的人都感到这是一件很荣幸的事。

艾琳娜跨进屋门时，她的朋友正忙着清理洗衣房早晨送还的衣服。艾琳娜被随便带到了莱迪奈太太的跟前。见艾琳娜来访，莱迪奈太太感到很高兴。

"塞特和我全能处理这些事，这本来该是她的活，"莱迪奈太太解释说。艾琳娜对打扰她表示歉意。接着，莱迪奈太太叫进来一个年轻黑人女佣、用法语吩咐她仔细核对一下洗衣单子，特别要注意莱迪奈先生上周丢失的那块漂亮的亚麻布手帕是否送回来了，另外把需要缝补的衣裳挑出来，放在一边。

吩咐完毕，莱迪奈太太挽起艾琳娜的胳膊，穿过客厅，走进了前厅。那儿很凉爽，空气里弥漫着一股股玫瑰花的香味。

莱迪奈太太在家穿着便服，胳膊几乎完全赤裸着，丰腴，雪白的脖颈上那柔和的皱纹清晰可见，这使她显得更加妩媚动人。

"不知道我能不能学会画画儿。"她们坐下来后，艾琳娜一边微笑着，一边打开了

那卷素描画儿，把它们一张一张铺展开。"我想，我应该重新做一份工作，我总觉得自己应该做点什么，可做什么呢？我想重新拣起绘画儿来，拜莱德波先生为师，再好好学学，你说这值得吗？"

艾琳娜心里很清楚，莱迪奈太太在这类事情上是不会有什么有价值的看法的。她之所以这样做，只是由于自己还决心未下。

"你在这方面很有天资，亲爱的。"

"别夸了。"艾琳娜嘴里反驳着，心里却很高兴。

"说真的，你的天资是不可估量的。"莱迪奈太太坚持着，一张一张地看着素描，先凑近看，然后又把它们高举过头，偏着头眯起眼睛看。"毫无疑问，这张巴比伦农民像应该镶在镜框里。还有这篮子苹果，我从来没见过这么逼真的画了，苹果逼真得简直可以伸手从篮子里拿出来。"

对朋友的赞扬，艾琳娜不禁自得起来，好像她的作品真的是非常了不起的。她挑选几幅，自己保留起来，其余的都赠送给了莱迪奈太太。莱迪奈太太对这些画的赞扬显然是大有些名不副实。不久，当她丈夫从药店回来吃午饭时，她立即得意地把这些画儿又拿给丈夫欣赏。

莱迪奈先生是那些被人们称作"精英分子"的人物之一。他永远是乐观的，这与他的心地善良，宽宏大量，熟谙人情世故是相一致的。他跟他太太讲的英语有一种重音，这需要很仔细地反复对比和琢磨才能辨别出来。而艾琳娜的丈夫讲英语却没有任何重音。莱迪奈夫妇彼此间情投意合，心心相印。如果世界上真有哪两个人能合二而一，融为一体的话，毫无疑问，那就是这对夫妇了。

当艾琳娜坐在桌旁，准备同莱迪奈夫妇共进午餐时，她在心中揣测着："该不会是一顿草药餐吧？"饭菜端上来了，她不由觉得自己的想法实在滑稽可笑，那是一顿味美可口的午餐，简单而精致，无懈可击。

莱迪奈先生对艾琳娜的来访感到高兴，刚一见面他就立刻发现艾琳娜气色不如在哥兰德岛时那么好了。他劝艾琳娜服用一种增强体质的营养药，莱迪奈先生很健谈，涉及方方面面，例如政治、市内新闻乃至街坊邻里的小道消息等。他态度诚恳，兴致非常高昂，每一个音节都带有一种强调的语气。他的太太对他讲的一切都感兴趣。时而停下刀叉，专心地听着，生怕漏掉一个字，时而随声附和或是代他把话说完。

艾琳娜告别了莱迪奈夫妇，走上大街。她一点儿不感到轻松，反而更加心神不定，若有所失了。对这个似乎由上帝安排的和谐家庭的小小窥视，并没有使她对自己的生活产生什么遗憾或者新的渴望。在她看来，那是与她心目中的理想的生活格格不入的。

在她眼里这种和谐只不过是令人迷失心神的绝望和厌倦。她不由得对莱迪奈太太产生一种恻隐之情——一种对生活在暗淡生活中却对此一无所知，并以这种生活为最高准则的盲目满足的人生的遗憾。莱迪奈太太沉浸在这种自满自足之中，从来不知道什么叫痛苦，也从未领受过那种令人全身心投入、意乱情迷的生活的味道。艾琳娜模模糊糊地感到奇怪，意乱情迷的生活是什么意思？她一下子也不能说清其中的奥义。它仿佛像一种不可捉摸的幻影掠过了她的心。

19

艾琳娜很快就意识到她实在不该用脚踩踩结婚戒指和往壁炉上摔花瓶，这样的举动真是太愚蠢，太孩子气了。她开始做她喜欢做的事，体验她喜欢的情绪。星期二，她从不在家接待客人，也不回访任何客人。她不想再违心地摆出一副贤妻良母的样子，也不想再围着家转。她按着自己的想法，随心所欲，想干什么就干什么，为变幻不定的念头和忽然到来的古怪想法所左右着。

彭迪列先生对太太一向是比较宽容的，可是艾琳娜近来一系列异乎寻常的举动使他感到非常吃惊和不可理解。艾琳娜竟然全然不顾一个女主人应尽的责备。这使他恼怒。而对彭迪列先生的责难，艾琳娜竟以异常桀骜不驯的姿态予以回敬，仿佛她以决计再也不做一个温顺的妻子了。

"你作为一名女主人应该用点儿时间给家里做点儿什么，使它更舒适些，整天泡在画室里太有失体统了。"

"可我喜欢画画儿，"艾琳娜回答说，"希望我永远喜欢它。"

"那么，就看在上帝的份上，画吧！可是不能把这个家给毁了。你看看莱迪奈太太，人家喜欢搞音乐，可家里的事也料理得有条不紊。她这个音乐家可比你这个画家强多了。"

"她并不是什么音乐家，我也不是什么画家。我放弃其他事情并不是因为画画。"

"那是为了什么呢？"

"哦，我也不知道。你别管我的事，不要干涉我！"

有时，彭迪列先生甚至会萌发一种可怕的想法，他太太的神经是否出了毛病，她全然变了一个人了。也就是说，她正在恢复她的本来面目，正在抛弃那个虚假的自我，那个自我和众人一样把自己的真面目掩藏起来而以另一个脸谱出现。

彭迪列先生尊重太太的意愿，没有再管她，到自己办公室去了。艾琳娜来到了楼上她的画室——那是顶楼上的一个明亮的房间。艾琳娜开始全身心投入地工作起来。虽然还没有什么了不起的作品，但这工作本身使她感到心满意足。有一段时间，家里

所有的人都为她的艺术服务。孩子们被叫来当模特儿。起初他们觉得很有趣，可很快就没了原来的好奇心，觉得乏味，因为他们发现这并不是母亲为了他们的高兴准备的游戏。混血保姆也被叫来了，她在艾琳娜的画板前一坐就是好几个小时，像原始人那样有着坚韧的耐性。在这种时候，孩子们就由其他佣人照看着，而客厅就没有人打扫了弄得脏兮兮的。有时，一个年轻女佣人的背部和肩膀偶尔显现出的一种古典美的线条，或她那严实的帽檐下露出的一绺头发激起了艾琳娜的创作灵感，她也就立刻成为女主人的模特儿，开始了她的为艺术服务的使命。

关于大海的回忆又使她心神不定起来。她仿佛又听见了轰隆隆的大海波涛的拍击声和呼啦啦的风吹船帆的声响，好像海湾上空的那轮明月又闪烁在他眼前，感受到那温煦的南风。一股莫名的、不可阻碍的情感流遍了她的全身，拿着画笔的手不知不觉松软了，眼睛也有点发涩。

有时，她也说不出为什么就兴奋了起来，那是当她觉得整个身心与奇幻的颜色、缥缈的幽香与南方晴空下温暖的阳光融为一体时所感受到的。她自由自在地呼吸着，是那样幸福。每逢这时，她总喜欢到那些陌生而奇异的地方去漫步。她发现了许多阳光充足，令人困倦的，适于幻想的所在。她可以一个人呆在那儿，不受任何人私事干扰。

而更多的时候，她觉得的却是没有什么愉快。当她感到生活既没有什么值得高兴也不值得悲伤，生死毫无意义，生活像一座变了形状的地狱，人不过是像条虫子盲目地抗拒着不可避免死亡的时候，她的心情总是忧郁不乐的。在这样的日子，她无法工作，也不用想象去编织奇幻的梦，去刺激和温暖那颗冷漠的心。

20

艾琳娜怀着后一种心情去找莱思小姐。她并没有忘记她们上次在海边的交谈给她留下的不愉快的印象。尽管如此，她还是想见她，主要是想听她弹钢琴。中午刚过，艾琳娜就动身去拜访这位钢琴家了。不幸的是，莱思小姐留给她的名片放到哪儿去了，她只好先到城市居民地址簿中去查找。费了很大力气，她发现这个女人住在边维列斯街。这条街离她家有好一段路程。

这本居民地址簿是一年以前或更早些时候编成的。当艾琳娜按着那个地址找到那个门牌时，发现那所房子里住着一个出租带家具房子的体面的混血儿住在那所房子里。他家在这儿已经住了半年了，对莱思小姐的下落一无所知。实际上，他们对邻居也所知甚少。他们向艾琳娜担保说，他们的房客都是有名望的人。艾琳娜无心同他们讨论阶级划分问题，她快步走向邻近的一家副食店，心想莱思小姐一定会把地址留给这家店主人。

店主人在回答艾琳娜时说，莱思小姐对他来说，完全是个无足轻重的人。他从来没想到要结识她，也不想知道任何关于她的事，不夸张地说她是住在这条街上最令人讨厌、名声最坏的女人。店主人认为是上帝的恩赐让她搬走了，他还因为自己不知道这个女人的去向而感到幸运。

寻访中，这些意想不到的困难，反而更增加了艾琳娜想要见到莱思的愿望。她苦苦思索着谁能帮她。她知道，问莱迪奈太太是没用的，因为她一直对这位乐师极为冷漠。突然，她想到了奈波伦太太，对于莱思小姐，奈波伦太太是最可能知道她确切地址的人。

艾琳娜知道，奈波伦太太进城来了，因为现在已经是十一月中旬了。于是，她向奈波伦家居住的查尔斯特走去。

刚一看上去，艾琳娜惊诧了，那陈旧的门窗装着铁栅栏简直像座监狱。房子的四周是高大的篱笆，把花园围在正中间。面朝大街的门紧闭着。艾琳娜伸手按了按门铃，然后站立在人行道上等候着。

威戈恩来开了门。一个黑人妇女一边用围裙擦着手，一边紧紧跟随着。他们还没进门，艾琳娜就清楚地听到了他们的争论声。那个女人——似乎有点神经质——要求威戈恩让她做她自己的事，比如为来访者开门。

见到彭迪列太太，他那惊喜的目光丝毫没有掩饰这种情绪。威戈恩是一个有着黑色眉毛的、非常英俊的十九岁小伙子。他非常像他的母亲，可脾气比他母亲暴躁十倍。他让那个黑人女人赶快去通知奈波伦太太，说彭迪列太太想见她。那女人对威戈恩没让她去开门而满腹牢骚，嘴里嘟嘟哝哝地抱怨着，没理威戈思的话，又回到花园里她原先锄草的地方。这下可激怒了威戈恩，他破口大骂起来，恶毒地诅咒着。因为说的又急又快，艾琳娜一句也没听清。不管怎么说，这顿辱骂显然是生效了，那女人终于放下锄头，嘟嘟哝哝地走进了房里。

艾琳娜不想进到屋里去。屋子的侧廊看上去很舒适，那里有座椅，有柳条编的安乐椅，还有一张小桌子。她走过去坐了下来，一连走了这么远的路，实在太累了。她轻轻地摇晃着摇椅，用手轻轻抚平阳伞上的皱褶。威戈恩拖了把椅子，坐在她身边，解释说，那女人有失体统，平时太缺乏管教，所以她才敢违抗他的命令。威戈恩说他昨天早晨才从哥兰德岛回来，他差不多在那呆了整整一个冬天。由于他在那儿，哥兰德岛上的一切才井井有条，并已为明年避暑的游客做好了一切准备。

可是，人不管怎么忙，还是得适当地休息一下。威戈恩跟彭迪列太太说，他时常找借口进城逛逛。他昨天还进了一趟城，哎，但这并不能让母亲知道。于是，他放低了声音，兴致勃勃地谈起了关于昨天进城发生的事。当然，他不便把所有的事都告诉彭迪列太太，因为她是女人，不明白那种事。这件事大致是这样的。起初，他透过一扇百叶窗，发现有个姑娘在窗后偷偷窥视他，还向他微笑。哦，那姑娘真是个美人！威戈恩向她微笑，并走了过去，和她交谈起来。威戈恩绝不会轻易放过任何一个这样的机会，彭迪列太太对这一点十分清楚。她尽量装出心不在焉的样子，可这年轻人还是引起了她的兴趣。这可能在她的面部表情中有所流露。这使年轻人更放肆了，要不是奈波伦太太的及时出现，彭迪列太太真可能会被那夸张的荒唐故事扰乱心神呢。

奈波伦太太依然保持着夏天的习惯，仍穿着白衣服。当她看见彭迪列太太时，眼睛里闪现出热情和喜悦的光，不断地地询问着。她问彭迪列太太为什么不进屋去坐？和我们一起吃点儿点心怎么样？为什么回城后一直不来看我？亲爱的彭迪列先生怎么样了？那两个淘气的孩子好吗？等等。

威戈恩来到母亲身边的柳条安乐椅边，斜着身子坐了下去。以便他可以直接看见艾琳娜的脸。刚才他们两人谈话时，他不自觉地从彭迪列太太手中接过了那把阳伞。

这时儿，他扬起脸，撑开伞，飞快地在头上旋转着。奈波伦太太抱怨说，回城后什么都看不惯，生活太枯燥了，平时除了威戈恩偶尔从岛上回来住上一两天外，几乎见不到任何人。那里总有干不完的事。在她们谈话的时候，威戈恩在安乐椅上踦身子，向艾琳娜暗送秋波儿。彭迪列太太觉得自己仿佛成了什么同谋者。赶紧摆出了一副严肃和不屑一顾的样子。

奈波伦太太对彭迪列太太说，罗伯特后来又来过两封信，信上没讲什么。接着奈波伦太太恳求威戈恩进屋去找罗伯特的信，威戈恩没动，说根本没必要去找，信上的内容他全记得。可当真让他复述时，他却支支吾吾什么也说不出来。

罗伯特的两封信，一封来自维拉·克鲁兹，一封来自墨西哥城。信上说他已经见到了蒙威尔，他正努力帮助他。在经济上他目前和离开新奥尔良时没什么变化，不过前景是非常可喜的。在信中罗伯特描述了墨西哥城的风土人情。他向家人问好，信里夹有一张给他母亲的支票。最后他请母亲转达他对朋友们的真挚问候。这就是这两封信的基本内容。艾琳娜想，这信中只要有一点儿涉及她的话，她都会高兴的。她忽然想起来，她到这儿来的目的是要询问莱思小姐的地址。

奈波伦太太知道莱思小姐的住址，把它给了她。她还对艾琳娜没有留下来共度那美好的下午表示惋惜。再说时间已经不早了，改天再去看她也行。

威戈恩撑开阳伞，跟着彭迪列太太走过花园的甬道，来到了车旁。威戈恩请求彭迪列太太一定要对他刚才讲的事，保守秘密。艾琳娜听后大笑起来，同他开起了玩笑，说不认为要对此事保持沉默。

"彭迪列太太真漂亮！"奈波伦太太对儿子说。

"漂亮得令人意乱情迷！"威戈恩也说，"看来她是天生的城里人，看上去她全变了。"

21

许多人认为，莱思小姐是因为讨厌乞丐、小贩和那些"不速之客"，才总是在公寓的最顶层选择住房的。她这间阁楼里狭小的前庭有许多窗户，全都很脏，但由于它们几乎总是开着的，因而看上去倒也没什么。屋子里的空气和光线都来自这些敞开的窗户。偶尔，也飘进一些炊烟和灰尘。从窗户望出去，可以俯瞰到一条小河，欣赏到密西西比河上汽轮的高高烟囱和桅杆。前屋摆着一架巨大的钢琴，使房间显得格外狭小。莱思小姐睡在隔壁的一间里。在第三间也是最后那个房间里，装着一个柴油炉。每当她不愿下楼去附近的小馆吃饭时，就用炉子自己做着吃。这成了她的餐厅，她所有贵重的物品都放在那个她心爱的古老碗橱里。那碗橱几乎有上百年的历史了，磨损得破烂不堪。

当艾琳娜敲开门走进前屋时，看见莱思小姐正站在窗前。修补一双旧鞋。看见艾琳娜走进来，这个矮小的音乐师笑得前仰后合。她笑得那么开心，全身上下抖动着，脸都扭曲了。艾琳娜觉得，这个女人站在那儿，在午后的阳光中显得非常俗气。那朵用旧黑丝带系着的紫罗兰假花仍戴在头上。

"你终于想起我来了"。莱思小姐停住了笑，对艾琳娜说道："我自言自语道：啊，她才不会来呢！"

"你猜过我会来看你吗？"艾琳娜微笑着问道。

"没想过，"莱思答道。

说着，她们在靠墙的小沙发上坐下来，坐得小沙发嘎吱吱直响。

"不过，你来了，我非常高兴。我在后面那间房子里烧着水，正想煮咖啡。我想，你应该不会拒绝和我一起喝杯咖啡吧？啊，我可爱的朋友，你近来好吗？你总是那么美丽动人，那么健康，那么快乐！"她把艾琳娜的手攥在自己那刚劲和小巧的手指间，然后抬起她那冰凉的手指，好像在艾琳娜的手掌和手背上弹着什么曲子。

"不错，"莱思小姐继续说，"有些时候，我想你是总也不会来了，就像上层社会的那些女人一样，只是口头说说，决不会真来。这是因为我的确觉得，你不喜欢我，彭迪列夫人。"

显然，彭迪列太太坦诚的回答，莱思小姐感到十分满意。为了表示感谢，她走到柴油炉那儿，给客人取来了咖啡。艾琳娜在奈波伦家，谢绝了主人的点心，这会儿她有点饿了。她品尝着莱思拿给她的咖啡和饼干，感到香甜可口。莱思把放咖啡和饼干的茶盘放在小桌上，又回到那个叽嘎作响的沙发上。

"我收到了你朋友的一封信。"莱思一边说着，一边往艾琳娜杯子里放着奶酪，把杯子递给她。

"我的朋友？"

"是的，你的朋友罗伯特，从墨西哥城写来的。"

"他给你写信了？"艾琳娜惊讶地反问道，不自然地搅动着咖啡。

"是的，给我写信了。为什么不呢？哎，别把咖啡搅凉了，快喝吧！这封信，也可以说是给你写的，这封信从头到尾除了询问彭迪列夫人外别无其他内容。"

"能给我看看吗？"年轻女人向她恳求道。

"不行！这封信只关系到写信人和收信人的事。"

"你不是刚刚说过，这封信都是关于我的吗？"

"信中是提到了你，可信不是给你的。他只不过问问：你见到彭迪列夫人了吗？她最近怎么样？他写道'就像彭迪列夫人常说的那样'。'彭迪列夫人有一次曾说过的那样'。还有，他说：如果彭迪列夫人去拜访你，请你一定给她弹奏肖邦的那首即兴曲，我喜欢这支曲子。几天前我在这儿也听到了这支曲子，可惜不如你弹得好。我想知道这曲子会对她产生什么后果，等等他好像知道，我们经常互相走访似的。"

"让我看看那封信吧！"

"哦，不行。"

"你回信了吗？"

"没有。"

"让我看一眼吧！"

"不，就是不行。"

"那么，请给我弹奏肖邦的即兴曲吧！"

"时间不早了，你什么时候回家？"

"时间对我来说无关紧要，这未免有点难为情。还是弹那支曲子吧！"

"可是，关于你自己的事，你还一点没谈呢。你近来在做什么？"

"画画儿！"艾琳娜大笑道。"我快要成为一个画家了！想想吧！"

"哦，一位画家！你这可有点自夸了，夫人！"

"怎么说是自夸呢？难道你不认为我能成为一个画家吗？"

"我对你还不够了解，不了解您的才能和气质。当一个艺术家，要有多方面的素质，尤其是要具有天赋——的天赋——这可不是通过后天的努力可以获得的。此外，要想在艺术上取得成功，必须具有献身的精神。"

"你说的献身的精神指的是什么？"

"就是要有勇气，我的孩子。献身的精神，就是要具有勇于牺牲的精神。"

"那么，给我看看那封信，给我演奏那支曲子吧！我想这种坚持不懈的精神，不就是艺术家所必须具有的吗？"

"对你面对的这个笨拙的老女人，倒的确有点作用。"莱思小姐大声笑着回答。

那封信就放在艾琳娜面前的那张小桌的抽屉里。莱思拉开抽屉，拿出最上面的信，交给艾琳娜，然后站起身来，轻轻走到了钢琴边。

莱思小姐先弹一支轻快的序曲。这是一首即兴曲。她坐在钢琴前，矮小的身影在难看的曲线和三角形中摇动着，显得异常古怪。不知不觉中，这首序曲融进到肖邦那首温柔的即兴曲的前奏中去了。

艾琳娜丝毫没有注意到这首即兴曲是怎么开始，又是什么时候结束的。她坐在沙发的一角，借着昏暗的光线，读着罗伯特的那封信。这时莱思小姐已从肖邦即兴曲滑向伊索尔德情歌颤抖的曲调。然后，又回到了肖邦那首激起内心无限愁思的即兴曲。

小屋里的光线变得更加昏暗了，音乐声变得奇妙而热情、昂抑、迅急、伴和着深沉的哀怨和温柔的乞求。光线越来越暗了，音乐声充溢了整个房间，飘出窗外，回荡在整个海湾的上方，然后消失在寂静而乐曲的夜空。

艾琳娜呜咽起来，和她在哥兰德岛那难忘的夜晚的心情一样，她的心灵又一次被奇妙的乐曲声唤醒了。她颤抖着站起身来，准备离开。在跨出门时，她转身问道："我可以再来吗？"

"你什么时候想来，就请来吧！当心！别绊倒了，楼梯那儿太黑了。"

送走艾琳娜，莱思小姐返身回屋，点燃了蜡烛。罗伯特的信掉在了地板上。她弯下身拾了起来。信折皱了，已被泪水浸湿。莱思小姐抚平了信，装进信封，然后把信放回了小桌子的抽屉里。

22

一天清晨，彭迪列先生在去城里的道上，把车停在了他的老友、家庭医生曼德莱特先生的家门前。这位医生已经离休了，就像人们所说的：功成名就隐退江湖。他与其说是靠医术，倒不如说靠智慧而成名。他把日常工作都交给了助手和年轻的医务同行，他只负责有关病人的咨询服务。长久建立起来的友谊的纽带，把他和有数的几户人家联结起来。这些人家有病人需要找医生时，他仍然亲自出诊，彭迪列一家就是这几户享有这种"殊荣"的人家之一。

彭迪列一眼就看见他的朋友正坐在书房大敞四开的窗前看书。这套房子坐落在一座美丽的花园的中心，离街道有一段路。这位老医生坐在他既宁静又舒适的书房看书。这位老医生有浓厚的读书兴趣。当彭迪列先生走过来时，他不高兴地抬起头，眯着眼睛看了看，瞧是谁这么早就不识趣地前来打扰他。

"啊，是彭迪列先生。我想该不会生病了吧！请这儿坐。今天一大早你带来什么新闻！"曼德莱特看上去非常健壮，满头灰发下，长着一对蓝色的小眼睛，岁月虽然已无情地夺去了这双眸子中明亮的光辉，但毫不影响他那洞察一切的智慧。

"哦，我从不生病。医生。这你知道，我是粗材料做成的——出身于那顽强的，随风飘荡的老克里奥耳种族的彭迪列家族。我是来向你咨询的，不，严格地说，不是咨询，而是跟您聊聊艾琳娜的事，我不知道她得了什么病。"

"彭迪列夫人不舒服了吗？"老医生有些惊诧。"哦，前几天，我还看见她了——大概是一星期前——她沿运河街走着，看上去很好。"

"不错，不错，她看上去很好。"彭迪列先生说。"可是她的心情很不好。她有点古怪，有些反常。我搞不明白她是怎么了。我想你能帮我这个忙。"

"她平时举止如何，"医生问道。

"唉，怎么说呢！"彭迪列先生说。"总之，她把家里弄得乱七八糟。"

"哦，女人们可不全这样，彭迪列先生，我们必须考虑考虑——"

"这我知道。我说过我不明白。她整个人，对我以及所有的人和事全变了。我性情暴躁，这你知道。但我不想吵架，不想对女人发火，特别是对我的太太。可我心里乱极了，就像有许多东西在捉弄我似的，她这种变态的行为是我的一种痛苦。"彭迪列先生继续说着，不由得激动起来，"她脑子里产生了某种关于女人永久权力的想法。你知道，我们每天早晨在餐桌上见面。"

老人的浓眉皱了一个，动了一下嘴唇，然后用裹着布的手指轻轻敲打了一下椅子的靠背。

"你对她做了什么愧心的事吗？彭迪列先生？有愧的事？活见鬼！"

"那么，"医生微笑着说，"近来她同那些冒充的妇女知识分子——那些不食人间烟火的人——有来往吗？我夫人近来时常向我谈起她们的事。"

"毛病就在这儿！"彭迪列插嘴说，"她不同任何人交往。星期二她干脆就不回家，回避所有的老朋友，一个人逛来逛去，乘出租马车四处游荡，天黑了才回来。我跟你实说了吧，她完全失常了。我不喜欢这样，我对这种失态形为感到非常担忧。"

对医生来说，这倒是个新病例。"是不是有什么遗传方面的问题？"他严肃地问道，"她的祖辈有没有畸形的病史？"

"哦，没有，确实没有。她出身于健康的肯塔基州长老会世家。她的父亲，那位老人，听说每星期都要做虔诚的赎罪祷告。我亲眼所见，他为他的赛马就占用了他在肯塔基州的好大一片耕地。至于玛甘泪——你是知道玛甘泪的，她总是恭恭敬敬遵守长老会的教义，只有她最小的妹妹有点活泼。顺便说一句，她将在这半个月内结婚。"

"叫你夫人去参加婚礼，"老人大声说，似乎发现了一个令人愉快的恰当的解决办法。"让她和娘家人住上一段，这会有好处的。"

"我也想这么做，可她不肯去。她说婚礼是世界上最令人头痛的场面。一个女人竟对她丈夫说出这样的话，真让人受不了！"彭迪列先生不觉提高了声音，一谈起这些，就使他感到气愤。

"彭迪列先生，"医生想了一下，说道，"你在一段日子里，不要理会你的夫人，不要打搅她，也不让她打搅你。女人，我敬爱的朋友，女人是一种异常特别而奇妙的生物。一个敏感而心理健全的女人，据我所知，像你夫人的这样的女人，往往是很奇怪的。这问题得由博学的心理学家来解决，靠你我这样的平庸的人只能误事。大多数女人都喜怒无常，爱幻想。你夫人可能仅仅出于一时的冲动，可能是由于某个或某些你我都不必探求的原因。这件事情很快就会过去的，关键的是你不要出面约束她。让她来见我吧！"

"哦，做不到！我没有理由让她上这儿来，"

"那么，我去看她，"医生说。"哪天晚上，我以一个朋友的身份去你家里做客。"

"您一定来，"彭迪列表示赞同。"哪天晚上呢？星期四怎么样？可以吧？"他边说边站起身来，准备告辞。

"好，就星期四。我夫人可能在那天给我安排了事情，要是那样的话，我会事先告诉你的。要不，你就等着我吧！"

告辞前，彭迪列转身说："不久以后，我要去纽约办事。我手头有一项大计划，要我亲自去处理。我将向你透露其中的内情，如果你不反对的话，医生。"彭迪列大笑起来。

"不，谢谢，亲爱的先生，"医生回答说。"这样难得的机会还是留给像你们这样年轻人去干吧！你们精力充沛，前途无量。"

"我的意思是，"彭迪列先生说着，握住了门把手，"我可能会离开一阵子，你会让我带着艾琳娜吗？"

"当然要带着，如果她不反对的话。如果她不愿意，就留下来，一定别勉强。我敢保证她的这种情况很快会过去。可能要耐心地等待一些时间。"

"那么，星期四见。"彭迪列先生边说边走了出去。

其实，在谈话时，医生本想问问"有其他男人介入吗？"可出于对克里奥耳人的了解，他是不会犯这种错误的。

老人没有立刻拿起书本，而是坐了好一阵。他注视着窗外的花园，陷入了沉思。

23

艾琳娜的父亲进城来和女儿女婿住在一起，已有一些日子了。艾琳娜对父亲的感情并不深，平时态度也不亲近。但是他们之间还有一些共同爱好，所以当他们坐在一起时，还能谈到一块去。实际上，父亲的来访，对艾琳娜来说，并不能算是一种侵扰，相反，这倒似乎为增进她们之间的感情找到了新的希望。

艾琳娜的父亲到城里来是给女儿珍尼格置办结婚嫁妆的，顺便也为自己买一件外套，好在女儿的婚礼上穿得体面一些。结婚礼物已由彭迪列先生预定好了。对彭迪列先生在这方面的能力，亲属们素来都很佩服，特别是他有关衣着的眼光——这往往体现问题的本质——在岳父眼里，他就像经书一样，具有不可捉摸的价值。可是几天以来，这位老人一直被艾琳娜纠缠着。艾琳娜试图在父亲身上找一种新的感情。他曾在南部联邦军里任过上校，至今仍保持着一种军人的气质。他的头发和胡须已经全白了，蓬松柔软，鲜明地映衬出他那张满是皱纹的古银色的脸。他身材高大、瘦削，穿在身上的夹层外罩，使他的肩部和胸部显得特别宽阔。父亲刚到那天，艾琳娜就把他请进了画室，为他画了张素描。老人对女儿的安排非常认真。即使他的女儿比现在老十倍，他也会坚信，靠着自己赋予女儿掌握纯熟绘画技巧的天赋，再通过她自己的不懈努力，一定会获得非诉的成就。

艾琳娜急于想让父亲愉快，就向莱思小姐发出了邀请，请她为父亲演奏钢琴。可是，莱思小姐拒绝了。于是他们就决定参加莱迪奈家的音乐会。莱迪奈夫妇对这位上校非常尊敬，视为上宾，邀请他们下周或随便哪一天再来共进晚餐。音乐会上，莱迪奈太太以最迷人的风度和纯洁无比的举动，向上校卖弄着风骚，向他暗送秋波，打手势，滔滔不绝地讲着各种动人的话语，直到使上校觉得似乎年轻了三十岁为止。对此，艾琳娜感到迷惑，她自己是从不在男人面前卖弄。

在音乐会上，艾琳娜也注意过在场的一两个男人。但她从未动心，或企图借助滑稽性的表演引起他们的注意——她从不使用浪荡女人的方式诱惑他们。这两个男人只不过在气质上使她产生了兴趣，使她从中感到了心情的愉悦。她是在想象中选中他们的（这使她感到高兴）。音乐间歇时，他们认识了，还谈了话。对艾琳娜来说，这并不算什么，她有这样的感受，就像有时在街上，过往行人陌生的一瞥，也会萦绕在记忆中，使她感到不安。

彭迪列先生没有参加这次音乐会。他认为那种娱乐太枯燥，还不如他在俱乐部里所能得到的新的幸福。可他对太太却说，音乐会上的音乐太杂乱，这对他这样缺乏音乐训练的人难以应付。这个借口使莱迪奈太太感到高兴，可她却不同意彭迪列先生对俱乐部的看法，她把这看法坦率地告诉了艾琳娜。

"彭迪列先生晚上常去俱乐部，这叫人感到难过。如果他能留在家里的话，你们一定会——啊，请别在意——一定会更亲密一些。"

"啊，不，亲爱的。"艾琳娜目光有些呆滞。"如果他晚上呆在家里，我可怎么办呢？我们很少有话说。"

对父亲，艾琳娜一点没提这件事。其实，即使说，父亲也不会反对她的。她觉得，父亲给她的生活增添了快乐，虽然她明知道这种快乐持续不了多久。她第一次感觉到自己对父亲是了解的。这位上校总是命令女儿为他做这做那，这反倒使艾琳娜感到幸福。只要她自己干得了，她从不让佣人和孩子们动手。

上校每天要喝大量的威士忌酒，这使他白天变得懒了。他是调制各种烈性酒的能手，甚至还发明了一些新的秘方，他为这些发明还起了不少奇特的名字。为了配制这些酒，需要各种配料，他要艾琳娜给他买来。

星期四，曼德莱特医生到彭迪列家来吃晚饭。席间，他细心观察了艾琳娜的脸色，并没有发现彭迪列先生对他讲过的那种症状。艾琳娜看上去很兴奋，甚至可以说是神采奕奕。她和父亲白天去看了赛马。当她坐下进餐时，思想仍然停留在赛马场上，继续同父亲谈着有关马场的问题。医生对他们谈论的赛马情况在思路上已跟不上形势了，他只能回想起那称之为"过去的快乐时光"的赛马盛况，那时莱卡姆普特赛马中心非常繁华。他凭记忆和他们交谈着，想使自己在这方面不致显得太幼稚。可是，医生那缺乏现代精神的对往日赛马的记忆，没给上校留下任何印象。白天，艾琳娜和父亲都在最后赛局下赌注，而且都中了，他们一直为此感到高兴。除此之外，给上校印象最深的，就要算他在赛马场上遇到一些非常好人了。认识莫蒂默·梅里美夫人和詹姆斯·海曼斯特夫人（同艾奇·艾洛宾在一起），给他们白天的娱乐增色不少，现在回想起来，依然感到异常的兴奋。

彭迪列先生对赛马没什么特殊嗜好，他甚至不愿意在娱乐时间谈这类话题，尤其是当他想起肯塔基那那片绿色草地的下场时，更是如此。他试图用概括的语言对赛马这种运动表示反对。这顿时引起了岳父的不满和反对，结果发生了一场激烈的争论。

艾琳娜完全站在父亲一边，医生则采取中立态度。

曼德莱特浓密眉毛下的炯炯有神的眼睛，一直全神贯观察注视着这位女主人。终于，他在这位女主人身上发现了奇妙的变化。这位他向来熟悉的无精打采的女人完全变成了一个精力充沛的人。她的话语激烈刚劲，目光和举止中没有畏惧和自卑感，这使他联想起明媚的阳光下精力充沛的美丽而健壮的动物。

丰盛的晚餐，红葡萄酒使人发热，香槟酒又给人以凉爽的感觉。饭菜可口，美酒飘香，一切令人不快的想法，都随着美酒泡沫的消失而消逝了。

彭迪列不禁兴奋地回忆起往事来。他讲起当年在农场生活的有趣经历，感慨着古老的伊伯维利的过去和她的青春。那时，他经常和一些黑人伙伴捉鼹鼠，用木棒上树打核桃，打蜡嘴鸟，在树林中和原野上奔跑，有时还干各种恶作剧。

接着，慢条斯理地讲述漫长生活中的一段阴暗的日子，在那些痛苦的日子里，他总是扮演一个非凡的引人注意的角色，而且总是一切事情的关键人物。医生讲的话题也不那么令人愉快，他讲了个既古老又永远使人感到新鲜的一个女人的哀婉的爱情故事。这个女人企图寻求一条奇特的崭新之路，可是经过了一番苦难之后，又回到了原先的锚地。这是他多年来行医中所遇到的无数病例中的一例。这故事对艾琳娜并没产生什么特别影响。她也讲了一个故事，也是关于一个女人的。那女人有一天和她的恋人乘着独木舟离去，再也没有回来。他们隐居在巴拉塔瑞安姆岛上，从来没有人知道他们的下落，至今还没有找到他们的任何线索。这故事完全是虚构的。艾琳娜对众人说，她是从安东尼夫人那儿听来的，那当然是虚构的。这很可能是她做过的一个梦。尽管如此，在她讲述时，那每一个富有活力的字眼儿，对听众来说，就向真的一样。他们仿佛感觉到了南方夜晚的闷热，看见了月光下的独木舟，听到了船桨在波光粼粼的水面上的拍击声，以及从碱水湖旁芦苇中惊飞的水鸟翅膀的扑棱声。他们似乎看到了那对情人坚毅的面孔，看到他们紧紧相拥在一起，在无边的迷津里，飘向虚幻的天际。

人们的杯子里又斟满了清凉爽口的香槟酒，那不断泛起的大量泡沫，好像故意弄人似的，嘲弄着艾琳娜的回忆。

离开暖暖的炉火和柔和的灯光，走进屋外阴森的夜色中。老医生在漆黑的回家的路上，不觉拉紧了胸前的大衣。他对他的同胞和绝大多数人有着更进一步的了解。他清楚地知道，人的内心世界只有洞察秋毫的能力才能窥测到。他开始后悔不该到彭迪列先生家来做客。他已经老了，不想打探别人的隐私，他更需要身体的休息和心灵的宁静。

"我想那不会是艾洛宾吧！"他一边走着，一边自言自语道，"我敢对上帝发誓，那不是艾奇·艾洛宾。"

24

因为拒绝参加妹妹的婚礼，艾琳娜和父亲进行了一场激烈的争吵。彭迪列先生对此事不发表任何议论，他不想利用自己的地位给妻子施加压力。他遵照曼德莱特医生的忠告，让她自行其是。上校则喋喋不休地责怪女儿不孝敬老人，没有手足之情和做女人应有的小心。他唠唠叨叨地数落着，可没产生什么效果。最后，他气愤地说，艾琳娜的妹妹不会接受她不去参加婚礼的任何借口——他忘记艾琳娜并没有提出什么借口。他说他不敢保证珍尼格将来是否会跟她讲话，可他敢一定，玛甘泪以后肯定不会再理睬她了。

当父亲终于把为女儿置办的新婚礼物、自己带垫肩的外套、兑了水的威士忌，以及冗长单调的祈祷声都带回家去的时候，艾琳娜为终于摆脱了父亲而感到快乐。

彭迪列先生紧紧跟着岳父，一再表示他将在去纽约路上停下来，去参加珍尼格的婚礼，他将尽可能用金钱和博爱，去补偿艾琳娜不可理解的行为所造成的后果。

"你宽容得过分了，莱恩斯，"上校果断地说，"权威、强迫是必要的，狠狠地用一用你的脚吧！这是管教老婆唯一有效的办法，听我的话。"

上校也许还没有想到到他自己的老婆就是给逼近坟墓的。彭迪列对此有一种若有若失的感觉，但这么晚了，不应该提起这件事。

丈夫的出门，对艾琳娜来说，不像父亲离开时那样。使她毫不犹豫地感到满足。当丈夫这次长时间外出的日子快来临时，她不知为什么变得温柔起来。她想起丈夫平时对自己的体贴，想起丈夫对她的依恋和柔情，不觉忧虑起他的健康和生活来了。她不停地忙着为丈夫准备出门的衣服。在整理内衣的时候，她不禁想到莱迪奈太太，也许她在这种情况下，也不过如此而已。当丈夫离开时，她竟哭了起来，称他为亲爱的好朋友。她肯定丈夫到纽约后，一定会感到寂寞孤单。

艾琳娜终于发现，孤单寂寞的滋味。盼望已久的和平和宁静终于来临了，甚至连孩子们也离开了她。两天前，老彭迪列夫人亲自赶来，把孩子和保姆都接到伊伯维尔去了。老太太没有冒昧地说明，她是怕莱恩斯不在家时，孩子们受委屈。对此，她甚至连想都没想，她只是非常想念孩子——想得像丢了魂。她不愿让他们变成"马路上的孩子"——当她觉得必须给孩子们一席之地时，总这么说。另外，她也想让孩子们知道一下乡下的生活。那里的溪流、树林、清新的空气对孩子们是再好不过了。她想让他们过一过那种她儿童时代所熟悉和热爱的生活。

终于，家里只剩下艾琳娜独自一人。她长长地吁了一口气，一种孤独而甜甜的感觉涌上了心头。她走遍了住宅的每一个角落，仿佛是第一次光顾。她不断换着坐每一把椅子和躺椅，好像以前从来也没在那上面坐过或躺过似的。然后，她走出屋子，在房子四周转着，看窗子和百叶窗是否插好。房子周围盛开的鲜花也成了她素昧平生的新朋友。她亲昵地在花丛中走着，觉得自己融合在其中了。花园的甬道湿漉漉的，艾琳娜让女佣人拿来了胶皮拖鞋。她在湿地上蹲下来，给花秧松土，修剪花枝，把枯死的叶子剪掉。孩子们养的小狗跑了出来，给她捣乱，挡她的路，不让她通过。她大笑着呵斥着它，同它玩耍着。午后阳光照耀下的花园芳香袭人，色彩鲜艳。艾琳娜摘下所有被她发现的最美丽的花朵，把它们带进房间。这里只有她自己和小狗。

甚至厨房突然间也具有了一种以往从未发现的有趣的乐趣，艾琳娜走进去向厨师发出指示。她让厨师告诉屠夫要大大减少送肉，面包、牛奶和蔬菜的份量，可减少到平常数量的一半。她对厨师说，彭迪列不在家期间，她自己将特别忙，让她多操心，承担起厨房的全部事务来。

那天晚上，艾琳娜一个人单独就餐。那些大分枝烛台，同放在桌子中央的几个蜡烛，把餐桌照得通亮的，光圈以外的整个餐厅显得更加阴暗肃穆。由于艾琳娜白天的鼓励，厨师为她准备了一顿美餐——鲜嫩的烤牛肉散发出诱人的香味。醇香的酒味扑鼻而来，还有她最爱吃的糖浸核桃。她穿着宽大的便服就餐，这更使她感到格外舒适和惬意。

想起莱恩斯和孩子们，她感到十分悲伤。她想，他们此刻会做些什么呢？她用一些精美食物喂着小狗，亲切地和它谈起埃蒂尼和拉乌尔来。小狗显然被这出乎意外的友好行为弄得不知所措，它急切地叫了起来，撒娇似的摇头摆尾，对女主人表示感激。

晚饭后，艾琳娜走进书房，开始读起爱默生的书来，直到感到疲劳，才放下了书。她发现自己疏离书本的时间太久了，决心重新开始有计划地学习。她可以随意安排自己想做的事情。

她痛痛快快地洗了个澡，然后躺在床上。当她舒适地蜷缩在鸭绒被下的时候，一种从未有过的，惬意的感觉，充满了她的整个身心。

25

天气阴暗多云时，艾琳娜便无法进行工作。她需要阳光净化环境，充实生活。她已经不像先前那样茫然了，在心情好的时候，她总是充满自信，做什么都得心应手。她没有什么奢求，不奢求惊人的成就，她只是从工作本身中寻求一种内心的满足。

遇到阴雨绵绵，情绪不佳的日子，艾琳娜就去找在哥兰德岛时结交的朋友做伴，或者呆在家里，修身养性，使心灵进入一种静谧的状态。她对此已经日益习惯了。这虽然不代表一种悲观的情绪，但生活对于她却正在消逝，留下来的只有破碎而不现实的渺茫的梦。可她仍然时常禁不住去倾听已逝去的青春的呼唤，经受着新的希望的诱惑和欺骗。

她又去看了几次赛马。一个阳光明媚的下午，艾奇·艾洛宾和海曼斯特夫人乘着艾洛宾的马车来约她一起去赛马场。海曼斯特夫人是个八面玲珑而不失风雅的女人。她四十上下，聪敏，身材苗条，金发碧眼，态度冷漠。她经常以自己有一个漂亮女儿作为结交上流社会风流青年的资本。艾奇·艾洛宾就是这些风流青年中的一个。他是赛马场、歌剧院、时光俱乐部的常客。他的眼睛总含着微笑，不管谁的目光和他的目光相遇，或听到他那快乐的谈话，都会为之所吸引。他举止文静，甚至有点文质彬彬。他体态优美，那张讨人喜欢的脸从未流露过忧虑和痛苦。在衣着上，他保持着上流社会保守派的绅士派头。

艾洛宾自从那次艾琳娜和她父亲一同去看赛马时遇见她们父女后，就完全迷恋上这位年轻的妇人了。他以前曾在其他一些场合遇见过她，但他觉得这个女人对他来说是高不可攀的。海曼斯特太太就是在他的蛊惑下请艾琳娜同他们一起去赛马俱乐部观看本季节的赛马。

在赛马场上，没有几个人像艾琳娜那样熟悉赛马运动，更没有一个人能赶得上她。艾琳娜坐在她的两个同伴中间，俨然像个专家，对赛马评头论足。她大声讽刺艾洛宾卖弄博学，感叹海曼斯特太太的无知。赛马是她童年生活的伙伴，那马厩和长满青草

的小草场的气味似乎又向她袭来刺得她鼻子发痒。当这些壮健的被阉割的雄马款款徐行在观众面前受检阅时，她没有注意到她竟像父亲一样，高谈阔论起来。她下了大赌注，而且很幸运。比赛场上的狂热使她面颊绯红，眼花缭乱，就像兴奋剂一样注入她的血液和头脑中。周围的人不时转过头来注视她，不止一个人伸着耳朵注意听她说话。并希望得到那难以琢磨的、令人渴望的关于赛马的"秘密消息"。艾洛宾也被这种狂热情绪所感染，海曼斯特太太和往常一样，一动不动地坐着，皱着眉毛漠然注视着她的女伴。

艾琳娜感到难以拒绝，终于同意留下和海曼斯特太太一起进餐，艾洛宾也留下了，让他的马车先回去。

晚餐的气氛很闷，乏味极了，只有艾洛宾兴致勃勃，才使这顿晚餐稍稍有点生气。海曼斯特太太的女儿因参加"但丁朗诵会"未能去看赛马，她为此替她感到惋惜，她说她将向女儿介描述这次赛马的盛况。那姑娘用一片天竺葵叶子捂着嘴，坐在那儿，对她母亲的话不置可否，显得很老练。海曼斯特先生长相一般，有些秃顶，不爱说话，不得已时才搭上几句，反应迟钝。但海曼斯特太太对丈夫却十分尊敬，体贴入微，她在餐桌上讲的话大多数是冲着丈夫说的。晚饭后，他们一起到书房，就坐在吊灯下读着当天的晚报，年轻人则到书房前的客厅里谈话。海曼斯特小姐坐在钢琴前，弹起了葛瑞格谱写的几段乐曲。她对作曲家的冷峻虽颇有体悟，但对其中的意境却全然不知。艾琳娜侧耳聆听着，怀疑自己对音乐是否已没有了兴趣。

当艾琳娜起身告辞时，海曼斯特先生笨拙地躬身看了看自己穿着拖鞋的脚，嘴里小声地咕哝着要送客人回家，结果还是艾洛宾送艾琳娜回了家。到家时已很晚了。艾洛宾请艾琳娜允许她进屋一点颗烟——他的火柴盒空了。他装了满满的一盒火柴，直到艾琳娜答应以后再同他一起去看赛马时，他才点起了烟。

艾洛宾走后，艾琳娜毫无困意，只是感到肚子有点饿了。海曼斯特家的晚餐虽说质量不错，可数量太少了。她翻遍了食品橱，找到一些奶油和饼干，打开一瓶从柜子里找到的啤酒，一种极度不安和兴奋充满了她的心。她一边拨弄着壁炉里的炭火，一边大口吃着饼干，不由自主地哼起了一支充满浪漫幻想的小曲。

她希望出点什么事——不管是什么事，她自己也说不清楚是什么事，总之，得有点事。她后悔没留艾洛宾多呆一会儿。跟他谈谈那些赛马。她数了数白天赢来的钱，之后就再也没什么可做的了，只好上床睡觉。一种强烈的兴奋刺激着她的大脑，使她翻来覆去，久久不能入睡。

夜时分，她突然想起定期给丈夫写的信还没有写。她决定明天写，在信里告诉他，她和同伴下午去乔凯俱乐部看赛马的事。她躺在那儿，没有睡意，脑子里构思着腹稿，实际上与第二天写的信完全不同。第二天，当女佣人来唤醒她的时候，她正做着梦。她梦见海曼斯特先生坐在运河街一家乐器行门前弹钢琴。当他们坐在开往埃斯布兰德街的车上时，海曼斯特太太对艾奇·艾洛宾说："多么令人遗憾！这么大的才华被忽略掉了，可是，我必须离开。"

几天以后，艾奇·艾洛宾又赶着他的马车来看望艾琳娜。这回海曼斯特太太没跟他来。他说，因为他事先没有领她来的意思。所以她不知道。她的女儿要去参加《民间故事会》一个分会的会议，所以很遗憾不能陪伴他们。艾洛宾解释着，显出一副难为情的样子。他问艾琳娜是否她希望还邀请其他什么人。艾琳娜认为没有必要去邀请已经疏远了她的任何时髦的熟人，她已经断绝了同他们的联系。她想起莱迪奈太太，但是她知道，她这位漂亮的朋友，除了傍晚时候陪丈夫在公寓附近散散步外，是不会离开家的。如果去邀请莱思小姐，她一定会觉得可笑。奈波伦太太倒可能愿意出去走走，可是出于某种原因，艾琳娜不想去找她。因此，最后他们一起去了，只有她和艾洛宾两个人。

那天下午，艾琳娜过得非常愉快。那种狂热的情绪像一阵一阵的热流在冲击着。她同艾洛宾的谈话变得越来越亲近和坦诚。同艾洛宾亲近本来就是毫无隔阂，他的气质很容易使人亲近，特别在与漂亮女人接触时，对初次相识，他总是摆出一副无所为的随便态度。

他留了下来，同艾琳娜共用晚餐。然后他又留下来，坐在壁炉边，他们有说有笑。分手前，艾洛宾对艾琳娜说，如果他们以前就相识的话，他的生活一定是另一种样子。他以一种智慧的坦率告诉艾琳娜，他曾经是一个非常活泼和倔强的孩子。他不由自主地挽起了袖子，露出了手腕上的一块伤疤。他说，这是在他十九岁时在巴黎城外决斗时被剑刺伤的。当艾琳娜看见他白手腕上的那块显眼的伤疤时，不觉伸手去摸了一下。突然，一股像痉挛般的冲动使她的手抓住了艾洛宾的手，艾洛宾的手掌感觉到了艾琳娜尖指甲那种温柔的力量。

艾琳娜急忙站起来，向壁炉走去。

"看见伤疤就使我心颤和厌恶，"她做着解释，"我不应该看它。"

"请你原谅。"艾洛宾跟了过来，恳求地说道："我没有想到它会那么令你厌恶。"

艾洛宾靠近艾琳娜，他那大胆妄为的目光击退了艾琳娜那个往昔的、已经消逝了的自我，唤起了她那正在觉醒的新的情感。艾洛宾依依不舍地向她道别时，他盯着她的脸。从她的神色中，他看出她怂恿他，握住了她的手。

"你还去看赛马吗?"他问道。

"不,"艾琳娜回答说,"赛马已经看够了。我不想把刚刚赢的钱输掉。天好的时候,我得工作,而且……"

"是的,工作,这当然。你不会不让我看看你的作品吧?哪天上午,我可以看看你画室吗?明天怎样?"

"不行!"

"后天呢?"

"不,也不行!"

"哦,请不要拒绝我!我对绘画也稍懂一些,或许能给你提点有价值的意见。"

"不,再见。你已经说过再见了,为什么还不走?我不喜欢你。"艾琳娜继续用激动而颤抖的声音说,试着抽回她的手。她知道自己的这番话缺乏自重和诚恳,而且感到艾洛宾也觉察到了这一点。

"很遗憾,你不喜欢我。很抱歉,我冒犯了你。可我怎么得罪你了?我犯了什么错?你能原告诉我吗?"说着,他俯下身,把嘴唇贴在艾琳娜手上,好像再也不打算抬起头来。

"艾洛宾先生,"艾琳娜嗔道,"今天下午的狂热使我感到心烦,有点不能自抑。我的举动可能使你产生某种误解,我希望你离开我,请吧!"她的语调变得冷峻但而无力。艾洛宾从桌子上拿起帽子,把目光从她身上移开。

"你的举动并没有引起我的误解,彭迪列夫人,"他终于开口说道,"是我自己的感情驱使我这样做。我控制不住自己,当我接近你时,怎么控制得住呢?请别当真,也别在意。你看,你发出了命令,我就走。如果你不愿意我在你眼前,我会照办的。但是,如果你让我回来——啊,一定会让我回来的,是吗?"

他向艾琳娜投去了恳求的目光,对此,艾琳娜没有任何反应。艾奇·艾洛宾的态度太真诚了,有时连他自己也分不出真假。

艾琳娜不在乎也不愿去想艾洛宾的话是否真诚。当她独自一人的时候,她呆呆地瞧着曾被热烈吻过的手指,然后,把头靠在壁炉的砖墙上,觉得自己有点像一个因一时冲动而失身的女人。她清楚地意识到这种行动可能造成的后果,但又不能完全从那种冲动和魔力中解脱出来。一种朦胧的想法掠过她的心头:"他会怎么想呢?"

这个"他",不是指她丈夫,她此刻想到的是罗伯特·奈波伦。对她来说她的丈夫现在只不过是一个与之结婚而没有感情的人。

她点起一支蜡烛，走进了自己的房间。艾奇·艾洛宾对她来说根本算不了什么，然而，他的出现，他的举止，他那热情的目光，更重要的是他的嘴唇与她的手指的接触，都像兴奋剂一样，对她产生了作用。

她昏昏沉沉地睡了一觉，作了一些迷乱的梦。

26

艾奇·艾洛宾给艾琳娜写来一封措辞优美的道歉信，字里行间隐约透出真诚的歉意。这使艾琳娜感到有些不安。在她较为清醒的时候，她感到她那样严谨地对待艾洛宾的举动，似乎太可笑了。她很清楚这件事主要是出于她的潜意识，而不在艾洛宾了。可是，如果她不理睬这个便条，就证明她对这微不足道的小事耿耿于怀；如果她给予严厉的答复，那又会给对方造成这样的印象——好像她的确曾在一个意乱情迷的时候被他俘虏过。让别人吻一下手指终究算不了什么大事，可是，她毕竟还是受了这个便条的刺激。于是，她以轻松和诙谐的语调做了回复。她认为这样做是完全得体的。在回条中她还写到，如果艾洛宾愿意并且有时间的话，她将愿意请他过来看她绘画。

对此，艾洛宾立即做出了反应。他以那种消除误解后的天真的愉快，出现在艾琳娜的家中。这以后，他们几乎天天见面，即使哪天没见面，艾洛宾也会想办法让艾琳娜想起他来，在这方面，他有用不完的借口。艾洛宾的态度变得更加温顺，外加一种发自内心的崇敬。他总是无条件地屈从于艾琳娜喜怒无常的情绪，他们之间的友谊变得日益深厚了。这在最初是不知不觉的，以后就迅速地发展起来。艾洛宾开始用一种先使她吃惊，后又使她脸红的方式谈话，这种方式终于使她激动起来，唤起了她内心急切躁动着的情欲。

没有什么比拜访莱思小姐更能稳定艾琳娜的激动情绪了。这个曾使她感到过不快的女人，通过神奇的音乐，使她的灵魂得到净化。

一个雾气迷濛，彤云密布的下午，艾琳娜爬上了住在顶楼上的钢琴师的住房。她的衣服给大雾弄得湿漉漉的，她进屋时，冻得瑟瑟发抖。莱思小姐正拨弄着那个给屋子带不来多少热气的炉子。莱思小姐正设法在炉子上热可可。艾琳娜一进屋，就感到这个房间阴暗、潮湿。壁炉上那尊抽落满灰尘的贝多芬半身塑像，愁眉苦脸地注视着她。

"啊，阳光射进来了！"莱思小姐叫起来，从炉前站直了身。"天气很快就会转暖变晴，我不用生炉子了。"

她砰的一声关上炉门，走过去帮助艾琳娜脱下湿淋淋的雨衣。

"你冷了吧，看上去真够冷的了！来，可可一会就热了。先喝点白兰地，好吗？上次我着凉时，你给我带来的那瓶，我还没动呢。"莱思小姐脖子上系着一块红色的法兰绒，僵硬的脖颈，使她的头偏向一边。

"给我点儿白兰地。"艾琳娜一边说着，一边哆嗦着脱掉套鞋和手套。她像男人一样喝了一杯白兰地酒，然后一屁股坐进那个破沙发上说："莱思，我打算从埃斯布兰德街的房子搬出去。"

"啊，"音乐家应声答道，对此她没有表示更多的兴趣，她对什么事情都没有特别惊奇过。她吃力地将那串从鬓角上松弛下来的紫罗兰别好，艾琳娜把她拉过来，让她坐在沙发上，从她自己的头发上拔下一根发针，把那串破旧的假花别好。

"你不觉得奇怪吗？"

"也许。你往哪儿搬？去纽约？去伊伯维尔？还是到密西西比你父亲那儿？到底是哪儿？"

"就在隔壁，"艾琳娜大笑着说，"就在埃斯布兰街的拐角，那儿有幢四间屋的房子。我每天打那儿路过。那房子看上去非常精巧且喜欢，也很宁静。那套房子出租。管理我家那套大房子，我已经厌倦了。它从来不像是我自己的——不像个家的样子。这幢房子太烦人了，我得管理那么多佣人，天天跟他们打交道太无聊了。"

"这不是你要搬走的真正原因，亲爱的。跟我撒谎可没用。我不了解你到底是为什么，但是你没有和我说真话。"艾琳娜没有反驳，也没有为自己辩解。

"那座大房子和在它上面的花销都不由我支付，难道这理由还不充足吗？"

"那些都是你丈夫的。"莱思回答道，耸了耸肩膀，恶作剧般地皱了下眉。

"哦，看来是骗不了你的，那就跟你实说吧！这是我偶然想起来的。我在父亲的田产里分得一些钱，父亲平日一点一点寄给我。前些在赛马的赌注中又赢了一大笔，另外我正开始出售我的素描作品。莱德波越来越喜欢我的画，他说我的作品更加成熟和富有特色。虽然我自己不这样看，但我觉得画起来越来越得心应手并且更有信心，我已通过莱德波卖了不少了。如果我搬进那间小房里去，花费不会大，简直没什么花费，只要一个佣人——塞斯廷平时给我干点杂物活就可以了。我问过她，她说她很愿意和我住在一起，为我干活。我很喜欢这样独立自由的生活。"

"你丈夫对此会怎么看呢？"

"我还没告诉他，这是我今天早上才产生的想法。他如果知道了，一定会认为我疯了，或许你也这么想。"

莱思小姐轻轻摇了摇头，"在我看来，你的理由还不充分。"

这在艾琳娜自己也知道。她沉吟了一会儿，事情在她眼前似乎变得明朗了，她的本能促使她撇开丈夫的恩惠，摆脱她不愿意履行的责任。她不知道丈夫回来后，会出现什么结果。这需要理解，也免不了做些解释，但事情的发展总有它自身的合理性。不管怎么样，她已经意识到，除了她自己，她已不属于任何人了。

"在搬家之前，我打算举办一次盛大的晚宴，"艾琳娜高声说道，"你一定要来参加，莱思，我保证让你尽兴。"说完，她从身心深处发出一声叹息。

艾琳娜平时来访时，莱思小姐若是碰巧接到罗伯特的信，她会主动拿给她看，在她忘情地弹钢琴时，让这位年轻小姐看信。

小炉子的火旺起来了，火烧得红红的。炉子上的可可烧得咝咝作响。艾琳娜走过去，打开了炉门。莱思跟着站起来，从贝多芬半身雕像的底座下边，摸出一封信，递给了艾琳娜。

"又有一封！这么快！"艾琳娜不禁叫了起来，眼睛里闪射着兴奋的光。"告诉我，莱思，他知道我经常看他的信吗？"

"那怎么会，如果他知道到这一点，肯定会生气的，并且永远不会给我写信了。他给你写信吗？他一个字也没写过。这是因为他爱你，可怜的宝贝。他是在想忘掉你，因为你不能随心所欲地属于他。"

"那你又为什么给我看他的信呢？"

"这是你自己哀求我要看的。我怎么能拒绝呢？哦，你骗不了我。"莱思走到她心爱的钢琴旁，开始弹了起来。艾琳娜没有立即读这封信，她坐在那儿，手里拿着信。音乐声像一束阳光照进了她的心情，照亮并温暖了她心灵深处的黑暗角落，使她感到无限欣慰。

"啊！"她突然大叫起来，信掉在地板上。"你为什么不早告诉我？"她跑过去，从键盘上抓起莱思的双手。"哦，你真坏！不怀好意！你为什么不早告诉我？"

"你指的是他就要回来吗？可是，这不是什么了不起的事。我纳闷儿他为什么去这么久才回来。"

"可是，到底什么时候？什么时候！"艾琳娜不耐烦地叫道。"他信上没写什么时候。"

"他说'很快'，这我跟你知道的一样多，信上就这么写的。"

"但是，为什么？为什么他就要回来？啊，如果我早想到——"她从地板上拣起了信，仔细看了几遍，想找出他回来的理由。

"如果我还年轻，并且同一个男人发生了恋情的话，"莱思从条凳上转过身来，把铁丝般瘦削的手指放在膝盖上，低头看拿着信坐在地板上的艾琳娜，"对我来说，他一定是个非凡的人，一个有着崇高理想并有能力实现这种理想的人，他一定是地位显赫的人，让他的同胞们瞩目！如果我还年轻而且已经堕入情网的话，我决不会考虑一个平庸的人，对那样的人倾心真不值得！"

"现在是你在说谎了，你想骗我，莱思，如果不是，就是你从来没有恋爱过，对这一无所知。怎么，"艾琳娜说着，抓住钢琴家的双膝，抬起头来，注视着她那苍老的面孔，"你以为一个女人知道她为什么恋爱吗？她能做选择吗？难道她对自己说：'去啊，这是一个著名的政治家，将来可能当总统，我要去爱他，'或者，'我将倾心于这位音乐家，因为他名满天下，'或者，'这是位银行家，他操纵着金融市场'。"

"你这是有意歪曲我的意思，亲爱的。你爱上罗伯特了吗？"

"是的，"她回答道。这是她首次对别人承认这件事。她的脸上泛起了红晕。

"那么，"钢琴师继续问道，"本来你不应爱他，那么，你为什么还要爱他呢？"

"为什么？因为他棕色的头发，在鬓角那儿分开；因为他的眼睛一张一闭，他的鼻子有点不易素描；因为他的双唇和圆形的下颌，还有那个因儿时玩垒球用力过猛至今残疾的小手指，因为——"

"一句话，因为你爱他，"莱思打断了她的话，"可他回来时你怎么办？"

"怎么办？除了感到高兴还能有什么，活着就是幸福，我什么都不想。"

只要一想到罗伯特回来，艾琳娜才觉得生活里充满了阳光，充益着幸福。她穿过一条又一条街道，飞快地向家里走去。几小时前还令她郁闷的阴沉沉的天空，仿佛突然间变得令人振奋，充满了活力。

她在一家糖果店门前停下来，给在伊伯维尔的孩子们买了一大盒夹心糖。她在盒子里放了一张纸条，草草写了几行字，附上她对孩子们的关怀和无数的吻。

晚饭前，艾琳娜给丈夫写了一封动人的信。她告诉丈夫她想搬到邻近的一座小房子去住一段日子，在她离开前，她要举行一次告别宴会。她为丈夫不能和她一起分享宴会的快乐，不能帮她列一个理想的菜单，不能同她一起款待客人而感到遗憾。信写得美极了，通篇洋溢着欢乐的情绪。

27

"你怎么了？"晚上，艾洛宾问道，"我从没见过你这么的快活过。"艾琳娜那时已有点儿疲倦了，正躺在壁炉前的安乐椅上。

"你没听天气预报说，太阳快出来了吗？"

"啊，这或许是一条充分的理由。""也许我坐在这儿求你一整夜，你也不会告诉我还有别的什么理由。"他挨着艾琳娜在一个小凳上坐下来，一边说着话，一边用手指轻轻地摆弄着艾琳娜额前的散发。艾琳娜对他手指触摸她的头发有一种快感，惬意地闭上了双眼。

"有那么一天，"她说道，"我要振作起来，好好考虑一下，我到底是哪一类的人。说实话，我对这还不清楚，就我所熟悉的标准看，我好像是最坏的邪恶女人，但是在某些方面我又不愿意承认我就是这样的人。我必须好好想一下这个问题。"

"别去想了，这有什么用？这我就能告诉你，你干吗还费心地想这个？"他说着，手指不经意滑到了艾琳娜那温暖、柔软的面颊和坚硬的下颚。艾琳娜的面庞最近变得日益丰满，她的下颚变成了双下颏。

"呵，是的，你会说我是值得崇拜的，一切都充满魅力的，还是留着你那些话吧！""不，我不说这些，即使我说了，也不是恭维。""你认识莱思小姐吗？"她出乎意外地问道。"就是那个钢琴师吧！我见过她，听过她的演奏。""她非常擅长用你想不到的开玩笑的口吻说些漫无边际的话，让你事后慢慢体会。"

"举个例子说吧！"

"好吧，比如我今天下午从她那儿出来时，她用胳膊搂住我，摸摸我的肩膀，看翅膀硬了没有。她对我说，'翱翔在传统习俗和偏见上空的鸟必须生有一双坚硬的翅膀，看看那些翅膀软弱的鸟，摔得伤痕累累，奄奄一息，在地面上扑腾，有多可怜'！"

"你想往哪儿飞？"

"我根本没想到那些令人向往的飞翔，对她的话，我仅理解一半。"

"我听说她有点精神失常，"艾洛宾说。

"我却觉得她头脑非常清醒。"

"我听说她很孤僻，是个讨人恶的女人。当我希望谈论你时，怎么扯到她身上去了呢！"

"哦，你希望谈论我，那就谈吧，"艾琳娜大声说着，把头枕在手上。"可是，当你谈我的时候，还是让我想想别的问题吧！"

"我对你今晚的念头真有点不解，这些想法使你变得比以前更温柔了。但我似乎觉得这些想法都那么缥缈，让人摸不着边际。"艾琳娜只是微笑着望着他。他的两只眼睛向她靠近。他斜靠着安乐椅，伸出一只胳膊搂住艾琳娜，另一只手仍抚摸着她那柔顺飘逸的秀发。他们一直默默无言互相凝视着。当艾洛宾俯身去吻她时，她用手抱紧他的头，把双唇贴在了艾洛宾的嘴唇上。

这是艾琳娜有生以来第一次出自本能的吻，它像一把火炬点燃了她心中的欲望。

28

那天晚上，艾洛宾走后，艾琳娜抽泣了一会儿。这只不过是曾侵扰过她的许多感情中的一种。她对这意想不到和非同一般的事情的发生感到畏惧。她似乎透过她丈夫给她提供的一切看到了丈夫责难的目光。还有罗伯特的责备，这完全是出于她对他炽热、强烈的不可抑制的爱情而理所当然产生出来的。而这种爱情唤醒了她的灵魂深处的"她"。更重要的是她获得了一种领悟，好像以往迷漫在眼前的那层迷雾消失了，使她能看清和理解生活的意义——它无非是一个由美和残酷构成的怪物而已。在那些强烈撞击着她的各种互相冲突的感觉中，即没有耻辱，也没有悔恨，但却有一种深深的遗憾，因为这不是一个使她燃烧着爱情的美酒，也不是使她畅饮人生美酒的爱情。

艾琳娜没有等她丈夫对她迁居的事的答复，就匆匆忙忙准备离开埃斯布兰德街住宅，搬到街角的那所小房子里去。一种焦灼的感情使她必须尽快搬到那儿去，而不无须再多加考虑。在愿望付诸实施之前，她的心情再也平静不下来了。艾琳娜上午在艾洛宾的社交圈子度过几小时之后，一大早就去布置她的新居。在她回到原来的住宅时，她感到自己好像是跨进了一个令人窒息的监狱一样，耳边仿佛有千万种声音在叫她逃开。

家里所有属于她自己的东西，她自己挣来的而不是丈夫恩赐的东西，她都叫人搬了过去，她要用自己的双手，支持简单、朴素的生活。

下午艾洛宾来看她时，发现她正在，同仆人一起干活。她看上去又漂亮又健康，她攀上了一架高高的梯子。当艾洛宾进来时，她正从墙上往下摘一张画。艾洛宾发现门开着，便顺手按一下铃，不拘礼节地走了进来。

"下来！"他冲着艾琳娜叫道，"你不要命了？"艾琳娜故意装着满不在乎的样子，跟他打招呼，向他表明了她正忙着。

在这之前，艾洛宾如果曾期望过她含情脉脉、娇嗔或是伤心的哭哭啼啼的话，他一定会对她此时的景象大吃一惊了。

不过，毫无疑问，艾洛宾做好了一切应变的准备，好像他能对他所面临的一切情况能都应付自如。

"请你还是下来吧！"他催促着说，一边把住梯子，抬头望着她。

"不！"艾琳娜回答道，"埃伦害怕爬梯子，她在'鸽子房'那边干活——那是埃伦给那座房子起的名字，因为它小，看起来像个鸽子房——可总得有人干这个。"

艾洛宾脱下外衣，也想展示一下自己的勇气。埃伦给他拿来一个遮灰尘的帽子。艾洛宾在镜子前把它怪模怪样地戴在头上。看他那怪样子，埃伦禁不住笑得前仰后合。在她给他紧帽带的时候，艾琳娜也忍不住笑了起来。就这样，艾洛宾登上梯子，照着艾琳娜的吩咐，把图画和窗帘摘了下来，并取下了墙上所有的装饰品。干完这些活，他摘下帽子，走出门洗手去了。

艾琳娜坐在小凳上。当艾洛宾重新进来时，她正心不在焉地梳理着放在地毯上的掸子上的羽毛。

"还有什么让我为您效劳的事吗？"

"没有了，"她回答道，"剩下的活，埃伦一个人能干完。"那个年轻女佣人正按艾琳娜吩咐在会客厅里干着活，这会儿，艾琳娜不愿意同艾洛宾单独在一起。

"宴会准备得怎么样了？"艾洛宾问道，"那件大事——一场家庭政变。"

"在后天举行，宴会将是非常丰盛的，我将拿出所有的、最好的东西——晶体玻璃制品、银器皿、精制瓷器，鲜花、音乐，还有供开怀畅饮的香槟酒。我让莱恩斯支付账单。我不知道，他见到账单时会怎么说。"

"你问我为什么称它'政变'吗？"艾洛宾这时已穿上他的外套，站在艾琳娜面前，让她看看他的领带是否戴好了。艾琳娜说不错，一点也不比他的领边高。

"你什么时候到那个'鸽子房'去，表示对埃伦的感谢。"

"后天晚上晚餐后，我将睡在那里。"

"埃伦，给我一杯水好吗？"艾洛宾叫道。"窗帘上的灰尘——原谅我说起这样的事情——已把我的嗓子都呛坏了。"

"在埃伦取水时，"艾琳娜说着，站了起来，"我想向你道别，请你走吧，我还要打扫房间，我有成千上万的事要做，要考虑。"

"我什么时候再来见你？"艾洛宾问道，试图挡住她的路。这时，女佣人已离开了房间。

"当然是在晚宴上，那时候你将得到邀请。"

"在那之前不行吗？今天晚上，或者明天早上，中午或是夜里？或者后天早上或中午？难道你看不出来，这段时间太漫长了！"

跟着艾琳娜走进大厅，直到楼梯拐角处。当她走上楼梯时，回过头看他，他也正抬起头来看她。

"一秒钟也别提前。"她说着，随即大笑起来，用一种既让他充满信心等待又要对他进行考验的目光，注视着他。

30

　　尽管艾琳娜把这次晚宴说得那么隆重，但实际上规模很小，参加的人员也不多。经过艾琳娜的精心挑选，被邀请的客人寥寥无几。她原打算请十一二个人，围坐在那张圆形桃花心木桌旁，可实际上——忘记说了，莱迪奈太太因病重，不能光临，奈波伦太太竟在宴会临近时送来了致歉函，这也是她没想到的。因此，最后仅有十个人来，凑成了勉强说的过去的令人满意的人数。

　　来宾有梅里美夫妇，梅里美太太三十来岁，玲珑可爱，热情开朗；她的丈夫是个活泼而头脑简单的人，总爱对别人的俏皮话笑个不停，看上去非常随和。海曼斯特太太是陪着他们一起来的。当然，还有艾奇·艾洛宾。莱思小姐也应邀来了。艾琳娜事先送给她一束新鲜的人造紫罗兰和一条系头发用的黑色丝带。莱迪奈先生自己来了，他带来了夫人未能光临的歉意。还有梅布兰特小姐，她早已过了用长柄眼镜式望远镜和幼稚地看世界的少年时期。据说，人们认为她很有学问，还猜测她用笔名创作。她是同一个叫古维纳尔的先生一起来的。那位先生与某家日报社有联系。看来他文质彬彬，但听说他观察敏锐，除此之外，关于他的事则一无所知。艾琳娜本人则是第十位。八点半整，宾主在餐桌旁就坐，艾洛宾和莱迪奈先生分别坐在女主人的两旁。

　　海曼斯特太太坐在艾洛宾和威戈恩之间。依次是梅里美太太，古纳尔先生，梅兰丝特小姐，梅里美先生，莱思小姐坐在莱迪奈先生身旁。

　　桌子的款式华丽美观，上面铺着一块带花饰的淡黄色缎子桌布，增添了耀眼的光彩。巨大的铜蜡台上插着蜡烛，闪闪的烛光给黄缎子桌面投下了一条条阴影；盛开着的玫瑰摆在桌子四周，有黄的、红的，绚丽多彩，芳香四溢。那些金器、银器，正像艾琳娜讲过的，还有水晶玻璃制品，就像女宾们佩戴的珠宝，喷射出耀眼的光芒。

　　为了这次宴会，普通的硬座椅都被拿走了，换上了屋子里所有最轻便、最舒适的椅子。莱思小姐个子太小，因而椅子上垫着垫子，就像有时小孩子的椅子垫着厚厚的书那样。

　　"这是新买的吧，艾琳娜？"梅布兰特小姐大声叫道。她举起长柄眼镜，朝艾琳娜

前额发际插得那支闪光的，甚至可以说光芒四射的钻石发卡望去。

"非常新，事实上，是崭新的，我丈夫给我的礼物。今早刚收到，从纽约寄来的。我顺便告诉大家，今天是我二十九岁生日，今天是我希望你们为我的健康干杯的好日子，同时，我建议，你们先喝鸡尾酒，是配制的——你们是否用配制这个词?"她向梅兰布特小姐问道，"这酒是我父亲为庆祝我妹妹珍尼格婚礼而配制的。"

"那么，好吧，"艾洛宾讲道，"我提议，在这最迷人的女人——上校的女儿的生日之际，用上校配制的鸡尾酒，为上校的健康而干杯，这不唐突吧?"

梅里美先生对这句俏皮话开心地大笑起来。这是有感染力的笑声，使这顿晚餐一开始就显得轻松愉快，这种气氛一直持续到宴会的结束。

梅布兰特小姐请求她暂不碰摆在她面前的鸡尾酒，只供她欣赏，酒的颜色太美了!她所见过的任何东西都不能与它媲美，它所发出的石榴红色光芒真是世所罕见。她宣称上校是一位艺术家，并一再重复她的看法。

莱迪奈先生对晚餐的一切都很认真，包括各道主菜，配菜、招待方式、餐桌的装饰、甚至在场的客人。他放下嘴里吃着的胖母胖诺鱼抬起头来，询问艾洛宾是否跟莱特·艾洛宾律师事务所那位叫艾洛宾的先生有亲戚关系。这位年轻人承认，莱特先生是他的好友，他容许用艾洛宾的名字作为事物所的字头，并把那姓氏写在帕尔底都街的一块小招牌上。

"有许多人或机构喜欢寻根问底，"艾洛宾说，"所以，为了方便起见，人们不得不装出具有某一职业的美德，不管他是否真有这种美德。"

莱迪奈先生听艾洛宾这样讲后，有点瞠目结舌，然后转身问莱思小姐对去年冬天举行的交响音乐会的看法如何。莱思用法语回答莱迪奈先生，艾琳娜认为这种做法在这样的气氛中是不礼貌的，但这却正是了莱思小姐的特性，莱思小姐对那次音乐会讲了许多坏话。接着又对新奥尔良所有的音乐师，无论是个人还是集体，都讲了些不敬的话。看来，她所有的兴趣，几乎全投入到她面前的美味佳肴上了。

梅里美先生，艾洛宾先生关于爱寻根问底的人的话，使他想起前天从瓦口那来的一个住在圣得·查尔斯旅馆的人——但是，由于梅里美的故事永远破绽百出，缺乏幽默感，因而他的太太很少让他讲完。梅里美太太总是打断他的话，问他是否记得她上周买的准备寄给一位日内瓦朋友的那本书的作者的名字。她正同古维尔先生谈论着各种书籍，想听听他对最近文学界争论的有关文学问题的看法。她的丈夫悄悄地单独向梅兰丝小姐讲述了那个从日内瓦来的人的故事。梅兰丝小姐装着听得津津有味，认为这个故事有趣。

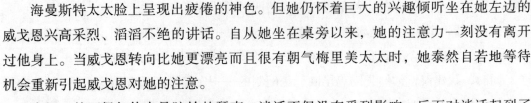

海曼斯特太太脸上呈现出疲倦的神色。但她仍怀着巨大的兴趣倾听坐在她左边的威戈恩兴高采烈、滔滔不绝的讲话。自从她坐在桌旁以来，她的注意力一刻没有离开过他身上。当威戈恩转向比她更漂亮而且很有朝气梅里美太太时，她泰然自若地等待机会重新引起威戈恩对她的注意。

席间，外面偶尔传来曼陀铃的琴声，谈话不但没有受到影响，反而对谈话起到了一种和谐伴奏的作用。屋外喷泉柔和而单调的飞溅声，夹杂着馥郁的茉莉花香味儿，从敞开的窗户飘进屋来。

艾琳娜在两边舒展开来的打褶的锦缎衣裙闪着金光，裸露的双肩的周围垂挂着舒服的花边吊带。她的皮肤细腻，白嫩有光泽。当她把头靠在高背椅上，自由地张开双臂时，她的动作使人想起那高贵的皇后；她环顾四周，超然卓群。

虽然，此刻她坐在客人中间，可昔日的慵倦情绪突然向她袭来。不知不觉地缠住了她，它像从充满各种哀怨的洞穴中刮出来的一股阴风，不召自来。她带着那焦急的渴望，把她那心爱的人引进她灵魂的梦幻之中，一种不可言表的感觉同时把她压倒了。

时光悄然飞逝，一种亲密的友情，像一种神秘的索链，把坐在桌子四周的人，紧紧地联结起来。她们又说又笑。莱迪奈先生第一个打破了这令人愉快的气氛。十点钟，他起身告辞，说他夫人在家等着他，她身体不好，总是心神不宁的，而只有他在身边才能平静下来。

莱思小姐同莱迪奈先生一起站了起来，后者主动陪她上车。她吃得很饱，品尝了各种美味，她的头都有些晕了。因为这一切，她离开桌子时非常谦恭地向所有的人行礼告辞。她吻了艾琳娜的肩膀，声音很低地说："再见，我亲爱的，检点点儿。"她从椅子上站起来，或者说，从坐垫上离开时，有点儿晕，莱迪奈先生及时地抓住了她的胳膊，把她领走了。

海曼斯特太太正在编织一个红、黄两色的玫瑰花环。她把编好的花环温柔的罩在威戈恩的黑色卷发上。威戈恩那时正靠在一把舒服的椅子上，冲着灯举起一杯香槟酒。

仿佛是给魔术师的法棒碰了一下似的，那个玫瑰花环一下子使他感到好像变成一尊东方美神像。他的双颊呈现出异碎的紫葡萄的颜色，那朦胧的双眼眨着倦怠的光。

"该死的东西！"艾洛宾叫道。

可是，海曼斯特太太对这尊雕像又添加了一笔。她从椅子背上拿起一条傍晚她来时披在肩上的丝绸围巾，折成漂亮的花形，披在威戈恩身上，遮住了他那黑色的旧式礼服。威戈恩满不在乎海曼斯特太太的恶作剧，只是礼貌的微笑着，露出他那闪光的牙齿，眯着眼睛，透过杯里的香槟酒，呆呆地注视着灯光。

"哦，我能用笔画下来，而不是用语言来描述出来，该多好啊！"梅兰丝小姐大声叫道。她注视着威戈恩，也陷入狂喜之中。

"有个永不消隐的欲望，

用殷红的颜色，

刻在金色的大地上。"

古维纳尔轻声地吟道。

酒对威戈恩产生了作用，他平素侃侃而谈，而现在却变得一声不吭。他仿佛沉入了冥想之中，像在琥珀珠子中观看那惬意的梦。

"唱首歌吧！"海曼斯特太太微笑道，"你不想给我们唱一支歌吗？"

"别去管他，"艾洛宾说。

"他在那儿装模作样呢，"梅里美说，"让他把酒全喝光吧！"

"我看他不行了。"梅里美大笑道，把身子向年轻人那边凑过去，从他手中接过酒杯，举到自己的唇边。慢慢地啜饮着。当他把酒喝干后，梅里美太太把杯子放在桌子上，用她的薄纱手帕擦了擦嘴唇。

"好吧，我给你们唱首歌。"威戈恩说着，把椅子转向海曼斯特太太。他把两只手交叉在一起，放在脑后，抬头望着天花板，像音乐师调弄乐器一样试了试嗓子，开始哼了起来。然后，他看了看艾琳娜，接着唱道：

"啊，如果你知道！"

"住嘴！"艾琳娜突然嚷道，"不要唱那支歌，我不想要你唱它。"她气得把自己的酒杯摔在桌子上，撞在一个装水的金属瓶上。酒溅到艾洛宾腿上，淌在海曼斯特太太的黑纱裙上。威戈恩不知是失去了理智，还是表示对女主人的抗议，他大笑着，继续唱道：

"哦，如果你知道，

让你的双眸告诉我"……

"噢，你不要再唱了，不要再唱了！"艾琳娜不满地叫道。她站起来，把椅子向后推开，走到威戈恩身后，用手把他的嘴捂上。他吻着那温润的手掌。

"不，不！我就想唱这支歌，彭迪列夫人，我不知道你那么当真！"威戈恩抬起头，用温柔的眼光看着她。艾琳娜的双手捂着他的嘴唇时，好像有股令人激动的电流传到了她的手上。她从头上摘下花环，把它扔到地板上。

"好了，威戈恩，你装模作样的时间够长的了。把海曼斯特太太的围巾还给她吧！"海曼斯特太太自己把围巾从威戈恩身上摘了下来。梅布兰特和古维尔先生突然想

到该是告辞的时间了。梅里美太太也忽然惊奇地发现时间已经不早了。

同威戈恩告辞前，海曼斯特太太邀他拜访自己的女儿。她认为女儿会高兴地同他相识，同他一起讲法语，唱法语歌。威戈恩表示，有时间他一定要认识一下海曼斯特小姐。他问艾洛宾是否与她同路，艾洛宾说不是。

弹曼陀林琴的人早已悄然离去。黑夜的岑寂降落到那条宽阔美丽的街道上。从艾琳娜家离去的客人们的谈话声，就像不协调的音符一样，撞击着这和谐寂静的夜幕。

31

"嗯?"艾洛宾问道。所有的人都离开后，他仍同艾琳娜一起。

"嗯"，艾琳娜重复道。她站起来，伸了一个懒腰，坐了那么长时间，肌肉需要放松一下。

"下一步怎么办?"艾洛宾问道。

"佣人们先走了，音乐师离开的时候，他们就离开了。我已经让他们回家。那幢房子得锁起来，明早得把塞斯廷叫过来，一下收拾东西。"

她向四周环顾了一下，吹熄了一些蜡烛。

"楼上怎么办?"他问道。

"我想应该没事吧，或许有一两个窗户没闩上。我们最好去看看，你拿着这支蜡烛，去看看，顺便把我的披肩和帽子拿来，在屋中间的那张床角边。"

艾琳娜举着蜡烛去关楼上的门窗。

当关牢所有的门和窗子后，他们把灯熄灭了，从前门走了出去。艾洛宾把门锁上，替艾琳娜拿着钥匙，扶着她走下楼梯。

"你想茉莉花的香味吗?"他边问边顺手折了几朵。

"不，我什么也不需要。"

她心情似乎很沉重，始终沉默寡言。她挽起他伸给她的手臂，用另一只手提起自己的缎子衣裙。她低下头，发现他一条腿的黑影来回移动，和她形影不离，同她的长裙交相辉映。远方传来火车汽笛的嘶鸣，夜半的钟声在空中游弋。在他们散步过程中，没有遇见任何人。

那幢"鸽子房"坐落在上了锁的大门后和花园之间。房子前面有个小门廊，有一扇大窗和前门都大敞着。这个门直通会客厅，没有旁门。房子的后边有个供佣人使用的房间，老佣人塞斯廷就住在那里。

艾琳娜在桌子上留下一盏火苗微弱的灯。经过她的收拾，这间屋子看起来可以住人了，像个家的样子。桌子上摆着一些书，旁边放着一把安乐椅。地板上铺着一张新

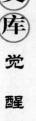

席子，墙上挂着雅致的图画。艾琳娜惊奇地发现房间摆着一束鲜花，原来是艾洛宾送来的，并叫塞斯廷在艾琳娜不在时布置好。她的卧室在隔壁，隔一个小过道就是餐厅和厨房。

艾琳娜坐在那里，带着些许多不安。

"你累了吧?"艾洛宾问道。

"是，我很难受，有点冷。我感到全身像被谁上了发条似的绷得很紧，简直太难受了。我神经好像快要崩断了。"

"我马上离开，你好好休息吧！"

"好的。"她回答道。

他站在她的旁边，用他那温暖而有力的手抚摩着她的头发。他的抚摩使她得到某种生理上的冲动。如果他当时继续用他的手抚摩她的头发，她会躺在那里安然睡去。他把她的头发从她的后脖颈上轻轻卷了起来。

"我希望你明早会感到舒服些，"他说，"你这两天太累了。这顿晚餐使你忙个不停，你本可以不弄的。"

"是的，"她承认道，"安排这顿晚餐是有点愚蠢的。"

"不，这顿晚餐还是令人高兴的，不过它有点使人疲倦。"说着，他的双手放在她那光滑的双肩上。他能感觉到她的肌肉轻微的颤动。他坐在她身旁，轻轻地吻着她的肩膀。

"我想，你该走了，"她有些不安地说。

"说过再见以后，我就走。"

"再见，"艾琳娜喃喃地说。

他没有回答，只是继续亲吻她，直到她对他那温柔的抚摩与亲吻表示愉快时，他才离开。

32

当彭迪列先生听说他夫人准备离开家搬到外边去住时，他立刻给她写了回信，坚决表示反对和抗议。她讲的理由，在他看来都是那么可笑。他希望她不要感情用事，要现实点。他要她首先考虑的也是最重要的问题是人们将怎样议论这事。他提出警告说，他不希望听到任何传闻，而这一切关系到她或他本人的名声，是不得不考虑的。原来他所考虑的只是他的财产利益不致因此而受到损失。他说，这件事可能会引起一番议论，什么彭迪列夫妇陷入了困境，他们不得不比以前更节俭来维持家等等，这对他的商业利益将会遭受不可估量的损失。

考虑到艾琳娜最近情绪的反复无常，他估计到艾琳娜会任性采取鲁莽的行为时，便以通常的把握形势的敏感，以他闻名的商业手腕和机智处理着这件事。

同寄给不赞成艾琳娜举动的那封信一起，彭迪列也给一位著名的建筑师写了信，下达了关于重建和改造他的住宅的详细指示——信中说他对这项计划已考虑了很久，他希望就在现在着手进行。

于是，雇来了熟练而可靠的包装和搬运工人。他们忙碌起来，把家具、地毯、图画——总之，一切可搬走的东西——都搬到安全的地方。在难以想象的短时间内，石匠们就开始着手修建了。计划扩建一个舒适的房间，墙上都刻上壁画，各室内将铺着硬木地板——这对修房子来说，是必不可少的。

此外，他在一家日报上刊登了一则简短的消息，大意是说：彭迪列夫妇正考虑夏天到国外避暑，此时他们对在埃斯布兰德街那所漂亮住宅要进行大规模的扩建。他们返回时，一切将整修完毕，届时将迁进新居。就这样，彭迪列先生总算挽回了面子。

艾琳娜称赞她丈夫手段的高明，并避免在任何场合阻碍他的计划。当彭迪列先生精心设计的方案一切顺利时，她显然感到由衷的满足，好像事情本来就该如此。

那座小鸽子房使她满意。她的到来使这座房子独具魅力，四处流溢着温暖的光，即时呈现出一派家庭的气氛。她产生了一种幻觉，社会地位虽然下降了，但她的精神却相反地提高了。她为解除自己的义务而采取的每一步骤，都给她增添了力量，使她

的个性得到充分的发挥。她开始用自己的眼睛去观察、去发现和理解生活的底蕴。当她的灵魂向她发出召唤的时候，她再也不能满足于"亦步亦趋"了。

过了不长时间，其实，也就几天，艾琳娜去伊伯维尔看了看孩子，同他们一起住了一周。

看见孩子们，她是那么高兴。他们的小手拽着她时，她高兴得想哭。他们结实、红润的脸颊同她那闪光的面庞紧紧地贴在一起。她用痴迷的目光看着他们的脸，怎么也瞧不够。他们有好多故事要告诉她，那些关于猪、牛、驴的故事；还有跑到磨坊那儿玩，同叔父古斯特在湖上垂钓，同艾迪的黑人小孩一起打山核桃吃，用他们的快速马车拉小木板等等有意思的事。他们说给跛腿的老太太苏拉小木板比在埃斯布兰德街的人行道上拉彩色积木好玩得多。

艾琳娜同孩子们一起去看了猪和牛，黑人怎样刈甘蔗，打核桃，还亲自在林后的湖里钓鱼。她同孩子们一起住了整整一个星期，所有的时间都陪伴他们，他把自己的全部都注入了这些小生命中。当她告诉他们埃斯布兰德街的住宅住满了工人，到处响着叮叮当当的斧子的锤击声、拉锯声和钉钉子的声音时，他们连大气都不敢喘，听得入了神。他们想知道，他们的床放在哪儿了，他们的木马怎么样了，乔在哪儿睡觉，艾伦上哪儿去了，还有厨师怎么样了？但是，最重要的是，他们迫切地想瞧瞧她在街角租得那所小房子。在哪儿，有没有好玩的地方？邻居有没有小孩？乌拉斯还很悲观地预见说，隔壁一定只有女孩。还有，他们将来在什么地方睡觉，他们的爸爸睡在哪？她告诉他们，上帝会把这一切都安排妥当的。

老太太被艾琳娜的来访迷住了，她细致的关怀，像春雨一样降落在艾琳娜身上。她高兴地知道，埃期布兰德街的房子正在翻修。这给了她很好的借口能长期把孩子们留在身边。

艾琳娜心如被翁割般地离开了孩子。她带走了他们天真的笑靥和馨香的亲吻。在回家的路上，他们的影子总在她眼前浮现，就像有一首抒情的歌萦绕在她的心湖。但她一进城，这首歌就突然消失了，她又孤身一人了。

33

艾琳娜去看望莱思小姐的时候，她总是不在家，不是出去给人上课，就是上街买东西去了。钥匙总放在艾琳娜知道的入口处。如果莱思小姐不在，艾琳娜通常自己开门进去，等她回来。

一天下午，她又来敲莱思小姐的门，没人回答。像往常一样，她打开门，走了进去。艾琳娜每天的时间都排得很满的，有时为了休息一下而躲起来，或是想谈谈罗伯特的情况，她才来找她的朋友。

这天，她在画板前坐了整整一个上午——画了一幅年轻的意大利人的素描，没有模特儿就完成了，可是总有不少的打扰，有时是家务小事，有时是乱七八糟的小事。

莱迪奈太太自己悄悄走了进来。她说这是为了避免引起街上人们的注意。她抱怨说，艾琳娜最近把她忘了。另外，她也非常想看看这所新居是怎样布置的。她想听一听那次晚餐的情景：莱迪奈先生那天那么早就离开了，他走了以后，都发生了什么事。她说，艾琳娜派人送去的香槟和葡萄酒味道不错，她的胃口不大好，那些酒显然对她的胃起了调解作用，使她的精神也好起来。她问那么小的房子，她将把彭迪列先生安置在哪儿？还有孩子们呢？然后，她要艾琳娜答应她合适的时候去她家。

"不管是什么时候——白天或者黑夜，我都会去的，亲爱的，"艾琳娜向她保证说。

临走时，莱迪奈太太说：

"我看你有时候真像个孩子，艾琳娜。你做事似乎不需要思索，而这在生活有时是有必要慎重考虑的。这就是我劝你一个人住在这里时必须小心的原因。你为什么不找个人来同你住在一起？莱思小姐不愿意来吗？"

"是的。她不愿意来，再说我也不愿让她永远在我这儿。"

"啊，那原因——你知道，人言可畏呀！——有人讲艾奇时常来看你。当然，如果艾洛宾的声名狼藉的话，也没什么。莱迪奈对我说，仅仅是他的光临就足能使一个女人家名誉不保了。"

"他经常对别人谈论自己的成功吗？"艾琳娜漫不经心地问。她眯着眼睛看了一下她的素描。

"不，我不那样认为。从任何一方面看，我认为他还是个好人。但是，他的人品在男人中无人不晓。我的理智再也不允许我来看你了，今天我已经吃了许多苦头。"

"当心楼梯！"艾琳娜喊道。

"一定去看我，"莱迪奈太太恳切地说，"我讲艾洛宾的事，你别往心里去，找个人和你住在一起吧！"

"当然，我不会留意的。"艾琳娜大笑道，"你有事尽管开口好了。"她们互相吻别。莱迪奈太太不用走多远的路，艾琳娜站在门口站了一会儿，目送着她，她沿着街道一直朝前走去。

尔后，那天中午梅里美夫妇和海曼斯特夫妇来进行礼貌的回访，感谢她对他们的那次宴请。艾琳娜感到，他们本可以不必拘于这种小节。他们同时也过来邀请艾琳娜在傍晚到梅里美家里打牌，并要她早点儿去，顺便在他们那用餐，然后再让梅里美或是艾洛宾先生送她回家。艾琳娜不情愿地接受了邀请。

因此，过了中午，她就到莱思小姐那儿避起来，独自一人，等她回来。在那个陈旧简陋的小屋里，她感到安静。

艾琳娜坐在窗边，向外可以望见房顶和对面的河流。窗台上摆满了鲜花，她坐在那儿，把枯黄的玫瑰和天竺葵叶子摘下来，那天天高云淡，微风掠过远处的河面，徐徐吹来，十分清爽。她摘下帽子，放在钢琴上。她不停地从花枝上摘下枯烂的叶子，用帽针把土壤稍稍松动一下。一次，她以为她听到了莱思小姐上楼的脚步声，可是上楼的却是一个黑皮肤的女孩。她抱着一抱洗干净的衣服，放进隔壁房间，然后返身下楼了。

艾琳娜坐在钢琴旁，随手翻阅着放在她面前的乐谱。半个小时过去了，下面大厅里不时传来频繁走动的人群的喧闹声。当她对她挑选的唱段有些感兴趣时，忽然听到了敲门声。她感到莫名其妙，既然莱思小姐的门锁着，还敲门干什么呢？

"进来！"她大声叫道，望着门。可是，这次竟是罗伯特出现在她面前！她努力挣扎着从钢琴凳上站起，若不是一见到他浑身就充溢着控制不住的惊悸，她绝不会流露出这样局促不安的神态。"啊！罗伯特！"她不禁大叫一声，晕了过去。罗伯特急忙迎上前，抓住她的手，不知所措。

"彭迪列夫人！你怎么——啊，你怎么样！莱思小姐不在这儿吗？没想到在这儿会遇见您。"

"你什么时候回来的？"艾琳娜尴尬地问道，用手帕抹着自己的脸。她坐在那个钢

琴凳上，好像得了大病似的。罗伯特求她搬把椅子到窗边。她痴木地照办了，而他自己却坐在钢琴凳上。

"我前天回来的，"他回答说。

"前天！"她大声重复道。同时，心里暗问着，"前天？"真是无法理解。她觉得他回来的那一刻，就应该来看她。可是，从昨天开始，他们就已经呼吸着同一块空气了，而现在，只是由于偶然的机会，他们才在这儿突然相见。莱思小姐说"傻瓜，他爱你，"这话时，一定是在欺骗她。

"前天？"她又重复说，顺手折断一支天竺葵，"假设你今天没在这儿遇见我，难道你就不会——就是说，你就不会去看我吗？"

"我本应早去看你，可有那么多事情——"他无聊地翻着莱思小姐的乐谱，"我昨天就回到老公司那儿去做事了，在这儿和那儿一样，也会有许多机会——就是说，以后我会发现这次机会对我是很重要的。因为那些墨西哥人太难相处了，所以我才回来。"

就因为这个他才回来，原因只是那些墨西哥人不好相处，还因为在这儿找工作和在那儿一样能赚到大把的钱，还可能有别的原因，但却没有他想念她而回这一点。她记得那天她坐在地板上，翻着他的信，就是在寻找没有明说这一切。

她没有注意到他的表情，甚至忘了他的存在，但是她故意转过身来，仔细打量着他。毕竟，他只离开几个月，变化不大。他的头发同她头发的颜色一样，还是像从前那样梳着。他的皮肤也并不比在哥兰德岛时晒得更黑。在他默默地注视着她的瞬间，她发现他的眼睛像从前一样闪动着柔和的爱抚，但比从前更热情，更恳切——他的目光，还是那穿透她沉睡的心灵而使他清醒的深邃之光。

艾琳娜想象罗伯特归来已有上百次了。她曾设想过他们的第一次相逢，那是在她的家里，在那他会立刻找到她。她经常幻想他以某种方式向她表示爱意。可是现在，他们坐着只相隔那么远，艾琳娜坐在窗户旁，用手捻着天竺葵叶子，嗅着它们的味道。罗伯特从钢琴凳上突然转过身来，说：

"听说彭迪列先生不在家。我感到非常惊奇。奇怪的是，在信中莱思竟然没有告诉我。我母亲昨天告诉我，你搬家了。我以为你不是同他去了纽约，就是同孩子们去伊伯维尔了，而不会在这里闲忙家务。我还听说你明年夏天去哥兰德岛，明年夏天我们不能迎接你们了。这看来不——你常见到莱思小姐吗？她在写给我的几封信中常常提到你。"

"你记得你走的时候，曾答应过给我写信吗？"

罗伯特窘得满脸通红。"我以为,你不会对我的信有什么兴趣。"

"那是借口,不是真话!"艾琳娜伸手拿起放在钢琴上的帽子,戴在头上,然后用帽针把她那厚厚的鬓发插紧。

"你不等莱思了吗?"罗伯特问。

"不等了,我已等了很长时间了。她今天会早回来的。"她戴上手套,罗伯特也拿起自己的帽子。

"你也不等她了?"艾琳娜问。

"既然你认为她不会早回来,我也不必等了。"好像突然又意识到他的话有些不礼貌,他又说:"如果你不让我送你回家,我将感到遗憾。"艾琳娜锁好门,把钥匙放在了原来那个隐秘的地方。

穿过泥泞的马路和人行道,他们一起向艾琳娜的小房子走去。有一段路,他们是坐车走的,路过彭迪列的住宅时,他们下了车,房子已经拆掉一半,破烂不堪的。罗伯特从来没到过这所住宅,他颇有兴趣地站在一旁观看。

"从前,我从来没到过你家看你,"他说。

"我很高兴你没贸然的造访。"

"为什么?"

艾琳娜没有回答。他们绕过拐角,继续往前走。当他们走进她的小房后,她似乎感到,她的梦想离她不远了。

"你一定留下来,和我一起吃晚饭,罗伯特。你看,这里只我一个人。上次从我见到你,都这么长时间了,发生了那么多事情,我有些单想问问你。"

她摘下帽子和手套。罗伯特站在那儿,犹豫不前,想找个借口,说他母亲正在等着他,甚至撒谎称他有个约会。她擦亮一根火柴,点燃了桌上的那盏煤油灯,外面越来越黑了。在灯光下他看到她表情痛苦的脸,朦胧的灯光下她所有的温柔曲线都没有了,他把帽子丢到了一边,坐了下来。

"哦,你知道,如果你挽留我,我是很高兴留下来的!"他大声说道,这使艾琳娜脸上所有的柔情又都返了回来。她愉快地笑了,走过去,把手放在了他的肩上。

"噢,这才像从前那个罗伯特!你坐着我去找塞斯廷。"她急忙去找塞斯廷,告诉他多做一份饭,而且把一切都安排的那么仔细。

当她回到房间时,罗伯特正在翻阅她的杂志、素描和随便放在桌子上的零乱的东西。他拿起一张照片,大声说道:

"艾奇·艾洛宾!他的相片怎么跑到这儿来了?"

426

　　"我那天给他搞个画像，"艾琳娜回答道，"他以为这张照片对我可能有点用，就把它放在原来那幢房子里了。我还以为丢在那边了呢。我一定是把它同绘画材料一块装来了。"

　　"我想，你不用的时候，会还给他吧？"

　　"哦，我还有许多这样的照片，从来没有还给他们。这些照片根本没多大用。"罗伯特目不转睛地端详着这张照片。

　　"我想——你觉得他的脸值得画吗？他是彭迪列先生的朋友吗？你可从未说过你认识他。"

　　"他不是彭迪列先生的朋友，他是我的朋友。我早就认识他——直到最近我对他的了解才多了一点。不过，我倒希望多谈谈你的事情，你在墨西哥有什么有趣的见闻吗？干了些什么？"

　　罗伯特把相片丢到一边。

　　"我所看到的不过是哥兰德岛大海的波涛和白色的沙滩；我还看到那岑寂的两旁青翠油绿的切尼瑞街道，还有那哥兰德、台瑞的旧式城堡。自己感到像一个失去了灵魂的人，对什么都引不起我的兴趣。"

　　她把手放在前额上，遮挡外边射来的光线。

　　"这些日子，你的生活怎么样，干了些什么呢？"罗伯特问道。

　　"彭迪利夫人，您太残忍了，"罗伯特无力地说。他闭上眼睛，把头靠在椅背上。直到老塞斯廷来宣布用晚餐之前，他们呆在那儿，一直沉默相对。

34

餐厅非常狭小。艾琳娜整个空间被那桃花心木桌就几乎就占满了。实际上，从桌子到厨房、壁炉、小碗橱之间，也只不过一两步远。

宣布用餐后，他们互相谦让地坐在那里，没有互相埋怨。罗伯特讲了他在墨西哥寄居期间发生的事情，艾琳娜也谈了他不在时所发生的使他感兴趣的事。晚上除艾琳娜派人买的几样食品有点味道外，饭菜味道很一般。塞斯廷的头发打着结，用手帕罩着，蹒跚地进进出出。她对什么都感兴趣，不时地停下来，用法语同罗伯特搭讪，罗伯特小时候，她就认识。

罗伯特出去一会儿，到附近香烟摊上买了一卷卷烟纸。他回来时，发现塞斯廷已把咖啡端进了客厅。

"我好像是不该回来。"罗伯特说，"你什么时候嫌我烦，如果真是这样的话，请你告诉我我马上就走。"

"我从来没有烦过你。你一定把我们在哥兰德岛一起度过的美好时光给忘了。那时候，我们彼此之间互相了解并习惯一切。"

"在哥兰德岛的时光，我一点也没忘记，"他说，连眼皮都没撩，只顾卷着烟。他的烟口袋放在桌子上，那是件非常华美的丝绸刺绣，显然是出自某个女人的手艺。

"我记得你从前装烟总是用皮口袋。"艾琳娜一边说着，一边拿起烟口袋，仔细地打量着这件针织工艺品。

"是的，我已经把它丢弃了。"

"这一件在哪儿买的？在墨西哥吗？"

"是一个维拉克瑞兹的姑娘赠送给我的。那些姑娘非常慷慨大方。"他回答着，点起了烟。

"我猜想，那些墨西哥女郎一定楚楚动人吧！黑眼睛，花围巾，一定很有魅力。"

"有些是的，但多数是令人讨厌的。就如你在有的地方看到的一样，女人都是那样的。"

"她长得怎么样？——那个给你烟口袋的女郎，你一定挺了解她吧！"

"长相很一般，但并不十分庸俗。我与她很熟。"

"你去过她的住的地方吗？那儿有趣吗？我很想听你说一说你所遇到过的人，他们都给你留下了什么印象？"

"有些人给我留下的印象还不如船桨在河水中激起片片涟漪那么长久。"

"那位姑娘也是这种人吗？"

"如果承认她属于这种人，那我也太小家子气了。"他把烟口袋放回衣兜里，好像要抛开这个无聊的话题似的。

艾洛宾顺便来看艾琳娜，捎来梅里美夫人的口信，说因为她的一个孩子突然生病，那个预定晚上打牌的计划延期了。

"你好，艾洛宾！"罗伯特站起来打招呼，虽然艾洛宾没有注意到他。

"哦，奈波伦。哎呀，我昨天听说你回来了。你在墨西哥，那儿的人没把你怎么吧？"

"还不错。"

"但还没有好到能使你在那逗留下去的程度。墨西哥那儿有非常美丽的姑娘。两年前，我在那儿时，怎么也抛不开那些维拉克瑞兹姑娘们。"

"她们给你绣过拖鞋、烟口袋、帽带以及其他什么东西吗？"艾琳娜问道。

"哦，我的上帝！我还没有得到她们这样多的热情。只是她们给我留下的印象，比我给她们留下的印象要深得多。"艾洛宾回答。

"那么，你没有罗伯特那么幸运。"

"我从来没有罗伯特走运。他跟你讲了些许多隐秘的事了吗？"

"我呆的时间太久了。"罗伯特说着，我告辞了，同艾琳娜握手。"你在写信时，请转达我对彭迪列先生的问候。"

他同艾洛宾也握了握手，离开了。

"那个奈波伦是个好人。"罗伯特离开后，艾洛宾说，"你在我两前从未提到过他。"

"我是去年在哥兰德岛认识的，"她回答，"这是你的照片，你还需要吗？"

"我要它干什么？把它扔了。"她把它扔回到桌子上。

"我不打算参加梅里美举行的晚会了，"她说，"如果你见到她，就这样告诉她吧！也许，我最好给她写一张便条留着。对，马上就写，告诉她听说她孩子既然有病，很遗憾说我去不成了。"

"这个点子很好，"艾洛宾赞同道，"我不责怪你，小傻瓜。"

艾琳娜打开记事簿，撕下一张纸，拿出笔，开始动手写。艾洛宾点起一支雪茄，从兜里掏出晚报，读了起来。

"今天是多少号？"她问道。他告诉了她。

"你回去时，顺路把它投入邮箱好吗？"

"当然可以。"她收拾桌上东西的时候，他给她念着报上的有趣的一些小的消息。

"你想干什么？"他问道，把报纸扔到一边。"消遣吗？我看，今天晚上，坐一坐车倒还不错。"

"不，我什么也不想干。我只要安静。你走吧，马上离开。自己去找点事做。"

"如果非走不可，我现在就走。但是，我没什么地方可去。你知道，只有在你身边，我才真正开心。"

他站了起来，同她道别。

"你经常对女人说这种话吗？"

"我从前曾说过，可是，从没有像现在这样用心，"他微笑着回答。她的眼中没有丝毫的光彩，只有漫不经心的梦幻般的闪光。

"再见！我崇拜你。祝你做个好梦。"他说着，吻了她的手，走了。

艾琳娜独自坐在那儿，陷入一种梦幻状态——一种精神恍惚的状态。她一点一点地回想着自从罗伯特跨进赖思门槛后，她同他在一起时每一瞬间的情景。她回想起他说的话和他的面容。他的言语是那么少，那么苍白无力！哪里能满足她渴望的心！一个幻影——一个墨西哥女郎的神秘的幻影，在她的眼前如烟升起，妒忌的苦痛折磨着她。她想，他将什么时候出现呢？他没有说他还会再来。她已经同他见过面了，听到了他的声音，抚摸了他的手。但是，无论如何，同那遥远的墨西哥相比，他还是离她近了些。

35

第二天清晨，阳光四射，充满了希望。毋庸置疑，艾琳娜在罗伯特面前看到了使她欣喜若狂的希望之光。她躺在床上，眼睛里熠熠生辉，陷入了沉思。"他爱你，可怜的傻瓜。"既然她早已在心里确认这一点，其他还有什么事比这更重要呢？她觉得，昨天夜里她太灰心颓丧了，太孩子气，太傻了。她重新回忆昨天发生的事，试图寻找罗伯特保持缄默的原因，那并不是不可解释的。如果自己真心爱他的话，那完全是不攻自破的，不能成为使罗伯特成为对抗她炽热感情的原因。这种感情，他一定会及时发觉的。她开始想象这天早上罗伯特去上班的情形，她甚至好像看到他怎样穿试衣服，怎样沿着街道行走，怎样转过另条街道的拐角；她仿佛看到他伏案工作，同走进办公室的人闲谈的情形、罗伯特的一幕幕神态仿佛都闪现在她眼前。然后去吃午饭，或许站在那条街道上寻她，还是坐在那儿卷烟，聊一会儿天，然后他像昨晚一样。同他在一起是多么令人眩晕啊！即使他还是那么沉默寡语，她也将毫无怨言，不再去探究他保持缄默的原因。

艾琳娜那天吃早饭时，身上只披着一件衣裳。女佣人给她拿来一条漂亮的印花披肩，那是她儿子拉乌尔寄来的，以表示他对妈妈的爱。拉乌尔还叫妈妈寄给他们夹心糖，还告诉她，他们那天早上看见十个小白猪挤成一行，躺在艾迪的大白猪身旁。

她丈夫也寄来一封信，说他可能三月初能回来，然后将做好他答应已久的国外旅游所需要的花费，他们能痛痛快快地游玩一番，用不着为费用操心——因为最近他在纽约做成了一笔很大的生意。

她感到有点奇怪的是，她还收到了艾洛宾寄来的便条。便条向她问候早安，希望她昨夜睡得好，又向她信誓旦旦表白自己的忠心，但他认为艾琳娜只会给予最冷淡的反应。

所有这些信都使她高兴，她答应了孩子们的一切请求，答应给他们买夹心糖，并祝贺他们高兴地发现了那些小猪崽。

她以愉快的态度含混暧昧给丈夫写了回信——没有任何肯定的计划，以免使他产

431

生误解，她只不过是因为自己在生活中已失去了现实感，所以她已把自己交付给命运，以漠然视之的态度，等待着结局。

对艾洛宾的便条，她没做任何答复，把它压在塞斯廷的炉盖下了。

艾琳娜一口气工作了好几个小时。这期间，她只接待了一个画商，画商询问她将去巴黎学习的消息是否属实。

她说她有可能去巴黎，然后，那画商跟她协商，希望她把在巴黎的习作及时寄回来，以便他在十一月举办的暑期展销会上展览。

她对于罗伯特一整天没来看她而感到非常失望。第二天他也没有来，第三天他还是没有来。每天早晨，她都怀着希望醒来，而每到夜晚，她就变成失望的奴隶。她想去找他，可又不想就此认输，她避免任何可能跟他相遇的机会。她没有去莱思小姐那里，也没有路过奈波伦夫人家的门前。如果罗伯特现在仍在墨西哥的话，她倒很可能到这两个地方去。

一天晚上，艾洛宾来约她一起驾车兜兜风。她去了——他们到了湖滨和贝壳大路。艾洛宾的马神采奕奕，甚至有点难以驾驶。艾琳娜喜欢马飞快地奔跑，愿意倾听坚硬的大路上那急急而清晰的马蹄声。他们没有在任何地方停下来吃饭或喝点东西，这并不是艾洛宾粗心。他们直到回到艾琳娜的小餐厅时，才吃了点东西，喝了点饮料——这时已近黄昏了。

艾洛宾离开她时，天已经很晚了。艾洛宾来看她，同她一起驱散闲时，已越来越超出暂时的激动。他发现了她潜藏的情欲，他对她出于本能欲望的刺激，使这种欲望像一朵迟开的、浓郁的、艳丽的花朵一样、悄悄地绽放开来。

那天晚上入睡前，艾琳娜没有感到失望；早晨醒来时，也没有感到希望。

36

在近郊的一个公园里，有个面积不大的阴凉角落。在这个角落里，有一排浓密的柑子树。树下，摆着几张绿色的桌子。一只老猫趴在石阶上，在阳光下恹恹欲睡。一个老混血女人，在开启的窗子旁的一把椅子上，也睡去了，直到有人敲了敲桌子，才把她敲醒。她卖咖啡、牛奶、面包、奶酪。她煮的咖啡非常香浓，烤的小鸡金黄油亮，做这些东西，谁也赶不上她。

这个地方异常龌龊，引不起那些有钱人的兴趣；也引不起那些寻欢作乐的公子哥儿们的注意。有一天，艾琳娜偶然发现了这个地方，公园那扇高大的木门微开着，透过门缝，她看到里边的一张绿桌子，上面闪烁着从摇曳的树叶中间倾泻下来的斑驳的阳光。再往里，她看见了那只恹恹欲睡的猫，那个酣睡的混血女人和桌子上的一杯牛奶。这杯奶使她联想起在伊伯维尔常喝的那种牛奶。

打这以后，艾琳娜散步时就常在那儿停下来。她有时拿着本书，在无人的树下坐上一两个小时。有那么几次，她还事先告诉塞斯廷不必给她准备晚餐。她从来没有想到在这儿她会遇见什么人。

一天黄昏，她正坐在那儿吃饭，一边闲阅一本书，一边用手抚摸那只猫——她已经同它交上了朋友。忽然，她发现罗伯特从公园那个宽大的木门走了进来，对罗伯特的出现，她并没有感到十分惊奇。

"我总是能跟你邂逅相遇。"她说着，把猫从椅子上扔了下去。罗伯特吃了一惊，感到有些不安，在偶然邂逅见到她，使他感到十分尴尬。

"你常来这儿吗?"他问道。

"我差点住在这，"艾琳娜回答道。

"过去我也常来这儿，喝凯蒂切煮的咖啡，今天是我从墨西哥回来后第一次。"

"她马上就会端茶来，你和我一起吃晚餐吧！这儿每顿饭总是够两个人吃的——甚至三个人也吃不完。"这之前，她曾暗自打算再见到罗伯特时，要像他那样摆出一副矜持和冷漠的样子。她是通过一系列自我的持久的思想斗争，才下定这样的决心，尽管

与她的恶劣情绪有关。可是，当她一见到他就在面前，就在这个小花园里坐在她的身边，好像上帝把他引导到她的人生驿站中一样，她的决心也就烟消云散了。

"你为什么躲避我，罗伯特？"她问道，合上了放在桌子上的那本书。

"你为什么总是对别人的隐秘感兴趣呢，彭迪列夫人？你为什么逼我找那种只有白痴才说的借口呢？"他突然激动地大声说道："我不是告诉过你，我一直很忙，或者说，我最近身体不舒服，我没去你家看你，这些理由还不够充足吗？请原谅。"

"你简直是自私自利的化身，"艾琳娜反驳道，"你心中的秘密，我不知道是什么——但那里隐藏着不可告人的动机。你自己原谅自己，可你一点儿也没想过，我在想什么？或是我是怎样感受你那种冷漠和矜持的态度的？你可能认为，这种感觉不属于女人所有，可是我已经形成了一种表达自己感情的习惯。这对我没什么关系，如果你愿意，你可以认为我没有女人的直觉。"

"不，我只认为你残酷，像我那天说的那样。你也不是故意的，但你似乎强迫我回答不会有结果的事，好像让我坦露一个伤口，只是你一时高兴才看它一眼，同时又没有耐心和勇气去治愈它。"

"我影响你吃饭了，罗伯特。对我说的话，请别介意。你一口面包都没有吃下去呀！"

"我只是就便来喝杯咖啡。"他激动的情绪扭曲了他聪明的脸庞。

"这地方叫人不舒服吗？"她说道，"我很愉快，人们没有发现这个好地方，真是个又恬静又优雅的地方！你发觉了吗？这里偏僻安静，四周静得出奇，离喧闹的车站有段距离。因此，我喜欢到这儿来散步。我常为那些不喜欢散步的女人感到遗憾，她们遗落的东西太多了——她们对生活的观察少得可怜。唉！总的来说，我们妇女对生活的了解太少了。"

"真不知凯蒂切为什么把咖啡煮这么热，这里还是这么凉。可塞斯廷沏的咖啡，从厨房拿到餐厅就凉了。哟，一杯咖啡，你放三块方糖，这么甜怎么喝啊！你的牛排放点水芹吧，这东西虽然有点扎嘴但很脆，还有点脆。吃完饭，到那边坐坐，一边抽烟，一边品尝咖啡。喂，在城里——你不想吸烟吗？"

"过一会儿。"他把雪茄放在桌子上说。

"谁给你的？"艾琳娜大声笑了起来。

"我买的。我最近感到心神不宁，就买了一大盒。"艾琳娜决定不再往下问了，避免使他不高兴。

434

那只老猫和罗伯特也交上了朋友，罗伯特抽雪茄时，那只猫跳上了它的膝盖。他抚摩着它那柔软温热的毛，说了点小猫的事。他瞧了一眼艾琳娜手中的书。这本书他看过，他把书的结局告诉了艾琳娜，免得她白费力气。

罗伯特和上次一样陪伴艾琳娜回家。当他们到达那座"鸽子房"时，天已黑了。艾琳娜没有叫他留下来，这也正合他意。这样，他就免去了为掩饰自己不安的心情而寻找那些言不由衷的借口了，他帮助艾琳娜点燃了灯，然后，艾琳娜走进自己的房间，摘下帽子，去洗漱睡着了。

当她出来时，罗伯特没有像上次那样随便翻阅那些画和杂志。他坐在阴影中，头靠在椅背上，好像睡着了。艾琳娜在桌旁犹疑片刻，整理一下桌子上的书。随后，穿过房间，走到他坐的地方。她附下身，把腰弯到椅子的扶手上，轻唤着他的名字。

"罗伯特，你睡着了？"

"没有。"他回答着，抬起头看着她。

艾琳娜弯下身来，吻了他——一个温柔的、馨香的、纤细的吻。一股爱情的激流穿过了罗伯特的全身。艾琳娜悄悄地离开了他。罗伯特起身跟上来，一把搂住她，把她紧紧地贴在自己的胸前。艾琳娜用手捧住他的脸，紧紧贴在自己的脸颊上。这情景，充满了多少温情！罗伯特又吻了她的双唇，然后把她拉到沙发上，坐在自己的身旁，把她的双手放在自己的手中。

"现在，你该明白了，"他说，"我从去年夏天在哥兰德岛以来所竭力抑制自己的东西是什么了吧？该理解是什么叫我远游，又把我引回来了吧？"

"你为什么要克制这种感情呢？"艾琳娜问道，她的面庞充满柔情。

"为什么，因为你不自由。你是莱恩斯·彭迪列的夫人。我控制不住对你的爱。除非我离开你、避开你，还有什么办法呢？我只能这样告诉你。"艾琳娜那只闲着的手顺着他的肩膀、他的面庞，轻轻地抚摩着。她又吻了他。罗伯特的面庞兴奋激动得泛出了红晕。

"我在墨西哥的时候，总是想念着你、思慕着你呀！"

"可是你为什么不给我写信。"她打断他的话。

"不知什么东西总使我想你是爱我的。这使我控制不了自己的情绪，遗忘了一切，疯狂地梦想着，有一天，你会成为我的永远的妻子。"

"你的夫人？"

"只要你愿意，宗教、虔诚，什么东西都阻挡不住。"

"那么，你一定忘记了，我是彭迪列的夫人。"

"噢，我快要精神失常了，梦想那些疯狂的不切实际的事物。我曾想过那些让他们

的夫人自由选择的男人，我曾听别人讲过这样的故事。"

"是的，我们听说过这样的事。"

"我回来了，充满了痴梦般的幻想。可是，我一到这里——"

"你一到这里，就再也不想见我！"她仍然抚摸着他的面颊。

"我好像意识到，我的梦想是那么可鄙！即使你接受我的爱。"

艾琳娜把他的脸捧在她的双手中，凝视着它，好像再也不会把他的目光从她身上移开片刻。她狂热地吻了他整个脸庞。

"当你讲到彭迪列会给我自由，你真是个傻瓜，浪费你的时间，梦想那不切实际的事情。我现在再也不是彭迪列任意摆布的财产了。我决定自己选择自己的命运。如果他说：'喂，罗伯特，你把她带走，快乐去吧，她是你的了，'我会冲着你们两大笑。"

他的面孔有点惨白。"你这是什么意思？"他问道。

有人叩门，塞斯廷进来说，莱迪奈太太的佣人来过，说莱迪奈太太病得很重，要彭迪列太太马上到她那儿去。

"啊，好吧！"艾琳娜说。她站了起来。"我答应过她——告诉她的佣人我立刻就去——让佣人等我一会，我跟她一起走。"

"让我送你到那儿去吧，"罗伯特主动提议说。

"不，"她说，"让她的佣人陪我一起去就可以了。"艾琳娜走进她的房间，戴上帽子。出来时，她再次坐在沙发上，紧挨着罗伯特。他没有动。她展开双臂搂住了他的脖颈。

"一会儿见，我亲爱的罗伯特。跟我道再见。"罗伯特深情地吻着她，把她紧紧地搂在怀里。

"我爱你，"她喃喃着说，"只爱你一个人，除了你，我不会再爱了。是你今年夏天把我从长期痛苦的折磨中解救出来。哦，你的冷淡曾使我多么难过！啊，痛苦折磨着我，我快要发疯了！现在，你就在我的眼前。我们将相爱一生，我的罗伯特。我们将永远为对方而生存。世界上任何其他事情都和我们无关。现在我得去看我的朋友了，你等我吗？不管时间多晚，你要等着我，罗伯特？"

"别走！别走！哦，艾琳娜，跟我在一起，"他恳求道，"你为什么要走？跟我呆在一起，跟我呆在一起。"

"我一会就回来，你一定在这儿等我。"她把头埋在他的脖颈上，向他告别。艾琳娜那温暖轻润的声音，她对他那刻骨铭心的爱，使他发疯。他除了渴求拥抱着她，把她留在身边外，再也没有任何欲望了。

436

37

　　艾琳娜来到莱迪奈先生的药店，看见莱迪奈先生正在配制一种药。他把一种红色药水倒进一个小玻璃杯中。对艾琳娜的光临，他表示高兴，说她到来对他夫人无疑是个安慰。莱迪奈先生还告诉艾琳娜，护士打上周以来就同他们住在一起了，因为她住的地方离这儿很远，曼德莱特医生整个下午来回跑了好几趟了，随时听候。

　　艾琳娜从药店后面直通公寓楼上的楼梯匆匆走上楼去。孩子们正在里屋睡觉。莱迪奈太太在客厅里，她病得很重，痛得从房间里踱了出来。她坐在沙发上，穿着一件宽大的睡衣，手中紧紧攥着一块手帕。她瘦削清癯的脸颊不自主地抽动着，那双已深陷的蓝眼睛失去往日的光彩。她的头发梳在脑后，编成了长辫子。她蜷曲在柔软的枕头上，像条盘卧着的金色的蛇。那护士看上去是个满和顺的混血姑娘，穿着白围裙，戴着白帽子，正催促着莱迪奈太太回到自己的卧室去。

　　"没指望了，没指望了！"看见艾琳娜进来，莱迪奈太太立刻呻吟道，"别指望曼德莱特先生了，他太老了而且还很粗心。他说七点半来，可现在已经八点了。看看到底几点了，约瑟芬？"

　　约瑟芬是个不拘小节的女人，她从不把任何事放在心头，特别是对她熟悉的事情更是如此。她劝莱迪奈太太要鼓起勇气，要有耐性。艾琳娜看到，莱迪奈太太咬着下嘴唇，惨白的额头上渗出了一粒粒豆大的汗珠。过了片刻，她深深地叹了口气，用卷成球状的手帕擦着汗。看来，她已精疲力尽了。护士递给了她一块有科隆香水的新手帕。

　　"香水太多了！"她大声叫道，"曼德莱特真该死！约瑟芬在哪儿？难道我就这样被遗弃了——谁也不管我。"

　　"没人管你，真的吗？"护士大声说道。难道她本人没在那儿！不是还有彭迪列太太放弃了整整一个晚上，来照料她吗？莱迪奈先生不也从大厅里走过来了吗？约瑟芬确认，她听到了曼德莱特的四轮马车驾到的声音，是的，那辆马车已经到门口了。

　　艾戴尔终于同意回卧室了。艾琳娜坐在她床边的一个小木凳上。

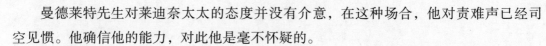

曼德莱特先生对莱迪奈太太的态度并没有介意，在这种场合，他对责难声已经司空见惯。他确信他的能力，对此他是毫不怀疑的。

艾琳娜的到来也使曼德莱特医生感到很高兴。他要艾琳娜陪他一起到客厅里坐一会儿。可是，莱迪奈太太怎么也不同意艾琳娜离开她。在阵痛的间歇期间，她也不停嘴地说着，说这样可以转移她的痛苦。

艾琳娜开始感到不安。她被一种不知何方的恐惧攫住了。她自己同样的经历似乎早已成为遥远的记忆，现在已经没有什么真实感，不过还可以回想起一半来。她模糊地回想起阵痛的狂喜，想起了三氯甲烷的刺鼻的味道，那种因恐惧而感觉到的麻木状态，想起了那种发现自己曾给他人的快乐，又为这无数来去不定的人增添家庭的温暖。

她开始想，她要不来该多好，她没有必要非呆在这不可。她完全可以找个理由离开。可是，艾琳娜没有走。她的内心充满了痛苦，当她看到眼前的一切，她重新燃起了对上帝的愤怒火焰。

艾琳娜临别前，弯腰吻了她的朋友，轻声地跟她道了再见。艾戴尔激动得不能自已，一句话也说不出来。她把脸紧紧地贴着艾琳娜的脸，用细若游丝的声音向她喃喃地说："想想孩子，艾琳娜。哦，想想孩子！别忘了他们。"

38

艾琳娜走出那所公寓时，仍感到头有些晕。医生的马车已回来接他，站在门口前面的停车处。她不想上车，对医生说，她想走回去。她不害怕，她想散散心。医生吩咐马车夫在彭迪列太太家门前等着他，他自己同她一起走。

在高高的上空，在那狭窄的街道两旁的高大建筑物中间的上空，星星在眨着眼。空气柔和，充满爱抚，但春天的夜晚，还是带着凉意。他们走得很慢，医生双手背在身后，脚步沉重而均匀。艾琳娜像在哥兰德岛那个奇特的夜晚一样变得魂不守舍，好像她的思维已经超越了她，她正想努力地追到他们。

"你不应该在场，彭迪列夫人，"医生开口说道，"那不是你呆的地方。艾戴尔有时总有些奇怪的念头，像她那样愚笨的女人，全城也找不出十几个人。我觉得，这对你太残忍了，太残忍了，你真不应该去。"

"哦，是吗？"艾琳娜淡淡地回答道："我不知道这究竟有什么要紧。有时候人是应该想一想孩子们，并且越早越好。"

"莱恩斯什么时候回来？"

"快了，大概三月几号吧！"

"你们要到国外去吗？"

"或许——不，我不去。我不想让人牵着鼻子走，我不想去国外，我要独自一个人，任何人都没有权利——也许除了孩子——即使那样，在我看来——那也是以前的事了——"她突然觉得自己那短暂的谈话泄露了什么，就没再说下去。

"问题是，"医生叹了口气，凭直觉他明白了她的意思，"问题是，年轻人往往充满幻想。这或许是上帝的安排，也许是为让一个母亲生儿育女而设。大自然是从不考虑道德后果的；它从不在乎人自己创造并不珍惜任何代价而维护的所有东西。"

"是的，"艾琳娜说，"消逝的青春像一样灿烂而美丽——如果一个人真能够连续睡觉，不停地做梦——可是他一旦醒来就会发现——哦，最好还是醒来——即使是遭受痛苦，也别再充当终生沉湎于幻想的傻瓜了。"

"在我看来，我亲爱的孩子，"分手时、医生拉住艾琳娜的手说，"我看你好像有什么心事。我不想了解你的隐私。我只是想说，不管什么时候，如果你愿意向我坦言什么，我都愿意帮助你。我相信你会明白，我只是对你说，很少对别人说这样的话——你会明白的，亲爱的。"

"有时候我觉得没必要说一些令人讨厌的事。不要以为我不知别人对我很好，或是我不感激你的同情。有些时候，失望和痛苦紧紧地缠着我，我并不要求什么，只是想按照自己的意志行事。当然，这已是有点奢望了，特别是当不得不践踏其他人的思想和偏执甚至生命的时候——但无论如何，我是不会践踏幼小生命的。哦，我真不知道，我在讲些什么。医生，再见！千万不要见怪。"

"是的，如果你不常来看我，我会不高兴你的。我们将谈谈你从来未幻想过。这对我们两人都有好处。不管什么事，你都可以来找我，我并不希望你用痛苦带折磨自己。再见，我的孩子。"

艾琳娜走进大门，没有进屋，坐在外廊的石阶上。夜阑星稀，几小时前那令人心碎的感受，好像一件破敝、令人窒息的衣服一样，从她的身上脱了下来。但其实，她只不过是解开了衣扣和带子，想把它脱掉。她的思想又回到艾戴尔派人来找她以前的那一幕。想起罗伯特的话、他胳膊的压力、他的双唇同自己双唇接触时的感觉。她的感情又重新沸腾起来，她感到世上再也没有比占有自己的情人更为幸福的了。罗伯特对爱情的表白，使她部分地占有了他。当她想到此刻罗伯特就近在咫尺，正等待着她，那种陶醉的期望使她忘记了自己。时间太晚了，他可能睡着了。她希望将他从酣睡中吻醒，这样她便能用拥抱把他从梦境中唤起。

与此同时，艾戴尔的喃喃细语又响在她的耳畔。"想想孩子，想想他们。"她会想他们的。这决心将成为一块很深的伤口烙在她的心壁。可是，不能在今晚。明天早晨，她将考虑这一切。

罗伯特并没有在小客厅里等她。他没有在她眼前出现。房子里寂静无人的。突然，她发现一张纸条在烛台上，写着他一行潦草的字迹：

"我爱你。再见——因为我爱你。"

艾琳娜读这行字时，浑身好像瘫软了。她走到沙发前，坐了下来。然后，她展平四肢随意地躺在那里，再也没有发出一点声音。她没有上床，也没有有睡。蜡烛发出吱吱的声音，渐渐地熄灭了。第二天早上，塞斯廷打开厨房的门，走进客厅点灯时，她仍然醒着。

39

威戈恩拿着锤子、钉子和小木块，正在修补过廊的拐角。玛利塔坐在附近椅子的扶手上，两条腿很自然的下垂着，一边把工具箱中的钉子递给他。太阳照在他们的背上，姑娘用围巾包着头，打了一个漂亮的蝴蝶结。他们叽里呱啦地谈了一个多小时。玛利塔耐心地听着威戈恩描述彭迪列太太那天举办的晚宴。威戈恩极尽夸张之能事，渲染着每个细节，把它讲得跟盛大的路卡林宴会一样：鲜花盛开的花盆陈列在灯如骄阳般大厅中，客人们用大金杯畅饮香槟酒，就是从那浪花般的泡沫中升起的维纳斯女神也没有彭迪列夫人那样耀眼动人。她头上戴着五光十色的首饰珠宝，楚楚动人，其他的女郎也都是些美丽而雍容华丽的仙女，具有无法言说魅力。

　　威戈恩的这番渲染，使玛利塔头脑里产生了这样的念头：威戈恩爱上彭迪列太太了。对她提出的问题，他总是给以闪烁其词的回答，这更使她确信自己的想法了。她变得忧郁起来，甚至还哭了一鼻子，威胁威戈恩说她要离开他，让他去找他的漂亮太太去吧！她还说，切尼瑞·卡米纳达有十多个男人爱她爱得发疯，而现在同有妇之夫恋爱非常时髦，只要她高兴，她干吗不能，跟赛丽娜的丈夫私奔到新奥尔良去呢？

　　听玛利塔这么一讲，威戈恩就跟她说，赛丽娜的丈夫是个傻瓜、懦夫，像猪一样蠢。为了向她证明这一点，他还说下次他碰见他时，他准用锤子把他的脑袋砸成肉饼。这个保证使玛利塔感到很欣慰。于是，她擦干了眼泪，高兴得又笑了出来。

　　正当他们津津有味地谈到晚餐和城市生活的美妙的时候，彭迪列太太悄悄地来到房子的拐角处。当这两个年轻人看到，这位妇人像幽灵一样出现在他们眼前时，都惊得目瞪口呆。然而，确实是彭迪列太太，她看上去是那样面容憔悴，疲惫不堪。

　　"我是从码头一直走到这儿来的，"她说，"听到锤击声，我就猜想，一定是你在这儿修补过廊。你真是在做件好事。去年夏天，这些微微翘起的地板走起来总是吱吱地响。这里的一切看起来多么糟糕啊！"

　　威戈恩费了半天工夫才明白过来，她是坐着波戴利的小帆船，独自一个人到这儿来的。而是没有任何目的，只是为了休息一下。

"你看，什么都没安排好了。请你暂用一下我的房间，这是唯一可住的地方。""什么地方都行，"她向他说。

"你能吃得下洛梅尔做的饭菜吗？"他继续说，"如果你在这儿吃饭，我可以把她母亲找来。你认为她能来吗？"他转过身去问玛利塔。

玛利塔心想，洛梅尔的母亲或许在这能呆上几天，还有足够的钱来招待她。

彭迪列太太的出现，使这个姑娘立刻产生了疑心：这是不是情人的幽会？可是，看见威戈恩的惊奇是这样的叫人信以为真，而彭迪列太太冷淡态度，又这样的明显，这种怀疑也就随即消失了。她以极大的兴趣猜想着这位举行美国最丰盛的宴会、使所有新奥尔良的男人都拜倒在她的石榴裙下。

"你们什么时候吃晚饭？"艾琳娜问道："我现在很饿，可是没有什么东西可吃。"

"我立即打发人去弄，一会儿就来。"威戈恩说着，急急忙忙收拾起工具。"你可以到我的房间洗漱，休息一下。玛利塔会领你去的。"

"谢谢，"艾琳娜说，"可是，你知道，我有个打算，晚饭前想到海边去，好好洗个澡，甚至游游泳。"

"现在水很凉，"两个年轻人几乎异口同声叫道，"别去了。"

"那么，我可以先去试试水温——把我的脚放进水里。我感到太阳灼热，海水也会被晒热的。你能给我拿两条毛巾来吗？我最好马上就去，好及时赶回来用餐。在海水里浸一下午，肯定会有说不出的舒服。"

玛利塔进威戈恩的房间，拿来几条毛巾，交给了艾琳娜。

"我希望晚餐会有些鱼，"艾琳娜离开时说，"不过，不要做什么特殊的东西，别费事张罗什么。"

"跑步去，找洛梅尔的母亲来，"威戈恩对那个姑娘说，"我先到厨房去，看看我们能做点什么。我的天！女人什么怪念头都有，她该事先通知我要来。"

艾琳娜木然走向海滩，除了感到太阳的惬意，她什么也没有注意到。她头脑空空的。罗伯特那天离去后，她躺在沙发上，直到早晨都没有入睡，她已经对一切都做了设想。

她不停地自言自语道："今天是艾洛宾，明天可能又是别人。这对我有什么区别？这与莱恩斯·彭迪列也没有关系——可是对拉乌尔和埃蒂尼呢？"她现在完全明白了她以前对艾戴尔·莱迪奈说过的，她将放弃所有非现实的事儿，而永远不会为孩子牺牲自己这些话的真正含义了。

在那个不眠之夜，失望重新降临在她的身上，而且再也没从她身上消失。在现在这个世界上，她再也不奢求任何事情了。除了罗伯特以外，她不想让任何人陪伴着她，她甚至意识到总有一天就是对罗伯特的思念也会从她的生存中消失殆尽，只剩下她孤零零一个人。现在，只有孩子们像征服了她的敌人一样，似乎是要把她的残余的灵魂重新拉回到被奴役的状态中去。她发现了躲避这种被奴役状态的方法，可是当她走向海边时，她什么也不去想了。

大海在她面前伸展着，海水映射出太阳的点点鳞光。大海的声音是永远具有深沉的诱惑力的。它永无休止地窃窃私语，或大声咆哮，不停地向她的灵魂发出信号，指引她走向孤寂的深渊。艾琳娜沿着白色的沙滩来回踱着，在茫茫的海天一色中，看不到任何有生命力的东西。只有一只羽翼被伤的鸟在天空中飞翔，盘旋，拍打着翅膀，最终无力跌落下来，融进了浩瀚的大海中。

艾琳娜发现她那件旧游泳衣仍然挂在原处，但已褪了色。

她穿上游泳衣，把衣服放在更衣室里。她来到大海边时，只有她一个人。她脱掉了那件不舒适的有点紧的游泳衣。这是她平生第一次赤裸着身子站在海天之中，任凭阳光的抚慰和微风的轻拂，谛听着海浪的耳语。

赤裸裸地站在天地间，是多么奇怪和可怕！又多么甜美！艾琳娜感到自己好像是一个刚出生的孱弱，在一个陌生而又熟悉的世界里睁开了双眼。

泛着泡沫的浪花翻卷着，冲到她那光洁的脚上，又在她的脚踝边像蛇一样地亲吻着。她走进大海。水很凉，可是她继续往前走着。水越来越深，浮起了她那动人的身躯。她伸出双臂，用力地向远方游去。大海那温柔的富于弹性的波涛，吞没了她的身躯。

她不停地往前游着，游着。她记得夏天的那个夜里，她游出很远，忆起了她那次怕回不到岸边所产生的惊悸。而现在，她却没有回过一次头，仍然继续向前游着。她想起了小时候她走过的那无边无际的绿色草地。

慢慢的，她的双臂和腿，逐渐感到疲倦了。

她不由得想起了莱恩斯和孩子们。他们曾是她生命中一部分。但是，他们现在再也不能占有她了，不管是她的身体，还是她的灵魂。如果莱思小姐知道，她一定又会大笑起来，也许是揶揄！她会说："你称自己是艺术家，那么自负，夫人，艺术家必须具有敢于蔑视世俗的精魂。"

越来越沉重的疲惫感逐渐占有了她。

"再见——因为我爱你。"罗伯特不明白，不理解，而且永远也不会理解她。也许曼德莱特医生理解她——可是太晚了。现在，她已经离海岸太远了，她的力气用尽了。

443

　　她凝视远方，那昔日的惊悸一闪而过。她继续往下沉去。她似乎听到父亲和姐姐玛甘泪的呼唤，听到了被锁链拴在老梧桐树上那只狗的嘶叫，听到了那个骑兵军官走过门廊时刺靴发出的咔嗒咔嗒声，还有蜜蜂的嗡嗡地营听……一缕石竹花的清香在海空中飘散着。